Stefan Pollatschek
Doktor Ascher und seine Väter

Roman

Herausgegeben und bearbeitet von
Konstantin Kaiser und Ulrike Oedl

Mit einem Nachwort von Gerda Hoffer

Mandelbaum Verlag Wien

Vorbemerkung

1.096 maschingeschriebene Seiten umfaßte das Manuskript des historischen Romans »Doktor Ascher und seine Väter«, das Stefan Pollatschek hinterließ, als er, gerade 52 Jahre alt, im November 1942 im englischen Exil an seinem Herzleiden verstarb. Das Herzleiden hatte 1938 begonnen, im Jahr des »Anschlusses« Österreichs an Hitlerdeutschland. Pollatschek hatte gerade den Roman »Die Pest« vollendet, der 1938 nur mehr in polnischer Übersetzung erscheinen konnte, deutsch erst zehn Jahre später, unter dem Titel »Dozent Müller. Die Tragödie eines Wiener Arztes«. Schon in diesem Roman, in dem es um im Jahre 1898 in Wien aufgetretene Pestfälle geht, hatte sich Pollatschek mehr als in seinen früheren Werken mit dem in Wien grassierenden Antisemitismus, vornehmlich in der Christlichsozialen Partei, beschäftigt. Der Vergleich des Antisemitismus mit einer Pest, die es einzudämmen gilt, wird nahegelegt. Und den Machthabern im diktatorisch regierten österreichischen »Ständestaat« (1934-38), der austriakischen Variante des in vielen europäischen Ländern angestrebten und verwirklichten Faschismus, wird ein aus der Geschichte begründetes Mißtrauen entgegengebracht: Sie, die Dollfuß und Schuschnigg, Fey und Perner, hatten ihre geistig-politischen Wurzeln in der Christlichsozialen Partei Karl Luegers, der die antisemitische Agitation zum Vehikel seines Aufstiegs zum Bürgermeister Wiens gebrauchte.

Was dann im März 1938 über die Juden Wiens hereinbrach, als in wenigen Monaten in Österreich durchgesetzt wurde, was in Deutschland in fünf Jahren nationalsozialistischer Herrschaft Schritt für Schritt eingeführt worden war, Entrechtung, Enteignung, Demütigung, Mißhandlung, Raub und Mord, und dies getragen von der Jubelstimmung eines großen Teils der Bevölkerung, erschütterte Stefan Pollatscheks Weltbild zutiefst. Er, der sich aufgrund der Erfahrung des Ersten Weltkrieges wie viele österreichisch-jüdische Schriftsteller der Sozialdemokratie zugewandt hatte, der sich noch 1933 der vom »Ständestaat« bald schon untersagten »Vereinigung sozialistischer Schriftsteller« angeschlossen hatte, konnte seine Überzeugung, daß in einem demokratischen, von der Volksmasse unterstützten Entwicklungsprozeß Gerechtigkeit für alle zu erlangen sei, nicht mehr aufrecht halten. Er fand sich angesichts einer historischen Katastrophe zurückgeworfen auf sein Judesein, sah sich mehr und mehr als einer, der im vielgeliebten Wien mit seinen Kaffeehäusern und Theatern zu einem Abtrünnigen, einem *Acher*, geworden war. Vermutlich darum fiel Pollatscheks Wahl auf den Namen Ascher.

Franz Kobler, der Rechtswissenschaftler, Kunstfreund und Publizist, zu dessen Kreis Pollatschek in Wien gehört hatte, dürfte in einem Brief vom 10. Oktober 1942 an seinen Freund Pollatschek auch dessen Einstellung ausgedrückt haben: Kobler wendet sich dezidiert gegen die damals von anderen Exilanten verbreitete Ansicht, die »wirklichen Antisemiten« unter den Deutschen und Österreichern seien nur eine kleine Minderheit, und stellt die Frage: »Seit wann jedoch ist feige passive Duldung« (der Verfolgung und Vertreibung von Juden, der Deportationen und Massenmorde) »weniger verächtlich als die böse Tat?« Kobler nimmt direkt Bezug auf Pollatscheks Roman »Doktor Ascher und seine Väter«, wenn er an die Eisenmenger, Vinzenz Fettmilch, Doktor Fries und die Haman-Bündler erinnert, lauter ›erlauchte‹ Namen in der Geschichte des deutschen Antisemitismus, und feststellt, daß »der Antisemitismus seit jeher im deutschen Volke weit größer war als in allen anderen«. Der Verharmlosung eines weit verbreiteten und tief sitzenden Antisemitismus, die dann nach 1945 in den meisten Ländern Europas (nicht nur in Deutschland und Österreich!) um sich griff, entgegenzutreten, war sicher auch eines der Ziele, das Pollatschek mit seinem letzten Roman verfolgte. Er fürchtete gleich seinem Freund Franz Kobler mit der Verharmlosung des Antisemitismus die Drachenzähne künftigen Unheils bereits gesät.

Als Abtrünniger verstand sich Pollatschek freilich weniger im religiösen Sinn. Durch Abkunft, Bildung und politische Einstellung hatte sich Pollatschek einer österreichischen Kultur zugehörig gefühlt, die seit dem Staatsgrundgesetz von 1867 mit dessen Garantie fundamentaler Bürgerrechte in fruchtbarer Symbiose zwischen deutsch-österreichischen, jüdischen und slawischen Elementen aufgeblüht war, die ihre eigene klangvolle Hochsprache hervorgebracht hatte und trotz des Zusammenbruchs Österreich-Ungarns im Jahr 1918 in Zentren wie Wien, Prag, Brünn und dem fernen Czernowitz fortzubestehen schien. Diese Kultur erwies sich mit März 1938 und dem, was folgte, als eine trügerische Kruste, unter der ganz anderes gegärt und sich vorbereitet hatte, als in den intellektuellen Zirkeln zum Problem erhoben worden war. Ein Abtrünniger war Pollatschek nicht geworden, weil er die Vorschriften seiner Religion nicht eingehalten hatte, sondern weil er vergessen und verdrängt hatte, daß er als Jude in eine nicht abreißende Kette von Demütigungen und Verfolgungen eingetreten war. »Es ist kein Jude geboren, dessen Väter und Vorväter nicht das Brot der Verfolgung gebrochen und wieder ausgebrochen haben ...«, erkannte der von Pollatschek verehrte Berthold Viertel im Exil.

Pollatschek hatte allerdings keine nostalgische oder sentimentale Beziehung zum alten Österreich. Schon in seinen früheren Werken, vor allem in seinem Pest-Roman, war sein Verhältnis zu jenem tückischen Geflecht aus überkommenem Vorurteil, Heuchelei und Privileg, Geistesmattigkeit und Geltungssucht, das man nationale Tradition nennt, ein gebrochenes. Aber er sah die Wege zu Fortschritten und zu mehr Gerechtigkeit innerhalb des Gemeinwesens noch offen. Schon die Errichtung des autoritären »Ständestaates« war 1934 ein Einbruch gewesen, durch den viele Ansätze zum Besseren unterdrückt wurden, die Demokraten in Österreich die Initiative verloren. Doch ertrug Pollatschek den »Ständestaat«, wie so viele andere auch, als das kleinere Übel, obwohl seine Tochter Gerda im Herbst 1937 wegen illegaler politischer Betätigung eingekerkert wurde. 1936 und 1937 erschienen seine erfolgreichen Romane über den Finanzmann John Law, der als ›Erfinder‹ der Banknote gilt, und über den Maler Vincent van Gogh. Der John Law-Roman hätte in Wien mit Rudolf Forster in der Hauptrolle sogar verfilmt werden sollen.

Die wirkliche Katastrophe war die Machtergreifung der Nationalsozialisten. Sie zerriß den Lebenszusammenhang, der für Pollatschek motivierend war, und zerstörte die Kultur, in der er sich positionierte. Die Gegenwart wurde mit einem Schlag zur Vergangenheit, und das Schlimmste stand noch bevor.

Im Juni 1938 gelang der Familie – Stefan, seiner Frau Ilka und der Tochter Gerda – die Flucht nach Prag. Zwischen den nervenaufreibenden Kämpfen um Aus- und Einreisedokumente, um den täglichen Unterhalt beschäftigten Pollatschek verschiedene Romanprojekte. In einem wollte er über das »wunderbare Leben der Erfinder der Narkose: zweier amerikanischer Ärzte (und eines Wiener jüdischen Arztes – natürlich!)« schreiben, im anderen über das »Verjüngungsproblem«. Beide Romane wären Ärzteromane geworden, ein Genre, das Pollatschek mit »Dr. Berghof ordiniert von 2 bis 4 Uhr« (1931) und »Dozent Müller« (bzw. »Die Pest«, 1938) bereits gepflegt hatte, das eine Kontinuität verbürgte, die nicht mehr bestand. Erst nach der Weiterflucht nach England im Jänner 1939, nach einem intensiven Studium jüdischer Philosophie und Geschichte, nach der Internierung als »feindlicher Ausländer« von Juni bis Oktober 1940 hatte er sein neues Thema, seine neue Kontinuität gefunden, die Kontinuität der Judenverfolgungen im christlichen Abendland der Neuzeit, beginnend mit der Austreibung der Juden aus Spanien im Jahre 1492.

»Doktor Ascher und seine Väter« ist ein historischer Roman und ein Zeitroman zugleich. Während auf der einen Ebene, in den »Intermezzi«, den Zwischenspielen, die Ereignisse im Wien des Jahres 1938 geschildert werden, entfaltet sich auf der anderen Ebene, der Familiengeschichte der Ascher, ein Panorama der immer wiederkehrenden Verbrechen gegen die Juden in dem auf seinen neuzeitlichen Aufstieg so stolzen Europa. Ein Charakteristikum dieser Verbrechen ist ihre scheinbare Diskontinuität: Sie treten – ob sie nun von kalt berechnender Obrigkeit inszeniert oder von der aufgebrachten Volksmasse verübt werden – wie vorübergehende Episoden innerhalb eines sonst friedlich anmutenden Zusammenlebens auf. Aber die scheinbare Diskontinuität der Judenverfolgungen täuscht über den Ernst der Frage, die uns immer noch gestellt ist, hinweg. Was Pollatschek zeigen will, ist die Kontinuität des Diskontinuierlichen, die ungebrochene Kontinuität des Judenhasses, der sich ganz unabhängig von den Anlässen erhält, auf die er sich beruft.

Die Geschichte, die Pollatschek in seinem historischen Roman vergegenwärtigt, ist demgemäß nicht eine abgeschlossene Periode, aus dem sich Kostüm und Geste zur phantastischen Einkleidung heutiger Gefühle und Gefühllosigkeiten leihen lassen, sondern Vorgeschichte der Gegenwart. Pollatschek, nach seiner Internierung wiederholt von Herzattacken ereilt, wissend um die befristete Zeit, die ihm noch gegeben war, arbeitete sich rastlos, unter Aufbietung all seiner schwindenden Kräfte an die Gegenwart heran, an den Punkt, wo sich die Erlebnisse des Wiener Rechtsanwaltes Robert Ascher mit der langen und verzweigten Geschichte seiner Familie vereinigen, wo in der Wiederkehr der alten Verfolgungen ein neues Bewußtsein der eigenen Identität entsteht.

Stefan Pollatschek fand keine Gelegenheit mehr, sein Riesenwerk zu überarbeiten. Einzelne Passagen wurden zwar nach seinem Tod in der Exilzeitschrift »Die Zeitung« in London veröffentlicht, doch das Werk insgesamt schreckte durch seinen Umfang und durch die erhebliche Arbeit, die an ihm noch zu tun war, die um Papierzuteilungen besorgten Verlage der Nachkriegszeit eher ab. Dann ruhte es jahrzehntelang in Archiven verborgen, ehe es, auf Vorschlag von Gerda Hoffer, der Tochter Pollatscheks, von Ulrike Oedl und dem Verfasser dieser Zeilen redigiert und bearbeitet wurde. Bei der Bearbeitung haben wir Kürzungen vorgenommen, die einerseits Doubletten, also längere und kürzere Wiederholungen, andererseits Nebenhandlungen von geringerem Gewicht betrafen. Wir haben die Erzählung an vielen Stellen gestrafft und Ungenauigkeiten des Ausdrucks korrigiert. Inhaltlich haben wir an dem Werk nichts verändert, bloß versucht, seinen Gehalt schärfer und plastischer herauszuarbeiten. Den spezifischen Erzählduktus und den Stil Pollatscheks haben wir bewahrt. Man hört hier seine Stimme, nicht die der Bearbeiter. Inge Fasan, der Lektorin, die uns nach monatelanger Arbeit noch auf etliche Ungereimtheiten und sprachliche Schwächen aufmerksam machte, danken wir für ihre Einfühlungsgabe.

Für Hinweise, Vorarbeiten, Anregungen haben wir Evelyn Adunka, Gerda Hoffer und Uschi Lichtenegger zu danken. Vor allem aber danken wir dem Autor selbst, der uns ermöglicht hat, ein Stück Weges mit ihm zu gehen. Das Buch war im Österreich der Nachkriegsperiode zur Vernichtung bestimmt: nicht durch ein sichtbares Feuer, sondern durch ein schleichendes Vergessen. Dieser Form der Vernichtung zumindest bieten wir Trotz. Vielleicht hätte Stefan Pollatschek uns ein Lächeln geschenkt, das Lächeln des Robert Ascher und seiner Vorfahren. Ein Lächeln– nicht der Ergebenheit, nicht des Hohns, sondern der Gewißheit entspringend, daß das letzte Wort nicht gesprochen ist. Durch den Triumph des Nationalsozialismus wurde Stephan Pollatscheks Vertrauen in die Geschichte erschüttert. Pollatschek glaubte nicht mehr an den geschichtlichen Fortschritt, hoffte aber auf den Fortgang der Geschichte. Die Geschichte ist lang nicht zu Ende – das steht in sein Lächeln geschrieben.

Konstantin Kaiser

Lechzend klebe mir die Zunge
An dem Gaumen, und es welke
Meine rechte Hand, vergäß ich
Jemals dein, Jerusalem –

Heinrich Heine, »Jehuda ben Halevy«

Vorspiel als Nachspiel

I.

Freitag, den 11. März 1938, hatte der Wiener Rechtsanwalt Doktor Robert Ascher beim Zivil-Landesgericht zu intervenieren. Es war eine schwierige Causa, ein verwickelter Fall, der sich schon durch viele Jahre hinzog und an dem bereits eine Reihe von Juristen ihren Scharfsinn erprobt hatten. Doktor Ascher, in seiner gewissenhaften Art, hatte buchstäblich die ganze vergangene Nacht dem Aktenstudium gewidmet. Zu seiner Verwunderung dauerte die Verhandlung jedoch nur kurz. Sie begann beträchtlich verspätet, und gleich nach der Eröffnung schien es dem Anwalt, als ob der Senat, namentlich der Vorsitzende, zerstreut und nicht bei der Sache sei. Den Vorsitzenden, einen älteren, nicht ungütigen Mann, kannte Doktor Ascher schon viele Jahre, aus ungezählten Verhandlungen. Er hatte sich immer als ein ruhiger, wohlwollender Richter erwiesen, der sich durch klaren Verstand und gediegene juridische Kenntnisse auszeichnete. Um so erstaunlicher war nun seine sichtliche Zerstreutheit. Er versuchte nicht einmal, sie zu verbergen. Aus irgendeinem nebensächlichen Grund vertagte er bei der ersten sich bietenden Gelegenheit.

Am Gang begegnete der Anwalt dem Richter wieder. Sie begrüßten einander, der Richter blieb stehen, sprach ein paar beiläufige Worte zu Doktor Ascher und zog ihn in eine Fensternische, von wo aus man in den grauen, düsteren Hof blicken konnte.

»Nun, wie denken Sie?« fragte der Richter nervös.

Ascher dachte, der Richter wolle etwas über den Prozeß hören, und begann, seine Ansicht zu entwickeln.

»Aber nein! Dieser Prozeß ist unwichtig geworden! Begreifen Sie nicht, was los ist?«

Wieder einer, der nervös geworden ist, dachte der Anwalt und lächelte. Oh, er sei ganz ruhig, antwortete er nach einer kleinen Pause. Die Situation sei bestimmt nicht tragisch. Der Bundeskanzler habe eingesehen, einen Fehler begangen zu haben, als er zum deutschen Reichskanzler nach Berchtesgaden gefahren sei. Die jetzt in Deutschland regierenden Herren seien Menschen, mit denen man nicht unterhandeln könne. Das habe der Bundeskanzler nun begriffen. Er habe eine Abstimmung angeordnet, damit die Welt erkenne, daß die Bevölkerung hinter ihm stehe. Der Ausgang dieser Wahl sei gar nicht zweifelhaft, da jeder hierzulande wisse, daß mindestens sechzig bis siebzig Prozent, vielleicht noch mehr, Gegner der Nazis seien. Darum sei es auch verständlich, daß die Nazis sich der Wahl widersetzten …

»So, glauben Sie?« fragte der Richter. »Und wenn ich Ihnen sage, daß die Dinge anders liegen?«

Der Richter verstummte mitten im Satz. Aus der Tasche seines schwarzen Talars holte er ein nicht mehr ganz einwandfreies Taschentuch hervor und wischte sich die Stirn. Die Bewegung hatte etwas so Rührendes, daß der Anwalt Mitleid mit dem alten Mann empfand.

»Ich weiß nicht, warum Sie gar so aufgeregt sind, Herr Rat«, sagte der Anwalt, »ich hätte doch viel mehr Grund zur Aufregung. Ich bin Jude … Sie aber sind Arier, Sie haben nichts zu fürchten!«

Da entsann sich der Anwalt: Dieser alte Landesgerichtsrat hatte vor einiger Zeit in einem aufsehenerregenden Prozeß um eine schmutzige Häusertransaktion einige prominente Nationalsozialisten verurteilt. Trotzdem mußte der Anwalt neuerlich lächeln. Mein Gott, sind diese Menschen ängstlich, dachte er nachsichtig. Ich habe doch weit mehr zu fürchten als dieser Staatsbeamte, ich bin Jude, Freiwild, aber ich fürchte mich nicht.

»Na ja!« sagte der Richter. »Wir werden ja sehen! Von heute in zwei Tagen sind wir alle miteinander klüger. Alles Gute!« Er nickte dem Anwalt zu und entfernte sich raschen Schrittes.

Er hat mir nicht einmal die Hand gereicht, bemerkte Doktor Ascher. Sollte es am Ende ernster stehen, als ich glaube?

II.

Auf der Straße das gewohnte Bild. Nichts deutete auf Bedrohliches. Auf Gehsteige war das Kruckenkreuz gemalt und – nicht allzu häufig – sah man auf Plakatwänden den Bundeskanzler und seinen Wahlaufruf. Ascher schlenderte zum Stephansplatz und weiter durch die Kärntner Straße. Seit vielen Jahren schon hatte er nicht das Vergnügen, vormittags durch die Straßen der Stadt zu schlendern. Es gefiel ihm. Er freute sich der Vielzahl schöner Frauen, die gleich ihm unterwegs waren, drehte sich nach der ein oder der anderen sogar um, mehr verehrend als begehrend. Gegen seine Gewohnheit trat er in die elegante und vornehme Konditorei, verspeiste mehrere vorzüglich mundende Brötchen, bestellte ein Glas Whisky, um dann für diesen Imbiß mehr zu bezahlen, als er sonst in zwei Tagen brauchte. Aber er ließ sich dadurch nicht die unerklärlich gute Laune nehmen. Als er zum Ring kam, sah er einen alten und lieben Bekannten vor sich, seinen Kollegen Doktor Maschler, den immer lustigen und heiteren, der es sich nie schlecht gehen ließ. Doktor Maschler hatte schon eine Anzahl peinlicher Affären hinter sich; wiederholt war er einer Entehrung nur knapp entgangen, aber niedergeschlagen hatte man ihn nie gesehen. Doktor Ascher mied ihn beruflich, hatte aber den geistreichen und liebenswürdigen Kollegen gern.

»Hallo, Kollega Ascher! Sie sind auch unter die Bummler gegangen? Jetzt beginne ich, ganz fest an den bevorstehenden Weltuntergang zu glauben. À propos Weltuntergang: Haben Sie schon Ihre Koffer gepackt … Es steht elend um uns, Herr Kollega!«

»Und das sagen Sie so vergnügt?«

»Ich kann es nicht ändern, verlassen Sie sich auf mich, Kollega. Sie wissen doch, daß ich seit jeher auch Freunde auf der anderen Seite habe?«

»Natürlich, Herr Kollega. Jeder bessere Wiener Jude hat seinen Haus-Nazi.«

»Aber der meinige hat mir vor kaum einer halben Stunde erklärt, daß heute nachmittag der Nazi-Umsturz kommt! Wenn Sie meinem Rat folgen wollen, dann packen Sie augenblicklich Ihre Koffer und sehen Sie zu, daß Sie davonkommen. Ich für meine Person fahre um 3.42 Uhr nach Brünn. Ich warte den Ausgang der Wahlen dort ab. Am Montag kann ich ja noch immer zurückkommen. Brünn ist eine nette Stadt. Wie ist's, hätten Sie nicht Lust mitzukommen?«

»Nein, ich will am Sonntag wählen«, sagte Ascher und reichte seinem Kollegen die Hand.

In seiner Kanzlei fand der Anwalt viel Arbeit vor. Die Frühpost türmte sich auf seinem Schreibtisch. Er studierte die Akten, aber er war entschieden nicht bei der Sache. Plötzlich betrat, ohne anzuklopfen, sein Konzipient den Raum. Der junge Mann war sichtlich in großer Erregung. Ohne seinen Chef zu begrüßen, rief er: »Die Wahlen sind abgesagt!«

Doktor Ascher ging zum Telefon. Er wollte einen befreundeten Journalisten anrufen, um sich von der Richtigkeit der Nachricht zu überzeugen. Eine Verbindung war nicht herzustellen. Mittlerweile waren auch die beiden Angestellten im Zimmer erschienen, zwei große, schwarzhaarige und bleich aussehende junge Damen. Einer von ihnen gelang es, ihren Verlobten, Beamter einer großen Bank, anzurufen. Es bestätigte sich, die Wahlen waren abgesagt. An weitere Arbeit war nicht mehr zu denken. Der Anwalt bat seine Angestellten, sich nach Hause zu begeben.

In den leeren Kanzleiräumen war es schon finster geworden, aber Doktor Ascher scheute sich, das elektrische Licht einzuschalten. Es fröstelte ihn, und er hatte das bedrückende Gefühl, nicht mehr Herr seiner Gedanken zu sein. Alles verwirrte sich in ihm, die Luft im Raum wurde ihm zu schwer, er nahm Hut und Mantel und ging auf die Straße.

In der Mariahilfer Straße drängte sich eine dichte Menschenmenge. Tausende, meist junge Leute, marschierten auf der gesamten Breite der Fahrbahn, der Verkehr war umgeleitet. Alle diese Menschen trugen Hakenkreuze im Knopfloch, hielten Hakenkreuzfähnchen in ihren Händen. Die zahlreich aufgebotene Wache schritt nicht ein. Die jungen Leute sangen Lieder, deren Text der Anwalt nicht verstand. Wohl aber verstand er, was sie in die Nacht hinausbrüllten: »Heil Hitler!«

Plötzlich war von irgendwo her eine Gruppe Menschen aufgetaucht, Arbeiter anscheinend, die eine rot-weiß-rote Fahne vor sich hertrugen. Sofort stürzten sich die anderen auf sie, jeder schlug auf jeden ein, die Polizei kümmerte sich nicht darum. Doktor Ascher gelang es, dem Gedränge zu entkommen, er lief durch kleine, winkelige Gassen und befand sich mit einem Male in der Gumpendorfer Straße vor seinem Stammcafé, in dem er sich allabendlich mit Freunden zu treffen pflegte. Er atmete tief auf und trat ein.

Aber wie verändert war die Stätte! Der große Saal mit den vielen kleinen Tischen war verödet. Die Kellner standen an den Fenstern und starrten auf die Straße. Der weißhaarige Oberkellner kam auf ihn zu und sagte traurig: »Zeiten sind das, Herr Doktor, Zeiten …«

Der Anwalt ließ sich auf einen Sessel sinken und schloß die Augen. Nach wenigen Minuten aber riß es ihn wieder hoch. Aus dem Lautsprecher ertönte eine wohlbekannte, tiefe Baritonstimme. Der Bundeskanzler sprach. Er hörte, daß der Kanzler seinen Rücktritt verkündete: »Ich weiche der Gewalt.« Und dann kamen die beiden Worte, die den Anwalt seltsam ergriffen, sodaß er ihren Klang niemals mehr aus dem Ohr bekam: »Gute Nacht!«

Der alte Kellner hatte gewohnheitsgemäß ein hohes Glas schwarzen Kaffees vor ihn hingestellt, und gierig schlürfte der müde Mann. Dann zahlte er.

Auf der Straße ging es schon lebhafter zu. Überall standen dichtgedrängt ungezählte Menschen, es schien, als wäre die ganze Stadt auf den Beinen. Und schon mußte der Anwalt wahrnehmen, daß die Wachleute mit dem Hitlergruß grüßten, daß sie an ihren Mänteln Hakenkreuz-Armbinden hatten … Schnell geht das, sehr schnell, dachte der Anwalt und schritt weiter. Die Ringstraße war voller Menschen. Tausendstimmig scholl es in die Nacht: »Heil Hitler!« Doktor Ascher stellte den Kragen seines Wintermantels hoch und drückte den breiten, schwarzen Hut tief in die Stirn. Wohin nun?

III.

Am Tage danach erschien die alte Stadt schon völlig verändert. Jeder beeilte sich, die neuen Fahnen zu hissen und die neuen Embleme anzustecken. Junge Leute in funkelnagelneuen Uniformen jagten in eleganten Autos durch die Straßen, es schien, als wartete alles auf neue Befehle, die nur noch niemand erteilte.

Mit einem Mal waren die Juden aus dem Straßenbild verschwunden. Ihre Geschäfte hielten sie geschlossen. Auch Doktor Ascher amtierte in den ersten Tagen nicht. Seine Angestellten waren nicht erschienen, er saß in seiner Kanzlei und ging seine Akten durch. Er wußte, sie würden bald in andere Hände geraten.

Aber nichts geschah in den ersten Tagen gegen die Juden, die sich schon in Sicherheit wiegten, sich allmählich wieder in einen Optimismus hineinredeten. Und sie tauchten allmählich wieder in den Kaffeehäusern auf, blaß und gramerfüllt und angstzerfressen, aber keiner äußerte seine Sorge, jeder zeigte sich mutig, wollte den andern trösten. Sie waren über Nacht eine Familie geworden.

Doch schon am Montag oder Dienstag nach dem schwarzen Freitag sahen die Optimisten, daß sie sich geirrt hatten. An einem dieser Tage, als Doktor Ascher durch die Innere Stadt ging, sah er, wie man auf der Freyung zwei jüdisch aussehende Damen anhielt und sie zum Reinigen der Straßen zwang. Wut und Zorn stiegen in ihm hoch, aber ehe er sich irgendeine Rechenschaft ablegen konnte, waren zwei noch jugendliche SA-Leute in braunen Hemden vor ihn hingetreten, und einer von ihnen fuhr ihn an: »Jude?«

»Jawohl«, antwortete der Anwalt, und es würgte ihn in der Kehle, daß er dem Knaben antworten mußte.

»Autowaschen!« schrie einer von ihnen, und Doktor Ascher mußte folgen. Vor dem mächtigen Bankpalast standen viele mit Kot über und über beschmierte Wagen. Jüdische Männer und Frauen waren bereits damit beschäftigt, sie zu reinigen. Eine der Damen kannte er, sie war die Gattin eines Röntgenologen von Weltruf. Doktor Ascher zog seinen Mantel aus und machte sich unbeholfen an die Arbeit. Niemals hatte er derartige Arbeit verrichtet, er stellte sich recht ungeschickt an. Bald hatte sich eine dichte Menschenmenge um die Arbeitenden angesammelt: lachende und höhnende Kinder, Marktfrauen, Müßiggänger aller Art, Straßenpöbel.

»Recht geschieht ihnen, den dicken Jüdinnen!« rief jemand. »Ausgefressen haben sie sich, jetzt sollen sie auch einmal arbeiten, wird ihnen nicht schaden!«

»So hätte man es längst mit ihnen machen sollen! Jetzt wird das anders werden!«

Einer der Knaben mit Hakenkreuzarmbinde war auf die Gattin des Röntgenologen zugetreten und hatte ihr mitten ins Gesicht gespuckt. Die Dame fiel zusammen. Doktor Ascher eilte zu ihr und zog sie in ein Haustor. Irgendjemand half ihm. Einer der SA-Jungen kam auf ihn zu, sagte: »Abhauen, Jud!«

Doktor Ascher spürte nur, daß er vollkommen gefühllos und stumpf war. Merkwürdigerweise fielen ihm einige Takte aus seiner Lieblingsoper »Carmen« ein, er trällerte sie vor sich hin. Gedankenlos war er über den Kohlmarkt zum Michaelerplatz gekommen, wo vor einem früheren Herrenmodewarengeschäft eine überlebensgroße Büste des neuen Führers aufgestellt war. Zwei Schwarzgekleidete wachten mit präsentiertem Gewehr davor – gegenüber der Burg der einstmaligen Kaiser von Österreich. Alle Passanten lüfteten vor der Büste ihre Hüte, und unwillkürlich tat dies auch der Anwalt. Und wieder war ein bewaffneter Knabe neben ihm und herrschte ihn an: »Sind Sie Jude?«

Der Anwalt bejahte. Der Junge schlug ihm mit der Faust ins Gesicht, daß Blut aus Nase und Mund strömte. »Damit du dir merkst, daß ein Jude unseren Führer nicht grüßen darf!«

Doktor Ascher stand auf der Fahrbahn, blutbeschmiert, er empfand tiefen Schmerz, aber es war weniger die Nase, die ihm diese Pein verursachte. Viele Menschen waren Augenzeugen des Vorfalls gewesen, niemand half ihm. Im Volksgarten wusch er sich dann beim Brunnen in der Nähe des Theseustempels das Blut vom Antlitz. Hier habe ich als Kind gespielt, dachte er und sah sich an der Hand der Mutter, an der Hand des Kinderfräuleins, sah sich an dieser Stelle Arm in Arm mit einem jungen, fröhlichen Wesen in der dunklen Seufzerallee wandeln …

Tief brannte die erlittene Schmach in ihm, sie schmerzte, wie nichts vorher geschmerzt hatte. Der Anwalt glaubte, es nicht ertragen zu können. Und dabei hatte er das Gefühl, daß ihm in einem höheren Sinne recht geschehen war. Warum hatte er denn feige die Büste gegrüßt? Gewiß, es war ihm nicht bekannt gewesen, daß es Juden verboten war, den Gesslergruß zu leisten … Aber hätte er

den Schlag wegen Nichtgrüßens erhalten, er hätte ihn als ehrend empfunden, so schmerzte er doppelt.

Der Doktor hatte sich notdürftig gereinigt. Er verließ den Park. In der Josefstädter Straße wurde er abermals angehalten. Es war wieder eine Horde junger, uniformierter Burschen. »Mitkommen, Saujud!«

Diesmal wurde er in ein altes Haus geführt. Dort befanden sich schon viele andere Leidensgefährten, die man auf der Straße zusammengefangen hatte, Männer jeglichen Alters. Sie standen in dem grauen, düsteren Hof. Einen von ihnen kannte der Anwalt. Er war einer der bekanntesten Pianisten der Stadt. Ascher winkte ihm zu, aber der junge Künstler schien ihn nicht zu erkennen. Ein Anführer betrat den Hof, gefolgt von einer großen Zahl uniformierter Jünglinge.

»Da sind ja die Herren Juden!« rief er fröhlich. Der junge Mann schien überhaupt ein heiterer Geselle zu sein, lachte über die Gefangenen, amüsierte sich über den Bauch des einen, den gebogenen Rücken des anderen, die krumme Nase des dritten, fand an jedem etwas, das ihn belustigte. Seine Rede war voll von wüsten Drohungen. »Wir werden euch Nägel in eure Ärsche treiben, ihr Judenbagasch«, dabei hielt er sich den Bauch vor Lachen. »Wir werden euch die Haut vom Leibe ziehen, rösten und zu Leder verarbeiten, hahaha!« Er machte eine Pause, sah in die verstörten Gesichter, schien befriedigt von der Wirkung seiner Worte, lachte laut und kommandierte dann: »So, und jetzt machen wir halt ein paar Leibesübungen, wird euch sehr gut tun, faule Bande!«

Sie mußten Kniebeugen machen, sich auf den Bauch legen und vorwärts kriechen. Daneben standen die uniformierten Knaben und traten mit ihren schweren Stiefeln den Juden auf die Hände, in die Gesichter, in die Leiber, wohin sie gerade trafen. Viele der alten Männer waren bereits zusammengebrochen, aber man schlug sie, bis sie weiterkrochen. Dann, als der heitere Anführer fand, dieses Schauspiel habe nun lange genug gedauert, wurde ihnen befohlen, Gänge und Treppen des Hauses zu reinigen. Da aber nicht genügend Bürsten vorhanden waren, mußten solche beschafft werden. Zu dem Behufe hatten die Mißhandelten einen Be-

trag herzugeben, der genügt hätte, ein ganzes Geschäftsinventar zu erstehen. Wer nicht genug Geld bei sich hatte, mußte seine Uhr, seinen Ring oder seine Zigarettendose abliefern, und wer auch solche Dinge nicht besaß, für den mußten die zahlen, bei denen mehr Geld gefunden wurde. Doktor Ascher kam bei dieser Gelegenheit um alles, was er bei sich hatte: seine Börse, sein Portefeuille, seine Uhr, eine Kette und seine Ringe.

Von weitem schon hörte man den immer heiteren Anführer wieder lachen. Er stand mit anderen in einem kleinen Haufen zusammen und schlug sich vor Vergnügen auf die Schenkel. Ascher fiel auf, daß die Uniformierten die Kübel mit dem heißen Wasser selbst herbeischleppten, statt sich hiezu der Juden zu bedienen. Er vermutete eine Teufelei dahinter, und er sollte recht behalten. Kaum hatte er die Fingerspitzen ins Wasser getaucht, zog er die Hand mit einem Aufschrei zurück. Nun tönten Schmerzensschreie von allen Seiten. In den Kübeln befand sich eine heiße, scharf ätzende Flüssigkeit. Die meisten hatten dieser Marter nicht standgehalten. Sie waren ohnmächtig zu Boden gesunken. Am schlimmsten war wohl der junge Pianist verletzt. Seine Hände waren angeschwollen, die Haut hing in Fetzen von den Fingern. Später erfuhr der Anwalt, daß dem jungen Künstler die rechte Hand amputiert werden mußte und er sich aus Verzweiflung darüber das Leben genommen habe. In der Mitte des Hofes stand der Anführer mit seinen Kumpanen. Alle lachten herzhaft. Dann ließ man die Opfer laufen. Vorher befahl man ihnen noch, keiner Menschenseele ein Wort über das Erlebte mitzuteilen.

An diesem Tag war der Rechtsanwalt Doktor Robert Ascher zum ersten Mal in nähere Berührung mit dem Nationalsozialismus gekommen.

IV.

Die Ereignisse entwickelten sich nun folgerichtig. Schnell vollzog sich die Gleichschaltung. In den Schaufenstern der christlichen Kaufleute prangten Plakate »Arisches Geschäft«, auf jene der jüdischen war in ungelenken Buchstaben »Saujud« geschmiert, die meisten Gaststätten und Kaffeehäuser taten kund: »Juden ist der Eintritt verboten«. Es folgten die Enteignungen. Arische Kommissare zogen in jüdische Handelsfirmen und Geschäfte ein, die Inhaber verloren alles, wurden über Nacht zu Bettlern und mußten froh sein, wenn sie nicht überdies in Gefängnisse und Konzentrationslager geworfen wurden. Den Juden wurde das Betreten der öffentlichen Gartenanlagen, die Benützung der Bäder, sogar das Niedersetzen auf den Bänken untersagt. Man schrieb an Verwandte und Freunde im Ausland, war glücklich, einen Weg ins Exil zu finden, zog in unbekannte Länder mit nur einem Anzug am Leibe und gnädig zugestandenen zehn Mark in der Tasche. Andere traten die Reise ins andere Exil an, ins ewige. Die Totengräber am jüdischen Friedhof hatten Tag und Nacht zu tun. Dann folgte die Einkerkerungswelle. Die Juden wurden in den Straßen zusammengefangen, aus Verstecken geholt, aus den Armen ihrer weinenden und verzweifelten Frauen gerissen. Anfangs wurde noch nach Gründen gesucht. Sie wurden gefunden. Ungerechtfertigte Bereicherung, Teilnahme an einem jüdischen Wohlfahrtsverein, das genügte. Aber bald genügte es, Jude zu sein, um in eines der berüchtigten Konzentrationslager abgeschoben zu werden. Und schon langten von dort die ersten Urnen in Wien ein. Für ihre Zustellung mußte gezahlt werden.

Doktor Ascher führte seine Kanzlei zunächst fort. Als Advokat konnte er nicht mehr tätig werden, da es jüdischen Anwälten verboten wurde, ihrem Beruf nachzugehen. Er beschränkte sich darauf, die Akten seiner Klienten in Ordnung zu bringen und die Abrechnungen vorzubereiten. Allein, selbst dabei wurde er bald gestört. Eines Tages erschienen einige Parteisoldaten in der Kanzlei. Sie forderten den Anwalt auf, alle Wertgegenstände, alles Geld, alle Effekten abzuliefern. Der Doktor wußte, daß eine Kommission, die nicht von einem Polizeimann begleitet war, derartige Vollmachten nicht besaß, und bat die Männer um Legitimierung. »Ich könnte dich für diese Frechheit niederschlagen, Saujud!« sagte der Anführer der Bande, ein noch junger, hoch aufgeschossener Mensch mit einem Zwicker auf der Nase. »Vielleicht genügt dies als Legitimation?« fragte er dann höflich und legte einen Revolver auf den Schreibtisch, nicht ohne ihn vorher umständlich zu entsichern. Apathisch sah der Anwalt zu, wie man die Akten auf den Boden warf, die eiserne Kassa öffnete, Geld und Geldeswert, Effekten und Sparbücher in mitgebrachten Koffern verstaute.

»Es ist nicht mein Geld«, sagte der Anwalt. »Dies alles sind Klientengelder!« Der Anführer ließ sich nicht aus seiner Ruhe bringen. »Das werden ohnehin nur jüdische Klienten sein. Schick sie zu mir, Saujud, ich werde sie unter meine Klientel aufnehmen!« Johlendes Gelächter seiner Begleiter folgte. Sonst fanden sie in dem Raum nicht viel: einige Silbergegenstände, eine schöne Schreibtischgarnitur. Alles wanderte in die Koffer. Nun war die Amtshandlung beendet, und die Kommission schickte sich an zu gehen. Da ermannte sich der Anwalt und sagte: »Was meine privaten Habseligkeiten anlangt, benötige ich keine Bestätigung der Konfiskation. Da ich aber fremde Gelder zu verwalten habe, bitte ich recht sehr um eine Bestätigung, damit ich mich gegebenenfalls ausweisen kann!«

»So? Eine Bestätigung wollen Sie?« fragte der Anführer und dehnte die Worte übermäßig lange. »Aber bitte sehr, mit dem größten Vergnügen!« Und er stieß seine Faust mit aller Kraft dem Anwalt ins Gesicht.

Als Doktor Ascher wieder zu sich kam, war er in dem verwüsteten Büro allein. Am Boden lagen zerfetzte Akten, Dokumente, Gerichtsbeschlüsse. Hier war nichts mehr gutzumachen. Jahrelang geführte Prozesse müßten jetzt vielleicht neu aufgenommen werden – und wie konnte Ascher die Werte ersetzen, die nicht sein Eigen waren? Und er besaß keinerlei Bestätigung! Seine Klienten konnten ihm glauben oder auch nicht! Nein, er mußte eine behördliche Bestätigung in Händen haben!

Er eilte, wie er war, ohne Mantel und Hut, zur nächsten Polizeistation, und er hatte Glück. Der diensthabende Beamte empfing ihn sogleich. Er kannte den Anwalt von früher her und hörte ihn geduldig an. Dann sagte er: »Von einer Anzeige würde ich abraten. Denken Sie sich lieber, wir haben Krieg und eine Bombe hat in ihr Haus eingeschlagen. Kommt doch auf das gleiche heraus, nicht wahr?«

»Wäre es mein Eigentum, ich wäre nicht zu Ihnen gekommen, Herr Kommissar. Aber ich schulde meinen Klienten Rechenschaft!«

»Wie Sie glauben, Herr Doktor, wie Sie halt glauben! Aber ich erlaube mir noch einmal, Sie vor der Anzeige zu warnen!«

»Es ist alles überlegt, Herr Kommissar!«

Zwei Tage danach wurde der Rechtsanwalt Doktor Robert Ascher verhaftet. Gegen vier Uhr morgens wurde er von zwei SA-Leuten aus dem Bett geholt. Diesmal begleitete sie ein ordentlich legitimierter Kriminalbeamter. Die Aktion war legal.

V.

Der Anwalt wurde nicht zur Polizeidirektion gebracht, sondern in eine in einem Randbezirk gelegene Schule, die in ein Gefängnis umgewandelt worden war. Ein Verhör oder dergleichen erfolgte bei der Einlieferung nicht, man fragte bloß nach seinem Namen und seiner Adresse. Niemand sagte ihm, weshalb er arretiert wurde, und der Anwalt fragte nicht danach. Er wurde über zwei Treppen in einen Klassenraum geführt, in dem etwa zwanzig Männer untergebracht waren. Es war noch früh am Morgen, der Eintretende konnte nicht viel wahrnehmen. Der dumpfe Geruch, der ihm entgegenschlug, nahm ihm den Atem. Ein alter Mann war auf ihn zugetreten, Ascher konnte ihn kaum sehen.

»Haben Sie keine Angst, mein Freund«, sagte der alte Mann. »Es ist nicht gar zu arg hier. Sie werden sehen. Sie sind doch Jude?«

»Gewiß«, sagte der Anwalt und fühlte sich sicherer und ruhiger.

»Wir haben auch Christen hier«, flüsterte der Alte. »Aber die Christen hier sind anständige Menschen.« Der Anwalt schwieg. »Oh, ich bin ein alter Mann, 74. Ich habe viele Christen in meinem Leben getroffen, aber Antisemiten waren alle, auch wenn sie gesagt haben, sie seien keine. Was soll man machen?«

Allmählich wurde es heller, die Schläfer erwachten. Sie lagen auf unordentlich geschlichtetem Stroh oder auf dem bloßen Boden, kreuz und quer durcheinander. Sie stöhnten und streckten ihre Glieder. Manche waren neugierig zu dem »Frischen« getreten, musterten ihn und sprachen ein paar Worte mit ihm. Was Ascher zunächst auffiel, war, daß keiner dieser Leute Kragen und Krawatte trug und ihre Schuhe ohne Schuhbänder waren. Da entsann er sich, daß man ihm bei der Aufnahme ebenfalls diese Gegenstände abgenommen hatte und alles dazu, was er in den Taschen hatte. Einer der Männer war auf ihn zugetreten und streckte ihm die Hand entgegen:

»Kollega Ascher! Nein, wie nett, daß Sie uns auch das Vergnügen bereiten! Nun überwiegen wir Juristen hier. Gott segne Ihren Eintritt, mein Lieber!« Doktor Ascher sah den Mann an. Er erkannte ihn nicht. »Na, tun Sie doch nicht so fremd, Kollega! Wenn man seit Wochen unrasiert einherlaufen muß, dann schaut man halt nicht anders aus!«

Jetzt erkannte ihn der Anwalt an der Stimme. Es war Doktor Maschler, den er an dem schwarzen Freitag am Ring getroffen hatte.

»Sie sind es, Doktor Maschler? Ich habe Sie schon längst in Sicherheit gewähnt!«

»Erinnern Sie mich nicht daran! Nur meine unausrottbare Schlamperei ist schuld, daß ich Ihnen hier Gesellschaft leisten muß. Ich habe nämlich den Nachmittagsschnellzug versäumt. Ich benutzte also den Abendzug. Ich werde Zeit genug finden, Ihnen die Geschichte zu erzählen. Lassen Sie sich vorerst einmal bekannt machen. Sie werden hier viele Bekannte finden. Erstklassige Gesellschaft!«

Und er nahm seinen Kollegen am Arm und führte ihn von einem Schicksalsgenossen zum anderen. Ja, da waren viele bekannte Persönlichkeiten. Von seinen engeren Berufsgenossen: Ornstein, der letzte Vizepräsident der Advokatenkammer, ein kleingewachsener, kluger Mann; Doktor Lichtenstern, ein hochgeschätzter Strafverteidiger; Friedrich Krakauer, Rechtsanwalt und juridischer Schriftsteller; Doktor Nathanson, kurzsichtig und stets ängstlich, Verfasser vieler Kommentare und Gewerberechtsexperte. Aber auch andere waren da, die Ascher persönlich nie kennengelernt hatte, deren Namen ihm aber gleichwohl vertraut waren: ein Professor der Gynäkologie, adelig und getauft; ein Schriftsteller, Ärzte, Großkaufleute, ein Maler. Der alte Mann, der Ascher angesprochen hatte, war ein bekannter Rabbiner.

»Sie werden sich hier wohl fühlen«, sagte Doktor Maschler. »Wir haben gegenüber unseren Freunden, die sich noch auf freiem Fuß befinden, einen großen Vorteil. Die müssen jede Stunde befürchten, eingesperrt zu werden. Wir sind es schon. Uns kann sozusagen nichts mehr passieren!«

»Und Dachau ist nichts?« schrie der berühmte Verteidiger Doktor Lichtenstern mit seiner hohen Fistelstimme.

»Malen Sie den Teufel nicht an die Wand!« rief der Maler und lachte. »Lästern Sie nicht!« sagte ein älterer, schlanker Herr, einer der christlichen Gefangenen, ehemaliger hoher Offizier, festgenommen, weil er als Monarchist galt.

Es waren lange und gelehrte Gespräche, die man hier führte, oft genug über ganz Abstraktes; von den Ereignissen in der Welt drang kein Laut durch. Es erwies sich, daß manche der mit der Aufsicht Betrauten den Juden für Geld und gute Worte Milderungen angedeihen ließen. Bald trat wieder eine Änderung ein. Man fand nämlich heraus, daß man den arischen Häftlingen nicht weiter die Schmach antun könne, sie mit Juden gemeinsam eingesperrt zu halten, und so kamen erstere fort. Dann fand man wieder, dieses Gefängnis sei viel zu gut für Juden, und eines Tages wurden diese auf einige Lastwägen verladen und in ein anderes Gefängnis gebracht, ebenfalls ein Schulgebäude, doch weniger freundlich, mit kleinen, engen Räumen, niedriger Decke. In einen engen Nebenraum wurden zehn Häftlinge gesteckt. Doktor Ascher, Doktor Maschler, der Gewerberechtler Nathanson und der Rabbiner waren zusammengeblieben; unter den »Neuen« im gemeinsamen Raum war ein Gymnasialprofessor, dem Anwalt schon seit vielen Jahren bekannt, ein Mann, der seit drei Jahrzehnten getauft war und seinen jüdisch klingenden Namen abgelegt hatte. Sie waren von der Außenwelt völlig abgeschlossen, durften keine Briefe erhalten und keine schreiben, wußten nicht, wie es den Frauen, Kindern, Müttern und Vätern ging, argwöhnten das Schlimmste, doch sprachen sie nicht darüber. Im allgemeinen herrschte eine eher fröhliche Stimmung, in seltsamem Kontrast zur Situation. Sie hielten einander Vorträge, der Journalist über das Wesen der Zeitung und der Gymnasialprofessor über Pädagogik. Doktor Ascher kam gar auf den spaßigen Einfall, über seinen Stammbaum zu reden. Er hatte in jahrzehntelanger mühevoller Arbeit herausbekommen, daß sein Geschlecht bis ins 14. Jahrhundert zurückreichte. Sein Vortrag bewirkte, daß man über das Problem des Judentums zu debattieren begann. Lediglich der Rabbiner nahm nicht gern an diesen Debatten teil. Er hatte nichts übrig für das Schuld-Problem. »Warum sollen wir Schuld haben?« fragte er. »Wo soll unsere Schuld liegen? Wir sind anders als die Christen und Mohammedaner. Wir werden geschlagen, weil wir die Schwächeren sind, das ist der wahre Grund. Schuld? Die Juden sind zu edel, um brutal zu sein, hassen die Gewalt, und weil wir so viel Dummheit, Brutalität und Willkür nicht begreifen, suchen wir die Schuld in uns selbst. Hören Sie doch auf, die Schuld bei den Juden zu suchen. Überlassen Sie das den Christen! Vielleicht sind wir zum Dulden auserkoren, damit sich um so schärfer die Gewalt abheben kann, damit die Menschen endlich erkennen, daß man mit Gewalt den Geist nicht zu töten vermag?«

»Ist das nicht sehr überheblich, Herr Rabbiner?« fragte Doktor Ascher bedächtig. »Würde das nicht heißen, daß wir Juden die alleinigen Träger des Geistes und der Milde sind und daß uns die anderen nur deshalb aus der Welt haben wollen, weil sie Geist und Duldung nicht ertragen können?«

»Die Frage, warum wir nicht endlich unser Judentum ablegen sollen, hat mich schon lange verfolgt«, sagte ein älterer, kleingewachsener Mann, praktischer und bisher viel beschäftigter Arzt, er hieß Marek. »Warum erhalten wir uns denn eigentlich als Volk, wenn wir sehen, daß uns niemand leben lassen will? Warum machen wir nicht endlich und energisch Schluß? Warum vertilgen wir einander nicht selbst? Wäre das nicht weit besser, als daß unsere Kinder immer und immer wieder das gleiche, traurige Schicksal erleben müssen?«

Doktor Ascher entgegnete bedächtig mit leiser Stimme: »Ich begreife alle Niedergeschlagenheit, die sich unser nun wieder bemächtigt. Aber wir haben Haman überdauert. Es hat unzählige

Haman und Hitler gegeben, und das jüdische Volk hat sie überlebt, wir werden auch diesen überdauern.«

»Aber warum sollen wir ihn denn überleben, wenn immer wieder ein neuer kommt? Wenn das Elend niemals aufhört?« fragte Doktor Marek beharrlich.

»Weil ein Volk stärker ist als alle Leiden eines einzelnen. Weil wir durch unser ewiges Kämpfen wirklich ein Beispiel für eine endlich doch kommende, vernünftige Menschheit sein werden.«

Doktor Aschers Neigung zur Ahnenforschung wurde von seinen Leidensgenossen oft genug bespöttelt. Schon seine Vorväter hatten die Grundlagen zum Stammbaum der Ascher zusammengetragen. Es war gelungen, den Stammbaum bis ins 18. Glied zurückzuverfolgen. Die letzten zehn Jahre war Ascher damit beschäftigt gewesen, ihn um zwei weitere Ahnen zu mehren. Nur aus Gewissenhaftigkeit hatte er sie nicht in den Stammbaum aufgenommen, es fehlte noch die eine oder andere Bestätigung. Hätte er doch noch einige Monate Zeit gehabt! Doktor Ascher wälzte sich auf dem harten Boden hin und her.

Erstes Kapitel
Jehuda ben Ascher und Avrohom, der Schuster

I.

Langsamen Schrittes begab sich Jehuda ben Ascher in das Haus seines Gastfreundes, in dem er nun schon seit Tagen mit seiner Frau und seiner Schwiegermutter wohnte. Die wenigen Schritte wurden ihm schwer, er spürte Müdigkeit und hätte dennoch am liebsten einen Umweg gemacht, um nicht so bald seiner Frau und deren Mutter zu begegnen. Aber er konnte sich in diesem fremden Toledo, das so viel größer als das heimische Burgos war, nicht zurechtfinden und schlug den bekannten Weg ein, verlangsamte aber die Schritte. Er kam eben von dem berühmten Arzt, dessen Rat und Hilfe zu erbitten er mit Frau und Schwiegermutter von Burgos nach Toledo gereist war. Aber der Arzt hatte ihm für das Leben seiner Frau keine Hoffnung geben können. Würde er vor seiner Frau verbergen können, was er soeben erfahren hatte, und vor der abgöttisch an ihrer Tochter hängenden, selbst leidenden Schwiegermutter?

Aber er hätte sich derartige Überlegungen sparen können. Denn im Hause seines Gastfreundes war nicht alles wie sonst. In der guten Stube stand der Hausherr, Reb Aaron, umgeben von vielen seiner Freunde und Glaubensgenossen, alle in großer Erregung. Langsam erst gelang es ben Ascher, die Ursache zu erfahren. König Don Juan I. war seinem Leiden erlegen, und für dessen elfjähriges Söhnchen ward ein Regentschaftsrat eingesetzt, an dessen Spitze keineswegs judenfreundliche Würdenträger standen. Reb Aaron führte Ascher an das andere Ende des Raumes. Dort lag, auf Kissen gebettet, ein Reb Raimondi, einer der alten jüdischen Notabeln Sevillas. Sein Kopf war mit einem weißen Tuch verbunden, sein Gesicht fürchterlich entstellt und von dicken Blutkrusten überzogen. Er konnte kaum sprechen, denn es waren ihm viele Zähne ausgebrochen worden. Als Raimondi Ascher gewahrte, machte er Anstalten, sich von seinem Lager zu erheben, aber Reb Aaron hielt ihn nieder.

»Er hat uns berichtet von Sevilla ...«, sagte der Hausherr, und Tränen standen in seinen Augen. »Was denn? Was war denn in Sevilla?« fragte Ascher, der Gräßliches ahnte.

»Am Tage, nachdem in Sevilla der Tod König Don Juans bekannt geworden war, hielt der Pater Fernando Martinez wieder eine seiner schrecklichen Reden am Hauptplatz, unter Gottes freiem Himmel ...«

»Sie haben uns geprügelt, geschlagen haben sie uns, beraubt haben sie uns, unsere Frauen haben sie geschändet, diese Ausgeburten, gemartert haben sie uns«, rief von seinem Schmerzenslager her Reb Raimondi.

»Beruhige dich«, sagte Reb Aaron mitleidig zu dem Alten, der aufstöhnte und aus dessen Mund Blut zu sickern begann. Reb Aaron fuhr leise in seinem Bericht fort: »Nur zu gut hat er die Gojim aufzustacheln gewußt, der Priester. Mit Holzprügeln sind sie über unsere Brüder hergefallen, ihre Häuser haben sie angezündet, alles haben sie ihnen geraubt, der Tempel ist zerstört ...«

Ascher verhüllte sein Angesicht und murmelte Worte eines Gebets. »Über die Frauen sind sie hergefallen, getötet haben sie unsere Erstgeborenen ...« Ich bin froh, dachte Ascher, daß ich meinen Sohn nicht mit uns genommen habe, wie meine Frau es so gern wollte. »Die Tage Ägyptens sind wieder über uns hereingebrochen ...« Und während Reb Aaron weiter berichtete und Greuel über Greuel vor den Augen Aschers erstehen ließ, wurde die Türe aufgerissen und herein stürzte ein großer, schwerer Mann, über und über mit Schmutz und Staub bedeckt. Ascher kannte ihn, es war der Schuster Avrohom, jedermann in Toledo kannte ihn, Christ wie Jude. Er war unbeholfen und gutmütig, man konnte von ihm alles haben, er half, wo er nur konnte, alle liebten ihn.

»Ich komme aus Écija und Huete«, rief er, ließ sich in einen Sessel fallen, wischte sich den Schweiß von der Stirne. »Mit eigenen Augen habe ich alles gesehen, was ich euch nun berichte. Mit Müh und Not bin ich meinen Henkern entkommen. Großer Gott, gewaltiger Gott, lieber Gott, gnädiger Gott, erwürge diese Hunde!«

»Avrohom!« ermahnte Aaron den Schuster. »Du sollst den Namen Gottes ...«

»Ich weiß, ich weiß, verzeiht, Reb Aaron! Ich war in Écija, um Leder einzukaufen. Am Schabbesvormittag haben sie das Judenviertel angezündet, während wir in der Synagoge beteten. An allen Ecken und Enden haben sie die Judenhäuser angezündet und gejohlt haben sie – mein Lebtag werde ich dieses Gejohle nicht mehr aus den Ohren bekommen. Und an der Spitze der Haufen stand ein Priester, ein Galach im Ornat. Und er hielt das Kruzifix mit dem Jesus in die Höhe! Der Jeschua hat zugeschaut! Und dann haben sie ihre Messer genommen und haben gestochen und zerfleischt ... oi, oi, oi! Gestohlen und geplündert haben sie, und die Frau vom Reb Scholem haben sie zu Boden geworfen, und die Tiere haben sich über sie gemacht, und ein paar haben den Rebbe gehalten, und er hat zuschauen müssen, und nachher haben sie beide erschlagen. Und dann ist der Priester gekommen und hat alle überlebenden Juden auf den Stadtplatz schleppen lassen und hat sie aufgefordert, zum Christentum überzutreten. Wer übergetreten ist, der durfte leben bleiben, alle anderen haben sie getötet. 15 sind übergetreten und haben die Taufe genommen, 4.800 haben sie erschlagen. Die Stadt ist voll vom Blute der Juden!«

»Oi, oi, oi!« schrie Reb Aaron. Er hatte aus dem Kasten den Gebetsmantel hervorgeholt und begann laut zu beten, alle folgten seinem Beispiel. Aaron sprach das Amen, legte den Gebetsmantel ab, verwahrte ihn wieder und fragte den Schuster: »Und wie bist du entkommen?«

»Man hat mich in Écija nicht gekannt. Sie hielten mich für einen Schlächter aus Huete. Man fragte mich, ob ich ein Jude bin und ich ...« Er sah zu Boden. »Ich habe es geleugnet, ich habe eine Sünde auf mich geladen.«

»Nein, oh nein. Es ist besser, du hast sie getäuscht und dein Leben gerettet.«

»Aber ich habe mein Judentum, meinen Gott verleugnet!«

Und man brachte dem Schuster zu trinken, und er trank in vollen Zügen den dunklen Wein. Er trank für zwei. Dann berichtete er weiter: »In Huete haben sie das gleiche gemacht, 7.000 Juden haben sie dort erschlagen, 7.000 jüdische Leichen liegen in Huete! Über 300 haben dort die Taufe genommen, und in Ocaña haben sie unsere Brüder teils erschlagen, teils zur Taufe geschleppt, teils haben sie sie an die Mohammedaner verkauft …«

»Ich will nicht länger leben!« rief von seinem Lager Reb Raimondi. Er sprang auf und riß sich den Verband vom Kopf. Ascher eilte zu ihm. »Du darfst das nicht tun«, sagte er milde. »Wir haben das Leben von Gott bekommen, wir dürfen es uns nicht nehmen. Es gehört nicht uns …«

»Ich will nicht leben!« rief Raimondi. »Ich will nicht leben! Ich will nicht leben!« Immer wieder rief er diese Worte, als wäre er besessen. Dem Schuster Avrohom aber gelang es, den Tobenden zu beruhigen. Er nahm den Mann wie eine Puppe in seine Arme, wiegte ihn und sang ein kleines, rührendes hebräisches Liedchen dazu, dann legte er den Mann wieder auf sein Lager, und der Gemarterte schlief ein.

Das hatte sich an einem Montag zugetragen. Aber am Mittwoch und Donnerstag und Freitag wiederholten sich die Schreckensnachrichten. Fast aus allen Teilen des Landes langten Trauerbotschaften ein. In Logroño, in Ocaña, in Sevilla, überall, überall hatte man Juden massakriert, beraubt, erschlagen oder zum Übertritt gezwungen. In Sevilla allein waren 30.000 ums Leben gekommen, unzählige zur Taufe gezwungen worden … Und schon machten sich auch in Toledo die ersten Anzeichen des Kommenden bemerkbar. Der Schuster Avrohom war unterrichtet. Eines Tages kam er zu Ascher, so aufgeregt, daß er kaum zu sprechen vermochte.

»Flieht Reb Ascher, flieht mit Weib und Schwiegermutter nach Hause, nach Burgos, wo es noch ruhig ist. Morgen kommt Fernando Martinez. Der christliche Bluthund kommt morgen nach Toledo!«

»Großer, barmherziger Gott!« rief Ascher. »Woher weißt du …«

»Avrohom hat seine Quellen«, sagte der Schuster, und trotz des vielen Leides konnte er einen gewissen Stolz nicht unterdrücken.

»Warum kehrst du nicht selber Toledo den Rücken?«

»Es ist schon zu spät, an allen Toren halten sie Wache, die Schinderknechte, die Bluthunde, die Würger. Kein Jude darf mehr hinaus. Aber Ihr seid nicht aus Toledo, Ihr seid aus Burgos! Euch müssen sie ziehen lassen!«

Ascher ging im Raum auf und ab. Konnte er weggehen und seine Frau und Schwiegermutter zurücklassen? Die Frauen konnten nicht mit! Das Weib lag zu Bett, und es ging ihr schlechter von Tag zu Tag, ihre Mutter würde sich nicht trennen wollen von ihr. Welchen Nutzen hätte sein Bleiben? Hatte der Arzt nicht erklärt, daß das Leben seines Weibes rettungslos verloren sei? Wäre es also nicht das beste, die Verlorene zu lassen und sich selbst vor dem sicheren Tode zu retten? Was konnte er den Frauen nützen? Nichts. Aber in Burgos, da war noch sein Sohn, Nathan, der geliebte Nathan war doch noch in Burgos! Wäre es nicht seine Pflicht, nach Burgos zu eilen und sich dem Lebenden zu widmen?

»Sollen wir untätig zusehen, wie sie uns schlagen?« fragte der Schuster Avrohom und weckte Ascher aus seinen Überlegungen. Dieser betrachtete den großen, schweren Mann, als sähe er ihn zum ersten Mal. »Soll die spanische Judenheit niedergemetzelt werden, ohne sich zu wehren?«

»Wie können wir uns wehren?« fragte Ascher milde. Er fühlte die Erregtheit des Mannes und empfand tiefes Mitleid mit ihm. Er sprach gütig zu ihm wie zu einem Kinde. »Wie können wir uns wehren? Ihrer sind so viele und wir sind so wenige. Und sie haben die Waffen. Sollen wir uns mit den bloßen Händen gegen sie stellen?«

»Auch wir müssen Waffen haben, müssen sie kaufen!« Ascher lächelte. »Und wenn wir all unser Geld zusammenkratzen, wir können nicht so viele Waffen kaufen, wie sie haben. Und sie sind mehr als wir!«

»Also sollen wir uns vernichten lassen? Also sollen wir ehrlos untergehen?« Ascher zuckte die Achseln, sein Kopf schmerzte. »Wir müssen tragen, was Gott über uns verhängt.« Er faltete die schönen schmalen Finger.

»Gott! Gott!« schrie der Schuster und rannte wild im Zimmer auf und ab. »Gott ist für uns zur Ausrede geworden! Immer und immer lassen wir alles mit uns geschehen und sagen: Weil Gott es will! Aber Gott will gar nicht, daß wir feige sind! Gott hat uns genug Helden gegeben. Denkt an die Makkabäer, Reb Ascher!«

»Gott hat uns gestraft und über die Welt verstreut. Wir sind machtlos, und wir haben der Gewalt keine Gewalt entgegenzustellen.«

»Das sind Worte, Reb Ascher! Verzeiht mir, aber ich glaube Euch nicht! Gott kann nicht wollen, daß wir ewig wehrlos bleiben!«

»Und doch ist es so!« sagte Ascher und wiegte sein Haupt. »Ist es nicht sein Wille, daß wir überall nur ein kleines Häuflein sind? Vielleicht wird es lange dauern, sehr lange, vielleicht will der Allmächtige, daß jene, die uns heute und morgen schlagen und quälen, eines Tages voller Reue erkennen, daß es besser ist geschlagen zu werden als selber zu schlagen.«

»Wie könnt Ihr so reden, Reb Ascher!« rief Avrohom entsetzt. »Das soll Gott lieb sein, und das soll er wollen? Er soll wirklich wollen, daß wir, die niemandem etwas zuleide tun, gemeuchelt werden? Nein, nein, das ist nicht mein Gott! Ich werde mich wehren, ich werde nicht zusehen, wie man mein Weib und meine Kinder tötet, oh nein! Wer mich oder die Meinen töten will, der wird zuerst von mir getötet werden! Ob ich Waffen habe oder nicht!«

»Und du glaubst, daß du mit vergossenem Blut vor Gott bestehen kannst?«

»Ja, ich glaube das, Reb Ascher! Ich werde ihm sagen: ›Sieh, Herr, jener hat mich erschlagen wollen, und so wehrte ich mich.‹ Und der Herr wird mir wohlgefällig zunicken. Ganz bestimmt!«

»Du wirst es mir dann nicht mehr sagen können, Avrohom«, sagte Ascher und lächelte.

»Auch mit Euch hat Gott keine Zwiesprache gehabt. Oder sagte er Euch, daß wir kampflos sterben sollen?«

»Nein. Gott spricht nicht mehr. Aber aus seinen Taten ertönt sein Wille. Hätte er uns denn zerstreut, hätte er uns denn der Macht beraubt, wenn er uns wehrhaft gewollt hätte?«

Reb Aaron hatte angeordnet, daß sich nach Einbruch der Dunkelheit alle männlichen Juden im Gotteshaus versammelten, um die ganze Nacht hindurch zu Gott zu beten, daß er das Übel abwende. Jehuda wollte dem Gebot folgen, aber seine Frau nicht beunruhigen, und so legte er sich zum Schein ins Bett. Er nahm sich vor, nicht einzuschlafen, er wollte ins Gotteshaus, sobald seine Frau den Schlummer gefunden hatte. So lag er neben ihr und hörte ihren schweren Atem, das rasselnde Pfeifen der Lungen. Er lag mit offenen Augen und sah den Tag mit seinen Bitternissen. War es recht von ihm, wortlos neben ihr zu liegen, mit der er fast zwei Jahrzehnte gut und innig verbunden gewesen war und die er, wenn es so bestimmt war, vielleicht nie mehr sehen würde?

»Jehuda«, lispelte die Frau, »ich weiß, was morgen kommt!«

Der Mann schwieg.

»Versprich mir eines, Jehuda!«

»Was denn? Was willst du?«

»Ich will nicht länger leben als du! Wenn Gefahr ist für dich, dann mußt du mich töten!«

»Es wäre doch gut, wenn du schliefest«, sagte Ascher und suchte seine Rührung zu verbergen. »Nun sag mir, ob du bei Troste bist! Du willst, ich soll zum Mörder werden? Du willst, ich soll Gottes Gebot übertreten, sein heiligstes, und du willst, daß er mich darob ewiglich verdamme?«

»Ist es nicht besser, du tötest mich statt einer der Barbaren? Ich weiß, du würdest es in Liebe tun, und es würde nicht schmerzen. Aber der Barbar würde es in Haß und Rohheit tun!«

Die Frau schwieg, nach einer Weile setzte sie wieder an: »Jehuda!«

»Was willst du?«

»Sieh, ich muß sterben … Widersprich nicht. Ich weiß es seit langem. Und auch meine Mutter weiß es. Ich kann es in ihren Augen lesen. Gleich zu Beginn meiner Krankheit wußte ich es. Könnte ich denn in diesem Zustande leben, wenn du von mir genommen würdest? Kann es ein Vergehen sein, wenn du mir hilfst, mir, die doch nicht leben kann?«

»Und du gedenkst gar nicht deines Sohnes?«

»Gott helfe Nathan, ich kann es nicht!«

»Und du gedenkst nicht deiner Mutter?«

»Der Mutter müßtest du helfen wie mir selber. Sie kann allein nicht leben. Sie ist alt und krank. Auch das mußt du mir versprechen, Jehuda!«

»Was nicht noch alles, du Gute!« sagte der Mann und lachte laut, es war ein unschönes Lachen. »Nun weiß ich es, du willst mich zum Massenmörder machen. Als Massenmörder soll ich vor Gott erscheinen!«

Still und mit angehaltenem Atem lag er neben ihr, mit der er so lange sein Leben geteilt hatte. Dann hörte er die ersten ruhigen Atemzüge der neben ihm Liegenden. Behutsam stand er auf und schlich aus dem Zimmer.

II.

Das Innere des Tempels machte einen düsteren Eindruck. Wenige Ölflammen erleuchteten den großen, dicht gefüllten Raum. Eng aneinander gedrängt standen die Juden in ihren langen weißen, mit schwarzen Streifen verzierten Gebetsmänteln. Nur Köpfe und Bärte. Sie beteten leise singend, die Köpfe wiegend. Ab und zu erhoben der Rabbiner und der Vorbeter ihre Stimmen, und die traurigen Gesänge erhoben sich zur brausenden Klage. Aschers ohnehin schwache Augen versagten in der Düsternis fast völlig. Mit einem Male spürte er, wie ihn jemand am Mantel zupfte, ihm ein paar Worte zurief, deren Sinn er nicht erfaßte. Ascher sah ihn nicht, aber erkannte Reb Aaron an der Stimme. Aaron zog ihn in einen kleinen Raum, der ein wenig besser beleuchtet war, und herrschte ihn an: »Warum flieht Ihr nicht, Jehuda ben Ascher? In wenigen Stunden sind sie da, und es wird kein Spaß werden. Sie feiern morgen ihr Marienfest. Es wurde mir berichtet, daß sie zu Ehren ihrer Himmelskönigin keinen Juden in der Stadt am Leben lassen wollen. Ihr seid aus Burgos, noch muß Euch die Wache aus der Stadt lassen. Morgen ist's zu spät, da werden sie keinen Unterschied mehr machen. Meir Cohen ist gerade vom Pedro-Platz gekommen. Dort stehen schon die Weinfässer. Wenn die Menge erst getrunken hat …«

»Ihr vergeßt, Reb Aaron, mein Weib ist hier und meine Schwiegermutter. Ich kann sie nicht mit mir nehmen. Soll ich sie allein hier sterben lassen?«

»Ihr solltet Euch erhalten, Jehuda, Ihr habt Euren Sohn und unserem ganzen Volke ein Beispiel zu bieten.«

»Laßt es mich an Eurer Seite bieten, Reb Aaron!«

Sie gingen zurück in den Tempel und beteten. Ascher fühlte, wie Zeit und Ort dahinschwanden, wie er leichter und leichter wurde, wie er sich erhob von der Erde, an die seine Füße noch vor wenigen Stunden wie angeschmiedet waren. Die Ölflammen wurden gelöscht. Die Sonne schien mit praller Kraft in den runden Saal. Avrohom, der Schuster, stürzte in den Tempel. Sein Atem ging flatternd, er keuchte. Nur mit Anstrengung konnte er hervorstoßen:

»Martinez hat seine Predigt beendet. Ich habe sie mitangehört. Er hat die Menschen aufgehetzt, wie man in der Arena die wilden Tiere aufreizt. Sie kommen gelaufen, gleich werden sie da sein!«

Ein Wehklagen ertönte. Einige der Juden verbargen ihr Antlitz in den Gebetsmänteln, als wollten sie nicht mehr sehen, andere versteckten sich unter Bänken und Stühlen, andere wieder eilten verzweifelt zu den Türen, während wieder andere diese mit Bänken und Stühlen verrammeln wollten. Reb Aaron aber war auf die Empore gestiegen, breitete die Arme weit aus und rief: »Brüder! Brüder! Nicht so lasset uns seinen Spruch erwarten. Lasset uns beten zu ihm, der uns herausgeführt hat aus Ägypten, aus dem Land der Knechtschaft …«

Reb Aaron betete laut mit der ganzen Kraft seiner Stimme, und viele beteten mit ihm und übertönten das Wehklagen und Jammern. Doch immer deutlicher hörte man die Rufe »Tod den Juden! Tod den Juden!« Durch die Glasscheiben fielen die ersten Steine, Axthiebe tönten an den großen Toren der Synagoge. Dann barsten sie. Die meisten dieser Männer waren betrunken, schwangen Äxte, schon fielen Juden zu Tode getroffen, noch immer betete Reb Aaron. Da war einer aus der Meute auf die Empore gesprungen, hatte den schmächtigen Alten gepackt und hob ihn hoch.

»Laß ihn!« schrie ein anderer. »Das ist ihr Priester, mit dem will Pater Martinez seinen Spaß haben!«

Jetzt erst war Jehuda wach. Er wunderte sich, daß er so ruhig war. Er hatte ein Gefühl, als wäre Eis in seinem Herzen, seinem

Hirn, seinen Beinen, seinen Händen, als wäre er nicht der wahre Jehuda ben Ascher, als wäre er anderswo und stünde außerhalb seiner selbst. Er sah, wie immer mehr in den Tempel eindrangen, hieben und mordeten, wie sie die silbernen Leuchter an sich rafften und die Glöckchen von der Thorarolle rissen, wie sie das heilige Buch selbst auf den Boden warfen und mit Füßen darauf trampelten. Er hörte das Wimmern der Verletzten, sah Rotes vor sich und wußte, daß es Blut war, jüdisches Blut. Er sah die ersten Flammen zur Decke auflohen, spürte den Brandgeruch, schmeckte den Rauch. Da aber packte ihn einer und trug ihn auf starken Armen ins Freie. Avrohom, der Schuster.

Draußen auf dem Platz vor dem Gotteshaus war das Getöse noch ärger und quälender. Der große Platz war voll von johlenden, betrunkenen, bewaffneten Männern. Noch immer strömten sie aus allen Gassen herbei. Sie schleppten Juden und deren Frauen aus den Häusern, zerrten sie an den Haaren hinter sich her, immer mehr und mehr. Sie zündeten die Gewänder ihrer Opfer an und ließen sie als lebende Fackeln brennen, standen daneben und lachten. Oder sie durchbohrten sie mit Speeren und Spießen und hefteten sie an die Mauern oder erschlugen sie mit Steinen und bloßen Fäusten.

Mit einem Male wurde es still. Auf dem flachen Dach eines kleinen Hauses war der Priester Fernando Martinez erschienen, schlank, elegant, in seinen Händen, die in schönen roten Lederhandschuhen steckten, hielt er ein silbernes Kruzifix, mit Edelsteinen besetzt. Weithin schallte seine Stimme:

»Der Zorn des Volkes hat gegen euch Juden getobt. Wir Diener des Allmächtigen sollten uns eigentlich nicht einmengen, denn wenn das Volk wütet, dann wütet Gott selber. Aber um der Barmherzigkeit willen, die uns Gottes Sohn gelehrt, wollen wir für euch bitten. Wer sich zur Stunde taufen läßt und seine verfluchte Heidenlehre für immer abtut, der darf leben mitsamt seiner Familie, so er ehrlich glauben will an Jesus, unseren Erlöser. Alle anderen aber sollen auf der Stelle sterben.«

»Ich will sterben!« Alle wandten sich dem Rufer zu. Es war Reb Aaron. Er blutete aus vielen Wunden, konnte nichts sehen, denn seine Augen waren von Blut und Schmutz verklebt, sein Sohn führte ihn.

»Tut ihm den Willen!« rief der Priester, und die Männer ergriffen den alten Mann. »Ich will sterben!« tönte es von vielen Seiten, immer lauter, immer heftiger.

Ascher war in ein leeres Faß geschlüpft. Er wußte selbst nicht, wie ihm diese Idee gekommen war. Vor ihm stand die mächtige Gestalt des Schusters Avrohom.

»Ich will leben!« rief ein anderer plötzlich, gellend und voll Angst. Es war der junge Meir. Und schon tönte es von vielen Seiten: »Ich will leben!«

»Samuel Abrabanel, der Reiche, hat sich taufen lassen! Schmach über ihn!« rief einer, aber immer mehr und immer lauter riefen andere: »Ich will leben! Ich will leben!«

Jetzt waren ein paar Männer, Äxte in den blutigen Händen, vor Avrohom stehen geblieben: »Seht her auf den Juden, den Schuster!«

»Was wollt ihr von mir?«

»Du hast mir alle Kunden weggenommen!«

»Vielleicht waren sie mit mir zufriedener als mit dir, du Trunkenbold!«

»Ich arbeite genauso wie du! Du warst nur billiger, deshalb gingen sie zu dir!«

»Und doch konnte ich ganz gut leben davon. Wärest du eben fleißiger gewesen!«

»Halt's Maul, Jude! Willst du die Taufe nehmen oder sterben?«

»Keines von beiden!«

»Dann stirb!« rief der Mann und hob seine Axt.

»Wer von uns beiden?« lachte dröhnend Avrohom. Er hatte den Mann gepackt. »Wer?« schrie er und hob den Zappelnden hoch in die Luft. Und dann warf er ihn mit aller Kraft auf die Erde. Ein tausendstimmiger Aufschrei antwortete: »Die Juden vergießen Christenblut!« Ascher sah noch, wie Avrohom einen zweiten packte und in die Luft hob, dann aber stürzte sich eine Gruppe der Wütenden auf den Schuster, und Ascher sah nichts mehr von ihm.

Die Tat des Avrohom aber hatte das schlimmste Unheil erst ausgelöst. Man mordete die Juden, wo man ihrer habhaft wurde, und fragte gar nicht erst, ob sie gewillt wären, die Taufe anzunehmen, und machte nicht Halt vor Frauen und Kindern.

Jehuda ben Ascher wußte nicht, wie er in das Faß geraten, nicht, wie er herausgekommen, und nicht, wie er in das Haus Reb Aarons gelangt war. Er schritt über Leichen, half weder den Blutenden noch wandte er sich den Wehklagenden zu. Er betrat das Haus seines Gastfreundes und bemerkte nicht, daß es verwüstet war, achtete nicht, daß im großen Speisesaal die jüngste, schöne Tochter des Freundes, mit der er noch gestern gescherzt hatte, entseelt in einem Winkel lag. Und nichts merkend und nichts denkend kam er in das Gemach seiner Frau. Als er die Türe behutsam hinter sich schloß, starrte sie ihn aus weit aufgerissenen Augen an wie einen Geist. Vor dem Bett saß die alte Mutter, murmelte unverständliche Worte, ohne Unterlaß. Sie erkannte ihren Schwiegersohn nicht, lachte und flüsterte vor sich hin.

Jehuda blickte still auf seine Frau, ging zum Schrank und zog die Phiole mit dem Schlaftrunk hervor, von dem der berühmte Arzt gesagt hatte: »Nur fünf Tropfen, es ist ein starkes Gift!« Jehuda fand ein hohes, dünngeschliffenes Glas, leerte den Inhalt des Gefäßes hinein und reichte den Trank seiner Frau. Aber die wies auf ihre Mutter. Und Jehuda reichte das Glas der Alten, und als diese getrunken hatte, gab er es seiner Frau, die gern und gierig trank. Dann nahm er das Glas. Es war noch halb voll.

»Ich bin so durstig!« flüsterte er ihr zu, sie hörte ihn nicht mehr. Das Getränk schmeckte süß und bitter zugleich.

Das erste Intermezzo

Ein Neuer war in die Zelle gestoßen worden, ein kleines, schwaches Männlein mit mächtigen Augengläsern und großen, abstehenden Ohren, man hätte ihn fast häßlich nennen können, hätte sein Gesicht nicht durch etwas Schlichtes und Großes angezogen, das die Besonderheit dieses Mannes erkennen ließ. Selbst der zynische Doktor Maschler erwies dem Ankömmling Respekt, und jeder trachtete, dem Manne die ersten bösen Stunden zu erleichtern. Der kleine Mann war nämlich der berühmteste Musiker des Landes, als Dirigent wie als Komponist, und die Jahre, in denen er die kaiserliche Oper in Wien geleitet hatte, galten als die Glanzzeit des Instituts. Wohin immer er vor dem »Umbruch«, wie man jetzt die Machtergreifung durch den Nationalsozialismus zu nennen hatte, auch gekommen war, überall wurden dem kleinen Mann fürstliche Ehren erwiesen. Jeder wußte, daß der Meister all das Geld, das er verdiente, nicht zu halten vermochte, ja daß er dies auch kaum jemals ernstlich angestrebt hatte, stets hatte er eine offene Hand für junge Talente, für Bedrängte und Bedrohte; keiner, der sich um Hilfe an ihn wandte, tat dies vergeblich, und er selbst hatte immer wie ein Fürst gelebt. Nun war auch er hier gelandet, und es erwies sich, daß die neuen Herren wenigstens in einem Punkte konsequent waren: in der Verfolgung des Judentums. Daß sie sich auch an diesem Weltberühmten vergreifen könnten, hätte wohl keiner für möglich gehalten.

»Nun, gar so konsequent werden sie doch nicht sein«, meinte Doktor Maschler, als man darüber sprach. »Ich wäre gewillt, Ihren Fall zu übernehmen, lieber als den meinen, Meister. Es macht sich gut, wenn man hört, daß man auch Sie eingesperrt hat, die kleinen Leute können dann sagen: Ja, die sind gerecht, die bevorzugen keinen! Aber man wird Sie bloß ausplündern, und Sie werden sich in London oder in Paris, in New York oder Buenos Aires oder wo immer alles mit Zinsen und Zinseszinsen wieder zurückholen.« Der Künstler lächelte abwesend.

»Wie geht's eigentlich draußen zu?« fragte Doktor Ascher scheu. Selbst leidenschaftlicher Musikfreund, war er dem Schicksal dankbar, daß es ihn mit dem Vielbewunderten zusammengeführt hatte. Er getraute sich nicht, den großen Mann direkt anzusprechen, er zeigte sich in schülerhafter Bescheidenheit, die fast an Unterwürfigkeit grenzte.

»Meinen Sie die Stadt?« fragte der Künstler, und Doktor Ascher, der sich zwar mehr für das interessierte, was den Juden geschah, nickte eifrig mit dem Kopf.

»Man rüstet für den ersten Mai. Es geht heidnisch und kannibalisch zu, Herr Doktor. Am Graben haben sie aus weißer Pappe kleine, niedliche Säulchen errichtet und mit grellen Bändern umwunden. Es ist allerliebst, wie man in Berlin sagen würde. Vor der alten Pestsäule haben sie auch solch ein Säulchen aufgerichtet. Und auf der Ringstraße haben sie Maibäume aufgestellt. Danken Sie alle Ihrem Schöpfer, meine Herren, daß Sie rechtzeitig eingesperrt wurden und dies nicht mehr mitansehen mußten ... Am Burgtheater hängt eine große Tafel mit der Aufschrift: ›Betrieb steht geschlossen in der deutschen Arbeitsfront.‹ Und vor unserer Oper, vor meiner Oper steht: ›Judentum ist Verbrechertum‹!«

»Und die Juden? Haben Sie auch etwas von den Juden gehört, Herr Direktor?« fragte der Rabbiner.

»Ja«, sagte der Künstler und nahm seine Brille ab, und man sah zwei wunderbar klare blaue Knabenaugen leuchten und blitzen. »Ja, wissen Sie, ich hatte schon ganz vergessen, daß ich Jude bin. Ich war auch fest davon überzeugt, keiner mehr zu sein, weil ich mich schon vor Jahrzehnten taufen ließ ... Aber seit diese Leute hier sind, muß ich immer wieder an die kleine jüdische Gemeinde in Mähren denken, aus der ich stamme, sehe vor mir, wie man daheim den Sabbath gefeiert hat, die alten Juden in ihren eigenartigen Gewändern und mit den hohen Schaftstiefeln ... Ich habe Respekt vor dem Judentum bekommen. Ich weiß, daß mich die Metropolitan Opera reklamiert hat, weiß, daß man mir die Einreise in die USA außerhalb der Quote gestatten will ... Wissen Sie, Herr Rabbiner, wohin mein erster Tag in New York mich führen wird? Ich wünsche, auch der äußeren Form nach wieder ein Jude zu sein.«

Der Journalist war hinzugetreten, machte die Andeutung einer Verbeugung vor dem Musiker und begann, mit den Händen in den Hosentaschen: »Ich weiß nicht, ob Sie sich an mich erinnern, Meister? Vor einigen Jahren habe ich Sie interviewt, für die ›Morgenpost‹. Damals äußerten Sie etwas über die ungeheuere Hochachtung, die Sie vor dem Menschen empfinden. Ich möchte Sie jetzt wieder um ein Interview bitten, für meinen Hausgebrauch. Ich will Sie nämlich fragen: Sind Sie noch immer so ein Hochschätzer der Menschheit? Ich kann Ihre Äußerung zwar nicht mehr veröffentlichen, dafür interessiert sie mich heute mehr!«

Der Künstler besah sich den Sprecher und nahm dabei wieder die Augengläser ab, was zunächst zur Folge hatte, daß der Journalist seine Hände aus den Hosentaschen nahm.

»Ich weiß wohl, worauf Sie hinauswollen«, antwortete der Künstler bedächtig. »Sie wollen von mir hören, daß ich die Menschheit heute für eine Illusion halte. Und als Begründung sollte ich anführen, daß die Menschen dieser Stadt, die sich nie genug tun konnten mit ihrer Bewunderung, sich von mir abgekehrt haben und nicht ein einziger zu meinem Schutz aufgetreten ist. Man könnte zu dieser Schlußfolgerung kommen, und wenn ich an manche Persönlichkeiten denke, zum Beispiel an jenen Komponisten, dem ich zu manchem Triumph verhalf und der ganz unglücklich war, wenn ich einmal eine seiner Opern nicht dirigierte, oder wenn ich an die Sänger denke, die mich umschmeichelten, oder an die Kapellmeister – da könnte man wirklich Krämpfe bekommen. Und ich muß Ihnen recht geben, die Beispiele sind nicht ermutigend: Vom Hausmeister angefangen bis zum Kellner, alle spucken sie mir heute, bildlich gesprochen, ins Gesicht, und manche wirklich. Dennoch dürfen wir nicht in den Fehler verfallen, uns zu isolieren und zu behaupten, außer uns gäbe es keine Menschen. Hier nur, in diesem Land, ist es einstweilen verboten, Mensch zu sein.«

»Außerhalb Deutschlands beginnt erst der Mensch!« rief Doktor Nathanson dazwischen. Der Professor machte eine abwehrende Bewegung.

»Wo sind denn die Menschen?« fragte der Journalist. »Nimmt auch nur ein einziges Land uns großzügig auf? Quoten gibt's und Affidavits und Permits und was weiß ich, eine Wissenschaft ist das geworden! Wo sind die Menschen?«

»Das wird alles noch kommen«, meinte der Komponist.

»Ich gratuliere Ihnen, Meister! Könnte ich dieses Interview veröffentlichen, ich würde es nennen: ›Letztes Gespräch mit dem letzten Optimisten.‹«

Der Journalist wollte fortfahren, aber der Professor unterbrach ihn: »Unbegreiflich ist mir nur die Feigheit des Judentums! Warum vereinigen sie sich nicht zur Rache? Wann erschlägt ein Jude solch eine Bestie?«

»Wie können Sie so etwas nur sagen?« rief Doktor Nathanson. Er war aufgesprungen, fuchtelte mit den Händen und tanzte fast vor Empörung. Selbst Doktor Ascher konnte sich nicht zurückhalten und rief erregt: »Das ist doch Unsinn! Ich weiß mich aus unserer Geschichte zu erinnern, daß in Spanien und später in Rußland manchmal der gequälte Jude die Geduld verloren hat und zur Selbstwehr geschritten ist. Aber immer war das eine Katastrophe für die Juden. So haben wir eben Duldsamkeit gelernt!«

»Als ob's nicht auch sonst zu diesen Katastrophen gekommen wäre«, widersprach der Professor. »Wenn man schon untergehen muß, ist doch der wehrhafte Jude ein besserer Anblick als ein passiver Schwächling!«

»Der Makkabäer aus Eger!« rief Doktor Maschler und verbesserte sogleich: »Der getaufte Makkabäer aus Eger!«

»Aber, aber!« beschwichtigte der Rabbiner. »Wie könnten denn wir Juden uns wehren? Sie erinnern sich doch gewiß, daß wir unter der früheren Regierung einen eigenen jüdischen Selbstschutz hatten, der oft sehr gut funktionierte, und einige der heute herrschenden Herren haben jüdische Fäuste am eigenen Leib zu spüren bekommen. Aber wie wollen sich die Juden unter dem heutigen Regime zur Wehr setzen? Was können wir unternehmen, wenn der Jude als vogelfrei gilt?«

»Ich möchte Ihnen nur eine kleine Geschichte erzählen«, sagte Doktor Ascher. »Vielleicht haben einige von Ihnen Jacques Lehmann gekannt. Er hat mit Pfeffer gehandelt und wurde nur der Pfeffer-Lehmann genannt. Eines Tages erschien die bekannte Kommission in seiner Wohnung. Man raubte ihm all sein Geld, seine Wertgegenstände und Sparkassenbücher. Lehmann fragte die Banditen nach ihrer Legitimation, und einer der Unholde schlug ihm als Antwort ins Gesicht. Reflexartig wehrte sich der Angegriffene – wissen Sie, was geschah? Der SA-Mann zog seinen Revolver und erschoß Lehmann vor den Augen seiner Familie.«

Zweites Kapitel
Der Kreuzstern

I.

Fray Vicente Ferrer schritt seinem Besucher entgegen. Er verbeugte sich kurz und nicht sehr förmlich und reichte ihm die Fingerspitzen zum Kuß. Der Besucher, Geronimo de Santa Fe, Leibarzt eines der drei zur selben Zeit gegeneinander regierenden Päpste, beugte sein Knie, dergestalt um den Segen des Dominikaners bittend. Vicente Ferrer erfüllte die Bitte, und der Arzt erhob sich und seinen Blick. Ein schmales, nicht allzu hohes Gemach, völlig schmucklos; eine Holzbank, zwei niedrige Stühle, ein Betschemel. An der einen Längswand hing ein einfaches Kruzifix. Man hatte ihm also die Wahrheit erzählt, als man ihm vom asketischen Leben des berühmten Kanzelpredigers berichtete. Ein hochgewachsener, schlanker Mann, schmales Gesicht mit stark hervortretenden Backenknochen. Die Brauen über großen, brennenden, tief in den Höhlen liegenden Augen waren nur dünne Striche, sodaß die Augen noch größer erschienen. Die Gesichtsfarbe war gelblich, von einem eigenartig ins Bräunliche schillernden Gelb; der Arzt vermutete eine Unterleibserkrankung. Er wußte nicht, warum der berühmte und gefürchtete Dominikaner um seinen Besuch gebeten hatte; er war wohl in seiner Eigenschaft als Arzt hierher berufen worden. Aber Geronimo de Santa Fe irrte sich.

»Sie sind also der berühmte Arzt des Heiligen Vaters?« fragte der Mönch. Der Besucher war vom bloßen Klang der Stimme berührt. Viel schon hatte er von der Wirkung der Predigten dieses Mannes gehört, doch ohne rechten Glauben, denn er war skeptisch gegenüber derlei Dingen. Nun aber mußte er wahrnehmen, daß der tiefe Bariton, der so melodisch klang, auch ihn gefesselt hielt, und er konnte sich vorstellen, wie diese Stimme, wenn sie donnernd von der Kanzel dröhnte, Menschen zu gefügigen Werkzeugen machen konnte.

»Sie waren früher Jude, Geronimo de Santa Fe, und sind erst spät zum Christentum übergetreten?«

»Vor zwanzig Jahren, mein Vater.«

Und es war dem Arzt, als er sich nachher Rechenschaft ablegte, völlig unerklärlich, daß er, der sonst nur ungern von sich sprach, ungefragt von Jugend und Elternhaus zu erzählen begann, von Heimat und Reisen, Schulen und Studien, seiner Weltanschauung und dem frommen Namen, den er erst mit der Taufe angenommen hatte, er, Josua Lorqui aus dem valencianischen Lorca, den nicht der Heilige Geist, sondern der äußere Zwang zu einem Christen hatte werden lassen. Aber, so hörte er sich schwätzen, keinem Ereignis sei er so von Herzen dankbar, denn ohne es wäre er vielleicht im Zustand der Sünde verharrt und hätte die Gnade des Herrn nie erfahren, obschon so viele seiner allernächsten Angehörigen dabei ums Leben gekommen seien. Doch wäre es für diese armen Seelen nicht tausendmal besser, tot zu sein als in Sünde zu leben?

»Man hat mir also nicht zu viel von Ihnen erzählt, mein Sohn.« Der Mönch erhob sich. Im Gemach auf und ab gehend, setzte er zu frei dahinfließender Rede an. Er freue sich, einen wirklich Bekehrten zu finden, denn mitunter höre man ja, daß die Konvertierten die neue Religion nur widerwillig angenommen hätten, sich nicht nach ihren Satzungen und Geboten richteten, ja insgeheim noch die alten Gebete beteten. Immer häufiger höre man von solchen Verbrechen, man werde diese Fluchwürdigen, diese Marranen, strenger überwachen müssen. Und dies sei einer der Gründe, warum er den Besucher hierher gebeten habe. Er als ehemaliger Jude werde darüber ja mehr wissen als andere, und er wolle deshalb die Frage an ihn richten, ob er geneigt sei, die Bemühungen zu unterstützen, die Juden zum Christentum zurückzuführen …

»Mit tausend Freuden!« antwortete Geronimo. Er sei glücklich, dies zu hören, sagte der Priester und seine Stimme klang wie ein Glockenton. Er schätze es, in dieser bis auf den Grund verderbten Zeit einen so edlen Mann gefunden zu haben. Denn darüber, daß die Tage von Sodom und Gomorrha wiedergekehrt seien, könne kein Zweifel bestehen. Seien es nicht die Mächtigen selbst, die das schlechte Beispiel böten, sei es nicht bereits so weit gekommen, daß die Führer der Christenheit einander bekämpften, zum Spott der Ungläubigen? Seien nicht drei Päpste zur selben Zeit widereinander aufgestanden? Sei nicht einer dieser Päpste, der die Verwegenheit habe, sich Johannes zu nennen, der Inbegriff des Abscheus? Vereinige er nicht alle Laster in sich, könne man ihn nicht betrunken sehen auf offener Straße, gebe es eine hübsche Dirne, bei der er nicht geschlafen hätte, habe er sich nicht brave und untadelige Ehefrauen gefügig zu machen verstanden, verführe er nicht Jungfrauen und schände die Kinder? Reif sei die Zeit für eine neue Sintflut, und sei am Himmel nicht bereits der Kreuzstern sichtbar? So weit sei es gekommen, daß man dieses Zeichen gar nicht mehr beachte, aber er, er wisse, was es bedeute: eine Mischung aus Kreuz und Stern, das Kreuz der Christenheit und der Stern der Juden. Und der Stern müsse unters Kreuz, das Kreuz über den Stern siegen! Das sei der Sinn, und deshalb habe er sich entschlossen, sich der Partei des Papstes Benedikt anzuschließen, den er für den wahren Papst unter den dreien halte.

Der Mönch machte eine Pause und blieb vor dem Besucher stehen. Alles klang dem wie aus eigener Seele gesprochen. Dennoch verstummte das ärztliche Gewissen nicht ganz, und während Geronimo dem hageren Priester mit den eingefallenen Wangen zuhörte, zischte es ihm zu: ein Fanatiker, ein magenkranker Fanatiker! Und gerade darum zwang er sich, noch andächtiger zu lauschen.

Der Mönch riß sich die Kutte vom Oberleib, und der Arzt erblickte die von Krusten, Schwielen und Striemen übersäte Haut. Die außerordentliche Magerkeit des Mönchs erschreckte der Arzt. »Ich büße für mich und alle anderen!« rief der Dominikaner. »Ich büße für die Menschheit, die bald weit furchtbarer zu büßen haben wird!«

Während Geronimo hingerissen der Rede lauschte, zählte der Arzt für sich gelassen die Symptome auf, wie er es an der Hohen Schule von Sevilla gelernt hatte: magenkranker Fanatiker, ein Besessener, vermutlich sexuell abartig, demütig nach außen und hochmütig in Wirklichkeit ... Zuerst die Magenkrankheit bekämpfen, die Geschwüre, die den Fluß der Magensäfte stauen. Warum sind übrigens alle Besessenen magenkrank? Ein von einer Idee Verfolgter, aber welche Idee hält ihn gefangen? Der Arzt zuckte zusammen, als ihm der Mönch selber die Antwort zu geben schien, als hätte er seine Gedanken gelesen:

Nein, er sei keineswegs ein Besessener, nicht sei er in seinem Glaubenseifer der allzu gestrenge Knecht eines milderen Herrn. Wer das sage, mißverstehe diese Welt, die nun einmal eine traurige Einrichtung sei. Erst im Himmel sei doch die wahre Glückseligkeit. Man lebe überhaupt nur, um zu diesem Glücke zu gelangen. Er, Fray Vicente, könne die mitleidigen Klagen über die Unmenschlichkeit, die Juden auszurotten und zu töten, nur mit einem Lächeln anhören. Wer Mitleid mit den Juden habe, müsse verstehen: Den Juden ist nur durch den Übertritt zum Christentum zu helfen. Er, Fray Vicente in seiner Nichtigkeit, sei von einer inneren Stimme berufen, die Judenheit zu bekehren: »Und ich will Sie fragen, ob Sie mir helfen wollen, Geronimo de Santa Fe. Sie sind selbst aus dem Judentum hervorgegangen und haben zum rechten Glauben gefunden. Sie sind selbst voll Mitleid für Ihre ehemaligen Glaubensgenossen, die diesen Weg noch nicht gefunden haben. Ich wüßte mir keinen besseren und lieberen Helfer als Sie!«

Und der Arzt stimmte überwältigt zu. Der Dominikaner berichtete: Donna Catalina, die Regentin von Kastilien, plane eine neue Judenordnung, die er, Fray Vicente Ferrer, ausarbeiten solle. Ferner hoffe er, Papst Benedikt dazu bewegen zu können, ein Konzil einzuberufen, wie es bisher niemals stattgefunden habe: eine friedliche Disputation zwischen Priestern und Rabbinen, Führern der Kirche und des Judentums, des Kreuzes und des Sterns. Immer tadle man die Christen ob ihrer Härte, nun möge man es einmal mit der milden Macht des Wortes versuchen, und es werde sich zeigen, ob die Juden Argumenten zugänglich seien.

Ob er, Geronimo, nicht einen gebildeten kastilianischen Juden kenne, der, im Ansehen bei der Judenschaft, geeignet wäre, die einleitenden Verhandlungen mit ihm, Ferrer, zu führen.

»Nur Nathan ben Ascher! Ich wüßte keinen Besseren, mein Vater!«

Der Priester schwieg, sichtlich ermüdet. Er reichte die schlanke, blutlose Rechte seinem Besucher zum Kusse. Geronimo de Santa Fe küßte sie ehrerbietig und verließ den kargen, schmucklosen Raum. Als er wieder in die pralle Sonne trat, entsann er sich erst, daß Sommer war. Er hätte draußen den Winter erwartet.

II.

Flüchtig nur murmelte Nathan ben Ascher den Segensspruch und wusch sich die Hände. Wortlos setzte er sich und stocherte in der Speise. Die Frau getraute sich nicht zu fragen. So lange sie denken konnte, waren die Männer kummerbeladen und niedergedrückt gewesen. Wenn alles nur so bliebe wie bisher, wenn ihr Mann und die fünf Kinder nur gesund blieben. Sie schauderte, ließ den Löffel zu Boden fallen, sogleich rauften die Kinder, der Mutter den Löffel aufzuheben. Selbst dieser anmutige Wettstreit konnte kein Lächeln auf die Lippen Nathans zaubern. Kaum war der letzte Bissen verzehrt, eilte Nathan zu Juda Avanola, dem Freund, bei dem Reb Astrüc Levi aus Daroca zu Gast weilte. Er fand ein Zimmer voller Menschen. Die angesehensten Juden hatten sich eingefunden, auch aus benachbarten und weiter entfernten Plätzen. Nathan war immer scheu, wenn er zu mehreren Menschen sprechen sollte. Und gerade ihm war es auferlegt, Künder der unheilvollen Botschaft zu sein.

Er stellte sich dem Hausherrn zur Seite und begann: Er, Nathan ben Ascher, sei von dem nun fast allmächtigen Dominikanermönch Fray Vicente Ferrer zu einer Besprechung »rein privater Natur« gebeten worden, wie ihm vorher versichert worden sei. Vor knapp einer Stunde habe er den Priester verlassen und wäre sogleich hergeeilt, wenn das Gesetz nicht vorschriebe, daß der Hausherr den Sabbatheingang mit seiner Familie zu feiern habe. Diese Einladung habe er einem Bekannten aus frühester Jugend zu verdanken, dem Arzte Geronimo de Santa Fe, einem Getauften … Der Mönch habe ihn freundlich empfangen, viel zu freundlich, seine Worte seien viel zu sanft gewesen, nicht die Sanftmut des Lammes. Nathan wischte sich den Schweiß von der Stirn und zog mit unsicherer Hand ein Blatt Papier aus der Tasche:

»Der Priester hat mir zwei Dinge mitgeteilt, beide gleich furchtbar. Der Christ gab mir bekannt, daß die Regentin Donna

Catalina und der Infant ein Edikt von 24 Artikeln unterzeichnet haben, das schon jetzt, während ich es euch erstmals mitteile, in Kraft getreten ist.

Die Juden dürfen nur in eigenen Vierteln leben, in den Juderias. Kein Jude darf ein Handwerk treiben, keiner studieren, keiner Arzt werden. Kein Jude darf ein Amt bekleiden, keinem ist es gestattet, sich christliche Bedienung zu halten. Männer und Frauen müssen lange Kleider tragen, ausschließlich von groben Stoffen, jeder muß durch ein rotes Abzeichen am linken Ärmel als Jude kenntlich sein. Kein jüdischer Mann darf sich den Bart oder das Haupthaar stutzen, kein Jude darf mit dem Wort ›Herr‹ angesprochen werden. Jede Zuwiderhandlung wird mit hundert Geißelhieben bestraft. Wer auswandern will und dabei ertappt wird, büßt seine gesamte Habe ein und wird zum Leibeigenen des Regenten. Außerdem ist angeordnet, daß in allen Synagogen Priester der Christen predigen werden und die Juden den Predigten beiwohnen müssen.«

Vicente Ferrer habe ihn beauftragt, die Judenschaft der Stadt zu verständigen, daß er selbst die erste dieser Predigten am kommenden Freitag nach Sonnenuntergang halten werde, und habe ihn, Ascher, dafür verantwortlich gemacht, daß die männliche Jugend, vom 13. Lebensjahr an, seiner Predigt beiwohne.

Nathan ben Ascher schwieg beklommen. Wehklagen ertönten, viele der Männer hatten Tränen in den Augen. Astrüc Levi, der Alte, erhob sich: »Ich glaube, unser Bruder Ascher hat uns noch etwas zu sagen. Er sprach von zwei Dingen. Was steht uns noch bevor?«

»Ja, es ist noch ein anderes, das ich euch zu sagen habe. Der Papst Benedikt, so sagte der Dominikaner, habe es sich zur Aufgabe gestellt, alle Juden zum Christentum zu führen. Der Papst wünsche Gewalt zu vermeiden. Er wolle eine Disputation nach Tortosa einberufen, der er selbst zu präsidieren gedenke und zu welcher die Spitzen der Judenheit der ganzen Provinz geladen werden sollten. Man wolle die Argumente der Juden prüfen. Der Papst hoffe, die Disputation werde mit einem Gesamtübertritt der Juden zum Christentum endigen. Kein anderes Ergebnis erwarte der Papst.«

»Laßt das Klagen!« sagte Astrüc, der Alte. »Wir wollen einmal klar überlegen. Was hat uns unser Bruder Ascher berichtet? Zum ersten: Wir werden zu Bettlern, verlieren unser Hab und Gut, unsere Freiheit, unser Recht. Wir werden zum Getier, das jeder jagen darf. Ein großes Unglück, und viele von uns werden daran zugrunde gehen. Aber es ist noch nicht das größte …«

»Wie könnt Ihr das sagen?« rief ein kleiner, gedrungener Mann, dessen Stimme sich beim Reden überschlug. »Man raubt uns alles, wir dürfen nicht mehr arbeiten, wir werden verhungern, und das soll noch nicht das Ärgste sein?«

»Schlimm genug! Habe ich das bestritten? Aber wir haben schon viel Böses erlebt! Wir müssen Geduld und Gottvertrauen haben, dann geht das Böse auch wieder vorbei. Solange wir leben, verzweifeln wir nicht!«

»Ihr seid alt, Astrüc Levi«, rief der kleine Mann. »Ihr habt den Kummer bald überwunden, aber wir, die wir voraussichtlich noch lange zu leben haben – wie sollen wir leben?«

»Solange der Mensch lebt, kann Gott helfen. Mehr haben wir zu befürchten vom Plan des Papstes. Erst wenn wir übertreten, erst wenn wir Gott verloren haben, haben wir alles verloren!«

»Sehen die Verordnungen der Regentin vor, daß derjenige, der die Taufe nimmt, sein Eigentum behalten und seinen Geschäften weiter nachgehen darf?«

»Ja«, antwortete Nathan.

»Weil wir alle schon genug gelitten haben!« schrie der kleine, gedrungene Mann mit hochrotem Gesicht. »Immer haben wir gelitten, seit eh und je, jahrhundertelang quält uns dieser Gott Jehova. Warum sollen wir ihm die Treue halten? Und können wir diese Lehre nicht nur zum Schein annehmen, wie so viele es taten vor uns? Wer hindert uns, insgeheim unserem Gott anzuhängen?«

»Mordachei! Der Bann wird über Euch verhängt werden!«

»Aber, aber!« beschwichtigte Astrüc Levi. »Seht ihr denn nicht, daß Mordachei krank ist? Er hat Angst. Wir alle haben Angst. Er hat nur noch mehr Angst als wir, verdient er deshalb unseren Zorn? Wir müssen gut sein zueinander, in solchen Tagen erst recht. Wenn das alles so einfach wäre, mein Mordachei! Wenn du die Taufe nähmest, würdest du dann wie sie? Bliebest du nicht immer einer von uns? Und deine Söhne und deine Töchter, sie würden vergessen ihr Judentum und nicht mehr kennen die Sprache der Väter, aber sie würden doch nicht werden wie die anderen, sie wären nicht Fleisch und nicht Fisch.«

»Aber die Urenkel? Die hätten dann doch endlich Ruhe!«

»Vielleicht, vielleicht. Aber wird man ihnen so lang Zeit lassen, hineinzuwachsen in die anderen? Wird nicht vorher wieder einer aufstehen und sagen: Seht, das sind keine Christen, sie stammen vom Juden! Wie nennt man denn unsere Brüder, die die Taufe genommen haben? Man nennt sie die Verfluchten, die Marranen. Man läßt sie zwar Geschäfte machen, und leiht einer dem König Gold, ist er hochgeehrt und wird sogar geadelt, aber er bleibt Marrane. Nein, Brüder, nein. Wir wollen uns vorbereiten auf die Disputation. Wer die Taufe nehmen will, wem sein Leben lieber ist als Gott, nehme sie ungekränkt. Aber wir andern wollen sehen, wie wir bestehen können. Wir wollen an allen Orten die Würdigen suchen, die für uns bei dieser Disputation des Papstes sprechen werden. Nathan ben Ascher, wollt Ihr mir helfen, sie zu finden?«

Nathan nickte nur. Später, allein mit dem Alten, wurde er von Astrüc gefragt: »Ihr verheimlicht mir etwas, guter Nathan. Wollt Ihr nicht sprechen?«

»Ja. Der Dominikaner forderte mich auf, noch vor Beginn der Disputation die Taufe zu nehmen. Mein Beispiel würde wirksam sein. Er sagte, daß er meinen Übertritt dringend benötige.«

Beide Männer schwiegen. »Ihr könnt fliehen, Nathan!« sagte leise der Alte.

»Ich glaube nicht, daß man diesem Dominikaner entfliehen kann, auch wenn man es wollte. Aber ich will es nicht.«

»Ihr habt Familie, Nathan!«

»Ja«, stöhnte Ascher, »er wird meine Söhne nicht schonen!«

»Überlaßt mir die Sorge um Eure Familie, wenn Ihr durchaus bleiben wollt, Nathan. Ich werde sie außer Landes bringen, vertraut mir!«

III.

Der Tempel war übervoll und noch immer strömten Menschen herein. Man mußte die großen, schweren Tore öffnen. Die Synagogendiener wollten es nicht tun, weil es gegen die Vorschrift verstieß. Aber der Dominikaner hatte es angeordnet. Er war nun der Herr des Tempels. Ja, die Diener mußten von Mann zu Mann gehen und die Namen aufschreiben, damit der Priester wisse, wer seiner Predigt ferngeblieben war. Das Schreiben am Eingang des Sabbath war zwar verboten, aber was galt Gottes Gebot, wenn der mächtige Priester es aufhob mit einem Hauch seines Mundes?

In vorderster Reihe standen Astrüc Levi und Nathan ben Ascher. Sie sahen zu Boden. Die Stille im Raum war beklemmend. Endlich betrat Fray Vicente Ferrer die Empore. Er war ohne Kopfbedeckung gekommen. Schon die ersten Worte ließen die Männer erbeben. Hier gab's kein Entrinnen, kein Mitleid, keine Gnade, hier stand der Tod. Und nun hob der Priester ein großes silbernes Kruzifix mit seiner Rechten triumphierend hoch. Die Stimme dröhnte wie Donner, die Stimme berauschte die Sinne und machte die Herzen zugleich frieren. Aber allmählich faßten sich die Juden und hörten, was der Mann redete: von der Sünde gegen Gottes Sohn, der gekommen war, die Menschen zu entsühnen, von der Hölle für alle Ungläubigen und Zweifler, von der Taufe. War die Masse der Zuhörenden am Anfang überwältigt von der mächtig klingenden Stimme des Priesters, so regte sich mit der Zeit doch der Verstand: Wer war denn dieser Christus? Ein Jude. Und Gottes Sohn? Gewiß hat er selber das ganz anders verstanden als dieser Priester. Und glaube man dem Priester nicht, sei man des Todes. Das konnte Jesus nicht gemeint haben, Jude, der er war und Blutvergießen sicher verabscheute. Und so geschah es, daß die Juden im Tempel einander von der Seite zublinzelten.

Die Welle der Ernüchterung drang zu dem Prediger. Er wollte sie nicht wahrhaben, er, der in Hunderten Kirchen zu Ehren Gottes gesiegt hatte. Er schraubte seine Stimme höher, ließ sie erklingen wie Orgelton, malte die Greuel der Hölle und die Herrlichkeiten des Himmels. Doch nichts konnte die Herzen dieser Juden rühren, die sich vor ihm verschlossen. So wollte er sie wenigstens erzürnen, stürzte zum Schrein und riß die Thorarolle heraus, die silbernen Glöcklein an ihr bimmelten rührend leise und fein. Mit der Thora in der Linken und dem Kruzifix in der Rechten schritt er durch die Menge der Juden. Die, mehr befremdet als empört, sahen einander milde verstehend an.

IV.

Fray Vicente Ferrer und Geronimo de Santa Fe hatten Nathan ben Ascher und Astrüc Levi aus Daroca zu sich geladen. »Über ein Jahr und zwei Monate dauert nun diese Disputation«, begann Ferrer. »Ihr werdet einsehen, daß der Heilige Vater höchst ungehalten ist.«

Astrüc und Nathan schwiegen.

»Sollen wir hier wiederholen, was in über sechzig Sitzungen gesprochen wurde?« fragte Nathan. »Gott schütze uns! Wir haben genug gehört!« sagte Geronimo und hob seine Hände beschwörend zur Decke. »Dieser Trotz muß nun endlich gebrochen werden!«

»Der Heilige Vater wünscht, Euch aus meinem Munde wissen zu lassen, daß seine Geduld erschöpft ist. Es ist sein ausdrücklicher Wille, daß diese Disputation so schnell wie möglich beendet werden möge«, sagte Ferrer. »Es liegt nicht an uns«, meinte Ascher.

»Ja, wir wissen. Ihr wollt die Disputation beendet sehen und in eurem Unglauben verharren, in eurem Trotz bestehen! Ich kenne diesen jüdischen Trotz, ich selbst stamme ja aus dieser Judenheit«, sagte Geronimo. »Aber weil ich euch kenne, so sage ich euch: Er wird gebrochen werden, dieser Trotz!« Geronimo ging im Gemach auf und ab, ihm war nicht bewußt, daß er sich wie Fray Vicente gebärdete. »Bedenkt, daß der Heilige Vater es an nichts fehlen ließ, euch zu überzeugen, bedenkt ...«

Der Papst, dessen Geduld erschöpft war, ein Benedikt, der nicht in Rom residierte, war vom Konzil von Pisa als Schismatiker, Ketzer und Abtrünniger exkommuniziert worden, hatte mit zwei Gegenpäpsten zu kämpfen und brauchte einen großen Triumph, um sich als der wahre Papst, Mehrer der Christenheit, Hüter der Lehre zu erweisen, und da die Anhänger des Propheten Mohammed mit Gewalt nicht zu bekehren waren, suchte er den leichteren Triumph über die Juden. Dieser Benedikt hatte aufgrund der Vorschläge Geronimos und Vicentes die Juden bezeichnet, die an der Disputation teilnehmen mußten, ob sie es wollten oder nicht. Vor Nathans Augen stieg das Bild der ersten Sitzung auf: Papst Benedikt, umgeben von Kardinälen und Bischöfen, der goldene und silberne und diamantene Schmuck. Die freundliche, milde Stimme des Papstes am Anfang: Es solle nicht disputiert werden, ob das Judentum oder das Christentum die wahre Religion sei. Denn das Christentum sei über alle Zweifel erhaben, es sei die einzig wahre Lehre. Gegenstand der Diskussion könne einzig sein, ob der Talmud Jesus als den wahren Propheten anerkenne, denn wenn dem so wäre, dann sei das Judentum zwar einst wahr gewesen, doch von der späteren Offenbarung überholt, und dann müßten die Juden übertreten zur einzig wahren Religion. Danach hatte Geronimo de Santa Fe dem Papst den Fuß geküßt und aus dem Talmud und anderen jüdischen Schriften zu beweisen versucht, daß Jesus der Messias sei, mit aus dem Zusammenhang gerissenen Sätzen, ja einzelnen Worten und sogar Buchstaben, und all dies warf er durcheinander, verwob Wahrheit und Sophismus ... Der Sprecher der Judenheit, der edle Vidal ben Venvenisti, hatte behutsam in lateinischer Sprache erwidert, den Papst gebeten, die Juden von der Disputation zu befreien, da sie den scholastischen Methoden der Beweisführung nicht gewachsen seien. Die Verhandlungen folgten einander, Tag um Tag, Woche um Woche, die Priester drehten den Juden das Wort im Munde um, verkehrten jede ihrer Äußerungen ins Gegenteil in tagelangen, stürmischen Debatten, bis der Papst und seine Helfer eines Tages die Masken fallen ließen: Geronimo trat nun als Ankläger gegen den Talmud auf. Der Talmud, voll von Abscheulichkeiten aller Art, Ketzerei, Sodomie und Lästerung, müsse durch das Feuer aus der Welt getilgt werden. Die Furcht unter den Juden ging so weit, daß selbst Astrüc Levi erklärte, der Talmud stelle im Ganzen kein Gesetz dar, die in der Anklage bezeichneten Stellen besäßen also keine Autorität, ja er seinerseits sei auf der Stelle bereit, sich von ihnen loszusagen. Nathan hatte verstanden, daß der alte Mann durch Zugeständnisse im Detail das Ganze retten wollte, aber fürchtete, daß der Verrat am Kleinsten die Aufopferung des Größten nach sich ziehen würde. In letzter Instanz hielt sich die Kirche immer an die Verse Jesaias: »Wenn ihr zustimmt, werdet ihr das Gute genießen, so ihr aber widersteht, rafft euch das Schwert hinweg!«

Während diese Bilder vor Nathan ben Aschers Augen standen, hatte Fray Vicente das Wort ergriffen: »Wir haben 67 Sitzungen abgehalten, durch eineinhalb Jahre hindurch. Es ist genug gesprochen. Der Heilige Vater erwartet endlich die Unterwerfung. Ein Beispiel wirkt mehr als alle Disputation. Nathan ben Ascher, Ihr seid hochangesehen bei der Judenheit Aragoniens. Ihr müßt die Taufe nehmen. Seid Ihr bereit?«

»Ihr fragtet mich dies schon vor 18 Monaten, Herr«, antwortete Nathan, dem mit einem Male klar wurde, daß seine Stunde geschlagen hatte.

»Ihr habt damals mit einem Nein geantwortet. Jetzt aber überlegt Eure Antwort gut. Es könnte sein, daß Ihr zu einer weiteren Überlegung keine Zeit mehr habt, Nathan ben Ascher!«

»Der Papst hat allen Teilnehmern an der Disputation Leben und Freiheit garantiert«, sagte Nathan und sah den Priester an. An dessen Stelle erwiderte Geronimo: »Und Ihr denkt, daß der Heilige Vater sein Wort bräche? Weh über Euch Kleinmütige! Aber man könnte finden, daß Ihr ein Aufwiegler und Ketzer seid, den man dem Gericht überantworten muß. Die Teilnahme an der Disputation kann doch nicht für alle Zeiten Straffreiheit für ketzerische Umtriebe bedeuten.«

»Laßt mich für Ascher treten!« bat Astrüc Levi. »Ihr seid alt, mein Vater«, erwiderte Geronimo süßlich. »Ihr werdet bald genug Eure Halsstarrigkeit vor Gott zu verantworten haben. Auf Euch warten schon die brennenden Scheite der Hölle. Aber dieser da ist jünger, er könnte auf Erden noch sündigen. Wir müssen ihn davor bewahren. Es ist unsere Pflicht!« Nathan ben Ascher schwieg still.

»Es gäbe ein Mittel«, begann Geronimo nach langer Pause. Er sprach zögernd, als müßte er sich erst beim Sprechen bedenken.

»Es gäbe einen Weg. Ihr seid ein Mann in mittleren Jahren, Freund Nathan. Wir könnten Nachsicht mit Euch üben, wenn Ihr Eure beiden Söhne taufen ließet. Laßt diese, laßt einen von ihnen die Taufe nehmen, und es wird ein Beispiel sein! Die Knaben sind jung, sie könnten noch selig werden. Bleibt selber, wo und was Ihr wollt, abseits der Seligkeit – es ist eine Sünde, Euch in Eurer Sünde verharren zu lassen, für die ich um Vergebung bitten werde. Doch gebt uns Eure Kinder! Bedenkt, wovor Ihr sie bewahrt! Ihr lebt in Armut, für Eure Kinder kann es nur noch schlechter werden. Wollt Ihr auf toten Buchstaben beharren? Schenkt Euren Kindern das Leben! Wie haben Eure Väter gebüßt! Sie wurden erschlagen! Bewahrt Eure Kinder vor diesem ewig gleichen Schicksal! Sie werden Christen werden gleich mir, Eure Religion wird untergegangen sein, es wird ein einziges Volk, eine einzige Religion geben. Ihr habt kein Recht, ihr Leben zu zerstören! Habt Ihr nicht genug an Eurem eigenen verfehlten Dasein!«

»Meine Familie ist außer Landes! Auch ich habe manches vorausgesehen«, antwortete Ascher ruhig.

Ferrer, jedes Wort betonend, sprach auf ihn ein: »Glaubt Ihr, daß Euer Ende leicht sein wird? Aufwiegler erleiden einen schweren Tod!«

»Geronimo de Santa Fe erzählte mir, daß Ihr Euch geißelt, jeden Tag. Als Eure Kutte sich einmal verschob, sah ich Striemen und Schürfwunden auf Eurem Körper … Auch ich werde für meinen Gott leiden!«

Er verbeugte sich und verließ mit Astrüc Levi das Gemach. Nathan stützte den alten, halbblinden Mann und geleitete ihn behutsam und zärtlich über die Treppen.

Der Priester stand beim Fenster, das Gesicht eng an die Scheibe gedrückt. Er suchte den Kreuzstern am Himmel.

Das zweite Intermezzo

In dem Raum, in dem Doktor Ascher und seine Schicksalsgenossen gefangen saßen, waren einige kleine Veränderungen eingetreten. Neu hinzugekommen war der praktische Arzt Doktor Marek. Er konnte sich bald nützlich machen, denn eines Tages griff der Bankdirektor an sein Herz, schrie auf, sank in einer Ecke zu Boden, wo er still vor sich hinwimmerte. Doktor Marek eilte, ihm den Puls zu fühlen, gewohnheitsmäßig griff er nach der Uhr, die man ihm bei der Einlieferung abgenommen hatte. Er meinte, der Mann müsse ins Spital, sein Zustand sei kritisch. Es war streng verboten, nach der Wache zu läuten. Während man noch überlegte, hatte der Künstler die Klingel gezogen. Alsbald erschien der Wachhabende, ein jugendlicher Parteisoldat im braunen Hemd, und schrie: »Wer hat da geläutet?«

»Ich«, sagte schlicht der Musiker. »So? Du? Damit du das nicht wieder tust, du Saujud!« Der Braunbehemdete schlug dem zarten Mann mit aller Kraft ins Gesicht. Der weltberühmte Künstler taumelte, drehte sich zweimal im Kreis, fiel zu Boden. Aber kein Laut kam über seine Lippen. Am Boden liegend tappte er zu allererst nach den Augengläsern. Sie waren ganz geblieben. Ein kleines Lächeln ging um seinen Mund, dann erst streckte er sich der Länge nach aus und fiel in Ohnmacht. Nun fragte der Übeltäter: »Was ist los?«

Der Arzt berichtete in wenigen Worten, und der Wächter brüllte: »Der Jud soll krepieren! Kranke Juden gibt's nicht! Entweder gesund oder tot! Wehe, wenn einer von euch wegen so einer Lappalie die Glocke noch einmal zieht!« Und damit war er draußen.

Als er gegangen war, sahen die Männer einander an, und der Journalist sagte: »Ja, in zwanzig oder dreißig Jahren erst, wenn alles von diesem Geist erfüllt sein wird, wird's eine Lust sein, in Deutschland zu leben!«

Doktor Ascher kniete neben dem Künstler, der wieder zu Bewußtsein gelangt war und alle Hilfe abwehrte. Er strich über sein verschwollenes Gesicht und meinte: »Der Unbesonnene hätte mich doch ernstlich beschädigen können!« Als die anderen darob in Lachen ausbrachen, machte er ein erstauntes Gesicht.

»Der Volksmund sagt: Wenn jemand einen heftigen Schlag auf den Kopf erhält, hört er alle Engel singen. Ich habe beim Hinfallen tatsächlich jemanden singen gehört. Es waren die Anfangstakte von Don Giovanni.«

Zum großen Erstaunen aller kam kurz nachher der Wächter wieder in den Raum, gefolgt von einem Mann in Zivil, dem Gefängnisarzt. Der beugte sich über den noch immer in seinem Winkel liegenden Bankdirektor und fragte ihn barsch, was ihm fehle. Der Kranke deutete bloß auf sein Herz. Der Arzt untersuchte ihn. Als er fertig war, trat Doktor Marek vor, nannte seinen Namen und meinte: »Es war ein sichtlicher Anfall von Myocardinfarkt, ich möchte sagen, ein klassischer Fall!«

»Ich werde sehen, was ich für den Mann tun kann«, sagte der Gefängnisarzt, nickte seinem Kollegen zu und verließ, gefolgt von dem Wachorgan, den Raum.

»Es ist empörend!« rief Doktor Marek, als sie wieder alleine waren. »Dieser Kerl, der uns eben verließ, ist ein tüchtiger, gut ausgebildeter Kollege. Er war jahrelang Assistent auf der ersten internen Klinik. Der Mensch muß erkannt haben, wie es um unseren Kameraden steht.«

Sie wurden unterbrochen. Das Wachorgan und zwei andere Uniformierte kamen in den Raum. »Saubande! Aufspringen und Stellung nehmen, wenn ich hereinkomme! Wie oft soll ich das noch sagen? – Der ist fortzuschaffen!« wandte er sich an seine Begleiter und wies auf den Bankdirektor. Sie richteten ihn auf, einer packte ihn an den Beinen, der andere unter den Achseln.

»Mein Gott, Sie können ihn ja töten!« rief Doktor Marek und wollte beispringen, aber der Braunbehemdete stieß ihn weg.

In die Stille hinein begann Doktor Ascher mit einem Mal zu sprechen: »Ich lebe gern, trotz allem! Ist nicht alles interessant, was wir erleben? Ich weiß nicht, was mir noch bevorsteht, es sieht nicht sehr freundlich aus. Aber was immer es sei, ich will es erleben. Wir haben nur dieses eine Leben, mag es schön oder häßlich sein. Und noch das ärgste Leben ist schöner als der Tod. Ich möchte selbst meinen Tod noch erleben!«

»Bravo!« rief der Musiker, er war aufgesprungen und umarmte den Rechtsanwalt. »Sie haben mir aus der Seele gesprochen. Wollen wir einander Du sagen? Wenn es dir recht ist, wenn es Ihnen recht ist ...«

Doktor Ascher war errötet. Er stand unbeholfen wie ein Schulbub. Nie hätte er sich träumen lassen, daß der verehrte Meister ihm das Bruderwort anbieten werde. Beglückt ließ er sich vom Künstler umarmen.

»Na ja!« sagte der Journalist und ging, die Hände in den Hosentaschen, hin und her. »Kann, so möchte ich fragen, kann Gott überhaupt eine Entschuldigung dafür finden, wie sehr er uns seit Jahrhunderten quält oder quälen läßt? Hm, hm! Sein einziger Entschuldigungsgrund wäre der, daß er überhaupt nicht existiert. Aber wer würde ihm das schon glauben?«

»Darf ich dich etwas fragen?« meinte der Musiker und putzte seine Augengläser. »Du hast vorhin von Spanien gesprochen, Ascher. Ist eigentlich Serachja ein jüdischer oder ein spanischer Vorname? Ich las neulich ein altes Buch, und der Name blieb mir haften. Kannst du mir Bescheid geben?«

»Viele spaniolische Juden haben so geheißen«, antwortete Doktor Ascher. »Einer meiner Urväter führte diesen Namen. Er ist der dritte in meiner Ahnenreihe ...«

Drittes Kapitel
Die Austreibung

I.

Die jüdischen Notabeln, die Rabbinen, die Gemeindeältesten, die Schriftgelehrten, die einfachen Juden bestürmten den alten Serachja ben Ascher. Alle wollten sie, daß der Alte an der Deputation teilnehme, die den König und die Königin bitten sollte, das Ausweisungsdekret nicht zu unterschreiben. Serachja hatte immer abgelehnt und sich auf seine Leiden berufen: Er sei weit über neunzig Jahre alt, was an sich eine Krankheit ist, er höre schwer und sehe schlecht. Nun aber entgegnete man ihm, gerade sein Patriarchenalter könne der Sache der Juden bei den Majestäten nützlich sein. Die Königin würde angesichts des fast Hundertjährigen sicherlich Mitleid empfinden. Der ehemalige Jude Abrabanel, mächtiger Verwalter der Finanzen der katholischen Majestäten, hatte die Audienz erwirkt. Am Tag zuvor hatten sich Mose Raphael und Meir Leon zu Serachja begeben, um ihn auf die entscheidende Stunde vorzubereiten. Sie erklärten ihm, König Fernando und Königin Isabella hätten schon einmal alle Juden aus Spanien ausweisen wollen, weil die heilige Inquisition und deren Oberhaupt, Thomas de Torquemada, dies immer gebieterischer verlangten. Torquemada habe die Majestäten aufzustacheln verstanden: Immer und überall hätten sich die Juden in brüderlicher Liebe der Neuchristen angenommen, sie hätten mit ihnen, trotz der Taufe, in Gemeinschaft gelebt, heimlich mit ihnen gebetet, zu Pessach ungesäuertes Brot geliefert und während des ganzen Jahres rituell zubereitetes Fleisch, sie hätten die Söhne der Neuchristen den Satzungen gemäß beschnitten. Wenn nun die Neuchristen immer tiefer in Sünde verfielen, so sei dies Schuld der Juden, die man eben verbannen müsse. Zunächst wehrten sich die Majestäten, sie sandten zu Papst Innocens VIII. nach Rom und teilten ihm gehorsam mit, sie hätten die Absicht, die Juden aus ihren Ländern zu verweisen, sie bäten den Heiligen Vater jedoch, ihnen mit gutem Beispiel voranzugehen und die Juden aus seinem Staate zu vertreiben; der Papst sei der Stellvertreter Gottes auf Erden und ihm komme es zu, den Tod des Heilands an seinen Mördern zu rächen. Das war allerdings selbst einem Papst zuviel. Er habe abgelehnt und den Majestäten sogar ausdrücklich angeraten, von ihrem Vorhaben abzusehen.

Aber jetzt, da die Majestäten nach dem Sieg über die maurischen Könige von Granada die Hilfe der Juden nicht mehr dringend benötigten, hätten sie die Ausweisung der Juden angeblich schon angeordnet. Nun gelte es, das Letzte zu versuchen. Die Juden hätten eine riesige Summe Geldes gesammelt, die man dem König und der Königin anbiete, wenn sie das Manifest nicht unterzeichneten.

Der Alte schloß die Augen für eine Weile. »Also man will uns wieder vertreiben? Soll ich euch führen auf der Wanderung? Das kann ich nicht. Ich bin nicht Mose. Vertreiben will man uns? Wohin sollen wir gehen?«

»Danach fragt man nicht. Die meisten Länder wollen uns nicht einlassen, vielleicht macht Portugal eine Ausnahme, aber das ist noch offen.«

»Aber man kann uns doch nicht aus dem Lande weisen, wenn uns kein anderes einläßt! Das gibt es nicht! Macht euch über einen alten Mann nicht lustig.«

»Und doch ist es so!«

Am nächsten Vormittag wurde die Judendeputation im Prunksaal des Palastes von Fernando und Isabella empfangen. Die Herrscher auf ihrem Doppelthron musterten die zehn Vertreter der Judenschaft. Die Königin bemerkte zuerst die greise Gestalt Serachjas. Sie erhob sich und schritt auf ihn zu, der von seinem Sohn Baruch und seinem Enkelsohn Salomo mehr getragen als geführt wurde.

»Wer ist der alte Mann?«

»Mein Großvater«, antwortete Salomo ben Ascher anstelle seines Vaters, denn Baruch machte zwar Anstalten, der Herrscherin zu antworten, aber seine Stimme versagte.

»Man bringe ihm einen bequemen Stuhl!« befahl die Königin. »Wie alt seid Ihr?« fragte Isabella. Der Alte antwortete nicht, die Königin mußte ihre Frage wiederholen.

»Man muß lauter mit Großvater sprechen, er hört nicht mehr gut«, sagte Salomo, er war niedergekniet und schrie Serachja ins Ohr: »Wieviele Jahre Ihr zählt, sollt Ihr der Königin sagen.«

»Vielleicht hundert, vielleicht 97, ich weiß es nicht mehr so genau, ich habe es schon lange vergessen!«

»Merkwürdig!« sagte die Königin. Nun war auch Fernando hinzugetreten, und seine Gemahlin sprach leise ein paar Worte mit ihm. »Ihr habt schon Urenkelkinder, nicht wahr?« fragte Isabella. »Zwölf, Frau Königin. Ich habe sechs Kinder, Baruch, hier, mein Baruch ist der Älteste, ich habe 46 Enkelkinder, und wieviel Urenkel ich habe, weiß ich nicht.« Wieder schwieg er und schien zu schlafen.

»Er sieht sehr klug aus«, sagte Fernando und betrachtete den Schlafenden. »Klug sind sie ja alle, diese Juden, und die alten sind es besonders«, sagte Isabella. »Aber das kann uns nicht hindern, unserer Verpflichtung nachzukommen.«

Fernando wandte sich an einen der Granden, die den Thron umstanden: »Juan de Lucena, sagt diesen Männern, was wir beschlossen haben. Aber sprecht laut, der Alte versteht schwer, und vielleicht sind noch andere unter ihnen, die nicht hellhörig genug sind!«

Juan de Lucena, Mitglied des königlichen Rates von Aragonien, zog ein umfangreiches Schriftstück hervor, aus dem er mit heiserer Stimme vorzulesen begann. Die Majestäten befahlen sämtlichen Juden Kastiliens, Aragoniens, Siziliens und Sardiniens, binnen vier Monaten, also bis spätestens Juli 1492, das Land zu verlassen. Gnadenhalber war es ihnen gestattet, ihr Hab und Gut mitzunehmen, aber nicht in Gold, Münze, Schmuck oder anderen dem Ausfuhrverbot unterliegenden Werten, sondern nur in Gegenständen und Waren, die frei ausgeführt werden dürfen. Der Rückfall der Neuchristen in den alten Unglauben war einzig und allein Schuld der Judenschaft. Das Gewissen der Majestäten konnte dies nicht länger ertragen. Deshalb waren bereits die Absonderung der Juden und die Inquisition eingeführt worden. Trotzdem ließen die Juden nicht ab, die zum richtigen Glauben Bekehrten wieder zur heidnischen Judenlehre zu ziehen. Ihre Majestäten hatten Duldsamkeit und Milde bewiesen. Nun aber war jede weitere Duldung Sünde gegen Gott. Dieser Beschluß war nach Beratung mit den Kirchenfürsten, den Hohen und Edlen des Reiches und den Gelehrten des Landes zustandegekommen. Der königliche Erlaß verurteilte die Juden, die das Land nicht verließen, zum Tode, es sei denn, einer war des Gebrauches seiner Beine beraubt, in welchem Falle die Judenschaft dafür haftete, ihn innerhalb eines weiteren Monates auf eigene Kosten aus dem Lande zu schaffen. Den Christen wurde bei Konfiskation ihrer Güter untersagt, nach Ablauf der Frist Juden zu beherbergen.

Der Minister faltete das Schriftstück zusammen und überreichte es dem König.

Isaac Aboab, Rabbiner der Madrider Gemeinde, ein alter Mann von kleiner Gestalt mit schneeweißem Haupt- und Barthaar, verbeugte sich tief vor dem Herrscherpaar, sein Kopf berührte fast den Boden. Er begann mit klarer und ruhiger Stimme:

»1.500 Jahre leben wir Juden in Spanien, Majestäten. Wir hausten hier schon, bevor der Heiland der Christenheit das Licht der Welt erblickte. Die spanische Judenheit kann also an seinem Tode gar nicht mitschuldig sein ...«

»Ihr hörtet nicht, womit der Erlaß begründet wird. Nicht damit, nicht damit!« Der König hatte diese Worte ungeduldig ausgestoßen, er wurde aber durch die hohe und schrille Stimme Serachjas unterbrochen: »Was will man also dann von uns? Was denn? Was denn?«

Der König schien belustigt. Er erhob sich und ging zu dem alten Mann. Er blieb vor dessen Sessel stehen und rief laut: »Ausgewiesen werdet ihr! Alle! Alle!«

»Ausgewiesen? Ja, ich verstehe! Wir wurden schon ausgewiesen. Aus Ägypten wurden wir ausgewiesen.«

»Und jetzt werdet ihr wieder ausgewiesen. Aus Spanien!« schrie die Königin, die auch hinzugetreten war, dem Alten ins Ohr.

»Das ist aber schon dem Pharao von Ägypten nicht gut bekommen!« sagte der Alte, und seine fast blinden Augen blitzten. »Ihr könnt es in der Bibel nachlesen, Herr König!«

Der König schwieg, biß die Zähne zusammen und zog seine breite Unterlippe hoch. Er ging zum Fenster und sah wortlos in den Hof. Die Königin war wieder an seiner Seite und streichelte seine Hand.

Wieder war der Rabbiner Isaac Aboab vorgetreten. »Wollet, Eure Majestäten, in Gnade erwägen: Die spanischen Juden hängen mit allen Fasern ihres Herzens an diesem Land. Sie sind bereit, all ihr Hab und Gut zu geben, wenn sie nur als Bettler hier weiter leben dürfen. Freiwillig verzichten die spanischen Juden auf all ihre Schätze, nichts wollen sie behalten, von neuem wollen sie beginnen, arm und mittellos. Aber verjagt sie nicht!«

»Wieviel habt Ihr wohl gesammelt?« Der König fragte. Er hatte sich rasch umgedreht.

»Wir haben über eine drittel Million Golddukaten.«

»So wenig?«

In diesem Augenblick wurden die Türen des Saales aufgerissen. Herein stürmte der Generalinquisitor Thomas de Torquemada. Er achtete nicht der Gardisten, die ihn zurückhalten wollten, stürzte durch die Juden und Granden hindurch zum Thron. Die Schleppe seines weiten schwarzen Talars kehrte den Boden. In der hochgereckten Rechten hielt er ein silbernes Kruzifix. Keuchend blieb er vor dem Thron stehen, richtete sich hoch auf, der Mann schien in Flammen: »Was begibt sich hier? Judas Ischariot hat Christus für dreißig Silberlinge verkauft, Eure Majestäten wollen ihn für 300.000 Dukaten verkaufen! Hier ist er, nehmt ihn und verkauft ihn!« Und er drückte das silberne Kruzifix in die Hand des erstarrt dastehenden Königs. Er verschwand so plötzlich, wie er gekommen war. Die Granden schlossen hinter ihm die Türen.

Tiefe Stille verbreitete sich im Saal. Isaac Aboab wußte, daß das Spiel aus war. Wortlos war er zurückgetreten in die Reihen der Juden. Noch immer betrachtete der König das silberne Kruzifix. Isabella nahm es ihm aus der Hand, küßte es, wobei sie ein Knie beugte. Dann sagte sie laut zu Juan de Lucena: »Reicht dem König das Edikt. Wir wünschen zu unterschreiben. Herolde sollen sogleich im ganzen Lande bekanntgeben, daß mit Ende Juli der letzte Jude das Land verlassen haben muß!«

Sie machte eine Handbewegung und die Türen wurden geöffnet. Gesenkten Hauptes verließen die Juden den Saal. Nur Serachjas schrille Stimme war grell zu vernehmen:

»Wie hat der Pharao geheißen, der uns aus Ägypten gejagt hat? Wie hat er nur geheißen, mein Sohn Baruch? Oder weißt du es, mein Enkel Salomo? Oh, über euch Unwissende! Ich will meinen Urenkel Israel fragen, der wird es wissen.«

II.

»Ich verstehe meine Juden nicht mehr«, sagte Isaac Aboab. »Sie sind wie verwandelt. Ich dachte, sie würden verzweifelt und untröstlich sein. Aber nur wenige sind es. Die meisten sind aufrechten Mutes, verschmerzen alles und setzen ihre Kräfte daran, eine neue Heimstatt zu finden.«

»Aber das fällt schwer!« erwiderte Meir Leon und blickte zu Boden.

Ja, es fiel schwer. Alles, was sie planten und versuchten, schien fehlschlagen zu wollen. Ja, wenn sie mit Geld oder Geldeswert hätten ausziehen können! Da hätten sich die fremden Länder nicht so sehr gegen ihren Zuzug gesperrt. Aber eine Masse jüdischer Bettler ... Isaac Aboab war trotz seines hohen Alters nach Portugal gereist und hatte mit König Joao unterhandelt, den spanischen Juden Aufenthalt oder zumindest Durchzug zu gewähren. Nach langwierigen Verhandlungen war es ihm gelungen, kleinere Zugeständnisse für einen Teil seiner Schicksalsgenossen zu erreichen. Was aber mit den anderen? Wohin? Nach Afrika hatte man sich gewandt, an die Hohe Pforte in Istanbul, an die Republik Venedig, an den König von Polen und den von Dänemark, an Navarra und Frankreich, sogar an deutsche Fürsten, obwohl man wußte, daß es nicht gut war, als Jude über dem Rhein zu hausen. Von überall kamen die hinhaltenden Antworten: Ja, wenn die Juden Geld ins Land brächten ... Bargeld oder Geldeswert mitzunehmen, war bei Todesstrafe verboten. Man wollte das Geld im Lande belassen und auf fremde Plätze ausgestellte Wechsel mitnehmen. Aber nur die Neuchristen gingen auf solche Geschäfte ein, obwohl es ihnen bei Todesstrafe verboten war, mit Juden in Verbindung zu treten. Ab und zu erbarmte sich einer der Granden und gab einem Juden einen Wechsel. Aber sie bekamen kaum ein Zehntel ihres Geldes in papierenen Versprechungen, von denen sie nicht wußten, ob sie je eingelöst würden. Die Juden verkauften ein Haus oder ein Landgut um einen Esel, einen Weinberg für ein Stück Tuch, den gesamten Hausrat für einen Sack Mehl. Kaum waren diese Geschäfte mühsam abgeschlossen, erschienen die Schergen Torquemadas: Derlei Unternehmungen entsprächen nicht dem Geiste des Edikts! Und alles wurde eingezogen zum Vorteil der Kirche und der Klöster. Waren die Juden beraubt, floß Honig von den Lippen der Räuber: Ob sie nicht doch übertreten wollten, ob es nicht schöner sei, in der alten Heimat zu bleiben, statt ins Ungewisse zu ziehen, ob die Juden denn so leichten Herzens die Gräber ihrer Vorfahren zurücklassen könnten?

»Wißt Ihr schon, wohin?« fragte Mose Raphael den Baruch Ascher, und seine Stimme schwankte bei dem gefürchteten Wort »wohin«.

»Zwei meiner Brüder und ich, deren Kinder und meine Kinder und Kindeskinder, wir wollen versuchen, nach Portugal zu kommen. Aaron, mein Bruder, und seine Familie wollen nach der Türkei, mein jüngster Bruder und die Seinen nach Italien, einige nach Deutschland ...«

»Und was macht Ihr mit dem Alten?«

»Mein Vater kommt mit mir!« sagte Baruch, und sein Sohn Salomo fügte hinzu: »Großvater freut sich. Den ganzen Tag spricht er von nichts anderem, wenn er nicht gerade schläft. Meinem Sohn Israel erzählt er immer wieder den Auszug aus Ägypten, immer wieder. Haben sie nicht erst vor kurzem in Sevilla 32 Neuchristen bei lebendigem Leibe verbrannt? Wenn sie wollen, werden wir sterben, wenn sie wollen, werden wir leben. Wißt ihr, was Torquemada letzthin in Granada verbrochen hat? Viele Neuchristen waren unter den maurischen Königen wieder zum Judentum übergetreten. Als Fernandos Truppen die Stadt erobert hatten, ließ er das Edikt anschlagen: Sie mögen wieder zur Mutterkirche zurückkehren, welche ihren Schoß stets offen halte für den, der in Reue zu ihr zurückkehre. Und Torquemada fügte hinzu, daß er allen Rückkehrern im geheimen Absolution erteilen wolle. Sie alle wurden in

Toledo zum Feuertode begnadigt! Ist's nicht besser, auf der Landstraße zu sterben?«

»Wo werden dereinst unsere Gebeine ruhen?« fragte Baruch. »Ist es nicht viel wichtiger zu wissen, wo wir und unsere Kinder leben werden?« fragte Salomo Ascher.

III.

Mitte Juli hatten die meisten Juden schon die schwere Wanderung angetreten. Die noch Zurückgebliebenen trafen ihre letzten Vorbereitungen. Aber viele derer, die losgezogen waren, wußten nicht, wohin sie ihre Schritte lenken sollten. Sie wußten nur, daß sie bis zum 31. Juli das Land zu verlassen hatten. Sie entfernten sich aufs Geratewohl von ihren Wohnorten, in irgendeine Richtung. Sie wanderten in größeren und kleineren Gruppen, manchmal zu Hunderten, manchmal auch nur Familien, ihre Habseligkeiten auf kleine Karren verladen. Wer einen Esel erstehen hatte können, spannte ihn vor, wer nicht, zog selber die Deichsel. Die Späterwandernden hatten es besser, sie konnten schon aus den Erfahrungen der anderen lernen. So wurde bald bekannt, daß es nicht ratsam war, allzuviel mitzunehmen. Kaum waren die ersten aus der Stadt, als sie angehalten und umzingelt wurden. Noch einmal wurden sie aufgefordert, die Taufe zu nehmen, noch einmal weigerten sie sich. Dann wurden die Karren umgestürzt, denn die Juden konnten ja Waren mit sich führen, deren Ausfuhr verboten war. Die Häscher zogen ab, ohne etwas gefunden zu haben. Aber der Hausrat war zerschlagen und verschmutzt, die Vorräte ausgestreut. So kam vielfach die Botschaft: Es wäre schade, mehr mit sich zu führen, als man am Leibe tragen könne. Auf den schlechten Straßen des Landes brächen die Karren, und Ausbesserungen könne man nicht bezahlen. Man verstand die Lehre, und die letzten Tage des Juli waren für die Christen der Stadt gesegnete. Die Juden verkauften alles, was sie hatten, für ein Stück Brot.

Die Familie Ascher verließ die Stadt zu allerletzt. Insgesamt 87 Köpfe, Greise, Männer, Frauen, Kinder jeglichen Alters. Salomo, der seinem Vater die Arbeit abnehmen wollte, denn auch Baruch zählte nicht mehr zu den Jüngsten, kümmerte sich um alles. Baruch war durch die Sorge um Serachja, den Uralten, stark in Anspruch genommen. Serachja war nicht leicht zu behandeln in diesen Tagen. Von allem wollte er unterrichtet sein. Wenn ihm eine belanglose Einzelheit verschwiegen wurde, konnte er sehr böse werden. Alle Urenkel mußten um ihn sein. Wenn er sie nicht jeden Tag sah, fing er zu weinen an. Dadurch wurde wieder Baruch, auch schon über siebzig und kränklich, ungehalten: Man erweise seinem ehrwürdigen Vater nicht den gebotenen Respekt. Und dann hatte man beide zu beruhigen. Serachjas Schwerhörigkeit wurde immer ärger. Man konnte nicht so laut sprechen, wie er es verlangte. Wenn er nichts verstand, begann er zu schreien. Nur den kleinen Israel, den geliebtesten seiner Urenkel, verstand er immer, auch wenn der Knabe nur flüsterte. Man glaubte fast an ein Wunder. Auch in anderer Hinsicht war der alte Serachja schwierig: Sowie ein Erwachsener in seine Nähe kam, hielt er ihn fest und erzählte ihm die Geschichte vom Auszug der Juden aus Ägypten. Er erzählte sie umständlich, und man konnte sich nicht befreien, denn der Alte umkrallte den Saum des Gewandes, so fest er nur konnte. Wenn man ihm Glauben schenken durfte, war er schon an dieser Auswanderung beteiligt gewesen. Er sah seinen Kindern, Enkelkindern, Urenkeln und Schwiegerkindern bei den Vorbereitungen zu und sagte: »Das ist nicht praktisch, meine Lieben. Als wir seinerzeit aus Ägypten auszogen, machten wir das anders.«

Eine schwierige Frage war, wie man den Alten, der nicht mehr gehen konnte, befördern werde. Salomo hatte auch dieses Problem gelöst. Eines Tages war ein kleiner Wagen da, so leicht, daß ein kleines Kind ihn vor sich herschieben konnte. Am Tage vor der Auswanderung ließ sich Serachja zum Friedhof führen, zu einer letzten Andacht am Grabe seines Vaters Nathan. Als er die Gebete gesprochen hatte, erklärte er, daß er nicht ohne den Grabstein fortziehen werde. Er legte sich aufs Grab und war nicht dazu zu bewegen aufzustehen. Auch Baruch gelang es nicht, den Alten zu beschwichtigen. Endlich kam Salomo. Wortlos grub er den Stein aus und trug ihn vor dem Alten her. Serachja ließ den Enkel einen feierlichen Eid schwören, daß der Stein mitgenommen werde.

Der letzte Tag war gekommen. Der Familie Ascher hatten sich in letzter Stunde noch einige Freunde angeschlossen, insgesamt zählte der Trupp nun über zweihundert Köpfe. Das Ziel war Portugal. An die Spitze des Zuges hatte Salomon all jene gestellt, die Trommeln schlagen und Pfeifen blasen konnten, er wollte die Seinen bei fröhlicher Stimmung halten. Das gefiel Serachja, er gab nicht Ruhe, bis man ihn in seinem Wägelchen an die Spitze des Zuges brachte, er wollte mit den Musikanten ziehen. Damit noch nicht zufrieden, wünschte er Israel, den geliebten Urenkel, in seiner Nähe. Und er wollte den Grabstein vor sich hergetragen sehen, um auf ihn aufzupassen. So also ging an der Spitze Salomo, unter der Last des Steins ächzend, neben ihm zwei seiner Brüder, die ihm halfen. Danach folgte der Alte in seinem Wägelchen, geführt von einer Enkeltochter, die auf dem Arm einen Säugling trug, neben dem Wägelchen trippelte der kleine Israel einher, an der Hand Baruchs. Danach kamen die Spielleute und schließlich der Rest der Auswanderer. Die christlichen Einwohner waren aus den Häusern geeilt. Manche riefen den Juden etwas zu, aber man konnte nicht verstehen, ob es freundliche oder böse Worte waren. Nur eine alte Frau war verständlich, die aus dem Fenster rief: »Möge euch euer und unser Gott gemeinsam beschützen!«

Tag und Nacht zog der Trupp durch das Land. Die Menschen hatten Durst, doch niemand ließ sie an die Brunnen aus Furcht, die Juden würden diese vergiften. Wasser mußte teuer bezahlt werden. Die Frauen gaben Tücher und Bänder, die Männer die Schuhe. Als sie die Grenze erreichten, waren sie ärmer als Bettler. Knapp davor sahen sie einen im Sand eingegrabenen Mann. Nur sein Kopf ragte aus der Erde hervor. Zwei Bewaffnete bewachten ihn. Der Mann, dem Verdursten nahe, streckte die Zunge aus dem Mund, seine hohlen Wangen waren weiß wie Alabaster. Es war ein Neuchrist, der dafür bestraft wurde, daß er auswandernden Juden geholfen hatte.

Das war der letzte Eindruck, den die Auswanderer aus dem Lande mit sich nahmen, das 15 Jahrhunderte lang ihre Heimat gewesen war.

Das dritte Intermezzo

I.

Eines Tages wurde die Zellentür aufgestoßen, der Bewaffnete rief den Musiker heraus, und seitdem hörte man nichts mehr von dem Künstler. Stunde für Stunde wartete Doktor Ascher auf seine Rückkehr. Am zweiten Tage danach brachte Doktor Maschler, der Beziehungsreiche, in Erfahrung, daß der Künstler entlassen worden sei. So sehr sich Ascher freute, daß der Künstler wieder frei war, so sehr ging er ihm doch ab. Aber eines Tages wurde auch sein Name in die Zelle gerufen, er wurde in einen Kanzleiraum gebracht, in dem zwei Männer saßen, einer in Parteiuniform, der andere in Zivil. Der Uniformierte fuhr ihn an: »Weswegen wurdest du hergebracht?«

»Ich weiß es nicht«, entgegnete der Anwalt.

Der andere, offenbar ein Wiener, meinte: »Sie haben Glück, es ist kein Akt über Sie hier. Sie werden vorläufig auf freien Fuß gesetzt. Ich rate Ihnen, sich vollkommen still und unauffällig zu benehmen. Sie werden jetzt eine Erklärung unterschreiben, daß Sie binnen drei Monaten, also bis zum 15. November, Großdeutschland verlassen haben werden und niemals zurückkommen.«

»Wie kann ich diese Erklärung unterzeichnen?« fragte Ascher. »Ich habe von keinem Land eine Einreisebewilligung.«

Der Beamte zuckte mit den Achseln. »Ja, eine Einreisebewilligung werden Sie sich selber verschaffen müssen! Ihr Juden könnt ja alles, was ihr wollt! Ihr Juden habt ja auf der ganzen Welt eure Mischpoche!«

Doktor Ascher unterzeichnete.

II.

Der Anwalt stand auf der Straße. Die laue Luft bereitete ihm Kopfschmerzen, er taumelte. Vor der spiegelnden Auslagenscheibe eines Geschäfts blieb er stehen: Dieser unrasierte, ungepflegte, schmutzige Mensch ohne Kragen, ohne Hut – das war er? Schon stand er im nächsten Haustor. Was tat er da? Wollte er sich verstecken? Es dauerte Minuten, bis er sein Schamgefühl bezwang. Er wollte ein Taxi nehmen, doch man hatte ihm alles weggenommen, seine Taschen waren leer.

In der Alser Straße stieß er fast mit einer Dame zusammen. »Verzeihung«, murmelte er, sah auf und wollte seinen Augen nicht trauen: Es war die Geliebte seiner Jugend. Er starrte sie an wie ein Wunder.

Sie blickte auf. Sie erkannte ihn nicht. »Wer sind Sie?« Es war die alte, liebe Stimme. Doch zugleich hatte sie ihn schon erkannt. »Mein Gott, Doktor Ascher, Sie sind es?« In ihren Augen standen Tränen.

»Ja. Ich komme soeben ... sie haben mich aus dem Gefängnis entlassen. Wollen wir in ein Kaffeehaus gehen?«

»Ich sehe, Sie sind lange nicht in der Stadt gewesen«, sagte sie. »Es dürfte schwer sein, ein Lokal zu finden, in dem Juden erwünscht sind.«

»Ja richtig!« sagte er, und sie gingen schweigend nebeneinander her. Er musterte die Frau. Sie war nicht mehr so gut gekleidet wie früher, der Mantel war abgetragen, das Schuhwerk zertreten.

»Man hat uns unser Haus genommen«, sagte sie. »Eines Tages kamen sie. Wir mußten, so wie wir waren, das Haus verlassen. Es war uns nicht einmal erlaubt, unsere Überkleider mitzunehmen.«

»Und wo wohnen Sie jetzt?«

»Bei meiner Schwägerin. Mein Bruder hat Selbstmord begangen.« Sie sagte es, ohne ihre Stimme zu erheben.

»Karl ist tot?« fragte er und war ärgerlich, daß er keine anderen Worte fand.

»Ja. Er hat sich aus dem Fenster gestürzt.« Wieder klang es trocken, kurz, sachlich, ein Bericht.

»Und Ihr Mann?«

»Fritz ist in Dachau.«

Die Frau berichtete weiter: »Mein ältester Sohn ist am 18. März eingesperrt worden. Ich weiß nicht, wo er jetzt ist. Vielleicht noch in Wien, vielleicht auf dem Weg nach Dachau. Ich kann nichts erfahren. Ernesto, erinnern Sie sich, daß Sie ihm den Namen gaben, nach einem Ihrer Vorfahren, wenn ich mich recht entsinne? Es war in einem anderen Leben, nicht wahr? Der Jüngere hat Glück gehabt, er ist über die Berge in die Schweiz. Dort haben sie ihn ausgewiesen, weil er kein Visum hatte. Jetzt ist er in Palästina, weiß der Himmel, wie er sich durchgeschlagen hat!«

»Kann ich Ihnen helfen?« fragte er.

»Wer kann dem andern heute helfen?« fragte sie.

»Und was tun Sie …«

»Man hat mir gesagt, daß ich meinen Mann befreien kann, wenn ich ihm eine Einreise in ein anderes Land beschaffe. Ich bin von früh bis spät auf den Beinen. Ich habe alle Konsulate besucht, jedes Land wäre mir recht. Ich stehe mit Büros und Agenten in Verbindung, jeder verlangt Geld und macht nichts. Wissen Sie etwas?«

»Ich komme ja soeben … ich mußte gerade unterzeichnen, daß ich heute in drei Monaten das Land verlassen habe. Zwar lebt noch einer meiner nahen Verwandten in der Tschechoslowakei …«

»Dort wird's ja selbst bald losgehen«, flüsterte die Frau. »Die ganze Stadt spricht davon … Sie werden ja sehen. Vor den Konsulaten stehen jeden Tag Tausende, jeder muß zu einem bestimmten Zeitpunkt das Land verlassen haben, und keiner weiß wohin.«

»Dennoch kann ich Ihnen vielleicht helfen, ich habe ja drei Monate Zeit.«

»Ich glaube nicht, daß Sie mir werden helfen können, Sie werden genug mit sich selber zu tun haben. Sie werden jetzt lernen, wie zeitraubend das Leben ist.« Die Dame lächelte, das Lächeln schnitt dem Mann ins Herz. Unvermittelt reichte sie ihm die Hand und entfernte sich rasch.

III.

Seine Wohnung fand der Anwalt verschlossen. Die Hausbesorgerin händigte ihm die Schlüssel aus und erzählte, daß die Hausgehilfin einen anderen Dienst angenommen habe, weil es ihr verboten war, bei Juden zu bleiben. Die beiden Zimmer waren in tadelloser Ordnung. Als der Anwalt ins Badezimmer trat, standen Tränen in seinen Augen. Das alles hatte einmal ihm gehört? Es war den Juden einmal gestattet gewesen, eine Wohnung zu haben, Bilder und Bücher zu besitzen und vielleicht auch etwas erspartes Geld?

Am Schreibtisch stand der Telefonapparat. Dem Doktor kam ein Einfall, er blätterte im Telefonverzeichnis und drehte die Scheibe. Also auch dieses Wunder gab es noch für Juden! Und als er dann mit dem berühmten Musiker telefoniert und eine Einladung für den kommenden Abend in das Heim des Künstlers angenommen hatte, schien es ihm, als wären die letzten Monate nur ein nächtlicher Albtraum gewesen.

Er schlief lang. Er hatte schwer geträumt und brauchte lange, sich zurechtzufinden. Umständlich, wie es seine Art war, rasierte er sich, kleidete sich an und ging aus. Aber auf der Straße stellte sich die gleiche Unruhe ein, die er empfunden hatte, bevor er eingesperrt gewesen war. Er ging zu seiner Kanzlei. Dort amtierte sein Nachfolger, ein »Arier«. Ascher mußte warten, bevor er in sein ehemaliges Arbeitszimmer vorgelassen wurde; er saß jetzt auf einem der Stühle, die vormals seine Klienten benutzt hatten. Er dachte: Hätte ich das gewußt, ich hätte bequemere Fauteuils angeschafft. Sein Nachfolger war der typische frühere Couleurstudent mit guten Manieren. Er offerierte Ascher sogar eine Zigarette, die dieser ablehnte. Dann berichtete er kurz: Die Übernahme sei abgeschlossen, alle früheren Geschäfte der Kanzlei abgewickelt. Die meisten Gerichtssachen hätten sich durch die neue Ordnung sozusagen von selber erledigt, weil die jüdischen Kläger ihr Interesse verloren hätten. Der Anwalt lächelte. Auch die Abrechnung sei im großen und ganzen fertig, Doktor Ascher schulde einen geringfügigen Betrag, dessen Abtragung aber nicht dringlich wäre.

Das kann nicht sein, dachte der Anwalt. Er sagte: »Aber meine Außenstände allein waren doch über 100.000 ...«

»Die Bücher stehen zu Ihrer Verfügung«, entgegnete der Anwalt kühl. Doktor Ascher schwieg. »Sie übersehen«, fuhr der Anwalt fort und spielte mit dem silbernen Brieföffner, den Doktor Ascher von einem dankbaren Klienten zum Geschenk erhalten hatte, »Sie übersehen, daß es viele Ihrer Klienten vorgezogen haben, das Weite zu suchen, und ihr Vermögen zur Ordnung von Steuerschulden verwendet werden mußte.«

»Ich verstehe«, sagte Doktor Ascher und lächelte nun seinerseits. »Doch ich hatte ja auf meinem Bankkonto ein Guthaben von mehreren 10.000.«

»Jawohl, stimmt. Das Konto wurde von der Partei gesperrt. Sie könnten ja einmal bei der Gestapo vorsprechen ...«

»Unter diesen Umständen dürfte es mir schwer fallen, meine hier aufgelaufenen Schulden zu bezahlen, zumal mir, wie Sie vielleicht wissen, meine Habseligkeiten, Sparkassabücher, Effekten, Aktien, Schmuckgegenstände, die hier in dieser eisernen Kassa versperrt waren, anläßlich eines Besuches – abhanden gekommen sind.«

»Ja, ich weiß«, sagte der elegante Herr indigniert. »Solch abscheuliche Dinge sind leider die Begleiterscheinungen jeder Revolution, nicht wahr? Darf ich mich nach Ihren Plänen erkundigen?«

Ascher berichtete kurz, daß er Auftrag habe, binnen dreier Monate das Land zu verlassen. Er wisse noch nicht, wohin er sich wenden werde können. Vielleicht würde er zu einem Verwandten in die Tschechoslowakei gehen, auch einem Rechtsanwalt.

»Warum nicht?« fragte der Elegante und blies ein Stäubchen von seinem Rock. »Aber würde es sich nicht empfehlen, gleich ein ferner gelegenes Ziel anzustreben?« Er zündete sich eine neue Zigarette an. Es würden sich noch so manche Veränderungen in der Welt begeben, durchaus nicht nur in Europa, nein, auch in der ganzen übrigen Welt, eingeschlossen die Vereinigten Staaten von Amerika, die ebenfalls reif wären, überreif für eine neue Ordnung. Man habe sich eben damit abzufinden, daß jetzt das junge und frische deutsche Volk die Führung auf Erden übernehmen werde.

Wieder zu Hause, suchte Ascher sich über den Stand seiner verbliebenen Mittel Rechenschaft zu geben. Er entsann sich, im Schreibtisch bares Geld verwahrt zu haben. Zu seiner Überraschung fand er es sogar vor. Es war so viel, um zwei Monate bescheiden davon leben zu können. Was war noch vorhanden? Möbel, Bibliothek, ein paar Ringe, Silberbestecke, noch aus dem väterlichen Hausrat. Was mochte das alles zusammen wert sein, was konnte man heute dafür erzielen? Er bat den Nachbarn zu sich, einen Handelsmann. Der alte Mann freute sich, daß der »Herr Doktor« wieder frei war, brachte die Botschaft, daß alle jüdischen Parteien des Hauses die Kündigung erhalten hatten. Der Sohn des Alten war schon außer Landes, in Palästina, das er aber vom Schiff aus schwimmend hatte erreichen müssen. Er war noch glücklich zu preisen. Einem seiner Neffen war es weniger gut ergangen, er hatte in die Schweiz hinüber wollen und war von einem Grenzer erschossen worden. Wie Gott will, wie er will ...

Doktor Ascher erbat sich seinen Rat: Wie er am besten seine Möbel und sonstigen Hausrat verkaufen könne. Der Alte begutachtete alles, machte sich Notizen und faßte dann zusammen: »Für die Möbel, die Bilder und Bücher und die anderen Dinge werden Sie nicht viel bekommen. Die Juden müssen alle fort, jeder muß verkaufen, solche Dinge liegen heute auf der Gasse. Die Wohnungseinrichtung meiner Tochter hat 12.000 Schilling gekostet, sie bekam 600 dafür. Das Silber müssen Sie bei der Verwertungszentrale abliefern, dafür werden Sie eine Kleinigkeit bekommen, auch für die Teppiche läßt sich etwas erzielen, aber nicht viel, denn die meisten Christen wußten sich derlei ohne Geld zu verschaffen ...«

Als der Alte gegangen war, setzte sich Doktor Ascher an den Schreibtisch und überlegte. Vielleicht würde er, wenn er alles zusammenscharrte, genug für drei Monate haben. Die Wohnung würde er wohl gleich aufgeben müssen, irgendein billigeres Zimmerchen würde sich finden lassen. Wohin aber dann? Und wenn er glücklich in ein fremdes Land käme, wovon sollte er leben? Außer seiner Jurisprudenz, die im Ausland nicht anerkannt wurde, hatte er doch nichts gelernt!

Da fiel sein Blick auf ein sorgfältig verschnürtes Paket. Er öffnete es mit Herzklopfen. Ja, das war sein wahrer Schatz: die Familienaufzeichnungen. Und er wurde heiter, als er sich in die Papiere vertiefte, er studierte sie so, als lese er sie zum ersten Mal.

Viertes Kapitel
Der schwere Weg

I.

Der Zug der Juden, den Salomo anführte, durchquerte zwei Tage schon Portugal, als er angehalten wurde. Königliche Reiter sperrten den Weg. Es sei verboten, die nächste Stadt zu betreten, die Juden sollten auf freiem Felde kampieren. Baruch und Salomo baten um Aufklärung, sie konnten sich in der fremden Sprache nur schwer verständlich machen. »Befehl des Königs!« sagten die Reiter und sprangen von den Pferden. Sie zäunten ein Geviert von etwa hundert Metern Seitenlänge mit Stricken ein, davor stellten sie Wachen auf. Die Sonne brannte stark und stechend, es gab keinen Schatten und nichts zu essen. Die Männer verbissen den Hunger, die Frauen weinten still vor sich hin, die Kinder schrien. Salomo versuchte, den Kommandanten der Reiter um Speise und Trank zu bitten; der verwildert aussehende Mann kehrte ihm den Rücken.

»Gott wird Manna regnen lassen«, sagte der alte Serachja zu seinem Urenkel, der, vom Hunger gequält, noch lauter weinte als die anderen. Aber Gott ließ kein Manna regnen, und im übrigen waren dies so ziemlich die letzten Worte, die Serachja sagte. Als nämlich Baruch kurze Zeit später zu dem Wägelchen trat, fand er ihn entseelt, der Kopf war zurückgesunken, der Mund stand offen, die Hände hingen herab. Baruch wollte es nicht glauben, zerrte den Toten an den Händen. Endlich verstand er, begann zu klagen und zerriß sein Gewand. Alle liefen herbei und betrachteten den Toten. Keiner wollte es glauben, daß der Alte nun wirklich tot war.

Salomo führte den Kommandanten zu der Leiche. Man könne bei dieser Hitze einen Toten nicht lange unbeerdigt lassen. Er bat um Werkzeug. Der Söldner zuckte mit den Achseln und ging. In der Nacht hielten zwanzig Männer die Totenwache. Söhne, Töchter, Enkel und Enkelinnen hatten Serachjas Körper in ein langes, weißes Gewand getan und auf ein aus rohen Brettern gefügtes Lager gebahrt. Die Nacht brachte kaum Kühlung. Am nächsten Mittag war die Leiche noch immer unbeerdigt. Salomo hatte den Kindern untersagt, in ihre Nähe zu treten. Er und die anderen Männer versuchten nun, mit bloßen Händen eine Grube aus der harten Erde auszuheben, doch bei dieser Arbeit fiel einer der entkräfteten Männer um und starb. Fast zur selben Zeit kamen die Frauen zu den Männern gestürzt, eine hatte ein totes Kind in den Armen. Der Kommandant trat näher, plötzlich bekreuzigte er sich, schrie: »Die Juden haben die schwarze Krankheit!« Nur kurz beriet er sich mit den anderen, dann sprangen die Reiter auf ihre Rosse und jagten davon.

Salomo und zwei andere Männer verließen die Umzäunung. Nach wenigen Stunden kehrten sie wieder, beladen mit Werkzeugen, Brot und Wasserkrügen. Sie hatten Glück gehabt, in der Stadt waren sie auf Mauren gestoßen, die vor kurzem ein ähnliches Schicksal erlitten hatten und ihnen mildherzig diese Gaben reichten. Nach Einbruch der Dunkelheit kamen einige von ihnen und halfen die Toten bestatten. Salomo war unschlüssig. Konnten sie weiterziehen? Mußten sie hierbleiben?

Am nächsten Morgen kamen die Reiter wieder, an ihrer Spitze befand sich diesmal ein anderer Kommandant, ein junger, hochgewachsener, elegant aussehender Herr, der tadellos spanisch sprach. »Befehl des Königs!« verkündete er, nachdem er die Männer um sich versammelt hatte: Seine Majestät sei ungehalten, daß die Juden den mit ihm geschlossenen Vertrag nicht eingehalten hätten. Der König habe lediglich einer bestimmten Anzahl gestattet, sein Land zu betreten. Inzwischen aber seien fünfmal so viele gekommen. Auch hätten die Juden die Pest ins Land geschleppt. Es seien daher gewisse Maßnahmen unerläßlich. Diesen Trupp hier würden Ärzte untersuchen. Die Gesunden dürften in Orte an der Küste ziehen. Acht Monate lang wolle der König in seiner Langmut diese Juden im Lande belassen, dann müßten sie weg. Seine Majestät wolle in ihrer Huld selbst die Schiffe bereitstellen, die die Juden in ferne Länder zu bringen hätten.

Der Zug setzte sich in Bewegung. Der elegante Kommandant war umgänglich, sprach mit Männern und Frauen, ja mit einigen von ihnen weit liebenswürdiger, als es deren Männern recht war. Er vermied es sorgfältig, mit seinen Schutzbefohlenen größere Städte zu betreten, aber hatte nichts dagegen, daß sich eine Deputation in die Ortschaften begab, um bei den einheimischen Juden Nahrung zu erbitten. Wenn es solche in diesen Orten gab, strömten sie herbei, betrachteten ihre Glaubensgenossen, weinten mit ihnen und beschenkten sie, nachdem sie mit ihnen gebetet hatten. Endlich hielten sie vor einer großen Stadt an. Freundlich verabschiedete sich der Kommandant, er wünschte den Juden sogar eine glückliche Zukunft. Dann war er verschwunden, die Frauen sahen ihm nach.

Nun näherten sich die Juden aus der großen Stadt, und zur freudigen Überraschung der Flüchtlinge waren auch spanische Juden unter ihnen, die schon früher nach Portugal gekommen waren. Die Stadt war Lissabon. Man hatte für eine Notunterkunft Vorsorge getroffen, Baracken aus Holz waren in aller Eile errichtet worden, und als man die müden und ausgeplünderten Juden dorthin brachte, weinten die meisten fast vor Glück. Das warme Mahl und der Wein, den man ihnen einschenkte, dünkte ihnen göttlich. Der kleine Israel rief beglückt: »Großvater hatte recht, es gibt Manna!«

Über ein halbes Jahr waren Salomo und die Seinen in Lissabon, er hatte Beschäftigung gefunden, war nicht auf die Mildtätigkeit anderer angewiesen. Baruch allerdings wurde von Tag zu Tag hinfälliger und siecher, bedurfte vieler Pflege, konnte nicht behalten, was er aß, seine Geisteskräfte ließen nach. Er glaubte, sich wieder in Spanien zu befinden.

Böse Nachrichten kamen: Ein Teil der Verwandten war in Neapel von der Pest hinweggerafft worden. Andere hatten sich nach Afrika gewandt und waren von den Berbern bei der Landung angegriffen und getötet worden. Andere wieder waren bis nach Fez gelangt, wo man sie buchstäblich Hungers sterben ließ. Nicht besser war es jenem Teil der Familie Ascher ergangen, der sich nach Genua gewandt hatte. Man ließ sie dort nicht landen. Ihr Geld hatte man ihnen schon nach einigen Tagen Seefahrt abgenommen, dann ließ man sie hungern. In Genua wurde es ihnen verboten, an Land zu gehen, nur den Kindern wurde erlaubt, das Schiff zu verlassen. Die Eltern willigten ein, die Kinder allein in die Stadt zu schicken in der Hoffnung, die Genueser Juden würden ihnen zur Hilfe eilen. Vom Schiff aus konnten sie dann sehen, wie die Kinder von Mönchen empfangen wurden, die Körbe voll Lebensmittel mit sich führten. Die Eltern wollten ihren Kindern nach, manche stürzten sich verzweifelt ins Meer. Es war zu spät. Nachher erfuhr man: Mit trockenem Brot hatte man die halbverhungerten Kinder in die Kirche gelockt, wo sie getauft wurden. Auch in Griechenland erging es den Juden nicht besser. Perser kauften die spanischen Juden, die nach Korfu gelangt waren, um sie gegen Lösegeld den türkischen Juden weiterzuverkaufen.

All dies und noch vieles andere hörte Salomo, und sein Herz krampfte sich in Sorge zusammen. In wenigen Wochen war die gestellte Gnadenfrist abgelaufen. Was dann? Wohin? Aber Salomo wurde dieser Sorge zunächst enthoben. Eines Tages hieß es, die Juden, denen nur befristeter Aufenthalt gewährt worden sei, hätten sich sogleich auf den Lagerplätzen am Hafen einzufinden. Salomo und die Seinen wurden einer Gruppe von ungefähr zweihundert Menschen zugeteilt. Niemand wußte, was weiter geschehen werde. In Portugal herrschte die Pest, die Bevölkerung hatte sich an den König gewandt und gebeten, die spanischen Juden des Landes zu verweisen, denn diese hätten die Krankheit ins Land geschleppt. Salomo wußte, daß viele Tausend spanische Juden der Seuche zum Opfer gefallen waren. Hunger und Obdachlosigkeit ließen sie eine leichte Beute der Krankheit werden.

Noch in der Nacht wurde die Gruppe auf ein Schiff verladen. Portugiesische Glaubensgenossen brachten Lebensmittel und berichteten, daß sie das Geld für die Überfahrt durch eine Sammlung aufgebracht hätten. Das Schiff segle nach Afrika.

»Wird man uns dort auch aufnehmen?« fragte Salomo. Man antwortete nicht. Man betete noch zusammen, wünschte einander Glück, und dann stach das Schiff in See.

In einem Raum, der sonst zur Einlagerung der Frachten diente, lagen die Menschen beisammen. Es war verboten, den Raum zu verlassen, niemand durfte aufs Verdeck. Bei stürmischer See wurde fast allen übel, sie übergaben sich bis zum letzten Tropfen ihres

Mageninhalts, schliefen in ihrem eigenen Schmutz. Es gab keine Möglichkeit zur Reinigung. Salomo hatte alle Hände voll zu tun, er tröstete hie und er tröstete dort, mit allen Nöten kam man zu ihm. Seine größte Sorge galt seinem Vater Baruch. Der alte Mann war völlig verwirrt, lallte lediglich und brauchte ständige Pflege. Auch mit seinem Sohn, dem Liebling Serachjas, dem kleinen Israel, war eine Veränderung vor sich gegangen. Der Junge war trotzig geworden, wollte nicht gehorchen, stampfte mit seinen Beinchen auf den Boden und begann zu heulen. Er sah schlecht aus, und seine Wangen waren derart eingefallen, daß der Vater das Kind gewähren ließ.

Ungefähr drei Monate war das Schiff schon unterwegs, und verschiedene Häfen hatte man angelaufen, aber nirgends wollte man diese lebendige Fracht, überallhin war die Kunde von der Pest gedrungen, die die Juden verbreiteten. Man litt bereits Hunger. Salomo merkte, wie Israel am Leder seines Schuhwerks knabberte. Eines Tages richtete sich Salomos Vetter Reuben auf, schrie unverständliches Zeug und fiel zusammen. Man eilte zu ihm, riß sein Gewand auf und prallte entsetzt zurück: Der hagere Körper war von übelriechenden, dunklen Beulen übersät. Wenige Stunden später war er tot. Am nächsten Tag starb Baruch. Auch sein Körper war entstellt. Die Leichen wurden ins Meer geworfen. Salomo durfte nicht dabei sein, als man so mit seinem toten Vater verfuhr.

Am nächsten Morgen fand man vier weitere Leichen, durchwegs Männer. Sie hatten sich in der Nacht still aus dem Leben entfernt. Ihre Körper wiesen die nämlichen dunklen Beulen auf. Nun bekam der Kapitän Angst, die Mannschaft gehorchte kaum mehr, eilig segelten sie zu den heimischen Gestaden zurück. Unweit des Hafens, auf offenem Meer, gingen sie vor Anker, in den Beibooten verließ die Mannschaft das Schiff. Die Juden blieben zurück.

Salomo durchsuchte das Schiff. Er fand eine Kiste getrockneten Brotes. Einen Teil versteckte er für die nächsten Tage, den Rest verteilte er gerecht unter den Unglücklichen. Drei Tage und drei Nächte blieben sie sich überlassen. Am vierten Tage legte ein kleines Boot am Schiff an. Ihm entstiegen vier Männer mit Masken vor den Gesichtern, mit wollenen Tüchern vermummt. Es waren Ärzte, wie sich später erwies, jüdische Ärzte. Sie untersuchten Kranke und Gesunde, und nach einigen Stunden legten sie Masken und Vermummungen ab. Sie waren auf das Schiff beordert worden, um zu untersuchen, ob dort wirklich die Pest ausgebrochen sei. Aber dem war nicht so. Die Krankheit, die sie feststellen konnten, war nicht der schwarze Tod, sondern lediglich auf Hunger, Verwahrlosung und Entkräftung zurückzuführen. Einer der Ärzte verblieb auf dem Schiff, die anderen entfernten sich wieder und brachten am nächsten Tag Nahrung, Wasser, Wein, saubere Tücher und Kleider, alles Spenden der Juden von Porto und Lissabon. Wenige Tage danach ereignete sich ein anderes Wunder: Der neue König Manuel hatte den flehentlichen Bitten der Judenschaft Gehör geschenkt und gestattete den Überlebenden, an Land zu gehen, freilich mit der Einschränkung, daß sie sich nur möglichst kurze Zeit in Portugal aufhalten durften. Für die Kosten des Aufenthaltes hatten die heimischen Juden aufzukommen.

II.

Vier Jahre war Salomo in Portugal. Er war mächtig und angesehen, vermögend und wohlgelitten bei »Jud und Christ«. Das alles war durch ein Wunder gekommen. Als Salomo verzweifelt durch die Straßen der großen Stadt eilte, um Isaac Aboab zu suchen, den greisen Rabbi, von dem er sich Hilfe erhoffte, kam eine noble Reisekutsche führerlos dahergerast. Die Pferde hatten gescheut und der Kutscher war abgesprungen. Ohne zu überlegen griff Salomo ins Zaumzeug. Es gelang ihm, die Tiere zum Stehen zu bringen. Er selbst war dabei hingefallen und mitgeschleift worden. Als er erwachte, lag er in einem hohen, kühlen Raum, Menschen standen um ihn, ein älterer Herr in reichem Gewand, eine vornehme jüngere Dame. Er erfuhr, daß er die Gemahlin des Don Sebastino und deren Töchterchen vor großem Schaden bewahrt hatte. Salomo mußte berichten, wer er war. Es geschah, daß die hohen Herrschaften seiner Erzählung aufmerksam zuhörten. Am nächsten Tag wurde er vom Verwalter Don Sebastinos aufgesucht, der ihm eine Aufseherstelle auf einem Gut in der Provinz Estramadura anbot. Es ging wie im Märchen zu: Salomo und die Seinen bekamen ein kleines Haus. Salomo beaufsichtigte die Arbeiten auf den Feldern, Äckern, in den Waldungen und mit dem Vieh, führte Buch über alles zur Zufriedenheit seines Herrn. So oft eine königliche Verordnung gegen die Juden erlassen wurde, Don Sebastino wußte ihn zu schützen. Schließlich war er von seinem Herrn sogar nach Lissabon gerufen worden, um mit kleineren und später auch größeren Geldtransaktionen betraut zu werden. Er hatte ein eigenes, wenngleich bescheidenes Vermögen zusammengebracht, denn Don Sebastino war großzügig und Salomo sparsam. Oft aber ging er zu seinem Herrn und erbat sich als einzigen Lohn Hilfe für seine bedrängten Glaubensbrüder.

Ja, Salomo Ascher war vom Herrn gesegnet. Vier Söhne und zwei Töchter hatte er. Der älteste, Israel, war bereits zehn Jahre alt, ein für sein Alter großgewachsener, schmalbrüstiger Knabe. Er studierte und seine Lehrer sahen in ihm einen zukünftigen Gelehrten, seine Kenntnis der alten Sprachen, namentlich des Lateinischen, waren überraschend. Dem Vater war der Knabe zu ernst, niemals hörte er ihn lachen oder scherzen. Er spielte nicht mit seinen Geschwistern und Altersgenossen, hatte keinen Freund. Fast immer saß er über den Büchern. Seine Gesundheit war schwach, er hustete. Zur Natur hatte er keine Beziehung, und namentlich das Meer haßte er. Sah er es nur von weitem, wurde ihm übel.

So wären, alles in allem betrachtet, die Verhältnisse dazu angetan gewesen, Salomo glücklich und zufrieden zu machen. Er war es auch. Wenn er aber um sich sah, wurde ihm bewußt, daß auch ihm die schönen Tage nur geschenkt waren, und er war sich sicher, einmal dafür zahlen zu müssen.

Es war auch grausam genug, was er sah. Schon damals, als er das Schiff verlassen hatte und wieder auf portugiesischem Boden war, hatte er gehört, was die Juden im fremden Land leiden mußten: Diejenigen, die nach Ablauf der acht Monate Portugal nicht verlassen hatten, wurden einfach als Sklaven verkauft; die Kinder wurden den Eltern entrissen und auf die gerade entdeckten Thomas-Inseln verschleppt, die im Volksmund nur die »Verlorenen Inseln« hießen. Ein unfruchtbares Eiland, bewohnt von Vipern, wildem Getier und unheimlichen Menschen, denn man hatte alle Verbrecher dorthin geschafft. Die Kinder, zwangsweise getauft und von hartherzigen Mönchen in Zucht gehalten, wuchsen ohne jede Liebe und Zärtlichkeit heran. Unter den Kindern befanden sich manche aus dem Geschlecht der Ascher.

Bald nachher war Joao II. gestorben und Manuel, sein Neffe, der nach ihm den Thron bestieg, den Wissenschaften und Künsten zugeneigt, galt als weniger grausam. Doch man täuschte sich. Der neue König warb um die Hand der spanischen Infantin Isabella. Sie ließ ihn wissen, sie könne seine Werbung nur annehmen, wenn er die Feinde der Christenheit aus seinem Reiche verbanne. Und Manuel unterzeichnete ein Dekret: Alle Juden hatten die Taufe zu nehmen; diejenigen aber, die sich weigerten, mußten innerhalb eines Jahres Portugal verlassen.

III.

Don Sebastino ließ Salomo zu sich bitten. Sichtlich verlegen, ließ er ihn einige Zeit vor sich stehen, dann sagte er: »Ich kann Euch nicht länger in meinen Diensten belassen, so Ihr nicht die Taufe nehmt, Salomo!«

Salomo schwieg.

»Meine Worte können Euch nicht überraschen. Ihr kennt das Dekret des Königs. Ich vermag nicht länger, Euch gegen seinen Willen zu halten. Ihr müßt wählen.«

Salomo schüttelte den Kopf.

»Warum wollt Ihr die Taufe nicht nehmen, Salomo? Seht und überlegt ruhig: Ihr könnt Euch nicht gegen die Zeit stellen! Wollt Ihr mit Eurer Familie wieder alle Schrecken auf Euch nehmen? Wollt Ihr wieder übers Meer? Wieder in die Fremde? Ist es Euch nicht wohl ergangen hier? Und dies alles wollt Ihr aufgeben? Wofür? Für Euren ohnmächtigen Gott, der Euch nicht schützt?«

Salomo schwieg. Blitzartig ging es ihm durch den Sinn: Spricht dieser Christ nicht aus, was ich oft dachte? Darf ich die Zukunft meiner Kinder gefährden, ihr Leben aufs Spiel setzen? Wenn ich die Taufe nehme, dann stehen ihnen alle Wege frei ... Als könnte er in Salomos Herzen lesen, fragte Don Sebastino: »Ist es denn vor Eurem Gott eine so große Sünde, die eigenen Kinder zu retten?«

»Ich weiß das nicht«, sagte Salomo gequält. »Ich vermag Euch nicht in der richtigen Weise zu antworten, Herr, ich habe zu wenig gelernt. Ich bin Jude und das kann ich nicht ändern.«

»Wie Ihr wollt! Auch damit habe ich gerechnet!« sprach Don Sebastino. »Ihr habt mir gute Dienste geleistet. Ich hätte Euch gern weiter um mich gehabt, Ihr habt mir guten Rat erteilt. Ich schulde Euch Dank! Aber ich muß Euch ziehen lassen! Hier, nehmt dies mit auf Euren Weg!« Und er reichte ihm einen Beutel mit Geld. Salomo verbeugte sich ehrerbietig.

»Wartet nicht bis zur letzten Stunde, Salomo. Es ist der letzte Rat, den ich Euch noch geben kann!«

Die Worte blieben Salomo lange im Gedächtnis haften. Er ging daran, Ordnung in seine Angelegenheiten zu bringen. Er stellte fest, daß sein Vermögen groß genug war, ihm und seinen Angehörigen einen geordneten Auszug zu gestatten, denn diesmal war es den Juden nicht untersagt, Geld mitzunehmen. Aus Venedig war die Botschaft gekommen: Doge und Senat könnten zwar den Juden keine offizielle Erlaubnis erteilen, in die Stadt Venedig zu kommen, würden aber jüdische Einwanderer dulden, wenn für jeden Einwandernden, gleichgültig ob Kind oder Erwachsener, zwanzig Golddukaten vorgewiesen werden könnten. Salomos Geld reichte nicht nur für ihn und die Seinen, es war ihm dank des Abschiedsgeschenkes Don Sebastinos auch möglich, zwei Schwestern mitzunehmen, deren Männer vom Pöbel auf der Straße erschlagen worden waren.

Der Tag der Abreise war festgesetzt. Kurz vorher wurde Salomo gewarnt: Er möge zu einem früheren Termin die Stadt verlassen, es bereite sich etwas vor. Salomo schlug die Warnung in den Wind. Wie oft waren solche Gerüchte nicht schon verbreitet worden? Hatte man nicht schon diesen und jenen Tag genannt, an dem die Juden vertilgt werden sollten? Als sich dann die Anzeichen mehrten, daß den Dingen diesmal doch größere Beachtung zu schenken sei, war es zu spät. Eines Tages erging ein gestrenger Befehl an alle Juden des Landes: Niemand dürfe seinen Wohnort verlassen, am kommenden Sonntag um zwölf Uhr mittags seien alle jüdischen Kinder bis zum 14. Lebensjahr, gleichgültig ob Knabe oder Mädchen, von ihren Eltern auf den Platz vor die Stadtkirche zu bringen.

Salomo vernahm den Befehl, und es hätte nicht viel gefehlt, so wäre der große und kräftige Mann zu Boden gefallen. Es war ihm klar mit einem Male: Das war sein und der Seinen Untergang! So nahe schon war die Rettung gewesen, und nun wieder der würgende Griff! Aber wer würgte ihn da? War es nicht sein eigener Gott, der ihn zu erdrosseln drohte in letzter Minute? Er lachte laut und gellend auf.

Salomo ging zu Don Sebastino und flehte ihn an, seine Kinder zu verbergen. Der sonst Gütige kehrte sich ab: Er könne nicht wider seinen König handeln, und im übrigen werde den Kindern nichts Böses geschehen.

»Man will uns die Kinder mit Gewalt nehmen und taufen! Wir wissen, was geplant ist!« schrie Salomo, doch der hohe Herr zeigte sich ungerührt. Das werde das Ärgste nicht sein, murmelte er und wandte sich um.

Spät nachts kam Salomo heim. Seine Frau empfing ihn vor der Tür, weinte und lachte zugleich. Der Mann erschrak: Was war aus der immer Tapferen und Besonnenen geworden? Diese Frau hier war ihrer Sinne nicht mächtig. Die Frau stürzte ihm entgegen. Sie versuchte zu sprechen, brachte aber kein Wort hervor. Mühsam konnte er sie beruhigen, und unter immer wiederkehrendem Schluchzen und Lachen brachte sie hervor: Zwei ihrer sechs Kinder seien gerettet! Wirklich und wahrhaftig gerettet! Sie spricht irre, dachte der Mann und streichelte ihr die Wangen. Aber sie hatte die Wahrheit gesprochen. Am Nachmittag war eine Landfrau aus der Estremadura erschienen, die konnte das Elend der Juden nicht mitansehen und wollte, weil sie Salomo als gerechten Verwalter kannte, gegen den Befehl des Königs zwei Kinder zu sich nehmen und bei sich verbergen. Freilich, schränkte sie ein, sie könne die Kinder nicht in ihrer Religion unterweisen, aber sie werde mit all ihren Kräften verhindern, daß die Kinder gegen den Willen der Eltern einer anderen Religion zugeführt würden. Die Frau hatte nicht so lange warten können und war mit den beiden jüngsten Knaben, dem fünfjährigen Mose und dem dreijährigen Joseph, davongezogen.

IV.

Der weite Platz vor der Kathedrale war voller Menschen. Gedrückt warteten die Juden, an der Hand hielten sie ihre Kinder, die Mütter trugen die Kleinen in ihren Armen, Angst in allen Gesichtern. Mit einem Mal machte ein Gerücht die Runde: Es sei nicht wahr, daß die Kinder zur Taufe gezwungen werden sollten, es handle sich lediglich um eine Registrierung des jüdischen Nachwuchses. Plötzlich war die Wache aufmarschiert, sperrte den Platz ab. Still und bedrohlich standen die Bewaffneten mit aufgepflanzten Hellebarden. Dann öffneten sich die Tore der Kirche und heraus strömte eine Schar von Geistlichen in prächtigen Ornaten, an ihrer Spitze der Bischof. Mit hoher, scharfer Stimme sprach er ein paar Worte, die Salomo nicht verstand. Als er geendet hatte, rissen sich die Priester von seiner Seite los und stürmten in die Menge. Sie ergriffen die Kinder, hoben sie wie eine Beute hoch in die Luft und trugen sie in die Kirche. Im ersten Augenblick wußten die Menschen nicht, wie ihnen geschah. Dann setzten sie sich zur Wehr. Mütter umklammerten ihre Kinder, Väter hielten ihre Söhne fest an sich gepreßt, es kam zu einem Handgemenge. Die Priester zogen kurze Lederpeitschen aus ihren Umhängen und schlugen auf die Menschen ein. Und triumphierend verschleppten die Diener Gottes die Kinder.

Salomo hielt Israel fest umfangen. Ein Peitschenhieb hatte ihn getroffen, er blutete aus Nase und Mund. Der Lärm war ohrenbetäubend. Salomo hörte nichts und sah nichts. Schwarz stand es vor seinen Augen, schwarze Sterne umtanzten ihn. Ein noch jugendlicher Priester, lang und dünn, mit scharfgeschnittenem Gesicht, griff nach Israel. Salomo drängte ihn beiseite. Der Priester hob seine Peitsche, sausend fuhr sie auf Salomo nieder. Israel klammerte sich an Bart und Haupthaar des Vaters. Der Priester hob von neuem die Peitsche. Aber ehe er zuschlug, hieb ihm Salomo mit aller Macht ins Gesicht. Der Priester fiel. Viele sahen das und stürzten sich nun auf die Priester, rissen ihnen die Gewänder vom Leib und schlugen auf sie ein. »Die Juden töten die Diener des Herrn!« rief der Bischof von den Stufen der Kathedrale. Ein kurzes Kommando ertönte, von allen vier Seiten rückten die Soldaten mit vorgehaltenen Hellebarden vor. Der Himmel lag in tiefem Blau und klarer Helle ausgebreitet, kein Wölkchen war zu sehen.

Tote und Verwundete bedeckten den Platz, man trat über sie. Noch immer stand Salomo aufrecht, den Knaben an sich drückend. Dann fühlte er etwas Fremdes, Kaltes, Strenges in seinem Rücken. Er sah noch, wie ein Priester Israel an den Haaren in die Kirche zog. Seine Augen verfolgten die beiden Gestalten, bis sie im dunklen Portal der Kathedrale verschwanden. Das Schwarze vor seinen Augen wurde immer undurchdringlicher. Dann fiel ein grellroter Stern vor ihm durch die Dunkelheit. Er wollte ihn noch halten.

Das vierte Intermezzo

Der berühmte Musiker wohnte im dritten Bezirk, in einer stillen, vornehmen Gasse. Doktor Ascher ging über die Ringstraße, an der Oper vorbei. Er hatte zu tun, die Veränderungen wahrzunehmen, die in den wenigen Monaten seiner Haft mit der Stadt vor sich gegangen waren: Die roten Fahnen mit den riesigen schwarzen Hakenkreuzen auf weißem Feld, die auf Schritt und Tritt angebracht waren, die rot tapezierte kaiserliche Burg, all das war fremdartig, beklemmend und phantastisch zugleich. Von den Parkanlagen fehlten zum Teil die gußeisernen Tore, man hatte sie zu Zwecken der Aufrüstung vorteilhaft verwendet, was allen Einheimischen – nur den fremden Diplomaten nicht – bekannt war, Monumente und Standbilder waren verschwunden oder verhüllt, die Straßen und Plätze umbenannt, die Geleise der Straßenbahn aufgerissen, man wollte eine neue Fahrordnung einführen. Aber nicht das allein war es, das dem Spaziergänger die geliebte und gewohnte Stadt fremd machte: Ihr Aroma war ein anderes geworden. In den Geschäften der Inneren Stadt gab es meist nur mehr Dutzend- oder Fertigware anstelle gediegenen Kunsthandwerks. Alle Auslagen waren mit Hitlerbildnissen geschmückt, man sah den Herrn in Uniform und in Zivil, mit seinen Hunden und mit seinen SA-Leuten, man sah ihn mit Kindern, im Auto stehend, in seinem Arbeitszimmer und in seinem Bergheim, vor dem Mikrophon, sinnend in die Ferne blickend, im langen Militärmantel. Immer waren die Wangen des Herrn schön rosarötlich koloriert. Und gleich neben diesen Kunstwerken waren Zettel angebracht, worauf zu lesen stand, daß den Juden der Eintritt in dieses Geschäft verboten sei. Nicht mehr hingeschmiert wie in den ersten Tagen, sondern sauber gedruckt und ordentlich eingerahmt. Die Stadt war Provinz geworden, deutsche Provinz.

Doktor Ascher wollte den Stadtpark durchqueren, aber eine große Tafel informierte ihn, daß für ihn und seinesgleichen das Betreten der Parkanlage verboten sei.

Die Begrüßung war herzlich. Der Künstler umarmte seinen Gast, küßte ihn auf beide Wangen und zog ihn gleich in sein Studio. Hier mußte Ascher von den letzten Tagen im Gefängnis, vom Schicksal der Mitgefangenen und von seiner Entlassung erzählen. Das Studio mochte einmal ein schönes Arbeitszimmer gewesen sein, jetzt sah man auf den Wänden helle Flecken, wo einst wohl Bilder gehangen, leere Stellagen, in denen einmal Bücher gestanden waren; Teppiche, Vorhänge, Vasen, alles war weg. Nur ein mächtiger Konzertflügel war noch da.

»Ja, das Klavier gehört zu den wenigen Dingen, die mir geblieben sind. Es war ihnen wohl zu schwer. Aber was sie damit getan haben!« Der kleine Mann war aufgesprungen, hatte die Fäuste geballt, als wollte er unsichtbaren Feinden an den Hals springen. Dann sagte er, seinem Gast den Rücken zuwendend und zum Fenster hinausblickend: »Die hoffnungsvolle deutsche Jugend, die mich geplündert und ausgeraubt hat, hat diesen Flügel geöffnet und ihre Notdurft in ihn verrichtet! – Aber das haben sie mir gelassen!« Der Künstler zeigte auf eine kleine Photographie des berühmtesten lebenden deutschen Opernkomponisten und Leiters der Reichsmusikkammer. Darunter stand: »Meinem verehrten, großen Kollegen in aufrichtiger, getreuer und niemals erlahmender Bewunderung!«

»Ja, das ist er! Er wußte mich in Haft und rührte nicht einen Finger.«

Während sie sprachen, betrat eine junge Dame den schon im Dunkel liegenden Raum. Sie blieb einen Augenblick lang in der offenen Türe stehen. Aus dem anderen Zimmer fielen die Strahlen des elektrischen Lichtes ein und umgaben die junge Dame mit einer Aureole. Ascher schien es, als wäre sie in Licht gebadet. Sie war übermittelgroß, blond, das Gesicht eher rund, es hatte etwas Energisches und etwas Weiches zugleich. Es müßte gut sein, ihr Freund zu sein, dachte der Anwalt; sie gefiel ihm. Sie war die Tochter des Künstlers und hieß Eva.

»Ich wußte nicht, daß du eine erwachsene Tochter hast«, sagte er. Er war ein wenig verlegen geworden und ärgerte sich darüber. »Du bist verheiratet?« fragte er dann und wieder ärgerte er sich, so unvernünftige Dinge zu äußern, natürlich war der Meister verheiratet.

»Ich war es«, antwortete der Künstler. »Einige Male!«

»Bloß dreimal!« sagte Eva. Sie war zu ihrem Vater getreten und küßte ihn auf die Stirne. »Vater kam viel in der Welt herum. Da sammeln sich Frauen und Lorbeerkränze an, nicht wahr? Außerdem ist mein Vater sprichwörtlich gutmütig, er hat niemals einer Dame nein sagen können.«

Eva war nachmittags bei Freunden zu Besuch gewesen, wo sie Gräßliches erfahren hatte. Und sie erzählte: »Du kanntest doch Eugen, Vater? Eugen Breuer, den Bruder meiner Freundin Stella? Den Apotheker. Er ist tot!«

»Nein!« rief der Meister. »So ein junger Mensch! Was fehlte ihm denn?«

»Was uns allen fehlt, Vater!« sagte die Tochter. »Im April schon verließ Eugen das Land. Lange wußte man so gut wie nichts von ihm. Dann erfuhr man es. Er war über die Berge in die Schweiz entkommen. Doch dort ließ man ihn nicht. Auf abenteuerlichen Wegen kam er nach Italien. Dort konnte er etwas Geld aufbringen und eine Schiffskarte nach Palästina bezahlen. Das Schiff führte zweihundert Passagiere mit sich, aber keiner hatte ein Landungspermit, alle wollten illegal einreisen. Das nennt man eine schwarze Ladung. Das Schiff kam auch fast bis zum Hafen. Aber es durfte nicht landen. Man versuchte, die Passagiere in Booten an Land zu setzen. Aber die Hafenbehörden hatten gedroht zu schießen, wenn diese Versuche nicht eingestellt würden. Und sie wurden eingestellt. Das Schiff kreuzte vor dem Hafen, ein paar Tage lang. Dann gingen die Vorräte zur Neige. Der Kapitän beschloß, nach Triest zurückzufahren. Aber auch dort war es inzwischen anders geworden, man ließ die schwarze Fracht nicht landen ... Die Triestiner Juden hatten von der Sache gehört und Geld gesammelt. Noch einmal sollte der Versuch gewagt werden. Wieder ging die Fahrt nach Palästina. Aber anscheinend hatten die Triestiner Juden ihre Macht überschätzt oder waren durch falsche Versprechungen irregeführt worden, jedenfalls ließ man die Leute nicht landen. Es sollen sich schreckliche Szenen auf dem Schiff abgespielt haben. Da beschlossen einige junge Leute, in der Nacht an Land zu schwimmen. Alle, mit einer Ausnahme, erreichten es auch. Die Ausnahme war Eugen.«

Eva schwieg und trank Cognac. Zu Doktor Ascher sagte sie: »Sie sehen ja ganz blaß aus, Herr Doktor. Ist Ihnen schlecht geworden? Trinken Sie doch! Es wird Ihnen gut tun!« In der Tat, Ascher fühlte sich nicht wohl. Er trank hastig ein Gläschen aus, davon wurde ihm auch nicht besser. Entschuldigend meinte er: »Von Abenteuern auf dem Meer kann ich gar nichts hören, ohne daß mir schlecht wird. Das muß so eine Art Familienkrankheit sein. Schon mein Vater litt darunter. Vor vielen Jahren sollten wir einmal in den Ferien mit dem Schiff von Triest nach Venedig. Aber mein Vater weigerte sich, das Schiff zu betreten, wir fuhren mit der Bahn. Die Abneigung gegen das Meer muß uns im Blut liegen.«

Beim Abendessen berichtete der Meister: »Dir, lieber Ascher, wird vielleicht nicht gut dabei sein, aber ich habe meine Papiere bald beieinander, und dann geht es über das große Wasser!«

Man geriet unwillkürlich in eine politische Debatte, wie überall, wo Menschen in diesen Tagen zusammentrafen. Es erwies sich, daß die junge Dame ungemein kriegerisch gesinnt war, sie konnte nicht begreifen, daß die übrige Welt diesem blindwütigem Toben entfesselter Bestien und Gangster ruhig zusieht. Sie gebrauchte Kraftausdrücke, als stünde sie selbst schon unter Waffen. Die Tschechoslowakei sei übrigens nicht das Land, in welches man emigrieren solle, ob denn der Doktor wirklich so naiv sei?

»Naiv?« Der Anwalt wußte nicht, ob das die richtige Bezeichnung war. Aber er müßte doch bis zu einem bestimmten Termin die Grenze hinter sich lassen, und da blieb ihm keine Wahl.

»So?« meinte Eva kampflustig. »Ich sehe schon, Sie sind genauso unbeholfen, unpraktisch und kurzsichtig wie die meisten Männer! Sie sagen, daß Sie keine andere Möglichkeit haben! Ja, Herr Doktor, wissen Sie es denn nicht zu schätzen, daß Sie meinen Vater kennengelernt haben?«

»Gewiß!« rief Doktor Ascher. Seine Augen glänzten, und er freute sich sehr, als der Meister nun seinen Blick freundschaftlich erwiderte, das Weinglas hob und dem Gast zutrank.

»Vielleicht wissen Sie es zu schätzen, aber auszunützen verstehen Sie es nicht. Haben Sie denn noch gar nicht bedacht, daß mein

Vater einflußreich genug ist, Sie nach Amerika zu bringen, wenn er einmal drüben ist?«

»Ihr Vater wird andere Verpflichtungen haben.« Aber da fuhr sie dazwischen: »Bescheidenheit ist nicht immer eine Tugend! Nur die Lumpe sind bescheiden!«

»Kennst du denn den Herrn Doktor so gut, daß du mit ihm umspringen darfst wie mit deinem Vater?« fragte der Meister. »Im übrigen, wenn es dich beruhigt, es ist längst abgemachte Sache, daß dieser Mann der erste ist, dem ich helfen werde!«

»Meister ...!« rief Ascher, er war errötet.

»Jetzt fehlt nur noch, daß Sie sentimental werden! Oh, diese jüdische Sentimentalität!« Eva war aufrichtig entsetzt, der Doktor konnte ein Lächeln nicht unterdrücken.

»Ja, lieber Ascher, falls du es nicht wissen solltest, wirst du es jetzt erfahren, daß diese Generation nicht sentimental veranlagt ist. Übrigens glaubt mein Töchterchen, daß sie nicht viel von dieser jüdischen Sentimentalität abbekommen hat, weil ihre Mutter Arierin ist, sodaß sie nach dem barbarischen Gesetz sogar das Recht hätte, das Hakenkreuz zu tragen.«

»Worauf ich verzichte! Lieber laß ich mich auf der Straße anrempeln. Sie haben mich schon öfter zum Waschen und Reinigen geholt, aber ich mache das lieber, als daß ich verleugne, wer der Vater meines Vaters war!« Und Ascher fuhr sie an: »Haben Sie denn eigentlich schon Ihre Registrierung beim amerikanischen Konsulat veranlaßt?«

»Nein«, mußte der Anwalt bekennen.

»So? Und Sie wollen nach Amerika? Sagen Sie, Herr Doktor, waren Sie eigentlich ein guter Rechtsanwalt? Jetzt werden Sie freilich lange auf Ihre Quotennummer zu warten haben, viele Monate, auch wenn mein Vater längst das Affidavit beschafft hat. Ja, was machen wir denn da mit Ihnen?« Und Weisheit und Erfahrung kamen aus dem Munde der jungen Frau: In der Zwischenzeit, bis seine Quotennummer für Amerika an die Reihe komme, müsse er in ein anderes Land. Die Tschechoslowakei komme nicht in Frage, wie wär's mit der Schweiz? Nein, das gehe nicht mehr, dort sei ein generelles Einreiseverbot erlassen. Jugoslawien? Nein, dort könne man nach kurzer Zeit wieder ausgewiesen werden, das gleiche gelte für Italien. Ungarn lasse keine Juden mehr ins Land, Rumänien habe sich hermetisch abgeriegelt. Es erwies sich, daß Eva mit den Vorschriften aller Länder vertraut war. Plötzlich schlug sie sich wie ein Mann mit den Händen auf die Schenkel und rief: »Jetzt hab ich's!« Und sie entwarf einen Plan: Ihr Vater müsse sogleich an einen ihm bekannten englischen Dirigenten schreiben. Der würde dem unbeholfenen Herrn Doktor ein Garantiepermit beschaffen, das einen Aufenthalt in England so lange gestatte, bis das Affidavit genützt werden könne. Freilich werde sich auch das hinziehen. Jedenfalls müsse der Vater gleich morgen seinem englischen Kollegen schreiben. »So wird's gemacht!« schloß sie und zündete sich eine Zigarette an.

»Ich weiß gar nicht, womit ich mir Ihre Liebenswürdigkeit verdient habe.«

»Wäre ich eine wohlerzogene Tochter, so müßte ich jetzt artig sagen: ›Weil mein Vater mir so schöne Dinge von Ihnen erzählt hat, Herr Doktor, und weil Sie meinem Vater in schweren Tagen ein so guter Kamerad waren‹, oder so etwas Ähnliches. Aber in Wirklichkeit helfe ich Ihnen nur, weil ich immer helfe, wo ich kann. Die jüdischen Männer haben es heutzutage wirklich nicht leicht!«

Ascher berichtete nun von seinen persönlichen Angelegenheiten, daß er die Wohnung aufgeben, den Hausrat verkaufen müsse, Dinge, die ihm schwer genug fielen.

»Um so besser, daß ich noch eine Zeit lang hier bleibe, da kann ich Ihnen bei diesen Dingen und der Beschaffung Ihrer Papiere helfen!« rief Eva.

»Reisen Sie denn nicht mit Ihrem Vater nach Amerika?« fragte verwundert der Anwalt und ertappte sich dabei, daß er die Nachricht freudigen Herzens aufnahm.

»Die Mutter meiner Tochter ist krank«, sagte der Meister langsam. Sie wolle nach Frankreich, aber das werde noch seine Zeit brauchen. »Eva wird, wenn ich weg bin, unseren Hausstand auflösen, zu ihrer Mutter übersiedeln, sie dann nach Frankreich bringen und später zu mir nach New York nachkommen.«

Beim Abschied mußte Ascher versprechen, recht bald wiederzukommen, schon an einem der nächsten Abende. »Wer weiß, wann ich weg bin!« meinte der Meister.

Zu Hause, vor dem Einschlafen, las er die Abendzeitung. Da stand zu lesen, daß alle Juden in Hinkunft neben ihren Vornamen den Namen Israel oder Sara zu führen hätten. Er löschte das Licht und versuchte zu schlafen. Unsere Väter haben sich geschämt, uns jüdische Vornamen zu geben … Also Israel mußte er sich in Hinkunft nennen, Robert Israel Ascher. Israel Ascher? Hatte nicht einer seiner Vorfahren so geheißen?

Fünftes Kapitel
Der Scheiterhaufen

I.

Endlich empfing der die Geschäfte des Papstes führende Kardinal den Gesandten Portugals, Pedro Mascarenhas, der schon mehrmals um Audienz angesucht hatte. Die Begrüßung war steif. Der Gesandte sah in das strenge Gesicht des hageren Kirchenfürsten und wußte, daß ihm ein schwerer Kampf bevorstand, aber er schätzte leichte Triumphe ohnehin nicht. Er ließ sich gelassen auf einem der kunstvoll geschnitzten Stühle nieder und begann:

Daraus, daß sein Souverän, der erhabene König Joao von Portugal, einen Sonderbevollmächtigten in seiner Person an den Hof Seiner Heiligkeit entsende, könne ermessen werden, welch ganz besonderes Gewicht Portugal auf die zufriedenstellende Lösung der Frage lege, die zwischen dem Vatikan und seinem Lande offen sei. Er bitte um Nachsicht, wenn er nun weiter ausholen müsse.

»Oh, bitte!« sagte der Kardinal höflich und lehnte sich zurück. Seine Stimme klang ein wenig gelangweilt, er schloß die Augen für einen kurzen Augenblick, als sehne er sich nach Schlaf. Dann riß er sie wieder auf und setzte sich zurecht, als wäre er besonders neugierig. Der Gesandte lächelte in sich hinein. Er kannte solch kleine Inszenierungen von sich selber. Unbeirrt fuhr er daher fort:

Portugal habe allen Grund, die Haltung des Heiligen Stuhles in der Frage der Inquisition als nicht in Übereinstimmung mit den verschiedenen Zusagen Seiner Heiligkeit zu bezeichnen. Wenn es dem Redner gestattet sei, möchte er in Erinnerung rufen, daß der Heilige Vater über Drängen Kaiser Karls die Inquisition in Portugal einzuführen gestattete …

Hier unterbrach der Kardinal seinen Besucher: »Bedenkt, Don Pedro Mascarenhas, daß Seine Heiligkeit gewisse Bedingungen an diese Erlaubnis geknüpft hat. Ihr wißt, daß Papst Paul III., wie sein Vorgänger Clemens VII., kein Freund dieser Bluttribunale ist. Vom Vorgänger des Heiligen Vaters stammt der Ausspruch, die zur Taufe geschleppten Marranen seien nicht als Glieder der Kirche zu betrachten, und es verstoße daher gegen die Prinzipien unseres Rechts, sie wegen Ketzerei und Abfall bestrafen zu wollen …«

»Ich kann kaum annehmen, daß der Heilige Vater diese Ansicht seines erhabenen Vorgängers teilt. Denn so sehr ich den Verewigten verehrte, dieser Ausspruch war mir immer unverständlich«, entgegnete der Gesandte. »Demnach wären also die Neuchristen keine Christen. Aber da sie die Taufe erhielten, sind sie ganz sicher keine Juden mehr. Was also sind sie dann?«

»Ich glaube nicht, daß Ihr hergekommen seid im besonderen Auftrag Eures Souveräns, um dies mit mir zu disputieren. Ich nehme an, daß Ihr gekommen seid, um Klage zu führen gegen den Heiligen Stuhl. Ich höre!« Der Kardinal sprach freundlich, mit einem Unterton der Ungeduld.

»Gewiß«, entgegnete Don Pedro und dachte: Ach, du bist ungeduldig, mein Lieber? Nun gut … und fuhr fort, recht umständlich und weit ausholend: All die Beschränkungen würden der glaubensstarken portugiesischen Majestät als zu milde erscheinen. Namentlich die Anordnung, daß die Tribunale der Inquisition während der ersten drei Jahre das bei den weltlichen Gerichten eingeführte Verfahren einzuhalten hätten, habe die Errungenschaft der Inquisition in Frage gestellt. Dazu geselle sich dann noch der dem Kardinal gewiß bekannte Umstand, daß der Papst den allzu milde eingestellten Bischof de Silva zum Generalinquisitor bestimmt habe. Dadurch sei die Maßnahme, um die der König so lange gekämpft habe, von Haus aus ziemlich wirkungslos geblieben, da sich die Inquisitionstribunale fast gar nicht von den ordentlichen Gerichten unterschieden hätten.

»Nun, nun!« unterbrach der Kardinal hier wiederum den Gesandten. »Wir sind hier, mit Eurer gütigen Erlaubnis, anderer Ansicht. Wir wissen wohl: In Portugal wurden verhältnismäßig nicht weniger Todesurteile gefällt als in Spanien unter Torquemada. Wollt Ihr Zahlen, Don Pedro?«

»Ja, wenngleich ich nicht weiß, ob Euch die richtigen Zahlen gemeldet wurden. Ich sehe jedenfalls, daß die Fürsprecher der Marranen am Hofe des Papstes nicht tauben Ohren begegnet sind!«

»Wollet fortfahren, bitte!« sagte der Kardinal und führte seine schmalen weißen Hände zum Munde, als wollte er ein Gähnen verbergen.

Es sei gewiß nicht leicht, die ganze Geschichte der leidigen Zwistigkeit zu rekapitulieren, meinte der Gesandte. Aber er tue es nichtsdestotrotz. Er erinnerte, daß der Heilige Vater sogar die bereits erlassene Bulle nach einiger Zeit wieder einer neuen Kommission zur Überprüfung vorgelegt habe, was einem Widerruf nahe komme, und führte aus, daß der päpstliche Nuntius in Lissabon sich gegen die Inquisition stelle und Angeklagten persönlich zur Flucht verhelfe und darin trotz vielfacher Abmahnung fortfahre. Dies sei geeignet, das Ansehen und die Rechte Seiner Majestät des Königs zu schmälern …

Der Kardinal war aufgestanden, hatte sich vor seinen Besucher gestellt, musterte ihn und fragte: »So sagt mir unumwunden, warum Portugal kirchlicher zu sein wünscht als die Kirche selbst! Glaubt Ihr denn, daß die Angelegenheiten des Glaubens besser in Eure Hände gelegt werden sollten?«

Nun beginnt der Kampf, dachte der Diplomat. Er sagte, seine Fingernägel betrachtend, recht langsam: »Das zu beurteilen steht uns nicht zu, und nach meiner Instruktion bin ich nicht berechtigt, meine Privatmeinung zu äußern.«

»Nun, ich kann glücklicherweise offener zu Euch sprechen. Der Heilige Vater hat – es ist kein Geheimnis – die Erlassung der Bulle, die die Inquisition einführte, bereut. Nach altem Herkommen mußte er dem Kaiser Karl, der als Triumphator über die Feinde der Christenheit in Rom eingezogen war, einen Wunsch erfüllen. Er tat es mit Widerstreben, weil die Marranen mit Gewalt zur Taufe geschleppt wurden und eine solche Taufe niemals ein Sakrament sein kann. Der Heilige Vater hat aber alles getan, um der Inquisition die schlimmsten Härten zu nehmen. Portugal hat dies als einen Eingriff in seine Rechte angesehen, es hat den Wünschen des Papstes entgegengehandelt. Warum? Warum, so frage ich Euch, beansprucht Portugal, katholischer zu sein als der Papst?«

Der Gesandte tat, als besänne er sich. »Die Frage berührt mich seltsam aus dem Munde eines so hohen Würdenträgers des Vatikans. Kann man denn überhaupt eifrig genug sein im Dienste des Herrn, mein Vater?«

»Nicht dem Herrn leistet Ihr mit Euren Massenmorden einen Dienst! Nicht dem Herrn!« Der Kardinal rief es laut, und Röte war in sein Gesicht getreten.

»Ist denn die Inquisition nicht eine Einrichtung der Kirche, mein Vater?« fragte vorsichtig Don Pedro und lächelte listig.

»Jawohl, das ist sie! Und sie ist auch notwendig. Ketzer vor die Tribunale unserer Inquisition! Aber sind denn die Juden, die mit Gewalt zur Taufe geschleppt wurden, oft noch als unmündige Kinder, oft in einem Zustand der Ohnmacht, sind denn das richtige Christen? Ist es ein todeswürdiges Verbrechen, wenn sie sich wieder der Religion ihrer Väter zuwenden?«

»Ich staune, Eminenz, ich staune! Wenn diese freie Anschauung am Hofe des Papstes herrscht, dann weiß ich nicht, wohin die Dinge führen werden! Auch das Kind eines Christen empfängt ja die Taufe nicht freiwillig, es wird nicht gefragt, ob es getauft zu werden wünscht, und würde es gefragt werden, es könnte nicht antworten. Ist solch ein Kind darum kein Christ?«

Don Pedro lachte und sah dem Kardinal voll ins Gesicht, um seinen dialektischen Sieg auszukosten. In dem schönen Antlitz des Kirchenfürsten wetterte es, Wolken des Unmutes verschatteten die edlen Züge. Aber er beherrschte sich, wenn auch um eine Spur zu offensichtlich, und sagte so kühl wie möglich:

»Da wir ja kaum zur Disputation zusammengekommen sind, bitte ich Euch, Herr Sondergesandter, die Wünsche Eures Souveräns an den Heiligen Vater zu präzisieren!«

»Ich komme sogleich zu meinem Auftrag, Eminenz, sogleich. Ich erbitte mir nur noch kurze Zeit Eure Geduld, mein Vater. Das Treiben der Marranen in Portugal wird immer unerträglicher, untergräbt die staatliche Autorität, wird stets gefährlicher für das Land. Einige Beispiele, nur einige Beispiele! Ein irrsinniger Schuster hat sich selbst zum Messias ernannt, er hat hundert Marranen zum Judentum betört, darunter sogar den Bruder des Leibarztes Don Alfonso. Ja, wir haben – höret wohl, edler Vater! – wir haben eine geheime Synagoge entdeckt!«

»Ich weiß. Die Synagoge wurde entdeckt und bei dieser Gelegenheit wurden gleich zweihundert Menschen mitverbrannt, also doppelt so viele, als nach Eurer Anschuldigung von dem wahnsinnigen Schuster betört wurden!«

Don Pedro fuhr fort: »In Lissabon ließen zahllose Marranen ihre Knaben wieder beschneiden, in Coimbra hat einer der Neuchristen eine eigene Schule unterhalten und die Knaben Hebräisch gelehrt.«

»Soweit mir bekannt, habt ihr hiefür gegen sechzig Menschen verbrannt. Oder hat de Monte mich falsch unterrichtet?«

»Ja, so weit ist es bereits gekommen, daß die Marranen eine geborene Christin zum Judentum bekehrt haben!«

»Zweifellos ein fluchwürdiges Verbrechen! Würdet ihr ein solches bloß ahnden, wir wären es zufrieden. Aber seht her, mein Herr Sondergesandter!« Der Kardinal trat zu einem in die Wand eingelassenen Schrein und entnahm ihm ein dickes Bündel von Papieren. »Da! Seht her! Dies sind Berichte über Mißbräuche und Grausamkeiten der Inquisition in Portugal. Wollt Ihr sie kennenlernen?«

»Die Bitte meines Herrschers an Seine Heiligkeit ist diese«, sagte der Gesandte und erhob sich, »Seine Majestät bittet in tiefstem Gehorsam und in kindlicher Demut den Heiligen Vater, die von ihm verfügte Ernennung Don Henriques, seines rechtmäßigen Bruders, zum Großinquisitor nachträglich zu bestätigen und gutzuheißen. Dies ist die einzige Bitte meines Königs!« Er nahm wieder Platz und schlug die Beine übereinander.

»Wir kennen den Bruder Eures Souveräns als einen fanatischen Verfolger der Marranen. Aber wäre es auch ein anderer, die Ernennung eines Großinquisitors steht nur Seiner Heiligkeit zu.«

»Wollet bedenken, mein Vater, daß Seine Majestät rasch handeln mußte, nachdem der frühere Großinquisitor Diego de Silva zurückgetreten war …«

»Von Euch zum Rücktritt gezwungen wurde!«

»Wie immer! Bedenkt, wie sehr das Ansehen Seiner Majestät leiden könnte, fände die Ernennung nicht die Zustimmung des Papstes!«

Der Kardinal schwieg.

»Wir sind überzeugt, daß die Zustimmung nicht weiter vorenthalten werden kann, wenn Seine Heiligkeit erst erfährt, was sich in Lissabon ereignet, was ganz Portugal in Empörung versetzt hat!«

Noch immer schwieg der Kirchenfürst.

»An den Toren der Kathedrale von Lissabon wurde ein Anschlag angebracht: ›Der Messias ist noch nicht gekommen. Jesus war nicht Messias. Das Christentum ist eine Lüge!‹«

Der Kardinal lächelte fein. Mit leiser Stimme sagte er: »Die Marranen wären schlecht beraten, eine solche These an das Tor einer Kathedrale zu schlagen. Zweifellos ist Euch der Rechtsgrundsatz der alten Römer bekannt: Cui bono – zu wessen Vorteil wurde es getan?«

»Mein Monarch hat 10.000 Crusados für die Entdeckung des Täters ausgesetzt!«

»Ich zweifle nicht, daß er gefunden wird«, sagte der Kardinal.

»Er ist schon entdeckt. Ein Marrane war es!«

»Ich bin durchaus nicht verwundert. Ihr entsinnt Euch gewiß, Herr Sondergesandter, oh, Ihr werdet Euch ganz bestimmt erinnern, daß vor etwa drei Jahren der Fürsprecher der Marranen am päpstlichen Hof, der Procurator Duarte de Paz, von Meuchelmördern in den Straßen Roms überfallen wurde, sie brachten ihm 14 Wunden bei, und er blieb scheinbar tot am Platz. Der Papst ließ ihm alle erdenkliche Pflege zuteil werden, und er kam wieder auf. Die Leute, böswillige Leute, natürlich nicht wir, behaupteten, die Mörder seien in Portugal zu finden. Diese Gerüchte müssen auch Eurem Souverän zu Ohren gekommen sein, denn unaufgefordert hat er mit aller Entschiedenheit in Abrede gestellt, von dem ruchlosen Anschlag nur das Geringste gewußt zu haben. Er war über die Unterstellung so entsetzt, daß er ausrief: ›Hätte ich den Überfall befohlen, das Opfer wäre nicht mit dem Leben davongekommen!‹«

»Darf ich mit Offenheit erwidern?« fragte der Gesandte und war gar nicht so außer Fassung, wie der Kardinal erwartet hatte. »In ganz Portugal wird gesagt, die Marranen wüßten den päpstlichen Hof milde gegen sich zu stimmen, weil sie die stets bedürftige Kasse des Vatikans mit Geldmitteln unterstützten. Natürlich sagen das nicht wir!«

Der Kardinal schwieg. Es kränkte ihn tief, nicht erwidern zu können. Er haßte die Mißwirtschaft am Hofe des Papstes, hatte dagegen erfolglos angekämpft, denn jeder der hohen adeligen Würdenträger sah sich durch sein Kirchenamt entschädigt für das ihm entgangene Erbe, lebte aus dem vollen, verschwendete maßlos, und der Papst war zu schwach, dem Treiben ein Ende zu setzen. Nun war es so weit, daß man wehrlos jeder Erpressung ausgesetzt war, daß man Unrecht begehen lassen mußte, wenn es nur Geld einbrachte. Nein, er wollte nicht länger mittun, wollte diesem Babel den Rücken kehren, lieber die Stille eines Klosters ... Zugleich aber fühlte er, daß er auf die Macht und den Purpur nicht mehr verzichten konnte.

Don Pedro beugte sich vor und sagte leichthin, als ginge es um eine Anekdote: »Den Marranen ist das Gold ausgegangen. Ich weiß es, und auch hier in Rom muß man es wissen. Vielleicht könnte Euch der päpstliche Kanzler hierüber informieren. Aber wir haben mehr Gold für die Schatulle des Vatikans bereitgestellt, als die Marranen je aufbringen konnten, wir bitten in Demut um die Bestätigung der Verfügung des Monarchen.«

»Ich werde den Wunsch Eures Souveräns Seiner Heiligkeit unterbreiten«, sagte müde der Kardinal und erhob sich.

II.

Der Gefangene lag nun schon lange Zeit in einem Raum, vom Licht abgeschlossen, an Händen und Füßen mit eisernen Ringen gefesselt, und er wußte nicht mehr, ob es Tag war oder Nacht. Überdies war er wie ein Kerzenluster an eine Kette geschmiedet, die von der Decke hing. In großen Abständen, vielleicht alle Tage einmal, bekam er zu essen; für eine kurze Frist wurden dann die Fesseln gelockert. Er konnte sich erheben, ein paar Schritte in dem Umkreis, den die Kette ihm ließ, torkeln. Er wußte nicht mehr, wann man ihn hierher gebracht hatte, fühlte nicht mehr die Schmerzen in den zusammengepreßten Gliedern, Schmutz und Unrat quälten ihn nicht mehr, er war fast fühllos geworden, wunderte sich nur, was ein Mensch zu ertragen imstande war. Es war mehr, als er für möglich gehalten hatte.

Einmal betraten drei Männer die Zelle. Einer löste dem Gefangenen die Fesseln und befreite ihn von der Kette, der andere bot ihm Wasser dar, damit er sich reinigen könne, und der dritte bürstete ihm gar das Gewand, wobei es freilich nicht ohne Schläge abging. Dann wurden die Türen des Kerkers geöffnet, und einer der Männer stieß ihn ins Helle. Das Licht blendete den Häftling, und er wäre gefallen, hätten ihn die Männer nicht gehalten und gestützt. Sie faßten ihn an den Händen und führten ihn wie einen Blinden über Treppen und durch Gänge.

»Du kommst jetzt vors Heilige Tribunal!« sagte einer der drei Männer. Sie betraten einen großen Saal, der mit Menschen angefüllt war. Der Gefangene und seine Begleiter waren jedoch zu früh erschienen, denn eine andere Verhandlung war noch nicht abgeschlossen. Beine, Hände, Ohren, Kopf und Zähne schmerzten den Gefangenen unsäglich. Von fernher hörte er eine sanfte, satte, nicht unschöne Stimme:

»Die Angeklagten vernehmen ihr Urteil! Carlos Delgrado hat hartnäckig geleugnet, mit Juden Verkehr gepflegt zu haben, er beharrt darauf, ein gläubiger Christ zu sein. Das Tribunal kann ihm keinen Glauben schenken. Es verurteilt ihn zum Tode durch die Flammen. Seine Güter sind konfisziert.

Joao Hoarta hat eingestanden, jüdische Gebete verrichtet und zu den Judenfeiertagen ungesäuertes Brot gegessen zu haben, er gibt vor, von Reue erfüllt zu sein. Er wird zum Tode durch die Flammen verurteilt. Da er jedoch Reue bezeugte, wird sein Besitz nicht zur Gänze eingezogen, er kann über zwei Fünftel seiner Habe verfügen und sie nach eigenem Ermessen der Kirche oder den Armen vermachen, seine Familie aber darf er nicht bedenken.

Diego Delatorre, des nämlichen Verbrechens angeklagt, hat keine Reue bezeugt, obschon er seine Untaten eingestanden hat. Er wird zum Tode durch die Flammen verurteilt, sein Besitz wird eingezogen.«

Der Gefangene war jedoch nicht imstande, den Sinn dieser Worte zu erfassen, es schien ihm vielmehr, als hätte jemand mit sanfter Stimme gebetet. Er vernahm nicht die entsetzten Aufschreie und das gequälte Keuchen der Verurteilten, sah nicht, daß sie von ihren Wärtern wieder abgeführt wurden, bemerkte nicht, daß andere Menschen in den Saal strömten. Fürchterlich zugerichtet wurden sie vor die Schranken des geistlichen Gerichts gestellt, Angeklagte gleich ihm. Einer seiner Wärter gab ihm aus einer Flasche zu trinken. Es war ein stark riechender, kräftiger Branntwein. Wärme durchrieselte seinen Körper, er fühlte die Schmerzen schwinden und seine Kräfte wiederkehren.

Plötzlich hörte er seinen Namen, jemand rief ihn laut. Er wurde nach vorn gestoßen und stand vor seinen Richtern. Es waren drei Priester, die in hohen Stühlen saßen. Einer von ihnen, der in der Mitte, bedeutete ihm näherzutreten. Er war ein rundlicher, gutmütig aussehender Mann, der ihn fast erbarmungsvoll anblickte.

»Ihr heißt Rodrigo Montes, nicht wahr?«

»Ja«, antwortete der Gefangene.

»Das heißt, Ihr werdet so genannt«, stellte der freundliche Priester fest. »Wie hießt Ihr vor der Taufe?«

»Israel ben Ascher.«

»Seht Ihr wohl!« sagte der priesterliche Richter und lächelte befriedigt. »Seht Ihr wohl! Wann wurdet Ihr getauft, mein Sohn?«

»Vor fast 28 Jahren. Ich war damals zehn Jahre alt!«

»So, so? Ihr nahmt die Taufe freiwillig?«

»Aber, mein Bruder!« sagte einer der anderen Richter, ein großer, magerer Mann unbestimmbaren Alters, mit scharfer Stimme. »Aber, mein Bruder, er war ja damals erst zehn Jahre alt ...« Er lächelte, und auch der dritte Richter unterdrückte nur mühsam seine Heiterkeit, hielt sich eine Hand vor den Mund.

»Es war am Ostersonntag des Jahres 1497«, sagte der Gefangene. »Mein Vater, meine Mutter und zwei meiner Geschwister wurden an diesem Tage getötet ...«

»Wir haben nicht danach gefragt!« verwies ihn streng der hagere Priester. »Ihr habt nur über Dinge zu sprechen, nach denen Ihr gefragt werdet.«

»So ist es!« bestätigte der dicke Priester milde. »Nun sagt mir, wie es Euch nach der Taufe erging. Laßt Euch nur Zeit, mein

Sohn!« Er lehnte sich in seinen hohen Stuhl zurück, schloß die Augen und schien zu schlummern.

»Ich kam in ein Kloster nach Porto. Nach kurzer Zeit aber nahm mich ein Gönner meines verewigten Vaters, Don Sebastino, zu sich in sein Haus. Ich durfte studieren und wurde Arzt.«

»So, so, ein Heilkundiger? Da habt Ihr ja einen edlen Beruf gefunden und also allen Grund, der Kirche dankbar zu sein, nicht wahr?«

»Er ist es aber nicht! Er ist ein Undankbarer, ein Abtrünniger, ein Verworfener!« fuhr der hagere Beisitzer dazwischen.

»Aber, aber!« Der dicke Richter sah seinem Nachbarn einen Augenblick lang voll ins Gesicht, und das Wohlwollen auf seinen Zügen war weggewischt. Dann aber wandte er sich wieder dem Angeklagten zu. »Ihr seid verheiratet? Ihr habt eine Christin geehelicht? Ihr habt Kinder?«

»Ich habe vor zwanzig Jahren eine Neuchristin geheiratet. Ich habe drei Kinder, zwei Knaben mit Namen Joseph und Serachja und ein Mädchen, Isabella ...«

Der Hagere flüsterte dem Hauptrichter etwas zu, und der fragte: »Serachja ist aber ein jüdischer Vorname. Warum nanntet Ihr Euern Sohn so?«

Der Gefangene dachte an den uralten, schwerhörigen, blinden Mann in dem Karren, Nacht war es und kalt, er selbst, ein kleiner Knabe, saß dem Alten zu Füßen und lauschte dessen dunklen Geschichten.

»Ich nannte ihn nach meinem Urgroßvater, den ich sehr liebte«, sagte der Angeklagte leise.

Der Richter schwieg lange, dann fragte er: »Ihr habt Euren Knaben in Gott erzogen?«

»Sie haben die Taufe empfangen, die beiden Knaben besuchen die Klosterschule, das Mädchen ist noch zu jung.«

»Dreierlei wirft man Euch vor, Rodrigo Montes. Zum ersten: Ihr habt in Gemeinschaft mit anderen Neuchristen und Juden hebräisch gebetet. Zum zweiten: Ihr seid jeden Samstag in einer geheimen jüdischen Synagoge gewesen. Zum dritten: Ihr habt den Neugeborenen der Neuchristen die Vorhaut geschnitten. Seid Ihr schuldig, müßt Ihr mit dem Leben büßen und dankbar sein für den Tod, weil Euch dieser vor weiterem Sündigen bewahrt. Gott wird Euch weniger zu vergeben haben. Nun sprecht!«

Der Priester hatte ernst gesprochen, doch nicht haßerfüllt, nicht eifernd.

»Ich habe keines der Verbrechen begangen. Ich habe niemals in Gemeinschaft mit Neuchristen oder Juden hebräische Gebete gesprochen.«

»Seit Eurer Taufe nicht – so meint Ihr wohl, nicht wahr? Aber es liegen Zeugnisse gegen Euch vor. Ein Jude und drei Neuchristen haben bestätigt, daß Ihr mit ihnen gemeinsam gebetet habt. Zuerst haben auch sie zu leugnen versucht, aber der Folter haben sie nicht widerstanden.«

»Der Folter!« rief der Angeklagte. »Viele gestehen, was sie nie taten, wenn sie gemartert werden!«

»Er darf nicht so sprechen!« schrie der Hagere. Er war aufgesprungen und hielt die Hand drohend erhoben.

»Ihr dürft so nicht sprechen!« schrie nun auch der milde Priester. Sein Gesicht war rot angelaufen. Er zog seinen Nachbarn wieder auf den Sessel nieder und sprach dann laut die Sätze: »Die Folter ist ein nützliches Instrument der Wahrheitsfindung. Wer ein reines Gewissen hat, wird ihr auch widerstehen.«

Der Angeklagte zuckte mit den Achseln, sein Tonfall war ein wenig hochmütig und belehrend, als er nun antwortete: »Ich bin als Arzt andrer Ansicht. Das ist nicht Sache des Gewissens, sondern der Körper- und Geisteskräfte!«

»Schweigt!« schrie der Richter nun mit aller Kraft. Er zitterte am ganzen Körper und hatte Mühe, sich zu beruhigen.

»Ich bin, wie Ihr wißt«, fuhr der Gefangene fort, »ein sehr beschäftigter Arzt. Ich hätte gar nicht Zeit gehabt, am Samstag zur Synagoge zu gehen. Ihr könnt meine Freunde befragen, meine Frau, meine Dienerschaft. Und ich habe niemals eines Knaben Vorhaut beschnitten. Ich habe es nicht erlernt und würde mich weigern, es zu tun. Es sind übrigens unter den Juden genug Männer, die sich auf dieses Geschäft verstehen. Niemand hätte mich dazu gerufen.«

»Das ist alles, was Ihr uns zu sagen habt?«

Die drei Priester steckten die Köpfe zusammen, dann sagte der Hauptrichter: »Ihr leugnet trotzig. Wir werden Euch Gelegenheit geben, Reue zu zeigen, auf daß wir uns vor Gott nicht dem Vorwurf aussetzen müssen, wir hätten Euch ziehen lassen, ohne Euch Gelegenheit zur Reue zu geben. Ihr werdet prüfen können, ob Eure ärztliche Erkenntnis nicht anmaßend und überheblich ist, ob der naturwissenschaftliche Geist allein ausreicht zu widerstehen, und ob ein reines Gewissen nicht mehr vermag als die Kräfte des Körpers.«

III.

Über viele Stufen ging es hinab, tiefer und tiefer, und nun öffnete sich ein riesiges Kellergewölbe. Eisige Luft umgab den Gefangenen. Er zitterte. Der finstere Raum war nur vom Schein weniger Kerzen erhellt. Der Gefangene stieß mit dem Körper an harte Gegenstände. Er wurde vor einen Tisch gestoßen, um den drei Priester saßen. Waren es wieder die Richter von vorhin? Hinter ihm standen drei starke Männer in roten Gewändern, die kräftigen Arme entblößt. Der Gefangene konnte seine Augen nicht von diesen Männern wenden.

»Rodrigo Montes, bekennt Ihr Eure Verbrechen? Ich frage zum letzten Male!«

Der Gefangene wollte rufen, die Stimme versagte ihm den Gehorsam.

»Wir hören nicht!«

Der Gefangene flüsterte: »Nein!«

Der Gefangene wurde ergriffen und entkleidet. Einer der Scharfrichter begutachtete die zarten Gliedmaßen des Gefangenen und rief den anderen lachend etwas zu. Auch die lachten nun, und ihr Gelächter vermengte sich mit dem Gekicher der Priesterrunde.

Sie banden den Körper mit Stricken, die sie durch eiserne Ringe an der Decke des Raumes zogen. Der Gefangene schwebte kopfüber. Das Blut steigt mir zu Kopfe, dachte er. Dann konnte er nicht mehr denken, denn ein wahnwitziger stechender Schmerz durchtobte seinen Leib, sein Gehirn, Nase, Mund, Zähne, Ohren, Augen, Lungen und Eingeweide. Blut drang aus seinen Fingernägeln, aus Mund und Nase. Es trat erst langsam hervor, dann aber vermengte es sich mit dem Blut, das aus den Ohren drang, und war schon ein kleines, dünnes, rotes Bächlein. Der Gefangene hörte sich brüllen, wimmern, und es verließen ihn die Kräfte.

Er kam wieder zu sich, weil man ihm einen in Essig getauchten schmutzigen Schwamm unter die Nase hielt. Jemand sprach auf ihn ein, er verstand nichts. Wieder stürzten Finsternisse über ihm zusammen. Wieder wurde ihm der Essigschwamm gereicht.

»Bekennt Ihr nun?« Der Gefangene schlug die Augen auf und sah einen seiner Richter, den Federkiel in der Hand. »Ihr seid Arzt, Rodrigo Montes. Ihr wißt, daß Ihr bei weiterer Befragung sterben könnt. Nun, wie ist's, gelehrter Mann? Können die Kräfte des Geistes alles überwinden?«

»Ja!« schrie der Gemarterte mit aller Kraft und hörte seine Stimme widerhallen.

Der Gefangene wurde auf eine Holzbank gelegt, und eiserne Stacheln bohrten in seine Fußsohlen, sie bohrten sich plötzlich auch in seinen Rücken und in seine Weichen. Unsinnig, tierisch, übergewaltig hörte er sich schreien. Der schmutzige Schwamm hinderte ihn, in wohltuende Schwärze zu versinken.

»Gesteht Ihr jetzt?« Der Gefangene schüttelte den Kopf.

Seine Beine wurden gewaltsam gestreckt, seine Hände weggespannt, die Bank, an die er gebunden war, geriet in schwingende Bewegung, er hörte das Knacken seiner Knochen. Aber jetzt spürte er die Schmerzen nicht mehr, der Gefangene wähnte sich außerhalb seines Körpers, es war ihm, als schwebe und kreise er um die Folterbank, auf der er lag.

»Es ist genug«, flüsterte der Scharfrichter. Der Priester nickte mit dem Kopf. »Lebt er?« fragte einer der anderen Priester. »Ich höre ihn noch atmen«, sagte der Scharfrichter. »Der Mann ist doch so zart! Ich hätte nicht für möglich gehalten, daß er es übersteht!«

»Wir unterbrechen. Er soll von seinen Wunden genesen. Der Prokurator möge entscheiden, ob er neuerlich peinlich befragt werden soll«, sagte der eine der Richter und erhob sich. »Dem Scheiterhaufen entgeht er nicht, ob er nun leugnet oder gesteht! Und wir meinten es ihm gut! Wir wünschten nur, daß er als ein reuiger Sünder vor Gott erscheine!«

IV.

Lange nach Einbruch der Dunkelheit hatte man den 46 Männern, die in der alten Scheune zusammengepfercht saßen, die weißen Sterbemäntel gebracht. Die Kleider und Fetzen, die sie getragen hatten, wurden ihnen weggenommen. Die meisten der Todgeweihten nahmen es empfindungslos hin. Nur in manchen regten sich noch die Kräfte des Lebens. Sie wußten: Am kommenden Morgen sollten sie lebendigen Leibes am Scheiterhaufen verbrannt werden. Sie fingen zu schreien an, zu klagen, zu weinen. Einen hatte die Gewißheit des Todes in den Flammen um den Verstand gebracht. Er fiel in lautes Lachen, lachte stundenlang gellend, bis er nicht mehr konnte und wimmernd in einer Ecke zusammenbrach. Ein anderer wieder ging von einem zum nächsten, hielt diesen, bald jenen am Gewande fest und sagte immer wieder, in allen Tonarten, bald flüsternd, bald laut, bald schreiend, bald weinend: »Ich darf nicht sagen, was sie mit mir gemacht haben, sonst reißen sie mir die Zunge aus dem Mund!« Und einer sang stundenlang ein und dasselbe Liedchen, rührend und monoton. Andere wieder hatten sich zusammengetan und beteten. Einige riefen ihren neuen, christlichen Gott an, einige wollten zu ihrem alten, jüdischen Gott beten, aber den meisten fehlten die hebräischen Worte.

Rodrigo Montes, der vormalige Israel ben Ascher, saß in einer Ecke und starrte vor sich hin. Noch tat ihm alles weh von der Folterung, den rechten Arm konnte er nicht bewegen, die Beine trugen ihn kaum. Er wollte sich dem hingeben, was er noch besaß, seinen Erinnerungen, doch zu wild war das Getöse um ihn. So wie er einst die Kranken beruhigt und getröstet hatte, schleppte er sich nun von einer Gruppe zur anderen und suchte zu besänftigen und Mut zuzusprechen, so gut es ging.

Allmählich wurden die Unglücklichen ruhiger, ihre Stimmen wurden leiser, ihre Tränen versiegten, und mancher vermochte sogar zu schlafen und zu träumen.

Rodrigo hatte sich zu einer Gruppe alter Männer gesellt, die inmitten des Raumes beteten. Nur wenige waren es, aber sie kannten die alten Gebete. Einer sagte sie vor, und die anderen sprachen die halbvergessenen Worte nach, schlugen sich an die Brust und beugten sich gegen Osten.

Einer sprach leise wie zu sich selber: »Ihr seid doch Arzt, Rodrigo Montes, könnt Ihr mir sagen, ob die Flammen sehr schmerzen werden? Ist der Verbrennungstod schmerzhafter als ein anderer?«

»Nennt mich doch Israel! Wir haben es nicht mehr notwendig, uns mit fremden und hochtönenden Namen zu schmücken. Nein, ich glaube nicht, daß der Verbrennungstod peinsamer ist denn irgendein anderer. Jeder Mensch erträgt nur, was er ertragen kann!«

»Wie schön wäre das!« rief ein alter Mann mit weißem Bart und bleichem Gesicht. »Aber alle Juden erleben jetzt mehr als sie ertragen können. Israel ben Ascher, Ihr seid Arzt, Ihr müßt es wissen: Wenn der Tod ein ewiger Schlaf ist, träumt man im Tode auch? Ich möchte von schönen Dingen träumen, von Frau und Kindern, von dem Dorf, das ich verlassen mußte, von der Musik …«

Israel schwieg, der Alte sprach vor sich hin: »Wir kommen aus der Nacht und gehen in die Nacht. Wir leben von Nacht zu Nacht – und die Besten von uns sind Gefäße für Träume.«

Als dann die Wächter kamen und die Soldaten unter dem Kommando ihres Obristen antraten, sagte Israel ben Ascher: »Nicht weinen, Brüder, nicht klagen! Wir gehen zu unseren Vätern! Sie warten auf uns! Die Hölle der Menschen liegt hinter uns, wir gehen in bessere, friedlichere Gefilde!«

Er war nun an der Spitze des Zuges, er sah nicht die dichte Menge der Neugierigen auf dem Platz, er hörte nur sich und seine Brüder singen, sah nicht das schreckliche Holzgerüst, nicht die Henker, die nach ihm griffen, nicht die Schar der Priester, die sich an dem Schauspiel ergötzten.

Das fünfte Intermezzo

Der Rechtsanwalt Doktor Robert Ascher hatte mit Hilfe der energischen jungen Dame seine Wohnung aufgelöst und seine Habseligkeiten verkauft. Er bewohnte nun ein Zimmer im zweiten Bezirk, der Leopoldstadt. Auch das Zimmer hatte Eva gemietet, sie hatte gar nicht nach seinen Wünschen gefragt, sondern ihn eines Tages in die neue Wohnung gebracht, wobei sie kurz und bündig sagte: »So, das wird für die paar Monate, die Sie noch in Wien sein müssen, gut genug sein. Und es hat einen großen Vorteil. Die zwei alten Leute, die das Zimmer vermieten, sind kinderlos, sie werden Ihnen also nicht viel von den Sorgen um ihre Kinder erzählen können!« Doch das war nur bedingt richtig. Zwar sprachen sie nicht viel von Sorgen mit Kindern, aber sie betonten jeden Morgen, wie glücklich sie seien, keine Kinder zu haben. Sie variierten dieses Thema Tag für Tag. Nein, Kinder seien heutzutage kein Vergnügen; und sie erzählten, wie der einzige Sohn der Frau Y. nun in Dachau zu Tode gemartert werde, und wie die Kinder der Familie Z. in alle Winde zerstreut seien ...

Der Anwalt stimmte zu, aber in Wirklichkeit hätte er gern Kinder gehabt. Er seufzte tief. Ja, wenn man so einem Wesen wie der energischen jungen Dame früher begegnet wäre ... Welch dummer Gedanke! Wahrscheinlich kamen alle Männer in seinem Alter, um die sich ein junges Mädchen ein wenig kümmerte, auf die gleichen verkehrten Gedanken!

Der Anwalt dachte an seine Stammbaumforschungen. Auch diese große Sorge war von ihm genommen, dank Eva. Seit vier Tagen befanden sich die vielen Mappen mit Aufzeichnungen, Dokumenten, Bildern und Ausschnitten im Besitz eines ausländischen Diplomaten, der sie wohlverwahrt nach Amerika schaffen würde. Wie Eva dies zustande gebracht hatte, wußte er nicht. Seit einiger Zeit war er sogar beim amerikanischen Konsulat für ein Visum vorgemerkt, und sie war mit ihm auch beim tschechischen, bolivianischen, italienischen und bei Gott weiß welchen anderen noch gewesen. »Sicher ist sicher!« pflegte sie zu sagen. »Kann man denn wissen, welche Länder frei bleiben, bis Sie an die Reihe kommen?«

Ja, sein Leben war erheblich einfacher geworden, und trotz des Unglücks, das er täglich sah, heller. Die gewohnte Beschäftigung vermißte er nicht. Niemals hätte er geahnt, daß es ihm so leicht fallen würde, auf die Ausübung seines Berufes zu verzichten. Er war ein leidenschaftlicher Jurist gewesen. Immer hatte ihn die juridische Seite interessiert, mehr als materieller Vorteil, auf den er als alleinstehender und nicht unvermögender Mann auch eher verzichten konnte. So führte er seine Kanzlei nicht allein nach ökonomischen Grundsätzen, lehnte ab, was ihm nicht richtig erschien, und da er nicht zu jenen Anwälten gehörte, die kein Mittel scheuten, dem Unrecht zum Recht zu verhelfen, hatte er sich mit der Zeit einen Namen gemacht …

Was hätte er nun, in dieser Zeit, in seinem Berufe leisten können? In einer Zeit, in der das Recht zertreten wurde? Wenn man ohne richterlichen Spruch eingekerkert, um Hab und Gut und Freiheit gebracht werden konnte, ja wenn dieser Raub sogar behördlich sanktioniert wurde, wenn man totgeschossen werden konnte ohne Prozeß, wenn der Gesetzgeber selbst erklärte, daß Recht sei, was dem Volke nütze, und auch das geschriebene Gesetz keinerlei Geltung mehr besaß, wenn man Richter und Staatsanwälte totschlug, weil sie in Anwendung geltender Gesetze gegen Feinde des vorigen Staates vorgegangen waren … Doktor Ascher weinte seinem überflüssig gewordenen Beruf keine Träne nach.

Aber er hätte sich auch nicht träumen lassen, daß ein Tag ohne Beschäftigung so schnell verfliegen könnte. Von neun Uhr morgens bis acht Uhr abends ging früher die Arbeit, man mußte zu Gericht, diktierte Briefe, verfaßte umfangreiche Schriftsätze, führte Konferenzen, mußte studieren und schrieb ab und zu für fachwissenschaftliche Zeitschriften, ging abends mit Freunden ins Kaffeehaus, las das eine oder andere Buch um seiner selbst willen, machte Besuche, ging ins Theater, ins Kino, besuchte Konzerte und Vorträge … Der Beruf war einem genommen, die Zeitungen konnte man nicht mehr lesen, weil man ohnedies wußte, daß alles, was darin stand, erlogen und entstellt war, die Freunde waren in alle Winde zerstreut, der Besuch von Theater, Kino, Kaffeehaus war Juden verboten, lesen konnte man kaum mehr, weil einem die

Bücher gestohlen worden waren, Besuche unterblieben, weil die Freunde eingesperrt, ausgewandert, vertrieben oder ermordet waren, und auch mit dem Stammbaum konnte man sich nicht mehr befassen, weil man froh und glücklich sein mußte, die kostbaren Papiere in Sicherheit zu wissen. Und dennoch vergingen die Tage so rasch?

Vielleicht schlief man ein wenig länger in den Tag hinein. Aber dann hieß es: Sofort aus dem Haus! Man war ja als Jude in den eigenen vier Wänden niemals sicher, konnte nie wissen, wann irgendeine Patrouille kam, um Juden zusammenzufangen, da war es auf der Straße noch besser, am meisten Sicherheit aber bot das Anstellen vor irgendeinem der ausländischen Konsulate, auch wenn man dort gar nichts zu tun hatte und schon längst registriert war. Dort lief man am wenigsten Gefahr, verhaftet zu werden. Also rief schon knapp nach neun Uhr die energische junge Dame an, ob man denn noch nicht fort wäre, man habe schleunigst zu den Konsulaten von Mexiko oder Honduras, China oder Santo Domingo zu gehen. Und um drei Uhr möge man anrufen und sich melden, überdies wünsche der Vater, daß der Herr Doktor Punkt sieben Uhr zum Nachtmahl erscheine, es werde ein gutes Reisgericht geben ... Das beherrschende Gestirn dieser Tage hieß Eva, und es schien gar nicht so arg, beherrscht zu werden.

Zögernd und langsam machte er sich auf den Weg. Es waren wieder einmal unsichere Tage. Irgendwo in der Steiermark hatte es eine Überschwemmung gegeben, die Mur war aus den Ufern getreten und hatte Schaden angerichtet. Also fing man die Juden zusammen, wo man ihrer habhaft werden konnte, billige Arbeitssklaven, kosteten nichts als das bißchen Essen und das Geld für die Wächter, die die Juden während und nach der Arbeit zu prügeln hatten. Doktor Ascher wählte die frühen Abendstunden für seinen lange aufgeschobenen Besuch bei der Liebe seiner Jugend. Er benützte nur die stillen Seitengassen, schritt auch ein wenig gebückt einher, weil er wußte, daß man zu den Eindämmungsarbeiten nur die kräftigeren Männer gebrauchen konnte. Diesmal also würde er Frau Irmi nicht mehr in ihrer schönen Währinger Villa besuchen können, sondern bei ihrer Schwägerin. Die Schwägerin,

Frau seines Jugendfreundes Karl, hatte nicht gerade den besten Ruf. Der Anwalt entsann sich, daß der Freund vor vielen Jahren in seiner Kanzlei erschienen war und sich Rat erbat: Er könne nicht mehr mit seiner Frau zusammenleben, Elisabeth betrüge ihn, er wisse es … Doktor Ascher hatte nur höchst ungern die Vertretung übernommen. Dann, knapp vor der Scheidung, kam Karl zu ihm gestürzt und hatte, einem Zusammenbruch nahe, die Rücknahme der Klage verlangt, er habe sich mit seiner Frau wieder versöhnt, könne nicht leben ohne Elisabeth … Wie wichtig war all dies einst gewesen und wie nichtig nun! Karl hatte sich aus dem Fenster gestürzt, Irmi wohnte bei der ungeliebten Schwägerin, ihr Mann war in Haft, ihr ältester Sohn desgleichen und der andere verschollen.

Eine schlanke ältere Frau öffnete, er nannte seinen Namen. Es war Elisabeth, er erkannte sie nicht wieder. Was war aus der einst bezaubernden, eleganten und vielbegehrten Frau geworden? Sie führte ihn in ein Zimmer, entschuldigte sich und verschwand wieder. Lang mußte er warten. Auch hier war es wie überall. Alles war weg, nur die allernötigsten Möbel standen im Raum. Dann kam Elisabeth wieder, hatte ihr Kleid gewechselt, sich auch sonst ein wenig zurechtgemacht … Sie sah nun vorteilhafter aus, aber dennoch nur wie eine Karikatur ihrer einstigen Schönheit. Kaum hatte er den Namen Karls, seines Jugendfreundes, erwähnt, schnellte sie auch schon los wie ein Automat, in den man eine Münze geworfen hatte. Ihren Worten war anzumerken, daß sie die traurige Geschichte schon oft genug erzählt hatte: Ja, Karl hatte seinem Leben mutig ein Ende bereitet, er war zu zart und feinnervig für diese Zeit gewesen. Könnte sich irgendjemand vorstellen, daß er das Leben eines Emigranten in einem fremden Land hätte führen können? Karl ein Almosenempfänger? Karl in einem Konzentrationslager? Karl als Arbeiter in einem Steinbruch? Nein, das wäre undenkbar gewesen, und niemand hätte das besser gewußt als er selber. Und so habe er, als die Parteisoldaten an die Wohnungstür pochten, seinem Leben ein schnelles Ende bereitet. Karl habe die Soldaten gebeten, einen Augenblick zu warten, er wolle sich nur zurechtmachen, ihnen Zigarren und Zigaretten angeboten, als wären sie ein vornehmer Besuch, der ihm zur hohen Ehre gereiche.

Und dann sei er in diesem Nebenzimmer zum Fenster gegangen, nein, nicht zu diesem, zu jenem anderen dort, habe es geöffnet und sich ins Leere gestürzt.

Unwillkürlich sah der Anwalt nach den Fenstern. Die Frau sprach wie aufgezogen weiter: Ja, Karl habe sich viel erspart! Aber daß er fortgehen konnte, ohne ihr ein Wort zu sagen – darüber würde sie nie hinwegkommen! Sie stehe vor einem Rätsel, immerdar werde sie darunter leiden ... Der Anwalt sah sie von der Seite an und hörte ihr zu, wie sie nun von dem Toten schwärmte. Er dachte: Erinnert sie sich nicht daran, wie sie das Leben dieses Mannes vergiftet hat, und daß ich von all dem ja weiß? Es schien, als hätte die Frau gespürt, was er dachte, denn sie schwieg mit einem Mal, schien sich zu entsinnen und lächelte. Es war ein gespenstisches Lächeln.

Der Besucher fragte nach Irmi. Elisabeth schrak zusammen: »Natürlich! Ihr Besuch gilt ja meiner Schwägerin. Aber ich glaube nicht, daß Sie sie sehen können. Sie ist ununterbrochen um ihren Sohn bemüht. Man hat Ernesto aus dem Konzentrationslager entlassen, aber fragen Sie nicht, in welchem Zustand! Und all das, nachdem das Fürchterliche mit Fritz geschehen ist!«

»Was ist denn mit Fritz?« fragte Ascher und sein Atem setzte für Sekundendauer aus.

»Ja, wissen Sie das nicht? Eines Tages bekam Irmi eine gedruckte Karte, Fritz sei in Dachau gestorben, gegen Bezahlung in Mark werde man ihr die Asche senden!«

Ehe Doktor Ascher noch eine weitere Frage stellen konnte, öffnete sich die Türe und eine alte, schwarzgekleidete Frau trat ein, die in einem Rollwägelchen ein Bündel Mensch vor sich herschob.

Die alte Frau war wohl Irmi, aber wer konnte der verkrüppelte Mensch sein? Er sah die beiden mit einem langen Blick an, er fühlte sein Herz frieren und erschauern. Und rasend stiegen andere Bilder in ihm auf: die Jugendgeliebte verheiratet in ihrem schönen Heim, die junge Mutter mit dem erstgeborenen Sohn im Arm, für den sie keinen Namen ausgewählt hatte, weil sie sich ein Töchterchen gewünscht hatte und überzeugt war, daß das Kind ein Mädchen sein werde. Ihn, den alten Freund, hatte die glückliche

Mutter gebeten, einen Namen für ihren kleinen Sohn zu finden, einen besonders schönen, klingenden, jubelnden Namen. Und er erinnerte sich, wie er endlich den Namen Ernesto wählte, nach Ernesto ben Ascher, dem Sohn Diegos, des Sohnes Josephs, des Sohnes Israels …

Die alte Frau sprach: »Denken Sie, Doktor, Ernesto hat Ihre Stimme erkannt, denken Sie doch einmal!«

Der Anwalt hatte ihr die Hand entgegengestreckt, sie sah es nicht. Er wollte ein paar Worte sagen, aber er blickte in ein maskenhaft erstarrtes Gesicht und schwieg. »Denken Sie, Ernesto hat Ihre Stimme erkannt!«

Als Ascher Ernesto das letzte Mal gesehen hatte, war er ein kräftiger Jüngling von 18 Jahren gewesen, knapp nach der Matura, vor Antritt seiner ersten großen Reise nach Italien. Jetzt sah er einen jungen Greis in einem Rollwagen. Das Gesicht schmal und überweiß, von blutigen Striemen und Wunden bedeckt, ein Auge unter einer schwarzen Binde, eine tiefrote Narbe von der Stirn bis zur Mitte des glattrasierten Hinterkopfes. An den Schläfen traten die Adern stark hervor. Ernestos Mund stand halb offen; fast alle Vorderzähne fehlten, die Hände schienen verkrüppelt, die linke war bandagiert, an der rechten fehlten Mittel- und Zeigefinger.

»Doktor, Onkel Doktor!« rief der, der Ernesto gewesen war. Ascher war zu ihm gestürzt, war vor dem Menschenbündel in die Knie gesunken, Ernesto strich ihm übers Gesicht und lachte.

»Nun, ist er nicht wieder fesch beisammen, mein lieber Ernesto?« fragte die alte Frau, die Irmi gewesen war. »Ja, jetzt geht's uns schon wieder gut, nicht wahr? Er hat fast keine Schmerzen mehr, mein Liebling! Ja, der Arzt hat uns fest versprochen, daß wir in kurzer Zeit wieder ganz gesund sein werden, ja, ja, es geht uns jeden Tag besser, jeden Tag besser …«

Ernesto wollte sichtlich etwas sagen, er verzog das Gesicht. »Nun, nun, mein Liebling!« flüsterte die Mutter. »Beruhige dich nur! Sprich, mein Junge, sag es mir doch!«

Doch Ernesto zeigte mit den verbliebenen Fingern seiner rechten Hand bloß auf einen hellen Fleck an der Wand, wo einmal ein Bild gehangen hatte. Er lachte schrill und konnte sich kaum beruhigen.

Elisabeth war aus dem Zimmer gegangen und kehrte bald mit einem kleinen Imbiß wieder. Allein mit Irmi und ihrem Sohn im Raum, hatte Ascher kein Wort hervorzubringen vermocht. Auch Irmi hatte geschwiegen. Plötzlich packte Ernesto den Besucher mit den drei Fingern seiner Rechten mit aller Gewalt am Arm und zog ihn zu sich. Nun suchte er nicht nach Worten, er schrie: »Ich darf nicht sagen, was sie mir getan haben, sonst reißen sie mir die Zunge aus dem Mund, haben sie gesagt!«

Immer wieder schrie er das. Irmi und Ascher versuchten vergeblich, ihn zu beruhigen. Irmi, das Wägelchen vor sich herrollend, verließ das Zimmer.

Der Anwalt war zum Fenster getreten. Er ballte die Fäuste. Nur ein einziges Gefühl war in ihm: Rache! Rache! Rache! Er hatte dieses Gefühl nicht gekannt, jetzt erfüllte es ihn.

Er drehte sich um, Irmi war wieder im Zimmer, er hatte sie nicht kommen gehört. Ernesto habe sich beruhigt, Elisabeth wäre nun für eine Weile bei ihm. Sie wolle sich nur von dem Gast verabschieden.

»Was wollen Sie tun, Frau Irmi? Der Junge hätte es in einer Anstalt vielleicht besser!«

»Auch der Arzt sagt das«, entgegnete die Frau still. Dann brüllte sie: »Nein, nein! Nicht mehr trenne ich mich von ihm! An dem Tag, wo man uns voneinander reißen will, töte ich ihn und mich!«

»Sie haben noch einen anderen Sohn!« sagte Ascher und sah zu Boden.

»Georg ist menschlicher Voraussicht nach gerettet. Mit Ernesto lebe und sterbe ich! Wie könnte es der arme Teufel jemals besser haben? Ich weiß, wie es um ihn steht! Jeder, der ihn ansieht, weiß es! Und glauben Sie wirklich, daß er es in einer Anstalt besser hat? In einer Anstalt dieses Landes? In einer Anstalt, die von nationalsozialistischen Ärzten und braunen Schwestern geleitet wird? In einem Staat, in dem Krüppel zwangsweise entmannt werden? In eine derartige Anstalt sollte ich Ernesto geben, meinen geliebten, verlorenen Ernesto?« Sie war aufgestanden und reichte ihm die Hand. »Nein, Robert, niemals!«

»Brauchen Sie Geld?« brachte er schüchtern heraus.

»Nein. Nach meinem Bruder ist genug Geld zurückgeblieben. Elisabeth ist sehr großzügig, sie ist überhaupt besser, als ich dachte!«

»Frau Irmi, ich kann Ihnen unmöglich sagen, wie tief ich mit Ihnen leide.«

»Gute Nacht, Herr Doktor!«

Sechstes Kapitel
Diego und die Bücher

I.

Diego weilte nun schon fast fünf Monate in der Stadt Prag. Es gefiel ihm hier nicht. Er hatte nicht den leichten Triumph errungen, den man ihm in Rom und Udine vorausgesagt hatte. Fünf lange Monate saß er nun schon hier und noch immer kam dieser Prozeß zu keinem Ende, noch immer hatte der Wiener Hof das letzte Wort nicht gesprochen. Wahrlich, dieser Kaiser Ferdinand schien ein Mann langsamer Entschlüsse zu sein! Wie lange würde er wohl noch in dieser Stadt bleiben müssen, in der ihn sogar die katholische Geistlichkeit so kühl aufgenommen hatte, obwohl der Kardinal-Staatssekretär des Heiligen Vaters selbst die Wichtigkeit der Mission betont hatte, die »unserem getreuen Bruder Diego« anvertraut war.

Diego, ein Mann von etwa 35 Jahren, großgewachsen, doch zart, mit einem schmalen Gesicht, in dem zwei große dunkle Augen brannten, mit dichtem schwarzbraunem Haar und besonders schönen, sehr gepflegten Händen, konnte sich diesen Empfang nicht erklären. Noch in Udine, wo er sich bei seinen Freunden unter den Franziskanermönchen aufgehalten hatte, prophezeite man ihm einen schnellen Sieg in Prag, und er hatte sicher damit gerechnet, daß der Prager Kardinal ihn mit offenen Armen aufnehmen und bei seiner Mission nach Kräften unterstützen werde. Diego mußte den Kardinal in geheimer Aussprache über seine Mission unterrichten und tat es in höchst vorsichtig gesetzten Worten, in einer Kunst der Rede, die er in Rom gelernt hatte; nur war auch der Kardinal ein Schüler der nämlichen Schule.

Diego berichtete: Man habe in Rom die Schändlichkeit des Talmud und anderer jüdischer Schriften erkannt und sei willens, diese Bücher überall, wohin die Macht des Papstes reiche, zu vertilgen. In ganz Italien, Spanien und Portugal habe man alle Exemplare dieser Bücher, soweit man ihrer habhaft werden konnte, verbrannt, in Siena allein habe man 12.000 vor kurzer Zeit den

Flammen übergeben. Er, Diego, habe sowohl bei dem Prozeß gegen die Bücher in Cremona wie in Siena und dann in Udine als Ankläger gedient und sei deshalb ausersehen worden, hier in Prag ebenfalls den Prozeß gegen die verfluchten Bücher anzustrengen. Ja, er habe die Anklageschrift bereits aufgesetzt, und er überreiche sie hiermit in aller Form dem Herrn Kardinal.

Aber der Kirchenfürst hatte ihn unterbrochen: Er sei nicht berechtigt, die Klage entgegenzunehmen. Unter Habsburgs Szepter herrschten andere Gesetze, Diego müsse sich zum Stadtrichter begeben und dort die Klage einbringen.

Während sich Diego gehorsam verbeugte, hatte ihn der Kardinal unfreundlich gemustert und dann gefragt: »Ihr nennt Euch Diego Montes. In der Empfehlung aus Rom aber werdet Ihr Diego Ascher genannt. Welcher Name ist nun der richtige, und was soll dieser Mummenschanz?«

Diego berichtete: Man habe es in Rom für klüger gehalten, daß ein aus jüdischem Geblüte stammender Christ die Anklage gegen die Bücher erhebe, weil ein solcher in der Materie besser bewandert sei. Dies treffe zwar für ihn nicht zu, denn schon sein Großvater habe die Taufe genommen und seine eigenen Kenntnisse im Talmud wären sehr gering gewesen, hätte er nicht auf Weisung der Herren in Rom durch emsiges Studium die fehlende Kenntnis nachgeholt. Aus diesen Gründen hätten die hohen Herren in Rom es auch für angezeigt gehalten, daß er sich in Ausübung seines Geschäftes den jüdischen Namen wieder beilege, den sein Großvater vor der Taufe getragen hatte.

Dies alles sei ja außerordentlich interessant, hatte der Kardinal gemeint. Er persönlich sei kein Freund solcher Umwege und Winkelzüge, habe es sich aber abgewöhnt, darüber zu staunen, in einer Welt, in der auf dem päpstlichen Stuhl ein erklärter Feind der Judenschaft sitze, der es dennoch dulde, daß der Jesuiten- und der Franziskanerorden reihenweise Mönche jüdischer Abstammung aufnehmen.

Das wäre leider nicht ganz richtig, hatte Diego erwidert. Er selbst habe in den Orden der Franziskaner eintreten wollen und hätte auch schon bei den heiligen Brüdern in Rom und Udine hospitiert, durfte aber dann doch nicht geweiht werden, weil der Papst gerade um diese Zeit ausdrücklich die weitere Aufnahme der Judenstämmlinge verbot.

»Ja, bei den Franziskanern – aber wie ist es denn bei den Jesuiten und bei vielen anderen Orden?« hatte der Kardinal gerufen, und als Diego die Antwort schuldig bleiben mußte, weiter gefragt, wie es den eigentlich komme, daß sein Besucher sich nun zu Diensten hergebe, die gegen seinen eigenen Stamm gerichtet seien.

Lebhaft hatte Diego erwidert: Er fühle nicht, daß er einem Stamm angehöre, er wisse nur, daß Religion höher stehe als alles andere, denn schon der Herr habe gesagt, man möge Vater und Mutter verlassen und ihm nachfolgen.

»Ihr seid ja recht bewandert in der neuen Religion!« hatte der Kardinal geantwortet, und Diego hatte entgegnet: Gar so neu wäre die Religion nicht mehr für ihn, da schon der Großvater Christ gewesen sei. Und wäre der nicht Christ geworden, man hätte ihn auf dem Scheiterhaufen verbrannt. Man habe ihn dann später auch trotz der Taufe den Flammentod erleiden lassen, aber das stehe auf einem anderen Blatt. Jedenfalls habe er, Diego, sein Leben dem Dienste des Herrn geweiht. Und wenn es ihm nicht gestattet sei, das Gewand des Herrn zu tragen, nichts könne ihn daran hindern, Gott in irgendeiner Weise zu dienen. Er empfinde bestimmt keinen Haß gegen das Judentum, und er verabscheue jede Verfolgung der Unglücklichen aus tiefstem Herzen. Er könne nur Mitleid mit jenen empfinden, die den alten Irrlehren, dem jahrtausendealten Irrwahn anhingen, aber die Juden mit Gewalt zur Taufe zu schleppen, das würde er nie billigen können. Diese Einstellung könne ihn jedoch nicht daran hindern, alles zu bekämpfen, was das Christentum herabsetze. Und dies tue der Talmud und manch anderes Buch der Juden. An vielen Stellen setze der Talmud die Person des Gottessohnes in ein falsches Licht, gewiß nicht offenkundig und eindeutig, aber dies sei einem so zwielichtigen Buche ja eigentümlich.

Er sprach lange und eindringlich, der Kardinal hatte ihn schweigend angehört und dann langsam erwidert: Sein Besucher hätte sich gar nicht so anstrengen müssen, er sei ja nicht Richter in dieser Sache. Er könne nur sagen, daß er in seiner Diözese solchen

Eifer nicht gern sehe. Die Juden seien seit langen Zeiten in Prag ansässig und seien, wenn auch gewiß nicht seine Freunde, arbeitsame, sparsame und friedliebende Leute, die niemandem Leid zufügten. Trotzdem würden sie recht unsanft und ungerecht behandelt, und der Kaiser Ferdinand habe sogar, wie ihm aus sicherer Quelle bekannt sei, die Ausweisung der Juden aus Böhmen beschlossen, wenngleich der Beschluß aus guten Gründen noch nicht kundgemacht werde. Diese Menschen erwarte keine freundliche Zukunft, und sie nun zudem mit Prozessen gegen den Talmud ins Unrecht zu setzen, erscheine ihm, dem Kardinal, durchaus unfromm, ganz gleichgültig, ob eine solche Maßnahme vom katholischen Standpunkt aus vertreten werden könne oder nicht. Aber, so hatte er seine Rede geschlossen, die Herren in Rom seien gewiß klüger als er, und deshalb werde er der Mission des Don Diego Montes recte Ascher nicht im Wege stehen, er werde vielmehr, wie es seine Pflicht den Oberen gegenüber erheische, alles tun, diese Mission zu fördern. Und damit hatte er seinen Besucher entlassen.

Diego hatte befürchtet, daß die Unterstützung des Kardinals eine höchst lässige sein würde. Doch hierin hatte er sich getäuscht. Schon wenige Tage nach dem Empfang kam die Verhandlung vor dem Stadtrichter zustande. Es war ein schneller Prozeß, ein rasches Verfahren. Die Vertreter der Prager Judenheit, drei ältere unter sich uneinige Rabbinen, wie es Diego schien, nicht von höchster Gelehrsamkeit, versuchten eine Verteidigung des Talmud und der anderen angeklagten Schriften, aber der Richter hatte sie barsch unterbrochen: Er sei keineswegs gesonnen, talmudische Spitzfindigkeiten über sich ergehen zu lassen, man wisse, was man vom Talmud zu halten habe. Und überdies habe ja der ehrenwerte Ankläger Diego Ascher auch die Urteilsbegründungen der italienischen Städte Cremona, Siena und Udine sowie Zeugnisse der höchsten kirchlichen Autoritäten der Kurie in Rom beigebracht, mehr bedürfe es nicht. Er verkünde also, daß alle angeklagten Bücher durch die Staatsgewalt konfisziert seien. Die beschlagnahmten Werke würden verwahrt, das Protokoll der Verhandlung werde dem kaiserlichen Hofe nach Wien übermittelt, welcher dann in letzter Instanz über das konfiszierte Gut befinde. Und damit schloß er die Verhandlung, die kaum eine Stunde gedauert hatte.

Diego entsann sich, daß er beim Verlassen des Stadthauses von einer Reihe Juden erwartet wurde. Es waren meist alte, gebückt einhergehende, ärmlich gekleidete Männer mit besorgten, zerfurchten Gesichtern. Er fürchtete schon, daß ihn die Männer belästigen würden, namentlich ein sehr alter Jude mit einer Haut wie Pergament war ganz nahe an ihn herangetreten. Er besah sich den Ankläger genau, dann kam er bis auf Hauchweite an Diego heran, betrachtete ihn noch einmal von allen Seiten, wandte sich schließlich zu seinen Glaubensgenossen und rief glücklich lachend aus:

»Nein, nein! Das ist Gott sei Dank keiner von unseren Leuten! Vielleicht heißt er nur zufällig Ascher! Vielleicht heißen auch Gojim Ascher – weiß ich's? Aber das ist keiner aus unserer Familie, keiner, der von Serachja abstammt! Gott sei Dank! Gelobt sei Er und gepriesen werde Sein Name!«

Am nächsten Tag schon hatten die kaiserlichen Soldaten mit der Beschlagnahme der verfallenen Bücher begonnen, und ihre Beute wog mehr denn achtzig Zentner.

Und nun saß Diego schon nahezu fünf Monate in der Stadt und nichts, nichts rührte sich, keine Nachricht aus Wien. Diego empfand dies als persönliche Schmach, als Mißerfolg. Hätte seine Mission den gewünschten raschen Sieg gezeitigt, wer weiß, wozu man ihn noch ausersehen hätte, zu welch schönen Diensten man ihn noch berufen hätte. Aber so? Er kannte die Herren in Rom, bei denen nur der rasche und möglichst überwältigende Erfolg zählte. Dazu kam noch, daß er hier so gut wie ohne jeden Verkehr lebte. Der Kardinal hatte ihn ein einziges Mal zu einem Pflichtessen geladen, keiner der übrigen Domherren, Pröpste oder auch nur einfachen Priester war für ihn zu sprechen, jeder schien ihm auszuweichen, er wußte nicht weshalb und warum. Er wurde unsicher, schloß sich selbst von allen ab. Meist ging er erst am Abend aus, schritt den steilen Weg zum Berge Hradschin hinan, auf dem die kaiserliche Burg stand. Er ging allein, und niemals schloß sich ihm jemand an.

II.

Eines Tages stürzte ein junger Mann aufgeregt in Diegos Kammer. Er war noch jung, etwa zwanzig Jahre alt, nicht sehr gepflegt, in allem den Juden verratend, wenn er nicht schon an dem gelben Abzeichen als solcher kenntlich gewesen wäre.

»Herr, Ihr müßt sogleich mit mir kommen!« rief er stürmisch aus. »Um des Himmels willen, kommt! Mein Großvater ist sehr krank, er wird sterben, vielleicht schon in der nächsten Stunde! Ihr müßt mit mir kommen, Herr! Überlegt es nicht zu lange, er stirbt sonst!«

»Was soll ich bei deinem Großvater?« fragte Diego lächelnd und betrachtete seine schönen, langen Finger.

»Ich weiß nicht, Herr! Der Alte hat sich eingebildet, Euch unbedingt sprechen zu müssen, sogleich. Was er von Euch will, ist mir nicht bekannt. Nun kommt aber doch schon um des Himmels willen, macht rasch, edler Herr!«

»Gemach, gemach! Ich kann doch unmöglich mit dir gehen, wenn ich nicht weiß, was der Mann von mir will!«

»Ist es denn nicht gleichgültig, was immer auch der alte Mann von Euch wünschen mag, wenn Ihr damit einem Sterbenden die letzte Freude bereitet, Herr? Was kann er denn schon von Euch wollen? Er bildet sich wahrscheinlich ein, mit Euch verwandt zu sein. Er heißt nämlich Ascher gleich Euch. Aber, mein Gott, es leben viele Ascher auf der Welt, unser Rabbi sagt, es seien ihrer Tausende. Und wir wissen doch, daß Ihr Christ seid.«

Diego folgte dem jungen Juden durch winkelige Gassen, über eine Brücke, wieder durch Gäßchen und enge Straßen. Nun war man im Judenviertel. Es bot einen beklemmenden Eindruck. Die Häuser, die hier standen, waren klein, niedrig, alt und häßlich. Auf der lehmigen, uferlos-schmutzigen Gasse spielten kleine Knaben, alle in langen Mänteln mit kleinen, spitzen Hütchen auf dem Kopf. Einer der Buben rief etwas, die anderen lachten brüllend auf, und dann folgten einige von ihnen dem jungen Juden und Diego.

Endlich waren sie vor dem Hause angelangt. Es war noch schmäler als die anderen, es waren keineswegs wohlhabende Leute, zu denen er da geführt wurde, so viel hatte ihm der junge Mann unterwegs erzählt. Der Alte, der ihn so dringlich zu sehen wünschte, war einmal Ledergerber gewesen und hatte seine Werkstätte hinter dem neuen Friedhof gehabt, nun konnte er schon seit Jahren sein Handwerk nicht mehr ausüben, das jetzt Sohn und Enkel betrieben. Der Junge öffnete eine Türe und Diego betrat einen nicht allzu großen, niedrigen Raum, in dem es muffig und übel roch. Das Zimmer war voll von Menschen, ausschließlich Männer, die um ein schmales Holzbett standen. Sie alle trugen kleine schwarze Kappen aus Seide oder Samt. Sie betrachteten scheu den Fremden und verließen wortlos das Zimmer. Im Bett lag der alte Mann mit dem pergamentartigen Gesicht. Diego konnte ihn kaum sehen, so dunkel war es. Er erblickte nur zwei große, schwarze Augen.

»Heißt Ihr Ascher oder nennt Ihr Euch nur so?« fragte der Alte und richtete sich im Bette auf. »Ihr dürft einem alten Mann nicht böse sein, Herr. Ich hätte nicht ruhig sterben können, wenn ich Euch nicht gesprochen hätte. Ich muß wissen, was für ein Ascher Ihr seid. Ihr seid doch hoffentlich Christ, Herr?«

Diego lächelte. »Freilich bin ich einer«, sagte er und betrachtete seine Fingernägel. Der Alte atmete erleichtert auf und sagte: »Gott sei Dank hiefür! Ich habe zu meinen Kindern gesagt: ›Er nennt sich nur Ascher, es kann aber keiner aus unserer Familie sein. Denn wäre es möglich vor Gott, daß ein Ascher solche Schmach und Schande bringt auf das Haupt Israels?‹ Nun, ich bin froh, daß ich recht behalten habe, und dafür danke ich Euch sehr innig, Herr!«

Diego sagte zögernd: »Wohl bin ich Christ, und auch mein Vater ist einer, er wurde schon als Christ geboren. Aber mein Großvater nahm als Knabe die Taufe. Er hieß noch Ascher.«

»Großer Gott! Also doch!« rief der Alte. »Aus welchem Lande stammt Ihr? Wer ist Eure Familie? Erzählt, erzählt doch!«

Diego antwortete verhalten. Er hätte die Frage am liebsten barsch zurückgewiesen. Was ging ihn dieser alte, unsaubere Jude an? War er diesem Greis Rechenschaft schuldig? Und warum? Bloß weil seine Vorfahren den nämlichen Namen führten wie der Alte?

Aber er konnte sich der Gewalt der brennenden, fragenden Augen nicht entziehen.

»Ich weiß sehr wenig von meiner Familie. Mein Großvater hat bereits den Namen Montes angenommen, mein Vater heißt so, ich heiße so. Wir alle lebten in Portugal, in Lissabon. Mein Großvater starb am Scheiterhaufen. Man beschuldigte ihn zu Unrecht.«

»Zu Unrecht, sagt Ihr? Und trotzdem könnt Ihr, sein Enkelsohn, seinen Mördern Hilfe leisten wider sein Geschlecht?«

Nun hatte der Besucher genug und erhob sich. »Verweilt, verweilt doch!« rief der Greis flehend. »Nehmt einem alten Mann nicht übel, daß er wieder zum Kinde wird und neugierig ist. Aber Ihr erinnert mich an einen, den ich gekannt habe, als ich ein kleines Kind war. Ein schöner Mann, ein feiner Mann, seine Haare waren so schwarz wie die Euren. Salomo hat er geheißen. Wißt Ihr etwas von einem Salomo Ascher? Setzt Euch, Herr, setzt Euch doch und widmet mir ein Stündchen, ein einziges Stündchen nur. Seht, so viele Stunden harren noch Euer und meine sind gezählt, es sind nur mehr wenige ... Ja, was ich Euch sagen wollte, was war es denn nur gleich? Meine Familie stammt aus Spanien.«

»Ich entsinne mich, daß auch mein Vater mir einmal erzählte, wir seien aus Spanien nach Portugal eingewandert«, sagte Diego fast gegen seinen Willen.

Aber der Alte hörte anscheinend nicht, was sein Besucher sprach, er war ganz in sich versunken.

»Ich bin 74 oder 75 Jahre alt, ich weiß es nicht. Ich war ein kleines Kind, als wir auszogen aus Spanien. Von Ort zu Ort wanderten wir, an der Hand meines Vaters schritt ich einher. Ein junger, kräftiger Mann führte uns an. Es war mein Onkel Salomo, dem Ihr so ähnlich seht, obwohl Ihr von zarter Gestalt seid. Und viele kleine Kinder zogen mit im Zug. Auch mein Vetter Israel ...«

Diego horchte auf. Wie aus tiefen Schächten stiegen Erinnerungen in ihm auf: Hatte sein Vater ihm nicht erzählt, daß Rodrigo, der Großvater, vor der Taufe den Namen Israel geführt hatte? Wäre es möglich, daß er mit diesem alten Juden hier verwandt war?

»Auch meines Vaters Vater soll einmal Israel geheißen haben«, sagte er lächelnd, »doch das könnte Zufall sein. Der Name Israel ist ja nicht so selten unter den Juden? Wozu forscht Ihr nach Verwandtschaft, ich bin, wer ich bin, und Ihr seid ein anderer! Wer immer ich einmal gewesen, woher immer ich stamme, heute bin ich ein anderer!«

»Wohl wahr, wohl wahr!« flüsterte der Alte. »Ihr spracht ein gutes Wort. Ihr seid ein anderer. Aber wißt Ihr, ob Ihr der andere auch bleiben werdet? Vielleicht wird man Euch einst wieder zurückstoßen zu uns, vielleicht wird man Euch wieder zu dem machen, der Ihr wart. Ihr habt recht, laßt uns nicht nach Verwandtschaft suchen ... Es ist töricht gewesen von mir, daß ich wissen wollte, ob der neue Feind der Judenheit ein Urenkel meines Onkels Salomo und ein Enkel meines Vetters Israel ist. Aber ob Ihr das nun seid oder nicht, Ihr stammt von Juden ab. Könnt Ihr mir sagen, Herr, warum Ihr dann die Juden verfolgt?«

»Ich verfolge Euch nicht«, sagte Diego mit unsicherer Stimme.

»Seid Ihr es denn nicht, der die Anklage erhoben hat gegen unsere Bücher? Wollt Ihr nicht, daß sie verbrannt werden?«

»Aber deshalb bin ich nicht Euer Feind. Diese Bücher sind verwerflich und sollen auch verworfen werden! Sie haben genug Unheil angerichtet! Sie leugnen unseren Herrn Jesus.«

»Die Bücher waren doch schon da, ehe Euer Herr Jesu kam!«

»Zum Teil. Zum anderen Teil sind sie neueren Datums, und es wird darin geleugnet, daß Jesus der wirkliche und wahrhafte Messias ist, den die Propheten verkündeten.«

»Und deswegen wollt Ihr die Bücher verbrennen?« Der alte Mann im Bett lachte laut auf, lachte schrill und anhaltend und konnte sich kaum beruhigen. Diego war erblaßt, das Lachen klang gespenstisch, wie aus einer anderen Welt.

»Warum lacht Ihr?« fragte er gepreßt.

»Weil Ihr Bücher verbrennen wollt! Ja, wißt Ihr denn nicht, daß Ihr das gar nicht vermögt! Ihr seid ein Mensch. Ein Mensch kann einen Menschen töten, er kann auch fünf oder sechs töten, wenn er kräftig genug ist, und wenn er eine Muskete hat, kann er vielleicht auch zehn oder noch mehr töten. Das kann ein Mensch.

Aber er kann kein Buch töten! Wir Juden sind ein Gedanke, wir sind Gedanke Gottes. Ihr könnt uns schädigen, Ihr könnt uns Böses antun, Ihr könnt uns verbrennen, aber trotzdem könnt Ihr uns nicht verderben! Ihr könnt einen Gedanken Gottes nicht töten! Vermöchten die Menschen einen Gedanken zu töten, wir würden längst nicht mehr leben, verlaßt Euch darauf!«

Den Alte sank ermüdet zurück und sprach mit dünner Stimme:

»Ich danke Euch, Herr, daß Ihr zu mir gekommen seid. Der Herr behüte Euch, der Herr beschütze Euch, Er lasse Euch sein Antlitz leuchten und sei Euch gnädig! Amen!«

Als Diego wieder durch die engen Gassen des Judenviertels ging, mußte er denken: Wie hoheitsvoll ist dieser Alte gewesen! Hat er mich nicht entlassen wie ein Herrscher seinen Untertanen? Und er hat mir die Worte des jüdischen Segens mit auf den Weg gegeben. Warum?

III.

In der nächsten Zeit lebte Diego noch zurückgezogener. War er nun wirklich mit dem alten Mann verwandt? Schon war er so weit, daß er eine Botschaft an seinen Vater nach Lissabon senden wollte. Es war ein schwerer Entschluß, denn er stand nicht gut mit seinem Vater. Der hatte nicht billigen wollen, daß Diego nach Rom gezogen war. Wollte er doch allen Feinden der Neuchristen beweisen, daß diese so gute Christen waren wie die, die es immer gewesen waren. Schlachtete man denn die Neuchristen nicht immer noch zu Hunderten, ja Tausenden ab, mußte man denn angesichts dessen nicht beweisen, daß kein Unterschied war zwischen Christen und Neuchristen? Niemals habe ich daran gezweifelt, mußte Diego denken. Warum zweifle ich plötzlich? Warum schwanke ich jetzt zum ersten Male? Weil dieser alte Jude mir bewies, daß er recht hat, Jude zu bleiben? Hat er es mir denn wirklich bewiesen? Man hat uns als Juden nicht leben lassen und hat uns verbrannt als Ketzer, man hat uns als Neuchristen nicht leben lassen und hat uns verbrannt. Endlich aber muß doch bewiesen werden, daß es keinen Unterschied gibt zwischen Neuchristen und Christen. Wir müssen ebenso eifrig werden im Dienste der Kirche wie die Christen selber. Und wenn wir auch nicht davor zurückschrecken, gegen unser eigenes Blut vorzugehen, werden sie sehen, daß wir gute Christen sind und keine falsche Barmherzigkeit üben im Dienste des Herrn.

Eines Tages ließ der Kardinal Diego zu sich bitten. Der hohe Herr empfing ihn kühl und sehr gemessen. Er ließ ihn vor sich stehen und bot ihm nicht einmal einen Stuhl an.

»Ihr habt es erreicht!« sagte er ruhig und musterte seinen Besucher. »Der Hof in Wien hat das Urteil gesprochen. Die achtzig Zentner beschlagnahmte Bücher werden verbrannt. Der Stadtrichter hat die Verbrennung für morgen angesetzt. Eurer Anklage ist stattgegeben worden. Ich gratuliere Euch. Seid Ihr nun zufrieden?«

Doch der Kardinal ließ ihm keine Zeit zur Antwort, er fuhr fort: »Ja, ein schöner Erfolg! Ich kann Euch auch noch mitteilen, daß der Hof in Wien die Ausweisung der Juden aus Böhmen beschlossen hat. Es ist zwar nicht Euer Erfolg, aber es wird Euch doch gewiß freuen, nicht wahr?«

»Eminenz!« rief Diego. »Eminenz, ich habe mit der Ausweisung der Juden aus Böhmen nichts zu schaffen! Gar nichts! Nicht das mindeste!« Er hatte viel energischer gesprochen, als ihm lieb war.

»Ich sagte es doch«, sprach der Kardinal kühl und unberührt. »Ich sagte doch, daß die Ausweisung nicht Euer Erfolg ist. Obwohl vielleicht doch Eure Anklage den Wiener Hof zur Tat gedrängt haben mag, wer kann das wissen? Der Stadtrichter hat mich eingeladen, der Verbrennung beizuwohnen. Ich mußte ablehnen, ich bin leider ein wenig unpäßlich. Drei Priester werden mich vertreten. Ihr als Ankläger habt bei der Vollziehung des Spruches zugegen zu sein, aber das wißt Ihr ohnedies! Noch eines! Ihr werdet nach Abschluß Eurer Mission nach Rom zurückkehren wollen, nicht wahr? Ihr müßt nicht zur Abschiedsaudienz bei mir erscheinen. Sie sei Euch hiermit erlassen. Gehabt Euch wohl!«

Diego war rot geworden, er spürte das zu Kopf steigende Blut. Der Kardinal reichte ihm die Hand zum Kusse, aber ehe er sich noch darüber beugen konnte, hatte sie der hohe Herr wieder zurückgezogen.

Wahnsinn!, dachte Diego. Wahnsinn! Was kann ich denn für den Entschluß des Kaisers? Was habe ich damit zu tun? Es wurde dunkler und Diego schritt kräftig aus. Er war bemüht, die Gedanken von sich zu weisen, die auf ihn einstürmten. Es gelang nicht. Mit einem Male gewahrte er sich im Judenviertel, er stand vor dem Haus des Alten. Zufall!, sagte er sich vor und wußte doch, daß es kein Zufall war. Er wußte, daß ihm die Wahl gar nicht mehr frei stand, daß er eintreten müsse. Er klopfte ans Tor. Ein junges Mädchen öffnete. Diego war von der Schönheit des jungen Geschöpfes betroffen, doch er konnte ihr Bild nicht zur Gänze in sich aufnehmen. Das schöne Mädchen war errötet und davongelaufen, es kam der junge Mann, der bei ihm in der Herberge gewesen war. Auch er war sehr erstaunt über den nächtlichen Besuch.

»Ich wollte nur fragen, wie es dem alten Mann geht«, sagte Diego verlegen.

»Er ist gesund geworden, völlig gesund! Der Arzt meint, es wäre ein wahres Wunder! Wollt Ihr den Großvater sehen?«

Der junge Mann begleitete den Besucher wieder in den gleichen niedrigen Raum, in dem es so dumpf roch. Der Alte saß bei Tisch, ein schwarzes, seidenes Käppchen auf dem Kopf, in Mäntel und Tücher gehüllt, obschon es ein warmer Junitag war.

»Ich wollte mich nur nach Eurem Befinden erkundigen«, sagte Diego. »Ich bin gesund«, sagte der Alte. »So gesund, daß ich morgen am Ratsplatze sein werde, um mitanzusehen, wie Ihr die Bücher verbrennt. Ihr seid doch gekommen, um mir davon Mitteilung zu machen?«

Diego schüttelte verneinend den Kopf, fühlte den forschenden Blick des Alten auf sich gerichtet und sah zu Boden. Er schwieg lange, ehe er mit heiserer Stimme leise begann: »Nein, nicht deshalb komme ich. Was ich Euch zu sagen habe, ist anderer Art. Es ist eine traurige Nachricht. Der Kaiser hat das Edikt unterzeichnet. Alle Juden müssen Böhmen verlassen … Ich wollte es Euch schon heute künden, vielleicht könnt Ihr rechtzeitig für Eure Rettung sorgen!«

»Wie könnte ich das, Herr? Wer kann für sich sorgen, wenn für alle zu sorgen ist? Und wohin sollten wir auch? Wer nimmt uns auf? Die Katholiken hier weisen uns aus, aber die Lutheraner nebenan ... Oh, das sind überhaupt keine Menschen ... Als ich sehr klein war, da mußte ich weg aus Spanien. Jetzt, da ich alt bin, muß ich wieder wandern. Wohin? Unter denen, mit welchen ich zum ersten Mal wanderte, war ein sehr alter Mann. Ich glaube, es war mein Urgroßvater, Serachja hieß er. Er starb unterwegs. Jetzt werde ich Serachja sein, diesmal werde ich unterwegs sterben ...«

Diego hatte seinen Kopf in seine Hände gestützt und sagte: »Ich habe nicht schuld, Gott weiß es! Ich wollte meinem Gott dienen. Ich wollte auch meinen Brüdern helfen, den Neuchristen, die aus dem Judentum hervorgingen ... Könnt Ihr mir nicht helfen, Reb Ascher ...«

Reb Ascher hat er gesagt, dachte der Alte. Doch er sprach: »Wie kann ich Euch helfen? Ich bin ein alter Mann, Ihr seid jung und klug und gebildet. Müde seid Ihr, das ist alles. Geht heim und ruht!«

Wieder hat er mich entlassen, dachte Diego und ging.

IV.

Der Platz vor dem Ratsgebäude war voll von Menschen. Man hatte eine Tribüne errichtet, die mit schwarzen Tüchern drapiert war. Vor ihr lagen auf einem großen Haufen Holz und Reisig. Auf der Tribüne stand der Stadtrichter, umgeben von vielen Männern in schwarzen Talaren, daneben Priester mit brennenden Kerzen in ihren Händen, in einer Ecke Diego. Er war bleich und wirkte krank. Er hatte eine böse Nacht hinter sich. Am liebsten wäre er der Zeremonie ferngeblieben, aber als Ankläger mußte er zugegen sein. Aber was dann?

Ein Trompeter blies, ein Trommler schlug eine schwarzumspannte, unheimlich große Trommel, die Glocken der dunkel im Hintergrund stehenden Kirche läuteten laut und andauernd. Mit einem Mal schwiegen sie. Jetzt verlas der Stadtrichter in lateinischer Sprache das Urteil. Er las rasch mit leiser Stimme, niemand verstand ihn. Er benötigte eine ganze Weile. Als er zu Ende gekommen war, ergriff er ein altes, schwarzes Buch, hob es hoch und sagte: »Hiermit übergebe ich dieses Teufelswerk den Flammen laut kaiserlichem Urteil und zu Ehren des Allerhöchsten, Allmächtigen Herrn.«

Er ließ das Buch ins Feuer fallen, das auf seinen Wink entfacht worden war, und nun warfen die rotgekleideten Scharfrichter große Stöße von Büchern und Schriften und Pergamentrollen in die Flammen, die hellauf zum Himmel lohten.

Plötzlich tönte der Ruf: »Im Judenviertel brennt es! Das Feuer hat übergegriffen!«

Die Menschen schrien, die vielen Juden, die dem Schauspiel zugesehen hatten, standen erstarrt, sie sahen einander nur an. Dann begriffen sie. Sie liefen, so rasch sie konnten. Im Nu war der weite Platz leer. Alles rannte ins benachbarte Judenviertel.

Auch Diego war zuerst wie betäubt. Dann schrie er auf: »Mein Werk! Mein Werk!«

Der Stadtrichter drängte sich neben ihn und suchte ihn zu beruhigen, ergriff die Hände des sichtlich Fassungslosen und sprach ihm zu. Aber Diego riß sich los. Er sprang über die Barriere, die die Obrigkeit vom gemeinen Volk trennte und lief der Menge nach.

Die engen Gassen und Gäßchen des Ghettos waren vollgepfropft mit Menschen. Niemand konnte vor oder zurück. Niemand löschte das Feuer. Die jüdischen Männer wollten zu ihren Häusern, zu ihren Frauen und Kindern. Man ließ sie nicht durch. Man zerrte an ihren Bärten und verhöhnte sie.

Diego sah, wie ein um das andere der kleinen Häuser zusammenkrachte, sah brennenden Hausrat, sah brennende Menschen, denen niemand zur Hilfe eilte, sah, wie die Habe der Juden geplündert wurde. Dann sah er nichts mehr, denn er bekam einen mächtigen Schlag auf den Kopf. Des Kaisers Soldaten waren herbeigeeilt und schufen Ordnung. Fluchend, grölend stob die Menge auseinander.

Als Diego die Augen wieder aufschlug, blickte er in ein altes, pergamentartiges Gesicht.

»Nun, nun, er lebt ja!« Es waren die ersten Worte, die er hörte. Er sah sich um. Er befand sich mit vielen Menschen zusammen auf einem weiten, freien Platz außerhalb der Stadt.

»Wir mußten Euch mit uns nehmen, Herr. Man hätte Euch sonst zusammengetreten. Ja, ja, die Menschen waren ganz außer sich. Ich kenne das schon. Als Kind habe ich dergleichen schon gesehen!«

Diego war aufgestanden. Er schwankte, der Enkelsohn des Alten mußte ihn stützen. Noch lag Dämmerung um ihn. Dann aber wußte er alles, mit einem Male. Er sah den Alten an, Tränen rannen über seine Wangen, er stürzte ihm zu Füßen und rief: »Vergebt mir! Vergebt mir!«

»Aber, aber! Was habe ich Euch denn zu vergeben, Herr? Ihr seid nicht Gott, daß Ihr dem Winde gebieten könnt, der das Feuer in unsere Häuser trieb!«

Lange weinte und schluchzte Diego. Dann stand er auf. Seine Kleider waren beschmutzt und zerrissen. Er wandte sich zum Gehen. Nach Rom? Nach Lissabon, zu den Neuchristen? Konnte er mit den Menschen hier wandern? Würden sie ihm je vergeben können, daß er hinter der Barriere gestanden war?

Dieser und jeder andere Weg schien ungangbar geworden. Er machte die ersten Schritte, als der Alte ihm nachrief:

»Halt! Halt! Wohin so rasch? Wohin wollt Ihr gehen in der Dunkelheit?«

»Ich weiß es nicht«, sagte Diego.

»Wollt Ihr nicht mit uns gehen?« fragte der Alte. »Auch wir wissen nicht, wohin. Vielleicht ist es der gleiche Weg!«

Das sechste Intermezzo

Nun endlich war es so weit, daß der Meister alle Papiere beieinander hatte, um das Land verlassen zu dürfen. Und obwohl er von seiner kostbaren Habe, von all den Schätzen, die er in einem erfolgreichen Leben aus vielen Teilen der Welt zusammengetragen hatte, nichts anderes mit sich nahm als zwei Handkoffer mit Kleidern, Wäsche, Partituren und Manuskripten, füllten die Erlaubnisscheine eine dicke Brieftasche.

Am Abend vor der Abreise hatte Eva ein paar Freunde zum Abendessen gebeten, um dem Vater den Abschied zu erleichtern. Sie hatte Doktor Ascher schon früher verständigt, wer außer ihm erscheinen werde: Frau B., eine ältere Dame, früher einmal Sängerin an der Staatsoper und sowohl mit ihrem Vater wie auch mit ihrer Mutter befreundet, mit dem Vater recht intim. Vielleicht sei es nur ein Zufall, meinte Eva lächelnd, daß nicht diese alte Dame ihre Mutter geworden sei. Außerdem sei noch ein alter Buchhändler eingeladen, ein sonderbarer Kauz, der in der Inneren Stadt ein Antiquariat betrieben, aber seine Schätze nur an solche Kunden verkauft habe, die ihm sympathisch waren. Und noch ein interessanter und berühmter Mann sollte kommen, der amerikanische Journalist Z., dessen Name jedermann in allen fünf Weltteilen kenne, der mit allen gekrönten Häuptern und Staatsmännern persönlich bekannt sei …

Als der Anwalt die mit ihm Eingeladenen kennenlernte, mußte er zugeben, daß es bemerkenswerte Leute waren, die der Meister um sich versammelt hatte. Am interessantesten war wohl der alte Buchhändler, ein kleingewachsener Mann, von dem nicht festzustellen war, ob er einen Buckel hatte oder ob er sich nur besonders schlecht hielt. Auf dem gedrungenen Körper saß ein mächtiger Kopf, das lange weiße Haar fiel fast bis zu den Schultern hinab; der dichte Vollbart im Verein mit dem buschigen Schnurrbart gab dem Gesicht etwas Urwaldartiges. Der Mann war wortkarg, sprach fast nie, außer wenn der Meister das Wort an ihn richtete. Aber auch die alte Dame fesselte das Interesse Aschers. Sie war sehr imposant, groß, mächtig, wirkte in ihrer schwarzen Seidenrobe wie eine Herzogin, und so benahm sie sich auch. Auch sie sprach so gut wie nichts. Um so mehr sprach der dritte Gast, der Journalist Z., ein schlanker, großgewachsener Mann, lebhaft in Gesten und Gebärden, sich seiner Wirkung wohl bewußt. Er sah aus wie 26, Ascher war sehr erstaunt zu hören, daß Z. so alt sei wie er selber: 48. Der Journalist lachte dröhnend und reichte ihm seinen Reisepaß. Einen amerikanischen Paß! Erschauernd und fast ehrfürchtig hielt der Anwalt ihn in Händen.

»Glauben Sie, daß der Krieg schon unmittelbar bevorsteht?« fragte Ascher.

»Warum sollte es zu einem Krieg kommen?« mengte sich Eva kämpferisch in die Debatte. »Gibt es denn einen größeren Triumph für den einstigen Bewohner eines Obdachlosenasyls, als daß der englische Premierminister ihn besuchen mußte? Gibt es denn noch einen anderen Beweis, daß er augenblicklich der mächtigste Mann der Welt ist? Man wird ihm alles geben, was er will.«

Der kleine Buchhändler sah böse um sich. Er hatte Messer und Gabel aus den Händen gelegt, trank von dem hellen, goldschimmernden Wein und wollte sichtlich etwas sagen. Alle blickten auf ihn. Aber er überlegte es sich und schwieg.

»Und überhaupt wundert es mich, daß Sie jetzt nicht in Godesberg sind, da doch der englische Premierminister am Sonntag dorthin zur Konferenz mit dem Tier fährt. Sind Sie denn nicht sonst überall, wo etwas geschieht?« fragte Eva und trank dem Journalisten zu.

Zum ersten Mal sprach die Sängerin. Sie sah den Meister an, und ihre Stimme klang schön und satt und tief und melodisch: »Godesberg ... Erinnerst du dich, mein Teurer?«

Der Meister schien einen Augenblick lang nachzudenken, es war ihm nicht anzumerken, ob er sich erinnerte, aber er sah der alten Dame, die zu seiner Rechten saß, tief in die Augen und sagte: »Natürlich, meine Liebe, natürlich! Niemals könnte ich hieran vergessen!«

»Nein, ich glaube nicht, daß ich nach Godesberg fahren werde. Was dort geschehen wird, ist Sache mehr oder minder geschickter Routine. Mich interessiert in dieser Stunde ein anderer

Mann mehr, mein Freund Beneš, ich glaube, daß ich lieber nach Prag fahren werde.«

»Also glauben Sie nun an Krieg, ja oder nein?« fragte Eva.

»Zum Schluß spielt doch immer der Zufall eine große Rolle«, begann Z. »Aber ich glaube schon, daß es zum Kriege kommen wird, vielleicht jetzt, vielleicht später. Die Deutschen sind nicht nur schnelle, sondern auch starke Esser. Jetzt haben sie Ihr schönes Land gefressen, und obschon sie es noch nicht verdaut haben, wollen sie schon weiteressen. Mit dem Essen wächst bekanntlich der Appetit, sie werden weiter fressen wollen. Einmal aber müssen sie doch auf einen stoßen, der sich nicht fressen lassen will und dann wird das Unglück da sein! Und vom übermäßigen Essen wird man voll und aufgedunsen und nicht stark! Ich esse wenig, aber ich denke, daß ich es mit jedem Vielfraß im Ring- oder Boxkampf aufnehmen könnte!«

»Ob wir uns nicht alle irren«, meinte Doktor Ascher langsam. Er wußte alle Augen auf sich gerichtet, wurde nervös und spielte mit dem Brot. »Könnte es denn nicht gut sein, daß das einzige Land, dem die Aufrüstung verboten war, nämlich Deutschland, heute bereits stärker ist als die anderen Länder Europas zusammen …«

»Ich kann das nicht hören!« rief Eva. »Laßt Ihr Euch denn alle bluffen von diesen Gauklern und Gangstern? Schön, daß diverse Kapitalisten ihnen glauben, weil sie glauben wollen, das ist eine andere Sache!«

»Ich weiß nicht, warum ihr so viel über diese Barbaren sprecht«, bemerkte der Meister unwillig. »Ich verstehe nichts von Politik. Aber eines weiß ich bestimmt: Diese Leute, die heute in Deutschland herrschen, sind Banditen, Strolche, keine Staatsmänner, sondern bestenfalls von der Idee des Nationalismus besoffene Hysteriker. Das kann und wird die Welt nicht beherrschen! Und wenn ich denke, daß ich dieser Gesellen wegen das liebe Land, die liebe Stadt, das liebe Heim, die Arbeitsstätte aufgeben muß! Wenn ich denke, daß alle meine Freunde in alle Winde zerstreut sind! Wenn ich denke, wieviel Wohlstand, Behaglichkeit, Kultur, Leben und Glück vernichtet wurden! Ausgejagt und vertrieben werden wir wie vor sechs Jahrhunderten!«

»Ihr Juden seht immer alles nur von eurem Standpunkt aus«, sagte die Sängerin, und ihre Stimme klang noch tiefer und satter als vorhin. »Ihr seht nur euer Elend. Aber ich sehe auch das Elend der Deutschen. Denk doch, Teuerster, an das bessere Deutschland! Denk doch an die vielen schönen Jahre, die du selber in Deutschland verbrachtest, an deine Triumphe in Stuttgart, München, Berlin, Hannover, Frankfurt, Köln, Dresden ... Es gibt ein anderes Deutschland, das in den Konzertsälen und Theatern lebt, und es liegt genauso gefesselt am Boden wie ihr! Ihr dürft weg, ehe die Sintflut über uns hereinbricht. Vielleicht ist uns das noch schwerere Los bestimmt!«

»Also kommt Krieg oder nicht?« fragte Eva.

Statt des Journalisten antwortete der Buchhändler. Er rief laut: »Natürlich kommt Krieg! Selbstverständlich! Seit 1933 weiß ich genau, daß Krieg kommen muß, daß er unvermeidlich ist! Ich war zufällig am Tage der Bücherverbrennung in Berlin und sah dabei zu. Sie hatten eine Art Scheiterhaufen errichtet. Studenten hielten Bücher in Händen und warfen sie mit dummen Sprüchen in die Flammen:

›Gegen Klassenkampf und Materialismus im Namen des Nationalismus! Ich überliefere die Werke von Marx und Kautsky den Flammen!‹

›Gegen falsche und übertriebene Überschätzung unserer niedrigsten Instinkte und im Namen des adeligen, menschlichen Geistes! Ich übergebe die Werke Sigmund Freuds den Flammen!‹

Und so ging das eine ganze Stunde lang. Leute, die glauben, daß man Bücher durch Feuer vertilgen kann, sind zu allem fähig. Diese Burschen können uns töten! Doch Bücher können sie nicht töten! Dazu haben sie nicht die Kraft! Oder glauben Sie wirklich, daß die Psychoanalyse tot ist, weil sie Bücher von Sigmund Freud verbrannt haben? Nein, nein, Bücher können die nicht töten!«

»Ich verstehe noch immer nicht, wie Sie dieses Erlebnis zu der Überzeugung gebracht haben kann, daß der Krieg unvermeidlich ist?« fragte der Journalist. »Und wissen Sie vielleicht auch schon, wer in dem Krieg siegen wird?« schloß sich Eva spöttisch an.

»Natürlich weiß ich das! Wer heute glaubt, Bücher verbrennen zu können, muß sich früher oder später dazu veranlaßt sehen, den Kontinent in Brand zu setzen. Und selbstverständlich muß er dabei verlieren ...«

»Ist das so selbstverständlich? Kann nicht auch das Dumme und Niederträchtige siegen? Das war in der Geschichte schon da, häufig genug!«

»Selbstverständlich müssen sie dabei verlieren! Auf alle Fälle muß man bei solch einem Unterfangen zugrunde gehen, denn es ist ein Kampf gegen die Wirklichkeit ...«

»Wie? Bücher sind Wirklichkeit? Ich hörte doch immer, daß die im wirklichen Leben stehenden, tätigen Männer es lieben, Bücher als Produkte für Phantasten zu bezeichnen«, warf lächelnd nun der Journalist ein.

»Falsch! Falsch! Die im Leben Stehenden sind die Phantasten. Meist sind es nur in die Jahre gekommene Kinder, die ihrer Sammlerleidenschaft frönen, Geld und Ehren zusammenraffen oder Macht und Einfluß, lauter phantastische und unreale Dinge! Die Wirklichkeit ist nur in den Büchern, weil sie von dem einzig Wirklichen kommen, vom Geist!«

Er lachte laut und trank. Dann schwieg er plötzlich, sichtlich verlegen.

Siebentes Kapitel
Ernesto und Maria

I.

Es gab ein Gesprächsthema zwischen Donna Mayor Rodrigues und ihrem Gatten Gaspar, das niemals zu Ende ging: die Schönheit ihrer Tochter Maria Nunes. In der Tat war das Mädchen von geradezu überirdischer Schönheit. Fast alle Menschen waren angesichts dieser Vollendung wie verzaubert und wurden zugleich zaghaft und ängstlich. Auf einem ebenmäßigen Körper saß ein Antlitz von solcher Reinheit und Süße, von solcher Anmut und Milde, daß man geneigt war anzunehmen, man sähe eine Himmelsgestalt und nicht ein von Menschen gezeugtes Wesen. Jeder Zug in diesem Gesicht, der Schwung des Mundes, die Wölbung der Lippen, die Linie der Nase, die Rundung der Augenbrauen, die Perlmuttfarbe der Haut und die Leuchtkraft der meertiefen schwarzen Augen, die zarte Buchtung der Stirn und das ins Bläuliche schimmernde Haar: Alles war wie von einem großen Meister, der sich hier selbst übertroffen hatte.

Donna Mayor und ihr Gatte, beide aus Marranengeschlechtern stammend, waren nicht in Gottesfurcht erzogen worden. Zwar waren schon Donna Mayors Eltern als Christen geboren, aber zu viel hatten sie von ihren eigenen Eltern von dem finsteren, strafenden, eifersüchtigen Gott der Juden gehört, die Furcht vor ihm saß ihnen noch zu sehr in den Knochen, als daß sie ihre Kinder zu christlicher Frömmigkeit anzuhalten sich vermessen hätten. Wohl war Donna Mayor in ihrer Jugend selbst schön gewesen und ihr Gatte ein wohlgestalter Mann, aber immer wieder mußte die Mutter denken: Wie kommt mir dieser Engel Maria? Warum bin ich ausgezeichnet vor anderen Müttern? Gott muß doch etwas mit einem so schönen Menschen vorhaben, welches mag die Aufgabe sein, die er meiner Tochter zugewiesen hat? Zuerst suchte ihr der Gatte, praktischer und nüchterner veranlagt als sie, diesen Unsinn auszureden: Auch von vielen Rosen sei eine ganz besonders schön, und es sei eben ein Zufall, ein so schönes Kind zu haben, und es müsse sich erst erweisen, ob das auch ein glücklicher Zufall sei.

Gaspar war ein beschäftigter Mann, seine Unternehmungen ließen ihn nicht zur Ruhe kommen, in seinem Haus hatte immer die Frau den mächtigsten Einfluß, er unterordnete sich gern ihrem feiner gebildeten Geist. Und da sie immer und immer wieder von ihrer Tochter sprach, brachte sie es mit den Jahren dahin, daß nun auch ihr Mann nachdenklich wurde und schließlich, so wie Donna Mayor, davon überzeugt war, daß Gott ihnen mit Maria ein besonderes Geschenk verliehen hatte, daß er aber mit diesem Geschenk auch ganz gewiß besondere, wenngleich noch verborgene Zwecke verfolge. Aber weder Mayor, die kluge Frau, noch Gaspar, der geschäftserfahrene Mann, wußten, welcher Gott es ihnen gegeben hatte. Beide standen zwischen den Religionen, und wenn sie von Gott sprachen, wußten sie nicht, welchen sie eigentlich meinten.

Aus diesem Zweifel erlöste sie Maria Nunes selbst. Eines Tages, sie mochte damals 14 Jahre alt gewesen sein, war sie zu ihrer Mutter gekommen und hatte sie gefragt, ob es richtig sei, daß in ihren Adern jüdisches Blut fließe. Und als Donna Mayor es bestätigte, sagte Maria Nunes: »Ich möchte wieder Jüdin werden! Wir gehören zum jüdischen Volke, und wenn Ihr untreu wart, wir wollen wieder treu sein, wir wollen uns wieder zu unserem Volk und zu unserem Gott bekennen!«

Völlig verstört hatte Donna Mayor ihren Mann von dem Gespräch unterrichtet, und sehr erschrocken hatte der ausgerufen: »Um Gottes willen, sie kann sich und uns auf den Scheiterhaufen bringen!« Und die Eltern grübelten, woher die Tochter dies habe. Bald glaubte die Mutter, es gefunden zu haben: Ob hinter der ganzen Geschichte nicht ein Freund des ältesten Sohnes stecke? Manuel war mit dem jungen Ernesto Montes befreundet, auch Maria sei hin und wieder zugegen, wenn der Junge Manuel besuche, ob nicht Ernestos Einfluß dahinter stecke? Gaspar kannte diesen Jüngling zwar nicht näher, hatte es aber nie gern gesehen, daß Manuel mit ihm verkehrte, denn mit dem Vater des jungen Mannes war nicht viel Ehre einzulegen. Dem widersprach die Frau lebhaft: Die Familie Montes gehöre zu den angesehensten der Marranen, und sie könne sich erinnern, daß ihr Großvater von der Familie Ascher, wie die Montes früher geheißen hätten, immer mit Verehrung gesprochen habe. Und der alte Joseph, der Großvater Ernestos, sei doch zweifellos einer der vornehmsten Männer der Stadt. Gewiß, meinte der Mann, aber mit dem Vater Ernestos, diesem vor wenigen Jahren verstorbenen Diego, stimme etwas nicht. Diego sei nicht sehr beliebt gewesen in der Stadt, weder bei den Marranen noch bei den Juden. Die Eltern kamen überein, Nachforschungen anzustellen.

Schon nach kurzer Zeit konnte Donna Mayor ihrem Manne wieder berichten: Sie sei von dem, was sie erfahren mußte, völlig überrascht. Nicht nur Manuel, der Älteste, nein, auch die anderen Söhne seien insgeheim alle dem Judentum hingegeben, alle kannten kein größeres Ziel, als wieder Juden zu werden. Freilich wüßten sie, daß dies unter den gegebenen Verhältnissen unmöglich sei. Und keineswegs seien nur ihre eigenen Kinder voll dieser Hirngespinste. Und dabei trügen sie geheime Abzeichen, sprächen in verabredeten und nur ihnen verständlichen Ausdrücken, ein wahrhaft brüderliches Verhältnis bestehe zwischen ihnen. Und sie habe sogar feststellen können, daß kein Geringerer als Jacob Tirado, der große Kaufherr, an der Spitze der Bewegung stehe.

Gaspar hatte schweigend gelauscht. Dies sei gewiß höchst gefährlich, äußerte er dann, und wenn die Behörden hievon erführen, könnte es allen Beteiligten übel ergehen. Nicht um Manuel gehe es, seinen erstgeborenen Sohn, den er von ganzem Herzen liebe; der sei ein Jüngling und könne etwaige Abenteuer als Mann bestehen, wohl aber fürchte er für Maria, die man vor Ungemach bewahren müsse, und es sei Sache der Mutter, ihre Tochter in geeigneter Weise vor unpassendem Verkehr zu bewahren. Donna Mayor lächelte: Als ob sie nicht immer und seit jeher die volle Verantwortung getragen hätte!

Aber so sehr sie sich auch mühte, Maria dem Einfluß des Bruders und seiner Freunde zu entziehen, ganz gelang es ihr nicht. Eines Tages mußte sie erkennen, daß alle mütterlichen Vorsichtsmaßnahmen nichts fruchteten. Zwei Jahre, nachdem Donna Mayor auf das Geheimnis ihrer Kinder gekommen war, sagte Maria abermals zu ihrer Mutter: »Nichts hat sich an meinem Wunsche, Jüdin zu werden, geändert. Er ist noch inniger und entschiedener geworden!« Sie wolle in ein Land ziehen, in dem man sich frei zum Judentum bekennen dürfe. Jacob Tirado, das Haupt der Bewegung, habe ausgekundschaftet, daß die Niederlande den Juden dieses Recht zugestehen, vieles deute jedenfalls darauf hin, absolute Sicherheit sei allerdings erst an Ort und Stelle zu erlangen. Jacob Tirado wolle seinen Reichtum in den Dienst der Sache stellen und mit einem Schiff und zehn Personen, die entschlossen seien, das Judentum anzunehmen, den Versuch wagen.

»Die Männer glauben«, sagte Maria, »daß meine Anwesenheit sie vor Ungemach bewahren kann, und schon deshalb ist es meine Pflicht, mit ihnen zu ziehen. Aber ich selbst habe des Nachts Träume, Mutter! Ich höre Stimmen. Und alle sagen mir, daß ich mich den Suchenden anzuschließen habe!«

Als Donna Mayor ihrem Mann von der Unterredung mit der Tochter erzählte, war Gaspar entsetzt. Das sei doch ein völlig verrückter Einfall, den man nie und nimmer unterstützen dürfe. Sei sich denn Maria auch bewußt, was es heiße, sich einem Schiff anzuvertrauen, da die Engländer auf alles unter spanischer und portugiesischer Flagge Jagd machten?

Die Frau schwieg also an diesem Tage und begann am nächsten und wieder am nächsten, und am vierten Tage begann sie von neuem. Nach einer Woche sprach Gaspar mit seinem Sohn Manuel. Es wurde eine lange Unterredung. Es ereignete sich, daß Don Gaspar seine Geschäfte vernachlässigte und lieber mit seinem Sohn und dessen Freunden sprach, von denen er den jungen Ernesto Montes besonders in sein Herz schloß. Auch mit Jacob Tirado hatte Don Gaspar nun lange Unterhaltungen, von denen er seltsam verträumt heimkehrte. Und dann kam der Tag, an dem er das erste Mal mit seiner Tochter allein und ohne Beisein der Gattin viele Stunden lang sprach. Die Mutter war glücklich, als an diesem Tage Gaspar beim Abendessen versonnen vor sich hinlächelte. In der folgenden Nacht sprach er mit ihr über die Pläne der Kinder: Ob es trotz aller Gefahren nicht am klügsten wäre, den Kindern nicht in den Weg zu treten; er glaube, daß Maria weit reifer sei als andere

Mädchen ihres Alters. Gewiß, er selbst habe sich ins Unvermeidliche gefügt. Aber er wisse, daß er trotzdem nur geduldet sei, daß die Christen die Neuchristen haßten, sie den Ketzergerichten überantworteten, wo sie nur konnten. Alles, was er besitze, habe er daranzusetzen, um zurückkehren zu können zum Glauben seiner Väter, um die Maske endlich abwerfen zu dürfen, die anzulegen sie unter Todesdrohung gezwungen waren. Es sei sein fester Entschluß, die Kinder vorauszuschicken in ein Land, in dem man sich wieder frei als Jude bekennen und als Jude leben dürfe. Die Frau konnte sich nicht erinnern, ihren Gatten je so lange reden gehört zu haben.

Es folgten geschäftige Wochen. Oft saß Don Gaspar mit Jacob Tirado zusammen, rechnete und schrieb. Oder er war über Land und tätigte Einkäufe. Oder er sprach mit Manuel und Ernesto, der nun im Hause verkehrte wie ein Sohn. Sie rechnete es ihm hoch an, daß er mit rührender Zuneigung an seinem Großvater Joseph hing und sie, Donna Mayor, bat, sich seiner anzunehmen, und Don Gaspar beschwor, den alten Joseph mitzunehmen, wenn sie den Kindern in ein freieres Land würden folgen können.

II.

In tiefer Dunkelheit stahl sich das Schiff aus dem Hafen von Lissabon. Und als der nächste Morgen guten Wind brachte, pries man Gott, und einige der ungeduldigeren Jünglinge wollten schon in der Sprache der Väter ihre Gebete zum Himmel emporsenden. Aber der besonnene Jacob Tirado erhob Einspruch: Noch befinde man sich auf einem portugiesischen Schiff, die Seeleute seien Spanier und Portugiesen, man wisse nicht, was sich noch ereignen könne, keinesfalls dürfe man schon alle Vorsicht fahren lassen …

Ein guter Wind war mit dem Schiffe. Schon glaubten die Segler, daß man in ein oder längstens zwei Tagen in Holland anlegen werde können, als zu Mittag des vierten Reisetages am Horizont ein schwarzes Pünktchen erschien. Keiner der Reisenden hätte es bemerkt, wenn nicht die Schiffer angstvoll darauf gestarrt hätten.

Mit unheimlicher Geschwindigkeit kam es näher und nahm die Gestalt eines Schiffes an.

»Ein Engländer!« rief der Schiffsherr. »Sie werden unser Schiff kapern!«

Inmitten der großen Erregung bewahrte Jacob Tirado Ruhe. Er versammelte seine Gefährten um sich und sagte: »Die Engländer werden uns wohl gefangennehmen, weil wir unter portugiesisch-spanischer Flagge segeln. Wir können nichts dagegen tun. Sagt um Gottes willen nicht, daß wir im Sinn haben, zum Judentum zurückzukehren.«

»Warum denn gar!« rief Maria. Und ihre Autorität war bereits so groß, daß viele ihr beipflichteten, allen voran Ernesto, der ausrief: »Sollen wir unsere Gefühle wieder feige verbergen?«

»Jeder tue, was ihm recht scheint«, sagte Jacob Tirado, »wir haben nichts zu verbergen, ich glaube nur, daß man Geheimnisse nicht vor der Zeit preisgeben soll!«

»Ich werde nicht lügen!« stellte Maria ruhig fest.

Inzwischen war das Schiff herangekommen. Unverständliche Kommandoworte ertönten, die Engländer kamen sehr nahe heran, und mit einem Male waren die fremden Männer an Bord des Schiffes. Es waren vier oder fünf Matrosen und an ihrer Spitze ihr Kapitän, ein übergroßer, sehr schlanker Mann in mittleren Jahren, mit schönen, offenen, klugen und freundlichen Gesichtszügen. Während sich die Passagiere mit Ausnahme Marias in eine Ecke an Bord zurückgezogen hatten und dort ängstlich der kommenden Dinge harrten, sprach der Kapitän lange mit dem Schiffsherrn. Endlich schienen sie fertig zu sein und begaben sich zu den Reisenden.

»Wer seid ihr?« fragte der englische Kapitän, und Ernesto fand, daß er eine schöne, sanfte Stimme hatte; darob war er ein wenig verwundert, denn er hatte sich Piraten immer als grobe, schlecht erzogene Männer vorgestellt.

»Wir sind portugiesische Kaufleute. Wir wollen nach den Niederlanden!« sagte Jacob Tirado.

»Warum wollt ihr auswandern?«

»Die Geschäfte sind schlecht daheim ...«

»Es ist eure Sache, warum ihr euer Vaterland verlassen wollt!« Der Kapitän hatte sehr hochmütig gesprochen, ein Ton der Verachtung klang mit, offenbar konnte der Engländer nicht verstehen, daß jemand sein Vaterland zu verlassen wünsche.

»Das Schiff ist Prise«, sagte er dann. »Ihr müßt mit mir in einen englischen Hafen. Man wird dort über euch befinden!«

In diesem Augenblick betrat Maria Nunes das Verdeck. Sie hatte ihr schwarzsamtenes Gewand angezogen. Sie stand mit dem Gesicht gegen die Sonne. Ernesto war es, als könnte er den Anblick nicht ertragen, er schnürte ihm das Herz zusammen. Zugleich aber wäre er glücklich gewesen, wenn Maria in ihrem Schlafraum geblieben und nicht an Deck gekommen wäre.

Der englische Seemann starrte Maria an, als erblicke er ein überirdisches Wesen. Er hatte unwillkürlich sein Barett vom Kopf gerissen und drehte es nun verlegen in der Hand.

»Sie reist mit euch?« fragte der Kapitän zweifelnd, als könne er es durchaus nicht verstehen, daß diese Lichtgestalt mit gewöhnlichen Kaufleuten zu tun habe.

»Hier, dieser junge Mann ist der Bruder Donna Marias«, sagte Tirado und wies auf Manuel. Ein Engel konnte also einen Bruder haben?, dachte der Kapitän. Aber noch immer wollte er nicht recht glauben, daß dieses weibliche Wesen aus Fleisch und Blut war. Er richtete einige Worte an sie, Maria antwortete, und er sah ganz verdutzt drein: Ein sprechender Engel! Dann fand er sein Gleichgewicht rasch wieder, plauderte mit dem und jenem, ohne aber, zum großen Mißvergnügen Ernestos, auch nur für einen Moment von Maria wegzublicken. Er nahm das Schiff in Augenschein und war entsetzt über dessen Primitivität. Er könne nicht zugeben, daß die Lady so dürftig untergebracht sei, er lade sie und ihren Bruder als seine Gäste auf sein Schiff. Manuel sah zu Maria, die zustimmend mit dem Kopfe nickte.

Als sie wieder allein waren, pries Jacob Tirado das Glück, daß Maria die Expedition begleite. Ohne sie wäre die kleine Gesellschaft wohl verloren gewesen, vermutlich jahrelang in Gefangenschaft gehalten worden. Die anderen pflichteten ihm bei. Still war nur Ernesto. Er stand noch immer auf dem nämlichen Platz, an dem vorhin Maria gestanden war. Er konnte nicht denken, so sehr schmerzte das Herz, so durchwühlt war er von all dem, was sich da begeben hatte. Hatte dieser hochmütige Engländer Maria nicht einfach geraubt? Und Maria selbst hatte mit dem Kopf genickt? Wollte sie also das Abenteuer, gefiel es ihr? Oder gefiel ihr gar der Engländer? War diese Maria Nunes nicht seit vielen Jahren sein Himmel, der Inbegriff aller Wonne, und er hatte sich nie getraut, irgend jemandem ein Wort hierüber zu sagen, hatte gezittert, wenn er in ihre Nähe getreten war, und hier kam einer, der sie zum ersten Male sah und sie sogleich mit sich nahm!

Manuel erschien am nächsten Tag wieder zu Besuch bei seinen Freunden und erzählte Wunderdinge von der Pracht des englischen Schiffes, nie zuvor hatte er solchen Luxus auf einem Schiff gesehen, in dem sich sogar eine Badestube befinde. Und nicht genug konnte er berichten von der Liebenswürdigkeit und Gastfreundschaft des Kapitäns, ein gar hoher Herr, kein geringerer als der Duke of N. Also ein Herzog war dieser Seeräuber auch noch? Nun stand es für Ernesto fest. Immer mehr verfiel er dem Gedanken, er müsse den Mann töten.

Der Kapitän kam mit Maria auf das Schiff der Auswanderer, weil sie ihren alten Freunden einen Besuch abstatten wollte. Ernesto glaubte, vor Schmerz zu vergehen, als er sie beide Seite an Seite sehen mußte. Er beschloß, ein Ende zu machen. Er griff nach dem versteckten Dolch in seiner Tasche, folgte den beiden auf ihrer Wanderung übers Verdeck. Er sah Dunkles vor seinen Augen, hatte Angst vor der Tat und vor sich selber. Doch da wandte sich Maria und sah Ernesto ruhig lächelnd an, als wüßte sie alles. Ernesto senkte seine Augen vor der Gewalt dieses Blickes, drehte sich um und warf den Dolch ins Meer. Der Engländer hatte gar nichts von dem Zwischenfall bemerkt.

Man hatte Mutmaßungen angestellt, was mit den Gefangenen in England geschehen würde. Jacob Tirado und die meisten mit ihm waren der Meinung, daß die Männer, mit Ausnahme Manuels vielleicht, auf einige Zeit dem Gefängnis überantwortet würden, bis Maria ihre Befreiung erwirkt hätte. Aber niemand kam ins Gefängnis. Alle brachte der herzogliche Kapitän nach London, und die ganze Gesellschaft, von Maria und ihrem Bruder abgesehen, wurde in einem komfortablen Hause untergebracht. Für alles hatte er gesorgt, für Essen und Dienerschaft, für Kleidung und Wäsche. Eines mußte nun auch Ernesto zugeben: Als Gastgeber war dieser Engländer unübertroffen! Maria und Manuel wohnten in einem unweit gelegenen kleinen Häuschen ganz für sich allein, der Herzog hatte für sie gesorgt wie für seinesgleichen, Luxus umgab sie, Reitpferde standen bereit. Fast jeden Tag kamen die Geschwister ihre Freunde besuchen, Ernesto litt Höllenqualen, wenn er Maria sah. Nun erst war sie für ihn verloren.

Eines Tages kam Manuel allein, sichtlich in größter Erregung. Er schloß sich mit Jacob Tirado und Ernesto, dem Jugendfreund, in ein Zimmer ein. Er war so außer sich, daß er lange keine Worte finden konnte. Endlich ermannte er sich und berichtete: Der Herzog habe seiner Schwester seine Hand angetragen, er habe sie beschworen, seine Gattin zu werden! Aber Maria habe abgelehnt. Der Herzog habe sie bestürmt, ihm ihre Gründe bekanntzugeben. Maria habe erklärt, sie wolle zum Judentum zurückkehren. Und Manuel schilderte nun, wie entsetzt der Herzog gewesen sei, wie er es gar nicht hatte glauben wollen, daß Maria nicht von höchstem portugiesischem Adel stamme. Und daß er, Manuel, die Angaben Marias beschwören mußte und dem Herzog nun alles eingestanden habe: Daß sie alle nur nach Holland wollten, um dort dem alten Glauben wieder anhängen zu können.

Ernesto hätte am liebsten aufgejubelt vor Freude. Maria war noch nicht verloren für ihn! Und sogleich empfand er keinen Haß mehr gegen den Engländer, sondern nur Verehrung und Mitleid. Jacob Tirado seinerseits war nicht sehr erbaut von der Aufrichtigkeit Manuels. Jetzt, da die Wahrheit bekannt war, fürchtete er Unheil für sich und seine Freunde kommen. Er strich sich den Bart und entwarf allerlei Pläne der Rettung.

III.

Am nächsten Tag, gerade als Ernesto bei Maria und Manuel zu Besuch weilte, erschienen zwei Boten der Königin: Die Monarchin wünsche Donna Maria Nunes in Audienz zu empfangen, sogleich. Maria lächelte und bat die Boten, sich so lange zu gedulden, bis sie ihr Kleid gewechselt hatte, denn unmöglich könne sie in ihrem Alltagsgewand vor der Königin erscheinen. Maria verließ den Raum. Ernesto und Manuel versuchten, mit den Abgesandten in ein Gespräch zu kommen, um die Absichten der Königin zu erforschen, aber die Männer waren schweigsam und sprachen nur über das Wetter.

Maria hatte ihr schwarzes Samtkleid gewählt, die beiden Boten erhoben sich ehrerbietig, auch ihrer eigenen Königin hätten sie nicht geringere Verehrung bezeugen können. Maria nickte dem Bruder und Ernesto zu und bestieg den Hofwagen.

Sie zeigte keine Verwunderung, als die Palastwache ihr die Ehrenbezeugung leistete, empfand kein Erstaunen, als sie von einer Anzahl hoher Offiziere empfangen und über prächtige Stiegen und durch hohe Hallen und weite Räume in einen Saal geführt wurde, der voll von Menschen war, die sie alle neugierig musterten, bevor die beiden schweren goldverzierten Türen aufgerissen wurden und sie in einem kleinen, engen Raum einer älteren Dame gegenübertrat, die sie sitzend empfing. Das muß wohl die Königin sein, dachte Maria, aber sie war nicht unruhiger als sonst, beugte gelassen ihr Knie. Dann erhob sie sich aus der Verbeugung und blickte die Königin an. Eine alte Frau, stellte sie bei sich fest. Sie scheint wenig gütig zu sein, sie hat harte Züge. Sie erinnert mich an das Bild eines alten Mannes. Ich glaube nicht, daß ich sie lieben könnte.

Hinter der Königin tauchte aus dem Halbdunkel die Gestalt einer kleinen, rundlichen Frau auf. Elisabeth, die Herrscherin, war aufgestanden und an Maria herangetreten. Man konnte ihr ansehen, daß sie überrascht war. Sie wandte sich zu ihrer Hofdame um und sagte: »Daß man so schön sein kann! Hast du jemals dergleichen gesehen, Anna?«

Die kleine, rundliche Dame war nun ebenfalls zu Maria getreten und musterte sie durch ihr Lorgnon: »In der Tat, Majestät, ich habe eine solche Vollendung seit vielen Jahren nicht mehr geschaut.«

»Ich überhaupt noch nicht!« sagte die Königin. »Es ist wirklich das schönste Geschöpf, das meine Augen jemals gesehen haben.«

Sie trat noch näher und fuhr Maria mit der Hand zärtlich übers Gesicht. Maria zuckte zusammen. Elisabeth lachte auf: »Du mußt nicht erschrecken, Kind, ich tue dir nichts! Ich fresse keine kleinen Mädchen ... Ich wollte nur das Mädchen kennenlernen, das es wagt, die Hand eines der Edelsten meines Königreiches auszuschlagen. Allerdings, ich glaube fast, du darfst es dir erlauben!« Sie wandte sich an die Hofdame: »Bring ihr Süßigkeiten, bring mir etwas, das ich ihr schenken kann!«

Es war sonst nicht gerade ihre Art, Menschen zu beschenken, die Königin wunderte sich über sich selber. Der Anblick des Mädchens mußte sie weich gestimmt haben.

»Ist es richtig, daß du den Herzog nicht heiraten wolltest, nur um Jüdin werden zu können? Wie merkwürdig! Wir lieben die Juden nicht sehr. Und du, mein Engel, du willst wirklich Jüdin werden? Setz dich, Liebling, setz dich und erzähle!«

Und Maria mußte Platz nehmen, es wurden Süßigkeiten gereicht, und sie mußte erzählen. Wieder war die Königin zu ihr gerückt und strich ihr über die Wangen, doch diesmal merkte sie noch deutlicher, daß Maria zusammenzuckte.

»Was denn, Kind?« rief sie lachend, aber es klang nun drohender. Maria fühlte eine eisige Beklemmung. »Du fürchtest dich wohl vor der Königin? Scheine ich dir gar zu alt? Noch bin ich es nicht, meine Kleine! Oh nein! Wenn du wüßtest ... Nicht die Jahre zählen, nicht die Jahre ... Möchtest du nicht in England bleiben, Teure? Bei mir?« Maria schüttelte den Kopf.

»England ist ein schönes Land! Viele feine, hübsche, junge und reiche Kavaliere sind an meinem Hof!«

Maria sagte: »Ich will Jüdin werden! Ich will in ein anderes Land, in die Niederlande, Majestät!«

Elisabeth stand beim Fenster und sah in den Hof. Eine ganze Weile stand sie abgewandt da, dann rief sie: »Es ist vielleicht am besten so, mein kluges Kind! Ja, ja, es wird am besten sein, wenn du bald reisest, mein Kind!«

Sie sprach nun ruhig, ihre Stimme klang anders. »Hast du einen Wunsch, mein Kind?«

»Ja«, sagte Maria. »Wollet in Gnaden bestimmen, Majestät, daß all die Männer, die mit mir gekommen sind, ungekränkt das Land verlassen dürfen!«

»Bewilligt!« sagte Elisabeth. »Und hast du keinen kleinen Wunsch für dich selber?« Maria schüttelte den Kopf.

»Glückliches Geschöpf!« rief die Herrscherin. Sie hängte Maria ein kurzes, dünnes Kettlein aus Gold um den Hals und sagte: »Ich fahre jetzt eine Stunde spazieren, du darfst mich begleiten, Maria Nunes!«

Sie mußte in der prächtigen Karosse zur Linken der Königin Platz nehmen. Und als der Wagen nun auf der Straße war, rissen die Menschen die Hüte von ihren Köpfen.

»Kleiner, unschuldsvoller Engel!« sagte die Königin. »Merkst du nicht, daß man dich mehr bewundert als mich? Mich grüßen die Menschen, weil sie es müssen, dich, weil sie es wollen! Vielleicht ist es wirklich gut, daß du England verläßt, mein schönes, mein kluges Kind!«

IV.

Der Wind war gut, und die Herzen aller Männer schlugen Maria entgegen, die geehrt wurde wie eine Fürstin. Und Ernesto war heiter und vergnügt, er konnte stundenlang an Deck stehen und träumen. Sollte er aber Maria seine Gefühle gestehen? So stand er über den Bug gelehnt, sah ins Wasser, sprach zu Maria und sagte dieser aus den Wassern zu ihm aufschauenden Maria alles, was er fühlte und dachte, und sie antwortete ihm, beugte sich über ihn und küßte ihn. Erblickte er aber die leibhaftige Maria, konnte er mit ihr nicht sprechen, denn das Herz klopfte ihm bis zum Halse. Aber wozu auch sprechen? Ernesto war fest davon überzeugt, daß sie auch so begriff, was in ihm vorging.

Alle Menschen an Bord waren glücklich. Sie schliefen in der Sonne und spielten wie die Kinder, sahen sich schon in der neuen Heimat als Betende in dem neuen Tempel, umgeben von ihren Frauen und Kindern. Als ein Sturm losbrach, wurde keiner kleinmütig und ängstlich. Selbst die besorgte Miene des Kapitäns beunruhigte sie nicht, denn sie wußten ja, daß ihnen nichts geschehen könnte, solange Maria unter ihnen weilte. Und als der Sturm alle krank und elend machte und Wasser einzudringen begann und sich alle die Hände wundarbeiten mußten, es wieder auszuschöpfen, lächelten sie noch immer.

Der Sturm legte sich, das lecke Schiff konnte in einen Hafen einlaufen. Es erwies sich, daß es ein Hafen in Ostfriesland war, der Hafen von Emden. Das waren nun freilich nicht die Niederlande, man war abgetrieben worden. Die Männer verließen das Schiff. Bärtige, nicht sehr freundliche Gestalten begegneten ihnen. Waren dies die Deutschen, diese Barbaren, von denen sie so oft gehört hatten? Jedenfalls waren sie nicht angenehm anzusehen, und man ging ihnen besser aus dem Weg, auch verstand man ihre schwerfällige Sprache nicht. Auf einmal rief Jacob Tirado: »Ist's Wirklichkeit oder Traum? Wahrheit oder Märchen? Seht dieses Haus an!«

Die Männer sahen ein langgiebeliges, kleines, weißes Häuschen und an seiner Fassade hebräische Buchstaben. Sie rieben sich die Augen. Hier also lebten Juden?

Sie traten ins Haus. Ein alter Mann kam ihnen entgegen, nannte seinen Namen. Mose Uri Halevi heiße er und gestatte sich zu fragen, womit er den Fremden dienen könne, die zweifelsohne mit dem portugiesischen Schiff gekommen sein dürften. Er war ein zartgebauter, vornübergeneigt gehender alter Mann mit langem, spitzem Gesicht, in dem ein prächtiger weißer Vollbart stand. Jacob Tirado verbeugte sich ehrerbietig und fragte: »Ihr seid doch Jude, mein Herr?«

»Freilich bin ich einer«, sagte lächelnd Halevi.

»Dann segnet mich!« rief Tirado und beugte sein Haupt.

Halevi führte seine Gäste in eine große, helle Stube und dann mußten sie erzählen. Jacob Tirado tat es für alle. Er schloß mit den

Worten: »So hat uns Gott selber geführt. Euch hat Gott uns als ersten Juden in den Weg gesandt. Ihr seid ausersehen, uns zurückzuführen, nehmt uns auf ins Judentum!«

Halevi suchte seine Gäste zu beruhigen. Er sprach milde und gütig zu ihnen: »Oh, meine Freunde! Ihr wißt nicht, was ihr da verlangt von mir! Ihr befindet euch auf einem Boden, der von Deutschen bewohnt ist. Wißt ihr denn auch, wer und was diese Deutschen sind? Das sind noch sehr rohe Menschen, sie haben wenig gelernt und lieben das Töten mehr als die Bücher. Wo andere Menschen ihr Herz sitzen haben, haben sie einen Stein. Sie sind mitleidslose, ungeschlachte Gesellen, sittenlos und ohne Anstand. Wo andere zuhören und diskutieren, da schlagen sie mit dem Knüttel drein. Ich kann euch doch nicht aufnehmen ins Judentum, so wie ihr hereinkommt in mein Haus! Weiß ich denn, ob ihr unterrichtet seid im Glauben? Und wie könnte ich euch aufnehmen, ohne daß ihr auch äußerlich das Zeichen des Bundes angenommen hättet? Und in einer kleinen Stadt wie in unserem Emden würde euer Übertritt nicht unbemerkt bleiben. Was würden die Deutschen wohl dazu sagen? Bleibt bei eurem Plan und zieht nach Holland. Ich will euch mit meinen Söhnen nachfolgen in kurzer Zeit. Es war schon beschlossen, daß wir von diesen Barbaren fortwollen, hinüber in die freien Niederlande. Nun seid ihr uns als Zeichen gesandt worden. Drüben will ich euch gern aufnehmen in unsern Bund, drüben will ich euch Lehrer sein, dort wollen wir gemeinsam ein Haus bauen zu Ehren Gottes und zu seinem Ruhme!«

V.

Am nächsten Morgen erschien Halevi in Begleitung seines Sohnes Aaron auf dem Schiff der Marranen. Er wollte mit Maria ein paar Worte sprechen. Man ließ ihn allein mit dem Mädchen. Der alte Mann war sichtlich betroffen von der strahlenden Schönheit des jungen Geschöpfes.

»Ich habe viel von Euch gehört«, begann er. »All die Männer, die ich sprach, Euer Bruder und all seine Freunde sind davon überzeugt, daß Ihr vom Himmel gesandt seid, um sie zum Judentum zurückzuführen. Glaubt Ihr selbst auch, daß Ihr auserwählt und ein Werkzeug des Herrn seid?«

Maria sah erstaunt auf. »Ich weiß nicht, Herr. Ich hörte Stimmen und sah Gesichter, aber schon seit langem nicht mehr. Ich kann nicht wissen, was Gott mit mir beabsichtigt. Mich dürft Ihr nicht fragen, Herr!«

»So Ihr übertreten wollt zu unserem Glauben, meine Dame, müßt Ihr wissen, daß unser Gott ein eifersüchtiger Gott ist. ›Du sollst dir kein Abbild machen von mir‹, heißt es. Wir wollen zu ihm beten, ihn rühmen und preisen mit der Kraft unserer Lungen und unserer Seelen, aber wir wollen nicht eitel reden von ihm … Gott erscheint schon seit langem nicht mehr …«

»Aber ist er nicht unseren Vorvätern erschienen, ist er nicht Mose erschienen, den Propheten?«

»Hütet Euch, schönes Kind! Es hieße Gott lästern, wollte man jeden Traum von ihm empfangen haben! Jeder könnte dann kommen und Stimmen gehört und Gesichte erschaut haben!«

Maria senkte den Kopf zu Boden. Sie sagte leise, als spräche sie nur zu sich allein: »Seit ich mich entsinnen kann, immer haben die Menschen mich bestaunt, und nun sagen sie gar, daß ich auserwählt sei. Ich weiß es nicht. Ich kann nichts für mein Aussehen. Ich bin so einsam, so schrecklich allein …«

»Hütet Euch, den Menschen zu glauben, mein Kind! Auserwählt! Auch mir sagte gestern der ehrwürdige Jacob Tirado, ich sei auserwählt, ihn und seine Freunde ins Judentum aufzunehmen. Jeder ist auserwählt, auch der Schlichteste, der nur immer seine Obliegenheiten erfüllt alle Tage. Aber darum ist man noch nicht mehr als die anderen! Ihr seid eine Frau, erwählt einen Gatten und zeuget Kinder!«

Wieder fuhr das Schiff von dannen. Und der Wind war gut und führte sie dem ersehnten Gestade zu. Ernesto gedachte, mit Maria zu sprechen. Er mußte ihr doch endlich sagen, wovon er erfüllt war! Aber so oft er auch den Vorsatz faßte, verschob er ihn wieder. Maria allerdings war auf diesem letzten Teil der Reise wortkarger und schweigsamer noch als sonst. Meist stand sie auf dem

Verdeck und sah ins Wasser. Und auf der anderen Seite des Verdecks stand Ernesto und sah gleichfalls ins dunkle und nur wenig bewegte Meer.

Das siebente Intermezzo

Eva und Doktor Ascher hatten den Meister zum Bahnhof begleitet. Auf dem Rückweg war Eva zunächst ein wenig schweigsam, ganz gegen ihre Gewohnheit. Sie schlugen den Weg durch die Mariahilfer Straße nach Hietzing ein, sie beabsichtigten, Evas Mutter, die Kammersängerin, zu besuchen. Unterwegs begegnete ihnen ein Zug uniformierter Knaben. Sie sangen: »Siegreich, siegreich wollen wir die Tschechen schlagen!« Der Anwalt nahm wahr, daß die Passanten sich nicht um die mehr brüllenden als singenden Kinder kümmerten. Er sah viele sorgenvolle Gesichter.

Sie gingen weiter. Jeder Pflasterstein schien ihm vertraut. In diesem Viertel war er geboren, hatte seine Kindheit verbracht. Er wußte genau:

Vorne an der Ecke ist die Konditorei, in die mich Mutter geführt hat, wenn wir vom Zahnarzt kamen. Nun geht es an der Milchstube vorbei. Jetzt ist das Geschäft neu hergerichtet. Ich habe ungern Milch getrunken. Die alte Frau in dem Laden redete mir zu: »Trink doch brav Milch, lieber Bub! Milch ist gesund. Willst du nicht einmal Soldat werden? Dann mußt du jetzt viel Milch trinken!« Ich habe die alte Verkäuferin gehaßt. Dort, in dem kleinen, gelbgestrichenen Haus zur Rechten wohnte mein Freund Paul Ziegler, der im letzten Krieg für Kaiser und Vaterland gefallen war. Wo ist nun sein Vaterland?

Wortlos schritten sie aus. Sie waren in die stille, steilansteigende Gasse am Rande der Stadt eingebogen. Die Häuser verloren sich hier schon im Grünen.

Jetzt standen sie vor der kleinen, schönen Villa. Sie traten in den Salon. Der Anwalt war überrascht. Er glaubte, in einem Spielzeugladen zu sein. Auf allen Tischen, auf den Fauteuils, den Sesseln, am Diwan – überall lagen Puppen. Puppen in allen Größen, in allen Trachten, in allen Farben. Er blickte sich flüchtig um. Mindestens ein halbes Dutzend Photos des Meisters standen hier. Auf einem kleinen Tischchen lag eine aufgeschlagene Partitur. Neugierig trat der Doktor näher. Es war ein Auszug aus der Oper »Die Jüdin« von Halevi. Hatte er sie nicht auch einmal unter des Meisters

Führung gesehen, und hatte damals nicht die Mutter Evas die Hauptrolle gesungen?

Eva kam, ein Rollwägelchen vor sich herschiebend. In ihm saß eine alte Dame mit weißem Haar. Ja, das war das Gesicht, das er von der Bühne her kannte. Unverändert schien es ihm, trotz der vielen dazwischenliegenden Jahre. Nur älter und schärfer war es geworden.

Die Kammersängerin sprach und sprach ohne Unterlaß. »Neugierig wäre ich bloß zu wissen, wohin diese Welt treibt! Statt sich um wichtige Dinge zu kümmern, um solche nämlich, die die Menschen wirklich angehen, treiben sie Schabernack, spielen sie Soldaten und untersuchen, ob die Menschen Christen oder Juden sind! Was geht denn das diese Kerle an? Jetzt verbietet man sogar den Christinnen, mit Juden Verhältnisse zu haben! Ich habe eine Menge Juden zu Freunden gehabt, nun ja, du kannst es meinetwegen ruhig anhören, meine Tochter, du bist alt genug. Oder glaubst du etwa, daß ich eine Heilige war, weil ich deine Mutter bin?«

»Niemals habe ich dergleichen gedacht, Mutti!« sagte Eva und richtete die Decke, die von den Knien der alten Dame gerutscht war.

»Gewiß, ich könnte ja auch hier bleiben, ich bin doch Arierin! Was das nur für ein saublödes Wort ist! Aber ich danke, ich werde nicht in einer Stadt verweilen, aus der man einen Mann wie den meinigen hinausgeschmissen hat, ich kann nicht unter Menschen leben, die meine besten Freunde ausgeraubt und nachher noch eingesperrt haben! Kennen Sie S., den Bankier? Sie kennen diesen Mann nicht? Ein wunderbarer Mensch! Und wissen Sie, was sie mit ihm gemacht haben? Kastriert haben sie ihn, richtig kastriert! Einen alten Mann! Nur weil er ein paar uneheliche Kinder mit Christinnen hat! Wie ich nur halbwegs kriechen kann und diese verflixten Papiere beisammen habe, dampfe ich ab! Und dieses Kind nehme ich mit, jawohl, ich entführe sie Ihnen, mein Herr!«

Doktor Ascher lächelte verlegen. Er sah zu Boden und sagte: »Ich werde sehr traurig sein, wenn Fräulein Eva auch wegfährt, sie hat sich so gütig um mich gekümmert!«

»Und sonst wird sie Ihnen gar nicht abgehen?« fragte die Kammersängerin erstaunt.

Die alte Dame sah erst Doktor Ascher, dann ihre Tochter verwundert an. Sie schüttelte verständnislos ihren Kopf und sagte in einem Ton, der ihre zweifelnde Ratlosigkeit durchblicken ließ: »Wie, ihr habt gar nichts miteinander, Kinder? Oh, ich bitte um Verzeihung! Aber wer könnte denn auf eine so absurde Idee kommen, daß zwei junge Menschen, die so häufig beisammen sind ...« Und die Kammersängerin sprach und sprach.

Im Vorzimmer sagte Eva dann drohend zum Doktor: »Sie dürfen nicht lachen über meine Mutter! Hören Sie! Ich würde sonst ernstlich böse werden! Sie war eine herrliche Sängerin, und sie ist ein großartiger Mensch! Sie stammt eben aus einer anderen, sorgloseren Welt ... Manchmal wünsche ich mir sehnlich, in solch einer Welt leben zu dürfen!«

Nachdenklich ging der Anwalt durch die stille, dunkle Gasse zur Straßenbahn. Er sah das Zimmer mit den vielen Puppen noch immer vor sich. Es konnte kaum glauben, daß diese Frau eine so ernste, realdenkende, im Leben stehende Tochter hatte. Zwischen Eva und ihrer Mutter schienen Welten zu liegen. Was habe ich übrigens mit meinem Vater gemeinsam? War der nicht grundverschieden von mir? Weiß man denn, von wem man diese oder jene Eigenschaft ererbt hat, wenn man über 18 Ahnen in seinem Stammbaum nachweisen kann? Sind wir Ascher denn überhaupt bemerkenswert? Es hat zwar unter uns so manchen Sonderling gegeben, aber im großen und ganzen waren wir, soweit ich es beurteilen kann, alle durchschnittlich veranlagt, keiner überragend groß, keiner besonders schlecht. Da fiel ihm ein Satz ein, den er von seiner Großmutter oft und oft gehört hatte: »Mach dich nicht so klein, du bist nicht so groß!« War seine Bescheidenheit nicht überheblich?

Er stieg, ohne zu überlegen, in den ersten Wagen der Straßenbahn ein statt in den zweiten Beiwagen, in dem die Juden fahren durften. »Schau, daß du hinauskommst, Saujud!« brüllte ihn ein junger Mann an, der auf der Plattform stand. »Weißt du denn noch immer nicht, daß Juden nicht in den ersten Wagen einsteigen dürfen? Gib acht, daß ich dir das nicht beibringen lasse, Saujud, schäbiger!«

Aber Doktor Ascher hörte ihm nicht zu. Er war abgesprungen und davongelaufen. Gott sei Dank, der Mann war ihm nicht nachgeeilt, niemand verfolgte ihn, er würde nicht eingesperrt werden. Er hatte Glück gehabt, großes Glück.

Achtes Kapitel
Der Familientag

I.

Joseph Ascher war ein Mann von nun neunzig Jahren. Wer den großen, nur leicht vornübergebeugten Mann mit dem schmalen durchgeistigten Gesicht sah, meinte, einem Siebzigjährigen gegenüberzustehen. Seine Verstandeskräfte waren nahezu ungebrochen, er konnte lange Gespräche führen, ohne zu ermüden, er oblag einer ausgedehnten Korrespondenz, ja er beschäftigte sich auch noch immer wissenschaftlich, las und studierte viel. Bis zu seinem siebzigsten Geburtstag war er ein berühmter Arzt in Lissabon gewesen, hatte Montes geheißen, und, obwohl als Marrane nicht wohlgelitten bei Hofe, hatte ihn doch die katholische Königin einmal rufen lassen, als der Infant heftig fieberte. Joseph war es eigentlich nie schlecht ergangen, wenn er von dem, was er in seiner Jugendzeit erleiden mußte, absah. Er war ein Knabe von nicht 18 Jahren gewesen, als man seinen Vater Israel lebendigen Leibes am Scheiterhaufen verbrannte. Freilich, er hatte erst viel später von dem fürchterlichen Geschick des Vaters erfahren. Joseph hatte an der Hohen Schule studieren dürfen, ein Bruder seines Vaters hatte für ihn gesorgt, und seine Lehrer hatten es ihn nicht fühlen lassen, daß er jüdischen Geblütes war. Er durfte Arzt werden und helfen. Am meisten bedrückte ihn, daß sein Wissen nicht ausreichte und daß er, je älter er wurde, vor immer unergründlicheren Rätseln stand. Seit er den Infanten behandelt hatte, war es in der vornehmen Gesellschaft Mode geworden, Don Montes zu rufen, und so war er mit den Jahren ein begüterter Mann geworden.

Weniger Glück war ihm in seiner Familie beschieden gewesen. Seine Frau war in jungen Jahren gestorben. Selten nur, in Träumen, erstand ihr Bild wieder vor ihm. Auch mit seinem einzigen Sohn hatte er nicht viel Glück. Diego war weder zum Studium noch zu irgendeiner nützlichen Arbeit zu haben gewesen, frühzeitig hatten ihn absonderliche Ideen beherrscht, glaubte er, die Schranken zwischen Marranen und Christen endgültig niederreißen zu müssen, wollte Priester werden und war nach Rom gezogen. Joseph hatte damals gelitten. Niemals war er darüber hinweggekommen, daß sein eigener Vater, Israel, am Scheiterhaufen sein Leben hatte lassen müssen. Kein Wunder also, daß er sich den Wünschen seines Sohnes Diego gegenüber ablehnend verhielt. Der junge Mensch, besessen von seiner Idee, war eines Tages aus der Stadt verschwunden. Jahrelang hatte Joseph nur über Umwege von ihm gehört, daß Diego Franziskaner werden wolle, im Dienste des Papstes stehe, namens der Kurie Prozesse gegen jüdische Schriften anhängig mache und ähnliches mehr. Eines Tages, nachdem er viele Jahre gar nichts mehr von ihm gehört hatte und ihn schon fast verloren gab, war Diego in Lissabon erschienen und hatte sich ihm zu Füßen geworfen. In seinen Armen hatte Diego ein kleines, süßes Knäblein getragen, Ernesto, seinen Sohn. Langsam und bruchstückweise hatte Diego aus seinem bewegten Leben erzählt, von den Kämpfen, die er in fremden Landen bestanden hatte. Das Knäblein sei ihm, erzählte er, von einer jungen und schönen Jüdin geboren worden. Und bei verschlossenen Türen gestand Diego seinem Vater Joseph: Er selbst sei auch zum Judentum zurückgekehrt, endlich habe er die wahre Aufgabe seines Lebens gefunden. Er müsse die Marranen zum Judentum zurückführen, denn es gäbe keine Verschmelzung zwischen Juden und Christen, niemals würden die Christen die Juden als voll- und gleichwertig anerkennen, solange Rohheit und Gewalt die Welt regierten. Vielleicht sei es der Gedanke Gottes, die Menschen durch das Beispiel des Leids, das ein kleines Volk seiner Religion wegen standhaft ertrage, zur Menschlichkeit zu führen.

Joseph hatte den Kopf geschüttelt. Nein, er verstand seinen Sohn nicht. Er war ihm zu maßlos, früher und jetzt. Aber es war ihm doch lieber, den Sohn auf diesem Weg zu wissen als auf dem anderen, und so ließ er ihn gewähren. Diego mußte sein Judentum verleugnen, wenn er in Portugal bei seinem Vater leben wollte. Als Sohn des berühmten Mannes fand er leicht Eingang bei den angesehenen Familien der Stadt. Insbesondere hatte er sich mit dem Kaufmann Jacob Tirado angefreundet. Immer steckten die beiden zusammen, hatten Geheimnisse aller Art, waren in vielfältige Unternehmungen verstrickt. Oft hatte Joseph um seinen Sohn gezittert, denn er ahnte, welchen Zwecken die geheimnisvollen Reisen dienten, auf die Diego häufig ging.

Der erst 55jährige Diego starb unversehens. Er war von einer seiner Reisen heimgekehrt, hatte noch lange mit seinem Freund Tirado gesprochen, und am Morgen hatte man ihn tot im Bett gefunden. Der Vater konnte nicht mehr helfen, seine Kunst war vergeblich. Er ließ es geschehen, daß man seinen Sohn auf dem christlichen Friedhof beerdigte. Er selbst pflanzte das Kreuz aufs Grab des Juden. Sein Herz blieb ruhig dabei, er fühlte keine Schuld. War es dem Toten nicht gleichgültig? Und konnte es Gott kränken, der nicht nach äußerlichen Dingen richtete? Joseph mußte so handeln, wenn er hier weiterleben wollte.

Diego hatte nie den Namen der Mutter Ernestos genannt. Joseph hatte jedoch in Erfahrung gebracht, daß die Mutter einer Prager Familie entstammte, die auch Ascher hieß. Er hatte Freude mit dem Jungen. Ernesto lernte eifrig, zeigte frühzeitig eine Vorliebe für naturwissenschaftliche Studien und wollte Arzt werden gleich dem Großvater. Es gab nur wenig Geheimnisse zwischen Joseph und seinem Enkelsohn. Als ihm dieser in wohlüberlegten Worten auseinandersetzte, daß er Jude werden wolle, erkannte Joseph, daß in ihm selbst seit langem der gleiche Wunsch geschlummert hatte.

Und dann war er mit Donna Mayor Rodrigues und deren Kindern dem Enkelsohn und dessen Freunden ins neue Land gefolgt, nach Amsterdam. Er fand ein Land, in dem die Juden ruhig leben und ihren Geschäften nachgehen konnten, und er selber wurde als 89jähriger von Mose Uri Halevi ins Judentum aufgenommen, legte den Namen Montes ab und hieß nun wieder Ascher wie seine Vorväter. Aber er fand den Enkelsohn seltsam umschattet und begriff erst allmählich, was vor sich gegangen war. Ernesto liebte die schöne Maria Nunes, aber das Mädchen hatte sich einem anderen Mann vermählt. Der alte Mann lächelte: Liebe? Was war denn das? Er selbst wußte nur, daß es eine Krankheit war, und es schmerzte ihn tief, daß er kein Kräutlein dawider wußte. Er sah Ernesto blaß und hohlwangig, sein Herz krampfte sich darob zusammen, aber er konnte nicht helfen. Gern hätte er gesehen, wenn sich der Junge unter Gleichaltrigen bewegt hätte, aber der saß meist zu Hause, studierte, hockte über Büchern und schien nichts wissen zu wollen vom Leben.

Neben seinen Studien half Ernesto dem Großvater, der immer eifriger und hingebungsvoller einer merkwürdigen Leidenschaft huldigte, der »Familien-Evidenz«, die er über alle Mitglieder der Ascherschen Verwandtschaft führte. Er stand mit den Kindern seiner Brüder und Schwestern in steter Verbindung, aber auch mit deren Kindern und Kindeskindern. Über jeden einzelnen von ihnen führte Joseph genau Buch, und so wußte er, daß die Söhne seiner längst verstorbenen Brüder Salomo und Mose in Deutschland lebten, ein anderer namens Mendel in Polen, wieder ein anderer mit Namen Ludwig in Frankreich, ein Neffe Roberto in Italien, zwei weitere in der Türkei.

Josephs neunzigster Geburtstag nahte. Ernesto hatte an einige der Großvettern geschrieben, von denen er annehmen konnte, daß sie sich in nicht allzu ungünstigen Verhältnissen befanden, und sie gebeten, zum neunzigsten Geburtstag Josephs, des Patriarchen der Familie, nach Amsterdam zu kommen, in die reiche Stadt Amsterdam. Das würde nicht nur dem alten Mann eine Freude bereiten, sondern vielleicht auch ihren Geschäften günstig sein.

II.

Es waren gekommen: Meir Ascher, der Enkel des Mose, aus Deutschland; Emanuelo Ascher, der Sohn Robertos, aus Italien; Mordachei, der Sohn des Mendel, aus Polen; und Gedalja, ein Urenkel der geliebten Schwester Isabella, aus der Türkei. Joseph wurde nicht müde, nach allen Verwandten zu fragen. Er nahm seine Aufzeichnungen zur Hand, verbesserte, trug Einzelheiten nach, strich Namen und Daten, Stunde um Stunde.

Am Vorabend des Geburtstages saßen sie um den alten, runden Tisch. Jeder, so hatte es Joseph festgesetzt, sollte vom Leben in dem Lande berichten, aus dem er gekommen war.

Gedalja wußte wunderliche Dinge zu erzählen. Im großen und ganzen, so begann er und trank bedächtig den herben Wein, sei es den Juden bis vor kurzem in der Türkei gut ergangen. Mancher habe es zu hohem Ansehen und geachteter Stellung gebracht. Wohl keiner sei aber so weit aufgestiegen wie einer der Marranen aus Portugal, nämlich Joseph Nassi, der sich die Gunst des Sultan Soliman in so hohem Maße erworben hatte, daß ihn dieser zum fränkischen Bey machte und mit Geld und kostbaren Geschenken überhäufte. Nassis Einfluß sei so groß geworden, daß die Gesandten der christlichen Höfe bei ihm antichambrieren und sich zähneknirschend vor ihm beugen mußten. Nicht genug rühmen konnte der Erzähler Nassis Freigebigkeit gegen Juden, den Großmut, mit dem er sich der ärmsten seiner Brüder annahm, seine Verbundenheit mit dem Judentum. Natürlich habe Nassi Feinde. So hätten die Gesandten der christlichen Staaten nichts unterlassen, ihn zu verderben, und hätten es sogar verstanden, türkische Würdenträger aus der Umgebung des alten Sultans gegen den jüdischen Emporkömmling einzunehmen. Aber Selim, der nach Solimans Tod den Thron bestieg, machte Joseph Nassi zum Herzog von Naxos und beschenkte ihn mit zwölf Inseln, darunter Andros, Faros, Antiparos, Melos.

Gedalja spielte mit einem erlesenen Goldring, in dessen Mitte ein mächtiger Edelstein glitzerte, und bekräftigte: »Ja, es ist die Wahrheit! Und so durften wir es erleben, daß einer von uns, ein Jude, einen Befehl erlassen konnte, der mit den Worten begann: ›Wir, Herzog des Ägäischen Meeres, Herr von Andros usw.‹ Und das war ein Marrane gleich uns und hat fortmüssen aus Portugal gleich uns!«

Und er erzählte weiter: Wie der Herzog immer höher gestiegen sei, wie über sein Betreiben der Feldzug gegen Venedig zustandegekommen, wie man Zypern den Venetianern entrissen habe, und wie das stolze Venedig sich rächen und die Juden Venedigs austreiben wollte, diesen Beschluß jedoch wieder rückgängig machen mußte, um es sich mit dem Herzog nicht zu verderben.

Doch nicht nur Joseph Nassi habe es so weit gebracht. Auch Nathan Salomo Aschkenasi sei hoher türkischer Würdenträger, übe als Vertrauter des Großwesirs großen Einfluß auf die Handlungen der türkischen Regierung aus und habe es sogar zum türkischen Botschafter in Venedig gebracht. Er habe die Zurückziehung des bereits unterzeichneten Ausweisungsdekretes erwirkt, ja, der Doge habe ihm nach Beendigung seiner Mission noch ein Geschenk von zehn Pfund Gold mitgegeben und versprochen, den Sohn Aschkenasis, der in Venedig verblieben sei, mit aller Aufmerksamkeit zu behandeln.

Gedalja schloß seinen Bericht: »Wir sind in einem merkwürdigen Land, ihr könnt euch kaum eine Vorstellung machen. In der Türkei gibt es alles zugleich, die Gegensätze sind schrecklich. Ihr findet dort Paschas, die so viel Geld haben, daß sie nicht imstande sind, es zu zählen, und ihr findet dort ungeheuer viele Menschen, die ärmer sind als die Ärmsten bei uns, die von Abfällen ihr Dasein fristen müssen. Ihr findet Ungezählte, die so verweichlicht sind, daß es aussieht, als hätten sie kein Mark mehr in den Knochen, und andere wieder leben in asketischer Einfachheit und Enthaltsamkeit. Manche verteilen ihren Reichtum unter die Armen, und andere geben den Bedürftigen nicht, weil es der Wille des Propheten sei, daß der Mensch seinen Unterhalt selbst verdiene. Vielleicht ist das in anderen Ländern auch so. Aber es ist dort gewiß nicht so augenfällig wie bei uns. Wir haben alle unser Auskommen dort, betreiben Handel und Schiffahrt, und es ist uns zu verdanken, daß die Türken so viele und so schöne Schiffe haben wie Venedig. Wir leben in schönen Häusern mit Gärten und Kiosken. Unsere Söhne können lernen, können Ärzte werden, wir haben sogar jüdische Dichter!«

Meir Ascher aus Deutschland sah den Sprecher mit aufgerissenen Augen an, seufzte laut und schwieg. Gedalja hatte sich zurückgelehnt, trank wieder, lächelte und spielte mit seinem schönen Ring.

III.

Mordachei aus Polen sah auf den Ärmel seines schwarzen Kaftans und bemühte sich, einen frischen Fleck wegzuputzen. Doch er hätte sich die Mühe sparen können, denn das Kleid war nicht mehr im besten Zustand und trug die Spuren vieler Mahlzeiten.

Er begann: »Ich bin bald sechzig, aber ich habe es mir nicht nehmen lassen, trotz der weiten Reise zu Euch zu kommen, ich wollte Euch sehen, weil Ihr ein Sohn Israels, ein Enkel Salomos seid, der ein Sohn Baruchs war, welcher ein Sohn Serachjas gewesen ist. Auch mein Ur-Urgroßvater war Serachja, Gott hab ihn selig, und unsere Urgroßväter waren Brüder. Seit hundert Jahren leben wir in Polen. Es ist ein völlig anderes Land, und ich fürchte, ihr alle werdet mich nicht verstehen. Es ist ein großes Land, aber der König hat nicht viel Macht, nicht so viel wie die Starosten, und wenn die gut sind, haben es ihre Juden nicht schlecht, und wenn die schlecht sind, haben es ihre Juden nicht gut. Nur in einem Teil unseres Landes haben es unsere Brüder wirklich schlecht, in den Städten, die von den Deutschen bewohnt sind.«

Zwei Seufzer stiegen auf, Mordachei und Meir seufzten gleichzeitig wie aus einem Munde.

»Das sind Menschen! Sie versuchen, uns zu vertreiben aus unseren Städten, wo wir länger sitzen als sie, sie hetzen die Starosten wider uns, beeinflussen durch den Markgrafen von Brandenburg unseren König, tun uns an, was sie nur können. Und dabei können sie gar nicht sagen, daß wir ihren Christus getötet haben, denn sie selber sind ja keine richtigen Christen, sondern haben eine neue Religion. Die Polen sagen, daß die Deutschen Heiden sind. Aber bisher ist es ihnen nicht gelungen, uns etwas anzutun, sie haben das Ohr des Königs nicht gefunden. Alles wäre besser, wenn es keine Abgesandten der Päpste gäbe! Einmal haben wir einen bösen päpstlichen Nuntius gehabt, Lipomano. Der hat eine Frau gedungen, an Eides Statt auszusagen, die Juden von Sochaczowa hätten eine geweihte Hostie geschändet. Drei unserer guten Juden haben sie in Stricke gelegt und Boten gesandt an König Sigismund, er solle Befehl geben, sie zu töten. Der König hat den Befehl nicht gegeben, im Gegenteil, er hat gegeben den Befehl, die drei in Freiheit zu setzen. Aber was haben getan die Gojim? Sie haben dem Boten den falschen Befehl ausgehändigt, und die drei wurden bei lebendigem Leib verbrannt! Als der König davon erfuhr, soll er zornig gewesen sein. Auch eines Königs Zorn kann die Toten nicht zum Leben erwecken!

Einmal hat einer der mächtigen Gojim den König bewogen, uns Juden das Tragen goldener Ketten und silberner Uhren zu verbieten. Aber da das Wort des Königs nichts gilt, wenn es nicht von den Schlachtschitzen und Woiwoden auf ihrem Gebiet bestätigt wird, und diese gerade Zank hatten mit dem König, haben sie uns das nicht nur erlaubt, sondern uns sogar befohlen, Waffen und Rüstung zu tragen. Haben wir sie getragen, haben uns geschlagen die Männer des Königs, haben wir sie nicht getragen, haben uns geschlagen die Woiwoden und Schlachtschitzen. Es ist nicht leicht zu leben als Jude in Polen, ich könnte mir vorstellen ein größeres Vergnügen!

In Posen leben viele Deutsche. Sie sind eingedrungen in unsere Häuser und haben ungezählte Juden erschlagen. Der König war zornig und hat die Urheber dieser Ruchlosigkeit gestraft. Und diese wieder waren zornig, weil der König uns in Schutz genommen hat, und haben ihren Zorn an uns ausgelassen. Da war der König wieder zornig und hat geschimpft mit dem Woiwoden von Posen, und da war der Woiwode wieder böse und hat gewütet gegen uns und die Deutschen. Später hat er dann versprochen, uns zu schützen. Aber freilich, so ein Woiwode ist ein großer Herr, und große Herren sind nicht billig. Sein Schutz hat Geld gekostet, viel Geld! Aber wo soll man hernehmen all das viele Geld? Man muß es verdienen. Wenn man es aber verdienen will, schreien die andern, daß man sie ausraubt und Wucher treibt. Man hat es nicht leicht als Jude in diesem Lande.

Nun, was kann ich euch noch erzählen von Polen? Wir sind fromm in Polen und lernen. Wir lernen immer und unsere Erstgeborenen studieren den Talmud und gehen auf Disputation. Wir sind stolz, daß wir können einen von unseren Söhnen lassen studieren, und in jedem Haus gibt es zumindest einen Studierten, der kann deuten die Schrift Gottes. Wir lassen sie lernen so viel sie nur wollen, denn wir wissen alle, daß nur Gott das Höchste ist in der Welt! In jeder kleinen Gemeinde haben wir einen großen Rabbi, und mancher von ihnen ist weithin berühmt durch seine Klugheit und seine Gelehrsamkeit. Ja, lernen kann man nur in Polen, und alle eure Rabbis kommen aus Polen, damit versorgen wir die ganze Welt. Habt ihr schon gehört von Schlomo Schachna oder Salomo Luria oder von Mose Isserles? Nun, sagt selbst: Sind die berühmt oder nicht? Und so könnte ich euch noch Hunderte nennen! Alle haben sie Jünger und die Jünger haben wieder Jünger, ist es da ein Wunder, wenn sie mitunter ins Streiten kommen? Worum es da geht, kann ich nicht sagen, denn ich bin ungelehrt; als ich jung war, war es noch nicht Sitte, die Erstgeborenen lernen zu lassen. Ich glaube, sie streiten um den Talmud und um den Sohar und um Sätze aus der Kabbala. In unseren Schulen sind die Lehrer sehr streng mit den Schülern. Wir haben Bachurim, Aufseher, die haben das Recht, die Faulen zu züchtigen. Und wenn ein Halbjahr um ist, ziehen die Lehrer mit ihren Schülern zu den Messen, im Sommer nach Zaslaw oder Jaroslaw und im Winter nach Lemberg oder Lublin. Dort kommen sie zusammen aus allen Teilen des Landes, aus allen Schulen …

Nun, was kann ich euch noch erzählen von Polen? Wir leben so recht und schlecht. Aber wenn es nicht schlechter wird, können wir leben. Und wir sind glücklich dort, weil unserer viele sind, wir trinken nicht so viel Branntwein wie die Polen, und so lange man uns beten läßt, so lange wollen wir Gott danken und loben, daß er uns geführt hat dorthin …«

IV.

Joseph hatte der Erzählung aufmerksam gelauscht und zu den letzten Worten eifrig mit dem Kopf genickt. »Besser trocken Brot und Frieden denn Braten und Prozesse!« sagte er und bat Emanuelo, den Vetter aus Italien, mit seiner Erzählung zu beginnen. Emanuelo, ein schöner Mann mit tiefen, dunklen Augen und einem sehr gepflegten Vollbart, legte sichtlich Wert auf gewandte Rede. Ein wenig mitleidig und hochmütig behandelte er seine übrige Verwandtschaft, es war offensichtlich, daß er sich auf einer höheren Stufe der Entwicklung wähnte.

»Wie könnte ich mich messen mit meinen gelehrten Verwandten aus dem Osten? Ich fürchte sehr, daß ich euch langweilen werde! Wir sind in Italien weit verbreitet, ich vermag euch die Zahl meiner Vettern, Basen, Nichten, Neffen und Großneffen gar nicht zu nennen. Wir leben im Norden und Süden, im Westen und Osten des Landes. Mein Beruf bringt mit sich, daß ich viel herumkomme. Es ist ein herrliches Land, das schönste unter der Sonne! Im allgemeinen glaube ich nicht, daß die Menschen viel gegen uns Juden hätten, wenn nicht die Pfaffen sie immer wieder aufwiegelten! Und der Pfaffen gibt's leider genug! Zuerst habe ich in Neapel gelebt, wo ich geboren bin. Als ich klein war, wollte man uns einmal von dort ausweisen. Da haben die Juden Geld gesammelt und mit dem Geld die Mächtigen am Hofe des Kaisers bestochen, dem Neapel gehört. Man hat uns Merkzeichen an die Kleider genäht und eine Menge Verordnungen gegen uns erlassen, wer sie nicht einhielt, wurde bestraft, zum Tode verurteilt, das Vermögen konfisziert. So haben wir gelernt, daß man unter deutscher Herrschaft nicht leben kann und sind ausgewandert. Mein Vater selig zog mit uns nach Ferrara, weil der Herzog Ercole als Freund der Juden galt. Soweit ich mich entsinne, ging's uns dort auch ganz gut, aber es gab keine Verdienstmöglichkeit, und wir waren 14 Kinder. Also zogen wir weiter. Diesmal nach Genua. Wir waren kaum ein paar Monate dort, als die Dominikaner wieder gegen uns hetzten, und der Doge Doria unterzeichnete ein Ausweisungsdekret. Wir zogen also nach Rom und kamen gerade zurecht, als man dort die jüdischen Bücher verbrannte. Es war kein schöner Empfang. Und bald ging es wieder gegen die Juden los! Ein reicher und habsüchtiger Christ hatte ein Kind getötet, um es zu beerben, und es verstanden, den Verdacht auf die Juden zu lenken. Wir haben in diesen Tagen alle um unser Leben gezittert. Später hat man zwar den richtigen Mörder entdeckt, aber uns Juden hatte man für alle Fälle ausgeraubt. Dann hat Papst Paul IV. – nicht genannt soll er werden! – seine berüchtigte Bulle erlassen. Wir mußten Geld geben, damit unsere Kinder in Christo erzogen werden, alle Synagogen bis auf eine einzige wurden zerstört, wir durften bei strengster Strafe nur im Ghetto wohnen. Jeder Umgang mit Christen war uns überhaupt verboten. Wir mußten grüne Barette tragen und unsere Frauen und Schwestern grüne Gesichtsschleier. Den jüdischen Ärzten wurde es verboten, Christen Hilfe zu leisten, Grundbesitz mußten wir verkaufen, und ihr könnt euch vorstellen, was wir bekommen haben. Hatten wir aber verkauft, hieß es, wir hätten nur zum Schein verkauft, und aus Strafe dafür nahm man uns den Erlös und sperrte uns obendrein in den Kerker. Wir wurden zu allen möglichen Zwangsdiensten herangezogen, mußten Flüsse eindämmen, Stadtmauern ausbessern und dergleichen mehr, bezahlt bekamen wir nichts. Eines Tages hat der Papst milden Herzens sogar den Befehl erlassen, die Wohnstätten der Juden in Brand zu setzen, doch Kardinal Farnese hat ihn gerade noch zum Widerruf veranlaßt. Viele von uns hat man zu dieser Zeit auf die Insel Malta transportiert, die meisten sind dort elend zugrunde gegangen. Wir zogen nach Ancona. Es hieß, Herzog Guidobaldo sei den Juden besser gesinnt. Aber er war nur ein schlauer Kaufmann, er wollte, daß die Türken ihren Handel über Pesaro lenkten, und das sollten wir Juden für ihn durchsetzen. Die türkischen Juden wollten uns helfen. Später aber erkannten sie, daß sie damit nur dem Kirchenstaat halfen, und da sie den Feinden der Juden nicht auch noch zu wirtschaftlicher Blüte verhelfen wollten, brachen sie den Warenverkehr über Ancona und Pesaro wieder ab. Und so hat uns der judenfreundliche Herzog Guidobaldo prompt ausgewiesen.

Mit dem Schiff wollten wir ostwärts. Aber wir machten die Rechnung ohne den Stellvertreter Gottes auf Erden. Päpstliche Schiffe machten Jagd auf uns; wer in Gefangenschaft geriet, wurde als Sklave behandelt. Wir hatten Glück. Man muß eben Glück haben, sonst kann man als Jude nicht leben. Wir kamen nach Cremona. Zuerst ging es uns gut dort. Aber dann begannen die Dominikaner einen neuen Feldzug gegen die Juden. Sie verbreiteten Schriften, in denen das Volk geradezu aufgefordert wurde, die Juden totzuschlagen. Zu dieser Zeit aber starb gerade der Papst. Die Römer haben ihn verwünscht und seinem Standbild einen Judenbart angeklebt. Der nächste Papst, Pius IV., gestattete, daß wir uns wieder im Kirchenstaat ansiedeln, Besitz bis zu 1.500 Dukaten erwerben und auch andere Geschäfte betreiben dürfen, als nur mit alten Kleidern zu handeln. Sogar mit Christen zu verkehren war uns erlaubt. Doch leider starb der gute Papst nur allzubald. Was uns der vierte Pius erlaubt hatte, verbot uns der fünfte. Wieder wurden wir verjagt, bald aus der einen, bald aus der anderen Stadt, aus Genua, aus Mailand. In Bologna wurden die Juden ausgeplündert und eingekerkert, wieder einmal wurden wir aus dem gesamten Gebiet des Kirchenstaates ausgewiesen, mit Ausnahme von Rom und Ancona. In der wider uns erlassenen Bulle hieß es, wir trieben Wucher und verführten die Christen durch Zauberei. Wir haben uns dann im Verlauf der Dinge wieder nach Ferrara gerettet. Die Pfaffen schwören, sie würden nicht ruhen, bis der letzte Jude lateinischen Boden verlassen hätte. Um es offen zu sagen, ich bin nicht nur hierhergekommen, um Euch den Glückwunsch meines Zweiges unserer großen Familie zu überbringen, sondern auch um zu untersuchen, ob wir nicht hierher ziehen könnten oder in die Türkei oder irgendwohin. Hundert Jahre leben wir in Italien, man liebt das Land, die Sprache, die Luft, und man liebt, trotz alledem, die Menschen! Freilich, wenn es nicht bald besser wird …«

V.

Nun begann Meir Ascher, ein Mann von ruhig-stiller Gemütsart, etwa sechzig Jahre alt, kleingewachsen, zart, mit schmalem Gesicht, gelblicher Hautfarbe: »Ich komme aus dem dunkelsten Winkel Europas, aus Deutschland. Es besteht aus vielen kleinen Ländern, in denen Menschen leben, die annähernd die gleiche Sprache sprechen. Sie sind gar nicht wesensgleich, aber weil sie sich untereinander verständlich machen können, glauben sie alle, Deutsche zu sein, obschon die im Norden lebenden die im Süden lebenden hassen und umgekehrt. Ich fürchte, die Deutschen werden nie so werden wie die übrigen Menschen. Wie soll ich das erklären? Wenn ihr einen Deutschen anseht, sieht er genau so aus wie ein Mensch in Italien, in Frankreich oder in anderen Ländern. Wenn ihr ihn näher kennenlernt, werdet ihr empört ausrufen: ›Ihr verleumdet den Deutschen! Er ist ein reinlicher, arbeitsamer, fleißiger Mensch und weiß so viel wie ein Italiener, ein Franzose oder irgendwer, er ist sogar noch klüger und tüchtiger!‹ Redet mit dem einzelnen Deutschen, ihr werdet begeistert sein! Ich sprach mit Bauern, Handwerkern, Händlern, jeder versicherte mir, daß er nichts gegen die Juden habe. Bringt ihr sie aber zusammen, dann geschieht etwas: All ihre guten Eigenschaften sind dahin, zurück bleibt der Barbar, grob, unbesonnen, gewalttätig. Das ist nur erklärlich, weil der Deutsche jedem folgt, der ihm befiehlt! Und alle befolgen die Befehle genau, es ist ihnen egal, was befohlen wird! Ich bin überzeugt, sie täten auch das Gute, wenn man es ihnen anschaffte, und wären wahrscheinlich die besten Menschen der Welt. Da die Deutschen alles, was sie tun, gründlich tun, sind sie auch im Schlechten gründlich. Vergießen sie Blut, vergießen sie es in Strömen.

Wir alle kommen aus Spanien und wissen, daß man Zehntausende bei lebendigem Leib verbrannt hat. Aber unsere Mörder glaubten immerhin, unsere Seelen retten zu müssen. In Deutschland werden zum Spaß Judenjagden veranstaltet, regelrechte Jagden! Wir müssen in den Wäldern Verstecke suchen, dann spürt man uns mit Hunden auf … Da aber die Deutschen für alles ihre guten Gründe haben müssen, sagen sie, daß wir geweihte Hostien geschändet und Christenkinder getötet haben. Immer wieder werden wir dessen angeklagt, immer wieder verdächtigt, das Blut von Christenkindern zur Herstellung ungesäuerten Brotes zu verwenden. Wir bekennen dann unserem Gott unsere Sünden und sterben freudig für ihn. Wir werden ausgewiesen, heute aus dieser und morgen aus jener Stadt, man schwört uns fünfjährigen ungehinderten Aufenthalt und verjagt uns nach fünf Wochen, nachdem man uns vorher gewissenhaft ausgeplündert hat. Daß ich noch am Leben bin, ist ein Wunder! Vor zwei Jahren erst wurde ich zum letzten Male ausgewiesen. Ich wohnte mit meiner Familie in Nürnberg. Man verklagte uns beim Kaiser Maximilian des Wuchers, wir mißbrauchten die Christen, wir vermehrten uns zu rasch. Und die das alles vertraten, waren kluge und gebildete Deutsche, nicht etwa unwissendes Volk. Aufgeklärte Menschen, die sich Humanisten nannten. Und als der Kaiser ihnen unter der Voraussetzung, daß alle unsere Häuser, Synagogen, ja sogar der Friedhof dem kaiserlichen Fiskus zufielen, bewilligte, uns auszutreiben, räumten uns die Humanisten eine Frist von vier Monaten ein, die sie gnadenhalber verlängerten, wobei diese Fristerstreckung teuer bezahlt werden mußte. Aber nicht nur wir Nürnberger Juden erlitten dieses Los, sondern auch die von Ulm, Nördlingen, Kolmar, Magdeburg und vielen anderen Städten. Man kann in deutschen Landen nicht auf der Landstraße wandern, ohne den traurigen Gestalten unserer Brüder mit ihren Bündeln am Rücken zu begegnen.

Sie haben einen neuen Propheten, der die Bauern aufgefordert hat, uns zu stechen und zu schlagen und zu würgen, wo man uns trifft. Er sagt, es bedürfe keines Beweises für die Schlechtigkeit der Juden, sonst hätte man sie nicht durch Jahrhunderte verfolgt. Das sei Beweis genug. Er nannte uns Verdammte, Bluthunde, giftige Ottern, rachgierige, hämische Schlangen. Niemand halte uns in Deutschland, so sagt er, die Straßen stünden uns offen, ja sie würden uns noch ein Geschenk geben, wenn wir nur fortzögen aus Germanien, denn wir seien Plage, Pestilenz und Unglück für sie. Er hat öffentlich gepredigt, daß wir Juden es nicht als Sünde betrachten, die Christen zu bestehlen, zu berauben oder gar zu töten. Man müßte uns alle Gebetbücher nehmen, uns das Beten, ja das Aussprechen des göttlichen Namens verbieten, unseren Rabbinen das Lehren untersagen, uns aller Barschaft berauben, müßte alle jüdischen Männer und Frauen zur Fronarbeit verhalten. Und er ermahnte die Christen, keine falsche Barmherzigkeit für die Juden zu empfinden, und ermahnte seine Pfarrer, die Gemeinden mit Haß gegen die Juden zu erfüllen. Ja, er meinte, wenn er nur Gewalt hätte, er würde allen jüdischen Gelehrten die Zunge aus dem Munde schneiden. Seht ihr, das ist Martin Luther, der Apostel der Deutschen!«

»Verzeiht, daß ich Euch unterbreche!« sagte Joseph. »Auch ich habe von dem Mönch Luther gehört. Aber ich kenne einen anderen Ausspruch des Mannes. Er sagte, daß er lieber ein Schwein sein würde als ein Katholik. Denn die Katholiken behandelten die Juden wie Hunde und nicht wie Menschen. In Wirklichkeit aber wären die Juden das Salz der Erde, durch sie allein habe der Heilige Geist der Welt die Heilige Schrift gegeben. Und er fügte hinzu, er rate, die Juden freundlich zu behandeln. Ist das derselbe Luther, von dem Ihr sprecht, mein lieber Meir?«

»Jawohl, der dies sagte und jenes, es ist ein und derselbe. So sind die Deutschen. Sie verkünden eine Wahrheit und ihr Gegenteil mit der gleichen Überzeugung, sie erhitzen sich heute für die eine Sache und morgen für die entgegengesetzte. Und sie werden beides mit der gleichen Überzeugung, der gleichen Hingabe tun! Sie werden sich immer den Befehlen ihrer Führer gemäß schlagen, aber leider sind all ihre Gewaltigen gleichermaßen zwiespältig wie unweise, gewaltliebend wie beschränkt, ungütig wie unduldsam …

Jetzt lebe ich mit meiner Familie in Frankfurt, es ist eine schöne Stadt, man duldet uns. Weiß ich, wie lange? Auch ich bin hierher gekommen, nicht nur um Euch zu gratulieren, geliebter Oheim, sondern um zu sehen, ob da nicht ein Platz wäre für meine Söhne und Enkelkinder. Nicht für mich, nicht für mich! Ich bin dort in Deutschland geboren, ich spreche ihre Sprache, mich kann man nicht mehr verpflanzen. Aber vielleicht meine Enkel. Doch manchmal glaube ich, man sollte noch weiter …«

VI.

Die Gäste waren gegangen. »Wollt Ihr nicht schlafen, Großvater?« fragte Ernesto.

»Nein, mein Kind«, erwiderte der Alte. »Wie könnte man ruhen, wenn man all das Elend gehört hat? Komm, laß uns noch ein Schlückchen von dem Wein trinken. Du warst so still während des Abends. Was ist mit dir?«

Joseph betrachtete den Enkelsohn und sagte dann: »Ich will nicht in dich dringen, Kind. Ich ahne, was dir fehlen mag. Leider kann auch ich dir nicht helfen. Und nun gar bei deiner Krankheit! Ich habe nie an ihr gelitten. Vielleicht wäre es schöner gewesen, wenn ich auch den Schmerz der Liebe kennengelernt hätte, und oft mußte ich denken, daß ich arm sei, weil ich ihn nie erfahren habe. Wenn du auch noch kein fertiger Arzt bist, so viel wirst du doch wissen, daß die Beobachtung unsere beste Helferin ist neben der Erfahrung und der Erkenntnis. Und siehst du, ich habe beobachten können, daß diese Krankheit vorübergeht, oft schneller als man glaubt. Es ist nicht gut, daß du in dieser Stadt lebst, in der du der Ursache deiner Krankheit täglich begegnest, wo du mit Maria sprichst und ihren Gatten siehst und bald deren Kinderchen. Wie wär's, wenn du in ein anderes Land zögest. Du kannst an der Hohen Schule in Bologna studieren oder an der in Padua. Und wenn man dort im allgemeinen die Juden nicht gern sieht, Juden mit Geld wird man schon nichts zuleide tun. Aber du kannst auch anderswo studieren, mein Sohn, nur ziehe fort von hier!«

»Ich glaube, ich könnte woanders nicht leben!« wehrte sich Ernesto und blickte zu Boden.

»Willst du die Wunde täglich aufs neue aufreißen? Und du willst ein Arzt werden? Nein, glaube mir, du sollst weg von Amsterdam!«

»Und Euch sollte ich allein lassen?«

»Was liegt denn an mir? Ich bin neunzig. Und weiß Bescheid um mich. Du mußt weg! Hier wirst du nicht mehr froh, hier wirst du nie heiraten können!«

»Ich werde nie heiraten!« rief Ernesto.

»Pst, pst, pst!« machte der Alte. »Natürlich wirst du heiraten. Ich habe keinen anderen Sohn, du bist mein einziges Enkelkind, Ernesto!«

Das achte Intermezzo

Eines Tages begegnete Doktor Ascher auf der Straße seinem ehemaligen Kollegen Doktor Maschler, und es fehlte nicht viel, so wären einander die beiden Männer, die sonst nicht gut miteinander gestanden waren, in die Arme gefallen. Doktor Maschler erzählte, daß er beabsichtige, einige der Schicksalsgenossen zu sich zu bitten. Doktor Ascher gab zu bedenken, daß derartige Zusammenkünfte gegenwärtig nicht ungefährlich seien, aber Doktor Maschler wußte in seiner lebhaften Weise derlei Bedenken zu zerstreuen. Und schon ein paar Tage später erhielt der Rechtsanwalt eine förmliche Einladung zu der Zusammenkunft.

Doktor Maschler war noch immer im Besitz seiner schönen Wohnung in der Nähe des Votivparks. Hier war noch alles wie eh und je, Teppiche, Silber, Bilder; auch an Geld schien es nicht zu fehlen.

»Mich werden die so bald nicht wieder einsperren!« sagte Maschler. »Ich stehe unter dem persönlichen Schutz eines mächtigen Nazi, von dem ich allerhand weiß. Natürlich möchte er mich am liebsten unschädlich machen, wozu er ja auch die Macht hätte. Aber er fürchtet, daß ihm das nicht viel nützt. Denn ich habe ihm beizubringen verstanden, daß gewisse Aktenstücke dann erst recht zum Vorschein kämen.«

In einem der großen, hohen Zimmer saßen also nun Doktor Marek, der Rabbiner, der Journalist, Doktor Nathanson, Doktor Ascher und der Hausherr beisammen. Die meisten schienen recht gealtert, neue Sorgenfalten hatten sich zu den alten gesellt, die Gesichter waren eingefallener und fahler als früher. Die Tochter Maschlers servierte Tee. Sie war überaus schmal und schlank und nicht gerade schön. Dennoch fesselte sie Doktor Ascher, er wußte selbst nicht weshalb und warum. Sie war übermäßig geschminkt. Unwillkürlich verglich er sie mit der schlichten Einfachheit Evas. Lilli, die Tochter seines Kollegen, spürte sein Interesse, bediente ihn mit Aufmerksamkeit, nahm an seiner Seite Platz und zeichnete ihn sichtlich vor den anderen aus. Sie sah ihm in die Augen, tiefer als sonst üblich, und Doktor Ascher errötete und kam sich untreu vor.

Doktor Maschler rief: »Ich bin dafür, daß jeder von uns seine Pläne für die nächste Zukunft erzählt. Vielleicht kann einer vom anderen lernen. Ich will mit meiner Tochter nach Amerika. Ich warte eigentlich nur noch die Erledigung lästiger Formalitäten ab. Ich wollte ursprünglich gar nicht fort. Ich bin in Wien groß geworden, hier habe ich ein reiches, schönes Leben genossen. Aber nun habe ich genug von all dem, ich habe die Nase voll von dem ungeheuerlichen Dreck und Gestank, der diese herrlich linde Wiener Luft verpestet! Hat einer von euch, meine Herren, irgendetwas von unserem sudetendeutschen Professor gehört? Ich konnte seiner nicht habhaft werden. Nun wird er ja bald restlos glücklich sein, denn wenn nicht alles täuscht, wird der große Raubzug bald gelungen sein, und das teure Vaterland unseres lieben Professors, das schöne Deutschböhmen, wird bald als Sudetengau in den Diebssack gesteckt sein ...«

»Geben Sie acht auf Ihre Worte«, sagte Doktor Ascher. »Die Tschechen sind keine Österreicher, die werden sich nicht so einfach ergeben!«

»Vater!« rief Lilli. »Ich merke, daß du ausfallend zu werden beabsichtigst! Der Herr Doktor scheint naiv zu sein, und du weißt doch, daß ich immer eine Vorliebe für naive Männer gehabt habe!«

»Eine zu ausgedehnte Vorliebe, mein Kind«, rief Maschler. »Wenn ich Ihnen einen Rat geben darf, dann lassen Sie sich nicht von meiner Tochter protegieren! Im übrigen glaube ich, daß der Raubzug schon gelungen ist, während wir da reden. Heute abend spricht ja der Führer persönlich im Radio!«

»Ich werde leider nicht so bald von Wien fort können«, sagte der Rabbiner. »Man hat gestern meinen Bruder eingesperrt! Ich weiß zwar, daß ich meinem Bruder nicht helfen kann, aber doch vermag ich nicht, ihn hier eingesperrt zu lassen und fortzugehen!«

Doktor Ascher bat: »Würden Sie uns nicht erzählen wollen, wie sich das alles zugetragen hat?«

»Mein Gott, es ist nicht viel zu erzählen«, sagte der Rabbiner. »Vor drei Wochen, ich war noch nicht lange aus dem Gefängnis entlassen, holten mich einige junge Leute aus meiner Wohnung. Sie hängten mir ein unanständiges Plakat um den Hals, ich mußte auf offener Straße eine Predigt halten, und sie grölten dazu und schlugen mich. Und dann haben sie mich gezwungen, ihre Schuhe zu reinigen. Juden, die vorbeigingen, wollten mir helfen und baten, die Arbeit für mich verrichten zu dürfen. Statt einer Antwort prügelte man sie nur, und so mußte ich Stiefel putzen, bis ich umfiel. Nun, es war nicht so arg.«

Doktor Marek sagte tief überzeugt, als hätte er eben die Entdeckung gemacht: »Das sind wirklich keine Menschen mehr!«

Der Journalist hatte sich eine dicke Zigarre angesteckt und blies jetzt den Rauch in schönen, gleichmäßigen Ringen aus dem Mund. Jetzt stand er auf und ging, als befände er sich in seiner eigenen Behausung, hin und her, wobei er sagte: »Es war immer unser Irrtum, daß Deutschland in Europa liegt. Wir waren versucht zu glauben, daß die Deutschen, weil sie gut funktionierende Wasserklosetts in ihren Wohnungen haben und Zahnpaste benützen, Europäer sind. Das war der Irrtum. Wir dachten, daß sich auch die Deutschen aufwärts entwickeln. Es ist unbestritten, daß die Deutschen schon einmal weiter waren als heute. Sie haben eine rückläufige Bewegung gemacht, während die anderen in natürlicher Entwicklung vorwärts schritten!«

»Tut ihr nicht den vielen anständigen Deutschen Unrecht?« fragte der Rabbiner.

Doktor Maschler fuhr dazwischen: »Zeigen Sie mir doch die anständigen Deutschen! Bitte, zeigen Sie mir von den siebzig Millionen nur eintausend anständige Männer, die dem Beispiel eines Niemöller gefolgt wären, zeigen Sie mir auch nur zweihundert! Wo sind sie?«

»Sie sind unterdrückt wie wir selber. Sie vermögen nicht, sich zu rühren. Sie sind überwältigt worden von diesen Räubern!«

»Das reden wir Juden uns bloß ein, Herr Rabbiner!« rief Doktor Ascher, der sehr gegen seinen Willen überlaut sprach und fast ins Schreien geriet. »Das wollen wir glauben, weil wir Deutschland noch immer lieben und weil wir so viel Bosheit, so viel Zerstörungswut, so viel Barbarei einfach nicht fassen können. Aber in Wirklichkeit liegt das alles ganz anders. Wären die Deutschen ernsthafte Feinde der Barbarei, dann hätte diese gar nicht erst entstehen können! Gewiß wird es da und dort noch Deutsche geben, die mit diesen Untaten nicht einverstanden sind, aber sie haben gerade einmal die Kraft zum Nörgeln. Wären sie Männer, würden sie kämpfen, nicht weil das Unrecht den Juden geschieht, sondern weil es überhaupt geschieht! Was Sie als gute Deutsche bezeichnen, sind nichts anderes als Leute mit trägen Herzen, und die sind ebenso verantwortlich wie die Übeltäter selber!«

»Bravo, bravo!« rief Doktor Maschler, und seine Tochter betrachtete den Anwalt interessiert. »Ich habe Sie gar nicht für so temperamentvoll gehalten, Doktor! Ich bin überrascht!«

»Ich soll nach England kommen«, begann Doktor Marek, putzte seine Brille und sein Kindergesicht war rot vor Aufregung. »Wann das sein wird, wissen die Götter. Ein Engländer, den ich einst behandelte, will für mich garantieren. Ich habe stets von früh bis spät gearbeitet. Wenn Sie um sechs Uhr abends in meine Ordination gekommen wären, hätten Sie noch viele Patienten in meinem Warteraum angetroffen. Jetzt ist alles verödet, und ich erschrecke, wenn es an meiner Türe läutet. Ein jüdischer Arzt darf keinen Christen mehr behandeln, ich bin nicht mehr Doktor der gesamten Heilkunde, sondern jüdischer Heilgehilfe, und mir hat man sogar die Behandlung von Juden verboten. Wissen Sie, was ich neulich in einer medizinischen Wochenschrift las? Man mußte den Juden die Ausübung ihres Berufes an Christen deshalb verbieten, weil ihre Religionsgesetze ihnen vorschrieben, Neuerungen erst einmal an den Christen auszuprobieren. Das stand ernsthaft in einer Zeitschrift, die noch vor einem halben Jahr das Muster einer wissenschaftlichen Revue war. Aber was kommt nach … Und wenn ich in England bin, was dann? Drüben darf ich nicht arbeiten, ich beherrsche die Sprache nur mangelhaft, ich bin ein alter Mann …«

Er schwieg und Doktor Nathanson begann: »Ich habe ein Visum nach China und ein anderes nach Bolivien. Ja, ich bin sehr glücklich, ich habe zwei gültige Visa. Fragen Sie nicht, was das gekostet hat! In China ist Krieg, so werde ich mich wahrscheinlich für Bolivien entscheiden. Es soll ein schönes Land sein. Aber möchten Sie mir nicht sagen, was ich drüben beginnen soll? Ich bin Jurist, mein Spezialfach ist österreichisches Gewerberecht. Ich glaube nicht, daß ich das werde verwerten können. Ein Schwager von mir, gewesener Hofrat im Finanzministerium, lernt Maschinstricken, und mein Freund, Professor der Geographie an einer Mittelschule, wird ebenfalls umgeschult, er lernt Brotbacken. Für mich kommt all das kaum in Betracht, ich bin 56 … Können Sie mir sagen, was ich drüben beginnen soll?«

»Das kann ich Ihnen genau sagen«, sagte Doktor Maschler. »Sie sollen drüben warten, bis der Spuk vorüber ist!«

»So? Und wie lange soll das dauern? Ein Jahr? Fünf? Zehn? Und wovon soll ich leben? Und wer sagt Ihnen, daß wir zurückkommen können? In diese Stadt, in der doch keiner von uns nach all dem Gräßlichen leben möchte, auch wenn er könnte! Aber einstweilen bezweifle ich sogar das!«

»Ich wollte, ich hätte bloß Ihre Sorgen, Herr Professor!« meinte der Journalist. »Sie sorgen sich, wovon Sie drüben leben werden, und ich, wie ich nur hinauskomme. Mir brennt nämlich der Boden unter den Füßen! Ich habe ein schweres Verbrechen begannen! Jawohl, meine Herren, lachen Sie nicht, es ist so. Denken Sie, ich hatte bis vor kurzem ein christliches Dienstmädchen!«

»Nicht möglich! – Mensch! – Unmöglich! Wenn dem so wäre, Sie wären doch schon längst eingesperrt! Sie phantasieren!«

»Wir hatten ein altes Faktotum, das schon bei meinen Eltern im Dienst stand. Am Stichtag, an dem wir sie entlassen hätten müssen, kam die Verfügung, daß wir sie behalten dürften, weil sie Tschechin sei. Nun aber, stellen Sie sich das Pech vor, dieses Mädchen stammt aus dem Sudetengebiet, sie wird also demnächst zur Arierin avancieren. Ich habe sie vorsichtshalber schon vor einer Woche entlassen, aber man will mir einen Strick daraus drehen. Freundliche Nachbarn, die meine Wohnung möchten … Und ich habe kein Visum und weit und breit auch keinerlei Aussichten.«

»Möchten Sie nach China?« fragte Doktor Nathanson. »Ich werde versuchen, ob ich mein chinesisches Visum auf Sie übertragen lassen kann, ich kann ja ohnedies nicht von beiden Gebrauch machen.«

Der Journalist bedankte sich überschwenglich, und während die beiden in einem fachlichen Gespräch über Visa, Durchreiseerlaubnisse und dergleichen begriffen waren, erzählte der Rabbiner den anderen den Fall seines Bruders, der sein Geschäft in Mariahilf noch vor Einsetzung eines Nazi-Kommissärs verkauft hatte, natürlich um einen Pappenstiel. Und obwohl ihm nur eine einzige Rate der lächerlich geringen Kaufsumme ausbezahlt worden war, hatte man ihm nun einen Prozeß wegen Scheinverkaufes angehängt. Doktor Maschler berichtete, daß man einen seiner früheren Konzipienten zu irgendwelchen Befestigungsarbeiten in den Westen Deutschlands verschickt habe. Der junge, feingebildete und zarte Mann sei nun in einem grauenerregenden Zustand heimgekehrt. Und was der Bedauernswerte zu erzählen wisse, sei womöglich noch ärger. Eine Armee von jungen und alten Juden aus allen Teilen des neuen und alten Reiches arbeite dort an Befestigungswällen, Gräben, Schanzen, 12 bis 14 Stunden am Tag, ohne Entgelt, von ihren christlichen Arbeitsgefährten abgesondert, ohne richtiges Dach über dem Kopf, ohne Gewand und Schuhe, im Regen und in der Sonne, mit Schlägen traktiert und ungenügend verköstigt …

Lilli hatte sichtlich gelangweilt zugehört und war zum Radioapparat getreten. Man vernahm ein lang andauerndes, gleichmäßiges Gejohle, das ihnen ins Herz schnitt. Und dann erscholl die Stimme jenes Mannes, den die Brüllenden und Tobenden für ihren Führer hielten. Doktor Ascher hätte am liebsten den Apparat in sinnloser Wut zerdroschen. Die Stimme verletzte ihn. Sie schmerzte ihn rein körperlich, sie schlug ihm Wunden, aber er nahm sich eisern zusammen und schwieg. Er wollte nicht hören und zwang sich, an anderes zu denken. Heiser kam es aus dem verfluchten Apparat:

»Wir wollen gar keine Tschechen in unserem Land … Ich habe keine territorialen Forderungen mehr an Europa … Wenn wir es nicht bekommen, dann holen wir es uns!«

»Aufhören! Augenblicklich aufhören, oder ich schlage alles kurz und klein!« Ascher warf sich auf Doktor Maschler, der ihm in den Weg trat. Aber da hatte der Rabbiner endlich den Apparat abgestellt.

Alle waren auf den Tobenden zugetreten und sprachen auf ihn ein. Lilli betrachtete ihn seltsam lächelnd durch ihr Lorgnon.

Endlich war Doktor Ascher zu sich gekommen. Er schämte sich und bat zerknirscht um Verzeihung. Aber man überging den Zwischenfall und sprach sogleich von anderen Dingen. Bald nachher verabschiedete man sich voneinander. Sie konnten nicht alle gleichzeitig das Haus verlassen, weil dies zu auffällig gewesen wäre. Als letzte verließen Doktor Ascher und der kleine Doktor Marek die Wohnung. Lilli begleitete sie über die Treppe zum Haustor. Im Finstern flüsterte sie dem Anwalt zu: »Ich hätte Ihnen dieses Temperament nicht zugetraut, Doktor! Wie interessant! Wie man sich in Männern irren kann, auch wenn man einige Erfahrung zu besitzen glaubt! Sie dürfen mich gelegentlich einmal anrufen!«

Und als ihr Ascher die Hand reichte, fühlte er, wie lange zarte Finger seinen Handteller streichelten.

Neuntes Kapitel
Vinzenz Fettmilch und Doktor Chemnitz

I.

Der Lebkuchenbäcker Vinzenz Fettmilch hatte die Innungsvorstände und Zunftmitglieder um sich versammelt. Wieder einmal wollte er eine Rede halten, und er freute sich darauf, denn er hörte sich gern reden. Es war so schön, auf dem Podium zu stehen und sagen zu können, was man dachte, und seiner eigenen Stimme zuzuhören. Ja, der Lebkuchenbäcker Vinzenz Fettmilch liebte seine Stimme innig, denn sie war es, die ihm Macht über andere Menschen gab, dieser Stimme allein hatte er seinen Aufstieg zu verdanken, sie allein hatte ihn so emporgehoben, daß er heute den entscheidenden Kampf gegen die Räte seiner Vaterstadt Frankfurt wagen konnte, gegen diese alten und bequemen Herren. Wenn er auf dem Podium stand und merkte, wie die vielen Menschen an seinen Lippen hingen, dann fühlte er, wie kalte Schauer seinen Rücken herabrieselten, er war froh und glücklich wie sonst nur in den immer selteneren Stunden, da er noch die Liebe genoß. Er war ein nüchterner Mann, mäßig im Essen und Trinken, er lebte nur, um zu reden, nichts in seinem Leben war ihm wichtiger.

Auch die Zuhörer kamen sehr wohl auf ihre Rechnung. Die meisten dieser ehrlichen Schuster und Schmiede, Schneider und Gerber, Metzger und Barbiere, Bäcker und Färber waren stolz, daß einer von ihnen, ein gewöhnlicher Lebkuchenbäcker, besser sprechen konnte als die Pfaffen und studierten Herren vom Magistrat. Ja, dieser Mann hier war Fleisch von ihrem Fleische und Blut von ihrem Blute. Auch was er sagte, war ganz und gar nach ihrem Sinn und Geschmack. Vinzenz Fettmilch kannte nur ein Thema: den Kampf gegen die Juden. Wenn er gegen sie wetterte, dann war sein Gesicht verwandelt, seine Augen funkelten und glänzten wild. Er wollte, daß alle Juden aus Frankfurt vertrieben würden, ja daß man sie alle umbringen möge. Der erste Teil des Programmes gefiel den Zuhörern sehr wohl. Wozu brauchte man in Frankfurt die Juden? Zwar, die Zünfte fürchteten ihre Konkurrenz nicht, weil sie durch die Frankfurter Judenstättigkeit geschützt waren. Diese verbot den Juden die Ausübung aller Gewerbe ein für allemal! Leider aber hatte man verabsäumt, sich streng daran zu halten. Schon gab es vereinzelte jüdische Metzger, die das Fleisch rituell zubereiteten. Wer weiß, worauf sie morgen verfallen könnten! Nein, es wäre schon besser, man jagte sie aus Frankfurt fort, ehe sie einem noch die ohnedies immer schmäler werdenden Einnahmen vor der Nase wegschnappten.

Zwar gab es auch einige Handwerker, die sich den Plänen Fettmilchs widersetzten und sie sinnlos fanden, weil man sich der besten Steuerzahler beraubte, wenn man ihnen folgte. Aber sie fanden keinen starken Anklang, und selbst ihr stärkstes Argument vermochte nicht viele zu überzeugen: Daß man nämlich, wann immer das Stadtsäckel leer sei, die Juden schröpfen könne, indem man sie mit Ausweisung bedrohe; habe man sie aber einmal ausgewiesen, dann gäbe es kein Schröpfen mehr. Aber die so sprachen, wurden von Fettmilchs Anhängern nur höhnisch verlacht und als »Greise« abgetan, die den Herren vom Magistrat Schützenhilfe leisteten, ja sie wurden sogar öffentlich als Judenfreunde verschrien. Wenn einer der bedächtigen Fettmilch fragte, wie er denn den Entgang an Steuern und Abgaben wettmachen wolle, dann lachte er nur unergründlich und höchst geheimnisvoll und sagte: »Verhelft mir nur zur Macht und ihr sollt sehen, wie ich mir zu raten wissen werde!« Da der Lebkuchenbäcker seine Gegner unter den Handwerkern nicht eben milde behandelte und die Schar seiner Anhänger diese Gegner lärmend als Judensöldlinge verschrie, hatte sich allmählich die Opposition gegen Fettmilch gelegt. Aber damit war dieser noch nicht zufrieden. Er hatte seine ständig wachsenden Anhänger so weit zu bringen verstanden, daß sie nur bei jenen Zunftmitgliedern ihre Einkäufe besorgten, die zu den Versammlungen erschienen. So getraute sich bald niemand mehr auszubleiben.

Der Rat und der Magistrat von Frankfurt sahen dieses Treiben nur höchst ungern. Zwar waren diese Kauf- und Handelsherren sowie die Beamten gewiß keine Freunde der Juden, aber sie glaubten, ihrer zu bedürfen. Einige von ihnen ließen sich auch von menschlichen Gefühlen leiten, und wenngleich ihnen die Juden zuwider waren, so haßten sie doch noch mehr diejenigen, die ihren Tod verlangten. Sie hatten alles aufgeboten, um den Zulauf zu hemmen, den die Versammlungen Fettmilchs fanden. Sie hatten sich sogar an den Kaiser gewandt. Der Monarch hatte Kommissare entsandt, aber da sie ohne Macht waren und keine Soldaten des Kaisers hinter sich hatten, hatte das Vorgehen Fettmilchs Ansehen noch erhöht. Und schließlich kam es bereits so weit, daß einer oder der andere der Räte und Herren vom Magistrat heimlich erklärte, daß an den Ideen Fettmilchs vielleicht doch etwas daran sein müsse. Und da sie nicht nur des Trubels müde waren und es satt hatten, sich überall als in Verwesung befindliche Greise bezeichnen zu lassen, und weil sie überdies fest davon überzeugt waren, daß Fettmilch, wenn man ihn nur an der Macht teilhaben lasse, schon vernünftiger und einsichtsvoller würde, so verringerte sich ihr Widerstand von Tag zu Tag.

Mit der Frankfurter Judenordnung, der sogenannten Judenstättigkeit, hatte man den Juden verboten, christliche Dienstboten und Ammen zu halten, sie mußten ein gelbes Abzeichen tragen, und selbstverständlich durften sie nur im Ghetto wohnen, ihre Häuser mußten außerdem noch besonders bezeichnet werden, etwa »Zum grünen Kranz« oder »Zum roten Schild« oder »Zum Schwarzschild«. Die Juden hatten eine eigene Kopfbedeckung zu tragen, außerhalb des Judenviertels durften sie sich nur in dringenden Geschäften aufhalten, aber keineswegs zwei zusammen, und auch in ihren Vierteln hatten sie sich Beschränkungen zu unterwerfen, mußten zeitig zu Bette gehen, durften keine Fremden beherbergen oder in ihr Spital aufnehmen. Eßwaren durften sie nicht zur selben Zeit mit den Christen am Markte einkaufen. Außerdem war es dem Rate vorbehalten, wann immer es ihm beliebe, jedem Juden die Stättigkeit zu kündigen, in welchem Falle der Ausgewiesene binnen kurzer Frist die Stadt Frankfurt zu verlassen hatte.

»All dies ist nur dazu angetan, um den Übermut der Juden zu stärken!« erklärte Vinzenz Fettmilch die Judenstättigkeit. »Was haben diese noblen Räte getan, statt die Juden endlich härter anzupacken? Wir haben die Schmach erleben müssen, daß sie meine kleine Schrift gegen die Juden verboten haben. Und warum? Was habe ich denn Böses getan, was habe ich Gräßliches geschrieben darin? Nichts anderes als das, was wir alle verlangen und wünschen, nämlich daß man die Juden samt und sonders aus unserer alten Stadt Frankfurt verjage. Aber diesmal haben sich die noblen Herren verrechnet! Sie haben meine Schrift wieder freigeben müssen!

Was macht man uns zum Vorwurf? Daß ab und zu ein Jude ein paar Püffe abbekommt? Was ist denn da schon dabei? Nirgendwo auf der ganzen Welt geht es gesitteter und anständiger zu als bei uns! Wir wollen bloß keine Juden unter uns und unseren Willen zum Ausdruck bringen. Anderswo hat man die Juden erschlagen und gevierteilt.

Wir haben es satt, uns von den noblen Herren weiterhin tyrannisieren zu lassen. Sie haben sich der Hilfe des Kaisers versichert. Als dies nichts nützte, haben sie sich sogar so weit erniedrigt, um die Hilfe des Erzbischofs von Mainz und des Landgrafen von Hessen-Darmstadt zu betteln. Doch auch die Boten und bezahlten Subjekte dieser hohen Herren haben unverrichteter Dinge abziehen müssen. Nun aber haben wir genug! Übergenug! Ich erkläre hier namens der Frankfurter, im Namen des Volkes dieser Stadt: Entweder man weist die Juden binnen Wochenfrist aus, oder wir helfen uns selber! Die noblen Herren mögen es vernehmen: Sie schaffen uns die Pestilenz binnen einer Woche aus der Stadt, oder wir werden das Geschäft selber besorgen, doch dann wird es anders ausfallen, als sie sich das vorstellen! Möge dann aber niemand kommen und uns einen Vorwurf machen, wir schaffen Ordnung im alten Frankfurt! Und dem jüdischen Gesindel rufen wir zu: Hinaus mit euch! Seht zu, daß ihr weiterkommt, rasch, rasch, rasch! Finden wir am 22. August noch einen von euch hier, dann werden wir ihm Beine machen! Geht, wohin ihr gehört – zum Teufel! Oder wir holen euch!«

II.

Der Arzt des jüdischen Hospitals in Frankfurt am Main, Ernesto Ascher, war später nach Hause gekommen als sonst. Er wollte noch seine beiden Söhne sehen, aber Joseph und Amschel lagen schon in ihren Betten. Seine Frau bat ihn, die Knaben nicht zu wecken, sie würden morgen ihre Kräfte benötigen. Ernesto sah seine Gattin an, er fand sie blaß und krank aussehend, ihre Augen lagen tief in den Höhlen. Er war darüber nicht sonderlich beunruhigt, denn die meisten Juden der Stadt sahen nicht besser aus. Erst vor einer Stunde war er selber über sein bleiches Antlitz im Spiegel erschrocken.

»Gibt es Neues?« fragte sie.

»Nein. Doch ja, es gibt etwas Neues: Das Spital ist geräumt, es ist mir gelungen, alle Kranken in ihre Wohnungen zu bringen.«

»Auch den alten Mann, den du erst vor wenigen Tagen operiert hast?«

»Auch den. Er wird es überall besser haben als im Spital. Denn so wie ich die Horden des Herrn Fettmilch kenne, werden sie zuerst das Hospital überfallen. Weißt du übrigens, wie er sich seit heute nennt, der Fettmilch? Er hat sich öffentlich als der ›neue Haman‹ bezeichnet!«

»Ich habe deine Brüder gesprochen, Rebekka. Sie waren bei mir im Spital. Sie sagten mir, daß alle Vorbereitungen getroffen sind. Ich habe mich ihnen selbstverständlich als Arzt zur Verfügung gestellt.«

»Ernesto!« schrie die Frau. »Um Gottes willen! Vergißt du denn, daß du Kinder hast – wenn du mich schon vergißt?«

»Ich bin Arzt und Jude. Soll ich daneben stehen und deine Brüder verbluten lassen, wenn sie uns verteidigen? Es ist doch nicht das erste Mal, daß du dergleichen erlebst, Rebekka«, sagte Ernesto und streichelte der Weinenden übers Haar.

»Aber du kennst diesen Fettmilch nicht, Ernesto. Du lebst erst seit kurzem hier …«

»Nun, wir sind schon zehn Jahre verheiratet«, sagte der Mann und dachte: Zehn Jahre bin ich schon hier! Zehn Jahre bin ich schon verheiratet? Bin das ich, ich, Ernesto Ascher, der einst Maria Nunes geliebt und ohne sie nicht leben zu können glaubte? Bin das ich? Und schlafen nebenan nicht meine Kinder, meine beiden Söhne, der große Joseph und der kleine Amschel? Und ist die Weinende hier nicht meine Frau? Er sah sich in Padua, wohin er, dem Rate seines längst verstorbenen Großvaters folgend, gezogen war; er sah sich als junger Arzt in Aachen; er sah sich, wie er vor mehr als zehn Jahren seinen alten Vetter Meir in Frankfurt besucht und in dessen Haus seine jüngste Tochter Rebekka kennengelernt hatte, und er sah sich mit Rebekka unter dem Hochzeitsbaldachin. Man hatte Kinder geschenkt bekommen, ein eigenes Heim kennengelernt, dank der Beziehungen des Schwiegervaters eine zufriedenstellende Beschäftigung gefunden. Und man hatte vor allem so viel zu tun, daß man nicht zum Denken kam, und kam man doch manchmal dazu, der Vergangenheit nachzublicken, dann lächelte man über sich selber und die eigene Jugend, ein grausames Lächeln mitunter, aber doch ein Lächeln. Da war Ernesto Montes gewesen, der war längst tot, mausetot seit jenem letzten Gespräch mit Maria. Und jetzt lebte ein Doktor Ernesto Ascher, verheiratet, Gatte, Vater. Und was würde morgen sein? Würden die Scharen des neuen Haman Vinzenz Fettmilch die Judenschaft auslöschen oder würde die Stadtverwaltung ihren Juden ausreichenden Schutz angedeihen lassen? Nun, dann würde es also morgen keinen Doktor Ernesto Ascher mehr geben, und er würde tot sein gleich jenem lächerlichen Burschen Ernesto Montes … Aber was würde dann aus seiner Frau und seinen beiden Knaben werden?

»Nein, Ernesto, obwohl du schon zehn Jahre lang hier wohnst, du kennst dieses Volk nicht! Du kommst aus einer anderen Gegend! Du kennst die Menschen hier nicht! Wenn die erst Blut sehen, kennen sie keine Grenzen!«

»Im übrigen gibt es keinen ausreichenden Schutz, Rebekka. Ich habe mir den Kopf ausgesorgt, und ich habe mit deinen Brüdern alles erwogen, was geeignet wäre, dich und die Knaben zu schützen. Es gibt wenig Möglichkeiten. Zum Fortgehen ist's zu spät. Die Straßen sind von den Fettmilch-Banden voll. Hier sind wir wenigstens einigermaßen geschützt. Und vielleicht wird der

Rat uns doch helfen. Der Erzbischof, der Kaiser, der Landgraf, alle können uns Hilfe bringen, wenn wir uns nur einige Zeit zu halten vermögen! Ja, ich hörte sogar, daß Truppen des Kaisers schon unterwegs sind. Vielleicht kommen sie noch rechtzeitig!«

»Du willst mich nur mit tröstlichen Worten einlullen, Ernesto«, rief Rebekka unter Tränen.

»Für alle Fälle haben deine Brüder und ich etwas ausgedacht«, sagte der Mann und sprach, obschon sie allein im Hause waren, im Flüsterton. »Ich bringe dich nach Mitternacht mit den Kindern und dem vorbereiteten Lebensmittelsack auf den Friedhof. Die Männer haben eine tiefe Grube gegraben, dort kann eine Anzahl Mütter und Kinder Unterschlupf finden, es ist auch noch für andere Verstecke gesorgt worden. Dort bleibst du mit den Knaben, bis ich euch holen komme oder bis du andere Botschaft von mir bekommst.«

Sie schliefen wenig in dieser Nacht, und mit ihnen wachten alle Juden des Frankfurter Ghettos. Nach Mitternacht weckte Ernesto seine Knaben, die noch recht verschlafen waren und sich die Äuglein rieben. Er erzählte ihnen Geschichten, wusch sie und zog sie an, und obwohl es August war, kleidete er sie in ihre stärksten und wärmsten Gewänder. Er nahm den kleinen Amschel auf den Arm, der ältere ergriff die Hand der Mutter, und so zogen sie aus dem Hause. Auf der Straße in der Dunkelheit begegneten ihnen viele andere kleine Karawanen. Still nickten die Männer einander zu und schritten aus. Der Arzt brachte seine Familie auf den Friedhof. In der großen, geräumigen und gut mit Blattlaub überdeckten Grube war es feucht und kalt. Rebekka sah ihn mit entsetzt aufgerissenen Augen an. »Hier sollen wir bleiben?« fragte sie und preßte ihre beiden Knaben an sich. »Es wird hoffentlich nicht für lange sein!« antwortete er. Er küßte seine Frau, drückte die Kinder an sich und eilte davon.

Beim Sammelplatz traf er einen seiner Schwäger, der ihm nur kurz zunickte und nicht einmal Zeit fand, ihm die Hand zu drücken. Er eilte, um seinen Platz bei einem der Tore einzunehmen. Ernesto sah auch für einen kurzen Augenblick den Rabbiner, der ihm ein paar unverständliche Worte zurief. Die Aufgabe des

Arztes war es, in dem für Lazarettzwecke vorbereiteten Raum zu verweilen und dort seinem Dienst zu obliegen. Alle vier Ausgänge aus dem Ghetto, das Fischerpförtchen, die Römerpforte, das Hauptwachetor und das Taunustor waren mit Hölzern, Brettern, Eisenstücken und schweren Steinen verbarrikadiert. Es waren Stützpunkte errichtet worden, und hinter ihnen standen junge jüdische Männer, die aber nur mit alten, verrosteten Waffen oder mit Holzknüppeln versehen waren, was sie eben in der knappen Zeit hatten erraffen können.

»Sie werden es nicht wagen, uns zu überfallen!« hörte Ernesto einen der jungen Leute sagen, und er fand, daß sehr viele diese Ansicht teilten, ja manche gingen sogar so weit, die getroffenen Vorsichtsmaßnahmen als unnotwendig und schädlich zu bezeichnen.

Aber schon mit dem ersten Dämmern des Morgens sollten die, die an einen Überfall nicht glauben wollten, unrecht behalten. An allen vier Toren wurde zur selben Zeit gestürmt. Mit Äxten, Steinschleudern und Eisenstangen wurden die gewaltigen Tore zu sprengen gesucht. Es war offenbar, daß die Angreifer den Juden vielfach überlegen sein mußten. Die Scharen Fettmilchs hatten Trommler und Bläser mit sich.

Die Juden wußten, daß ihr geringfügiger Widerstand nicht lange werde halten können, und ahnten, was ihnen bevorstünde. Weinende und schreiende Frauen, Männer in Gebetsmäntel gehüllt, durchliefen die Straßen und standen den Verteidigern nur im Wege. Ernesto war auf seinem Platz und hatte alle Hände voll zu tun. Schon brachte man die ersten Verwundeten, junge Männer, die aus vielen Wunden bluteten. Es erwies sich, daß die Truppen des Lebkuchenbäckers mit Feuerwaffen ausgestattet waren und über gar gewaltige Munition zu verfügen schienen. Es war Ernesto unmöglich, alle Wunden zu verbinden, zu schneiden, zu helfen. Schon nach wenigen Stunden fehlte es an Linnen und Salben.

Mittlerweile aber war es den Angreifern gelungen, beim Hauptwachetor und der Römerpforte in das Judenviertel einzudringen. Sie erschlugen, was sich ihnen in den Weg stellte, bald türmten sich die Leichen der Juden zuhauf. Aber noch immer ließen es die Verteidiger an Widerstand nicht fehlen. Sie warfen sich den Eindringlingen entgegen, verteidigten jede Handbreit Boden, und auch auf seiten der Eindringlinge gab es nun viele Verwundete und Tote.

Ernesto wußte nicht, was um ihn vorging, er hörte nicht die Schreie der Verwundeten, nicht das Schießen und Morden, nicht das Toben und nicht das unausgesetzte Lärmen der Trommler und Pfeifer. Er hatte seinen Rock abgelegt und stand da, in tiefen Lachen von Blut, über und über mit Unrat beschmutzt. Der Schweiß stand ihm in dicken Tropfen auf der Stirn, das Skalpell in seiner Hand war schon stumpf geworden.

Plötzlich aber krachte es neben ihm, Staub fiel von der Decke. Zum ersten Mal sah er auf. Nun waren sie auch hier eingedrungen. Er erblickte grobschlächtige Männer mit Äxten und Gewehren. Sie brüllten auf ihn ein, er verstand sie nicht. Einer hieb ihm auf den Schädel. Ernesto fühlte ein starkes, surrendes Brummen, einen dumpfen Schmerz. Dann brach er zusammen.

Als er wieder erwachte, wußte er nicht, wo er sich befand. Es war ihm kaum möglich, sich zu erheben. Er befühlte seine Schädeldecke und zog seine Hand sogleich zurück, so sehr schmerzte die bloße Berührung. Eine offene Stelle, dachte er. Und sogleich war er glücklich: Nein, die Verwundung konnte so böse nicht sein, keine Partie des Gehirns konnte verletzt sein, da er empfinden und erkennen konnte. Er zerriß sein Hemd in dünne Streifen und kroch auf allen Vieren zu einem Tisch, auf dem er eine Flasche mit Wasser erblickte. Dann erst sah er sich um. Ja, es war derselbe Raum, in dem er gearbeitet hatte, der Lazarettplatz. In den Ecken lagen die jungen Menschen, denen er geholfen hatte. Manche von ihnen waren jetzt tot und ihre Züge waren friedvoll und ruhig. Ernesto schlich zur Türe. Er war sicher, sie versperrt zu finden. Aber sie stand offen, nirgends Wächter, unbehindert konnte er die Straße erreichen. Er hörte Lärm und Gejohle, Geschrei und Toben. Betrunkene Männer und Frauen durchzogen die Gassen des Judenviertels, sie hielten Uhren, Bettzeug, Möbelstücke, Eßbestecke, Vasen, Truhen, aber auch Bilder und Schmuckgegenstände in ihren Händen. Einer suchte dem anderen die errungenen Schätze wieder zu entreißen, es entstanden Balgereien und Streitigkeiten.

Plötzlich fühlte er sich zur Seite gestoßen, die Leibgarde Fettmilchs war erschienen und machte mit ihren langen Speeren und Schwertern ihrem Herrn und Meister Platz. Fettmilch, auf einem Leiterwagen stehend, wurde unter Triumphgeheul durch die Gassen des Ghettos geführt. Einen Augenblick lang sah Ernesto in ein aufgedunsenes Gesicht, in dem zwei kleine, zusammengekniffene Äuglein blitzten. Dann war der Spuk vorbei.

Nun erst schien es Ernesto, als wäre er erwacht. Er schlug den Weg zum Friedhof ein, zu Frau und Kindern. Wie würde er sie vorfinden, würden sie überhaupt noch am Leben sein? Er eilte, so schnell er nur konnte. Aber es erwies sich, daß der Friedhof gut bewacht war. Sogleich fuhr ihn einer der Wächter an: »Bist du Jude?« Als Ernesto bejahte, hob ihn einer der Männer hoch und warf ihn, als wäre er ein Stück Ware, hinter sich. Der Arzt fiel und konnte sich lange nicht erheben. Als es dann doch gelang, fühlte er heftige Schmerzen im Rücken und im linken Knöchel, er konnte den Fuß nicht richtig gebrauchen, hinkte und stöhnte.

»Das ist ja unser Doktor!« hörte er jemanden rufen. Er sah sich um und erblickte drei junge Juden, die sich über ihn beugten. Sie hoben ihn auf und trugen ihn über Grabhügel hinweg in einen Unterschlupf. Eine Frau schrie gellend auf. Es war Rebekka, an ihrer Seite die beiden Knaben. Ernesto lächelte und schlief ein.

Als er nach vielen Stunden wieder zu sich kam, blickte er in das Antlitz seiner Frau. Sie lächelte glücklich und brachte die beiden Knaben herbei, denen er wortlos über ihre Gesichter strich. Joseph, der Ältere, plauderte unaufhörlich, er war sichtlich erregt und erzählte von seinen Erlebnissen. Man half Ernesto auf die Beine, er erhob sich und verbiß die Schmerzen, die er in seinem linken Bein spürte. Er sah um sich. Viele Menschen befanden sich in dem feuchten Unterstand. Er sah Männer in ihre Sterbegewänder gehüllt, irren Blickes alte Gebete vor sich hinmurmelnd.

Auf dem Friedhof waren alle Juden zusammengetrieben worden. Sie schliefen auf Grabhügeln, über und über beschmutzt, sie saßen auf der bloßen Erde, sie standen in Gruppen beisammen und flüsterten. Ernesto erfuhr, daß die Banden des Lebkuchenbäckers tatsächlich Herren der Stadt geworden waren. Die Ratsherren hatten sich versteckt. Vinzenz Fettmilch herrschte unumschränkt. Auch die kaiserlichen Kommissare, so erfuhr er, hatten sich zurückgezogen, ja sie gingen unter dem Druck der neuen Herren sogar so weit, in Maueranschlägen zu erklären, daß die Gewalttaten des 23. August rechtens seien und nicht geahndet würden.

Nicht lange konnte sich Doktor Ascher der Muße hingeben. Der Rabbiner und die Gemeindeältesten baten ihn, sie in ihrer Arbeit zu unterstützen. Eine Zählung wurde vorgenommen. Nahezu vierzehnhundert Juden hatte man auf dem Friedhof zusammengetrieben. Wo aber waren die anderen? Von mitleidigen Christen verborgen? Erschlagen? Verbrannt? Niemand wußte es. Am vierten Tag bereits stellte sich Nahrungsmittelnot ein, die Vorräte, die einige mitgebracht und mit den anderen brüderlich geteilt hatten, gingen zu Ende. Ascher wurde zur Wache gesandt, um Brot und Wasser zu erbitten, er sollte als Arzt auf die Gefahren aufmerksam machen, die entstehen könnten, wenn man den Vierzehnhundert nicht helfe. Ernesto wurde vor einen jungen Mann geführt, dem Kommandanten der Wache. Er hörte den Arzt an, lachte und rief:

»Was liegt denn daran? Krepiert doch endlich! Ihr seid ja ohnehin auf dem Friedhof! Wer verreckt, wird gleich eingescharrt, das ist sehr einfach!«

Ernesto sah dem jungen Mann ins Gesicht. Aber er erblickte darin so viel unmenschliche Grausamkeit, daß er betroffen die Augen zu Boden senkte.

Während der folgenden Tage ließ man sie über ihre Zukunft vollkommen im Ungewissen, niemand wußte, ob er hingemordet oder bloß verjagt würde. Und die Wachen taten ein übriges, sie kamen zu viert und fünft, pflanzten sich vor den Juden auf und sprachen davon, daß diese massakriert und an Ort und Stelle verscharrt werden sollten, daß die Befehle des Fettmilch schon eingetroffen seien und man in wenigen Stunden zur Exekution schreiten wolle. Die Juden brachen in Klagen aus, und die meist noch sehr jugendlichen Wächter lachten befriedigt. Nach mehreren Stunden wiederholte sich das Schauspiel. Nur einige Besonnene waren der Ansicht, daß das Äußerste vermieden werden würde; nicht etwa, weil Vinzenz Fettmilch Mitleid mit den Juden hätte, sondern weil auch er den Zorn des Kaisers ob solcher Greueltat zu fürchten hatte. Fünf lange Tage und Nächte ließ man die Juden in peinvoller Ungewißheit. Aber am anderen Morgen, es war der zweite September, erschien der Lebkuchenbäcker selbst auf dem Friedhof, umgeben von seiner Leibwache und den Getreuesten der Getreuen. Seine Wächter trieben alle Juden zusammen. Vinzenz Fettmilch musterte die zitternde Menge. Dann stieg er auf einen Grabstein. Man erwartete allgemein, daß er zu den Juden sprechen werde, denn man kannte seine Freude am Reden. Aber zu deren großer Verwunderung sprach nicht der Lebkuchenbäcker selbst, sondern einer aus seiner Umgebung: »Ihr seid nicht wert, daß der Meister sein Wort an euch verschwendet! Wir hätten euch alle töten können, kein Hahn hätte danach gekräht. Aber ihr sollt die Großmut unseres Meisters und des deutschen Volkes von Frankfurt erfahren. Wir lassen euch abziehen. Das Fischerpförtchen steht offen. Bis Mittag habt ihr alle zu verschwinden. Euer Hab und Gut bleibt hier, denn ihr habt es der christlichen Bevölkerung geraubt. Wohin ihr geht, kümmert uns nicht. Wer sich aber noch morgen um diese Stunde im Umkreis der Stadt blicken läßt, wird niedergemacht!«

So wie sie alle waren, mußten sie durch das Ghetto, an ihren Wohnungen und Geschäften vorbei zum Fischerpförtchen. In den Straßen stand viel Volk. Wenn die Häscher Vinzenz Fettmilchs gerade nicht hinsahen, reichten einige Mitleidige den abziehenden Juden Trank und Speise.

III.

Die Vierzehnhundert standen vor den Toren Frankfurts. Die Angst saß in ihren Rücken, die Angst lag vor ihnen. Keiner wußte, wohin er sich wenden sollte, nach rechts oder links, nach Osten oder Süden, Westen oder Norden. Überall war die Fremde und hinter den Toren die verlorene Heimstatt. Sie wußten nur, daß nicht zu viele in eine Richtung ziehen dürften, wenn nicht alle verloren sein sollten. So trennten sich Verwandte von Verwandten, Freunde von Freunden, sie nickten einander zu und gingen in verschiedene Richtungen. Ernesto führte den kleinen Amschel an der Hand, Rebekka Joseph. Sie lächelte vor sich hin und sagte:

»Das ist alles nicht so arg, da wir beisammen sind. Lasset uns Gott loben, Kinder, daß der Vater wieder bei uns ist. Nie mehr lassen wir ihn allein, nicht wahr, Joseph, nicht wahr, Amschel?«

Ernestos linker Fuß schmerzte noch immer heftig, aber er ließ sich nichts anmerken. Er schritt aus und erzählte Amschel Geschichten. Alles kam ihm bekannt vor, als hätte er dergleichen schon einmal erlebt.

Mit ungefähr zweihundert Menschen waren sie in südlicher Richtung längs des Rheins dahingezogen. Die Männer hatten ihre Ansichten ausgetauscht, keiner wußte, wohin er seine Schritte lenken sollte. Ernesto wollte nach Worms, wo einer seiner Freunde Arzt der jüdischen Gemeinde war. Doch man hatte ihn nur verlacht. Nach Worms? Ob er denn nicht wisse, daß er da nur vom Regen in die Traufe käme? Ob es ihm denn unbekannt sei, daß dort ein anderer Fettmilch sein Unwesen treibe, der berüchtigte Advokat Doktor Chemnitz, noch weit gefährlicher als sein Frankfurter Rivale, weil gebildeter als dieser? Und überdies würde man ihn gar nicht in die Stadt lassen, weil man dort schon seit langem ein Zuzugsverbot für Juden erlassen habe.

Ernesto hatte besorgt zugehört, aber Rebekka lächelte nur, immer lag ihr das glücklich-stille Lächeln um den Mund. »Die Hauptsache ist, wir bleiben zusammen!« sagte sie. Sie war es auch, die es so einzurichten verstand, daß sie sich immer mehr vom Zuge absonderten. Einmal wollte sie wahrnehmen, daß Amschel müde aussehe, dann wieder, daß Joseph nicht mehr weiter könne, dann, daß der böse Fuß des Mannes Schonung bedürfe. Mittlerweile aber waren die anderen weitergezogen, und sie war mit ihrem Manne und den Kindern glücklich allein.

Am dritten Tage standen sie vor den Toren von Worms. Es zeigte sich, daß man Ernesto in zumindest einem Punkte nicht die Unwahrheit gesagt hatte. Die Wächter am Tore verwehrten dem Arzte und seiner Familie den Eintritt in die Stadt, Juden hätten hier nichts zu suchen, man habe ohnedies mehr Juden in der Stadt, als man brauche. Mit Mühe gelang es Ernesto, den Wachkommandanten zu bewegen, eine schriftliche Botschaft an den Arzt Jaidor Oppenheim senden zu dürfen. Dies wurde ihm zugestanden, er selbst aber mußte mit seiner Familie wieder eine Meile zurückgehen und dort den Freund erwarten, denn im Meilenumkreis dürfe sich – so wurde ihm bedeutet – kein fremder Jude der Stadt nähern. Es dauerte nicht lange und der Freund eilte herbei. Doktor Oppenheim, ein Mann von etwa vierzig Jahren, hochgewachsen, schlank, vornehm gekleidet, von gewinnenden Manieren, umarmte Ernesto, verbeugte sich vor Rebekka und hob die Knaben immer wieder in die Höhe, bis sie vor Vergnügen schrien. Dann schritt er mit dem Freunde ein wenig zur Seite: Er ließ sich über dessen Erlebnisse berichten, und es erwies sich, daß er ohnedies von all dem Schrecklichen schon gehört hatte, die böse Kunde war längst bis nach Worms gedrungen.

»Selbstverständlich stehe ich dir bei, so lange ich noch selber helfen kann!« sagte er. »Vielleicht bricht schon morgen das gleiche Schicksal über die Juden von Worms herein. Ihr Frankfurter Juden habt es gut, ihr könnt noch nach Worms ziehen, aber wir Wormser können nicht mehr nach Frankfurt flüchten ... Du wirst sehen, lieber Freund, daß wir in Worms jetzt die gleichen Dinge mitmachen, die ihr in Frankfurt vor dem 23. August erlebt habt. Und auch uns wird weder der Landgraf von Darmstadt noch der Erzbischof von Mainz, noch der Kaiser Matthias in Wien helfen. Sie alle sind zu weit und zu schwach und zu ohnmächtig. Wirklich mächtig ist nur der Herr Doktor Chemnitz recte Chemnitius. Ja, dieser Kerl ist allgewaltig, obschon von Gestalt ein Zwerg und von Geist höchst mittelrangig. Er macht nichts in brutaler Weise wie etwa euer Fettmilch. Er greift einstweilen noch zu keinem Mittel der Gewalt, er schikaniert uns, läßt uns beschimpfen und besudeln, aber noch nicht prügeln. Jetzt hat er sich etwas Neues ausgedacht. Nur mit einem von ihm unterschriebenen Schein darf ein Jude Worms verlassen, wir dürfen keine Lebensmittel ohne besondere Erlaubnis kaufen, er läßt das Vieh der Juden von den Weiden jagen, nicht einmal Milch für Kinder darf in die Judenstadt. Doch was immer er unternimmt, dieser Advokat, er ist darauf bedacht, nicht wegen Rechtsbruch vor die Schranken des Kaisers geladen zu werden. So hat er die Stadttore tatsächlich nur einen einzigen Tag lang versperrt gehalten. Da er aber erkannte, daß dies nicht rechtens sei, hat er die Geschichte mit dem Passierschein erfunden ... Mein Onkel, Löb Oppenheim, der Vorsteher unserer Gemeinde, ist nach Wien zum Kaiser geeilt, um seinen Schutz zu erflehen. Ob er Erfolg haben wird, steht dahin. Wir wissen nicht, was die nächsten Tage uns bringen werden. Ich glaube nicht, daß der kleine Advokat einen Schritt gegen uns wagen wird, ehe er nicht weiß, was der Kaiser meinem Oheim auf seine Bitte geantwortet hat. Willst du es wagen, unter diesen Umständen nach Worms zu kommen, mein Haus steht dir und den Deinen offen ...«

»Mir bleibt wohl keine andere Wahl, ich muß deine Gastfreundschaft annehmen. Vielleicht kann ich weiterhelfen. Doktor Zacuto Lusitano, der Arzt des Kurfürsten Friedrich von der Pfalz, ist mein Studiengenosse gewesen. Vielleicht weiß er Rat ... Aber falle ich dir nicht zur Last? Was wird deine Frau sagen ...«

»Meine Frau!« rief Doktor Oppenheim und lachte. »Ich bin unverheiratet. Ja, sieh mich nicht so erstaunt an! Nicht jeder hat es so gut getroffen wie du, manch einer hat auch Pech, und ich bin solch ein Pechvogel!«

IV.

Die Wormser Judenschaft pries die Anwesenheit des Frankfurter Arztes in ihrer Stadt. Man liebte den bescheidenen, ruhigen Mann, seine Frau und seine Kinder, überall brachte man ihnen die wärmste Teilnahme entgegen. Rebekka fühlte sich wohl, sie wirtschaftete in einem großen Haus, hatte bald die Lieblingsgerichte des Doktor Oppenheim ausfindig gemacht und bereitete sie mit ihrer oft gepriesenen Kochkunst zu. Ein wenig unbehaglich fühlte sich Ernesto, dem die gewohnte Arbeit abging. Doktor Oppenheim hatte sich für seinen Freund verpflichten müssen, daß dieser in Worms keine Arbeit leisten werde, er nahm ihn zwar öfters ins

Spital mit oder führte ihn an ein besonders interessantes Krankenlager, aber dies alles ersetzte Ernesto nicht die regelmäßige Beschäftigung.

Doch gerade in diesen Tagen fand Ernesto Ascher Gelegenheit, seinen Gastfreunden einen großen Dienst zu leisten. Die schwere Hand, die auf den Wormser Juden lag, verstärkte ihren Druck. Der kleine Advokat hatte neue Schikanen ersonnen. Als die Männer wieder einmal beisammen saßen und darüber klagten, daß Löb Oppenheim von seiner Reise nach Wien noch immer nicht zurückgekommen sei, erwähnte Ernesto neuerlich seine Freundschaft mit Doktor Zacuto Lusitano, dem Leibarzt des Kurfürsten von der Pfalz. Alle bestürmten nun Ascher, zu diesem seinem Freunde zu fahren und um dessen Fürsprache beim Kurfürsten zu bitten. Ernesto sagte zu, man versah ihn mit Geld und Lebensmitteln, und schon am nächsten Tag trat er die Reise nach Speyer an.

Zacuto Lusitano nahm den Freund warmherzig auf und hörte den Leidenserzählungen teilnahmsvoll zu.

»Ich werde dich morgen dem Kurfürsten vorführen, mein Freund ... Vielleicht wird er sich eurer annehmen, und vielleicht wird er euch auch diesmal Ruhe verschaffen. Aber im großen und ganzen wird man die Leiden, die wir Juden in deutschen Landen zu erleiden haben, nicht so bald lindern können. Die Deutschen sind noch sehr roh und ungeschlacht, vielleicht werden sie in zwei Jahrhunderten gesitteter sein, doch bis dahin ...«

Am andern Tag also stand Ernesto vor dem Kurfürsten und brachte seine Bitte vor. Friedrich, ein großer und starker Mann mit dicken, sinnlichen Lippen und buschig schwarzem Schnurrbart, der sich in seinem Lederwams sichtlich unbehaglich fühlte, hörte nur höchst ungeduldig zu und unterbrach seinen Besucher sehr bald:

»Ich weiß, es ist wieder dieser Kerl, dieser Chemnitz! Es ist ja kein Wunder, daß es bei uns so zugeht, wenn man diesem Dreckpack gestattet, sich selbst zu regieren! Wir haben den Saustall schon einmal gehabt, als sich die Bauern anschickten, in germanischen Landen die Macht an sich zu reißen. Man hat sie niederschlagen müssen! Diese Krämer und Bäcker und Schneider und Schuster maßen sich viel zu viel an! Freilich, in Germanien kann sich ja jeder Hundsfott alles erlauben, weil es dem Kaiser an Macht gebricht! Aber ich bin nicht gesonnen, diese Schweineherrschaft von Lebkuchenbäckern und Advokaten zu dulden. Ich bin Schutzherr der Stadt Worms, es ist gut, daß Ihr Euch an mich gewandt habt. Geht heim und sagt Euren Freunden, daß ich Ordnung machen will! Ich werde mir diesen Burschen ausborgen!«

Ernesto wollte sich in geziemender Weise bedanken, doch wieder unterbrach ihn der Kurfürst:

»Schon gut, schon gut, mein Lieber! Ich habe gar nichts gegen die Juden. Ihr seht, daß sogar mein Arzt, Euer Freund, ein Jude ist. Dennoch werde ich diesem Chemnitz nicht der Juden wegen sein Handwerk legen, sondern nur, weil es meine Pflicht ist und weil ich ein geschworener Feind jeglicher Unordnung bin, wie ich ein Feind dieses ungebildeten Handwerker- und halbgebildeten Bürgerpacks bin, das uns am liebsten erwürgen möchte, um unsere Plätze einzunehmen. Ziehet ruhig heim, der kleine Teufelsdreck hat euch am längsten geplagt!«

Es erwies sich, daß der Kurfürst sein Versprechen hielt. Wenige Tage später wurde Doktor Chemnitz auf einem Weg außerhalb der Stadt aufgegriffen und fortgeschafft, niemand wußte wohin, bis sich nach einiger Zeit die Kunde verbreitete, er sei in Heidelberg in Haft. Nun trat eine sichtliche Erleichterung für die Judenheit ein. Das Volk, seines Rädelsführers beraubt, milderte die strengsten Maßnahmen, ja man sah Juden und Christen wieder miteinander sprechen, und mit der Zeit trieben sie auch wieder Geschäfte untereinander. Am meisten hatte Ernesto dabei gewonnen, er durfte wieder in seinem Berufe tätig sein, und wenngleich er noch keine Stelle im Hospital annehmen konnte, half er Oppenheim, wo er konnte und wo immer dies zulässig war. Abends spielten die Freunde ihr geliebtes Schach, Rebekka trug die Lieblingsspeisen der Männer auf, die Knaben waren fröhlich und gediehen, es waren gute Tage.

Doch sie sollten nicht lange anhalten. Nach drei Monaten war Doktor Chemnitz wieder in der Stadt. Es hieß, er hatte sein Wort verpfänden müssen, nichts mehr gegen die Juden zu unternehmen.

Schon am nächsten Tage tobte großer Lärm in der Stadt, das Volk feierte seinen zurückgekehrten Führer, gelobte ihm bei Fackelschein ewige Treue und Anhänglichkeit. Und sogleich beschloß die Bürgerschaft, die alten Gesetze gegen die Juden wieder mit aller Strenge in Anwendung zu bringen, ja womöglich noch zu verschärfen. Natürlich hatte all dies nicht Doktor Chemnitz getan. Der kleine Doktor war so schlau, seinen Sitz im Bürgerrat niederzulegen. Nun gehörte er dieser Körperschaft nicht mehr an, hatte also mit all dem, was gegen die Juden geschah oder vorbereitet wurde, nichts, aber auch nicht das geringste zu tun. Und das Volk jubelte über diesen gelungenen Schachzug seines Häuptlings. Nein, er mußte gar nicht im Rate sitzen, seinen Leuten genügte es, wenn er sie insgeheim anführte.

Wenige Tage, nachdem er aus der Haft entlassen worden war, erkannte Doktor Chemnitz, daß er seinen Kumpanen irgendetwas bieten müsse. Man bedrängte ihn von allen Seiten. Warum man denn in Frankfurt die Juden ausweisen dürfe und warum nicht auch in Worms? Warum durften die Frankfurter nun im Besitze der Judenschätze sein und warum die Wormser nicht? War Frankfurt denn besser als Worms? Noch konnte der kleine Advokat seine immer mehr drängenden Anhänger im Zaume halten, indem er auf die Gefahren hinwies, die ein unbesonnenes Handeln zur Folge haben könne. Da aber verloren einige Männer seiner Umgebung ihre Geduld, sie fuhren insgeheim nach Frankfurt, hatten eine Unterredung mit Vinzenz Fettmilch und brachten es zuwege, daß die beiden Männer einander begegneten. Auf halbem Wege, in einem kleinen Weiler, standen einander die beiden vielgenannten Männer erstmals gegenüber. Fettmilch blickte ein wenig mitleidig auf die dürftige Gestalt Chemnitzens, beneidete ihn aber insgeheim um seine Bildung und sein Wissen, Chemnitz sah ein wenig überheblich auf den ungebildeten Lebkuchenbäcker, beneidete ihn aber insgeheim um die unbestreibar größere Popularität und die stärkere Wirkung, die von seinem Worte ausging. Es war eine denkwürdige Besprechung. Fettmilch nämlich sprach und sprach unausgesetzt, und der kleine Advokat unterbrach ihn mit keinem Wort. Fettmilch beschwor den Anwalt, endlich zu handeln und die

Juden aus Worms auszuweisen. Was er denn eigentlich befürchte? Den Kaiser? Dem Kaiser ermangle es an Macht. »Ihr seht«, rief er aus, »Ihr seht, daß wir noch immer ungekränkt in Frankfurt herrschen. Was hat man nicht alles getan, um uns durch Drohungen klein zu kriegen? Ich habe mir nicht angst machen lassen. Wißt Ihr, was die Kommissare des Kaisers von mir verlangten? Nichts weniger als die Auslieferung all meiner Getreuen und die Wiedereinsetzung der Juden in Frankfurt! Ja, ihr Eigentum sollten wir den Juden zurückerstatten! Wißt Ihr, was ich den kaiserlichen Kommissaren zur Antwort gab? Ich drehte ihnen einfach den Rücken! Und jetzt hört gut zu, viellieber Doktor Chemnitius! Ich selber habe die juristischen Fakultäten von Frankfurt und Heidelberg aufgefordert, ein Gutachten abzugeben, ob wir die Juden beraubt haben oder ob wir rechtens gehandelt haben. Und wißt Ihr, welchen Bescheid die Fakultäten meinen Abgesandten mitgaben? Es könne von Raub überhaupt keine Rede sein, da wir ja den Juden nichts heimlich stahlen, sondern alles gar offen taten. Was zögert Ihr also, warum und worauf wartet Ihr denn eigentlich noch? Ihr werdet doch nicht etwa davor zurückschrecken, daß Ihr dem Kurfürsten ein Ehrenwort gabt? Natürlich muß man jedes gegebene Wort halten, selbstverständlich! Doch zuerst muß man dem eigenen Volk die Treue halten. Ist's nicht so? Na, Ihr werdet Euch da leicht zu helfen wissen, Ihr seid ja nicht umsonst Jurist!«

Und er sprach und sprach. Wenn man die Juden in Worms erst ebenso behandelte wie in Frankfurt, dann würden die anderen Städte nachfolgen, dann könnten vielleicht alle Ortschaften den Rhein entlang judenrein werden, dann könnte man allein und unumschränkt herrschen und brauchte die Kunstgriffe und den Wettbewerb dieser Elenden nicht mehr zu fürchten, dann bräche das wahrhaft goldene Zeitalter an. Dann könnte der eigentliche Kampf erst recht beginnen, der Kampf gegen die aufgeblasenen Bürger-Bestien, gegen die Ratsherren und Wichtigtuer …

Doktor Chemnitz kehrte nachdenklich nach Worms zurück. Es könnte ja sein, daß dieser Phantast recht behält, dachte er bei sich, vieles deutet sogar darauf hin. Vielleicht aber wird dieser lächerliche Lebkuchenbäcker auch nur von einem Phantom genarrt, vielleicht siegt doch zum Schluß der Kaiser? Also berief er seine Getreuen zu sich, es gab ein Getuschel und ein Gemurmel, man entwarf Pläne und verwarf sie wieder, bis endlich Doktor Chemnitz alles so fein und schlau gedrechselt hatte, daß er und seine Anhänger sich vergnügt die Hände rieben …

V.

Natürlich erfuhren die Juden, daß sich etwas wider sie vorbereitete. Aber sie konnten nichts Genaueres auskundschaften, so sehr sie sich auch anstrengten. Eines Tages, sie feierten gerade ihr Passahfest, erschienen zwei Abgesandte der Stände im Judenviertel, die Löb Oppenheim zu sprechen wünschten. Es wurde ihnen geantwortet, daß der Vorsteher sich noch immer auf Reisen befinde.

»Ja, er ist in Wien beim Kaiser, wir wissen es«, sagte der eine der beiden und lächelte.

»Wir wissen es. Die Stände tagen morgen am Ratsplatz. Es ist denkbar, daß wir eine Beschließung fassen, die euch Juden angeht. Eure Ältesten mögen sich bereit halten, morgen um diese Stunde unseren Beschluß zu hören!«

Und damit waren sie gegangen, die Juden in Angst und Sorgen zurücklassend. Immerhin befürchtete man nicht das Schlimmste. Doktor Chemnitz werde wohl vor den ärgsten Schritten zurückschrecken, er habe doch sein Wort verpfändet, und er sei viel zu klug, um nicht zu wissen, daß der Kurfürst kein zweites Mal mit sich spaßen lassen werde. Nein, die Juden glaubten nicht, daß es ihnen ans Leben gehen werde, sie befürchteten lediglich neue Verschärfungen, und sie beschlossen, Ernesto wieder zu Friedrich zu entsenden, falls die neuen Plackereien gar zu schlimm werden sollten.

Am nächsten Morgen erwarteten zwölf Vertreter der Judenheit die Deputation der Stände. Es erschienen fünf Männer. Ihr Sprecher musterte die Juden geringschätzig und begann:

»Die Stände haben soeben am Ratsplatz getagt. Wir haben beschlossen, euch der Stadt zu verweisen, da ihr Juden uns beim Kaiser angeschwärzt habt. Ihr dürft mit euch nehmen, was ihr auf euren Rücken tragen könnt. Nicht mehr. Das andere wird für euch aufbewahrt. Wir werden darauf achten. Innerhalb einer Stunde von jetzt an müßt ihr mit Sack und Pack die Stadt verlassen!«

Die Juden schrien entsetzt auf.

Doktor Oppenheim war vorgetreten und sagte: »Euer Doktor Chemnitz, der euch schickt, ist sich gewiß des Rechtsbruches bewußt …«

»Haltet den Mund, Jude!« rief der Sprecher der Stände. »Nicht Doktor Chemnitz schickt uns, Doktor Chemnitz hat nichts mit dieser Sache zu tun!«

»Das glauben wir nicht!« sagte unbeirrt Doktor Oppenheim. »Das gibt euer Doktor bloß vor, damit es nicht heißen kann, er habe sein Wort gebrochen. Aber das wird ihm nicht helfen!«

»Haltet den Mund!« rief noch einmal der Mann, er sprach jetzt schon lauter. »Noch ein Wort gegen den Doktor und Ihr werdet diese Faust kennenlernen!«

»Haut zu! Schlagt doch zu!« rief Oppenheim. »Ich habe zwar Eurer Mutter in schwerer Krankheit beigestanden, und damals wollte mir Euer Vater die Hand küssen. Nun, Ihr könnt mich ja jetzt schlagen, Ihr habt die Macht dazu … Aber die Anwendung von Gewalt wird Euch übel bekommen, euch allen miteinander!«

»Wer kann von Gewalt reden?« rief der Mann, der nun doch etwas besänftigt schien. »Wir sind unbewaffnet zur Tagung erschienen, niemand trägt eine Waffe, wir alle sind unbewehrt, niemand wird uns vorwerfen können, daß wir Gewalt anwenden. Bitte, seht doch selber, ob wir etwa Waffen mit uns führen!«

»Wenn ihr also keine Gewalt anwendet, dann bleiben wir hier!« rief Doktor Oppenheim.

Der Sprecher der Stände sah seinen Begleiter an, er wußte keine Antwort, er war auf eine solche Entgegnung nicht vorbereitet. Die Wut überkam ihn, und er schrie: »Wenn ihr nicht freiwillig gehorcht, dann packen wir euch und befördern euch eigenhändig zum Tore hinaus. Das wird aber dann nicht bequem sein für euch!«

»Ihr habt keine klaren Vorstellungen von Gewalt«, sagte Doktor Oppenheim. »Ihr verlangt von uns, daß wir binnen einer Stunde die Stadt verlassen. Ihr raubt uns unser Hab und Gut und sagt …«

»Wir rauben euch gar nichts! Ihr dürft mitnehmen, was ihr tragen könnt. Das andere bleibt hier und wir bewahren es euch auch noch kostenlos auf. Da kann man doch nicht gut von Raub sprechen!«

»Wie könnt ihr es aufbewahren für uns, wenn wir nicht mehr zurückkommen dürfen? Wenn euer Doktor glaubt, daß man euch bei Anwendung solcher Mittel nicht als Räuber ansehen wird, dann irrt er!«

Inzwischen hatten sich die Scharen des Doktor Chemnitz bereits im Judenviertel eingefunden. Sie kamen ohne Waffen, aber jeder hielt einen starken Prügel in der Hand, viele trugen leere Säcke mit sich. Sie gingen von Haus zu Haus, schlugen an die Tore der Judenhäuser und riefen: »Rasch! Rasch! Sputet euch! In einer Stunde müßt ihr draußen sein!«

Oppenheim und Ascher waren zu Rebekka und den Jungen geeilt. Oppenheim packte zusammen, was er an Wertgegenständen und Habseligkeiten erraffen konnte, Ernesto trug einen großen Pack mit Kleidern auf den Rücken, seine Frau nahm die Kinder, und der kleine Amschel rief fröhlich: »Fein! Fein! Wandern wir wieder einmal? Wohin denn?«

Als sie auf die Straße traten, sahen sie aus allen Häusern bereits kleine Gruppen von Juden wanken, jeder trug ein großes Bündel auf seinem gebeugten Rücken. Das zusehende Volk sang Lieder und beschimpfte die Abziehenden. Kaum hatten die Juden die Häuser verlassen, wurden diese gestürmt und in Säcken davongeschleppt, was nicht niet- und nagelfest war. Und jetzt, da sich der Haupttrupp der Juden dem Stadttor näherte, sahen sie auch Flammen. Die Synagoge brannte.

»Sieh, Onkel!« rief der kleine Amschel. »Sieh dort, es brennt so schön! Was ist das?«

»Das ist … wie soll ich dir das erklären, mein Kind? So sieht es aus, wenn die Germanen keine Gewalt anwenden!«

VI.

Ernesto und seine Familie sowie Doktor Oppenheim hatten Glück. Durch die Güte des Herzogs Ludwig von Darmstadt, der, von den Ereignissen peinlich berührt, den Vertriebenen in einigen kleinen Dörfern Unterkunft gewährt hatte, fanden sie in einem reizenden Ort, Heppenheim, Bleibe. Dort, aber auch in Erbach, Offenbach, Dieburg und Gerau, überall hatten sie Juden angetroffen, die teils von Vinzenz Fettmilch, teils von Doktor Chemnitz verjagt worden waren.

So lebten sie wieder zusammen, die beiden Freunde, Rebekka und die Kinder. Nur war es nicht mehr eine bequeme Behausung, sondern eine baufällige Hütte, und die Männer hatten nichts mehr zu tun, sie durften keinem Erwerb nachgehen und sie hatten viel freie Zeit für ihr Schachspiel. Und Rebekka konnte nicht mehr so gute Sachen kochen, weil es an Geld mangelte, nur die Kinder waren fröhlich wie immer. So also lebten sie dahin und kamen oft mit ihren Schicksalsgenossen zusammen und sprachen über dies und das. Meist aber hatten sie doch nur ein Thema: Wann man wohl wieder werde nach Hause können, wann endlich den beiden Unholden das Handwerk gelegt würde, wann endlich Gottes Strafe Fettmilch und Chemnitz ereilen werde! Aber nachdem viele Monate ins Land gezogen waren und sich nichts geändert hatte und Fettmilch und Chemnitz wohlgemut weiter herrschten, ließen auch die Gläubigen und Hoffnungsvollen ihren Mut sinken und schickten sich an weiterzuwandern. Aber als es keiner mehr erwartete, hieß es eines Tages, der Kurfürst Friedrich von der Pfalz sei mit ungeheuer viel Fußvolk, Reiterei und Kanonen in Worms eingezogen und habe Doktor Chemnitz und die Seinen in Haft gesetzt. Und dann sandte Löb Oppenheim eine Botschaft nach Heppenheim zu seinem Neffen: Der Doktor möge sogleich nach Worms zurückkommen, die Stadt sei wieder ruhig, Doktor Chemnitz, landesverwiesen, habe die Stadt verlassen, bei Nacht und Nebel, niemand wisse, wohin er sich gewandt habe. Und zur gleichen Stunde kamen andere Botschaften: Alle vertriebenen Juden könnten nach Frankfurt zurück. Vinzenz Fettmilch, der

Frankfurter Haman, sei in der Haft des Kaisers, eine schwere Strafe erwarte ihn, die Stadt selbst sei mit einer ungeheuerlichen Geldbuße belegt, 175.919 Goldgulden hätten die Frankfurter Bürger als Schadenersatz für die an den Juden verübten Plünderungen zu zahlen.

VII.

Sie waren nun seit zwei Monaten wieder in Frankfurt, sie hatten das kleine Häuschen zurückbekommen, in dem sie gelebt hatten, und wenn auch alles daraus geraubt worden war, sie waren glücklich und zufrieden. Und Ernesto konnte wieder im Hospital seiner alten Beschäftigung nachgehen und versuchen, Menschen gesund zu machen. Nur Rebekka war umschattet. Ihre Brüder waren nicht zurückgekehrt, sie wußte nichts von ihnen, bis man ihr berichtete, daß beide bei den Kämpfen um die Verteidigung der Tore den Tod erlitten hatten. Sie zitterte am ganzen Körper, wenn ihr Mann am Morgen das Haus verließ, um ins Spital zu gehen. Wenn sie einholen ging und den Friedhof nur von weitem sah, wurde ihr sterbensübel.

Eines Tages kam Doktor Oppenheim aus Worms zu Besuch. Er hatte es sich nicht nehmen lassen, zu dem großen Tag zu kommen, an dem das Urteil des Kaisers über Vinzenz Fettmilch vollstreckt werden sollte. Laut kaiserlichem Spruch wurde der Mann Fettmilch gehängt, nachher gevierteilt, und dann wurden unter bestimmten langwierigen Zeremonien die vier Teile seines Körpers an die vier Stadttore gehängt. Sein Haus wurde geschleift und seine Familie aus der Stadt verbannt. Eine jubelnde Menschenmenge zog durch die Straßen Frankfurts und pries das Urteil und schmähte das Andenken des Lebkuchenbäckers. Waren es nicht die selben, die dem Manne zugejubelt hatten, als er die Juden massakrierte?, dachte Ernesto und lächelte still vor sich hin.

Am Abend dieses Tages saßen die Männer bei ihrer Schachpartie. Aber keiner konnte die notwendige Ruhe aufbringen, sie machten Fehler um Fehler. Ernesto verlor die Geduld, warf die

Steine zusammen und sagte: »Eigentlich sollte man weg von hier, weit, weit weg!«

»Gerade heute sagst du das, Mann?« fragte Rebekka erstaunt. »Gerade heute, da doch dem Recht endlich genüge getan wurde? Ich verstehe dich nicht!«

»Ja, gerade heute!« rief Ernesto. Er hatte sich erhoben und ging hin und her. »Gerade heute! Man hat uns gerächt. Aber was wird jetzt kommen? Glaubst du, daß es damit zu Ende ist?«

»Es wird jedem die Lust vergehen, das Schicksal des Fettmilch zu teilen«, rief Rebekka.

»So? Glaubst du?« fragte Ernesto und der Ton klang gegen seinen Willen höhnisch. »Nein, das wird die Leute nicht sehr abschrecken. Jetzt werden sie Fettmilch rächen wollen. Oh, sprich nichts, Rebekka, sprich nichts! Ich kenne dies alles besser. Gedenke unserer Ahnen, die aus Spanien nach Portugal und von Portugal in andere Länder gekommen sind. Ich kenne das! Was wir heute erleben, ist kein Ende, vielleicht nur ein Beginn! Wir sollten bei Sonnenschein gehen und nicht erst, wenn es stürmt!«

»Was willst du denn, Ernesto, was willst du?« fragte Rebekka und ihre Augen füllten sich mit Tränen. »Mußt du uns mit deinen schwarzen Prophezeiungen den Tag verderben?«

»Laßt ihn, laßt ihn, Frau Rebekka!« rief Oppenheim. »Laßt Euren Mann. Er hat so unrecht nicht. Doch fragt ihn lieber, wohin er sich denn wenden will, wo es denn besser ist für uns Juden? Nun, so sprich doch, mein viellieber Freund, kannst du mir sagen, wo es für uns ein besseres Land gibt? Kannst du mir eines nennen, in dem es keinen Fettmilch und keinen Doktor Chemnitz gibt?«

Das neunte Intermezzo

»Sie haben also Schön-Lilli kennengelernt?« fragte Eva den Rechtsanwalt und verzog ihren Mund. »Sind Sie ihr auch verfallen? Sie müssen nämlich wissen, daß ihr alle Männer hörig werden, wenn sie es nur will! Sie sagte es, also muß es wahr sein!«

»Ich wußte gar nicht, daß Sie Fräulein Lilli kennen?« fragte Doktor Ascher und bedauerte, ihr überhaupt von der Begegnung erzählt zu haben.

»Fräulein Lilli!« rief Eva und lachte laut und anhaltend. »Ich kenne die Dame, die Sie so nennen, seit unendlich langer Zeit. Wir sind in dieselbe Schule gegangen.«

»Nicht möglich!« rief Ascher erstaunt aus. »Fräulein Lilli sieht doch bedeutend älter aus als Sie!«

»Sie ist aber nur um etwa zwei Jahre älter als ich«, sagte Eva. »Im übrigen ist gar nichts echt an ihr, aber schon gar nichts! Sie heißt nicht einmal Lilli, sondern legte sich diesen Namen nur zu. Als sie in die Schule ging, nannte sie sich Barbara. Sie ist geschieden. Ihr Mann hat nach kaum drei oder vier Monaten genug gehabt von ihr. Sie dürfte ihn vermutlich schon in der Hochzeitsnacht betrogen haben. Nichts an ihr ist echt, weder ihr Haar noch ... Sie dürften ja bereits bemerkt haben, daß ich Lillichen nicht mag! Wissen Sie übrigens, daß sie mit ihrem eigenen Bruder ein Verhältnis hatte?«

»Was denn nicht noch alles?« rief Doktor Ascher und lachte.

»Lachen Sie nicht!« rief Eva energisch und zurechtweisend. »Der arme Junge hat sich damals erschossen. Haben Sie denn nichts von dieser Affäre gehört? Sie haben doch immer auf dem Monde gelebt, mein Lieber! Das war vielleicht vor elf oder zwölf Jahren ...«

Hätte Eva geahnt, daß sie Lilli nur interessanter für den Doktor machte, sie hätte geschwiegen. So aber sprach sie ungehemmt weiter: »Als junges Geschöpf hatte sie mit Vorliebe Verhältnisse mit älteren Männern, sie meinte, daß man nur von erfahrenen Männern die Liebe lernen könne, nur sie könnten einer Frau lehren, wie die Männer geliebt werden wollen ... Bei jeder Gelegenheit gab sie vor, daß sie überhaupt nichts anderes interessiere als der Geschlechtsgenuß, alles andere sei schal und leer und unbedeutend. Sie zeigte sich bei Premieren, in Konzerten, Ausstellungen mit einem Freund meines Vaters, dem Dichter A., der damals schon über sechzig war, aus keinem anderen Grund als dem, weil A. berüchtigt war, vor zwanzig Jahren ein Lebemann gewesen zu sein.«

Während dieses Gesprächs gingen der Doktor und Eva durch einen Teil des zweiten Bezirkes. Die Straßen waren hier eng und unfreundlich, die Häuser standen so dicht aneinander gepreßt, als gönne keines dem anderen Luft. Die Gassen waren unüblich menschenleer und still. In diesem Viertel wohnten meist nur ärmere Juden, und ein Teil ihres Lebens hatte sich auf der Straße abgespielt. Viele waren nun ausgewandert, die anderen getrauten sich aus Furcht vor Mißhandlungen und Verhaftung gar nicht mehr auf die Gasse, saßen zu Hause, lebten von dem, was barmherzige Glaubensgenossen ihnen schenkten und warteten.

Eva und Doktor Ascher befanden sich auf dem Weg zu einem Freunde des Meisters, einem alten Komponisten, der seit urdenklichen Zeiten hier hauste. Doktor Ascher hatte den Namen des Mannes niemals zuvor gehört, doch Eva berichtete ihm, daß der alte Mann in Musikerkreisen sehr geschätzt war und Lieder geschrieben hätte, die zu den schönsten gehörten, die sie kenne. Er sei ein launenhafter, sonderbarer alter Herr, voll von Schrullen, aber sie liebe ihn. Vater hatte ihm aus dem Lande helfen wollen, aber der alte Mann habe abgelehnt, er wolle nicht fort aus Wien. Nun hatte er zu ihr geschickt, sie möge ihn besuchen …

Das Haus, in dem der alte Komponist lebte, war ein wenig besser gehalten als die anderen, sogar ein blinder Spiegel befand sich im Hausflur, Elegance vortäuschend. In den Gängen roch es nach verbrannter Milch und faulendem Obst. Sie läuteten. Der alte Herr sah durch ein Guckloch und öffnete ihnen vorsichtig. Er war ein kleingewachsener, beleibter Mann mit schönem, klarem Gesicht. Dichtes, weißes Haar umwallte das mächtige Haupt und fiel bis in den Rücken. Er ergriff Evas Hände, zog sie ins Vorzimmer, drückte ihr einen Kuß auf die Stirn.

Der Musiker führte seine Gäste durch eine dunkle Küche in ein Zimmer, das groß und geräumig war, in dem es aber merkwürdig aussah: In der Mitte des Raums stand eine große Kiste, die sichtlich als Tisch diente, um den standen drei oder vier kleinere Kisten anstelle von Stühlen. Auf dem Boden waren Teller, Gläser, Flaschen, Krüge, ein alter Petroleumofen, Tüten mit Zucker, ein paar Bücher, Noten und Schriften, ein Glas mit Honig und Eßbesteck.

»Nehmt Platz, mein Herr, setz dich, Geliebtestes!« sagte der Musiker. »Und berichte mir, wie es dir geht, was deine verehrte Mutter macht, und ob du schon Nachricht von deinem Vater hast.«

»Papa telegrafierte aus Marseille … Aber sag, wie kannst du nur hier hausen!«

»Ja, man hat mich arg geplündert, ich wollte sagen, enteignet. Am meisten leid ist's mir um mein Klavier. Das hätte ich auch nicht gedacht, daß ich einmal ohne Klavier leben könnte!«

»Aber wie kannst du nur so leben? Du könntest doch schon längst aus dem Lande sein, wenn du nur ernstlich wolltest!«

»Ich will aber nicht ernstlich, mein Geliebtestes! Was soll ich in der Welt? Ja, Männer wie dein Vater, das ist etwas anderes! Der gehört der Welt, und die Welt gehört ihm. Aber ich? Wer kennt mich draußen? Wer bin ich draußen? Meine Lieder haben drei Dutzend kultivierten Menschen in Wien gefallen, draußen zuckt man über sie nur die Achseln. Was soll ich in der Welt? Weißt du, daß ich seit dreißig Jahren diese Stadt nicht mehr verlassen habe?«

»Aber das ist doch nicht mehr dein Wien! Das ist doch nicht mehr deine Stadt! Man läßt dich ja hier nicht mehr leben!«

Der alte Mann sah zu Boden. Fast flüsternd fuhr er fort: »Ich kenne in meiner Umgebung manche Familie, die buchstäblich langsam verhungert. Es sind meist alte Menschen, denn die Jungen konnten sich aus dem Staube machen. Aber die Alten sitzen hier, dürfen keiner Beschäftigung nachgehen, verkaufen ein Stück ihrer Habe um das andere, veräußern Kleidung und Wäsche und – verhungern. Das Wort spricht sich leicht aus. Im übrigen, mein Kind, habe ich dich zu mir gebeten, weil du mir vielleicht helfen kannst. Ich habe zwei Schützlinge hier, Flüchtlinge aus dem Burgenland …«

»Oh«, sagten Eva und Ascher zugleich. Es war ihnen nur zu gut bekannt, daß die Juden, die in diesem Gebiet lebten, von den Nazis besonders schlecht behandelt worden waren.

»Ja, das ist eine sonderbare, ganz merkwürdige Geschichte … Mein Nachbar ist ein armer, alter Jude. Auch vor der Eroberung Wiens ist es ihm schlecht gegangen, er hat damals mit alten Kleidern einen wenig schwunghaften Handel getrieben. Jetzt aber ergeht es ihm böse, und wenn ich nicht seine Miete bezahlt und ihm auch sonst geholfen hätte, ich weiß nicht, was mit ihm geschehen wäre. Zu allem Überfluß hat er jetzt noch Einquartierung bekommen, einen alten Bruder und dessen Sohn aus dem Burgenland. Was diese beiden armen Menschen mitmachen mußten – im Vergleich dazu ist es uns Juden in Wien geradezu paradiesisch ergangen. Dem jungen Mann muß man hinaushelfen. Das ist noch ein junges Leben, das man retten soll, und ich wollte dich bitten, mein Kind, ob du ihm nicht helfen könntest, irgendwohin zu entkommen … Ich mache einen Sprung zu meinem Nachbarn und bring dir den jungen Mann her. Sprich selbst mit ihm.«

Der Musiker entfernte sich und kam nach kurzer Zeit wieder. In seiner Begleitung befanden sich zwei Männer. Der Alte war kleingewachsen, sein durchfurchtes Gesicht war blaß, und der weiße Vollbart fiel auf seine enge Brust. Der Junge, sein Sohn, war übermittelgroß, starken Körperbaus, fast athletisch. Ein rundes, grobknochiges Gesicht mit roten Bäckchen. Er wirkte wie ein Bild von Manneskraft und Gesundheit und hätte diesen Eindruck noch erhöht, wäre sein Kopf nicht von einem dicken Verband umgeben gewesen. Der Musiker stellte sie als Vater und Sohn Süß aus dem Burgenland vor. Eva kam mit dem jungen Mann sogleich in ein fachliches Gespräch über Ausreisemöglichkeiten, sie notierte sich die Personaldaten des Athleten und versprach, ihr möglichstes zu tun, noch heute wollte sie ihrem Vater kabeln, ob er ein Affidavit beschaffen könne. Die Augen des jungen Mannes strahlten, er dankte in ungeschickten Worten.

Mittlerweile hatte sich Doktor Ascher mit dem Alten in ein Gespräch eingelassen. Ascher, der im Burgenland einige Bekannte hatte, fragte nach dem oder jenem, bekam aber nur die stereotype Antwort: »Weiß der liebe Himmel! Vielleicht ist ein Wunder geschehen und er lebt noch!«

Nun mischte sich der Junge ein: »Besser ist's, Herr Doktor, wenn Sie gar nicht nach Freunden aus unserer Gegend fragen! Wie es bei uns zugegangen ist, davon macht sich keiner eine Vorstellung!«

»Mein Großvater selig«, bestätigte der Alte, »hat mir einmal erzählt, daß sein Großvater oder Urgroßvater aus Böhmen vertrieben wurde, aber die Antisemiten von damals müssen feine und milde Menschen gewesen sein, im Vergleich mit den heutigen. Und wenn man bedenkt, wer diese jungen Leute waren, die uns über Nacht vertrieben, ausgeraubt und viele von uns totgeschlagen haben! Ich habe ein Kolonialwarengeschäft gehabt, ein winziges Geschäftchen, wir haben von dem Erträgnis leben können, aber wir mußten uns plagen, von früh bis in die Nacht. Und geplündert und geschlagen wurden wir von jungen Menschen, deren Eltern wir Kredit gewährten, wenn sie ohne Arbeit waren, und die wir, weiß Gott wie oft, beschenkt hatten. Und im Dorf nebenan hatten wir einen alten jüdischen Arzt, er hat sein ganzes Leben unter den burgenländischen Bauern verbracht, er hat sein Judentum vergessen und ist ein Bauer geworden unter den anderen Bauern. Zum Schluß war er schon so hartherzig wie seine Umgebung, und ein Fremder hätte ihn nicht mehr für einen Juden gehalten. Gleich nachdem die Deutschen im Lande waren und die Leute sich vor Glückseligkeit wie wilde Bestien gebärdeten, haben sie aus lauter Freude den alten Doktor erschlagen. Und, wissen Sie, wer den tödlichen Schlag führte? Der Sohn eines Kleinbauern, den der Doktor selber vor 22 Jahren zur Welt bringen half. Ja, solche Witze macht der liebe Gott mitunter.«

»Man hat euch alle auf ein Schiff gebracht, nicht wahr?« fragte Doktor Ascher.

»Man hat ein paar hundert von uns in der Nacht zusammengefangen, so wie wir waren, viele in ihren Nachthemden, Ehepaare voneinander gerissen, Eltern von den Kindern. Man hat alle auf ein Schiff gebracht. Aber das Schiff kam nicht weit, weil die ungarische Donaupolizei die Weiterfahrt nicht gestattete. Keiner der Juden durfte das Schiff verlassen, die Nahrungsmittel gingen zu Ende. Viele sprangen ins Wasser, um schwimmend das ungarische Ufer zu erreichen, aber drüben standen Gendarmen und schossen auf die Schwimmenden. Doch im großen und ganzen haben diese Menschen unerhörtes Glück gehabt ...«

»Jawohl, ein unerhörtes Glück!« rief der Junge und blickte angriffslustig. »Denn schließlich bekamen sie doch irgendwie die Erlaubnis zur Weiterreise, und einer von ihnen schrieb mir bereits eine Karte aus Palästina. Er hat als Hafenarbeiter sein Brot gefunden. Und mich haben sie halb tot geprügelt und meinen armen Vater hier ... Nein, uns ist es viel schlechter ergangen. In unserer Gemeinde haben sie uns in unsere Häuser eingeschlossen und uns verboten auszugehen. Wir hatten in unserem eigenen Haus unser eigenes Geschäft, in dem die Waren verdarben, aber wir durften uns nichts davon holen. Nach ein paar Tagen haben sie uns auf offene Leiterwagen verfrachtet wie Tiere. Wir durften nichts mitnehmen, keine Kleider, keine Wäsche, keine Schuhe, nichts. Natürlich auch kein Geld, wir mußten ihnen alles zurücklassen, vom Ehering bis zur Unterhose. Und dann haben sie uns unter Gejohle und Geschrei fortgeschafft. Die kleinen Kinder durften Steine auf uns schmeißen!«

»Durften!« sagte der alte Herr Süß lachend. »Nein, sie mußten es tun! Es ist richtig, daß die meisten dieser Gesellen, die das anbefahlen, ortsfremde Nazis waren, aber die, die es ausführten, waren Einheimische. Und diejenigen, die all dem zusahen, das waren Leute, mit denen wir seit dreißig und noch mehr Jahren in einem Dorfe lebten, die mit mir in die Schule gegangen sind, die Geld von mir liehen, wenn sie in Not waren, denen ich beigestanden bin in vielen Nöten, und die auch mir oft nachbarlich und freundschaftlich geholfen haben. Was ist nur in diese Leute gefahren? Was habe ich diesen Menschen getan?«

Der junge Herr Süß fuhr in seiner Erzählung fort: »Manche hatten wieder Glück und kamen nach Wien, wo man sie in Hütten vor der Stadt unterbrachte. Dann haben ihnen die Wiener Juden geholfen. Aber wir hatten Pech. Uns haben sie in die Steiermark gebracht, weiß der liebe Himmel warum, vermutlich ein Irrtum. Wir kamen in ein steirisches Lager. Vier Monate lang hielt man uns dort …«

»Erzählen Sie doch weiter!« bat Doktor Ascher. Aber der junge Herr Süß ließ sich nicht bitten. Er schwieg, und das Schweigen lastete im Raume. Er trank von dem Wasser, das der Komponist ihm gereicht hatte. Die Hand des jungen Athleten zitterte so sehr, daß er das Glas kaum zum Munde führen konnte.

»Und dieses Wasser haben die Wiener einem meiner Verwandten zu danken«, sagte der alte Mann. »Das Hochquellenwasser hat der Geheimrat Süß den Wienern geschenkt. Man hat ihm dafür auch ein Monument gesetzt …«

»Das man freilich wieder abgetragen hat«, fügte Doktor Ascher hinzu. »Ich habe den hochberühmten Mann noch gekannt, den der Kaiser zum Mitglied des Herrenhauses machte. Ich war einmal, vor vielen, vielen Jahren auf seinem kleinen Besitz im Burgenland, ich glaube, es war in der Nähe von Sauerbrunn …«

»Richtig, richtig!« rief der alte Herr Süß. »Und wenn man denkt, daß dies alles noch gar nicht lange her ist! Damals konnte ein Jude noch Geheimer Rat und mit Ehren überhäuft werden, und seine dankbaren Mitbürger konnten ihn ins Parlament entsenden, und er konnte als eine Zierde des Reiches gelten … Und nun?«

Der Komponist begleitete seine Besucher ein Stück des Weges. Er wollte noch Einkäufe besorgen, und das mußte am späten Nachmittag erfolgen, weil die Juden nicht zur selben Zeit mit den Christen einkaufen durften. Auf den Straßen waren viele Menschen, und in der Taborstraße, in die sie nun einbogen, war der Strom der johlenden und lärmenden Menge schon so gewaltig, daß man nicht weiter konnte. Bald erfuhr die kleine Gesellschaft auch die Ursache der Freudenkundgebung. In München, hieß es, tage eine Konferenz, die die Abtretung des Sudetengebietes an Deutschland beschließen werde.

Doktor Ascher konnte sich immerhin zu den Worten aufraffen: »Mir scheint, Sie weinen, Eva!«

Zehntes Kapitel
Bogdan Chmielnicki oder Leid, Liebe und Tod in Polen

I.

In der Familie des Mose Ascher in Tulczyn herrschte große Freude, als der lang angekündigte holländische Vetter, Amschel Ascher aus Amsterdam, endlich eintraf.

»Daß du doch gekommen bist!« rief Mose. »Wir hatten schon fast alle Hoffnung aufgegeben! Deine Botschaft langte vor mehr als einem Jahr ein. Wir glaubten und fürchteten, daß du deine Absicht aufgegeben oder daß dir – Gott behüte! – ein Unglück widerfahren sei!«

»In diesen Zeiten ist das Reisen nicht einfach«, sagte Amschel lächelnd. Er war ein stattlicher, kräftiger und gut aussehender Mann von etwa vierzig Jahren. »Die ganze Welt scheint außer Rand und Band. In Deutschland wütet die Kriegsfurie noch immer. Als ich ein kleiner Knabe war, hat das Unheil begonnen, und noch immer ist's nicht zu Ende. Die frommen Männer von Amsterdam behaupten, das sei Gottes Strafe, weil die Deutschen so grausam gegen die Juden waren.«

»Gott wird sie noch ganz anders strafen, sie und alle Feinde unseres Volkes!« sagte Israel, der Sohn des Mose, und seine Augen blitzten feurig. Amschel betrachtete seinen jungen Verwandten nicht ohne Interesse. Bald nach seiner Ankunft hatte Amschel erfahren, daß dieser Jüngling Israel ein vorzüglicher Talmudschüler sei, der auf den talmudischen Messen einen Preis davongetragen hatte und sich der Rabbinerlaufbahn zu widmen gedachte. Amschel hatte gute Gründe, sich für ihn zu interessieren.

»So? Meinst du?« fragte er und wandte sein Auge nicht von dem Jüngling. »Glaubst du, daß Gott so hart und unbarmherzig straft?«

»Natürlich!« rief Israel und seine Augen glänzten wieder fiebrig. »Wißt Ihr denn nicht, daß unser Gott ein Gott der Rache ist, der noch straft an Kindern und Kindeskindern bis ins zehnte Geschlecht? Wir haben Gott zu fürchten!«

»Hm!« Amschel schwieg lange. Dann sagte er zögernd und mit leiser Stimme, als spräche er zu sich selber: »Eigentlich ist es ein trauriges Leben, wenn man immer in Furcht erzittern muß!«

»Herr Onkel!« rief der Jüngling entsetzt und war aufgesprungen. »Herr Onkel! Es ist doch Furcht vor Gott, und Gottesfurcht ist eine Tugend. Habt ihr im Westen das nicht gelernt? Ist's wahr, daß ihr dort nicht mehr richtige Juden seid und nicht mehr die richtige Lehre verbreitet?«

»Hm!« machte Amschel wieder und schwieg. Er dachte: Welche Überheblichkeit zeigt doch dieser junge Mann! Er sieht ja auf uns westliche Juden mit nicht geringerem Hochmut herab als die meisten dieser studierten polnischen Jünglinge, die ich auf meinen Reisen in diesem sonderbaren Land angetroffen habe. Er scheint doch nicht der richtige Mann zu sein ...

Mose, dem man anmerkte, daß er auf seinen Sohn stolz war und seine Gelehrsamkeit bewunderte, wollte das Gespräch auf ein weniger gefährliches Gebiet führen: »In Deutschland hacken die Gojim aufeinander ein. Je mehr sich gegenseitig umbringen, desto besser! Gott verzeih' mir die Sünde! Aber ich glaube, es kann keine Sünde sein, jenen den Tod zu wünschen, die uns umbringen, wenn sie nicht gerade damit beschäftigt sind, einander abzuschlachten.«

Wieder spürte Amschel den tiefen Unterschied zwischen seinesgleichen und den Menschen hier; und es waren doch Juden wie in Amsterdam, sogar Verwandte. Und doch, wenn er sie so sah, in ihrer fremdartigen Kleidung, mit ihrem so anderen Gehabe, wenn er ihre merkwürdig veralteten Ansichten hörte: In solchen Augenblicken schienen ihm die Amsterdamer Christen näher verwandt als diese, seine richtigen Verwandten.

»Ich weiß nicht!« sagte er langsam. »Wir zu Hause wünschen niemandem den Tod!«

»Kunststück! Werdet ihr dort auch so verfolgt und geschlagen und gemartert, wie wir es hier werden?«

»Nein, allerdings nicht«, sagte Amschel und lächelte.

»Also tobt der Krieg noch immer?« fragte Mose und schwieg, als lauschte er in sich hinein. »So? Tobt er noch? Wir haben hier gehört, daß in Deutschland schon alle Menschen tot sein sollen und daß der Krieg zu Ende ist …«

»In vielen Teilen des Landes, durch das ich kam, scheint es so zu sein. Es gibt große Gebiete, die so gut wie unbewohnt sind.«

»Die Deutschen interessieren mich nicht sehr, lieber Vetter!« sagte Mose und schüttelte den Kopf, daß die Löckchen an seinen Schläfen aufgeregt hin- und herflatterten. »Laß mich doch in Ruhe mit diesen Deutschen! Aber auf deiner Reise zu uns mußt du ja einen großen Teil Polens durchquert haben. Erzähle mir, wie du es dort fandest, was du dort sahst.«

»Ich war sehr überrascht, auch Polen in einem Krieg zu finden und überdies in einem so furchtbaren und grausamen Krieg. Ich muß gestehen, daß ich gar nicht einmal weiß, was diesen Kämpfen zugrunde liegt. Selbst von diesem Untier Chmielnicki weiß ich nur wenig. Möchtet ihr mir nicht erzählen, wie das alles gekommen ist?«

»Ja«, sagte Mose und lehnte sich in seinem Sessel zurück. »Schon lange geht es uns Juden nicht mehr gut in Polen. Ich kann nicht sagen, wann es begonnen hat.«

»Als der König die Jesuiten ins Land rief, damit sie die Söhne der Adeligen unterrichten!« rief Israel.

»Oh, mein Bruder spricht wieder gegen die Jesuiten!« sagte Esther, die Tochter Moses, die gerade das Zimmer betrat. Amschel hatte sie schon tags vorher, gleich nach seiner Ankunft, kennengelernt. Sie war nicht groß, überzart mit meertiefen, dunklen Augen und glänzend schwarzem Haar. Ihre weiße Haut stach doppelt scharf von der Farbe des Haars und der Augen ab. Auf Amschel machte sie Eindruck, er konnte den Grund nicht sagen. Den vorangegangenen Abend, als er von seinem Leben erzählen mußte, war sie wortlos neben ihm gesessen und hatte ihn mit ihren feuchtschimmernden Augen so merkwürdig von der Seite angesehen, daß es Amschel ganz sonderbar zumute war. Fast kamen ihm wieder Gedanken der Art: Mein guter Gott, ich bin doch schon über vierzig, und mein Sohn Manuelo ist siebzehn und im heiratsfähigen Alter, obgleich es ein Unfug ist, daß man bei uns so jung heiratet. Was wußte ich von Frauen, als ich heiratete …

»Ja, es ging uns nicht gar so schlecht. Wir konnten keine Reichtümer sammeln, aber wir hatten, was wir brauchten, und unsere Edelleute schätzten uns, jeder hatte seinen jüdischen Ratgeber, seinen jüdischen Faktor, der sich um die Geschäfte kümmerte. Und unsere Söhne konnten studieren …«

Amschel betrachtete Esther verstohlen. Sie bemerkte den Blick, lächelte und senkte ihr Antlitz über eine Handarbeit.

»Glaubt ja nicht, daß das Studium eine leichte Sache ist«, sagte Israel. »Wir müssen viel lernen. Fast den gesamten Talmud und vieles andere muß ein Student auswendig können und dazu die Deutungen und Erklärungen. Wir haben nur wenig vom Leben, wir dürfen nicht spazieren gehen, ja selbst den Schlaf müssen wir überwinden!«

»Seltsam!« sagte Amschel und sah wieder zu Esther, die aber von ihrer Arbeit nicht aufblickte.

»Bogdan Chmielnicki«, sprach Mose, »wir wissen gar nicht, woher er kommt und was er früher war. Er ist Russe von Geburt, aber viele sagen, daß er Ukrainer ist, manche, er sei ein Kosakensohn. Er ist jetzt über fünfzig Jahre alt. Man erzählt, er sei zu einem wütenden Antisemiten geworden, weil er in seiner Jugend von Juden schlecht behandelt worden sei und weil ihm ein Jude sein Gut im Spiel abgewonnen und seine Frau entführt hatte. Wir wissen nicht, ob dies wahr ist, aber er hat es fertig gebracht, die Tartaren und die Kosaken für einen Krieg gegen Polen zu entflammen, für einen fanatischen Religions- und Rassenkrieg. Er predigte den Kosaken: ›Die Polen haben uns als Sklaven der verfluchten Brut der Juden ausgeliefert!‹ Und das zeitigte seine Früchte. Nachdem er lange genug geschürt hatte, waren Tartaren, Kosaken, Zaporoger einig und geschlossen hinter ihm. Vor den Augen der Polen bewaffnete er ein Heer, aber die sahen nur untätig zu und lachten geringschätzig: ›Wie, mit den paar Waffen will er uns schlagen? Wir können in einer Woche mehr haben, als er in einem Jahr ansammeln kann, wenn wir nur wollen!‹ Aber auch wir Juden achteten der Gefahr nicht. Und eines Tages griff sein Heer an. Seine Horden überfluteten die Städte bis Lublin und Kiew, sie ermordeten Tausende Juden. Die anderen gerieten in Gefangenschaft, wurden an die Türken verkauft oder mußten griechisch-orthodoxe Christen werden … Diese Kosaken und Tartaren, das sind rohe Tiere, die uns buchstäblich zerfleischen! Du wirst es nicht glauben, denn du kommst aus einer zivilisierten Gegend, aber sie töten das Vieh und fressen es, ohne sich die Mühe zu geben, das Fleisch zu rösten. Und so sind sie auch zu uns Juden.«

Mose seufzte tief, Israel murmelte ein Gebet vor sich hin, Amschel betrachtete Esther, die aber von ihrer Arbeit nicht aufsah, und Mose fuhr fort: »Die Hand des Herrn, gelobt sei sein Name, lastet schwer auf uns. Chmielnicki hat Mordscharen gebildet, Haidamaken nennt er sie, die das Land durchstreifen. Heute sind sie da und morgen dort. Sie stürzen das ganze Reich in Angst und Kummer. An ihrer Spitze stehen die schlechtesten Männer, die Chmielnicki nur irgendwie auftreiben kann, Mörder, Räuber, Entmenschte. Und sie wieder haben Kreaturen unter sich, die um nichts besser sind. Das Leben der Menschen zählt nichts für sie. Aber diesmal geht es nicht nur gegen die Juden, auch die Christen werden verfolgt. Diese Kosaken und Tartaren machen keinen Unterschied zwischen Jud und Christ. Jetzt können endlich einmal die Christen erkennen, was es heißt, verfolgt zu werden, nur weil man einer anderen Religion angehört! Jeder Tag bringt neue Schreckensnachrichten, jeder dieser Gesellen will den anderen an Grausamkeit übertreffen.«

»Ja, ich hörte davon. Unterwegs erzählte mir jemand, was sich in Nemirow begeben hat«, sagte Amschel. »Heute oder morgen können sie hier sein. Ich weiß nicht, warum ihr euch nicht rechtzeitig retten wollt!«

»Wohin sollen wir uns denn retten?« fragte Mose, und seine Stimme klang noch mutloser als seine Frage. »Wohin wir uns auch wenden, überall träfen wir auf die Banden Chmielnickis!«

»Oh, Tulczyn ist nicht Nemirow!« rief Israel laut. »Wir sind weit besser gerüstet, und bei uns halten Juden und Polen zusammen! Tulczyn mit seiner guten Festung Nesterow läßt sich nicht so leicht erobern wie Nemirow! Sie werden sich gar nicht getrauen, uns anzugreifen!«

Mose sagte: »Das ist unser Land, wir müssen hierbleiben und ertragen, was uns Gott, der Herr, gelobt sei sein Name, beschieden hat. Aber warum bist du zu uns gekommen, lieber Vetter, warum bist du in das Land des Unheils gereist?«

»Ja, das ist schwer zu sagen«, antwortete Amschel und schwieg eine Zeit lang versonnen, ehe er fortfuhr. »Ihr müßt wissen, daß ich wenig seßhaft bin, ein Wandervogel … Ich habe es nie lange an einem Ort ausgehalten, ich mußte schon in meiner Jugend viel mit meinen Eltern wandern. Von Frankfurt nach Worms und wieder nach Frankfurt, später dann nach Italien und von dort wieder nach den Niederlanden. Und als ich dann älter wurde, da hat es mich erst recht nicht lange an einem Ort gelitten. Immer mußte ich wandern und wandern, sonst war ich nicht froh …«

Esther hatte ihre Arbeit endgültig weggelegt und ließ kein Auge von dem Erzähler.

»Ich habe viel von der Welt gesehen, bin weit herumgekommen, und einmal war ich sogar in Indien …«

»In Indien?« rief Esther träumerisch aus. »Gibt es das wirklich?«

»Und leben auch Juden dort?« fragte Israel eifrig.

»Ich kann verstehen, daß man nach Indien reist zu seinem Vergnügen«, sagte Mose in seinem singenden Tonfall, »aber daß man nach Polen fahren kann, nur zum Vergnügen, verstehe ich nicht …«

»Ich habe Geld, ich muß nicht Geschäfte machen«, sagte Amschel. »So kann ich reisen, wie es mir beliebt und wohin es mir gefällt. Und wenn die Gemeinde bittet, fahre ich eben nach Polen, um einen neuen Rabbiner für Amsterdam zu holen, denn sie wollen dort nur einen Rabbi aus Polen …«

»Wäre das nichts für meinen Israel?« fragte Mose. »Er ist ein kluger Junge. Er hat einen Preis bekommen bei der Talmudmesse …«

»Laß das, Vater, bitte!« rief Israel ungebärdig. »Du wirst mich doch nicht anpreisen wollen wie ein Stück Vieh …«

»Ich will es überlegen«, sagte Amschel, »zuerst muß ich wohl mit Israels Lehrern sprechen.«

»Und Eure Frau?« fragte Esther leise. »Eure Frau läßt Euch so allein durch die Welt ziehen?« Sie sah zu Boden, erschrocken über ihre eigene Kühnheit, in Gegenwart von Männern das Wort zu ergreifen.

»Meine Frau ist schon sehr lange tot«, sagte Amschel. »Sie starb bald nach der Geburt meines Sohnes Manuelo, der heute fast siebzehn ist, so alt wie du!«

II.

Amschel war keine Woche in der Stadt, als Meldungen eintrafen, daß sich eine Schar Haidamaken, Kosaken und Tartaren unter Führung des Häuptlings Krywonoss, einem Parteigänger Chmielnickis, der Stadt nähere. Sogleich schlossen die Juden die Tore und brachten die Festung in Bereitschaft. Sie beschlossen, sich unter keinen Umständen der Gewalt zu unterwerfen. Darin wurden sie von den Polen unterstützt. Die polnischen Edelleute schlossen einen förmlichen Vertrag mit den Juden, und man kam überein, Stadt und Festung bis zum letzten Mann zu halten. Amschel stellte sich die Frage, warum er sich jetzt nicht aus dem Staub machte. Zwar fürchtete er sich nicht, dennoch lechzte er nicht danach, Zeuge von Schlächtereien und am Ende gar eines ihrer Opfer zu werden. Warum aber blieb er in Tulczyn? Etwa der kleinen Esther wegen, deren Lächeln ihn immer stärker anzog? Amschel wurde über sich selber ärgerlich. Diese Esther war doch noch ein Kind!

Israel war im Zwiespalt. Er wollte, seiner Berufung getreu, von früh bis spät beten und studieren, aber immer wieder trieb es ihn auf die Wälle, um nach dem Feind zu sehen, der vor den Toren Lager bezogen hatte. Er sah die kleinen, schnellen Rosse der Kosaken und die gedrungenen Gestalten der Tartaren, die Lanzen in ihren Händen hielten, die länger waren als sie selber.

Amschel verstand Israels Grübeleien über den Sinn der Belagerung Tulczyns durch das Kosakenheer wenig, umso mehr bemühte er sich, Israels Schwester zu verstehen. Wo es nur irgend möglich war, suchte er ihre Gesellschaft. Die strengen Sitten waren durch die allgemeine Aufregung gelockert. So konnte Amschel mit dem jungen Geschöpf allein herumgehen, auf den Wällen, in den hohen Hallen der Festung, durch die kleinen, engen Gräben.

Die Kosaken hatten die Stadt vergeblich belagert, sie konnten sie nicht nehmen. Da hatten sie eine Abordnung zu den polnischen Edelleuten gesandt und ihnen sagen lassen: Unsere und eure Feinde sind nur die Juden. Liefert uns die Juden aus, und wir wollen euch verschonen. Und die Adeligen, die den Juden Treue geschworen hatten, baten diese nun flehentlich, die Waffen abzugeben, es würde den Juden nichts geschehen, sie, die polnischen Edelleute, wollten sich für sie einsetzen. Die Juden wollten die polnischen Adeligen ob dieses offensichtlichen Verrates strafen. Aber da traten die Rabbinen dazwischen: Um des Himmels willen, nein, ganz Polen würde sich dann blutig an allen Juden rächen! Man müsse den Wünschen der polnischen Edelleute entsprechen, wenn man nicht namenloses Unglück über die gesamte Judenheit Polens heraufbeschwören wolle, müsse sich eben für die übrigen Brüder im Lande opfern, vielleicht würde es auch gar nicht so böse enden, vielleicht würden sich die Kosaken auch mit der Habe der Juden begnügen und diese selbst ziehen lassen …

So wogten die Ansichten hin und her. Aber Amschel nahm an den Auseinandersetzungen keinen Anteil, lauschte kaum den Gesprächen. Es war, als schritte er neben den Ereignissen lächelnd einher.

Eines Nachts, er hatte sich schon in sein Zimmer zurückgezogen, klopfte es an seiner Türe. Er öffnete und draußen stand Esther. Sie zitterte am ganzen Körper, als sie in sein Zimmer huschte und sich mit dem Rücken an die Türe lehnte.

»Was gibt's, was gibt es denn?« fragte Amschel. Er war sehr erregt und wollte das Mädchen an sich ziehen. Esther blieb mit überkreuzten Armen an der Türe stehen.

»Ich habe soeben von meinem Bruder erfahren, daß die Juden den Ratschlägen der Rabbinen folgen und die Kosaken in die Stadt lassen werden. Sie müssen sich ihnen also auf Gnade und Ungnade ausliefern. Morgen …«

Amschel hatte nur Augen für dieses junge, zitternde Geschöpf. Es war ihm gleichgültig, was sie sagte, und ihre Worte trafen nur wie von fernher sein Ohr. Er fühlte, daß ihm ein Glück bevorstand.

»Auch ich habe nur ein Leben! Ich will nicht hier bleiben. Wenn alle Männer blind geworden sind, ich sehe, was kommt! Ich kenne einen geheimen Weg aus der Stadt. Wollt Ihr, willst du mit mir kommen?«

»Und dein Vater, deine Geschwister?«

»Ich habe meinem Vater eben Gute Nacht gewünscht und ihn umarmt. Er wußte nicht, daß es das letzte Mal war. Er will hier bleiben, so sicher ist er, daß ihm die Kosaken nichts tun werden.«

»Und du willst Vater und Geschwister hier lassen und gehen?«

»Ich habe nur dieses eine Leben!«

»Und du willst von dannen ziehen mit einem fremden Mann?«

»Du bist mir nicht fremd!«

Er war ganz nahe zu ihr getreten. Sie schaute ihn an. Nun lag sie in seinen Armen, er spürte ihren weichen Körper, ihre kleinen Brüste, ihren heißen Atem …

Sie machte sich frei.

»Komm, komm!« flüsterte sie. »Wir müssen eilen, wenn wir den Weg aus der Stadt noch finden wollen!«

III.

Wenn man Amschel später gefragt hätte, wie er mit seiner jungen Gattin den Weg durch das aufgewühlte und von den schrecklichsten Kämpfen zerrissene Polen und durch das nicht minder beunruhigte deutsche Gebiet zurück in seine Heimatstadt Amsterdam gefunden hatte, er hätte es nicht zu sagen vermocht. Alles war wie ein Wunder, die Monate der Wanderung, seine neue Seßhaftigkeit, die Zeit an der Seite Esthers.

Nur in den Träumen sah er alles wieder, aber seltsam gemildert, das Gräßliche hinter einem Schleier verborgen. Er sah sich mit Esther durch einen unterirdischen Gang die Stadt Tulczyn verlassen. Sie schritt vor ihm, er sah sie in der Dunkelheit, folgte beseligt. Sie waren ermüdet, sie schliefen, er fühlte ihren Kopf an seiner Brust; noch immer durchtobte ihn das wüste Glücksgefühl dieser ersten Nacht mit Esther, in einem dunklen Graben, weitab von Menschen … Sie waren weitergezogen, tagsüber in Wäldern und verfallenen Hütten Schutz suchend und nur nachts ausschreitend, sie waren in eine kleine Stadt gekommen, in der viele Juden wohnten. Dort hatten sie erfahren, daß die Kosaken in Tulczyn eingezogen waren und die Juden, nachdem sie sie vollständig ausgeraubt hatten, vor die Wahl stellten: Taufe oder Tod! Und Amschel und Esther hatten erfahren, daß kein einziger der Juden um diesen Preis das Leben erkaufen wollte und alle nach grausamen Martern hingerichtet wurden, 1.500 Männer und Frauen. Amschel wollte nicht, daß seine junge Gattin die Nachricht vernehme, aber sie war nicht von seiner Seite gewichen, hatte die Kunde vernommen und sich, als handle es sich nicht um Vater und Bruder, nach Mose und Israel erkundigt. Als sie erfuhr, daß auch diese wie die anderen hingemordet worden waren, erzitterte sie für einen Augenblick. Dann zog sie ihren Mann am Ärmel und veranlaßte ihn zum Weiterwandern. Sie sprach nicht viel an diesem Tage und schlug ein schärferes Tempo ein. Nie mehr seither hatte Amschel seine Frau von Vater und Bruder, Geschwistern und Verwandten, Tulczyn und Heimat reden hören.

Später erfuhren sie, daß auch die polnischen Edelleute, die die Juden zur Übergabe der Stadt veranlaßt hatten, kein besseres Schicksal erfahren hatten. Auch sie hatte man beraubt, gemartert und getötet, und als sie sich auf das Abkommen mit den Kosaken beriefen, mit Hohn überschüttet: Ob denn die Adeligen ihr Bündnis mit den Juden vergessen hätten? Seit wann dürften Eidbrüchige auf Treue rechnen?

Sie wanderten. Das Land war voll schwarzer Trauer. Sie erfuhren: Eine andere Horde von Haidamaken hatte in der Nähe von Kiew, Starodub und Czernigow alle Juden entkleiden lassen und sie aufgefordert, die Taufe zu nehmen. Aber niemand war dieser Aufforderung nachgekommen, und 1.500 Männer, Frauen und Kinder waren eines furchtbaren Todes gestorben.

Esther und Amschel zogen weiter, und sie hörten von den Kämpfen des polnischen Königs gegen die Scharen Chmielnickis, immer gräßlicher und verheerender wurde das Wüten: In Polonnie allein wurden von den Kosaken über 10.000 Juden getötet, die

Wandernden hörten von Massenmorden in Zaslaw, Ostrog und Konstantinow, in Dubno, Brody, Lemberg und Bar. Wo immer die Wandernden rasteten, wo immer sie Juden begegneten, es war das gleiche Lied, die immer selbe Erzählung.

Wo immer sie gingen, auf Landstraßen, in Wäldern, überall sah man die dürftigen, gebeugten Menschen, halbverhungert, dem Verdursten nahe: polnische Juden, die mit Vätern, Frauen, Kindern und Enkeln dahinwanderten, planlos, irgendwohin, nur weg. So zogen sie dahin, ungezählt, in größeren und kleineren Haufen. Und mitunter begegneten ihnen Scharen bewaffneter Männer. Waren es Tartaren, Polen, Schweden oder Deutsche? Sie waren nicht mehr voneinander zu unterscheiden; aber das war auch gar nicht notwendig, denn alle, gleichgültig welchem Heer sie angehörten oder welchem Kommando sie unterstanden, alle schlugen sie die Juden mit ihren Peitschen oder schossen auf sie oder taten ihren Frauen und Kindern Gewalt an.

»Welch Aufhebens machen die Christen von dem Kreuzigungstod ihres Heilands! Wie viele ans Kreuz Geschlagene und wie viele leiderfüllte Marien wären heute zu zählen?«

Amschel wußte nicht, daß er laut gesprochen hatte. Er sah sich um und konnte sich nicht zurechtfinden. Er war wieder in seinem schönen Heim in Amsterdam, Wohlbehagen und Reichtum, Fülle und Schönheit umgaben ihn. Er war wieder hier mit seiner Frau Esther, in seinem vornehmen Haus, einem der schönsten des Viertels. Er war wieder hier und genoß sein Leben, das nun mit einem Male reicher war als vor dieser abenteuerlichen Reise nach Polen, von der er den größten Schatz heimgebracht hatte. Nur daß sein Sohn Manuelo nicht bei ihm war, störte sein Glücksgefühl. Manuelo war scheu und einsilbig, wenn seine junge Stiefmutter in der Nähe weilte, senkte seine Augen, wenn sie sprach, sah sie nur scheu von der Seite her an. Aber Amschel glaubte auch, daß Esther den jungen Mann nicht gern sah, noch schweigsamer war als sonst, wenn er zuhause war. Und so war es Amschel halb recht und halb unlieb gewesen, als ihn sein Sohn gebeten hatte, ziehen zu dürfen, nach Italien, Venedig oder Rom. Was er denn dort wolle, hatte der Vater gefragt, aber der Sohn hatte keine klare Antwort gegeben, er hatte nur gesagt: »Ach, irgend etwas, Vater!« Amschel hatte nichts weiter hinter diesen Worten gesucht.

Wenn Amschel gehofft hatte, daß Esther nach dem Auszug Manuelos wieder glücklicher und zufriedener werde, so hatte er sich hierin jedenfalls getäuscht. Sie war eher noch ein wenig launenhafter geworden, und manchmal weinte sie sogar mitten im Lachen.

Amschel also war zufrieden und glücklich. Hin und wieder nur war sein Gemüt umschattet und sein Wesen verdüstert, wenn er nämlich von der würgenden Angst erfüllt war, daß ihn Esther eines Tages verlassen könnte, denn sie war doch, wie sie einmal gesagt hatte, nicht dazu geschaffen, Abschied zu nehmen. Wie oft war er von grausamer, herzlähmender, fressender Angst geschüttelt, wenn er sich ausmalte, daß er eines Morgens erwachen und Esther nicht mehr im Hause finden könnte. Langsam erhob er sich und schlich auf Zehenspitzen zur Türe, die ins Zimmer Esthers führte. Vorsichtig öffnete er sie, und sein Herz klopfte nun so rasch, daß er glaubte, es müsse zerspringen. Esther lag auf ihrem Ruhebett und schlummerte.

Auf der Schwelle blieb er stehen und lauschte den ruhigen Atemzügen der Schlafenden.

Das zehnte Intermezzo

Doktor Ascher besuchte nach langer Pause wieder einmal Evas Mutter. Er fand beide Damen in dem merkwürdigen Puppenzimmer, sie waren aber nicht allein. In ihrer Gesellschaft befand sich ein junger, schwarzhaariger Mann von gedrungener, kräftiger Gestalt, dessen Gesicht auf eigenartige Weise anziehend wirkte; jeder einzelne Zug war energisch, alles sprühte von Leben, der Mann schien wie in Flammen zu stehen. Er konnte nicht einen Augenblick lang ruhig sitzen, immer wieder sprang er auf und rannte im Zimmer umher, seine Augen glänzten, seine Stimme dröhnte, er schlug mit den Händen um sich, wenn er eifrig sprach, er verschluckte nicht nur die Endsilben der Worte, sondern mitunter diese selbst, um nur ja rasch genug zu seinem Ziele zu gelangen. Doktor Ascher war recht unangenehm berührt, als er die drei beisammen fand und ihm eine sichtlich harmonische Stimmung entgegenwehte. Er hatte das Gefühl, als seien Eva und dieser junge Mann durch ein unsichtbares Band miteinander verbunden. Sein Herz schlug rascher und heftiger. Die Kammersängerin war gnädig, sie bat den Besucher, Platz zu nehmen, aber um Gottes willen nicht Elschen oder Fiffi zu beschädigen, auch möge er achten, daß Susanne und Margret einander nicht berührten, die beiden wären wieder einmal gar nicht gut miteinander …

»Das habe ich gleich gemerkt!« sagte der junge Mann ernsthaft und betrachtete die Puppen.

Ist der junge Mensch toll oder hat er Grund, der alten Dame zu Gefallen zu sprechen?, dachte Doktor Ascher, und die Kammersängerin rief aus: »Ja, du mein Sohn, du hast eben ein Gefühl für meine Lieblinge!«

Oh, sie sagt ihm du und nennt ihn ihren Sohn, dachte Ascher, und als er nach einigen Sekunden feststellte, daß auch Eva das vertrauliche Wort mit dem jungen Mann wechselte, war der Rechtsanwalt gar konfus. Schon glaubte er, alles durchschauen zu können: Dieser Mensch hier war der heimliche Verlobte Evas, gewiß, es konnte gar nicht anders sein! Würde ihn denn sonst Evas Mutter ihren Sohn nennen? Er versuchte, den jungen Mann zu hassen, aber es gelang ihm nicht. Denn alles, was dieser sprach, war klug, gescheit, menschlich empfunden und hochherzig. Gar bald ergab sich aus dem Gespräch, daß er ein Lieblingsschüler des Meisters war, selber Kapellmeister, der sich nur zu vorübergehendem Besuch in Wien aufhielt.

»Max wird Ihnen von den Ereignissen in der neuesten deutschen Provinz erzählen können!« sagte Eva zu Doktor Ascher. »Er kommt aus dem Sudetengebiet.«

»Leider!« sagte der jugendliche Kapellmeister. »Leider! Mir wäre es lieber gewesen, ich hätte diese neueste deutsche Schande nicht gesehen!« Er rannte wieder im Zimmer hin und her und sagte:

»Bisher hatte ich Glück gehabt! Als die Schweinerei in Deutschland vor ein paar Jahren begann, war ich noch hier in Wien beim Meister. Als ich dann mein erstes Engagement in Deutschland bekam, war es draußen so halbwegs beruhigt, sodaß ich vieles von dem, was man hier über Deutschland gehört hatte, gar nicht für wahr hielt. Zwar kam mir so manch Grauenhaftes zu Ohren, aber die Regie da drüben ist ja so diabolisch geschickt, daß man nichts wahrnimmt, besonders wenn man den ganzen Tag im Theater steckt. Und als es im März hier losging, war ich nicht da und habe so wieder das Gräßlichste nicht direkt mitansehen müssen. Jetzt aber habe ich es miterlebt in Deutschböhmen, und ich habe genug, über-, übergenug!« Er schrie und hieb mit der Faust auf ein kleines Tischchen.

»Gib acht, Max!« rief Eva. »Damit wird's nicht besser!«

»Doch! Damit wird es besser!« schrie der Kapellmeister.

Und die Kammersängerin sagte zu Eva:

»So laß ihn doch, wenn es ihm Spaß bereitet! Er kann hier machen, was er will, so lange er mir meine Lieblinge nicht beschädigt und so lange er uns nicht selber zu Leibe geht! Max, tobe dich aus! Es sei dir gestattet! Du sollst es gut haben bei mir! Zerbrich dort die Vase, sie gefällt mir schon seit zehn Jahren nicht mehr. Auch Susanne mag sie nicht, wie mein Liebling?«

»Ich war am Tage des siegreichen Umsturzes in Karlsbad!« rief der junge Mann. »Ich habe gesehen, ich habe gesehen, ich war dann in Eger, in Komotau, in Aussig, im Riesengebirge ... Ich habe gesehen, ich habe gesehen!« Er sang diese Worte fast. Sie dröhnten im Raum.

»Was haben Sie denn so Gräßliches gesehen, Herr Kapellmeister?« fragte Doktor Ascher.

»Schande über Schande! In all diesen Orten lebten ja nicht mehr viele Juden, sie waren gewarnt worden und hatten dem neuen deutschen Gau schon lange vorher den Rücken gekehrt. Aber einige waren doch geblieben, alte Menschen, die nicht mehr wegkonnten, einige Unentwegte, einige, die an ihrem Besitz hingen, einige Getaufte, die da glaubten, daß ihnen die Taufe hülfe ... Ich sah, wie man Insassen der jüdischen Altersheime peinigte und schlug, ich sah, wie man wehrlose Menschen gebunden durch die Straße schleppte, alte Juden und junge Arbeiter, die das Verbrechen begangen hatten, Sozialdemokraten gewesen zu sein. Ich sah, wie man in einer kleinen deutschböhmischen Stadt einen jüdischen Rechtsanwalt durch viele Stunden an einem Strick um den Leib aus dem Fenster des Rathauses hängen ließ als Trophäe, als Zeichen des deutschen Sieges.«

»Wir wollen das nicht hören, nicht wahr, Margret?« fragte die Kammersängerin und hielt dem Püppchen die Ohren zu.

»Ihr sollt es aber hören! Immer wieder sollt ihr es hören!«

»Max, nimm Vernunft an! Mit solchen Reden nützt du keinem Menschen etwas, du läufst nur Gefahr, selber eingesperrt zu werden!« sagte Eva.

»Ich ersticke aber, ich ersticke!« rief der junge Mann und löste in seinem überströmenden Temperament den Kragen vom Hemde. »Ich halte das nicht aus! Ich halte es nicht aus! Ich muß der Bande an den Hals!«

Er lief zum Flügel, spielte stehend ein paar Skalen, bekam dann Interesse, setzte sich ans Klavier und spielte irgend etwas Ungestümes. Ascher sah den jungen Mann lächelnd an, der wild vor sich hin phantasierte, und es schien dem Anwalt, daß der Künstler am Klavier noch weit deutlicher und klarer als in Worten auszudrücken vermochte, was ihn aufwühlte. Plötzlich schlug er den Flügel zu und rief:

»Beethoven! Wagner! Himmelherrgott, wie besudelt doch diese Meute alles Adelige im Wesen der Deutschen! Ich sah in Bodenbach die Leichen zweier Arbeiter, die Männer waren buchstäblich zu Tode geprügelt worden, ihre Gesichter waren zerschunden, zerkratzt, kein Millimeter ohne Wunde. Und ihr einziges Verbrechen war, daß sie klassenbewußte Arbeiter waren, Anhänger einer vor dem Umsturz erlaubten Partei. Und das ist Deutschland! Pfui, wie schäme ich mich doch, ein sogenannter Arier zu sein!«

»Aber sag mir, Max, was hattest du in diesen Tagen auch in Böhmen zu suchen? Was gings dich an? Was tatest du dort?«

»Das ist ja das Fürchterliche, das Unaussprechliche!« rief Max und fuhr sich durch die Haare. »Und paß gut auf, Eva, damit du genau weißt, wie sehr du darauf stolz sein mußt, deutschen Blutes zu sein!«

»Ich bin nicht deutsch!« meinte Eva kämpferisch. »Hast du denn ganz vergessen, daß mein Vater Jude ist!«

»Tatsächlich!« rief Max zerknirscht. »Tatsächlich, ich hatte es total vergessen. Verzeih, bitte! Aber welcher anständige Mensch könnte auch an die Vierte oder gar an die Siebente deines Vaters denken und sich zuerst fragen, ob das ein Christ oder ein Jude geschrieben hat? Herrgottnocheinmal, was haben denn wir mit dieser Stupidität zu tun?«

»Erzähle!« gebot die Kammersängerin. »Wir sind begierig. Kannst du denn nicht sehen, wie Fiffi neugierig lauscht?«

»Ihr wißt doch, daß ich mit Martin Kirsch aus Aussig innig befreundet war. Ein Genie, ein absolutes Genie! Ein großer Künstler! Einer der Reinsten, die heute leben ... Nein, falsch! Einer der Reinsten, die gestern lebten! Denn heute lebt er nicht mehr! Er ist tot! Hingemordet haben sie ihn, die deutschen Befreier! Die Helden! Oh, oh, oh!«

Er warf sich der Kammersängerin zu Füßen, barg seinen Kopf in ihren Schoß und rief:

»Hin ist er, hin, hin, hin! Hin ist dieses Genie, gemordet dieser Reine! Nie mehr ist diese Schmach zu tilgen!«

Nur langsam war er zu beruhigen. Eva sagte:

»Also nimm dich zusammen, Max! Wir nehmen gewiß auf deine Künstlernerven Rücksicht, aber schließlich bist du doch ein Mann und keine Memme!«

Ascher hatte sich erhoben, war zu dem jungen Mann getreten und streichelte ihm unwillkürlich die Hände, wobei er sagte:

»Nicht doch, Fräulein Eva! Der Schmerz ehrt den Herrn Kapellmeister. Nur wir haben uns zu schämen, weil wir die Trauer nicht mehr so elementar zu fühlen vermögen, wie dieser junge Künstler. Sein Weinen spricht mehr für ihn und sein Künstlertum als alles andere!«

Der junge Mann war aufgesprungen und umarmte den Doktor:

»Haben Sie Dank! Ich glaube schon seit langem, daß man nur von Juden verstanden werden kann! Zeigt mir einen Musiker, der nicht zuerst und am willigsten von Juden gefördert worden wäre! Ach, welch idiotische Einteilung! Statt in Schurken und Anständige teilt man die Menschen ein in Christen und Juden! Haben Sie schon etwas so Trottelhaftes, so vollständig Vertiertes gesehen?«

Ascher fragte lächelnd:

»Und Sie sind wirklich hundertprozentiger Christ, Herr Kapellmeister? Ich kann es nicht glauben!«

»Hundertprozentiger! Leider! Leider! Höchst leider!«

»Also, nun erzähle!«

Der junge Mann hatte sich zu Füßen der Kammersängerin auf den Fußboden gesetzt, überkreuzte die Beine, zog die Kaffeekanne und die Zigarettenschachtel zu sich und begann: »Ich war zufällig in München, als die hohen Herren dort ihre schändliche Besprechung hielten. Auch ich hatte Verhandlungen dort. Man wollte mich für dreißig Abende in der Saison verpflichten. Als ich erfuhr, was dort zusammengespielt wurde, nämlich nicht im Theater, sondern in der Politik, da bekam ich plötzlich Angst um Martin Kirsch und fuhr nach Aussig, so wie ich war. Es war nicht ganz einfach, doch es gelang mir. Ich hoffte sehr, ich würde ihn nicht mehr finden, er würde schon längst zumindest im böhmischen Teil des Landes sein und nicht mehr in der abzutretenden Zone. Aber er war noch dort. Ich beschwor ihn, sogleich mit mir fort zu reisen, aber er wehrte lächelnd ab. Er war nicht zu bewegen, die Stadt zu verlassen. Endlich kam ich hinter sein Geheimnis. Er hatte ein Verhältnis mit einem christlichen Mädchen, der Tochter eines kleinen Beamten einer Zuckerfabrik. Ich ging mit Martin an den Ufern der Elbe spazieren und malte ihm aus, was ihm widerführe, wenn man ihn hier fände: Rassenschande! Ihm und dem Mädchen könnte es ans Leben gehen … Endlich nahm er Vernunft an. Wir wollten fort. Aber nun konnten wir nicht mehr. Schon waren die deutschen Truppen eingezogen. Der böhmische Teil des Landes war versperrt, nach Deutschland konnte man nicht mehr gelangen. Aufs Geratewohl marschierten wir auf der Landstraße, durch Wälder, harmlose Wanderer. Wir kamen durch das gesamte Gebiet, überall Lärm, Blasmusik, Fahnen, Geschrei. Wohin wir kamen, sah ich, was ich lieber nicht gesehen hätte. Überall Gefangene, Mißhandelte, Gequälte, Erschlagene.«

Der Kapellmeister war aufgesprungen und rannte wieder mit großen Schritten im Zimmer hin und her.

»Eines Tages sahen wir ein Bild in einer Zeitung, und Martin sank zusammen. Auf dem Bild nämlich war seine Geliebte – nein, es ist zu tierisch, zu viehisch!«

»Also erzähl doch!« drängte Eva.

»Man hatte seiner Geliebten eine Tafel um den Hals gehängt: ›Judenliebchen, Judensau!‹ stand darauf. Und so hat man sie durch die Stadt geschleift, bis sie zusammenbrach. Ihr voller Name stand in der Zeitung. In der gleichen Nacht verschwand Martin. Ich ahnte Böses und eilte nach Aussig. Dort erfuhr ich das Gräßliche. Martin war zurückgekehrt, um nach seiner Geliebten zu sehen, und hatte erfahren, daß sie halb von Sinnen im Krankenhaus liege. Er eilte zu ihr, wurde erkannt, und nun haben sie auch ihn durch die Straßen geschleift, mit Steinen beworfen. Ein großer Kiesel hat ihn mitten auf der Stirn getroffen. Er war auf der Stelle tot. Sie haben einen der wunderbarsten Künstler dieses Planeten erledigt. Ja, erledigt! Denn dieses Wort lieben sie: Erledigt! Ach, ihr alle könnt nicht ermessen, wen und was sie da erledigt haben! Hört! Hört doch!«

Und er war zum Klavier geeilt und spielte einige Töne, es war eine traurig-edle und doch heitere Musik.

Doktor Ascher lauschte versonnen und sagte dann: »Immer wieder klagen die Christen in der Welt über den Opfertod ihres Heilands, über das Martyrium seiner heiligen Mutter. Wieviele erleiden heute den Christentod und wieviele leiderfüllte Marien gibt es doch heute!«

Der Kapellmeister schloß den Deckel des Klaviers und sagte:

»Nein, ich werde nicht in München dirigieren und auch in keiner anderen deutschen Stadt. Mir ist das Land verleidet und ich glaube, man wird es vorher chemisch reinigen müssen, ehe man darin wieder wird leben können! Ich habe mit Argentinien abgeschlossen, ich gehe an die Oper von Buenos Aires, ich hatte Glück, es war gerade eine Vakanz dort. Ich werde die deutschen Wälder und die deutschen Städte erst wieder sehen, wenn man in ihnen reine Luft wird atmen können!«

Doktor Ascher empfand immer deutlicher freundliche Gefühle für den stürmischen jungen Mann. Er sagte: »Wir Juden müssen unser Vaterland verlassen. Es wird uns anbefohlen. Aber Sie, Herr Kapellmeister, sind der erste Deutsche, der freiwillig geht. Sie könnten hier leben und gehen dennoch in die Fremde ...«

»Jetzt würde nur noch fehlen, daß Sie mir namens des Judentums danken, Herr Doktor, um das rührselige Drama zum Höhepunkt zu steigern! Und im übrigen übertreiben Sie, ich bin weder der erste noch der einzige Deutsche, der sein Vaterland freiwillig verläßt. Viele Hunderte haben gleich mir gehandelt, obzwar ich leider zugeben muß, daß die Stimmen des Protestes innerhalb Deutschlands viel zu schwach sind. Obwohl ich jede Unterscheidung zwischen Jud und Christ ablehne und als urzeitlich-kindisch betrachte, will ich Ihnen loyalerweise versichern, daß ich Deutschland nicht aus Liebe zu den Juden verlasse, sondern weil ich mich schäme, daß wir Deutsche uns selber zu Tieren erniedrigen!«

»Aber so wie Sie müssen doch viele Deutsche denken – wo sind sie?«

»Das kann ich Ihnen leider nicht beantworten, Herr Doktor. Aber ich kann Ihnen sagen, daß ich mein Weggehen keineswegs als Heldentum werte, eher als dessen Gegenteil. Wäre ich mutig, würde ich vermutlich gegen das Unrecht und die Bestialität kämpfen, auch wenn ich wüßte, daß ich unterliege.« Er schwieg, hob behutsam eine der Puppen vom Diwan, setzte sich, sprang dann aber gleich wieder auf und fuhr fort:

»Was über Deutschland hereingebrochen ist, kann ich nicht verstehen. Es scheint eine entsetzliche Krankheit. Möglich, daß einem großen Teil die nationale Erhebung, oder wie diese besoffenen Schlagworte lauten mögen, wichtiger ist als alles andere, möglich auch, daß die Barbarei den Instinkten breiter Massen entspricht, aber darüber hinaus gibt es doch noch ein anderes Deutschland!«

»Wo ist es? Wo?« fragte Doktor Ascher. »Ich fürchte, Sie sind der einzige andere Deutsche!«

»Ich sah in München nach langer Zeit einen Jugendfreund wieder«, sagte der Kapellmeister. »Er ist Maler, ein junger, sehr ehrgeiziger Mensch. Ich glaube, er kann auch etwas, er ist ein Gewaltskerl durch und durch. Ich fragte ihn, was er zu diesem neuen Deutschland sage. Er fand es tollhausreif wie wir alle. Aber er meinte, es würde sich schon irgend etwas daraus entwickeln, ein unwahrscheinlicher Aufstieg, eine Weltherrschaft, oder eine fürchterliche, unabsehbare Katastrophe. Und für die Aussicht auf eine Weltherrschaft lohne es sich eben, Ungerechtigkeiten und Barbarei in Kauf zu nehmen!«

»Wollen Sie mir den Ausspruch des jungen Künstlers als symptomatisch für das bessere Deutschland vorführen?«

»Nein«, erwiderte der Kapellmeister. »Es ist mir bewußt, daß sich die Deutschen damit zu entschuldigen suchen. Als ob das eine Entschuldigung wäre! Diese Weltherrschaftsphantasie muß ja zwangsläufig auf einen Krieg hinauslaufen!«

»Beruhige dich, Max, es kommt zu keinem Krieg«, sagte Eva. »Wozu auch? Jetzt hat das Tier sein Sudetenland bekommen, nun ist es schon so stark, daß sich niemand mehr ihm in den Weg zu stellen getraut. Was es nun will, das wird es auch ohne die Anstrengungen eines Krieges bekommen. Die moralischen Kräfte der übrigen Welt scheinen gelähmt zu sein!«

»Sie irren, Eva«, sagte Doktor Ascher. »Jeder von uns fürchtet das in trüben Stunden. Aber so wird das bestimmt nicht sein. Ganz bestimmt nicht. Jetzt wird der deutsche Koloß eben noch machtlüsterner werden, und irgendwo wird er sich dann den Schädel einrennen!«

Eva sah den Doktor freundlich an: »Ach, Sie sind ja der liebste Optimist, den ich kenne! Sie sind eben noch jung, mein Lieber! Sie werden auch noch anders reden, wenn Sie einmal erwachsen sind!«

»Eva!« rief die Kammersängerin warnend. »Ist das nicht ein bißchen keck? Der Herr Doktor ist doch so viel älter als du!«

»Recht haben Sie!« rief Doktor Ascher. »Nehmen Sie nur einen alten Mann wie mich in Schutz, Frau Kammersängerin!«

»Der Doktor und alt!« rief Eva lachend. »Da sieht man, was du für eine schlechte Menschenkennerin bist, Mutti! Der Doktor ist doch ein kleiner Knabe noch, unbeholfen wie ein Kind. Ich sage dir, Mutti, der Doktor ist überhaupt der jüngste Mann, den ich kenne! Habe ich recht oder nicht, sagen Sie es selbst, Doktor!«

»Leider haben Sie nicht recht, ich bin schon fast …«

»Ja, ich weiß! Aber was zählen denn die Jahre! Sie sind der jüngste Mann, den ich kenne, und damit basta! Überhaupt sind Sie noch kein Mann, nur ein Knabe. Und am liebsten möchten Sie ja doch gleich jetzt, statt an Gesprächen über Krieg und Macht mit Erwachsenen sich zu beteiligen, mit Ihrem Familienstammbaum spielen? Oder nicht? Nun, haben Sie schon Ihre Erinnerungen aufgefrischt? Das böse Kind hat mir bereits so viel von seiner Spielerei erzählt, Mutti, daß ich seinen Stammbaum fast auswendig hersagen kann, jawohl, Mutti, lach nicht! Die Ahnenreihe unseres Herrn Knaben lautet: Jehuda, Nathan, Ernesto, Amschel … Helfen Sie mir doch, wer kommt eigentlich nach diesem Amschel?«

»Manuelo«, sagte Doktor Ascher und lächelte.

Elftes Kapitel
Leon Modena und der Satz von der Wahrheit

I.

Manuelo Ascher weilte nun schon geraume Zeit in Venedig. Er lebte, seitdem er Amsterdam verlassen hatte, wie in einem Traum. Hier kam ihm alles so sonderbar vor, so völlig anders als daheim, unwirklich und traumhaft. Ging er in den engen Gassen, stand er auf den weiten Plätzen, fuhr er auf den übelriechenden Kanälen, dann war ihm, als bestünde dies alles nicht, als lebte es nur in seiner wilden Phantasie. Er zwang sich, was er sah, nicht mit zu Hause zu vergleichen, er verbot sich selbst, an Amsterdam zu denken. Denn wenn er an seine Vaterstadt dachte, dann gingen seine Gedanken nicht zur Stätte seiner Jugend, nicht ins väterliche Haus und nicht zu seinen Freunden. Sie kreisten immer und immer wieder nur um die Frau, die ihn aus feuchtschimmernden Augen ansah. Sie kreisten um eine Frau, an die er nicht denken durfte, an die zu denken schwerste Sünde bedeutete und an die er dennoch denken mußte, Tag und Nacht. Und je mehr er seine Gedanken in eine andere Richtung zu lenken bemüht war, immer wieder kreisten sie um das, was schwerste Sünde war vor Gott wie vor Menschen. Er sah die Frau, sie lockte und winkte und verhieß ihm Glückseligkeiten, er sah sie nackt und er trieb Sünde mit ihr, die seinen Gefühlen und Gedanken hätte heilig sein sollen. Er wußte es, und er konnte doch nicht anders, die Nächte waren Höllen.

Erwachte er, dann nahm er sich vor, nicht mehr zu sündigen, und er wußte, daß er es dennoch wieder werde tun müssen, er verachtete und beschimpfte sich, er züchtigte sich selbst und legte sich Strafen und Entbehrungen aller Art auf, nichts half, nichts fruchtete, es gab keine Rettung für ihn. Der andere Gedanke stieg in ihm auf: der Gedanke der Selbstvernichtung. Er bot Manuelo einige Sicherheit und Stütze. Ja, gewiß, wenn alles unerträglich werden sollte, wenn alles zu böse würde, wenn die Selbstverachtung und die Scham vor sich selber ins Untragbare steigen sollten, dann könnte er sich ja noch immer vernichten, vertilgen, aus der Welt schaffen. Er war hiezu entschlossen. Eines Tages würde er es tun. Nun, da er so weit in seinen Überlegungen war, lächelte er und war sicherer und fester.

Er war sogar so gefestigt, daß er jeden Tag seine Verwandten aufsuchen konnte, die »Venediger-Ascher«, wie sie der Vater immer zu Hause genannt hatte. Zu Hause ... Ja, das waren eigentlich recht komische Menschen, diese Venediger-Ascher. Hätte er nicht gewußt, daß er mit ihnen verwandt war, er hätte es wohl nie gefühlt, so fremd erschienen sie ihm, so ungewöhnlich, so absonderlich. Hätten sie nicht im Ghetto gelebt und in der gleichen, alten Sprache gebetet, er hätte sie kaum für Juden gehalten, so ganz anders war ihr Gehabe. Mitunter schien ihm, die jungen Vettern und die anderen Jünglinge des Ghettos der Lagunenstadt seien gar keine Juden mehr, schämten sich des Judentums und seiner alten Sitten und Gebräuche, wollten um jeden Preis für junge Venezianer angesehen werden wie die Söhne der anderen Bürger der Republik.

Alles war hier anders. Venedig war scheinbar voll von Sonderlingen und seltsamen Käuzen, wenigstens schien es Manuelo so, der eine ausgesprochene Vorliebe für schrullenhafte Menschen empfand. Als er einmal zu einem seiner Vettern hievon sprach, lachte dieser und sagte:

»Ich kann deiner Leidenschaft Vorschub leisten. Ich will dich mit einem der seltsamsten Narren unserer Stadt bekanntmachen, mit Leon Modena, dann wird deine Vorliebe für derlei Volk gesättigt sein!«

»Wer ist Leon Modena? Ich habe diesen Namen niemals gehört.«

»Er ist eine der Zierden unserer Stadt, mein Lieber! Einige behaupten, er sei der bedeutendste Jude unserer Epoche, einige glauben, daß er der größte Schwindler ist. Ich weiß nur, daß er ein komischer Geselle ist. Komm und sieh selbst!«

Schon am nächsten Tage hatte ihn der Vetter in die Behausung Modenas mitgenommen. Er wohnte in einem kleinen, sehr verwahrlosten Haus des Judenviertels. Manuelo, der sich nur schwer an die wenig reinlichen Verhältnisse in Venedig gewöhnen konnte, erschauerte. Was er hier sah, überstieg alle seine bisherigen Vorstellungen von Schmutz und Unsauberkeit. Der Raum, in dem

Modena hauste, war groß, aber dennoch nicht hell. In ihm standen: ein Bett, ein großer Tisch, bedeckt mit Büchern und Papieren, die auch in allen Ecken des Raumes am Fußboden lagen, dazwischen von eingetrockneten Speiseresten verunreinigte Teller, schmutzige Gläser, gebrauchte Wäsche, Kleider, Schuhe, Mäntel, Bänder, Gebetbücher. Quer durch den Raum waren Stricke gespannt, daran hing nasse Wäsche zum Trocknen, aber auch Kleidungsstücke, Bettzeug, Tücher und allerhand Kram.

»Sie wundern sich wohl, wie es hier aussieht, nicht wahr?« fragte jemand. Es war Leon Modena, ein kleines Männchen, das sich sehr vornübergeneigt hielt. »Jawohl, so wohnt der bedeutendste Geist dieser Stadt! Das bin nämlich ich, mein junger Herr. Ich liebe keine falsche Bescheidenheit. Manchmal liebe ich auch die Wahrheit. Nein, nicht immer, durchaus nicht immer. Denn die Wahrheit ist mitunter sehr schädlich, verwerflich, gemein und niedrig. Und im übrigen gibt es gar keine Wahrheit. Das scheint Ihnen widerspruchsvoll, wie? Sie können es wohl nicht fassen, daß etwas, das nicht existiert, doch Eigenschaften haben kann? Doch, doch. Begriffe nämlich, mein junger Herr, umschreiben Eigenschaften, und sie sind dennoch nicht existent, wenigstens nicht alle! Am wenigsten existent sind aber diejenigen, die die Menschen positiv bewerten. Wahrheit, Tapferkeit, Mut, Anständigkeit, es gibt sie nicht, trotzdem muß man sie hochhalten! Das klingt wohl kompliziert, wie? Nein, es ist höchst einfach, junger Mann. Man muß nur ein gutgeschultes Gehirn haben. Das ist übrigens das Wichtigste auf der Welt! Existenter sind schon jene Begriffe, die die Menschen als minderwertig ansehen: Schlechtigkeit, Bosheit, Haß, Gemeinheit, Niedrigkeit, sehen Sie, dies alles ist absolut nachzuweisen. Ja, um also auf die Wahrheit zu kommen! Es wäre falsche Bescheidenheit gegen mich selbst, wollte ich nicht unparteiisch zugeben, daß ich der bedeutendste Mann dieser Stadt bin. Das wissen übrigens alle anderen auch. Warum sollte ich es also dann leugnen? Und so, so also läßt man mich wohnen. Übrigens habe ich nicht immer so gewohnt, junger Mann, ich habe auch sehr vornehm gehaust, wie ein Fürst, wie ein regierender Herr. Es kann morgen wieder der Fall sein!«

Manuelo mußte lächeln. Das schien wirklich ein sonderbarer Kauz zu sein. Er betrachtete das Männchen näher und sein Lächeln verschwand. Er blickte in ein Antlitz, das er nicht anders als erhaben bezeichnen konnte. Der Schädel war mächtig und wuchtig. Das Gesicht fiel dreieckig ab und mündete in ein spitzes Kinn. Die Stirn war vorspringend und fast ungeheuerlich gewölbt, teils verdeckt von schmutzig-grauem Haar. Die Augen, von buschigen, weißen Brauen überdacht, waren tiefschwarz und beherrschten das von ungezählten Falten übersäte Gesicht, dessen gelbliche und ungesunde Hautfarbe auf Laster aller Art und Unersättlichkeit schließen ließ.

»Sie kommen also aus Amsterdam, junger Mann? So, so! Höchst interessante Stadt! Ascher heißen Sie? Wissen Sie, daß die jüdische Geschichte einen Mann Ihres Namens kennt? Er hat seine Frau, seine Schwiegermutter und dann sich selber umgebracht, um den Schergen der Inquisition zu entkommen. Die beiden ersten Morde lassen sich ja zur Not noch rechtfertigen, was den dritten anlangt, bin ich ja grundsätzlich anderer Ansicht. Sind Sie mit diesem Massenmörder oder Heros, Sie können ihn bezeichnen, wie was Sie wollen, verwandt?«

»Ich weiß es nicht«, sagte Manuelo lächelnd. »Aber meine Ahnen stammen aus Spanien.«

»Die Mehrzahl von uns, die wir auf diesem Kontinent leben, junger Mann, stammen aus Spanien. Und was ihre Vorfahren anlangt, sollten Sie doch besser Bescheid wissen! Übrigens Amsterdam ... Kannten Sie noch Uriel da Costa?«

»Uriel da Costa?«, fragte Manuelo und sann nach. »Es scheint mir, als hätte ich den Namen schon gehört.«

Leon Modena lachte herzhaft, dann sagte er: »Armer Uriel, armer, trauriger Bursche! Da stirbt man als Held, und dann kennt einen nicht einmal der Jüngling der eigenen Stadt. Siehst du, mein Uriel, das ist das Los der Helden! Ich habe es dir ja immer gesagt: Sei kein Held, mein Uriel, du hast am Ende gar nichts davon! Ob du nämlich als Held lebst oder als Schurke, es kommt zum Schluß auf das gleiche heraus. Und wenn du dein eigenes Leben nicht genießt, bist du am Ende der Betrogene. Da ich aber das nicht sein will, bin ich lieber ein Betrüger und habe mein Leben genossen. Ist's nicht so, tapferer, dummer Held Uriel? Ja, ja, junger Mann, Sie müssen nämlich wissen, daß ich sehr viel gegen Helden habe. In irgendeinem Punkt seines Gehirns ist nämlich der Held ein höchst stupider, einfältiger und dummer Bursche. Ich habe aber allerlei gegen die Dummheit!«

»Aber unser Volk ist doch reich an wahren Helden«, meinte Manuelo betroffen.

»Natürlich, natürlich! Wir haben jede Menge Helden, wir hatten sogar Heldenstämme. Wir hatten mehr Helden als Rom und Sparta. Aber das kann mich nicht hindern, den Helden für einen höchst simplen und einfältigen Burschen zu halten, und mein Mißtrauen gegen einen jüdischen Helden ist besonders rege.«

»Warum?« fragte Manuelo interessiert. Von Minute zu Minute zog ihn das Männchen mehr in seinen Bann.

»Ein Held muß ein einfältiger Bursche sein, sonst ist er gar kein Held. Er hat irgendein Ideal, Vaterland, Religion, Volk, was weiß ich! Sonst kennt er nichts auf der Welt. Das ist für ihn genau dasselbe wie für den Stier das rote Tuch. Das Ideal kann auch die Wahrheit sein. Von dieser habe ich schon behauptet, daß sie nicht existiert, wenn ich das von den anderen angeführten Begriffen auch sagte, würde ich verbrannt werden. Weil ich aber leben will, verteidige ich diese Begriffe und bekämpfe die Zweifler. Doch ein Held kämpft für seine Ideale nur deshalb, weil er an sie glaubt. Und aus dem nämlichen Grund kann er eine Kritik an seinen Idealen nicht zulassen. Wer aber keine Kritik verträgt, ist doch schon an sich beschränkt und dumm. Wenn nun ein Jude für derlei Ideale kämpft, ist das immer komisch. Denn ein Jude darf nicht dumm sein, sonst ist er ein Verbrecher! Der Jude hat die Pflicht, gescheit zu sein, sonst ist er ein schlechter Jude! Finden Sie nicht, junger Mann, daß ich recht habe?«

»Nein, durchaus nicht!« meinte Manuelo. »Mein Vater war vor kurzer Zeit in Polen. Er hat von dort eine Frau mitgebracht, sie ist kleingewachsen und zart und ihre Augen schimmern feucht ...« Was rede ich da, was rede ich denn da?, fragte er sich entsetzt und schwieg, und er spürte den klaren Blick des kleinen Mannes auf sich gerichtet. Oh, wenn ich jetzt nur versinken könnte, dachte er. Noch immer sah ihn das Männlein so seltsam verstehend und mitleidig an. Manuelo kam ins Sprechen. Hastig erzählte er irgend etwas von Tulczyn und der Flucht des Vaters, von den Greueln und Helden. »Nun, gibt's nicht übergenug jüdische Helden?« fragte er und schloß mitten in der Erzählung.

»Gewiß, wenn das Vermögen zu ertragen und zu erdulden das Merkmal des Heldentums ist! Wenn man aber das Handeln als Merkmal des Heldentums ansieht, wäre nur der ein Held, der sich mit der Waffe in der Hand wehrt.«

»Auch solche gibt es genug unter uns Juden!« rief Manuelo.

»Leider, leider! Das ist eben das Traurige. Wir Juden haben uns nur mit der Waffe des Geistes zu verteidigen und nicht mit einem Stück Eisen, und das kleinste Fädchen im Gehirn ist wichtiger als die stärkste Faust!«

»Nein, da kann ich Ihnen nicht beipflichten, Rabbi Modena!«

»Ein Beweis dafür, daß ich recht habe«, antwortete schmunzelnd das Männchen.

»Wie soll ich das verstehen?«

»Nicht beleidigend, nicht beleidigend!« rief das Männchen beschwörend. »Absolut nicht beleidigend. Sollten Sie sich beleidigt fühlen, so bin ich bereit, Sie auf Knien um Entschuldigung zu bitten. Aber nicht deshalb, weil ich kein Held bin und niemals zu meinen Worten stehe, wenn es gefährlich oder auch nur unangenehm wird – sehen Sie mich nicht so entsetzt an, junger Mann, ich meine das genau so, wie ich es eben sagte! Auf seinem Standpunkt verharren kann jeder Ochse, ihn oft verändern und den veränderten immer wieder preisgeben, das ist viel schwieriger, und das trifft nicht jeder Ochse! Nun, nun, seien Sie nicht so verstört, mein junger Mann! Ich wollte sagen, daß ich Sie um Entschuldigung bitte, weil ich im Recht bin. Vor allem aber bin ich bereit, jede gewünschte Sühne zu geben, weil Sie reich sind. Sie sind doch reich, nicht wahr?«

»Was hat denn das mit der Sache zu tun?« fragte Manuelo und lächelte, weil er in das jetzt sehr aufgeregte Gesicht des kleinen Mannes blickte.

»Oh, alles, alles! Merken Sie sich: Der reiche Mann hat immer recht! Der reiche Mann ist immer der kluge Mann! Nur der Dumme rechtet mit dem Reichen! Sie sind doch reich, nicht wahr?«

»Ja, ich glaube«, sagte Manuelo lachend.

»Großartig! Wunderbar!« sagte Modena und rieb sich die Hände. »Das trifft sich gerade ausgezeichnet! Ich sitze nämlich wieder einmal auf dem Trockenen. Das dumme Spiel ...«

»Wie? Sie spielen?« fragte Manuelo erstaunt.

»Nun – und? Weshalb sollte ich nicht spielen? Gewiß, das Spielen ist eine Sünde, ich habe ja auch eine flammende Kampfschrift gegen die Sünde des Karten- und Würfelspiels verfaßt. Obwohl, es ist, genauer besehen, keine Sünde. Auch das habe ich bewiesen, nur in einem anderen Buche. Doch selbst, wenn ich das nicht getan hätte, wenn ich so dumm wäre, nur an eine Seite einer Angelegenheit zu denken, also nur an die Sünde des Spiels – warum sollte ich dann nicht selber spielen? Denken Sie denn auch, daß ein Arzt, der das Wesen einer bestimmten Krankheit festgestellt hat, an dieser Krankheit nicht selber erkranken kann? Nun, junger Herr, wie könnte man es anstellen, etwas Geld von Ihnen zu bekommen? Ich bräuchte es sehr dringend ...«

»Oh«, meinte Manuelo beschämt, »ich kann Ihnen gern helfen.«

»Mich wollen Sie beschenken? Mich? Leon Modena beschenken?« rief das Männlein und lachte laut. »Nein, junger Mann, ich will nichts geschenkt von Ihnen, nicht das mindeste! Ich schlage Ihnen lediglich ein kleines, sauberes Geschäft vor: Ich habe Geist, Sie haben Geld. Wir wollen ein wenig tauschen. Ich gebe Ihnen ein wenig von meinem Geist, Sie mir etwas von Ihrem Geld.«

»Wie wollen Sie das machen? Wie können Sie mir von Ihrem Geist etwas geben?«, fragte Manuelo lachend.

»Oh, höchst einfach! Sie kommen täglich für ein paar Stunden zu mir. Ich werde Ihnen aus meinem Leben erzählen. Das trifft sich sehr gut für mich, weil ich ohnedies die Absicht habe, meine Selbstbiographie zu schreiben, da kann ich den Stoff gleich in der Erzählung sichten. Nun gut, Sie werden ein interessantes Leben nähergerückt bekommen, glauben Sie mir! Sie werden daran Freude haben! Freude und Genuß!«

II.

»Ihr Geld hat mir nicht viel Glück gebracht, junger Mann«, sagte Modena an einem der nächsten Tage zu Manuelo. »Glauben Sie, daß sich Würfel oder rollende Kugeln nach Gesetzen richten, wenn sie im Laufe sind? Der aufgeklärte Verstand sagt unzweideutig, daß dies nicht der Fall sein kann, sie sind unberechenbar, und nur der Zufall bestimmt das Ende ihrer laufenden oder rollenden Bahn. Natürlich weiß ich das auch. Aber ich glaube es trotzdem nicht. Nun, Sie wollen Weisheiten hören für Ihr Geld, das ich bereits verspielt habe. Also gut, ich will Ihnen aus meinem Leben erzählen, wie ich es Ihnen versprach. Vor ungefähr 78 Jahren wurde meinem Vater ein Knäblein geboren.«

»Sie sind schon so alt?« Manuelo staunte.

»Jawohl, jawohl. Geist erhält jung, obwohl er auch vor der Zeit alt macht, wie ich Ihnen verraten kann. Ist ein Geistmensch jung an Jahren, dann wird er durch den Geist rasch alt, ist er dann alt, erhält ihn der Geist jung … Ich könnte Ihnen eine Menge schöner Geschichten von Onkeln und Vettern erzählen. Einer meiner Oheime, ein gar frommer Mann, wollte Geld machen. Das dürfte übrigens der Gescheiteste unter ihnen gewesen sein. Nur ist sein Vorhaben nicht gelungen. Leider. Aber deshalb ist er nicht dümmer als wir anderen, denn keiner von uns hat Geld machen können. Dazu haben wir Modenas scheinbar kein Talent. Schade, höchst schade! Soll ich Ihnen auch von meinem Onkel Abtalion erzählen? Das war der berühmteste Modena, wenn man von mir absieht. Er war ein Dichter und ein frommer Gelehrter. Seinen Lateinkenntnissen ist es zu verdanken, daß Papst Gregor einige jüdische Schriften dem Inquisitionsfeuer entzog, er hat nämlich dem Heiligen Vater durch seine Lateinkenntnisse mächtig imponiert. Aber all seine Wissenschaft hat ihn doch nicht davor bewahrt, in nächtelangen Gebeten den Propheten Elia anzuflehen, ihm im Traum zu erscheinen. Ich weiß nicht, ob der Prophet ihm den Gefallen tat oder nicht, jedenfalls war mein Großvater ein recht beachtenswerter Dichter, ich kenne ein paar schöne Verse von ihm, nicht so schön wie meine, aber ich muß mich des Mannes nicht schämen.«

Manuelo wußte nicht: War dieser alte Herr wirklich ein eingebildeter Narr, oder machte er sich nur über sich selber lustig, so wie er über alles spöttelte. Aber er getraute sich nicht, das spaßhafte Männlein zu unterbrechen.

»Jedenfalls, ich habe im Alter von zehn Jahren eine Predigt gehalten, und als ich 13 war, schrieb ich meinen später oft gegen mich zitierten Dialog über Zulässigkeit und Schädlichkeit des Karten- und Würfelspiels. Sie sehen, ich hatte schon frühzeitig viel fürs Spiel übrig. Zur selben Zeit fing ich auch zu dichten an und zwar hebräisch und italienisch. Latein verstand ich damals schon so gut, daß ich mich aus lauter Achtung vor der herrlichen Sprache nicht getraute, lateinische Verse zu schreiben. Damals. Später wurde ich frecher und dichtete auch lateinisch. Das war die Zeit, wo ich alles Gedruckte und Geschriebene gierig in mich hineinfraß. Mein Gott, was habe ich nicht alles angefangen in meinem Leben! Ich war Rabbiner und Lehrer, Schreiber, Buchdrucker und Buchhändler, Makler, Kaufmann und Landwirt, Musikant und Heiratsvermittler, Amulettenverfertiger, Wahrsager und noch vieles andere ... Alles habe ich begonnen, um Geld zu verdienen, aber so viel ich auch verdiente, ich habe alles wieder im Spiel verloren, meist mehr, als ich besaß. Leider. Manchmal war ich reich, aber weit öfters mußte ich mich mit dem Geld herumschlagen, und immer war ich ein Opfer meiner Spielleidenschaft. Sehen Sie nicht so verwundert drein, mein Gutester, ersparen Sie mir Ihr Erstaunen! Sie sind immer gewohnt gewesen, einen Rabbiner als einen frommen und würdigen Mann zu sehen, nicht wahr? Das ist immer so, die Menschen wollen nur die leuchtende Farbe sehen und nicht ihren Schatten. Wie böse waren zum Beispiel die Juden auf mich, weil ich mit Christen verkehrte, weil Bischöfe zu meinen Freunden zählten und weil ich meine Schriften mitunter sogar katholischen Geistlichen und Adeligen zueignete. Ja, daß ich unseren Religionscodex in italienischer Sprache den Christen näherbrachte, hat die Juden besonders verärgert. Ich wieder hätte es eine Sünde genannt, wenn ich dem halbnärrischen englischen Lord, der mir für diese Arbeit ein kleines Vermögen bot, den Wunsch nicht erfüllt hätte, zumal ich damals unerhörtes Pech im Spiel hatte. Und im übrigen:

Zu der Zeit, als ich mich nach Ansicht der Juden in verdammenswerter Weise über unsere jüdischen Sitten und Gebräuche lustig machte, habe ich in einer anderen Schrift alles getan, die lächerlichen Angriffe auf den Talmud abzuwehren. Jawohl, ich habe beides getan, ich habe den Talmud in Schutz genommen, und ich habe ihn angegriffen. Wenn man sagt, daß ich beides für Geld getan habe, ist schon ein Körnchen Wahrheit daran, ich brauchte Geld. Aber es ist nicht wahr, daß ich die beiden Bücher nur des Geldes wegen schrieb. Denn beide lassen sich vertreten, nur die Toren glauben, daß man entweder verteidigen oder anklagen kann. Man kann beides ... Es gibt nämlich eine zweite Wahrheit, immer eine andere Wahrheit auch, und vielleicht ist diese noch wahrer als die erste: Wenn die Welt urewig ist und nicht erschaffen wurde, ist Gott lediglich die Weltseele. Denn wenn die Welt immer schon da war, dann richtet sich das Weltall nach strengen eigenen Gesetzen, dann regnet es nicht, wenn Gott es will, und blitzt es nicht, weil er es anordnet, sondern aus zum Teil bekannten und zum Teil noch unbekannten Ursachen, dann gibt es – mit einem Wort gesagt – keine Vorhersehung, und dann ist auch die schöne Geschichte mit der Offenbarung am Sinai, mit den Zehn Geboten nur eine schöne Geschichte, eine menschliche Erfindung, was dem genialen und gerissenen Moses ganz und gar ähnlich sähe.«

»Sie lästern! Sie verunglimpfen das Judentum!« Manuelo war aufgesprungen und schrie: »Und Sie wollen Rabbiner sein?«

»Schreien Sie nicht, ich höre noch ganz gut!« sagte Leon Modena ruhig. »Setzen Sie sich wieder hin, junger Mann! Sie sind genauso leicht schreckbar wie die meisten Juden, wenn man ihnen etwas sagt, was sie zu hören nicht gewohnt sind. Beruhigen Sie sich!«

Ein andermal sagte Leon Modena zu Manuelo Ascher: »Man nennt mich oft einen Zerstörer und Schädling des Judentums. Als ob das Judentum jemals zerstört werden könnte! Glauben Sie mir, wäre es zerstörbar, es wäre längst zerstört! Zum geringeren Teil von den Feinden der Juden, zum größeren von den Juden selber. Sehen Sie doch nur, was die Juden im Falle Ihres berühmten Landsmannes Uriel da Costa angerichtet haben. Dieser Uriel, müssen Sie wissen, war ein arger Phantast. Er war Marrane und hat sogar ein halbgeistliches Amt bekleidet. Aus reiner Überzeugung hat er seine Heimat verlassen und allen Besitz aufgegeben, aus reiner Überzeugung floh er nach Holland, um dort zum Judentum überzutreten. Er hat sich so eine Art Ideal-Judentum zurechtgelegt, und weil es das nicht gab, war er verbittert. Er fand bald einen nur allzuscharfen Gegensatz zwischen der Schrift und der Praxis. Der arme Held! Helden haben nicht die Verpflichtung, gescheit zu sein – wäre er es gewesen, dann hätte er gefunden, daß allen Religionen eines gemeinsam ist, nämlich daß sie anders gelehrt als gelebt werden. Er verfaßte einen Traktat über die Unsterblichkeit der Seele, worin er aber das Gegenteil von dem nachwies, was er nachweisen wollte, nämlich daß die Seele nicht unsterblich ist. Was taten aber die Rabbinen? Statt die gedanklichen Ergüsse eines Helden mit heiterer Gelassenheit hinzunehmen, rannten sie zum Magistrat und zeigten an: Lieber Magistrat, dieser Mann Uriel leugnet die Unsterblichkeit der Seele, er lästert also nicht nur unser Judentum, sondern auch euer Christentum. Der Magistrat verurteilte ihn, und die Juden verhängten den großen Bann über ihn. 15 Jahre lang hielt er es im Banne aus, dann aber ging's über seine Kräfte. Mich zum Beispiel, der ich ein Schwächling bin, ein Feigling und ein Wüstling, mich hätte der Bann auch in zweimal 15 Jahren recht ruhig gelassen. Uriel aber, der Mann und Held, suchte um Lösung des Bannes an. Und was nun folgte, war so eine Art jüdischer Inquisition. Er wurde in eine überfüllte Synagoge gebracht und mußte dort sein Sündenbekenntnis laut vor aller Welt verlesen: Daß er den Sabbath entweiht, die Speisegesetze übertreten, die Glaubensartikel verleugnet und Personen widerraten habe, dem Judentum beizutreten, und was eben so zu den schönen großen Sünden mit dazu gehört. Er versprach Besserung und Reue. Dann mußte er seinen Oberkörper entblößen, worauf er 39 Geißelhiebe erhielt. Dann mußte er sich auf die Erde legen, und der Bann wurde gelöst. Aber damit war noch nicht Genüge getan, alle stumpfen Beter der Synagoge mußten über ihn hinwegtreten … Das hat der Mann Uriel nie verwunden, obschon er genau wußte, wie die Buße aussehen würde, als er um Lösung des Bannes ansuchte. Daß er dann wie ein echter Held durch Selbstmord endete, nachdem er vorher einen Feind zu erschießen versucht hatte, das nur nebenbei, denn ich will ja gar nicht über diesen Uriel sprechen. Er war ein Held und ein Mann, und ich verstehe diesen Typus nun einmal nicht, weil ich glaube, daß es mannhafter ist nachzugeben, wenn dies nötig ist. Selbst dieses Bubenstück der Rabbinen hat das Judentum nicht zu zerstören vermocht, obschon damals die Augen der Welt nach Amsterdam gerichtet waren.

Doch auch die großen und die kleinen Judenfeinde, die Fettmilchs und die Chmielnickis haben das Judentum nicht zugrunde richten können. Von den Pharaonen bis zu den Jesuiten hat es Zehntausende, ja Hunderttausende Männer gegeben, die es sich in den Kopf gesetzt hatten, das Judentum zu zerstören. Was haben sie erreicht? Sie haben Millionen von uns getötet, aber das Judentum lebt! Von meinen 78 Jahren habe ich gut 60 damit verbracht nachzugrübeln, warum wir eigentlich noch immer leben. Ich habe es nicht ergründen können. Aber aus Erfahrungsgrundsätzen ist anzunehmen, daß wir, nachdem wir die ersten fünf Jahrtausende überstanden haben, vielleicht auch die nächsten paar tausend Jahre überleben werden.«

Ein andermal sagte Leon Modena zu Manuelo Ascher: »Immer wieder, wenn es gegen die Juden geht, taucht die Frage auf: Sollen wir uns bewaffnen und Widerstand leisten, oder sollen wir uns ins Schicksal ergeben und ruhig niederknüppeln lassen? Auch mich hat man einmal gefragt, was ich für richtig halte. Ich weiß es nicht. Natürlich sagt jeder Blutstropfen: Wehren! Wehren! Wehren! Meistens sind wir aber in der Minderheit und ohne Waffen, sodaß Gegenwehr unmöglich ist. Ich kann nicht für andere sprechen, ich kann nur für mich entscheiden: Ich bin sehr überzeugt davon, daß es besser ist, sich nicht zu wehren, wenn man sich nicht mit Aussicht auf Erfolg wehren kann. Wenn ich von einem einzelnen angefallen werde, dann werde ich mich natürlich meiner Haut zu wehren suchen. Aber wenn zehn daherkommen mit Waffen und Musketen und tierartig grausamem Spielzeug, dann würde ich mich nicht wehren, nicht nur deshalb, weil es ohnehin nichts helfen würde, sondern weil ich dann zum Schluß wenigstens noch einmal lachen möchte über die Feiglinge, die mich da hinterrücks meucheln.

Man fragt viel. Auf die meisten Fragen weiß ich keine Antwort. Früher wußte ich immer eine. Je älter ich werde, desto weniger weiß ich Antwort. Aber da die Leute mich dafür bezahlen, daß ich ihre Fragen beantworte, gebe ich eben irgendeine Antwort. Und dann kommen die Dummköpfe und sagen: ›Gestern haben Sie doch das Gegenteil gesagt!‹ Sie verstehen nicht, daß ein und dasselbe Ding heute anders sein kann als morgen.«

III.

Eines Tages kam Manuelo Ascher mit Anzeichen einer tiefen Erregtheit zu Leon Modena.

»Was haben Sie denn?« fragte dieser. »Ist Unheil über Sie hereingebrochen?«

»Mein Vater sandte mir Botschaft ...«

»Nun? Reden Sie doch, Sie sind ja ganz verstört!«

»Seine Frau ist fort, er weiß nicht wohin. Sie hat ihm nicht einmal adieu gesagt.«

»Und das entsetzt Sie so? Was geht Sie die Frau Ihres Vaters an, die nicht Ihre Mutter ist? Ach so! Ist das nicht die Kleine mit den feuchtschimmernden Augen? Sieh an, sieh an ... Ja, junger Mann, mit Frauen macht man seine Erfahrungen! Ich habe gar viele machen müssen. Ich habe sie teuer bezahlt ... Aber wenn Sie mir jetzt auch nur einen Bruchteil dessen bezahlen, was mich diese Erfahrungen gekostet haben, bin ich bereit, sie Ihnen mitzuteilen. Sie machen ein gutes Geschäft, denn ich habe viele genossen, Schlanke und Volle, Braune und Schwarze, Kluge und Dumme ...«

»Das geht leider nicht, Rabbi. Ich will heim zum Vater nach Amsterdam. Ich kann mir vorstellen, wie er leidet ...«

»Zum Teufel noch einmal, wie komme denn ich dazu, den Wandertrieb der Dame mit den feuchtschimmernden Augen zu bezahlen! Sie waren doch ein so gut zahlender Schüler! Nun, bin ich ein Pechvogel oder nicht?«

Manuelo lächelte und legte ein Häuflein Goldstücke auf den Tisch.

»Danke innigst, mein junger und erhabener Wohltäter! Sie sind sehr nobel zu mir gewesen. Gott wird es Ihnen lohnen. Sie werden sehen, daß Sie über das, was Sie jetzt als Unglück zu empfinden gewillt sind, mit der Zeit hinwegkommen. Die Welt ist ein Ort des Vergessens ... Aber weil Sie stets so großzügig zu mir waren, will ich Ihnen noch eine Lehre mit auf den Weg geben: Meiden Sie Frauen mit feuchtschimmernden Augen! Wenn Ihr Vater damals zu mir nach Venedig statt nach Polen gezogen wäre, hätte er sich viel erspart, viel Unglück, aber vielleicht hätte er auch viel Glück versäumt ... So laufen Sie doch nicht gleich davon, Manuelo Ascher! Ich bin ein Rabbi, ich muß Sie segnen, wenn Sie ziehen! Der Herr segne Sie, er wende Ihnen sein Antlitz zu und sei Ihnen gnädig!«

Das elfte Intermezzo

I.

Der Meister hatte aus Amerika telegrafiert. Zeitlebens hatte Doktor Ascher eine solche Depesche nicht gesehen. Es war ein umfangreiches Bündel Telegrammblätter, es zählte über 350 Worte. Es enthielt nicht die in Telegrammen üblichen Kürzungen, es war ein gekabelter Brief von epischer Breite. Der Meister berichtete von der Aufnahme, die ihm zuteil geworden war, er gab seine Adresse bekannt, er erzählte von der Menge Einladungen, die er schon im Hotelzimmer vorgefunden hatte, von der Lästigkeit der Reporter, von dem Beginn der Proben und der Besetzung der Rollen. Er traf Anordnungen aller Art und äußerte den Wunsch, daß Eva doch möglichst bald nachkommen möge, und schließlich vergaß er auch nicht zu erwähnen, daß die englische Garantie für Doktor Ascher bereits unterwegs sei.

»Es scheint Ihrem Vater drüben gottlob nicht schlecht zu gehen«, sagte Doktor Ascher lächelnd, faltete die vielen Blätter zusammen und gab sie an Eva zurück.

»Vater hat immer so ausführlich telegrafiert. Das ist seit jeher seine Spezialität. Daraus kann man noch keine Schlüsse ziehen.«

»Aber diese Kabeldepesche muß doch ein kleines Vermögen gekostet haben. Nur ein reicher Mann kann sich solchen Luxus erlauben.«

Eva lachte.

»Vater und reich! Nein, das glaube ich nicht! Er hat immer reichlich gehabt, was er brauchte, ich glaube nicht, daß er je etwas entbehrt hat, seit er so berühmt ist. Aber Geld hat er nie besessen. Glauben Sie, daß ein Mann, der derartige Depeschen in die Welt schickt, Geld haben kann?«

Nun hieß es also die Papiere in Ordnung zu bringen. Zu Doktor Aschers großer Freude bestimmte Eva, daß der Anwalt sie und ihre Mutter nach Paris begleiten solle und dann von dort die Weiterreise nach England antreten möge. Das französische Durchreisevisum könne sie leicht besorgen … Eva war in ihrem Element.

Leider aber erwies es sich, daß die Herbeischaffung der Papiere für den Anwalt doch nicht so leicht ging. Dank der rechtzeitigen Inangriffnahme der Angelegenheit, zu der ihn die energische junge Dame verhalten hatte, war er zwar nun im Besitz des Passes, der Steuerunbedenklichkeitserklärung, der Devisenbescheinigung, das heißt der Bescheinung, keine Devisen zu besitzen, der Erklärung des Denkmalschutzamtes, der erweiterten Paßklausel und allerhand sonstiger wertvollster Dokumente, ja sogar das englische Konsulat hatte bereits erklärt, die Einreiseerlaubnis in das Vereinigte Königreich zu erteilen, wenn der Paß auch noch den letzten Stempel aufweisen würde, den Ausreisestempel der Geheimen Staatspolizei. Doktor Ascher wollte sogleich den Antrag bei der gefürchteten Gestapo stellen, aber Eva fiel ihm energisch in den Arm:

»Sind Sie denn ganz von Gott verlassen, mein Lieber? Wissen Sie denn nicht, was für Gefahr Sie laufen, wenn Sie selbst den Paß bei der Gestapo einreichen? Das muß ein arischer Anwalt für Sie besorgen! Wie wär's, wenn Sie sich an den wenden, der Ihre Kanzlei übernommen hat?«

»Nein!« rief Ascher sogleich. »Ich habe das Gefühl, daß mir der Mann eher schaden denn nützen würde!«

»Ich hab's!« rief Eva. »Sie sagten mir doch, daß Sie mit Doktor K. in früheren Jahren befreundet waren und er Ihnen zu großem Danke verpflichtet ist. Doktor K. ist jetzt ein sehr mächtiger Herr geworden. Sie müssen zu ihm gehen!«

Ja gewiß, Doktor K. war ihm zu großem Danke verpflichtet. Es war nun etwa 21 Jahre her, daß er K. kennengelernt hatte. Sie hatten beim gleichen Regiment gedient, sie waren Waffenbrüder gewesen während des großen Krieges, sie hatten viele böse und gute Tage miteinander verbracht, sie hatten Freud und Leid ehrlich geteilt und oft auch ein Stück Brot oder einen Schluck Wein. Erinnerungen stiegen auf. Doktor Ascher hätte nie zu sagen vermocht, wie diese Freundschaft so innig hatte werden können, warum er sich diesem K. so sehr angeschlossen hatte. Wenn er es recht überdachte, so war es eigentlich K. gewesen, der diese Freundschaft gesucht hatte. Noch sah er, wie K. damals gewesen war: ein mittelgroßer, untersetzter junger Mann mit wildem, schwarzem Haar, großen blauen Augen, einem freien und offenen Gesicht; ein junger Mann, der weit eher der Musik und Literatur, der Philosophie zugetan war als der Rechtswissenschaft. Sie hatten nicht immer die gleichen Ansichten gehabt, aber eigentlich war es immer K. gewesen – so schien es Ascher jetzt – der sich ihm untergeordnet hatte. Wer ihm damals gesagt hätte, daß K. einmal Nationalsozialist und Judenfeind werden könnte, den hätte er wohl gründlich ausgelacht! Doktor Ascher ließ seine Erinnerungen gehen und lächelte: dieser K. und Nationalsozialist! Es war nicht zu glauben! Unter all den jungen Reserveoffizieren des Regiments war K. einer der freidenkendsten gewesen, der nur dem Fortschritt, der Aufklärung, dem Geist zugewandt schien, der allen Zwang und allen Militarismus haßte, der sich der Uniform schämte, die er tragen mußte, der den Krieg und das Töten von Menschen als die niederträchtigste Schmach seiner Zeit empfand, ein leidenschaftlicher Pazifist, der oft nahe daran gewesen war, die Uniform abzustreifen, den Vorgesetzten den Gehorsam zu verweigern, ein edler Revolutionär, wie nur je einer vor ihm. Wie oft hatte ihn Doktor Ascher von Unbedachtsamkeiten abhalten müssen. Doktor K. ein Judenfeind! K., der unter den Philosophen Spinoza am meisten verehrt hatte! Noch hatte er die Stimme des jungen Mannes im Ohr, der gegen die Rückschrittlichkeit und die Dummheit des Antisemitismus wetterte – und nun sollte derselbe K., der fanatische Verehrer jüdischer Dichter und Musiker, Antisemit sein? Es waren sehr innige Beziehungen gewesen, die zwischen den beiden entstanden waren. Freilich, als der Krieg dann vorüber war, hatten sich diese Beziehungen wieder gelockert. Beide waren Rechtsanwälte geworden, und es hatte sich gefügt, daß K. die Kanzlei eines verstorbenen Onkels in der Provinz übernahm. Anfangs schrieben sie einander fleißig, und die beiden Kanzleien standen auch in geschäftlicher Verbindung, denn K. übertrug die Durchführung aller Angelegenheiten, die in Wien zur Entscheidung kamen, seinem Freunde. Zu großen künstlerischen Ereignissen war K. immer nach Wien gekommen, hatte seinen Freund und Kriegskameraden besucht, und damals war es auch, daß Doktor Ascher K. jenen Dienst leisten konnte, den Eva nun erwähnte und der, nach K.s eigenem Ausspruch, von ihm nie vergessen werden würde. Es war tatsächlich eine mißliche Affäre gewesen.

Doktor K. war durch seine Vorliebe für sehr kindliche Mädchen in eine üble Situation geraten; die Eltern eines der jungen Geschöpfe erwiesen sich als berufsmäßige Erpresser, die K. in ihren Krallen hielten. In seiner Verzweiflung hatte sich K. an den Freund gewandt. Ascher war eingesprungen, ohne zu zögern. Für eine beträchtliche Summe kam er an das Beweismaterial und händigte es K. aus. Danach war die Freundschaft immer lauer geworden. Sie schrieben einander immer weniger, und eines Tages hörten auch die geschäftlichen Beziehungen ganz von selber auf. Immer seltener kam Doktor K. nach Wien, Jahre verstrichen, in denen sie einander nicht sahen. Dann, eines Tages, las Ascher in der Zeitung, daß Doktor K. eine gewisse Rolle in der jungen nationalsozialistischen Bewegung der steirischen Provinz spiele. Ascher wollte es nicht glauben, stellte Erkundigungen an; die Nachrichten stimmten. Und dann war K. vor etwa sechs Jahren mit seiner Kanzlei nach Wien übersiedelt. Beruflich kamen die beiden Freunde von einst nur wenig zusammen. Während Aschers nahezu ausschließlich zivilgerichtliche Praxis mit den Strafgerichten so gut wie nichts zu tun hatte, war Doktor K. ein Anwalt der Nationalsozialisten geworden. Natürlich ließ es sich nicht vermeiden, daß die beiden einander bei Gericht oder auf der Straße ab und zu begegneten. Von Mal zu Mal war Ascher über die Wandlung seines einstigen Freundes stärker und peinlicher berührt. Doktor K. hatte nie versucht, seine Wandlung zu erklären, bloß einmal sagte er so nebenbei: »Ich bin kein anderer geworden, ich bin der Revolutionär, der ich war, zwischen den Idealen von damals und von heute ist der Unterschied nicht so groß, wie du glaubst. Es hängt davon ab, wie man die Dinge sieht.«

Bei diesen gelegentlichen Gesprächen machte sich immer mehr ein Zynismus K.s geltend, der Ascher abstieß. Nein, an K. hatte Ascher nicht gedacht. Nun aber, da der Name gefallen war, hatte er keine Bedenken, sich an ihn zu wenden. Er rief ihn sogleich an. K. zeigte sich überaus freundlich und bestellte ihn zu später Nachtstunde in seine Kanzlei. Ascher verstand. K., dem Anwalt der Partei, konnte es nicht angenehm sein, einen Juden zu empfangen; er hatte daher eine Stunde gewählt, in der seine Angestellten fort waren.

II.

Doktor K. öffnete ihm die Türe, begrüßte ihn freudig und zog ihn in sein großes, elegant eingerichtetes Sprechzimmer. Behutsam sperrte er hinter dem Eintretenden zu und nötigte ihn dann in einen bequemen Lederfauteuil. Doktor Ascher mußte von sich erzählen und tat es in kurzen Worten.

»Ich bin sehr traurig, daß auch dir die bösen Tage nicht erspart geblieben sind. Selbstverständlich werde ich dir helfen, so gut ich es kann. Es darf aber nur im geheimen geschehen, offen ist es mir als Parteianwalt leider untersagt«, sagte Doktor K.

Ascher sah sich im Raume um. Es war ein mehr als luxuriös eingerichtetes Zimmer, dicke Teppiche lagen auf dem Fußboden, kostbare Gegenstände standen auf den Tischen. An der Wand hing ein großes Bild des Führers, in einer Ecke stand seine Statuette, und ein weiteres Hitlerbild im Goldrahmen hatte seinen Platz auf dem Schreibtisch.

»Ich wäre sehr glücklich, wenn ich dir helfen könnte. Du weißt, daß ich mich in deiner Schuld fühle. Verfüge über mich, wenn du etwas brauchst. Geld vielleicht? Ich habe genug, es wird ...«

»Nein, danke!« unterbrach ihn Doktor Ascher und wollte sich erheben, aber K. war aufgesprungen und drückte seinen Besucher in den Sessel nieder.

»Du wirst doch nicht schon gehen wollen, Robert! Wer weiß, wie bald du das Land verlassen kannst, vielleicht sitzen wir heute zum letzten Male beisammen.«

K. hatte sich eine dicke Zigarre angezündet. Er schenkte seinem Freund und sich Cognac in hohe Gläser, trank hastig und sagte dann: »Nun, warum sprichst du nicht? Warum nennst du mich nicht einen Verräter, einen Lumpen? Gerade du hättest alles Recht dazu, die Freundschaft einer Jugend ...«

»Ich bin nicht dein Richter«, sagte Ascher ruhig.

»Warum bist du so milde, Robert? Willst du mir beweisen, daß ihr Juden christlichen Mitleids fähig seid? Das weiß ich seit langem. Oder getraust du dich nicht zu sprechen? Das würde mich kränken!«

Aber Ascher schwieg, und Doktor K. fuhr fort: »Vielleicht glaubst du, daß du mir nicht trauen darfst, weil einem Menschen, der seine Grundsätze über Bord geworfen hat, nicht zu trauen ist, auch nicht privat. Du mußt mich doch in deinem Herzen für einen gemeinen Betrüger halten. Nun, du schweigst, und das ist auch eine Antwort. Aber vieles kannst du nicht verstehen, Robert! Du wirst doch nicht am Ende glauben, daß ich Antisemit bin? Daß ich plötzlich mit Dummheit geschlagen wurde und die Bedeutung eines Spinoza, meines verehrten Heine, eines Mendelssohn, eines Gustav Mahler, Paul Ehrlich, Freud und tausend anderer nicht zu würdigen weiß, weil ich Nationalsozialist bin? Aber sieh, wir brauchen diesen Antisemitismus der Propaganda halber. Und gerade du willst nicht einsehen, daß man einer Idee willen die größten Opfer bringen muß?«

»Ich erinnere mich noch gut der Zeit, da du den Nationalismus für beschränkt und dumm hieltest. Oder ist dir diese Erinnerung unangenehm?«

»Oh nein, durchaus nicht! Ich bin nur nüchterner geworden und habe gelernt zu erkennen, worauf es ankommt!«

»Worauf kommt es denn an?«

»Auf Macht! Nur auf Macht! Sag mir, warum haben denn alle großen Völker der Erde Anteil an den Schätzen der Welt, nur Deutschland nicht? Und warum soll nicht auch Deutschland einmal seine große Rolle in der Welt spielen? Niemals in der Geschichte war die Zeit so günstig für die Deutschen. Von heute in zehn oder fünfzehn Jahren werden wir die Welt regieren, überall wo heute Engländer, Franzosen oder Amerikaner herrschen, werden wir sein! Und wir werden dies alles ohne Blutvergießen erreichen, weil die anderen viel zu kultiviert und dekadent sind, um richtig kämpfen zu können! Nun, sag selbst, ist das kein Ziel, um dessentwillen es sich lohnt, Grausamkeiten und Ungerechtigkeiten zu tolerieren? Warum lächelst du?«

»Oh, ich wundere mich bloß, wie überaus wirksam du das grausame Geschehen unserer Tage zu verteidigen verstehst. Das ist wirklich beeindruckend, wenngleich du kaum von mir erwarten dürftest, daß ich das richtige Verständnis dafür aufbringe.«

»Nein, das habe ich durchaus nicht von dir verlangt!« rief K. lebhaft. »Daß du als Betroffener nur das dir und den Deinen angetane Leid siehst, ist doch selbstverständlich! Du könntest mir sagen: ›Wenn du ein Unrecht siehst, dann hast du dagegen zu kämpfen!‹ Ich könnte dir mit den Worten Baruch Spinozas, eines von mir sehr verehrten Juden, entgegnen: ›Jede Widersetzlichkeit gegen den Staat ist nicht nur strafbar, sondern vernunftwidrig. Ob nun die Macht von einem Einzelnen oder von Mehreren ausgeübt wird, sie ist berechtigt, alles zu tun, ja sie ist nicht einmal an ein Gesetz gebunden, sie kann gar kein Unrecht tun. Der Staat hat aber durchaus nicht nur alles Recht auf weltlichem Gebiet allein, sondern auch auf religiösem Gebiet. Der Staat könnte gar nicht bestehen, wenn es jedem unter dem Vorwand der Religion beliebte, gegen den Staat zu wühlen. Die Staatsgewalt hat also ganz allein das Recht zu bestimmen, was Rechtgläubigkeit und was Ketzerei ist.‹ Erinnere dich doc! Das ist die Lehre Spinozas. Was lehren wir anderes?«

»Willst du mir sagen, daß ihr eigentlich nichts anderes tut, als den Geboten eines Juden zu gehorchen?«

»Ich freue mich, daß du zu Scherzen aufgelegt bist, Robert. Aber in deiner Bemerkung ist schon ein Körnchen Wahrheit, wenngleich mich jetzt keiner meiner Parteigenossen hören dürfte. Meinst du denn wirklich, daß diejenigen unter uns, die dickleibige Bücher über den Mythus des zwanzigsten Jahrhunderts oder ähnlichen Unsinn schreiben, an das glauben, was sie schreiben? Sie tun das lediglich aus propagandistischen Zwecken.«

»Ein seltsames Gespräch, mein Lieber, das wir da führen, findest du nicht? Ich muß wirklich lächeln. Denn wenn du dich auf Spinoza berufst, um die Konstruktion der Diktatur des neuen deutschen Staates zu rechtfertigen, dann möchte ich dir doch vorhalten, daß du Spinoza recht willkürlich auslegst. Wenn ich nicht irre, hat man früher einmal in antisemitischen Kreisen ein solches Vorgehen mit dem Ausdruck ›polnischer Dreh‹ bezeichnet.«

»Es kommt immer nur darauf an, von welcher Seite man eine Wahrheit betrachtet. Es gibt, wenn überhaupt, nicht eine einzige, starre, immergültige Wahrheit, sondern deren viele. Wenn ich als Staatsmann etwas will, bei dem ich das Volk nicht sicher hinter mir weiß, habe ich das Recht, das Volk durch eine entsprechende Darstellung der Sache für mich zu gewinnen, unter der Voraussetzung, daß ich das Richtige für das Volk will!«

»Wir haben lange nicht miteinander gesprochen, K. Du wirst mich also gewiß entschuldigen, wenn ich dem hohen Schwung deiner nunmehrigen Gedanken nicht mehr zu folgen vermag und dafür wäre, unsere Unterhaltung hier abzubrechen.«

»Noch einmal, Freund, du siehst alles mit den Augen des Juden, welcher der Geschädigte in diesem großen Prozeß ist. Vergiß aber deine besondere Stellung für einen Augenblick, bitte! Das jüdische Problem ist durchaus kein Zentralproblem, ihr seid insgesamt kaum 15 Millionen, in Wirklichkeit also ein winziges Sandkorn in der großen Wüste der Völker. Meinetwegen ein bemerkenswertes Körnchen, zugegeben – aber eben doch nur ein Körnchen, ein Nichts. Du mußt dir doch einmal angewöhnen, die Ereignisse im Kosmos nicht vom Standpunkt dieses Körnchens aus anzusehen. Das ist der Standpunkt eines Hinterwäldlers, der nicht in unsere Zeit paßt!«

»Du glaubst, daß ein Ziel gut sein kann, das sich solcher Mittel bedient? Du glaubst, ein Ziel kann das richtige sein, zu dem der Weg mit Unglück, Brand, Mord und Totschlag gepflastert ist? Verzeih, das können nur dumme Anhänger und Parteigänger glauben, du bist zu klug dazu.«

»Was also wäre dann der Grund für mich und meinesgleichen, dieser Bewegung anzuhängen?«

»Schlechtigkeit! Bodenlose Schlechtigkeit! Angeborene Bösartigkeit, angeborener Vernichtungswille, Hang zum modernen Raubrittertum! Da ihr zu feige seid, Bankräuber und wirkliche Gangster zu werden, versucht ihr, eure Triebe auf dem ungefährlicheren Gebiet der Politik zu befriedigen, auf dem ein noch größerer Fischzug zu machen ist, wo die Beute noch gewaltiger zu werden verspricht! Ihr gebt vor, für euer Volk das Beste zu wollen!

Vielleicht ist auch einer oder der andere von euch von dem unseligen Wort ›deutsch‹ besessen, aber das kann diese Menge von Verbrechen nicht entschuldigen, zumal gerade diese Besoffenheit euch zwangsläufig in das allergrößte Verbrechen treiben muß, in den neuen Krieg!«

Doktor Ascher hatte die letzten Worte haßerfüllt aus sich herausgestoßen. Und nur weil er die äußere Form verletzt zu haben glaubte, fügte er lächelnd hinzu: »Ich bitte um Nachsicht, wenn ich ausfallend wurde …«

»Oh, bitte, bitte. Wir führen eben ein sonderbares Gespräch, wie du richtig bemerktest, und der Führer, unter dessen Bild wir hier sitzen, würde sich darüber wundern. Du wunderst dich natürlich auch darüber, daß ich das Wort ›Führer‹ gebrauche, da ich mich doch als Individualist fühlte, nicht wahr? Nun, wenn man ein Ziel durch ein Symbol eher erreichen kann, dann muß man sich eben dieses Symbols bedienen, auch wenn dadurch die persönliche Freiheit vorübergehend eingeschränkt wird. Er glaubt natürlich, daß in Deutschland geschieht, was er will, ohne zu ahnen, daß er nur das macht, was schon Generationen von Deutschen vor ihm gewollt haben. Es ist sehr gut, daß er das nicht weiß. Er braucht gar nicht zu ahnen, daß wir ihn nur gewähren lassen, weil er uns nützt!«

»Ist das nicht Majestätsbeleidigung?« staunte Doktor Ascher.

»Natürlich dürfte ich dies vor Parteigenossen nicht sagen, aber dir gegenüber riskiere ich nichts, denn dein Zeugnis würde ja gar nicht gelten – hahahahaha! Nein, wirklich, allen Ernstes: Dieser Führer ist ein ganz erstaunlicher Bursche. Und wenn wir seinetwegen gewisse Dinge mit in Kauf nehmen müssen, wie den irrsinnigen Antisemitismus, macht uns das nicht viel aus, und da schon ein Symbol da sein muß, ist es doch an sich gleichgültig, wie dieses Symbol beschaffen ist. Die Wahrheit ist, daß die Nation sich den simplen Mann so erzogen hat, wie sie ihn braucht. Wenn du den Mann, der in Bayern von einem Wirtshaus zum andern zog und sich an seiner eigenen Stimme berauschte, mit dem Mann von heute vergleichst, dann wirst du den Unterschied schon merken.«

»Keinen allzugroßen«, meinte Ascher lächelnd. »Er ist der gleiche von Haß erfüllte Mondsüchtige geblieben, der er war. Daß er heute andere Manieren hat als seinerzeit im Obdachlosenheim, will ich zugeben. Und wenn ihr glaubt, daß er das edle und reine Deutschland am besten repräsentiert, soll das unsereinem nur recht sein.«

»Rein und edel? Das sind doch nur Worte. Wahrscheinlich verstehen wir etwas anderes darunter. Während ich behaupte, daß es edel ist, die Größe seines Vaterlandes um jeden Preis zu erringen, wirst du vielleicht das Gegenteil behaupten. Ich sagte dir ja, daß es verschiedene Wahrheiten gibt.«

»Als ihr zur Macht kamt, habt ihr zuerst Juden und Sozialisten und später auch ungezählte katholische Menschen ausgeplündert. Hat das irgendetwas mit Reinheit zu tun? Oder willst du auch hier deinen Satz von der doppelten Wahrheit anwenden?«

»Wie oft muß ich noch erwähnen, daß wir das verdammen und nur des Zieles wegen dulden. Das Ziel aber ist ein die Welt beherrschendes Deutschland!«

»Und warum soll Deutschland die Welt beherrschen?«

»Heute tun es ein paar Millionen Engländer und Amerikaner. Warum sollte Deutschland nicht daran teilhaben?«

»Ihr wollt ja gar nicht daran teilhaben! Ihr wollt doch nur die anderen beherrschen!« rief Doktor Ascher.

»Wenn es geht, gewiß!«

Doktor Ascher wollte sprechen, zögerte aber sichtlich.

»Nun, sprich nur!« ermunterte K. »Niemand kann unser seltsames Gespräch hören!«

»Ihr ...«

»Nun, ich werde dir helfen. Du wolltest sagen, wir dulden Raub und Diebstahl im kleinen, weil wir im großen zu rauben und zu stehlen gedenken. Das wolltest du doch sagen, nicht wahr? Ich aber frage dich: Ist es nicht ein großes Ziel, einer feindlichen Welt seinen Willen aufzuzwingen? Vergiß nicht, daß man nachher auch die Gesetze diktieren kann, und dann ist man in der Lage zu dekretieren, was gut und böse ist, was Wahrheit und was Lüge. Es siegt nicht immer die Wahrheit, aber immer war der Sieg das einzig Wahre.«

»Möglich«, sagte Doktor Ascher und erhob sich. »Es war eine recht interessante Stunde! Ich danke dir, daß du dich meiner annehmen willst.«

»Aber das ist doch selbstverständlich unter guten Freunden«, sprach Doktor K. und geleitete seinen Gast zur Türe. »Nein, nicht über die Haupttreppe«, sagte er leise, »bitte über die Hintertreppe. Man könnte dich vielleicht sehen, und das würde mir schaden. Du verstehst doch …«

Zwölftes Kapitel
Suchende

I.

Seit zwei Jahren war Manuelo wieder in Amsterdam. Er hatte geheiratet, die Tochter eines sehr reichen Amsterdamer Kaufherrn, der zu den ersten gehörte, die vor vielen Jahren mit dem Großvater Ernesto von Portugal nach Holland gekommen waren. Sie war ein schönes Geschöpf, groß, mit schwarzen Augen und blauschwarzem Haar, ein verwöhntes Mädchen, das Maria hieß nach ihrer Großmutter, die einst eine der gefeierten Schönheiten der Stadt gewesen war. Als Manuelo die alte Dame mit seiner Braut erstmals besuchte, musterte sie ihn eingehend und sagte lächelnd:

»Also heiratet ein Ascher doch noch eine Rodrigues! Du ähnelst übrigens ein wenig deinem Großvater! Bist du auch so still und nachdenklich? Ich kannte deinen Großvater. Er war ein liebenswerter Mensch, er konnte niemandem etwas zuleide tun. Ich glaube, er hatte nur gute Eigenschaften. Vielleicht war er deshalb so langweilig mitunter? Man kann nicht nur aus guten Eigenschaften bestehen, man muß auch ein paar schlechte haben, sonst ist die Mischung nicht reizvoll. Hoffentlich hat sich euer Familiencharakter inzwischen ein wenig verschlechtert. Ich würde es dir und meiner Enkelin wünschen!« Dann hatte ihn die alte Dame gesegnet.

Nun hatte Manuelo das väterliche Haus endgültig verlassen. Sein Schwiegervater hatte dem jungen Paar ein luxuriöses Haus eingerichtet, sie lebten auf großem Fuß, und die junge Frau, immer Menschen um sich gewöhnt, empfing viele Gäste. Es war alles ganz anders, als Manuelo es von zu Hause gewöhnt war. Er dachte, es würde alles wieder in ruhigere Bahnen kommen, wenn das Kind erst auf der Welt wäre. Das Kind kam, es war ein Knabe und wurde Rafael genannt, doch das lärmende und festliche Leben ging weiter.

Häufig besuchte Manuelo seinen Vater, der noch immer allein in dem großen Haus wohnte. Die Räume im ersten Stockwerk, das schöne Eßzimmer, der gemeinsame Schlafraum und das Zimmerchen, in dem Esther mitunter nach Tisch zu ruhen pflegte, waren abgesperrt. Amschel trug den großen eisernen Schlüssel stets mit sich herum. Von Zeit zu Zeit war Amschel verschwunden, manchmal blieb er länger aus, manchmal kürzer. Niemals pflegte er zu sagen, wo er gewesen war. Manuelo vermutete, daß er irgendwo Erkundigungen nach dem Verbleiben Esthers angestellt hatte. Amschel war übrigens rasch gealtert, und sowohl Manuelo als auch Maria waren der Ansicht, daß der Wein hieran Schuld trug, dem der Vater immer reichlicher und unbeherrschter zusprach. Für Maria war der Schwiegervater mit seiner seltsamen Liebesaffäre, um die die ganze Stadt wußte, ein mysteriöser, von allen möglichen Wundern umschatteter Mann, sie verehrte ihn sichtlich und sah zu ihm auf wie zu einem geheimnisvollen Mann, der gewiß alle Frauen verzaubert hätte, wenn es nur in seiner Absicht gelegen wäre.

Im übrigen war es für Manuelo und Maria nicht leicht, sich um den Vater zu kümmern, denn Amschel war nur wenig in Amsterdam. Die kleinen Reisen mehrten sich und währten immer länger. Er verschwand, kam plötzlich und unerwartet wieder. War er im Lande, hielt er sich nur selten zu Hause auf. Er weilte viel bei jenem seltsamen Manne, der sich in der Stadt nicht des besten Rufes erfreute, bei Baruch Spinoza, der eigentlich Espinosa hieß, und den Manuelo von Kindheitstagen an kannte. Beide hatten als Knaben den Lateinunterricht des Arztes Franziscus von dem Emden genossen. Doch mit allen hatte sich der junge Ascher besser verstanden als mit Espinosa, der schon in jenen Tagen so ganz anders gewesen war als die meisten Jünglinge, scheu, verschlossen, wenig mitteilsam, meist mit sich selber beschäftigt und nur dem Studium zugetan, obschon es damals mitunter schien, als wäre Baruch in Liebe verfallen zu Clara Maria, der zarten Tochter des Lehrers. Nichts war dem Jüngling Spinoza heiliger gewesen als die Vernunft, die er als das höchste Gut der Welt verehrte. Schon damals hieß es, daß er kein richtiger Jude mehr, von der Religion abgefallen und ein Ketzer sei, weil ihm alles, was vor dem Tribunal der Vernunft nicht bestehen konnte, als Aberglaube und Dummheit erschien. Und Manuelo erinnerte sich noch genau und deutlich, welch Entsetzen sie alle fühlten, als der junge Spinoza einmal erklärt hatte, die Bibel könne nur Menschenwerk sein, denn all die vielen Widersprüche in ihr schlössen es aus, daß sie göttlichen Ursprungs sei. Bald nachher war er nicht mehr zu bewegen gewesen, die Synagoge zu besuchen, den Sabbath, die Festtage und die Speisegesetze einzuhalten, ja, er brachte seine Überzeugung auch anderen Jünglingen bei, und wenn man ihn warnte, dann hatte er immer nur die eine Antwort: Er scheue die Gefahr nicht, jede Handlung müsse das getreue Abbild der Vernunft sein.

Und richtig nahte auch bald das Verhängnis. Die Rabbinen hatten Spinoza vor ihr Kollegium geladen, doch man wollte ihm nicht allzu wehe tun, denn man achtete seine Gelehrsamkeit und seinen lauteren Lebenswandel. Auch konnte man ihm nicht viel anhaben, da er nicht öffentlich lehrte, ja sogar geflissentlich jeder Berührung mit der Menge auswich. Man verwarnte ihn also nur und forderte ihn auf, zum alten Lebenswandel zurückzukehren, und um dem mehr Nachdruck zu verleihen, belegte man ihn lediglich mit dem dreißigtägigen Bann, es war die mildeste Strafe, gleichsam eine geringe, väterliche Verwarnung nur. Doch das Verfahren machte keinerlei Eindruck auf Spinoza. Was dann geschah, hatte Manuelo nicht mehr selbst miterlebt, es fiel in die Zeit, da er in Venedig weilte. Spinoza – so wurde Manuelo nach seiner Rückkehr berichtet – sei in seiner Haltung verblieben und habe immer mehr den Ärger der frommen Judenschaft erregt; eines Tages sei er von einem jüdischen Fanatiker attackiert worden, als er das Theater an einem jüdischen Feiertag verließ. War nun der Attentäter besonders ungeschickt gewesen oder hatte der Angefallene ausweichen können – jedenfalls sei nur der Rock des Opfers beschädigt worden.

Der Denker seinerseits machte nicht viel Aufhebens von dem Geschehnis. Er verließ die Stadt, nahm Wohnung bei einem Freund in einem kleinen, abgeschiedenen Dorf in der Nähe des Ortes Ouderkerk. Hier lebte er und verdiente, was er zu seinem bescheidenen Leben brauchte, mit dem Schleifen optischer Gläser, die junge Freunde und Anhänger für ihn verkauften. Sein Gastgeber war Calvinist von der Sekte der Kollektanten. Dieser Umstand schien für die Amsterdamer Rabbinen den endgültigen Beweis dafür zu erbringen, daß Spinoza dem Judentum feindlich gesinnt sei. Sie verhängten nunmehr den großen Bann über ihn. Von der Kanzel herab, bei geöffneter heiliger Lade und unter Hochhaltung der Thora wurde der fürchterliche Bannfluch geschleudert gegen Baruch d'Espinosa, schuldig der Ketzerei: Er sei von der Gemeinde für immer getrennt, niemand dürfe mit ihm mündlich oder schriftlich verkehren, niemand ihm eine Gunst zuwenden, mit ihm unter einem Dache oder innerhalb eines Umkreises von vier Ellen weilen, und niemand dürfe das von ihm Geschriebene oder dem Druck Übergebene lesen. Außerdem erstatteten die Rabbinen Anzeige gegen den Ausgestoßenen beim Magistrat von Amsterdam, auf daß ihm der Aufenthalt in dieser Stadt verboten werde.

Aber Baruch Spinoza trug es mit Gelassenheit. Amschel erzählte, als er von einem Besuch bei Spinoza heimkehrte: »Er ist zum Teil des Geschehenen froh, er kann den Umgang mit Verwandten und Freunden entbehren, er liebt die Einsamkeit und die Ruhe. Und seine Verteidigungsschrift wird sehr bedeutend. Er wird lehren, daß man sich der Staatsgewalt unterwerfen müsse.«

»Er lehrt die Gewalt des Staates anerkennen?« hatte Manuelo verwundert gefragt.

»Gewiß. Er sagt, daß es unvernünftig sei, gegen die Macht zu kämpfen, wenn man nicht selber mächtig ist. Einem Meeressturm kann man nicht Trotz bieten, außer man baut ein Boot, das mächtiger ist als die Gewalt des Sturms. Nur die Vernunft kann mächtiger sein als die Gewalt. Er will die Waffe der Vernunft schmieden helfen. Solange aber solch eine Waffe nicht existiert, muß man sich der übermächtigen Gewalt unterwerfen, so man vernünftig ist.«

Das war der Mann, bei dem Amschel so häufig weilte. Das wußten etliche Leute in Amsterdam, und das wußten gewiß auch die Rabbinen. Aber sie taten, als merkten sie nichts. Amschel war reich, tat viel Gutes, ging jeden Sabbath in den Tempel. Maria war stolz auf den Mut ihres Schwiegervaters und bat ihn immer wieder, ihr von dem sonderbaren Menschen zu erzählen. Wie ein gescheiter und gebildeter Mensch vom Schleifen optischer Gläser leben, wie er überhaupt in einem so kleinen Dorf hausen konnte! Nein, sie konnte das nicht verstehen.

II.

Eines Tages war Amschel wieder einmal aus Amsterdam verschwunden. Kein Mensch wußte, wo er sich aufhielt. Nach vielen Monaten kam endlich die erste Nachricht, aber nicht Amschel hatte sie gesandt, sondern niemand anderer als der hochverehrte Rabbiner und Dichter Manasse ben Israel, der sich schon seit einigen Jahren in Ausübung einer hohen Mission in London aufhielt. Er hatte eine Botschaft an Manuelo gesandt: Zu seiner nicht geringen Freude sei er Amschel in London begegnet, aber der Vater befinde sich leider in keinem guten Zustand, es wäre gut, wenn man ihn zur Heimkehr bewegen könnte. Manuelo, kurz entschlossen, machte sich sogleich auf die Reise nach England, trotz des heftigen Widerspruchs Marias, die wegen des Krieges zwischen England und den Generalstaaten von der Reise nichts wissen wollte. Aber Manuelo hatte sich nicht abhalten lassen, und eines Morgens traf er nach langer, abenteuerlicher und gefahrvoller Fahrt in London ein.

Er fand seinen Vater in einem erbärmlichen Zustand. Amschel wohnte in einer kleinen, schmutzigen Herberge, sein Gewand war zerschlissen und schmutzig, seine Wäsche schadhaft und unsauber, er roch von weitem nach Alkohol, sein Leib war aufgedunsen, und seine Augen hatten einen merkwürdig veränderten Ausdruck: Gleichgültigkeit, aber auch viel Angst sprach aus ihnen. Manuelo wollte es nicht glauben. Was für eine Jammergestalt war aus dem schönen, eleganten, kultivierten und vornehmen Vater geworden? Er verbrachte aber nicht viel Zeit mit Überlegungen, sondern handelte entschlossen. Er übersiedelte mit dem Vater in eine gute und anständige Herberge, sorgte mit Entschlossenheit dafür, daß Amschel keinen Alkohol trank, und als der Vater sich unwohl fühlte und zu Bett begab, wich er nicht von seiner Seite. Im allgemeinen war Amschel schweigsam und zeigte sich für nichts empfänglich. Nur einmal hatte er flüchtig gelächelt, als der Sohn von Rafael, dem kleinen Enkel, erzählte, der zu einem schönen, liebenswürdigen, vielversprechenden Knaben herangewachsen war, wenn man dem stolzen Vater glauben wollte. Fast immer aber lag Amschel teilnahmslos im Bett, stellte keinerlei Fragen und war auch durch keinerlei Mittel zum Erzählen zu bewegen.

Eines Nachmittags erhielten sie den Besuch Manasses ben Israel. Er war mittelgroß, ein imposanter Mann. Aus jeder seiner Gesten sprach sein außerordentliches Selbstbewußtsein. Manasse ben Israel, Rabbiner von Amsterdam, Verfasser ungezählter Schriften, verehrt und geliebt wie nur wenige seiner Zeitgenossen, wohlgelitten auch von christlichen Denkern, Künstlern und Staatsmännern, wußte selbst nur allzu gut um sein hohes Ansehen, und dies war ein kleiner Makel, der seinem Wesen anhaftete.

Manasse erfüllte sogleich den kleinen Raum mit seiner Persönlichkeit, erkundigte sich nach dem Befinden des Kranken; sein Gesicht drückte Teilnahme und warmes Mitempfinden aus. Aber er wartete die Antwort gar nicht ab, sondern zog sich einen Sessel zum Bett Amschels und fing zu sprechen an, von dem und von jenem, zwischendurch richtete er kurze Fragen an Manuelo über Amsterdam und die Verhältnisse in der Gemeinde. Wie es denn dort seit seiner Abwesenheit aussehe? Meist aber interessierte ihn die Antwort gar nicht, als wüßte er ohnedies jedes Wort, das man ihm sagen könnte. Zwischendurch übte er nicht unsanfte Kritik an den Ereignissen, die sich in der Heimat seit seinem Weggehen zugetragen hatten, tadelte den über seinen einstigen Schüler Baruch Spinoza ausgesprochenem Bannfluch als unklug, fand es ganz und gar unbegreiflich, daß die neue Synagoge noch immer nicht vollendet sei, aber bei keinem Gegenstand verweilte er lange.

»Nun, was sagt Ihr zu England?« fuhr er dann fort und wandte sich zu Manuelo. »Seid Ihr auch so begeistert wie ich?« Manasse wartete Manuelos Antwort nicht ab. Mit glänzenden Augen sprach er wie ein Entdecker, der von den Ereignissen einer abenteuerlichen Reise, wie ein Knabe, der von Kampf und Schlachten und Sieg und Helden träumte:

»Ein herrliches Land! Das wundervollste Land unter der Sonne Gottes! Und ich weiß, warum es England heißt! Weil es das

Land der Engel ist, Engel-Land. Versteht Ihr jetzt den Sinn dieses Namens? Nur hier wird das verkündete fünfte Reich seine Wiege finden, nur von hier aus wird die Herrschaft der Heiligen, wird unser hohes und heiliges fünftes Reich seinen Siegeszug antreten! Was sollten diese Kriege, von denen die Welt bis vor kurzem erfüllt war und deren Geschrei sie auch heute noch durchtobt, was sollten sie anderes bedeuten als die Ankündigung, daß das tausendjährige Reich nahe, daß es vor der Schwelle steht? Schon wartet irgendwo der Messias, und man wird sehen, daß dieser der richtige Messias ist und nicht Jesus. Nirgendwo aber spürt man dies tiefer als hier in diesem Land, das unvergleichlich ist mit allen anderen Ländern, so weit man auch blicken möge. Oh, England ist einzig! Seht doch nach Deutschland, wo die Menschen einander der Religionsbekenntnisse wegen zerfleischen, wo Lutheraner, Katholiken, Calvinisten mit Wildheit einander umzubringen suchen. Gewiß, auch hierzulande gab's Bürgerkriege und Gewalt und Religionsstreit. Aber seht doch das Ergebnis! Während drüben einer über den andern zu herrschen sucht, haben die Menschen sich hier die politische wie die religiöse Freiheit erkämpft. Oh, riecht Ihr nicht die Freiheit auf den Straßen, liegt sie nicht in der Luft, ist sie nicht förmlich greifbar, lebendig, hat sie nicht eine Seele?«

Manasse war erregt, aber auch noch seine Erregung schien edel beherrscht. Manuelo lächelte. Immer hatte er es mit Unglauben aufgenommen, wenn man ihm erzählte, daß in Gesellschaft Manasses niemand anderer zu Worte kommen könne. Jetzt verstand er es sehr gut. War es nicht viel schöner, diesem beweglichen und lebhaften Geist zu lauschen als selbst zu sprechen?

»Seht nur auf die grandiose Figur dieses Lord-Protektors, dieses Puritaners, seht nur Oliver Cromwell und Ihr werdet den Unterschied wahrnehmen! Nein, das sind keine Landsknechte, die nur an Mord und Blut, Raub und Beute denken, nein, das sind von wahrem religiösem Geist besessene Gottesstreiter, die wirklich und wahrhaftig für Gott kämpfen, für eine Welt, in der man wieder leben kann, die des Lebens wert ist, für eine sittliche Welt, für eine Welt Gottes! Gleichen diese Puritaner nicht unseren Makkabäern? Ja, sie sind ihre Fortsetzung, wie es viele von ihnen ja auch selber behaupten. Seht auf diese Männer, die auch nach den schwersten Kämpfen ihr Gebetbuch hervorziehen und zu beten anfangen. Sind sie nicht wie die großen Heldengestalten: David und Joab und Saul und Jehu. Der Lord-Protektor selbst hat mir einmal gesagt, daß er sich wie der Richter Gideon oder wie Juda Makkabi vorkomme.«

Manasse hatte seine Stimme nicht erhoben und sprach wie immer, konnte aber nicht verhindern, daß Stolz mitschwang, als er so nebenher erwähnte, daß er mit dem Lord-Protektor von England, dem mächtigen Oliver Cromwell, verkehre wie mit seinesgleichen.

»Und während man uns Juden allerorten peinigt und drangsaliert und während die ganze Welt, von unserem Holland abgesehen, sich in Verachtung der Juden gar nicht genug tun kann, bewundert man uns hier als das auserwählte Volk Gottes. Tatsächlich: Man bewundert uns hier. Man betrachtet es in England als ein Wunder, daß wir Juden durch all die schweren Zeiten der Drangsalierungen und Unterdrückungen uns erhalten haben, die Leute hier sehen in der Tatsache, daß wir trotz all des Ungemachs noch immer existieren, die sichtbare Fügung Gottes, den deutlichen Schutz des Allmächtigen, der seine Hand hält über sein auserwähltes Volk. Ich weiß es aus Cromwells eigenem Munde, daß er die Juden schätzt und daß er davon träumt, das Alte mit dem Neuen Testament zu versöhnen. Er und seine Anhänger wollen dem jüdischen Volk eine glänzende Stellung in England einräumen. Wißt ihr, daß einer der Freunde Cromwells, ein puritanischer Prediger, geradezu wünscht, der Knecht Israels zu sein und diesem Volke zu dienen, das so viel gelitten hat und das auserwählte Volk Gottes ist? Und wißt Ihr ferner, daß ein anderer dieser Puritaner vorschlug, den Sabbath in England zu heiligen statt des Sonntags? Seht, das ist England!«

»Ich habe davon gehört«, sagte Amschel, und es war das erste Mal seit langem, daß er sprach. »Aber ich habe vernommen, daß das Parlament die Schrift, in der solches verlangt wurde, schärfstens verurteilt.«

»Was aber nicht hindert, daß dennoch viele wünschen, die Thora möge als Vorbild für die englischen Staatsgesetze gelten.

Kennt Ihr das Buch des Staatssekretärs Edward Nicholas ›Für die edle Nation der Juden und die Söhne Israels‹? Er meint darin, daß alle Leiden des Bürgerkrieges, die über England hereingebrochen seien, eine gerechte Strafe dafür sind, daß England die Lieblinge Gottes, nämlich die Juden, nicht gut behandelt habe, und er meinte ferner nichts Geringeres, als daß Wohl und Wehe der gesamten Welt von der guten oder schlechten Behandlung des Gottesvolkes abhinge. Ja, seht Ihr, das ist England, das ist das Land der Engel! Und ich bin überzeugt, daß ich meine Mission hier erfolgreich werde beendigen können! Wie bin ich glücklich, daß Gott mich ausgezeichnet hat …«

Mitten im Satz hörte er zu reden auf. Er schien sich zu besinnen, daß er eigentlich nicht so viel Zeit auf den Besuch seiner Landsleute hatte wenden wollen. Mit der Gewandtheit eines Mannes der großen Welt, der mit den Beherrschern großer Reiche auf vertraulichem Fuße zu verkehren gewohnt war, aber ebenso freundlich auch zu gewöhnlich Sterblichen war, wünschte er Amschel baldige Besserung, bat Manuelo, sich bei ihm zu melden, ehe er wieder in die Heimat zurückkehre, und dann ging er, rasch wie er gekommen war.

Als sie wieder alleine waren, fragte Manuelo den Vater, welche die Mission Manasses eigentlich sei. Amschel antwortete, der Rabbiner habe ein Gesuch an das englische Parlament gerichtet, in dem er bat, den Juden wieder Aufenthaltsrecht in England zuzugestehen. Das Parlament habe Manasse wirklich einen Paß gesandt, damit die Angelegenheit in London von allen Seiten besprochen werden könne. Der Lord-Protektor habe alles getan, um die Bevölkerung für die Juden günstig zu stimmen, und habe eine Kommission in Whitehall zusammentreten lassen. Allein von seiten der Geistlichkeit würden Schwierigkeiten bereitet, unter ihrem Einfluß sei das Volk auch unsicher geworden.«

»Ja, ist denn der Lord-Protektor nicht allmächtig in England?«

Lächelnd antwortete Amschel: »Gewiß ist er das! Er ist ein unumschränkterer Herrscher als der König, den er hat köpfen lassen. Dennoch aber ist er nicht so allmächtig, um dem Volk seinen Willen mit Gewalt aufdrängen zu können. Oder er ist zu klug, um es zu wollen. Mit vielem hat Manasse ganz recht, wenngleich er ein unverbesserlicher Schwärmer ist. Du bist übrigens noch viel zu kurze Zeit hier, um den Unterschied zwischen diesem Land und der übrigen Welt zu erkennen oder gar zu empfinden. So oft ich auch nach England kam, immer hatte ich das Gefühl, daß der Mensch hier friedlicher, besser, menschlicher ist als anderswo, als seien die Menschen hier bereits auf einer höheren Stufe der Entwicklung angelangt. Ich glaube auch, daß Manasse erreichen wird, was er anstrebt, daß er hier finden wird, was er sucht.«

Manuelo war froh, daß sein Vater wieder Interesse an den Dingen des Lebens zu nehmen begann. Es war überhaupt, als hätte der Besuch des Rabbiners sehr wohltuende Wirkungen gezeitigt, denn von diesem Nachmittag an war der Kranke wieder frischer. Bald danach verließ er das Bett, ging mit Manuelo in den schönen Parkanlagen spazieren, zeigte ihm die Schönheiten der Stadt; sie fuhren in einem Boot auf dem breiten Fluß, dessen Wasser dunkel schimmerten. Einmal sahen sie auch einen Augenblick lang Cromwell. Er hatte gerade seinen Palast verlassen und sich auf einen wundervollen Schimmel geschwungen, auf dem er davongaloppierte, hinter ihm ein Troß von Kavalieren und Offizieren. Der Staub flog Manuelo in die Augen. Nur flüchtig konnte er das Gesicht des mächtigen Mannes sehen; es schien ihm, als erblicke er einen Streiter Gottes. War es möglich, daß ein so hochstehender Mann die Juden lieben und verehren konnte, daß er nach ihren Gesetzen leben wollte, ihre Religion für die höchste Offenbarung Gottes hielt? War das nicht ein Wunder?

Aber war dieses Land nicht selbst ein Wunder? Ein Land, das vom Bürgerkrieg zerfleischt und in andere Kriege verwickelt war und dennoch kein anderes Ziel kannte, als Gott zu dienen, als seinen Geboten zu folgen, als friedlich zu leben und die Menschen zu achten?

III.

Nahezu zwei Jahre war Amschel fort gewesen. Er war sichtlich gealtert, hielt sich stark vornübergebeugt, seine Hautfarbe war ungesund, die Augen lagen in tiefen Höhlen. Er sprach nur wenig und ging fast nicht mehr aus dem Haus. So oft Manuelo bat, einen Arzt holen zu dürfen, lehnte Amschel beharrlich ab. Eines Tages aber richtete er sich in seinem Bette kerzengerade auf, stieß einen tierisch klingenden Schrei aus, preßte beide Hände krampfhaft ans Herz und fiel schließlich erschöpft in die Kissen zurück. Als sich der Sohn von dem ersten, lähmenden Schrecken erholt hatte, lief er um einen Arzt. Es kam ein kleiner, energischer Mann mit gütigen Augen. Er untersuchte lange und gab dann seine Anordnungen bekannt.

»Es ist wohl aus mit mir?« fragte Amschel und lächelte.

»Es ist nicht ganz einfach«, sagte der Arzt. »Ihr braucht viel Ruhe, müßt im Bett bleiben und habt jede Aufregung zu scheuen, mein Herr!«

»Ja, ich bin müde«, meinte Amschel. »Sehr müde bin ich.«

Manuelo ließ nun den Vater nicht mehr alleine. Er bezog Quartier in dessen Haus und war so Tag und Nacht bei ihm, und jeden Tag kamen Maria und Rafael zu Besuch. Amschel lag im Bett und sprach wenig. Es schien, als würden seine Kräfte wiederkehren, aber der Arzt trug weiter seine undurchdringliche Miene zur Schau. Eines Tages, als Manuelo wieder beim Bett saß, begann der Kranke langsam zu erzählen. Es war, als redete er gar nicht zu seinem Sohn. Sein Blick war ins Weite gerichtet, seine Hände spielten auf der weißen Bettdecke:

»Ich bin lange fort gewesen. Oh, ich habe eine weite Reise hinter mir … Esther …«

Es war seit Jahren das erste Mal, daß Amschel diesen Namen vor seinem Sohn aussprach. »Man hat mir erzählt, daß sie in Livorno gesehen wurde. Ehe ich damals nach London fuhr, hatte man mir berichtet, daß sie in England aufgetaucht sei … Ich fuhr also nach Livorno, aber sie war nicht dort.«

»Am Ende war es gar nicht Esther?« fragte Manuelo, und er sah vor seinen Augen eine kleine, zarte schwarzhaarige Frau mit überweißer Hautfarbe.

»Oh nein, sie kann es nicht gewesen sein. Oder vielleicht doch? Ich weiß nicht«, antwortete Amschel, und seine Finger vollführten ein merkwürdiges Spiel auf der weißen Bettdecke. »Alles, was mit ihr zusammenhängt, ist unwirklich, liegt hinter Schleiern, scheint ein Märchen, ein Spiel. Vielleicht hat Esther überhaupt nie existiert, und ich bilde es mir nur ein.«

»Doch, sie hat existiert«, sagte Manuelo ernst.

»Ich kam also nach Livorno«, erzählte Amschel weiter, »erfuhr dort aber nur, daß die, die man für Esther hielt, nicht mehr in Livorno weilte. Ich wollte wissen, wer die war, die man für Esther gehalten hatte, und erfuhr eine seltsame Geschichte. Ich hörte also, daß die angebliche Esther Sara hieß. Sie heißt noch immer Sara, obwohl sie nun die Frau des Messias ist ... Von Livorno führte ihre Spur nach Frankfurt und von dort nach Hamburg. Ich war in Frankfurt, und ich war in Hamburg und erfuhr dort und hier ein Stückchen ... Sara stammt aus Polen wie Esther. Man hat sie als sechsjähriges Mädchen gefunden, sie war auf wunderbare Weise den Horden Chmielnickis entkommen. Man hat sie in ein Kloster gebracht und getauft. Man erzog sie in klösterlicher Strenge, und sie wuchs zu einem schönen jungen Mädchen heran. Eines Tages war sie aus dem Kloster verschwunden. Bald nachher tauchte Sara in einer kleinen Judengemeinde auf. Man hatte sie auf dem jüdischen Friedhof gefunden, nur mit einem Hemd bekleidet. Sie erzählte, daß der Geist ihres Vaters sie aus dem Bett heraus an den unheimlichen Ort gebracht habe. Die Juden der kleinen Gemeinde hatten nur die eine Sorge, das dem Kloster entlaufene Mädchen so rasch wie möglich wieder los zu werden, und brachten sie – nach Amsterdam.«

»Nach Amsterdam?« fragte Manuelo tonlos.

»Erstaunlich, nicht wahr?« meinte Amschel und wich dem Blick des Sohnes aus. »Aber darum kann Sara doch nicht Esther sein? Nicht wahr? Ich habe übrigens hier Erkundigungen aller Art angestellt, aber ich habe nichts in Erfahrung bringen können, gar nichts. Ich habe in diesen beiden letzten Jahren oft an meinem Verstand gezweifelt, daß ich ihn mir bewahren konnte, ist ein Wunder. In Frankfurt schilderte man mir Sara als ein junges, seltsam erregendes Geschöpf und erzählte mir von einem merkwürdigen, von der Seite her kommenden Blick ... Kannst du dich dieses Blickes erinnern, mein Sohn?«

Manuelo nickte nur.

»Sara hat ihre Schönheit bewundern lassen, sie war nicht geizig. Ich sprach viele, die sich ihrer Gunst zu rühmen wußten, vielleicht hat der eine oder andere auch die Unwahrheit gesprochen, aber selbst wenn man von diesen absieht, blieben genug übrig. Viele junge Männer aus guten Häusern boten ihr die Hand zur Ehe. Immer wieder lehnte Sara ab. Sie dürfe nicht heiraten, erklärte sie, denn sie könne nur die Frau des Messias werden. Und eines Tages – es ist höchst merkwürdig! – ließ sie dann der Messias holen. Das war, ehe ich nach Livorno kam.«

»Welcher Messias, Vater? Was sprichst du denn da?«

»Der Prophet-Messias Sabbatei Zewi in Kairo ...«

»Ja, lebt er denn wirklich?« fragte Manuelo.

»Doch. Ich kann es bestätigen. Ich sah ihn.«

»Du sahst ihn? Ist er ein Betrüger, wie viele behaupten, oder ein heiliger Mann?«

»Ich weiß nicht«, antwortete Amschel. »Wahrscheinlich ist er beides.«

»Wie kann man heilig sein und dennoch ein Betrüger?«

»Man kann, mein Sohn, man kann sehr wohl ... Ich sah ihn, und ich sah die Frau des Messias.«

»Ist es Esther oder nicht?

Amschel antwortete nicht und fuhr in seiner Erzählung fort:

»Der Messias hatte von dem seltsamen Mädchen gehört. Er gab an, auch ihm sei im Traum ein polnisch-jüdisches Mädchen zur Frau verheißen worden. Er sandte nach Livorno und ließ Sara nach Kairo bringen, wo er sie dann heiratete. Ich sprach mit Leuten, welche fest behaupteten, Sabbatei habe das lediglich getan, um seine Messiasrolle zu bekräftigen. Denn wenn das Mädchen, einer inneren, höheren Stimme folgend, sich aufspare für den Messias und wenn ihm dieses Mädchen im Traum als seine Frau erschien, dann müsse es einleuchten, daß er der richtige Prophet sei. Und auch den unkeuschen Lebenswandel Saras nützte er, wie viele fromme Menschen mir in Ägypten und in der Türkei berichteten, für seine Zwecke. Sara war unzüchtig? Auch der Prophet Hosea habe ein unzüchtiges Weib heimgeführt, war es nicht so? Ich sprach in Kairo mit einem alten Mann, der diese Sätze wörtlich, so wie ich sie dir jetzt berichte, aus Sabbateis eigenem Mund gehört haben will.«

»Du sahst die Frau des Messias?« fragte Manuelo ungeduldig.

»Ja, ich sah sie. Ja, ich sprach mit ihr ... Es war bei einem Fest, wie ich dergleichen kein anderes gesehen habe. Der Messias hatte viele Hunderte seiner Anhänger um sich versammelt, und sie beteten oder taten das, was sie für Gebet hielten. Nachher tafelten wir in einem großen Saal seines Hauses. Plötzlich erschien die Frau des Messias. Sie war in ein Spitzentuch gehüllt, unter dem sie völlig nackt war. Man sah jede Linie ihres weißen Körpers, ihren Busen, ihren Leib, ihre Schenkel, ihre Beine. Es war – Esther!«

»Esther!« schrie Manuelo, und sein Herz schlug schneller. »War sie es oder nicht?«

»Ich weiß es nicht, ich weiß es nicht«, stöhnte Amschel. Er hatte sich im Bette aufgesetzt, die Augen weit aufgerissen; es schien, als phantasiere er:

»Ich sehe, ich sehe alles, wie es war. Sie hatte nur Blicke für die Männer und die Männer nur Blicke für sie. Sie verschwand mit einem von ihnen für eine Weile und kehrte dann wieder in den Saal zurück. Und sie verschwand sehr oft an diesem Abend, und der Messias sprach mit seinen Anhängern und beachtete das Treiben nicht, oder er nickte seinem Weib, wenn sie wieder einmal im Saal auftauchte, kurz und freundlich zu oder steckte ihr eine Feige in den Mund. Und man sagte mir, daß Sara es war, die ihm die einflußreichen und vermögenden Jünger zuführe, daß sie ihm in Kreisen Anhänger schaffe, die sich nie zuvor zu ihm bekannt hatten. Einmal, als Sara wieder im Saal herumstreifte, bemerkte sie mich. Sie kam auf mich zu. Mein Herz setzte aus. Ich glaubte, Esther hätte mich erkannt. ›Woher kommt Ihr, fremder Mann?‹ fragte sie und musterte mich von der Seite. Es war ihre Stimme, der gleiche

Ton … ›Aus Amsterdam‹, sagte ich zitternd. ›Amsterdam!‹ Sie lächelte. ›Eine düstere Stadt, eine unfrohe Stadt.‹

Immer sicherer wurde ich, daß Esther vor mir stand. Ich trat nahe an sie heran. Doch sie schien viel jünger als Esther. Aber es waren ihre Augen, es waren ihre Haare, es war ihre Stimme, tief und voll. Es war der geliebte Körper, aus dem ihr Geruch strömte, ihr eigener. ›Bist du Esther?‹ fragte ich sie und griff nach ihrer Hand, die mit kostbarsten Ringen geschmückt war. Sie lachte und riß sich los. ›Esther? Esther ist doch eine fromme Frau gewesen. Ich bin ein sündiges Weib. Nein, nein, ich bin nicht Esther!‹

Und damit war sie fort.«

»Und du sprachst nie wieder mit ihr?«

»Nein. Am nächsten Tag war ich unter der Menge, die dem Messias zujubelte, als er mit seiner Frau, vielen seiner Jünger und großem Gefolge die Fahrt ins Heilige Land antrat. Ich glaube, sie hat mich erkannt inmitten der Menge, und mir war's, als hätte sie mir zugelächelt.«

»War es also Esther, oder war sie es nicht?«

»Ich weiß es nicht, ich weiß es nicht!« sagte Amschel, legte sich zurück und schloß die Augen.

Manuelo machte sich Vorwürfe. Hatte der Vater nicht zu viel gesprochen? Hatte er sich nicht zu sehr erregt? Aber der Arzt, den er am anderen Tag befragte, sagte ernsten Gesichtes: »Lassen Sie ihn machen, was er wünscht!«

Manuelo verstand und nickte traurig.

Stundenlang lag der Kranke reglos in seinem Bett und starrte zur Decke. Er antwortete auf keine Frage. Dann wieder konnte es sein, daß er ohne Pause redete. Viel erzählte er von dem neuen Messias, und der junge Rafael, Manuelos Sohn, wurde nicht müde, immer wieder diese seltsame Geschichte zu hören. Mit aufgerissenen Augen saß der Junge da, seine Nasenflügel zitterten, sein Gesicht war weiß vor Aufregung.

»Wie sieht er denn eigentlich aus, dieser Messias?«

»Er ist schlank und hochgewachsen, hat einen schönen schwarzen Bart und ebenso schöne schwarze Haare. Er spricht sehr angenehm, und ich glaube, daß er seinem Organ einen großen Teil seines Erfolges zu verdanken hat, aber seine Augen haben mir nicht gefallen.«

»Erzähle doch, Großvater, erzähle doch, bitte.«

»Ich kann dir nicht viel erzählen, mein Rafael. Schon als Sabbatei Zewi so alt war wie du, galt er als heiliger Mann. Sein Vater war ein wohlhabender Kaufmann. Wenn er in seinen Geschäften Erfolg hatte, schrieb er dies dem Verdienst seines Sohnes Sabbatei zu, der eifrig in den Schriften studierte und besonders der Kabbala hingegeben war. In Smyrna, wo sie lebten, sind viele Kabbalisten, und sie haben errechnet, daß das Jahr 1666 das heilige Jahr sein wird, in welchem der Messias erscheinen und das tausendjährige Reich anbrechen wird. Schon zeitig hatte sich Sabbatei seinen Anhängern und Freunden als der geweissagte Messias offenbart. Laut Talmud war es nämlich durch Jahrhunderte verboten gewesen, den vollen vierbuchstabigen Namen Gottes, JAWE, auszusprechen. Die Kabbalisten hatten dieses Verbot auf ihre eigene Weise ausgelegt: Seitdem die Juden in der Zerstreuung leben, sei auch der Name Gottes auseinandergerückt, um auszudrücken, daß die obere und untere Welt voneinander getrennt seien. Wenn aber der Messias komme, werde die volle Einheit wiederhergestellt, und dann werde man den Namen wieder vollständig aussprechen können. Und siehst du, Sabbatei Zewi hat sich den Namen auszusprechen getraut, und dadurch haben seine Anhänger in ihm den Messias zu erblicken geglaubt!«

»Jawe, Jawe, Jawe!« rief Rafael und lachte. »Nun, Großvater, du hörst, ich sage den vollen vierbuchstabigen Namen. Bin ich nun auch ein Messias? Wie dumm, so etwas zu glauben!«

»Mein lieber Rafael!« sagte Amschel und lächelte. »Diese Menschen sind ganz bestimmt nicht dumm. Ihr Glaube ist nur in die Irre gegangen. Vielleicht kommt das, weil die Sonne dort anders scheint, die Luft anders ist, wer weiß. Vielleicht macht das die Menschen dort zu Schwärmern ... Als die Rabbinen in Smyrna von dem Treiben erfuhren, sprachen sie den Bann über Sabbatei aus, und schließlich wurden er und seine Anhänger aus der Stadt gejagt. Er zog durch die Türkei und sammelte allerlei Volk um sich. Er kasteite sich, fastete, betete Nächte hindurch auf den Gräbern, um die Geister der Verstorbenen in sich aufzunehmen. Beim Beten pflegte er Ströme von Tränen zu vergießen. Aber merkwürdigerweise sang er auch während des Betens anstößige Lieder. Er sang von einer schönen Kaiserstochter Melisselde, die aus dem Bade stieg, er sang von ihrem Milchfleisch und ihren Korallenlippen … Einmal soll er auch in Palästina gewesen, durchs Heilige Land gezogen sein, und das Volk soll ihn angebetet haben. Dann kehrte er wieder zurück und heiratete.«

»Ich will hin, ich will diesen Mann aus der Nähe sehen!« rief Rafael.

Amschel lächelte.

»Nicht wahr, Vater, du erlaubst es?« wandte er sich an Manuelo.

»Das hat noch Zeit, Rafael. Du wirst noch nicht morgen die Reise antreten wollen, nicht wahr?«

»Ich bin nicht mehr so klein!« rief Rafael und blickte trotzig.

Zu Maria sagte Amschel an diesem Tage: »Du wirst auf deinen Sohn achten müssen, Tochter. Er ähnelt mir nur zu sehr!«

»Ich wäre glücklich, würde er wie du!« sagte Maria und hauchte einen Kuß auf die Hand des Kranken.

Das war das letzte Gespräch Amschels gewesen.

In der folgenden Nacht schrie er wieder einmal heftig auf, preßte die Hand aufs Herz und stöhnte. Manuelo hatte um den Arzt geschickt, aber auch um Maria und Rafael. Sie waren alle fast gleichzeitig gekommen. Der Arzt horchte nur flüchtig auf den Gang des Herzens, dann drückte er Manuelo vielsagend die Hand und ging wortlos.

Um Mitternacht schlug Amschel die Augen noch einmal auf. Er winkte Rafael zu sich. Sichtlich wollte er ihm die Hand auf den Kopf legen und den Segen über ihn sprechen. Aber er hatte nicht mehr die Kraft dazu.

»Er ist tot!« sagte jetzt Manuelo. »Ist Großvater nun wirklich tot?« flüsterte Rafael. Maria weinte. Sie konnte nicht sprechen. »Aber dann ist Sterben doch gar nicht schwer!« entfuhr es Rafael. »Es muß sogar leicht sein.«

Das zwölfte Intermezzo

I.

Doktor Ascher hatte Eva über seine Besprechung mit Doktor K. berichtet. Die junge Dame brach los:

»Ich bewundere die Ruhe, mit der Sie durchs Leben gehen können. Ich wäre solch einem Kalfakter wie diesem K. einfach ins Gesicht gesprungen!«

»Ich glaube, Sie wären nicht sehr zufrieden mit mir gewesen, wenn ich das getan hätte!«

»Nein. Ich würde Ihnen dies vielmehr nie verziehen haben. Aber zum Glück sind Sie ja bedächtig genug!«

»Soll das ein Vorwurf sein, Fräulein Eva?«

»Aber nein, Doktor! Ich bin sehr froh, daß Sie so sind. Sie sind überhaupt gut, wie Sie sind, und sollen sich gar nicht ändern! Aber manchmal kann ich Ihre Ruhe wirklich nicht verstehen. Warum haben Sie ihm nicht ins Gesicht gesagt, daß er ein Schurke ist? Er hätte Ihnen nichts getan.«

»Oh, bestimmt nicht! Er hätte mir wahrscheinlich nur bewiesen, daß ein Schurke recht eigentlich ein Ehrenmann ist, und man kann ja alles so leicht beweisen, wenn man nur die nötige Macht hat! Wozu hätte ich ihm sagen sollen, daß er ein Schurke ist? Glauben Sie, daß das auch nur im geringsten helfen würde? Nein, mich hat nur die Wandlung interessiert, die der einmal so klar und rein gewesene K. durchgemacht hat, aber der Mensch K. ist mir gleichgültig geworden. Er ist ja gar nicht einmal originell unter seinesgleichen. Nein, mich würde nur eines wirklich wundern und überraschen: wenn ich eines Tages entdecken sollte, daß sich auch unter den Nazis anständige Menschen befinden.«

Sie gingen längs der Mauer des Lainzer Tiergartens spazieren und genossen die letzten Strahlen der schon schwach gewordenen Sonne. Eva wollte durchaus den schönen Nachmittag benutzen, um den blaß aussehenden Freund ein bißchen frische Luft schnappen zu lassen. Zwar war es nicht sehr ratsam, daß sich Juden in den Waldungen am Rande der Stadt ergingen, aber in diesem abgeschiedenen Teil nahm man es noch nicht so streng, und man konnte sogar auf den Wiesen einige jüdische Gestalten ruhen sehen.

Sie schritten weiter, als ihnen ein Mann entgegenkam, der schon von weitem winkte. Doktor Ascher erkannte ihn nicht. Als er nahe genug war, rief Eva: »Das ist doch Doktor Maschler!«

Nun erkannte ihn auch Ascher, obwohl er seinen Augen kaum trauen wollte. Doktor Maschler, der mit so viel Sorgfalt und Geschmack gekleidete Mann, der stets aussah, als käme er eben aus einem Verschönerungssalon, war unrasiert und ohne Hut, das ungekämmte Haar fiel ihm dicht ins Gesicht, die Wangen waren fahl und gelb, der Anzug beschmutzt, verknüllt, zerrissen.

»Hallo, Kollege Ascher! Hallo, Gnädigste! Hallo! Verzeiht, habt ihr vielleicht etwas zu essen?«

Ascher schwieg erschrocken, und auch Eva war bleich geworden. Ehe sie noch antworten konnte, rief Maschler: »Hunger ist ein peinliches Gefühl! Ich hätte auch nicht geglaubt …«

»Wir haben nur fünf Minuten zum nächsten Gasthaus! Kommen Sie!« sagte Eva.

»Nein, nein, nein!« schrie Maschler. »Nur nicht in ein öffentliches Lokal! Ich werde verfolgt!«

»Um Gottes willen, was ist denn los?« fragte Doktor Ascher.

»Nicht so laut, um des Himmels willen! Überall haben die ihre Spione!«

»Kommen Sie mit mir nach Hause, wir wohnen ganz in der Nähe«, bat Eva.

»Ich kann doch in diesem Aufzug nicht in Ihr Haus! Nein!«

»Lassen Sie doch derlei Äußerlichkeiten, Doktor! Kommen Sie!«

»Nein. Ich könnte Sie gefährden. Ich werde verfolgt!« Er sah sich scheu um.

»Warten Sie einen Augenblick lang, ich hole Ihnen eine Mahlzeit aus dem Gasthaus!«

Und schon war sie fortgelaufen.

»Nettes Mädchen!« sagte Doktor Maschler und sah ihr nach. »Ich kenne sie seit ihrer Kindheit. Sie und Lilli waren Freundinnen. Lilli … Mein Gott, Kollega, was ist alles über uns hereingebrochen? Hätte man den Geist nicht, müßte man wirklich verzweifeln! In diesen zwei Tagen, da ich obdachlos in den Wäldern umherstreife, habe ich schon Tausende Bäume auf ihre Tauglichkeit hin untersucht, mir als Stütze für ein Hinüberschwingen ins andere Reich zu dienen. Ich habe es aber abgelehnt, diese Gedanken weiter zu verfolgen, ich habe sie verjagt, weil es viel zu dumm wäre, dieses Leben ernst zu nehmen! Wenn ich mich heute umbringe, so bedeutet das doch, daß ich die Gegebenheiten als überlegene Kräfte anerkenne. Nein, auf das Geschäft gehe ich nicht ein. Nicht heute, nicht morgen, nie! Und wem nütze ich damit, wenn ich mich umbrächte? Bleibe ich leben und kann ich ins Ausland entkommen, dann kann ich mich noch einmal rächen! Dafür lebe ich nun! Das ist ein herrliches Lebensziel! Glauben Sie mir, Rache ist ein durchaus positives Gefühl. Wer das Gegenteil behauptet, lügt!«

»Um Gottes willen, Sie tun ja, als hätten Sie jemanden ermordet!«

»Ermordet? Haha! Stimmt, stimmt! Nur habe nicht ich jemanden, sondern man hat mir jemanden ermordet!«

Er schwieg und beugte sich dann zu dem Ohr des Freundes nieder.

»Lilli!« rief Doktor Ascher entsetzt.

»Ruhig, ruhig!« machte Maschler, legte seinen Finger auf den Mund und flüsterte wieder: »Jawohl, Lilli …«

Doktor Ascher sah den Freund von der Seite an. War Maschler plötzlich verrückt geworden? Er sah Lilli vor sich, überzart, spürte das vibrierende Gefühl, das ihn erfüllt hatte, als sie im Dunkel des Stiegenhauses seine Handfläche mit ihren langen Fingern berührte. Noch hörte er den sinnlich-dunklen Klang ihrer Stimme. Hatte er sich nicht wiederholt Selbstvorwürfe gemacht, daß er ihrer verheißungsvollen Aufforderung nicht Folge geleistet hatte?

Da kam Eva gelaufen. Ihr Haar flatterte im Winde. Sie trug in beiden Händen große Pakete. An der Mauer des Tiergartens ließen sie sich nieder, und Eva packte aus: Weißgebäck, ein Stück Schinken, kaltes Fleisch, Gurken, eine Flasche Bier. Doktor Maschler aß gierig, stopfte das Essen in sich hinein, sodaß Ascher sich beschämt abwandte. Aber Eva rief: »Langsam, Doktor!«

»Ja, ich weiß! Ein Hungernder soll nicht zu gierig essen! Ich weiß! Ich weiß viel!« rief Maschler mit vollem Mund. Er hielt ein

Stück Fleisch in der Hand und fraß wie ein Tier. »Ich bin voll von guten Lehren, voll von weisen Sprüchlein. Ich habe mich nie daran gehalten. Gott sei Dank! Wenn ich jetzt krepieren muß, kann ich wenigstens sagen, daß ich mein Leben genossen habe! Auch Lilli hat das ihrige genossen, Gott sei Dank! In dieser Hinsicht habe ich sie gut erzogen. Wenn sie als keusche Jungfrau gestorben wäre, hätte ich mir ein ganzes Leben lang Vorwürfe machen müssen.«

»Um Gottes willen!« rief Eva entsetzt. »Ist denn Lilli tot?«

»Mhm!« machte Doktor Maschler und fraß weiter, ohne aufzuschauen. Dann warf er den Knochen weg, reinigte seine Hände an einem unwahrscheinlich schmutzigen Taschentuch und rief: »Ja, lest ihr denn keine Zeitungen?«

Aus seiner eleganten Lederbrieftasche holte er nun einen Zeitungsausschnitt. Ascher und Eva steckten die Köpfe zusammen. Noch nie war er ihr so nahe gewesen. Er spürte den Duft ihrer Haare, den Geruch ihres Körpers. Die Köpfe eng beisammen, lasen sie:

»Mord an einer Jüdin. – In einer Fremdenpension der Inneren Stadt wurde gestern abend die 29jährige Jüdin Lilli Sara Hirsch, geborene Maschler, ermordet aufgefunden.

Wie aus Aussagen des Personals hervorgeht, erschien Lilli Sara Hirsch sehr häufig dortselbst, immer in Begleitung verschiedener Männer. Im Laufe des gestrigen Vormittags wurde fernmündlich ein Zimmer für den Nachmittag bestellt. Die Pensionsinhaberin, die sich wegen Kuppelei nunmehr in polizeilichem Gewahrsam befindet, gibt an, daß eine Männerstimme am Apparat gesprochen habe. Gegen drei Uhr nachmittags erschien das Pärchen. Als um neun Uhr abends das Zimmer noch nicht geräumt war, klopfte die Kupplerin an die Türe, und als sie kein Lebenszeichen vernahm, öffnete sie. Sie fand die Jüdin, nur mit einem Hemd bekleidet, tot im Bett. Die alsbald erschienene polizeiliche Kommission stellte Tod durch Erwürgen fest. Der Mörder dürfte sich eines Handtuches bedient haben.

Lilli Sara Hirsch war eine sittenverderbte Jüdin, wie fast alle Weiber dieser untermenschlichen Rasse. Sie gehörte zu jenen verkommenen Frauenzimmern, die in der Schuschnigg-Ära, in Pelze gehüllt, mit Juwelen und Diamanten behangen, in den Stadtkaffeehäusern saßen und nächtelang Bridge spielten, nie richtige Arbeit kannten und herumhurten. Daß dieser widerliche Frauentypus aus dem Stadtbild des deutschen Wien verschwunden ist, gehört zu den Errungenschaften der nationalsozialistischen Revolution.«

»Fürchterlich!« rief Eva, und wortlos gab Doktor Ascher das Zeitungsblatt an Maschler zurück, der es sorgfältig in seiner eleganten Brieftasche verwahrte.

Doktor Maschler hatte seine Mahlzeit beendet, er streckte sich und rief: »Ach, tut das wohl! Tut das wohl, wieder etwas im Magen zu haben! Nun bin ich ein anderer Mensch. Haben Sie herzlichen Dank, meine Gnädige! Besitzen Sie vielleicht, um Ihr Werk zu krönen, auch noch eine Zigarette? Oh, vielen, vielen Dank! Nun ja, ein Tugendbold war die arme Lilli gerade nicht. Wahrscheinlich konnte sie es auch gar nicht sein, da sie meine Tochter war. Arme, arme Lilli ...«

Einen Augenblick lang sah Doktor Maschler in sich versunken zu Boden, dann aber brach er wieder in sein krampfhaftes Lachen aus und rief: »Was nützt Sentimentalität? Davon wird die arme Lilli auch nicht wieder lebendig. Ist's nicht so?«

Er zündete sich eine neue Zigarette an, die ihm Ascher gereicht hatte, und sagte leichthin, als spräche er die natürlichste Sache der Welt aus: »Ich kenne den Mörder.«

»Wie, Sie wissen, wer der Mörder Ihrer Tochter ist?« fragte Ascher erregt.

»Selbstverständlich! Oder haben Sie schon je erlebt, daß mir etwas unbekannt geblieben wäre, das zu kennen ich begierig war?«

»Nun? Und haben Sie Ihre Mutmaßungen der Polizei bekanntgegeben?«

»Mutmaßungen?« fragte Doktor Maschler entrüstet. »Es sind Tatsachen, Herr Kollega Ascher! Tatsachen, bitte, Tatsachen! Und der Polizei habe ich nichts mitgeteilt. Entsinnen Sie sich, Kollega, als Sie bei mir waren, sagte ich Ihnen, daß ich unter dem Schutz eines mächtigen Nazis stehe, der mich nicht unschädlich machen könne, weil dann gewisse Aktenstücke erst recht zum Vorschein kämen … Nun, dieser Nazi, dieser mächtige Herr, hat meine Tochter eigenhändig erwürgt!«

»Haben Sie Beweise?« rief Ascher erregt.

»Selbstverständlich! Erstens die Personenbeschreibung. Sie paßt aufs I-Tüpfelchen, zweitens …«

»Aber bedenken Sie doch, Doktor Maschler!« rief Ascher. »Nehmen Sie doch Ihre kriminalistische Erfahrung zu Hilfe. Ist der von Ihnen verdächtigte Mann tatsächlich der Mörder, dann weiß er doch, daß Sie ihn kennen. Er wird dann doch in irgendeiner Maskierung die Pension betreten.«

»Richtig! Logisch! Vorzüglich!« rief Maschler. »Wenn er aber sicher weiß, daß ich ihn nie und nimmer anzeigen werde? Wird er es dann für notwendig halten, sich zu verkleiden? Sie werden das sehr bald begreifen, lieber Freund! Hören Sie mich nur einen Augenblick lang an! Der Mörder war nämlich, müssen Sie wissen, seit zwei oder drei Jahren Lillis Freund. Nun ja – de gustibus non est disputandum – auch von Vätern lassen sich Töchter in solchen Dingen nichts dreinreden. Als Mann dürfte er ja vielleicht auch seine Qualitäten gehabt haben, ein fescher, großer und kräftiger Bursche. Als Geschäftsmann war er nicht einwandfrei. In meinen Akten findet sich über ihn und seine Unternehmungen so mancherlei … Nun ja, er war in der Filmbranche tätig. Es ist an sich nicht das sauberste Milieu … Sehen Sie, ich war unter seinem Schutz ziemlich sicher, und daß ich seinerzeit eingesperrt war, stellte mehr oder minder nur einen kleinen Regiefehler dar. Ein Wort von ihm hätte genügt, mich frei zu bekommen. Aber er wollte es nicht. Vielleicht wollte er mir seine Macht zu fühlen geben? Wer würde das mit Bestimmtheit zu sagen vermögen? Vielleicht war übrigens dieser kleine Regiefehler die Ursache der Katastrophe, der vorläufig die arme Lilli zum Opfer gefallen ist und deren zweites Opfer möglicherweise ich selber sein werde.«

»Was reden Sie denn da? Was denn?« rief Ascher.

»Geduld! Geduld, lieber Freund! Als ich aus dem Gefängnis entlassen wurde, besuchte ich den mächtigen Parteigenossen – des Nachts natürlich. Ganz offen erklärte ich ihm, daß ich derlei kleine Regiefehler in Hinkunft nicht mehr ruhig hinzunehmen in der Lage sei und sich gewisse Aktenstücke im Ausland befänden, die erst dann zum Vorschein kämen, wenn mir hierzulande etwas zustoßen sollte.«

»Das ist ja alles wie aus einem Kriminalroman!« rief Eva und hängte sich in Doktor Aschers Arm ein.

»Sehr scharfsinnig, meine Gnädigste! Ein Wort gab das andere, und mehr oder minder unverblümt gab mir der Parteigenosse, SS-Offizier, Abgeordneter des neuen großdeutschen Reichstages, Freund meiner Tochter und Filmindustrieller, zu verstehen, daß er Dokumente im Ausland nicht fürchte. Das war nun gewiß die Wahrheit nicht, denn er mußte sie zumindest als sehr störend empfinden, aber ich wollte ihm zeigen, daß ich ihn durchschaue und sagte so nebenhin, ganz elegant, zwischen Tür und Angel bereits, daß ich auch noch über andere Waffen verfügen würde, sollte es tatsächlich einen Kampf auf Leben und Tod geben. Nun, das war so mehr berufsmäßig gesprochen. Sie wissen doch, daß wir Strafjuristen immer als ultima ratio mit verborgenen Waffen zu drohen lieben, was fast immer erlogen, aber ebenso fast immer wirksam ist. Vielleicht war aber gerade diese meine berufsmäßige Geschicklichkeit mein Fehler. Jedenfalls stand nach dieser Unterredung mein Entschluß fest, das Land bald zu verlassen.«

»Aber ich verstehe noch immer nicht. Warum hat der Mann Lilli ermordet? Er war doch durch Jahre ihr Freund und Geliebter, wenn ich Sie richtig verstanden habe«, fragte Eva.

»Jener Nazi-Häuptling und Filmmanager vernimmt meine Drohung von der geheimnisvollen Waffe. Was kann gemeint sein? Doch nur die Drohung, daß ich vom sicheren Auslande aus die Geschichte seines Verhältnisses mit einer Jüdin verbreiten würde. Und diese Waffe erscheint ihm bedrohlich über die Maßen. Denn wenn auch die obersten Nazis einem der ihrigen jede kriminelle Handlung gern verzeihen, nach dem Wahlspruch etwa: Was du mir verzeihst, soll auch dir verziehen sein. Vergehen gegen das Rassegesetz können sie nicht vergeben, da hört sich der Spaß auf, weil dadurch des Herrn Oberhäuptlings persönliche Erfindung herabgemindert werden könnte. Das also fürchtet der wackre Mann gar sehr. Was kann er nun tun? Mich an der Ausreise hindern? Dann muß er befürchten, daß nicht nur die Papiere im Ausland auftauchen, sondern daß er von seiten Lillis gewisse Unannehmlichkeiten zu befürchten hätte, wenn diese erst ins Ausland käme. Sie ist also die wirklich Gefährliche für ihn, im Land sowohl wie außer Landes. Sonnenklar also, daß er Lilli zuerst aus dem Wege räumen muß. Ein verhältnismäßig leichtes Unterfangen. Und nachher kann er mich irgendwie nach Dachau verschleppen lassen, in der Annahme, daß ich mich dann hüten würde, die Dokumente ans Tageslicht befördern zu lassen oder gar den Mund aufzutun.«

»Hören Sie, Maschler, das sind aber gewaltsame Schlüsse! Wäre es denn für den Mann nicht einfacher gewesen, Lilli und Sie in irgendein Gefängnis zu stecken und dann zu drohen: Wenn mir das Beweismaterial nicht sogleich ausgeliefert wird, dann ... Man mordet doch nicht zum Vergnügen. Je mehr ich mir Ihre Darstellung überlege, desto mehr halte ich sie für ganz und gar hinfällig. Sie lassen Ihrem Haß gegen das verabscheuungswürdige System allzu freien Lauf.«

»So? Tue ich das wirklich? Haben diese Leute noch zu wenig gemordet?«

»Aber das sind doch sozusagen politische Morde oder Propaganda-Morde oder Morde an Juden, doch nicht rein kriminelle Morde!«

»Na schön, zugegeben! Alles, was ich sagte, ist also falsch und stumpfsinnig. Wie erklären Sie sich aber dann das folgende? Meine Wohnung ist polizeilich gesperrt. Ich werde gesucht. Man macht Jagd auf mich.«

»Um Gottes willen!« rief Doktor Ascher. »Ist das wahr?«

»Können Sie sich denken, daß ich in der Laune bin, solche Dinge zu erfinden? Vor drei Tagen war Lillis Begräbnis. Es war ein trauriges Begräbnis. Ich ging allein hinter dem Sarg. Als ich dann am Heimweg am Schwarzenbergplatz umsteigen wollte, kam mir eine Dame entgegen, eine gute Freundin von früher. Sie wohnt im selben Haus wie ich. Sie tat, als würde sie mir ein paar Worte des Beileids sagen, aber sie flüsterte mir zu, daß meine Wohnung eben polizeilich gesperrt worden sei. Nun, was sagen Sie jetzt?«

»Nichts! Da müssen keinerlei Zusammenhänge bestehen ... Wer weiß, welcher Schurke Sie denunziert hat! Ist Ihnen irgendwie zu helfen?«

»Es ist mir zu helfen!« rief Maschler. »Ich habe meinen Paß bei mir! Ich benötige nichts als Reisegeld, ein wenig Ruhe und eine Generalreinigung meines Gewandes, einen neuen Hut und dergleichen mehr, damit ich nicht auffalle.«

»Geld können Sie sofort haben«, sagte Eva.

Eva war wieder einmal in ihrem Element. Sie entwarf rasch einen Kriegsplan. Die beiden Männer hätten hier ihre Rückkehr abzuwarten. Sie würde nur nach Hause eilen, das nötige Geld holen, einen Hut kaufen und eine Bürste mitbringen, und ebenso einen Koffer mit den nötigsten Dingen. Dann müsse Doktor Maschler zur Bahn und den Nachtzug nehmen. Sie traf ihre Anordnungen mit klarer, fester Stimme, duldete keinen Widerspruch und entfernte sich rasch.

Doktor Maschler sah ihr nach. Er sagte: »Tüchtiges Mädl! Energisch! Voilà, ein Mensch, pflegte Napoleon in solchen Fällen zu sagen, nicht wahr? Haben Sie etwas mit ihr? Nun, nun, man wird doch noch fragen dürfen. Die Frau wäre genau richtig für Sie! Energisch, resolut! Eine treffliche Ergänzung! Greifen Sie zu!«

»Sind Sie wahnsinnig, Maschler! Eva könnte meine Tochter sein!«

»Deshalb? Anfänger!« rief Maschler, und ein deutlicher Ton der Überlegenheit kam bei ihm durch.

Dann aber sprachen sie wieder von dem Mordfall. »Und werden Sie sich rächen, wenn Sie im Ausland sind?« fragte Doktor Ascher langsam.

»Selbstverständlich! Welche Frage! In den letzten drei Tagen hielt mich überhaupt nur das Rachegefühl am Leben! Ich kann Ihnen verraten, mein Lieber, Rache ist ein sehr positives Gefühl!«

»Und wenn der Mann nicht schuldig sein sollte? Was dann? Dann haben Sie ein Menschenleben auf dem Gewissen!«

»Ist bedacht. Er ist der Schuldige, trotz Ihrer Verteidigungsversuche. Ich weiß es nicht nur, sondern habe es im Gefühl, und das ist weit mehr. Aber wenn ich mich irrte, was sicher nicht der Fall ist, dann wird höchstens einem dieser Banditen sein Handwerk gelegt, was auch kein Malheur wäre!«

Eva erschien und brachte Geld, einen Koffer mit Wäsche, einen Hut und einen Regenmantel, sogar ein kleines Päckchen mit Lebensmitteln hatte sie nicht vergessen. Doktor Maschler freute sich sichtlich. Dann zählte er das Geld, das er in seine elegante Brieftasche steckte. »Ist es nicht zu viel? Ich darf ja doch nur zehn Mark mit über die Grenze nehmen!«

»Nein, es wird gerade reichen, Doktor. Ich habe es ungefähr berechnet, und wenn es mehr sein sollte, können Sie ja am Bahnhof noch eine Kleinigkeit kaufen. Aber nun müssen Sie eilen, Doktor, es ist besser, wir verabschieden uns hier. Unten am Platz vor der Kirche werden Sie ein Taxi finden.«

II.

Drei Tage nach jenem merkwürdigen Zusammentreffen hatte Doktor Ascher ein Rendezvous mit Eva beim Schottentor vereinbart. Er kam etwas verfrüht und kaufte eine Zeitung, die er im Wartehäuschen der Straßenbahn zu lesen begann. Der Leitartikel, den er, einer alten Gewohnheit folgend, zunächst ansah, führte den Titel DER DEUTSCHE MESSIAS. Wie schamlos diese Menschen doch mit Worten umgingen! Er schlug das Blatt um, da blieb sein Auge an einem Namen haften, und sein Herz klopfte lauter.

»Wieder ein jüdischer Betrüger weniger. – Der 54jährige frühere Rechtsanwalt Doktor Oscar Israel Maschler hat seinem Leben in dramatischer Weise ein Ende bereitet. Wie erinnerlich, wurde dessen Tochter Lilli Sara Hirsch, geborene Maschler, vor kurzer Zeit in einer Fremdenpension der Inneren Stadt ermordet aufgefunden. Wenige Tage danach mußte die Kriminalpolizei gegen den genannten Juden einschreiten, weil mehrere Anzeigen wegen seines betrügerischen Vorgehens erstattet wurden. Mit Hilfe eines vermutlich gefälschten Passes suchte er in die Schweiz zu gelangen. Aber Dank der Achtsamkeit einer SA-Sondergruppe, die alle Ausreisenden einer strengen Kontrolle unterzieht, wurde er erkannt und verhaftet. Auf dem Weg zur SA-Hauptwache riß er sich los und warf sich vor einen schweren Lastwagen. Der Fahrer des Kraftwagens, der mit einer SA-Verfügungstruppe bemannt war, konnte nicht mehr rechtzeitig anhalten. Der verbrecherische Jude war auf der Stelle tot. Wieder einer weniger!«

Doktor Ascher konnte nichts anderes denken: Also doch, also doch!

Als Eva erschien, hielt sie das gleiche Zeitungsblatt in der Hand. Sie war bleich, ihre Stimme zitterte. Doktor Ascher sah hilflos um sich. Evas Empörung mußte sich Bahn schaffen, jeden Augenblick würde sie losbrechen, er fühlte es. Und er war mit ihr auf offener Straße, umgeben von vielen Menschen! Was sollte er nur um des Himmels willen beginnen? Aber Eva stieß nur hervor: »Kommen Sie, kommen Sie doch!«

Sie schritt kräftig aus, er vermochte ihr kaum zu folgen. Es war mehr ein Laufen denn ein Gehen. Sie liefen die Währinger Straße entlang, immer weiter und weiter und waren mit einem Male in Gersthof. In kaum einer halben Stunde hatten sie die lange Strecke zurückgelegt, und Eva hatte während der ganzen Zeit ihren Mund nicht geöffnet. Nun schien sie ermüdet zu sein. Sie verlangsamte das Tempo, auf einer Bank am Waldessaum ließen sie sich nieder.

»Nun, was sagen Sie jetzt zu all dem? Glauben Sie nun der Theorie Ihres armen Freundes?«

»Leider muß man es nun glauben. Aber ich kann es nicht verstehen. Mit dem Fall der armen Lilli müssen österreichische Polizeibeamte, österreichische Untersuchungsrichter und Staatsanwälte befaßt gewesen sein. Ich kannte diesen Menschentypus. Er war rechtschaffen und, selbst wenn er nationalsozialistisch angehaucht war, immer noch gesetzestreu. Es ist unfaßbar!«

»Großer Psychologe!« rief Eva spöttisch aus. Sie zündete sich eine Zigarette an. »So ein Polizeibeamter oder Untersuchungsrichter oder Staatsanwalt mag so gesetzesliebend sein wie er will, er wird sofort anders, wenn seine Umgebung anders wird! Heute ist er umgeben von Vorgesetzten, Kollegen, Untergebenen, die blinde Werkzeuge der Parteiorgane sind. Was bleibt ihm also anderes übrig, als mitzutun und mitzuheulen mit den Wölfen. Ja, gewiß, er könnte auch ein Held sein und opponieren! Aber Helden hat's ja im deutschen Volke nie gegeben, gute Menschenschlächter waren sie im Krieg, gewiß, aber wo es auf ziviles Heldentum ankommt, da waren diese Männer meist feig.«

Doktor Ascher lächelte. Aber das stachelte die Empörung der jungen Dame noch mehr an: »Ja, haben Sie denn Fischblut in Ihren Adern, daß Sie zu all dem nur überlegen lächeln und schweigen?«

»Ja, ich weiß, Sie wären am liebsten ein Held, Eva! Aber Sie würden mir die Augen auskratzen, wenn ich einer werden wollte! Aber ich bin kein Held. Ich will vor allem leben! Als Held wäre ich schon lange tot, dann hätte ich vermutlich dem ersten SA-Mann, der mich ein Auto waschen ließ, einen Schlag ins Gesicht versetzt, und das Dritte Reich wäre für mich zu Ende. Da ich aber das Stück bis zum Ende erleben will, denn auch diese tausend Jahre werden zu Ende gehen, muß ich ruhig Blut bewahren, auch wenn Sie es geringschätzig als Fischblut bezeichnen! Wissen Sie, welche Rolle ich in diesem Stück spielen möchte? Am liebsten die des lieben Augustin, der aus der Pestgrube aufsteht, sein Lied singt und die anderen Pestkranken tröstet. Leider bin ich kein guter Sänger. Aber trösten kann ich ganz gut. Der arme Kollege Maschler hat mich einen guten Wegbegleiter genannt. Ich war stolz darauf. Wo auch immer einer zuhaut, muß es einen geben, der ein Stückchen Watte bereit hält!«

Eva streckte ihm die Hand entgegen. »Verzeihen Sie!« sagte sie leise. »Es ist gut, daß wenigstens Sie gescheit sind und besonnen bleiben! Kommen Sie, lassen Sie uns ein paar Schritte gehen. Halt, vergessen Sie Ihre Zeitung nicht! Sie ist auch sonst lesenswert. Zum Beispiel der Leitartikel vom deutschen Messias! Lassen Sie uns noch ein bißchen in den Wald gehen.«

Dreizehntes Kapitel
Die Frau des Messias

I.

Viele Monate weilte Rafael schon in Abydos, er wußte selbst nicht, wie viele. Es waren herrliche, schöne Tage, er konnte nicht fassen, daß dies alles Wirklichkeit war, es schien ihm Märchen und Phantasie zu sein. Gleich den anderen Bevorzugten hauste er in dem kleinen Dorf, dessen Bewohner, einfaches türkisches Landvolk, nun zu den eifrigsten Verehrern des Messias zählten und in ihrer Anhänglichkeit dessen Gefolge noch übertrafen. Das kleine Dorf am Meer mit seinem Schloß, das der Großwesir zum Wohnort Sabbatei Zewis und seiner Freunde bestimmt hatte, war mit einem Male zum Mittelpunkt großer Ereignisse geworden. Scharen von Wallfahrern aus allen Teilen der Welt trafen hier ein, man hörte mehr fremde Sprachen als in den Hauptstädten Europas, ein wahrer Goldregen ergoß sich über die Ortsbewohner, die sich den nie geträumten Wohlstand nur damit erklären konnten, daß dieses Glück nur Gott selber oder sein Messias gebracht haben konnte. Jeden Tag brachten die Schiffe aus Konstantinopel neue Gäste, und obwohl die Preise für die Überfahrt von Tag zu Tag anstiegen, konnte man gar nicht so viele Menschen befördern, als in der türkischen Hauptstadt eintrafen, um zu dem Messias zu pilgern. All diese Fremden, Engländer, Franzosen, Italiener, Holländer, Deutsche, Polen, Ungarn, Böhmen, Russen, alle waren sie glücklich, wenn sie den Messias nur von weitem erblicken, einen aus seinem engeren Gefolge bewundern durften. Sie bezahlten dem Kastellan des Schlosses schon dafür, daß er ihnen die Räume zeigte, in denen der Messias zu speisen, sich aufzuhalten oder zu schlafen pflegte.

Eines Tages wurde Rafael durch den Besuch des reichen Amsterdamer Kaufherrn und Vorstandes der jüdischen Gemeinde, Abraham Pereyra, überrascht. Er kannte den Mann aus dem väterlichen Haus. Pereyra hatte den Knaben Rafael und die Bezeugungen seiner Ehrerbietung nie beachtet. Nun war er an der Spitze einer Abordnung Amsterdamer Juden in Abydos eingetroffen, um dem

Messias zu huldigen. Und obwohl sie reiche Geschenke an Geld, Gold und Wertgegenständen mitbrachten, waren sie bisher vom Messias nicht empfangen worden, lediglich der Geheimschreiber Salomo Primo hatte sie für eine knappe Viertelstunde vorgelassen, ihnen huldvoll die Geschenke abgenommen und dann in Gnaden entlassen, nachdem er noch einige Führer der Deputation zur Messiaskönigin geleitet hatte. Nun also war Pereyra zu Rafael gekommen und sprach mit ihm, als wäre der junge Mann seinesgleichen. Er überbrachte ihm Grüße der Eltern und ihren Wunsch, daß Rafael bald heimkehren möge. Er erzählte ihm von Amsterdam. In allen Gotteshäusern der Stadt habe man auf den Toren und über den Thoraschreinen die Initialen des Messias anbringen lassen, in jeder Synagoge seien die Buchstaben S.Z. mehrfach zu finden. Vor jedem Gottesdienst würden besondere Gebete für den Messias gesprochen, die da lauteten: Segne unseren Herrn und König, den heiligen gerechten Sabbatei Zewi, Messias des Gottes Jacobs! Alle Gebetbücher würden eingezogen und neu gedruckt. Der reiche Kaufherr schloß seine Erzählung mit den Worten:

»Wir sind nicht nur die erste Judengemeinde der Welt geworden, die tonangebende, nach deren Beispiel sich alle anderen richten, wir sind auch die eifrigste im Dienste des Messias.«

Rafael betrachtete den alten Mann. Er konnte es nicht fassen: Pereyra, von dem schon der selige Großvater mit so viel Achtung gesprochen hatte, der Vorstand der reichen Amsterdamer Judengemeinde, einer der angesehensten Kaufherrn der Stadt, der ein Dutzend schöner Schiffe auf allen sieben Meeren der Welt hatte, dieser würdige Mann wallfahrte hierher zu einem Messias, der doch nicht mehr war als ein …

»Welchem glücklichen Umstand habt Ihr es zuzuschreiben, mein Rafael, zu dem Gefolge des Auserwählten zu gehören?« fragte Pereyra.

»Ich weiß es selbst nicht«, sagte Rafael.

»Man sagte mir, daß Ihr der Messiaskönigin gefallt.«

»Lüge!« rief Rafael und errötete tief.

»Hütet Euch vor diesem Weib, Rafael! Sie soll das Leben vieler Männer auf ihrem Gewissen haben!«

»Ihr sprecht von der Messiaskönigin, Herr Pereyra!« Rafael war aufgesprungen.

»Ich sah sie. Sie erinnert mich lebhaft an eine Frau, die ich vor vielen Jahren kannte.«

»An welche Frau gemahnt sie Euch? Bitte, bitte, sprecht!«

So sehr Rafael seinen Besucher drängte, wollte dieser darüber nicht weiter sprechen. Umso mehr aber wußte er ihm zu berichten, daß alle Augen nur mehr auf Abydos gerichtet seien, daß die Judenheit der ganzen Welt gewiß sei, daß von hier aus der Messias seinen Zug ins Heilige Land antreten und alle in der Zerstreuung lebenden Israeliten um sich scharen werde. Bis nach Afrika sei diese Begeisterung für den Messias gedrungen, und in Sale bete man für ihn bereits ebenso inbrünstig wie in Polen oder Rußland, und von Palästina selbst sei vor kurzem die Botschaft nach Livorno gesandt worden: Jeder Jude ist verpflichtet, an den Messias Sabbatei Zewi ebenso zu glauben wie an Gott und seine Lehre.

Pereyra sprach von den Juden in Deutschland und Frankreich, die den großen Tag herbeisehnten, an dem der Messias auf einem feurigen Löwen geritten käme, um die Juden zu holen aus dem Hause der Knechtschaft. Und er erzählte, wie Juden in Deutschland im Mantel und mit dem Hut auf dem Kopfe bei ihren geschnürten Bündeln saßen, um auf den Befehl zum Aufbruch zu warten, und daß sie sich am Abend geduldig zur Ruhe legten, aber den Mantel nicht vom Körper ließen, um den Messias nicht warten zu lassen, falls er nachts kommen sollte. Ob es wahr sei, wollte der Besucher wissen, daß der Messias die althergebrachten Feiertage aufzuheben gedenke, um neue einzuführen?

»Das ist richtig«, bestätigte Rafael. »Er hat den Tammus-Fasttag aufgehoben und dafür einen Montag als strengen Sabbath eingeführt, weil er an diesem Tag zum ersten Mal den messianischen Geist verspürt habe, er will überhaupt alle jüdischen Feiertage aufheben, selbst den Versöhnungstag; dafür soll sein Geburtstag als höchster Feiertag des jüdischen Volkes gefeiert werden. Jetzt eben dichtet er die Psalmen für diesen seinen Geburtstag.«

»Ihr sprecht ein wenig seltsam von unserem Messias, oder täusche ich mich?« fragte Pereyra.

»Ich täuscht Euch nicht, edler Herr!« Rafael sah zu Boden. »Ich bin hierhergekommen, um all das Merkwürdige, von dem die Welt erfüllt ist, mit eigenen Augen zu sehen.«

»Und was fandet Ihr?«

»Oh, ich fand etwas Wunderbares ... Nicht den Messias!« Als Rafael aber das entsetzte Gesicht des Besuchers sah, fuhr er rasch fort: »Ich kann Euch das schwer erklären, Herr Pereyra. Ich bin in diesem Durcheinander von Traum und Wirklichkeit noch nicht zur Besinnung gekommen.«

»Ihr seid ein sonderbarer junger Mensch«, sagte der alte Mann und schüttelte den Kopf. »Diese Zeit ist überhaupt anders geworden! Früher waren die jungen Menschen Schwärmer und wir älteren die Besonnenen und Ruhigen, heute scheint's mir umgekehrt zu sein. Wir Alten schwärmen für den Messias und Ihr Jungen seid zurückhaltend und mißtrauisch. Aber kommt, laßt uns zu der großen Sabbathfeier gehen, die der Messias heute für seine viertausend Besucher gibt.«

II.

Rafael wurde unsanft aus dem Schlafe geweckt, rieb seine Augen, glaubte noch immer zu träumen. Vor seinem Bett standen Häscher in türkischen Uniformen. Er wurde emporgerissen und geschlagen. Unter Schlägen wurde er in den Hof getrieben, wo Hunderte Juden unglücklich herumstanden oder wundgeschlagen auf dem Boden lagen. Es war ihnen verboten, miteinander zu sprechen. Viele Stunden wurden sie dort gefangengehalten und dann auf ein Schiff gebracht, auf dem sich schon ungezählte Schicksalsgenossen befanden. Es war eine stürmische Fahrt, und sie dauerte lange. Dann kamen sie in eine Stadt, keiner wußte genau zu sagen, wo sie sich befanden, einige meinten, es sei Adrianopel, und andere wieder nannten andere Namen. Rafael gehörte zu einer Gruppe von etwa zweihundert Gefangenen, die in einem großen Saal beisammen gehalten wurden. Er wußte nicht recht, was mit ihnen geschah, es war ihm, als lägen schwere Schleier um ihn. Auch schmerzte sein Hinterkopf mitunter recht arg und lähmte die Kraft seiner Gedanken. Der Hieb, den er in Abydos von einem der Häscher über den Schädel bekommen hatte, schien ihn doch ärger verletzt zu haben, als er anfänglich gemeint hatte. Oft lag er in dem ihm zugewiesenen Winkel am Boden, unfähig, sich zu erheben. Er schlief viel und träumte noch mehr, denn auch im Wachen verfolgten ihn die Bilder der Nacht. Er sah die Messiaskönigin, sie war nackt, er sah ihren unvergleichlich schönen Körper, er streckte die Arme nach ihr aus, aber er blieb kalt dabei. Er war verwundert. Er konnte also ihrer gedenken, ohne daß sein Blut in den Adern kochte und brauste?

Mit der Zeit fühlte er sich wohler und freier. Einer der Mitgefangenen, ein jüdischer Arzt aus Palermo, der – wie er später Rafael anvertraute – nur nach Abydos gekommen war, um das Wesen des Messias aus der Nähe zu studieren, nahm sich des jungen Mannes an, pflegte ihn und stand ihm bei, wo er nur konnte. Der Arzt, der den Namen Romondo führte, war viel in der Welt umhergekommen und auch weit unten in Afrika gewesen. Mit der Zeit wurde der Arzt gesprächiger und gab seine Ansicht über den Messias preis. Anfangs noch vorsichtig, später immer freier und ungenierter. Er habe ihn lange beobachtet, aber eine eindeutige Meinung über den Sabbatei Zewi abzugeben, sei er nicht in der Lage. Sicher sei nur, daß der Messias nicht als normal und völlig zurechnungsfähig zu bezeichnen sei. Allerdings handle es sich hier um keinen landläufigen Wahnsinn, selbst nicht um die Abart irgendeines religiösen Wahns, denn Zewi sei im Grunde nicht religiös oder gottesfürchtig, denn er erblicke in Gott nur ein ihm gleichgestelltes Wesen, das abzusetzen er immer bereit wäre, wenn die Zeit gekommen sei, sich selber an dessen Stelle zu setzen. Was vorzuliegen scheine, sei eine absolut besessene Durchdrungenheit von dem eigenen, alles andere überragenden Wert. Es sei also ein übersteigertes Bewußtsein des eigenen Ich, verbunden mit einer ganzen Reihe anderer geistiger und moralischer Verfallserscheinungen wie: Überzeugtheit von der eigenen Göttlichkeit, Unvermögen, Kritik oder Widerspruch zu vernehmen, unüberwindliche Abneigung gegen jede werktätige Arbeit, absolute Unkenntnis des Begriffes der Wahrheit, Unverständnis für Werte wie Treue …

Der Arzt sprach viel, aber noch immer war Rafael kaum in der Lage, den ausführlich dargelegten Untersuchungsergebnissen zu lauschen, noch immer machte ihm der eigene Kopf zu schaffen. Immerhin ging es ihm unter der Fürsorge des Arztes von Tag zu Tag besser, er empfand auch wieder Interesse an den Vorgängen in der Stadt, und so erfuhr er von seinem Schicksalsgenossen, was sich zugetragen hatte, während er in wohltuendem Schlummer lag:

Man habe den Messias und seine nächste Umgebung zunächst nach Adrianopel gebracht, wo ein Arzt namens Hakim Baschi, ein früherer Jude, im Auftrag des Kaimakam dem Messias auseinandersetzte, welche Strafe ihn und die Seinen erwarte. Er werde in Fesseln durch die Straßen geschleift, brennende Fackeln an seinen Leib gebunden. Es gebe nur ein Mittel, die Strafe abzuwenden, nämlich das Judentum abzulegen und sich zum Islam zu bekehren. Der Messias habe nicht lange überlegt.

»Wie? Der Messias, der König der Juden, ist vom Judentum abgefallen? Ist übergetreten?« Rafael traute seinen Ohren nicht.

»Alles war recht einfach!« berichtete der Arzt. »Eines Tages wurde der Messias vor den Sultan Mohammed geführt, legte Kopfbedeckung und Mantel ab, nahm den Turban und einen grünen Mantel, und damit war die Zeremonie beendet. Dieser vierte Mohammed scheint ein vernünftiger Herr zu sein. Er wollte aus Zewi keinen Märtyrer machen, denn wenn er ihn getötet hätte, wären doch seine Anhänger geblieben. So aber hat er den heldenhaften Messias lächerlich gemacht, und das tötet weit gründlicher als alles Zutodeschleifen.«

Rafael saß mit hochgeröteten Wangen da und saugte die Geschichte in sich auf, als wäre sie ein Märchen aus fernen Landen.

»Der Sultan verlieh dem Messias den Namen Mehmed Effendi, gab ihm sogar einen hohen Rang, ich glaube, er ernannte ihn zum Türhüter und setzte ihm ein anständiges Gehalt aus. Das ist alles, was ich weiß. Warum man uns jetzt noch gefangen hält, ist mir allerdings unbekannt.«

»Und das alles soll wahr sein?« fragte Rafael und schüttelte den Kopf. »Der König der Juden ist Türhüter des türkischen Sultans und trägt den Turban?« Rafael lachte und lachte. Tränen traten in seine Augen, sein Kopf schmerzte, aber er konnte sich nicht beruhigen. Als er endlich wieder so weit war, daß er klar denken konnte, fühlte er zum ersten Mal seit langer Zeit die heftigen Kopfschmerzen nicht mehr.

Zwei Tage später wurden die Gefangenen in einen großen Saal gebracht. Ein Unterpascha verkündete, daß sie in Freiheit gesetzt würden, aber das Land in kürzester Frist zu verlassen hätten. Dann entfernte er sich aus dem Saal, und all die Männer wollten ihren Augen nicht trauen, als – wie aus dem Boden geschossen – der Geheimschreiber Salomo Primo auf dem Podium stand. Er war ebenfalls in türkische Gewänder gehüllt und trug einen Turban. Man schrie ihm zu, man lachte, man brüllte, und es dauerte, bis sich Salomo Primo Gehör verschaffen konnte.

»Ihr habt eure Freiheit dem Messias zu verdanken!« rief er mit seiner schrillen Stimme, die sich in der Höhe stets überschlug.

»Was soll dies?« schrie der Arzt. »Wollt Ihr uns noch weiter zum Narren halten? Wir wollen nichts mehr wissen von diesem Abtrünnigen!«

»Jawohl, er ist ein Abtrünniger! Fluch ihm!« schrien andere und drängten an das Podium, auf dem der Geheimschreiber stand.

»Seid nicht kleinmütig!« rief Salomo Primo mit dem Aufgebot seiner ganzen Lungenkraft. »Glaubt dem Messias. Er hat sich für euch geopfert!«

»Wir wollen nichts mehr hören von diesem Schwindler!« rief ein alter Mann. »Er hat sich selber ausgestoßen aus der Gemeinschaft. Wir vergehen vor Scham!« Und er machte zum Zeichen der Trauer einen Riß in sein Gewand. Viele folgten seinem Beispiel.

Salomo Primo gab noch nicht auf. »Gott wird euch strafen«, rief er, »wenn ihr dem Messias nicht traut! Hört seine Botschaft!«

»Wir wollen nichts hören!« riefen die einen, die anderen: »Hört auf die Botschaft des Messias!«

»Ich verkünde die Worte des Herrn: ›Gott hat mich zum Ismaeliten gemacht. Er befahl, und es geschah. Am neunten Tage nach meiner Wiedergeburt.‹ Das ist die Botschaft des Herrn …«

»Sprecht den Namen des Herrn nicht weiter aus!« rief der Arzt, und viele folgten seinem Beispiel.

Mühsam nur konnte sich Salomo Primo Gehör verschaffen. Er stand da, bleichen Gesichts, zitterte am ganzen Körper und sagte: »Ihr seid kleinmütiger und dümmer als die Tiere! Könnt ihr denn nicht begreifen, daß der Messias nur ein schlaues Spiel mit dem Türken treibt? Andernorts hat man es gut verstanden. Die Gemeinden in Amsterdam und Hamburg beten nach wie vor für den Messias und senden ihm Huldigungen und töten die Ungläubigen, die seinen Namen schmähen. Das gleiche Schicksal ist allen sicher, die nun in der Stunde der Prüfung an dem Herrn zweifeln!«

»Nun ist's aber genug!« rief ein junger Mann. Er sprang mit einem Satz auf die Tribüne und schüttelte den Geheimschreiber. »Glaubt Ihr, ich durchschaue den Schwindel nicht? Haltet Ihr uns denn für so dumm? Dürftet Ihr denn hier sprechen, wenn es Euch die Türken nicht erlaubt hätten? Was wollt Ihr noch von uns?«

Und er hob den schmächtigen Mann mit einer Hand in die Höhe. Besonnene griffen ein und entrissen dem Schreienden den kleinen Geheimschreiber. Der brauchte lange, sich zu sammeln, flüsternd sagte er dann: »Der Messias läßt euch empfehlen, meinem Beispiel zu folgen und den Turban zu nehmen!«

So leise diese Worte auch gesprochen waren, man vernahm sie im ganzen Saal. Ungeheurer Tumult erhob sich, man lärmte und pfiff und schrie. Rafael fühlte sich an den Rand gezerrt. Der Arzt riß ihn mit sich fort. Sie stürmten aufs Podium und bildeten im Verein mit anderen besonnenen Männern einen Kreis um Salomo Primo, den sie vor der Wut der Andringenden zu schützen bemüht waren. Nun aber erschienen auch die türkischen Häscher, und die Menschen beeilten sich, den Saal zu verlassen.

Salomo Primo lag blaß und schwach in den Armen Rafaels. Rafael hob den Turban Primos auf, der zu Boden gefallen war. Er reichte ihm die Kopfbedeckung und fragte: »Kennt Ihr mich noch, Salomo Primo? Wo ist die Herrin?«

»Die Herrin?« Die Augen des Geheimschreibers funkelten gelblich. »Sie ist ebenfalls übergetreten. Sie heißt jetzt Fauma Kadim. Der Messias hat auch eine Ismaelitin geehelicht, und Fauma Kadim ist nicht mehr seine erste Frau. Sie ist in seinem Harem, Ihr werdet sie nicht mehr umarmen, Ihr nicht, junger Mann, und keiner mehr! Nun kann sie sich nur noch mit den Eunuchen vergnügen, hahahaha!«

Aus den Augen des Geheimschreibers sprühte Haß.

III.

Rafael Ascher und der Arzt Romondo beschlossen, trotz der erfolgten Ausweisung noch eine Zeitlang in der Türkei zu bleiben. Sie wohnten in Konstantinopel bei einem reichen Juden namens Leviacho, der sich vom Sabbatinismus auch in dessen Glanzzeiten ferngehalten hatte. Er war ein Mann unbestimmbaren Alters, mittelgroß, fett, mit immer trüben Augen; er war ein durch nichts zu erschütternder Fatalist. Er betrieb einen Handel mit Geweben und Tuchen, und obwohl er sich um sein Geschäft nicht allzuviel zu kümmern schien, wuchs sein Reichtum stetig. Weder Rafael noch Romondo konnten sich das erklären. Er räumte den beiden ein schönes Zimmer ein, in dem sie gemeinsam hausten, schenkte ihnen großzügig Geld und ließ sie nicht fort. Wenn sie über den Ausweisungsbefehl sprachen, machte Leviacho nur eine abwehrende Handbewegung: »Das darf man in diesem Lande so ernst nicht nehmen! Laßt mich nur dafür sorgen!« Er sorgte für noch mehr: gute Gewänder, schmackhafte Weine und Speisen. Seine liebste Stunde war die nach der Abendmahlzeit, wenn er mit den beiden im Gespräch beisammensaß.

Leviacho war nie aus der Ruhe zu bringen. Was immer geschah, er lächelte und meinte: »Es wird nicht halb so schlimm werden, wie ihr annehmt. Was das Schicksal auch bringt, wir können uns nicht dagegen wehren, wir müssen es tragen, tragen wir es also heiter!«

Unerschüttert blieb Leviacho selbst, als der Sultan den Befehl erließ, sämtliche Juden zu töten, mit Ausnahme der Kinder unter sieben Jahren, die er im Islam zu erziehen anordnete. Über fünfzig Rabbinen waren schon zum Tode bestimmt, und es hieß, daß Mehmed Effendi, der Messias also, die Schuld daran trage. Mehmed Effendi habe, um dem Sultan einen Beweis der Aufrichtigkeit seiner Gesinnung zu geben, seine eigenen gegen den Bestand der Türkei gerichteten Pläne verraten und versichert, daß ihn die Juden zu diesen Plänen gedrängt hätten. Dies habe den Zorn des Sultans erregt und zur Erteilung jenes unmenschlich harten Befehls geführt. Als Leviacho diese Nachricht überbrachte, wollte ihr Rafael keinen Glauben schenken. Aber der Arzt erklärte: »Die Nachricht ist durchaus glaubhaft. Nichts hat der Messias mehr gehaßt als den Islam. Nun ist er durch die Ereignisse Muslim geworden. Selbstverständlich will er, daß dies von seinen ehemaligen Anhängern als Genietat bewundert wird, und deshalb will er alle zwingen, gleich ihm zum Islam überzutreten. Wer ihm nicht freiwillig folgt, den verrät er skrupellos. Bedenken irgendwelcher Art hat er noch nie gehabt, warum soll er nicht jetzt Tausende und Zehntausende seiner früheren Verehrer in den Tod jagen?«

»Ach, du mit deinen Erklärungen!« rief Rafael ungebärdig. »Aber so viel du mir auch erklären magst, ich kann's nicht verstehen! Ich bin erschüttert von diesem Ausmaß an Abscheulichkeit!«

»Der Mann ist doch ein ausgemachter Narr. Heute kann man das bereits ganz klar sehen«, meinte Leviacho und lud noch eine Portion süßen Rosinenbreis auf seinen Teller. »Über ihn braucht man gar nicht so viel nachzudenken. Was sagt ihr aber zu seinen Anhängern? Immer mehr von ihnen behaupten hartnäckig, Mehmed Effendi sei gar nicht Sabbatei Zewi. Der Messias selbst sei von Gott zu vorübergehendem Besuch in den Himmel geladen worden.«

»Und wer soll dann Mehmed Effendi sein?« fragte Rafael.

»Irgendein anderer, irgendein dienstbarer Geist habe die Gestalt des im Himmel zu Besuch Weilenden angenommen, um seine Rolle hier auf Erden zu spielen, während der Messias in Bälde selbst wieder erscheinen und sein Erlösungswerk siegreich zu Ende bringen wird.«

»Jedenfalls ist es ein gutes Geschäft für den Propheten Ghazati, für den Geheimschreiber und für viele, viele andere«, sagte Leviacho und ließ sich beim Essen nicht stören. »Sie alle ziehen umher und predigen der Menge nach wie vor, daß die Zeit der Erlösung nahe bevorsteht. Das gegenwärtige Leben des Messias sei nur eine Prüfung und Strafe dafür, daß man ihm nicht die nötige Verehrung entgegengebracht habe. Bald aber werde sich das Geheimnis seines irdischen Daseins aufklären und dann beginne erst das richtige Zeitalter der Göttlichkeit. Wißt ihr auch, was der Geheimschreiber Primo verbreitet? Auch Mose, der erste Prophet der Juden, so sagt er, habe eine Zeitlang als Ägypter am Hof des Pharaos leben müssen. So sei eben auch der letzte Prophet, der Messias, gezwungen, für einige Zeit am Hofe des Sultans als Türke zu leben. In Ipsola und in Comargena haben die Juden aber noch ganz anderes getan! Sie haben kleine Zewi-Statuetten aus Holz geschnitzt, die sie um den Hals tragen, und sie haben große aus Edelhölzern geformt, die sie im Tempel aufstellen und bei Gottesdiensten herumtragen. Glaubt aber ja nicht, daß diese Schwärmerei nur auf unser Land beschränkt ist. In Deutschland zieht ein Wanderprophet von Ort zu Ort, Sabbatei-Raphael nennt er sich, er trägt also den Vornamen des Messias und den Eurigen, mein lieber junger Freund! Auch in Eurer Heimat, in Amsterdam, hat dieser neue Wanderprophet einige Verwirrung angerichtet. Jetzt hat man ihn wegen Unzucht eingesperrt.«

Amsterdam … Wie gerne würde Rafael Vater und Mutter wiedersehen. Er sah sich in dem schönen Haus des Großvaters, sah den alten Mann und hörte, wie er ihm zum ersten Mal von Sabbatei Zewi erzählte. Und er erinnerte sich weiter: Hatte der Großvater nicht geglaubt, die Frau des Messias sei einmal die seine gewesen …

War diese Frau wirklich die Frau des Großvaters gewesen? Rafael konnte diesen Gedanken nicht zu Ende denken. War diese Frau nicht seine Geliebte gewesen, eine einzige, herrliche Nacht? Wie war es möglich, daß sein Herz nicht mehr erbebte bei dem Gedanken an sie? Mehr als zwei Jahre war er nun fort von Amsterdam und den Eltern. Sollte er zurück, ohne das Geheimnis gelüftet zu haben? Aber durfte er es denn überhaupt ergründen? Wäre er nicht der größte Sünder, wenn er die Frau des Großvaters umarmt hätte?

»Warum seid Ihr so schweigsam, junger Freund?« fragte Leviacho. »Ich will nach Hause!« sagte Rafael. Er sah seinen Freund, den Arzt, und seinen Gastgeber mit so verlangenden, strahlenden, wanderlustigen Augen an, daß keiner ihn zurückhalten wollte.

IV.

Seit vielen Monaten war Rafael wieder daheim. Er fand alles ein wenig verändert vor, fremd und ungewohnt. Auch im elterlichen Haus war alles anders geworden, es herrschte dort nicht mehr die alte Behaglichkeit. Die Unruhe schien von seiner Mutter auszugehen. Maria umarmte ihren Sohn lange und immer wieder, lachte und weinte zugleich. Sie richtete hundert Fragen an ihn, hatte aber keine Geduld für die Antwort. Immer wieder unterbrach sie Rafael. Sie trug sich jugendlicher als ihrem Alter gemäß war, die Wangen gefärbt. Jeden Morgen kam eine alte Frau zu ihr, Falten am Hals und unter den Augen zu glätten. Maria roch schon von weitem nach erlesenem Rosenöl. Sie weilte viel außer Haus und liebte es, Gäste bei sich zu sehen. Zwischen der Mutter und der Frau des Messias schienen gewisse Ähnlichkeiten zu bestehen. Rafael hätte nicht genau angeben können, worin sie bestanden. Vielleicht waren alle Frauen so? Hatte er nicht eben erst gelesen, daß in allen Frauen die Hetäre schlummere? Er nahm sich vor, auf die Mutter zu achten, begleitete sie, wenn sie eingeladen war. Merkwürdig war ihm ihr gezwungenes Auflachen, wenn ihr gesagt wurde, daß man ihr einen so erwachsenen Sohn gar nicht zugetraut hätte. Doch langweilten ihn diese Gesellschaften bald, und er kam zu der Überzeugung, daß seine Mutter bloß ein wenig kokett und Schmeicheleien zugänglich war.

Auch seinen Vater fand er verändert. Gewiß freute er sich über die Rückkehr des Sohnes und zeigte sich gern öffentlich mit ihm. Dennoch war es Rafael, als würde seine Rückkehr den Vater stören, der in allerlei Geschäfte verstrickt schien. Welcher Art diese Geschäfte waren, blieb Rafael lange Zeit unklar. Manuelo verkehrte viel mit Künstlern und Wissenschaftlern, Astronomen und Philosophen gingen bei ihm ein und aus, auch mit Alchimisten pflegte er vertrauten Umgang, und er arbeitete viel in einem kleinen Raum, den niemand betreten durfte. Noch eine andere Leidenschaft schien ihn zu erfüllen: Irgendwie war eine alte Familiengeschichte aufgetaucht, die ein sagenhafter Ahne namens Joseph angelegt hatte. Dieser hatte seine Aufzeichnungen vor mehr als einem Jahrhundert begonnen, und Manuelo wollte sie nun bis in die Gegenwart fortführen. Oft war er verreist, immer im Interesse der Familienforschung. Wiederholt klagte Maria, daß diese unsinnige Spielerei über die finanziellen Verhältnisse der Familie ginge.

Diese Sorge Marias schien nun begründet. Bald nach seiner Rückkehr hatte Rafael ein eingehendes und langes Gespräch mit seinem Vater, der sich behutsam nach den Plänen des Sohnes erkundigte. Rafael mußte gestehen, daß er noch niemals darüber nachgedacht hatte; ob es notwendig wäre, daß er sich einem Erwerb zuwende? Nein, hatte der Vater geantwortet, es sei genug Geld vorhanden, wenngleich das Vermögen in den letzten Jahren beträchtlich zusammengeschmolzen sei. Er selber, fügte der Vater schamhaft lächelnd hinzu, habe leider niemals einen Gulden verdient, habe nur vom Kapital gezehrt.

Übrigens sollte Rafael der Frage nach einer Berufswahl bald enthoben sein. Eingeladen in das Haus des reichen Kunsthändlers Ferrero, war er aufgefordert worden, über seine Erlebnisse im Morgenland und den Messias zu berichten. In den maßgebenden Kreisen der Amsterdamer Judenschaft war Ernüchterung eingekehrt. Rafael sprach mit einer Ruhe, die ihn selbst überraschte, von den Dingen, die er gesehen und erlebt hatte. Viele Zuhörer waren gekommen, elegante Frauen, junge Mädchen, ältere Kaufleute, Rabbinen, Gelehrte, Künstler. Alle hingen gebannt an den Lippen des schönen jungen Mannes. Als er geendet hatte, kam Ferrero auf ihn zu und bat ihn, das Erzählte niederzuschreiben. Lachend und ohne nachzudenken hatte Rafael zugesagt. Schon am nächsten Tag machte er sich an die Arbeit, mußte aber erstaunt feststellen, daß es leichter war zu reden als zu schreiben. Als er die ersten niedergeschriebenen Sätze nachlas, fand er sie stümperhaft, gewöhnlich und nichtssagend. Auch ein anderer Versuch mißlang, er ließ die

Arbeit liegen, fühlte sich unglücklich. Aber sie ließ ihm keine Ruhe, raubte ihm den Schlaf. Einmal gelang ein Gedicht. Rafael hatte sich hingesetzt, über den Messias zu schreiben; als er auf sein Blatt sah, stand darauf ein Gedicht auf das Felsenschloß Abydos, in dem er die Liebe der Frau des Messias erfahren hatte. Rafael las es, errötete tief und vergrub das Papier in der Truhe unter allerlei Erinnerungsstücken, die er mit nach Hause gebracht hatte. Dann aber, eines Tages, ging es doch mit dem Schreiben vorwärts, und bald konnte er mit dem Manuskript bei Ferrero erscheinen. Der zeigte sich sehr befriedigt und bat um die Erlaubnis, es in Druck geben zu dürfen. Zur nicht geringen Verwunderung Rafaels bot er dafür eine kleine Geldsumme, die dieser zuerst gar nicht annehmen wollte. Dann aber erinnerte er sich des Gespräches mit dem Vater: Der hatte immer nur vom Kapital gezehrt, während er bereits welches verdiente!

Noch stolzer aber war Maria, als der schmale Band endlich erschien. Sie sprach nicht anders von ihrem Sohn als von »Rafael, dem Dichter«. Ihr Sohn schien ihr die Erfüllung dessen, was sie in seinem Großvater Amschel zu sehen vermeint hatte.

Rafaels Tage waren nun reicher und bunter. Er fand viele Freunde, Maler, Bildhauer, Dichter, bekam Einblick in ein bisher ungekanntes Leben, fand Freude an nächtelangen Diskussionen. Es ergab sich fast von selbst, daß er an den Geschäften des Vaters immer weniger Anteil nahm. Vor allem befremdete ihn, wie sein Vater Familienforschung trieb. Statt der bloßen Aneinanderreihung von Namen, Geburts- und Sterbejahren wäre es doch sinnvoller gewesen, die interessanten Charakterzüge der Familienmitglieder aufzuzeichnen, ihre Eigenheiten, Talente, Laster, Liebhabereien, die man als ein dunkles Erbe weiter in sich trage. Doch Manuelo lächelte nur still vor sich hin, wortkarg, wie er mit den Jahren geworden war. Er hätte dem Sohn wohl antworten können: Daß man nichts erbe als Äußerlichkeiten, daß man werde, was man ist, bestenfalls die Erziehung den Charakter ein wenig beeinflusse.

Manuelo sagte nicht viel, als ihm Maria eines Tages auseinandersetzte, daß sich Rafael endlich vermählen sollte. Da wäre zum Beispiel die Tochter des reichen Ferrero, ein junges, schönes, stolzes Mädchen. Manuelo schwieg, und er schwieg auch, als Maria umständlich erzählte, daß Rafael von dieser Wahl gewiß beglückt sein werde, denn sie sei sicher, daß er das junge Geschöpf liebe.

V.

Rafael erhielt einen Brief: »Danielo Romondo an seinen Freund Rafael Ascher. – Viellieber Freund, Du bist nun schon so lange Zeit weg von hier und hast mir noch immer kein Lebenszeichen gesandt. Unser geschätzter und verehrter Freund Leviacho und ich haben also beschlossen, Dir zu schreiben, um Dir unser Wohlergehen zu melden. Leider kann unser verehrter Freund Leviacho Dir nicht selber schreiben, da er der Kunst des Schreibens nicht mächtig ist. Aber seine Geschäfte gehen nach wie vor befriedigend und sein Reichtum wächst ständig.

Du wirst erstaunt sein, mich noch immer unter den Türken zu wissen. Allein, es gefällt mir hier immer besser. Leviacho, der Fürsorgliche, hat es nun sogar zuwege gebracht, daß mir die Erlaubnis erteilt wurde, meinem Beruf nachzugehen, und so arbeite ich, der aus dem Lande Gewiesene, in der Türkei als Arzt. Wie Du siehst, ist also nicht nur bei Gott alles möglich, sondern auch in der Türkei!

Freilich, die einheimische Bevölkerung hat ein gewisses Mißtrauen gegen uns studierte Ärzte. Mein lieber Himmel, wer kann dies besser verstehen als ein ehrlicher Arzt? Aber trotz allem sind wir noch immer besser als die Heilkundigen, an die sich die Kranken hierzulande gern wenden und die noch immer mit Pferdemist, Blütensamen und Beschwörungen zu heilen versuchen. Nur Du, der Du hier gelebt hast, wirst das begreifen.

Es wird Dich gewiß interessieren zu hören, daß Mehmed Sabbatei Effendi Zewi wieder von sich reden machte. Zunächst gebärdete er sich wie ein frommer Türke. Da er aber doch nicht gut der Prophet oder Messias der Türken werden konnte, und da er sehr unglücklich und fast krank war, weil man sich jetzt so wenig mit ihm befaßte, wandte er sich wieder seinem treuen Judenvolke zu, das er noch vor kurzem zum Islam zu führen beabsichtigte. Durch seine Propheten ließ der Messias eine Schrift verbreiten, die er Sahaduta di Mehemunta nannte und die ich Dir gern gesandt hätte, wenn ich nur noch ein Exemplar aufzutreiben in der Lage gewesen wäre. Aber sie ist leider nicht mehr erhältlich. Du hättest Dich bei der Lektüre gewiß ausgezeichnet unterhalten, und ich bin traurig, Dir diesen Genuß nur ungenügend aus zweiter Hand bereiten zu können. Demnach also ist Sabbatei nach wie vor der einzige, wahre, echte Messias, der Erlöser und Sohn Gottes. Er verharre nur zum Schein im Islam, um Zehntausende von Nichtjuden dem Judentum zuzuführen. Dem Sultan sagt er, er wolle die Juden zu Mohammed bekehren, den Juden sagt er es umgekehrt. Unser schwärmerischer Messias ist ein praktisch veranlagter Mann.

Aber er muß auch ein tüchtiger Mann sein, denn der Sultan hat ihm gestattet, in den Synagogen Adrianopels und Konstantinopels zu predigen. Er singt noch immer schön, rührt die Frauen zu Tränen, aber es ist nicht der alte Glanz, sind die alten Töne nicht mehr.

Sabbatei forderte die Juden sogar auf, ihre Kopfbedeckung abwerfen und einen für alle Fälle mitgebrachten Turban aufzusetzen, wenn zufällig ein Muslim anwesend sein sollte. Ich weiß sehr viele Juden, die zum Islam übergetreten sind, sehr, sehr viele. Sie alle tragen kleine Zettelchen um den Hals, worauf steht, daß der Messias den Übertritt billige, ja wünsche. Diesen Zettel tragen sie, damit sie sich vor Gott rechtfertigen können, wenn sie vor ihn treten müssen. Das Geschäft des Messias blühte also wieder, wenn es auch nicht mehr so viel abwarf wie früher.

Soweit, mein Lieber, standen die Dinge bis vor etwa einem Jahr. Zu diesem Zeitpunkt scheint der Messias alle Vorsicht fahren gelassen zu haben. Ob er sich nun nicht mehr genug angebetet fühlte (woran ihm, glaube ich, weit mehr liegt als an einem mühelosen und bequemen Leben), oder ob er es nicht vertrug, daß auch von anderen Dingen die Rede war als von ihm, er wollte von neuem die Welt erobern. Nun zweifelte der Sultan doch an der Ehrlichkeit seines Mehmed Effendi, der immer größeren Kult mit sich selber trieb und immer weniger Juden zu Mohammed führte. Der Diwan strich ihm also sein Jahresgehalt, er fiel in Ungnade. Wo er sich nun aufhält, weiß man nicht, er soll aber – wie unser tüchtiger Freund Leviacho in Erfahrung brachte – in ein kleines Dorf in der Nähe Konstantinopels verbannt worden sein und in Einsamkeit leben. Da der Diwan seiner nicht mehr bedarf und er nun wirklich ohne Bedeutung ist, wird er irgendwann spurlos verschwinden, und ich bin sicher, seine Anhänger werden dann verbreiten, seine Seele hätte sich zum Himmel erhoben. Auch von seiner Frau ...«

Rafael ließ das Blatt sinken. Aber nach einer Minute hatte er sich gefaßt, und er las gespannt weiter.

»Auch von seiner Frau, dem polnischen Judenmädchen Sara, der Himmelskönigin, der Messiaskönigin, weiß man nicht viel. Sie hatte ein weites Herz und ein immer juckendes Fleisch, falls Du Dich noch zu erinnern vermagst, Freund Rafael. Sie war lange Zeit im Harem ihres Gatten, dem ein halbes Dutzend Weiber angetraut waren. Was er mit ihnen angefangen hat, ist seinen Anhängern verborgen geblieben. Man behauptet, daß er nie viel für Frauen übrig hatte, und ich muß gestehen, daß ich mich dieser Ansicht angeschlossen habe. Doch ich wollte Dir ja von Sara berichten, der hurenhaften Messiaskönigin. Eines Tages war sie, wie nicht anders zu erwarten, aus dem Harem verschwunden. Und von diesem Augenblick an weiß man nichts mehr von ihr. Auch um sie hat sich ein Legendenkranz gebildet. Es gibt Leute, die sie in Konstantinopel gesehen haben wollen, als eines jener Weiber, die in gewissen verbotenen Häusern zur Freude der Männer gehalten werden, natürlich nur der Ungläubigen, denn kein Gläubiger würde jemals solch ein Unternehmen betreten, besonders wenn er gesehen werden könnte. Wieder andere wollen mit Bestimmtheit wissen, daß Sara mit einem vornehmen Franzosen die Türkei verlassen habe, und wieder andere schwören, sie in Adrianopel als Straßenbettlerin gesehen zu haben. Was an all dem wahr ist, weiß ich nicht.

Nur der Vollständigkeit halber will ich Dir mitteilen, daß unser verehrter und edler Leviacho erst gestern die Nachricht mit heimbrachte, Sara sei gestorben, sie liege in Saloniki begraben, wohin sie mit einem Türken geflohen war ...«

Rafael ließ den Brief zu Boden fallen. Sara tot? Er konnte es nicht fassen. Er hatte das Bedürfnis nach Bewegung, nahm seinen Mantel um und ging ins Freie. Er versuchte immer und immer wieder, sich das Bild der einst geliebten Frau ins Gedächtnis zurückzurufen. Es gelang nicht. Immer wieder vermischten sich ihre Züge mit denen anderer junger Frauen und Mädchen. Merkwürdigerweise erleichterte ihn dies.

Das dreizehnte Intermezzo

Abends, allein in seinem bescheidenen Zimmer, nahm Doktor Ascher die Zeitung wieder zur Hand. Er schnitt die Nachricht vom Tode seines einstigen Kollegen und Schicksalsgefährten Doktor Maschler aus und legte das Blatt zu seinen Aufzeichnungen. Dann aber bekam er Bedenken: Wenn man es bei ihm fände? Also wickelte er es um die Rasierseife, dergestalt würde es bei einer Hausdurchsuchung, auf die man ja immer gefaßt sein mußte, nicht auffallen. Er lächelte. War er nun nicht schon sehr tüchtig geworden? Hatte er sich nicht schon recht gut mit diesem System der ewigen Beobachtung und Spionage abgefunden? Er war nicht unzufrieden mit sich, und er freute sich schon jetzt auf Evas Lob, sobald er ihr am nächsten Tag davon erzählen würde.

Da fiel sein Blick auf die Zeitung, und er las den Titel des Leitartikels: DER DEUTSCHE MESSIAS. Hatte ihn Eva nicht darauf aufmerksam gemacht?

Und Doktor Ascher las in der Zeitung, die einst Organ des liberalen Bürgertums und von dem Stolz erfüllt war, die erlauchtesten Geister der Zeit als Mitarbeiter zu haben:

»Wir Deutschen schnallen nun, da wir das Erbe Masaryks angetreten haben, das zugleich auch das Erbe der ruchlosen Habsburger ist, unsere Helme fester! Das ist unser Gottesdienst. Wir schwören, unserem Führer zu folgen, wohin er uns führen will, sei es gegen die weichlich-weibischen westlichen Erbfeinde oder gegen den jüdisch-bolschewistischen Weltfeind Nummer eins, sei es auch gegen beide zugleich! Wir wissen, daß wir unserem Messias zum Sieg und Heil folgen. Aber auch in London, Paris und Moskau wird man lernen müssen, wer der wahre Messias ist, der wahre Abgesandte Gottes, und die Zeit ist nicht mehr ferne, da man glücklich sein wird, ihm in London, Paris und Moskau zu Füßen fallen und seine Stiefel küssen zu dürfen. Es lebe unser Führer! Es lebe unser deutscher Messias.«

Doktor Ascher hatte die Lektüre beendet. Sein Kopf schmerzte. Zwar konnte man solche Hervorbringungen nun häufig in deutschen Zeitungen und Zeitschriften lesen, dieses Dokument erschien ihm aber besonders bemerkenswert. Er beschloß, das Blatt ins Ausland mitzunehmen, wenn er, hoffentlich bald, seine Reise antreten würde.

Vierzehntes Kapitel
Wa-Rik

I.

Moritz Oppenheim, der Frankfurter Wechsler, ein Mann nahe der sechzig, wartete ungeduldig auf die Ankunft seiner Tochter und deren Familie. Er war seit vielen Jahren Witwer, und von den vier Kindern, die ihm seine Frau geschenkt hatte, waren drei vom Lungenübel hinweggerafft worden. Eine einzige Tochter, Marta, war ihm verblieben, an der hing er mit der gesamten Kraft seines alternden Herzens. Daß das Schicksal es so gefügt hatte, daß auch sie nicht bei ihm bleiben durfte, empfand er oft als ungerecht, hart und grausam. Marta war in Amsterdam verheiratet, mit Benjamin Ascher, dem Sohn des Rafael Ascher. Diese Heirat war ganz nach dem Sinn des stolzen Vaters gewesen. Oppenheim hatte diese Verbindung angestrebt. Die Ascher waren eine reiche holländische Familie, hochangesehen und allgemein geachtet, und der Dichter Rafael Ascher, der Vater seines Schwiegersohnes, gefeiert wie nur wenige seiner Zeitgenossen. Er führte ein offenes, gastfreundliches Haus in Amsterdam, in dem man stets Berühmtheiten aus aller Herren Länder antreffen konnte. Etwas nur hatte Oppenheim an der Heirat seiner Tochter gestört: Sein Schwiegersohn war ohne jegliche Beschäftigung. Er, Moritz Oppenheim, stammte auch aus vermögender Familie, seine Vorfahren waren schon seit Generationen reich, aber alle hatten von frühauf gearbeitet, keiner hatte seine Zeit vergeudet. Er konnte es nicht begreifen, daß Benjamin mit 28 Jahren ohne Beschäftigung durchs Leben gehen konnte. Dieser Müßiggang war aber auch der einzige Fehler, den Oppenheims scharfes und unbestechliches Auge an seinem Schwiegersohn wahrnehmen konnte.

Die Ehe seiner Tochter war glücklich, er hatte sich bei seinen vielen Geschäftsreisen, die ihn in die niederländische Hauptstadt führten, immer wieder davon überzeugt. Drei Enkelkinder hatte ihm seine Tochter bisher geschenkt, zwei Knaben und ein Mädchen, der älteste von ihnen, den man ihm zu Ehren Moritz genannt hatte, war schon drei Jahre alt. Nun aber schien es, als wäre das Eheglück seiner Tochter zum ersten Male ein klein wenig umschattet.

Vor wenigen Monaten war Rafael Ascher in noch jungen Jahren gestorben, der Dichter hatte kaum das fünfzigste Lebensjahr erreicht. Moritz Oppenheim war zur Leichenfeier nach Amsterdam geeilt. Zeit seines Lebens hatte er nicht gesehen, daß man einem Juden ein derartiges Begräbnis bereitet hätte. Es war, als würden nicht nur die Juden, nein, als würde die gesamte Nation um den edlen Mann trauern. Moritz glaubte schon damals eine leichte Gemütsverdüsterung bei Benjamin feststellen zu können, brachte dies aber mit Rafaels plötzlichem Tod in Verbindung, wohl wissend, wie innig der Schwiegersohn an seinem Vater gehangen hatte. Aber als er wieder in Frankfurt war, trafen Briefe seiner Tochter ein, voll Sorge um den seit dem Tode des Vaters wie ein Schatten seiner selbst wirkenden Mann. Dann war plötzlich eine kurze Botschaft Martas gekommen: Ihr Gatte hatte eingewilligt, mit der ganzen Familie für längere Zeit nach Frankfurt zu kommen; sie erwarte sich durch diese Veränderung eine Besserung seines Zustandes.

Und dann, eines Tages, war die Familie Ascher in Frankfurt angekommen. Moritz Oppenheim hatte alles für ihren Empfang vorbereitet und mehrere Räume in seinem Haus bereitgestellt. Er war restlos glücklich, freute sich an der Tochter, spielte mit den Enkelkindern, und zum ersten Mal in seinem Leben vernachlässigte er ein wenig seine Geschäfte. Nach den Berichten Martas hatte er befürchtet, den Schwiegersohn in getrübter Verfassung zu finden. Aber Benjamin wirkte freundlich und ruhig wie immer. Behutsam versuchte Oppenheim, den Schwiegersohn für seine Geschäfte zu interessieren, aber er hatte nur geringen Erfolg. Benjamin hörte, wenn der Alte von seinen verwickelten Transaktionen sprach, ruhig zu, aber es schien ihn weiter nicht zu berühren. Die Fragen der Sicherstellung und Verzinsung von Kapitalien, des Ankaufes von Ernten und des Wechselkurses ließen ihn völlig gleichgültig. Bald gab Oppenheim seine Bemühungen, sich in Benjamin einen Helfer und Nachfolger heranzuziehen, als ganz und gar hoffnungslos auf. Vielleicht, so hoffte er insgeheim, würde der kleine und aufgeweckte Moritz dereinst mehr kaufmännischen Sinn zeigen als sein Vater, der eben doch nur der Sohn eines Dichters war. Er seufzte. Nein, er konnte nicht verstehen, daß ein erwachsener Mann ohne Beschäftigung leben konnte.

Benjamin war nicht ganz so müßig, wie Oppenheim glaubte. Er las viel, beschäftigte sich mit den Kindern, unternahm weite Fußwanderungen in den Taunus, von wo er merkwürdige Gräser und seltsam gewachsene kleine Pflanzen heimbrachte, die er preßte und in einem dicken Buch sammelte. Unendlich viel Zeit verwandte er auf seine Korrespondenz. Er hatte eine große Menge von Mappen, dichtgefüllt mit Briefen und allerlei Aufzeichnungen, aus Amsterdam mitgebracht. Es war die bereits sagenhaft gewordene Aschersche Familiengeschichte, an deren Fortführung nun Benjamin arbeitete, wie schon so mancher seiner Ahnen. Und gerade diese Arbeit war es, die Schwiegersohn und Schwiegervater zueinander führen und ihre Freundschaft begründen sollte.

Denn so eifrig Oppenheim auch in seinem Geschäfte war, er erübrigte noch immer genügend Zeit, sich den Interessen seiner Glaubensgenossen zu widmen. Seit Jahren war er im Vorstand der Frankfurter Judengemeinde tätig und hatte dort ein gewichtiges Wort. Benjamin ließ sich von Oppenheim in die Gemeinde einführen und bekundete lebhaftes Interesse für deren Wohl. Eines Tages bat er den Schwiegervater, ihm von dem Professor Johann Andreas Eisenmenger zu erzählen, dessen Namen man nicht nennen durfte, ohne daß die Juden vor Angst und Schrecken erzitterten.

Es war nach dem Abendessen. Marta hatte die Kinder zu Bett gebracht und saß nun still am Stickrahmen. Oppenheim seufzte tief.

»Er ist eine jener Geißeln, die immer wieder die Judenheit plagen. Wie viele von Haß gegen uns besessene Männer haben wir schon erduldet! Einmal heißen sie Haman und dann wieder Fettmilch oder Eisenmenger. Weiß Gott, warum! Dieser Eisenmenger kann uns sehr gefährlich werden, wenn wir nicht vor ihm auf der Hut sind. Er ist nämlich ein gelehrter und gebildeter Mann, und von allen Feinden sind die mit Wissen ausgestatteten die gefährlichsten. Er hat hier in Frankfurt und in anderen Städten gelehrt, ist ein Professor für orientalische Sprachen, man sagt, daß er Türkisch und Arabisch ebenso beherrscht wie Deutsch. Bei frommen Juden nahm er Unterricht im Hebräischen, leider hat er es nur allzu gut erlernt. Und jetzt verwendet er seine Kenntnisse gegen uns.«

»Man erzählte mir, er habe eine höchst feindselige Schrift gegen uns Juden zusammengebraut«, sagte Benjamin.

»Es ist ein grauenhaftes Buch. Sein Titel ist lang:

›Entdecktes Judentum oder gründlicher und wahrhafter Bericht, welchergestalt die verstockten Juden

die heilige Dreieinigkeit schrecklicher Weise verlästern und verunehren,

die HEILIGE MUTTER CHRISTI verschmähen, das NEUE TESTAMENT,

die Evangelisten und Apostel,

die christliche Religion

spöttisch durchziehen und das gesamte Christentum auf das Äußerste verachten und verfluchen.‹«

»Der Titel allein ist schon dazu angetan, die Christen aufzuhetzen«, meinte Marta und sah von ihrem Stickrahmen nicht auf.

»Warum nicht gar!« Benjamin lächelte, stand auf und strich seiner Frau übers Haar.

»Du kennst diese Deutschen nicht!« sagte Oppenheim leise. »Du würdest sonst die Gefahr, die von diesem Buche ausgeht, weit höher einschätzen. Es ist ja ein wenig besser geworden, aber man kann den Menschen hier nicht so richtig trauen. Sie tragen die Gesittung nur nach außen, unterm Hemd sind sie wild wie vordem, und es bedarf nur eines kleinen Anstoßes, und wir können die Tage des Vinzenz Fettmilch wieder erleben.«

»Was beabsichtigt ihr dagegen zu tun?« fragte Benjamin. Es berührte ihn eigenartig, daß die Juden hierzulande vor einem Buch Angst empfinden konnten.

»Wir hoffen sehr, daß der Kaiser in Wien die Verbreitung des Buches verbieten wird. Mein Vetter Samuel Oppenheimer in Wien, der viel beim Kaiser gilt, nimmt sich der Sache an. Wir haben leider lange nichts darüber gehört.«

Moritz unterbrach sich mitten im Satz. Eine Idee schien durch seinen Kopf zu gehen. Er lächelte. »Möchtest nicht du nach Wien, Benjamin? Vielleicht könntest du meinem Vetter in der Sache behilflich sein?«

»Du wirst doch Benjamin nicht jetzt nach Wien jagen, Vater?« Marta sah nun doch von ihrer Arbeit auf.

»Oh, ich jage ihn nicht. Er würde damit nur eine nützliche Arbeit leisten, und da er genügend Zeit hat …«

»Möchtest du mir nicht sagen, was in dem Buche steht?« fragte Benjamin. Der Gedanke, in die Ferne zu reisen, war ihm nicht unangenehm.

»Ach, es ist ein unglückseliges Buch! Alles, was uns Juden nur einigermaßen Schaden zufügen kann, ist darin zusammengetragen. Ihr könnt euch nur schwer eine Vorstellung davon machen, ohne es gelesen zu haben. Alte Lügen, neue Lügen, haarsträubender Unfug, Märchen, tolldreiste Erfindungen …«

»Du sagtest doch, Eisenmenger sei ein gelehrter Mann.«

»Ja, und weil er dies ist, sind seine Verleumdungen doppelt gefährlich. Er kümmert sich nicht um die Wahrheit und versteht es, seine Lügen geschickt vorzubringen. Alle Unwahrheiten wärmt er noch einmal auf, als wäre deren Wahrheit einwandfrei erwiesen. Doch es ist etwas in seinem Buche, das uns in der heutigen Zeit noch gefährlicher werden kann! Die Christen haben uns Juden immer wieder vorgeworfen, wir verhöhnten ihren Jesus, wir spotteten seiner in unseren Gotteshäusern. Ungezählte lauern nur auf ein Zeichen, um unsere Tempel in Brand zu setzen und uns aus unseren Heimstätten zu verjagen. Und gerade denen liefert das Buch einen Scheinbeweis. Zwar ist dieser Beweis weder gültig noch neu. Er stützt sich darauf, daß in unserem schönen, im dritten Jahrhundert in Babylonien entstandenen und mit dem Worte ALENU beginnenden Neujahrsgebet der Satz vorkommt: ›Denn die Heiden beten zum nichtigen, leeren Hauch.‹ Schon vor Jahrhunderten haben die Christen einen Vernichtungsfeldzug gegen dieses Gebet heraufbeschworen, sie ließen unsere Gebetbücher wegen dieses einzigen Wortes immer wieder verbrennen, ja um dieses Wortes willen haben viele unserer Vorfahren am Scheiterhaufen ihr Leben lassen müssen, und Eisenmenger möchte, daß es wieder so wird.«

»Wegen eines einzigen Wortes?« fragte Marta erregt.

»Jawohl. Wegen des Wortes ›leer‹ in dem Satz ›denn sie beten zum leeren und nichtigen Hauch‹. Dieses Wort heißt im Hebräischen Wa-Rik und wird so geschrieben ...« Oppenheim malte die Buchstaben auf ein Blatt Papier:

וָריק

»Das hat nun Eisenmenger und seinen Vorläufern keine Ruhe gelassen. Sie haben herausgefunden, daß das Wort Wa-Rik nach dem Buchstabenwert den gleichen Wert haben soll wie das Wort Jesus, das so geschrieben wird ...«

ישו

»Was soll das heißen?« fragte Marta. Sie saß mit weitaufgerissenen Augen am äußersten Rande ihres Sessels und hielt die Hand ihres Gatten.

»Jeder Buchstabe des hebräischen Alphabets hat, wie ihr wißt, seinen bestimmten Zahlenwert. Und nun haben die Eisenmengers herausgefunden, daß der Zahlenwert des Wortes Wa-Rik wie auch der des Wortes Jesus 316 ist, womit sie beweisen wollen, daß das Wort ›leer‹ mit dem Wort ›Jesus‹ identisch ist. Und daraus ziehen sie die weitere Folgerung, daß wir in dem Alenu-Gebet mit dem Satz ›Und die Heiden beten zum leeren, nichtigen Hauch‹ Jesus Christus schmähen.«

»Gerechter Himmel!« rief Benjamin. »Das ist doch Wahnsinn!«

»Möglich«, meinte Oppenheim. »Aber ein Wahnsinn, der uns hierzulande höchst gefährlich werden kann, und nicht nur uns!«

Benjamin war aufgestanden und ging im Zimmer hin und her. Fast hörte er nicht mehr, was sein Schwiegervater sprach:

»Zwar findet sich das Gebet Alenu in den meisten unserer Gebetbücher seit langer Zeit nicht mehr, aber in manchen Ausgaben ist an der Stelle, wo das Gebet einmal stand, ein leerer Raum geblieben. Natürlich haben die Eisenmengers auch das herausgefunden und als vollendeten Beweis dafür ausgelegt, daß wir Jesus Christus in unseren Gebetbüchern herabsetzen und verspotten.«

»Und du sagst, daß ihr den Kaiser in Wien gebeten habt, die Verbreitung des Eisenmengerschen Buches zu verbieten?« Benjamin hatte seine Wanderung durchs Zimmer eingestellt und war vor seinem Schwiegervater stehengeblieben. »Und dein Vetter Samuel Oppenheimer in Wien ist hiefür tätig?«

»Jawohl. So ist es.«

»Und du glaubst, daß ich ihm bei Erfüllung dieser Aufgabe behilflich sein könnte?«

»Ja«, sagte der alte Mann und lächelte. Würde er seinen Schwiegersohn vielleicht auf diesem Wege zu einem tätigen Leben führen können? Da sah er in die Augen seiner Tochter, und fast reute es ihn, überhaupt gesprochen zu haben.

»Gut, ich fahre also nach Wien«, sagte Benjamin.

Maria sah zu ihrem Mann auf. Sie dachte: Er weiß nicht, daß ich in gesegneten Umständen bin. Vielleicht wird er gar nicht bei mir sein, wenn das Kind zur Welt kommt ... Sie wollte ihr Geheimnis aus sich herausschreien. Aber da bemerkte sie die funkelnden Augen Benjamins, die schon in Fernen schauten, und schwieg.

II.

Wien war eine schöne alte Stadt, wie das trunkene Auge des Reisenden feststellte. Er wollte gar nicht glauben, sich in deutscher Gegend zu befinden, alles hier schien ihm italienisch zu sein, südlich, heiter, frei.

Samuel Oppenheimer bewohnte ein großes, zweistöckiges Haus in der Nähe der kaiserlichen Burg. Diener in Livree bewachten den Eingang, die Treppen waren mit tiefen, roten Teppichen belegt, niemals hatte Benjamin dergleichen Luxus gesehen. Er mußte lange warten, bis er zu seinem Verwandten geführt wurde. Samuel sah seinen Vetter Moritz wie ein Bruder dem anderen ähnlich. Er kam ihm entgegen, streckte seine Arme aus und drückte ihn an sich.

»Seid mir herzlich willkommen!« sagte er, und seine Stimme klang angenehm weich und tief. Er zog seinen Gast in ein weitläufiges, hohes Gemach, in dem nichts stand als ein Schreibtisch und mehrere Stühle.

»Kommt näher, mein Lieber, und laßt Euch anschauen. Ich habe Euren Vater gut gekannt. Ich liebte ihn. Er war ein wunderbarer Mann, ein großer Dichter! Nein, Ihr seid nicht ganz so schön, wie er in seiner Jugend war. Erzählt mir zuerst von seinen letzten Lebenstagen.«

Benjamin glaubte, diesen edlen und vornehmen Herren schon seit langem zu kennen. Er erzählte von den letzten Monaten Rafaels und von dessen unerwartetem Ende. Schön wie er gelebt, sei er auch gestorben, als hätte ihn Gott geküßt, so sanft sei er geschieden von dieser Welt, die er so sehr geliebt ...

Ab und zu nur unterbrach Samuel mit einer kurzen Frage, und Benjamin wunderte sich, wie gut der alte Mann Bescheid wußte über Leben und Werk des geliebten Vaters, als wäre Samuel Oppenheimer selbst mehr Dichter als Finanzmann. Nach dem Abendessen erst wandte sich das Gespräch dem eigentlichen Reisezweck Benjamins zu, und Samuel kam nun seinerseits ins Erzählen:

»Ja, ja, ich kann sehr gut verstehen, daß die Juden in Frankfurt Angst empfinden. Man hat dort die Tage des Vinzenz Fettmilch noch immer nicht vergessen, so etwas wirkt lange nach. Das deutsche Volk ist noch recht ungebildet und zurückgeblieben, und das Vorurteil der Leute gegen die Juden wird durch die Geistlichkeit noch verstärkt. Hier in Wien ist's gerade jetzt ein klein wenig besser, weil der Kaiser uns benötigt. Aber trotzdem könnten auch wir einiges erzählen. Kaiser Leopold, der schon einmal die Juden von hier vertrieben hat, rief einige von uns wieder zurück ...«

»Ich hörte«, unterbrach Benjamin, »daß der Kaiser nur Euch allein zurückrief, weil er Euer Geld und Eure Erfahrungen benötigte, und Ihr habt es durchgesetzt, daß Euch einige jüdische Familien begleiten durften.«

»Ihr müßt nicht alles glauben, Benjamin Ascher.« Samuel lächelte. »Man überschätzt meine geringen Verdienste und ehrt mich über Gebühr. Es ist richtig, daß ich des Kaisers Gunst genieße, aber auch das konnte nicht verhindern, daß man erst vor wenigen Monaten mein Haus stürmte, meine Diener fast ermordete, mein Geld stahl ...«

»Davon wußte ich nichts! Ich glaubte, das Volk sei hierzulande gesitteter als in anderen deutschen Gauen!«

»Auch wir sind deutsches Land, und unser Kaiser ist der Deutsche Kaiser.«

»Aber diese Stadt mutet gar nicht deutsch an ...«

»Nun, in diesem einen Punkt ist sie eben doch echt deutsch«, sagte Samuel lächelnd. »Vor einigen Monaten kam es aus geringfügigen Ursachen zu einem bösen Tumult. Zwei meiner Diener kamen in Streit mit anderen Männern. Meine Leute behaupten, daß es keinerlei Ursache zu einem Streit gegeben hätte. Wie immer war gleich ein großer Pöbelhaufen beisammen, man schrie meine Leute an, ob sie sich nicht schämten, Judenknechte zu sein, man drang auf sie ein und richtete sie derart übel zu, daß wir lange um ihr Leben fürchteten. Dann stürmte die Menge mein Haus, raubte, was zu rauben war, und plünderte die Geldkasse, in der sich aber die Werte befanden, die des Kaisers waren. Der Monarch machte kurzen Prozeß und ließ zwei der Rädelsführer an den Fenstern meines Hauses hängen und drohte, daß er mit den strengsten Mitteln vorgehen wolle, wenn man den Juden künftighin noch ein Leid zufügen sollte. Doch das ist eben Wien. Frankfurt ist weit, und ich weiß nicht, ob der Kaiser gegebenenfalls unsere Leute dort wirksam schützen könnte. Das Buch Eisenmengers muß den Juden schaden, nur ein Fremder gleich Euch könnte daran zweifeln. Das Lügenbuch darf dem deutschen Volke nicht in die Hände kommen, sonst würde wieder jüdisches Blut unschuldig in Strömen fließen. Ich habe alles getan, was in meiner Macht stand und auch kein Geld gespart, weil ich die Gefahr für uns alle nur zu klar erkenne. Ich hoffe, daß ich auch die Jesuiten, die das Ohr des Kaisers haben, überzeugen konnte. Meine Methoden, sie zu dieser Überzeugung zu bringen, waren schwerwiegend und wirksam ...«

Er lächelte und schwieg.

Benjamin wurde nicht müde, die Stadt zu bewundern. Er liebte alles: die alten, hohen Kirchen, die engen Gassen, die schlichten, vornehmen Paläste, die ruhigen Plätze, die verschwiegenen, träumerischen Winkel. Es schien ihm, als stünde das Leben hier still. Den Wienern aber erschien ihre Stadt gerade jetzt ungemein lebendig und tätig, denn überall war man dabei, die Schäden zu heilen, die die Belagerung der Türken geschlagen hatte, Basteien und Wälle waren zum Teil noch beschädigt, und an manchen der Häuser konnte man Einschläge der Türkenkugeln wahrnehmen.

Immer mehr lernte Benjamin Wien lieben, die Menschen wirkten heiter und mild. Wenn Benjamin dies seinem Verwandten gegenüber äußerte, lächelte Samuel nur fein und meinte: »Ich wünsche, Ihr möget Euch nicht vom Gegenteil überzeugen müssen!« Aus nächster Nähe konnte Benjamin beobachten, wie dieser ruhige, edle Mann mit vollen Händen half und Gutes tat in aller Stille. Eines Tages hatte er ein eingehendes und merkwürdiges Gespräch mit Samuel, das lange in ihm nachhallte. Wieder einmal diskutierten sie darüber, was eintreten werde, falls der Kaiser nicht bald das Eisenmengersche Buch verböte. Oppenheimer erzählte bei dieser Gelegenheit einiges aus seiner Jugendzeit. Damals sei, so berichtete er, seine Familie aus Köln ausgewiesen worden. Alle Juden habe man vertrieben, ohne jede vorherige Warnung mußten sie binnen zwölf Stunden die Stadt verlassen, ohne daß ihnen gestattet worden wäre, auch nur den geringsten Teil ihrer Habe oder irgendeinen Wertgegenstand mit sich zu nehmen. Und er erzählte, wie die Familie sich dann trennte, der eine zur Linken, der andere zur Rechten sich gewandt ... »Ja, ja«, so schloß er seine Erzählung, »es schien damals trostlos für uns, und niemand gab einen Groschen für unsere Zukunft. Aber heute sind wir alle doch wieder so leidlich wohlhabend.«

»Das ist es, was mich so sehr in Erstaunen setzt«, sagte Benjamin. »Immer wieder werden die Juden verfolgt, immer wieder raubt man ihnen ihr sauerverdientes Geld, und immer wieder macht es ihnen Vergnügen, Geld zu sammeln. Warum?«

»Aus Euch spricht eben der Sohn eines Dichters. Ihr habt keinen Sinn fürs praktische Leben. Wovon sollten die Juden denn leben, mein lieber Benjamin Ascher?«

»Ihr versteht mich nicht ganz«, sagte Benjamin. »Es ist selbstverständlich, daß man den Hunger stillen und ein Dach über dem

Kopf und Kleider am Körper haben muß. Ich kann aber beim besten Willen nicht begreifen, daß ihnen das Anhäufen von Schätzen der einzige Sinn des Lebens zu sein scheint, zumal sie ohnedies genau wissen, daß man ihnen diese Schätze eines Tages wieder abnehmen wird.«

»Ich glaube, Ihr tut den Juden unrecht«, erwiderte Samuel. »Gibt es nicht genug unter uns, die dem Erwerb von Geld feindlich gegenüberstehen und die sich um Geld nicht bücken würden, auch wenn es zu ihren Füßen läge? Denkt doch an all die frommen und heiligen Männer in jeder jüdischen Gemeinde. Sie kennen nichts anderes, als in den Tempeln zu sitzen, zu beten, zu klären, die Schrift auszulegen und Gott zu dienen auf ihre Weise. Und wenn es daneben andere gibt, die das Geld lieben, so ist das nur natürlich. Solche gibt es unter allen Völkern. Sie haben gerade durch die schweren Verfolgungen, denen wir wieder und wieder ausgesetzt waren, gelernt, daß man die kurzen Pausen der Ruhe nutzen soll, das Leben zu leben ...«

»Ich meine nicht diese Art von Juden, ich sprach von jenen, die Vermögen anhäufen, die ...«

»Ihr spracht von mir und den Frankfurter Juden, sagt es doch gleich, von den Bankiers und Geldgewaltigen, von den Geldsammlern, wie Ihr uns so verächtlich nennt, mein Dichterssohn! Glaubt Ihr denn wirklich, daß es mir besonders viel Freude bereitet, Geld in den Kassen zu haben, immer neues dazuzutun, es zu verbergen, Kaisern und Fürsten zu leihen, immer mehr dazu zu verdienen und doch genau zu wissen, daß man eines Tages bis aufs Hemd ausgeraubt werden wird, wie Ihr ganz richtig sagtet. Glaubt Ihr, daß das besondere Freude bereitet?«

»Warum tut Ihr es dann, Herr Oppenheimer?«

»Weil Geld eine gewisse Macht verleiht, junger Freund!«

»Und ist Macht so erstrebenswert?«

»Das hängt davon ab, wie man sie nutzt. Wenn ich zum Beispiel mein Geld dazu verwende, die Verbreitung von Eisenmengers Machwerk zu verhindern, ist das nicht eine nützliche Tat? Ich will nicht sagen, daß wir Juden nur Geld anhäufen, um unseren armen Brüdern zu helfen. Aber in Wirklichkeit haben die jüdischen Kapitalbesitzer das Judentum niemals im Stich gelassen, wenn es in bedrängter Lage war. Wir haben einander immer geholfen, und oft schien mir, als ließe Gott einige von uns reich werden, nur damit wir den anderen beistehen können.«

»Ihr seid eine Ausnahme, Oppenheimer!«

»Ihr seid ungerecht, ungerechter noch als die Christen! Warum verlangt Ihr von uns Juden, daß wir uns nur aus guten Menschen zusammensetzen sollten?«

Ein paar Tage später, sie saßen gerade wieder beim Abendessen, erzählte Samuel, daß ihn der Kaiser morgen empfangen werde, um ihm seinen Entschluß in der Angelegenheit des Eisenmengerschen Buches bekanntzugeben. Er habe gebeten, mit dem Abgesandten der Frankfurter Judenheit erscheinen zu dürfen, und der Hof habe die Bitte bewilligt. Benjamin, der mit der Möglichkeit eines Empfanges in der kaiserlichen Burg wohl gerechnet hatte, war dennoch erregt. Samuel beruhigte ihn, der Monarch sei durchaus freundlich und wohlwollend, und sicherlich würde der Bescheid günstig sein, er habe gewisse Anhaltspunkte für diese Mutmaßung. Benjamin schlief nur wenig in dieser Nacht, und immer wieder sagte er sich die Worte vor, die er zum Kaiser sprechen wollte.

Auch am nächsten Morgen war er nicht ruhiger, aber die Gelassenheit Samuels, der sich in den Hallen und Gemächern der Burg so ruhig bewegte wie jemand, der hier Bescheid wußte, tat ihm wohl. Sie mußten lange in einem hohen und prunkvollen Gemache warten, von mißgünstigen Blicken gemustert. Dann öffnete sich eine Tür, zwei Livrierte hatten sie aufgerissen, und Samuel Oppenheimer und Benjamin wurden in das Kabinett des Monarchen gerufen. Als Benjamin aus seiner tiefen Verbeugung auftauchte, sah er einen älteren, nicht unangenehmen Mann hinter einem mächtigen Tische sitzen. Das Gesicht konnte er nicht deutlich wahrnehmen, er war von den schräg einfallenden Sonnenstrahlen ein wenig geblendet. Neben dem Monarchen standen zwei Männer, ein Priester und ein Obrist im roten Wams, in weißen Pumphosen und mächtigen Schaftstiefeln.

»Er ist der Abgesandte der Frankfurter Juden?« fragte der Kaiser. »Ist er Frankfurter?«

»Nein, Majestät. Ich stamme aus Amsterdam«, antwortete Benjamin und fragte sich: Warum bin ich so aufgeregt? Ist dieser Mann mehr, als mein Vater war? Ich bin überzeugt, daß man den Namen meines Vaters noch nennen wird, wenn man nicht mehr weiß, wer dieser Mann hier war. Gleich war er ruhiger.

»So, so! Warum bedienen sich die Juden Frankfurts eines Abgesandten aus den Niederlanden?«

»Er ist der Schwiegersohn meines Frankfurter Vetters«, sagte Samuel und verbeugte sich tief.

»Wir haben die Frage studiert«, fuhr der Monarch fort. »Die Frankfurter Judenschaft hat also Angst, daß ihr aus dem Machwerk dieses Eisenmenger Schaden erwachsen könnte?«

»So ist es!« sagte Benjamin.

»Die Juden sind immer sehr ängstlich!« sagte der Priester, ein kleingewachsener, untersetzter Mann mit fettem Gesicht.

»Wir haben schon viel Böses erlebt, Majestät!« sagte Samuel und verbeugte sich von neuem.

»Hört Ihr, Vater Marcus!« sagte der Kaiser und lachte. Benjamin konnte nicht begreifen, was dem Kaiser so lustig schien.

»Die Juden halten immer zusammen!« sagte der Priester.

Nun ließ der Obrist zum ersten Mal seine Stimme ertönen: »Wie die Spitzbuben!«

Der Monarch schwieg. Er sah den Obristen von der Seite an, Benjamin konnte nicht feststellen, ob der Blick zurechtweisend oder wohlwollend war. Der Obrist sah stumm vor sich hin, sein Gesicht blieb starr.

»Es sind insgesamt zweitausend Exemplare gedruckt worden«, sagte der Kaiser und wies auf ein Schriftstück, das vor ihm lag und das er nun ergriff.

»Viel zu viel, Majestät«, sagte Samuel. »Bedenkt, Majestät, was für Schaden angerichtet ...«

»Wir haben bedacht!« sagte der Kaiser und schwieg. Das Schweigen lag lastend im Raum.

Benjamin dachte: Wenn er schon alles erwogen hat, warum spricht er dann nicht? Sollte die Entscheidung doch nicht ganz so günstig ausgefallen sein, wie Oppenheimer es erhofft hatte?

»Wir haben die Schrift nicht selber gelesen, es ist schade um die Zeit, die Wir mit so etwas verbracht hätten. Wir haben mehrere geistliche Berater aufgefordert, Uns ein Gutachten abzugeben. Vater Marcus!«

Der Priester las aus einem umfangreichen Schriftstück vor. Er las rasch und nicht sehr deutlich. Auch konnte Benjamin nicht erkennen, ob die Geistlichkeit für oder gegen das Buch eintrat, es klang gewunden, war mehrdeutig und gespickt mit Bibelzitaten.

Der Kaiser hatte der Verlesung des Schriftstückes nur geringe Aufmerksamkeit geschenkt und sich mit dem Obristen in eine nicht allzu leise Unterhaltung eingelassen, die auch dann nicht verstummte, als der Priester zu Ende gekommen war.

»Seid Ihr nun klüger?« sagte der Monarch. »Ich verstehe nicht viel von dem gelehrten Kram. Ich verlasse mich da mehr auf die Kaiserin. Sie findet das Buch dieses Eisenmenger nicht gar so arg. Aber … die Kaiserin ist keine Freundin der Juden.« Er lachte auf, sein Gesicht war jetzt ein wenig gerötet, wie es Benjamin schien. Oder war das nur der Widerschein der Sonne, deren Strahlen immer stärker ins Gemach fielen. Dann aber wurde der Kaiser wieder ernst.

»Man hat es schwer, als Kaiser gerecht zu sein. Ich habe mir aus zwei Stellen bloß mein Urteil bilden können.«

Warum sagt er es nicht?, dachte Benjamin ungeduldig.

»Dieser Eisenmenger behauptet, daß die Juden keine Deutschen sind, sondern Fremde auf deutschem Boden …«

»Sind sie auch!« rief der Obrist, schwieg aber sogleich, als er die scharfe Stimme des Kaisers vernahm: »Unsinn! Unsinn! Verdammter Unsinn! Ich habe nicht nur Deutsche in meinem Reich, ich habe eine Menge Völker zu regieren! Und war denn unser tapferer Feldherr, der die Türken besiegt hat, ist mein Prinz Eugenius etwa ein Deutscher? Und doch hat er das gesamte Abendland und nicht nur Deutschland von der größten Gefahr befreit! Unsinn! Unsinn!«

Der Kaiser schwieg. Dann hieb er mit der Faust auf den Tisch und schrie noch einmal: »Unsinn!«

Plötzlich schien er sich zu erinnern und fuhr fort: »Und das zweite ist der Unfug mit dem merkwürdigen Wort. Wie heißt es doch nur gleich?«

»Wa-Rik«, sagten Samuel Oppenheimer und der Priester gleichzeitig. »Wa-Rik«, wiederholte Benjamin noch einmal.

»Könnt Ihr mir beschwören, Samuel Oppenheimer, daß das Wort keine Beleidigung unseres Heilands bedeutet und daß ihr mit dessen Anwendung oder bei seiner Auslassung nichts Schändliches gegen unseren heiligen Gottessohn beabsichtigt? Könnt Ihr das beschwören, Samuel Oppenheimer?«

»Ich schwöre bei meinem Gott, Majestät!« Samuel verneigte sich tief.

»Ich schätze Euch als einen rechtschaffenen Menschen und will Euch glauben. Er, Amsterdamer, kann er also beschwören ...«

Benjamin schwieg.

»Nun«, drängte der Kaiser.

»Ich verstehe zu wenig Hebräisch, Majestät.«

»Ihr versteht nicht Hebräisch? Einen seltsamen Abgesandten haben sich da die Frankfurter Juden erwählt!«

»Aber ich weiß, daß wir in keinem unserer Gebete den Heiland der Christen schmähen können!«

»Woher will er das denn wissen, wenn er nicht Hebräisch kann?«

»Weil ich den Geist des Judentums genau kenne. Und weil ich weiß, daß das Judentum froh ist, geduldet zu sein, und also auch seinerseits duldsam ist, Majestät!«

»Dennoch mußte man viele eurer Religionsbücher verbrennen, weil sie Beleidigungen unserer Religion enthielten«, warf der Priester ein.

»Ich weiß!« entgegnete der Kaiser. »Ich weiß es. Man hat schon genug Menschen dieses einen Wortes wegen getötet. Ich will, daß das in Meinem Reiche aufhört! Genug! Genug davon! Wenn es wahr sein sollte, daß ihr Juden bei diesem Wort an unsern Heiland denkt und ihn unter diesem ›leer‹ versteht, dann wird euch Gott selber strafen! Wenn es wahr sein sollte, daß ihr bei diesem Wort ausspuckt, dann werde ich jeden, der dies wagt, fürchterlich strafen! Fürchterlich!«

Er brüllte das Wort heraus, seine Stimme überschlug sich und klang heiser. Er hustete, räusperte sich und fuhr dann fort:

»Das sagt allen! Aber ich wünsche nicht, daß die Juden in Meinem Reich unter unbewiesenen Anschuldigungen zu leiden haben. So, da habt Ihr das Dekret! Die Verbreitung des Lügenbuches ist in deutschen Landen verboten.«

Er tauchte einen Gänsekiel in ein mächtiges Tintenfaß und unterzeichnete rasch ein vorbereitetes Schriftstück.

»Tretet näher, junger Mann aus Amsterdam. Er soll in Frankfurt und auch in den Niederlanden erzählen, daß man sich bei uns in Wien nicht mehr von Ammenmärchen narren läßt. Er kann überall berichten, daß wir gesittet sind. Aber warne Er die Juden! Sie mögen mir niemals Grund geben, meine Gefühle für sie zu ändern.« Damit waren sie entlassen.

Während des Heimweges sprachen Samuel und Benjamin kein Wort miteinander. Erst in seinem Arbeitszimmer, als Samuel den schönen Mantel aus dunkler, schwerer Seide ablegte, sagte er: »Das hat ein schönes Stück Geld gekostet!«

»Ich glaube, der Kaiser ist ein kluger Mann«, meinte Benjamin.

Samuel nickte bestätigend. »Aber ich weiß nicht, wie seine Entscheidung ausgefallen wäre, wenn wir, ich meine die Oppenheimer in Heidelberg und Frankfurt und Stuttgart, ihm nicht die 600.000 Golddukaten geborgt hätten, die er gerade jetzt so dringend benötigt. Er benötigt übrigens immer gerade jetzt besonders dringend eine ganze Menge Geld ...«

III.

Nur ungern hatte sich Benjamin von Wien getrennt. Die Stadt schien ihm nun in den ersten satten Herbsttagen doppelt verführerisch. Auch fiel ihm der Abschied von Oppenheimer schwer, der ihn reich beschenkt entließ und ihm kostbare Gaben mitgab für Frau und Kinder. Der Donau entlang und dann durch Bayern ging die Fahrt zurück nach Frankfurt. Manche Abwege lockten, Städte versprachen neue Abenteuer. Oft war er versucht, alles im Stich zu lassen und den Rufen der Ferne zu folgen. Er verlachte und schalt sich darob und blieb an keinem Ort länger als notwendig. In

Frankfurt fand er alles, wie er es verlassen hatte. Die Nachricht vom Spruch des Kaisers war ihm schon vorausgeeilt. Der Stadtmagistrat hatte die Verbreitung des Buches bereits in aller Form untersagt, der Verfasser des Machwerks war aus Verzweiflung hierüber von einem Schlagfluß ereilt worden. In der protestantischen Kirche mußte das Verbot von der Kanzel herab verkündet werden. Das Verdienst an dem Verdikt des Kaisers sprach man Benjamin zu, er wurde geehrt von der Frankfurter Gemeinde, und der greise, ehrwürdige Rabbiner überreichte ihm zum Dank ein altes, vergilbtes Gebetbuch. Benjamin öffnete es und fand auf der ersten Seite zu seiner nicht geringen Freude die folgende Unterschrift: Ernesto Ascher. Aus seinen Familienaufzeichnungen schloß er, daß es sich nur um seinen Ahnherrn Ernesto Ascher handeln könne, der vor mehr als neunzig Jahren in Frankfurt gelebt und Arzt am jüdischen Spital gewesen war. Er wollte den Spuren dieses Ahnherrn nachgehen, welcher der Vater seines Urgroßvaters gewesen war, aber sein Vorhaben erwies sich als undurchführbar. Auf dem alten Judenfriedhof fand sich ein kleiner, alter, roher Grabstein, dessen Inschrift verwaschen und nicht mehr entzifferbar war bis auf das Wort ASCHER, aber auch hier waren schon das S und das R der Zeit zum Opfer gefallen. Ruhte hier unter diesem Stein der Ahne oder dessen Frau oder einer der Söhne oder Vettern?

Benjamin hatte sich mit der Zeit auch an Frankfurt gewöhnt, wenngleich er es nicht so liebte wie Wien. Seit er zurückgekehrt war, zeigte er zur großen Freude seines Schwiegervaters mehr Interesse an einer geordneten Tätigkeit, ja ließ sich sogar in die Geheimnisse des Wechslergeschäftes einführen. Immerhin, Moritz Oppenheim war glücklich. Ihm hatten sich nun alle Wünsche erfüllt, die er an das Leben noch gestellt hatte: Seine Tochter war bei ihm, seine Enkel füllten das Haus, bald würde Marta ihm ein weiteres Enkelchen schenken, und sein Schwiegersohn hatte dem Müßiggang entsagt.

Eines Tages gab es Aufregung in der Gemeinde. Professor Eisenmenger hatte eine Botschaft von seinem Krankenlager gesandt: Er sei hinfällig und arm, die Konfiskation seiner Bücher habe seinen finanziellen Ruin herbeigeführt, er könne nun nicht mehr die Druckkosten für das Buch bezahlen, es drohe ihm der Schuldturm, Schimpf und Schmach. Er biete den Juden an, sein Werk zu vernichten, wenn sie ihm so viel dafür bezahlten, daß er in Ehren sterben könne.

Unter den Juden herrschten Freude und große Genugtuung. Ihr böser Feind lag am Boden, dem Tode nahe, er bat um Gnade. Die Stimmung unter den Juden war geteilt. Die einen wollten Frieden und den Vorschlag des Feindes annehmen. Das wäre lächerlich, entgegneten die anderen: Wozu denn noch Geld für die Vernichtung eines Werkes ausgeben, das ohnedies hinter Schloß und Riegel lag und keinen weiteren Schaden anrichten konnte? Nun, da man doch gesiegt habe, könne man großzügig sein, meinten die einen, die anderen entgegneten: Nein, der Feind müsse endgültig und vernichtend geschlagen werden, man müsse jedem künftigen Eisenmenger zeigen, daß es gefährlich sei, die Juden zu bedrohen. Man möge den Bogen nicht überspannen, rieten die einen, die anderen grollten: Nur aus unserer Nachgiebigkeit ziehen unsere Gegner ihre Stärke, laßt uns einmal unbarmherzig sein. So tobten die Ansichten, schließlich kam man zu einem Kompromiß: Eisenmenger hatte von den Juden 30.000 Taler für die Vernichtung seines Werkes gefordert, die Juden waren übereingekommen, ihm 12.000 zu bieten und nicht einen Groschen mehr.

Nun sahen sie sich nach einem geeigneten Unterhändler um, und ihre Wahl fiel abermals auf Benjamin, der ihre Sache so gut beim Kaiser vertreten hatte. So begab sich eines Tages Benjamin Ascher zu Professor Johann Andreas Eisenmenger. Er fand einen großen, kräftigen Mann mit kantigem Gesicht, in dem alles massiv und bäurisch hart erschien. Die Augen waren klein und trübe, die Stirn glatt und ohne Buchtung, die Mundpartie schwunglos, aus den Backen stachen drohend und grob die Knochen. Eisenmenger saß in einem kleinen Raum, seine Beine waren in Decken gehüllt. Wortlos und ohne Benjamin die Hand zu reichen, wies er ihm einen Platz an. Lange betrachteten sie einander. Benjamin wollte es gar nicht glauben, daß sein Gegenüber wirklich vom Schlagfluß gerührt worden war. Der Mann schien weit eher ein Bild des Lebens zu sein als vom Tode gezeichnet. Mißtrauen wurde in ihm rege, und schon glaubte er, der Professor spiele vielleicht nur die Rolle des Kranken, um auf diese Weise das Mitleid der Juden zu erregen. Aber als Eisenmenger endlich zu reden begann, sichtlich mit der Sprache kämpfte, als Benjamin wahrnahm, daß dem Mann die Worte mitunter versagten, er dann hilflos vor sich hinstarrte und seine Hand erheben wollte, was aber auch nicht immer gelang, da fühlte Benjamin doch eine rege Anteilnahme und war unzufrieden mit sich, die Mission übernommen zu haben.

»Ihr also seid der, der beim Kaiser über mich obsiegte?« begann Eisenmenger mit schwerer Zunge. »Ihr habt mich beim Kaiser angeschwärzt und schlecht gemacht?«

»Das habe ich nicht. Die Majestät entschied, ohne mich überhaupt angehört zu haben, ich wechselte nur einige Worte mit ihm. Ich sprach kein Wort über Euch, Professor. Ich vernahm lediglich seinen Bescheid.«

»Das muß aber die Juden ein schweres Stück Geld gekostet haben! Ihr Juden könnt ja nur durch euer Geld siegen!«

»Der Kaiser«, entgegnete Benjamin ruhig, »hat nur nach Eurem Buch geurteilt. Er erwähnte nur zwei Punkte. Er fand es unrecht, daß Ihr uns als Fremdlinge in Deutschland bezeichnet ...«

»Oh sieh an, der Kaiser will es besser wissen!« Eisenmenger schrie und lachte. Aber er mußte bald aufhören, sein Atem ging hörbar rascher, er preßte beide Hände ans Herz. Er schien erschöpft zu sein, doch schon nach einer Weile schrie er weiter:

»Was denn anderes seid ihr Juden als Fremdlinge, Schädlinge, Feinde des Deutschtums immerdar? Aber freilich kann der Kaiser das nicht wissen, der ja selber kein Deutscher mehr ist und in dessen Adern mehr fremdes Blut fließt als deutsches! Fahrt fort, was ist der zweite Punkt?«

»Der Kaiser mißbilligt es, daß Ihr alle möglichen unbewiesenen Dinge gegen uns auskramt in Eurem Buche, namentlich die Auslegung des Wortes ›Wa-Rik‹ in unserem Gebet Alenu hat er verdammt!«

»Oh, der Kaiser als Wissenschaftler!« rief der Professor, und wieder lachte er unnatürlich und gequält. »Man kann gar nicht zu böse Dinge über euch Juden sagen! Jedes Wort ist zu wenig! Doch freilich, der Kaiser, der volksfremd auf seinem Throne sitzt, kann das gar nicht wissen. Ob alles wahr ist, was in meinem Buche steht, das ist so wichtig nicht! Es kommt nur darauf an, dem Volke die Augen zu öffnen über seinen schlimmsten Feind, und das seid ihr Juden. Das könnt ihr gar nicht leugnen. Euer gesamtes Sinnen und Trachten ist nur auf den Untergang des deutschen Volkes gerichtet.«

»Ihr seid krank, Herr Eisenmenger«, sagte Benjamin. »Ihr seid weit kränker, als ich dachte. Wäret Ihr es nicht, dann müßtet Ihr doch wissen, daß wir Juden das deutsche Volk nicht hassen, sondern lieben, daß wir eure Sprache auch in nichtdeutschen Ländern sprechen, daß wir doch in einem Verhältnis von eins zu dreihundert in deutschen Landen leben und schon darum wahnsinnig sein müßten, feindliche Gefühle gegen euch zu hegen oder gar zu äußern. Aber im übrigen: Ich bin nicht hergekommen, um mit Euch zu streiten, sondern um …«

»Um mir Geld zu bieten!« brüllte Eisenmenger. »Weil ihr, die ihr uns ausraubt und ausplündert, uns dann mit dem geraubten Geld zu kaufen sucht!«

»So viel mir bekannt ist, wolltet Ihr über Geld reden, nicht wir«, sagte Benjamin und lächelte.

»Mit jedem Wort habe ich recht, mit jeder Silbe! Sagt doch selber, ob ihr Juden mit dem Worte ›Wa-Rik‹ nicht unseren Heiland herabsetzen wollt, ob ihr ihn damit nicht als leeren und nichtigen Hauch bezeichnen wollt! Sagt selbst!«

»Laßt uns zu unserem Geschäft kommen, ich will nicht streiten mit Euch.«

»Ich brauche 30.000 Taler!« knurrte der Professor.

»Wir können Euch nicht mehr als 12.000 geben!«

Eisenmenger brüllte: »Mit mir könnt ihr Juden keinen schmutzigen Handel treiben! Ihr zahlt, was ich verlange, und nicht um einen Deut weniger!«

»Wir werden nicht zahlen«, sagte Benjamin und erhob sich.

»Wie? Was?« schrie Eisenmenger. Er saß da, die Farbe war aus seinen Wangen getreten, er preßte die Hände an sein Herz, seine Augen waren weit aufgerissen. »Wie, Ihr wagt es …?«

»Ihr müßt die Situation verstehen«, sagte Benjamin. »Euer Buch ist konfisziert und kann uns nicht mehr schaden.«

»Und diese Situation nützt ihr Blutsauger gegen mich aus! Pfui Teufel! Echt jüdisch!«

»Wir nützen nichts aus, Herr Eisenmenger, denn Euer Werk ist hinter Schloß und Riegel. Wenn wir Euch überhaupt etwas bieten, so geschieht dies nur deshalb, weil wir Mitleid mit Euch und Eurer Lage empfinden.«

»Mitleid! Ihr Juden und Mitleid! Oh, daß ich das mitanhören muß, ohne mich rühren zu können!«

Wieder schnaufte und keuchte Eisenmenger, dann sprach er mit zitternder Stimme: »Also gebt mir 28.000.«

Benjamin schüttelte verneinend den Kopf.

»Gebt mir 25.000«, wimmerte Eisenmenger.

Benjamin sagte: »Mein Auftrag lautet: 12.000, nicht einen Groschen mehr!«

Eisenmenger versuchte, sich zu erheben, es gelang nicht. Sein Gesicht war jetzt blau angelaufen.

»Ich hasse euch alle!« brachte er dann mühsam hervor. Er keuchte.

Benjamin erschrak vor der Welle des Hasses, die ihm da entgegenschlug. Aber als er den Mann ansah, der sich mit beiden Händen an die Kanten des Tisches klammerte und mit der letzten Kraft seines Herzens Flüche gegen das Judentum aus sich herausschleuderte, sagte er ruhig:

»Seht Ihr, Herr Eisenmenger, nichts an Euch ist so echt wie dieser Haß. Den glaube ich Euch. Würdet Ihr um Christus willen uns bekämpfen, wir könnten sagen, es wäre ein Werk der Liebe. Aber Ihr kennt die Liebe nicht, Ihr kennt nur den Haß!«

»Ich wollte, dieser Haß könnte euch vernichten, alle mitsammen vernichten!«

Benjamin ging. Es war ein warmer Tag. Dennoch fröstelte ihn. Er grübelte: Was haben wir Juden verbrochen, daß uns ein Mann von Bildung und Wissen so tief zu hassen vermag? Welch gewaltiges und starkes Gefühl doch der Haß ist! Ein vom Tode gezeichneter Mann vermag noch mit solcher Gewalt zu hassen? Warum nur?

Das vierzehnte Intermezzo

»Hallo!« rief jemand, und Doktor Ascher wandte sich um. Vor ihm standen ein großer, schlanker Mann und eine sehr auffallend gekleidete Dame. Beide schienen Ausländer zu sein. Als der Mann kaum einige Worte gesprochen hatte, erkannte ihn Doktor Ascher wieder. Es war der Journalist Z. mit dem amerikanischen Paß, den er im Hause des Meisters kennengelernt hatte. Die auffallend gekleidete junge Dame erwies sich als eine amerikanische Sängerin, die sogar ein wenig Deutsch verstand. Z. hängte sich bei Ascher wie bei einem alten Freund ein und führte ihn geradewegs in das elegante Ringstraßenhotel, in dem er und seine Begleiterin abgestiegen waren. In der Halle nahmen sie Platz, Ascher fühlte sich nicht ganz wohl dabei. Z. ließ Whisky bringen und berichtete, daß es dem Meister in Amerika scheinbar ausgezeichnet gehe, die Zeitungen machten viel Wesens von ihm, in der nächsten Zeit würde er wieder in der Metropolitan Opera dirigieren.

Doktor Ascher hörte dem Redestrom zu. Wie lange war er schon nicht mehr hier gewesen! Ihm schien, als hätte der Raum von seiner alten Elegance eingebüßt. Zwar bemerkte er nirgends ein Hakenkreuz oder gar ein Führerbild, aber dennoch hatte sich so manches geändert. Der Empfangschef war nun ein stocksteifer, hackenzusammenschlagender Jüngling, der alte gutmütige Portier saß nicht mehr in seiner Loge. Statt der vornehmen Franzosen, Engländer und Amerikaner bemerkte man fast nur Reichsdeutsche, laut sprechende Männer in schwarzen Uniformen, wenige nur im Bürgerkleid, alle aber mit dem Abzeichen der Partei.

»Da Sie wieder einmal in Wien sind, liegt der Schluß nahe, daß sich hier große Dinge abspielen oder doch vorbereitet werden?« fragte Doktor Ascher, dem der ungewohnte Whisky leicht und angenehm zu Kopf gestiegen war.

»Oh nein!« rief Z. »Wien ist endgültig tot. Hier wird sich so bald nichts mehr ereignen, das die Welt interessieren könnte. Wien ist Provinz geworden, damit müssen sich auch die Wiener langsam abfinden. Ich bin – wir sind nur auf der Durchreise hier. Miss Jennifer hat ein Konzert in Zürich gegeben und eines in Genf, ich selbst bin sozusagen auf Ferien. Die letzte große internationale Sensation ist vorbei, das Sudetenland ist den Weg Österreichs gegangen. Bis Weihnachten dürfte nichts geschehen, was mich besonders angehen könnte. Ich begleite Miss Jennifer noch nach Budapest, und dann schaukeln wir nach Hause.«

»In Wien werden Sie nicht singen, Gnädigste?« fragte Ascher.

»Nein«, sagte die junge Dame und erzählte ungeniert, daß es ihr in Wien eigentlich nicht gefalle. Nach den vielen Filmen, die sie zu Hause gesehen hatte, habe sie sich Wien eigentlich ganz anders vorgestellt, sie habe etwas Außerordentliches erwartet wie Venedig oder Neapel, aber nicht gewöhnliche Straßen und Häuser.

Doktor Ascher lächelte, denn zur selben Zeit sagte an einem Nebentisch ein uniformierter Mann in preußischem Dialekt fast das nämliche: »Ich weiß nicht! Dieses Wien ist ein fauler Zauber! Gar nicht so großartig, wie man erzählt! Ein kleines Städtchen, gar nichts gegen unser Berlin! Geschickte Propaganda, weiter nichts!«

Z. erzählte, daß er in der Schweiz einem interessanten Prozeß beigewohnt habe, und meinte: »Das wäre etwas für Sie gewesen. Sie sind doch Jurist, nicht wahr? Noch mehr aber hätte Sie die Sache interessiert, weil Sie Jude sind!«

»Sie waren beim Prozeß Fleischhauer?« fragte Doktor Ascher. Er hatte über diesen Sensationsprozeß nur die kurzen und nichtssagenden Berichte in der deutschen Presse gelesen und war begierig zu erfahren, was sich wirklich begeben hatte.

»Jawohl«, meinte Z. Er zündete umständlich seine Pfeife an und sagte: »Ich kann Ihnen versichern, daß dieser Tag einer der interessantesten meiner letzten Jahre war. Kennen Sie eigentlich den Tatbestand?«

»Nur oberflächlich. Wenn ich richtig informiert bin, so richtete sich der Prozeß eigentlich gegen ein altes Buch mit dem Titel ›Die Protokolle der Weisen von Zion‹.«

»Ein Schweizer Journalist hat das Buch ein Lügenbuch genannt. Daraufhin wurde er verklagt. Die Sensation bestand darin, daß ein Sachverständiger aus Deutschland berufen wurde, ein ehemaliger deutscher Generalstabsoffizier, der natürlich die Echtheit des Buches bestätigte. Aber das Schweizer Gericht ließ sich nicht beirren und sprach den Angeklagten frei. Haben Sie übrigens dieses Buch je in Händen gehabt?«

»Nein«, sagte Ascher.

»Aber ich!« meinte der Journalist. »Es ist tatsächlich ungeheuerlich. Es wird darin behauptet, daß die Juden gar nichts anderes im Sinn hätten, als die ganze Welt zu erobern, alles mit ihrem Einfluß zu durchsetzen, alle Andersgläubigen zu vernichten ...«

Doktor Ascher lächelte und sagte: »Nun ja, und was hat Sie daran so sehr interessiert? Solche Beschuldigungen sind uns Juden doch seit Jahrhunderten nicht neu.«

Z. blies den Rauch vor sich hin. »Ich habe beim Prozeß gehört, daß reichsdeutsche Gelehrte und Sachverständige sich auf Pamphlete berufen, die vor einem Vierteljahrtausend in Deutschland erschienen sind und die man heute als wissenschaftliche Werke ersten Ranges bezeichnet, obschon man sie bereits vor mehr als zweihundert Jahren als Lügen erkannt hat. So hat man allen Ernstes einen uralten Schmöker eines gewissen Eisenmenger zitiert.«

»Mr. Z.«, rief Ascher, »dieses Buch wird jetzt in Deutschland nicht als Lügenbuch, sondern als nationales Erbe angesehen! Die großen Wissenschaftler der Partei berufen sich darauf und schöpfen daraus ihre Weisheit.«

»Sehen Sie, Doktor, genau das ist es, was mich an diesem Prozeß so außerordentlich interessiert. Man kann sich durch ihn über die deutsche Geisteshaltung unserer Zeit orientieren wie nirgendwo sonst. Das Besondere, das sich heute in Deutschland ereignet und ohne Beispiel dasteht, ist nämlich Totalität! Wir Amerikaner haben uns den Sinn für Humor bewahrt und sogar recht viel übrig für Originalität und Verrücktheit. Wir können verstehen, daß jemand eine dumme und absonderliche Theorie aufstellt. Aber daß nun ein ganzes Volk diese Tollheit gläubig mitmacht, daß sich Wissenschaftler und Gelehrte bereit finden, diesen Wahnsinn zu stützen, daß keiner wagt, dagegen aufzustehen – sehen Sie, das können wir außerhalb Deutschlands nicht verstehen.«

»Ich glaube, jetzt sind Sie ein wenig ungerecht, Mr. Z.«, sagte Doktor Ascher. »Gibt es nicht überall servile Gelehrte?«

»Gewiß. Natürlich. Überall. Auch bei uns. Aber in Deutschland ist der Sachverhalt doch ein anderer.«

Doktor Ascher blickte sich ängstlich um. Zwar hätte man das Gespräch am Nebentisch kaum hören können, aber Z. verstand. Die kleine Gesellschaft zog sich in das Zimmer des Journalisten zurück, von dem aus man einen prächtigen Blick auf die Karlskirche hatte.

»Daß wir uns hierher zurückziehen müssen, um ungeniert miteinander reden zu können, das ist nur in Deutschland so, vielleicht noch in Rußland. Für diese maßlose Entwürdigung der Menschheit ist in erster Linie Deutschland verantwortlich.«

»Vielleicht leben wir in einer Zeit, die rückwärts schreitet?« fragte Doktor Ascher mit leiser Stimme.

»Ich verstehe, daß ein Mensch in Ihrer Situation so kleinmütig denken kann«, sagte Z. und klopfte seine Pfeife aus. »Aber ich glaube, die Welt zu kennen. Es kann den Deutschen nicht mehr vieles kampflos gelingen. Vielleicht noch das eine oder andere. Aber eines Tages wird es Widerstand geben.«

»Sie meinen also Krieg?«

»Unbedingt!« erwiderte Z. Er stand auf und ging, die Hände in den Hosentaschen, hin und her. »Unbedingt wird es Krieg geben! Es kann gar nicht mehr so lange dauern!«

»Nun ist's aber genug!« schrie die junge Dame mit lauter Stimme und schlug mit ihrer kleinen, zarten Hand auf den Tisch. »Nun ist es aber genug! Wie komme ich denn dazu, mein ganzes Leben lang mit diesen tierischen Dingen gelangweilt zu werden! Ich wünsche Ruhe, ich will singen, das ist wichtiger!«

»Richtig, Jennifer, richtig!« sagte der Journalist und reichte der jungen Dame eine Zigarette. »Lassen Sie uns nicht weiter vom Krieg reden! Miss Jennifer will nichts hören von Kanonen, Gewehren, Schlachtschiffen, Bombenflugzeugen, Tanks und motorisierten Kolonnen. Sagen Sie uns lieber, wie es Ihnen geht und was Sie treiben.«

»Ich habe noch niemals in solch einem Müßiggang gelebt«, sagte Doktor Ascher. »Und dennoch glaube ich nicht, daß ich jemals wertvollere Arbeit leistete als eben in diesen Tagen.«

»Das scheint mir aber ein Widerspruch«, lächelte die Sängerin.

»Es gibt so viele arme Juden in dieser Stadt«, sagte Doktor Ascher und sah vor sich hin. »Menschen, die zusammengepfercht in einem stickigen Raum wohnen müssen; arme Juden, die faktisch nicht mehr zu essen haben, nicht arbeiten dürfen und an Unterernährung sterben werden, wenn man sich ihrer nicht annimmt; Frauen, deren Männer in den Konzentrationslagern zu Tode gemartert werden oder dort elend krepiert sind; Frauen mit Kindern, die nichts über den Verbleib ihrer Männer wissen; Mütter, deren Söhne das Land verlassen mußten; Männer, deren Frauen als Dienstboten in fremden Ländern arbeiten; Menschen vor dem Abgrund, Menschen über dem Abgrund, Menschen ohne festen Boden unter den Füßen. Man macht sich nicht die richtige Vorstellung vom Ausmaß des Elends, des Kummers, der Niedergeschlagenheit ... Vor dem Beginn der Hitlerei waren mir all diese Juden so viel oder so wenig wie die übrigen Menschen dieser Stadt, mit denen mich keine besondere Freundschaft verbunden hatte. Nun aber habe ich erfahren, daß mir diese Juden mehr sind, jeder ist ein Teil von mir ... Ich kann das nicht erklären!«

Doktor Ascher schwieg. Der Journalist rauchte und sah ihn an. Die junge Dame sagte: »Sprechen Sie doch weiter!«

Ascher fuhr nach einer Pause fort: »Man kann ihnen nicht helfen. Jeder will fort, jeder will aus dem Lande. Aber wie wenigen nur gelingt es! Alle Länder verschließen sich oder machen kaum zu überwindende Schwierigkeiten. Aber man will doch helfen, nicht wahr? Also gehe ich von früh bis abends von Wohnung zu Wohnung. Man kann hier einen Niedergeschlagenen trösten und dort für einen Kranken einen Weg tun, kann dem etwas Geld verschaffen, für jenen nach dem verschollenen Sohn suchen ... Ich komme mir richtig schlecht vor, daß ich jetzt nur an meine eigene Ausreise denke und meine Familie hier im Stich lassen soll, denn all diese unglücklichen Juden sind meine eigentliche Familie. Ein einstiger Freund, der zu den vielen Opfern dieser Zeit zählt, hat mich einmal den geborenen Wegbegleiter genannt. Er hatte so unrecht nicht. Ich glaube, all meine Vorfahren müssen hauptsächlich solche Weggefährten gewesen sein, sonst könnte mir das gar nicht so sehr im Blute liegen.«

Man hatte gemeinsam zu Abend gespeist. Die Sängerin fühlte sich ruhebedürftig, zog sich auf ihr Zimmer zurück. Die beiden Männer blieben allein.

Fünfzehntes Kapitel
Unterwegs

I.

Moritz Ascher saß in dem großen, ungeheizten Speisezimmer, in einen schweren Pelzmantel gehüllt. Er fror. Wieder drang aus dem Nebenzimmer ein schriller Schmerzensschrei, der ihm durch Mark und Bein fuhr. Im Nebenzimmer lag seine Frau Judith in ihrer schweren Stunde. Die Wehmutter weilte bei ihr, aber es schien nicht gut zu stehen, denn sie hatte um den Arzt gesandt, der nicht und nicht kommen wollte. Das war nicht weiter verwunderlich. Es war Krieg und die Stadt Prag war voll von Verwundeten und Sterbenden, in jedem Haus lagen welche, selbst in den Wohnungen der Juden. Moritz Ascher war dieser Einquartierung nur entgangen, weil seine Frau einer Geburt entgegensah.

Und wieder tönte einer der langgezogenen, schrillen Schreie durchs Haus, die dann in ein Wimmern übergingen.

»Fürchterlich!« Moritz sprang von seinem Sessel auf, er war verzweifelt und wußte nicht, was er beginnen sollte. Die Arme schlang er um seinen Oberkörper, um sich warm zu halten. Vor dem kalten Ofen blieb er stehen. Könnte man nicht die Möbel verbrennen?, dachte er und war nahe daran, es zu tun, so kalt war ihm. Doch blieb sein Blick an der schweren Eichentruhe hängen, die von zwei geschnitzten Löwen flankiert war, und alle Verwüstungsgedanken fielen von ihm ab. Diese Truhe hatte im väterlichen Haus in Frankfurt gestanden, sie hatte seinem Vater zur Aufbewahrung der Familienpapiere gedient. Sie mußten sich noch darin befinden. Er, Moritz, hatte leider nie Zeit gehabt, sich ihnen zu widmen, vielleicht später. Ihm war es nicht so gut ergangen wie seinem Vater Benjamin, der keinem Beruf nachgehen mußte, ihn hatte der Großvater mütterlicherseits, dessen Vornamen er trug, früh zur Arbeit angehalten.

Verdammt, wie kalt es im Raume war. Dieser fürchterliche Krieg! Moritz ärgerte sich, daß er für alles Geld kein bißchen Holz beschaffen konnte. Zum Glück war es ihm aber wenigstens möglich gewesen, so viel zu besorgen, daß das Zimmer Judiths geheizt werden konnte. Judith ... Wieder tönte einer dieser markerschütternden Schreie durchs Haus. Ach Gott, warum konnte man denn nicht fromm sein, wirklich und wahrhaftig fromm, nicht nur so ein bißchen, wie er es war! Dann könnte man zu Gott beten, und Gott würde helfen. Aber er konnte ja nicht einmal richtig beten, man hatte ihm nicht einmal Zeit gelassen, Hebräisch zu lernen, so ängstlich war der Großvater darauf bedacht gewesen, ihn ins Geschäft zu nehmen, damit er nicht ein Müßiggänger werde wie sein Vater Benjamin und sein anderer Großvater Rafael und dessen Vater und Großvater. Noch sehr gut erinnerte er sich daran, daß der alte Moritz Oppenheim die Familie Ascher Leute mit trägem Blut genannt und sie als eine Familie von Müßiggängern bezeichnet hatte. Hatte Großvater recht gehabt? Er wußte es nicht. Er wußte nur, daß sein anderer Großvater, der Vater des Vaters, ein berühmter Dichter war, und oft hatte es den kleinen Moritz geschmerzt, daß ihn der harte Oppenheim nicht mehr hatte lernen lassen, so viel zumindest, daß er heute Freude an den Versen seines Großvaters Rafael haben könnte. Und war Vater wirklich ein Müßiggänger? War er nicht viel auf Reisen gewesen? Hatte er sich nicht um das Wohl der Armen gekümmert? War der Vater nicht nächtelang über der Familienchronik gesessen und hatte emsig geschrieben und gearbeitet? Wie oft hatte er den Vater bewundert, der so erhaben über den Dingen stand, gescheit und gebildet hatte reden können über alle möglichen Gegenstände, den alle Menschen so liebten, weil er gütig und teilnahmsvoll war. Vor zwei Jahren hatten sie ihn begraben, er war eines sanften Todes gestorben, noch nicht siebzig Jahre alt. Die Armen hatten ihn beweint, Hunderte armer Juden waren hinter seinem Sarg gegangen, und dann hatte man den Leichnam nach Amsterdam geschafft, es war der letzte Wunsch Benjamins gewesen, an der Seite seines Vaters zu ruhen.

Wenn das Kind nur schon auf der Welt wäre, dachte Moritz. Wie schwer doch ein Mensch zur Welt kommt! Alle kommen wir so schwer zur Welt, und wenn wir hier sind, dann tun wir alles, um uns das Leben gegenseitig noch schwerer zu machen, bis wir wieder alle miteinander friedlich auf dem Gottesacker ruhen ...

Da stürzte ein rundlicher kleiner Mann ins Zimmer. Das war der Arzt. Er trug einen langen dunklen Mantel, dessen Schleppe den Boden hinter ihm kehrte.

Moritz eilte ihm entgegen und preßte ihm die Hände. Nun mußte alles gut werden, da doch der Arzt hier war! Am liebsten wäre er dem kleinen Mann um den Hals gefallen und hätte ihn an sich gedrückt.

»Nur Ruhe, Ruhe!« rief der und rieb sich die kalten Hände. »Es wird schon alles gut werden. Gehen Sie lieber spazieren! Laufen Sie auf den Hradschin und die Moldau entlang, wenn Sie zurückkommen, wird der kleine Kronprinz schon da sein! Nur Mut, Herr Ascher! Es wird schon gut gehen. Aber Ruhe jetzt, ich will ins Zimmer der Frau Gemahlin!«

Und dann, nach einer Weile, kamen die Schreie wieder. Sie klangen gedämpfter oder schien es Moritz nur so? Was geschieht mit Judith?, dachte er, und sein Herz krampfte sich zusammen. Was machen sie mit meiner geliebten Judith? Mein Gott, mein Gott! Sie wird sterben, ich weiß es genau, sie wird sterben wie so viele Frauen in diesem Schreckensjahr. Nein, unmöglich! Ich habe doch das Amulett vom Rabbiner! Das teure Amulett wird sie schützen.

»Es steht ganz gut«, sagte der Arzt, als er wieder ins Zimmer trat. »Sie müssen nicht aufgeregt sein, Herr Ascher. Man hört die Herztöne sehr genau und klar. Die Mutter ist gesund und kräftig. Wir haben keinerlei Ursache, ängstlich zu sein. Manche Kinder lassen sich eben Zeit ...«

»Ich habe so große Angst, Doktor! So viele Frauen sterben in diesem Jahr in ihrer schweren Stunde.«

»Ja, es ist uns Ärzten unerklärlich. Aber manchmal ist das eben so. Wir wissen nicht warum, wir können nur konstatieren. Auch dieses Jahr ist solch ein böses Jahr. Nun, wir sind schon im Dezember, wir wollen hoffen, daß es im Jänner wieder besser gehen wird ...«

»Glauben Sie, daß dieses Sterben der Mütter mit dem Krieg in Zusammenhang steht?« fragte Moritz, und wieder fröstelte ihn.

»Vielleicht. Vielleicht auch nicht. Wir wissen es nicht.«

»Die Frauen haben so großes Vertrauen zu unserem Rabbi, Jonathan Eibeschütz.«

»Ja, die Frauen! Aber nicht die Männer! Wenigstens nicht alle Männer! Ich zum Beispiel gehöre zu denen, die ihm nicht trauen.«

»Ich weiß, daß viele Stimmen in der Gemeinde wider ihn sind. Ich bin nicht sehr bewandert in den Wissenschaften, ich weiß nicht, wer im Recht und wer im Unrecht ist. Aber ich weiß, daß die Frauen an ihn glauben ...«

»Ja, er verkauft Amulette für teures Geld, und die Frauen sind so dumm anzunehmen, daß ihnen dieses Zeug in ihrer schweren Stunde helfen könnte: Aber diese Amulette sind nichts anderes als purer Schwindel und verdammenswerter Unfug bösester Art!«

»Nun ja, Sie als Arzt müssen so sprechen«, sagte Moritz und lächelte.

»Es wundert mich, daß Sie darüber anders denken können, Moritz Ascher. Sie sind doch ein Mann des praktischen Lebens. Können Sie glauben, daß ein Stückchen beschriebenes Papier Wunder wirken kann, wo die Hilfe des Arztes vergeblich ist?«

»Ich habe oft gesehen, daß ein Kranker gesund wurde, an dem die Ärzte ihre Kunst vergebens erprobt hatten!«

»Es würde mich nicht weiter erstaunen, wenn Sie selbst ein solches Amulett erstanden hätten ...«

Ascher sah zu Boden und schwieg.

»Ist es so?«

Ascher schwieg.

Der Arzt lachte laut und rief: »Die Welt wird niemals gescheiter werden! Und das beste Geschäft ist und bleibt es, die Menschen anzuschwindeln. Ich wette, Sie haben dem Schwindler weit mehr gezahlt, als Sie mir für meine ehrliche Tätigkeit bezahlen werden!«

»Aber, Doktor! Ich werde Ihnen bezahlen, was Sie wollen, wenn meine Frau glücklich entbunden hat. Und ich glaube, Sie dürfen unseren guten Rabbi nicht Schwindler nennen. Das ist Sünde!«

»Es wird nicht meine ärgste Sünde sein. Ich werde sie verantworten können dereinst!«

Die Schreie ertönten nun wieder. Moritz blickte ängstlich, doch der Arzt machte keine Anstalten, das Gespräch zu beenden.

Erst als die Schreie stärker wurden, entschloß er sich, das Gemach zu verlassen. Wieder war Moritz allein. Er dachte an seine Frau, die sich nebenan in Krämpfen wand, und betete still: »Lieber Gott, laß mir nur Judith gesunden. Ich bitte Dich, Erhabener, schenke mir einen Sohn. Aber wenn Du einen von beiden zu Dir nehmen willst, dann laß es das Kind sein und bewahre mir meine Frau. Ich liebe sie von ganzem Herzen, ich könnte nicht leben ohne sie. Bitte, bitte, laß sie mir!«

Da erinnerte er sich, daß er unbedeckten Hauptes zu Gott gebetet hatte und rannte eilig in den Vorraum und holte seinen Hut. Er nahm ein Gebetbuch zur Hand, setzte sich zum Fenster und begann zu beten, aber er wußte nicht, was er sagte, und fremd klang der Ton der eigenen Stimme an sein Ohr.

Dann hörte er einen verzweifelten Wehlaut. Er lief zur Tür, aber er vernahm jetzt nichts mehr. Tiefes Schweigen war um ihn, und er sehnte sich nach dem Schreien und Klagen. Da öffnete der kleine Mann in dem zu langen schwarzen Mantel die Tür: »Alles ist gut gegangen, Herr Ascher. Ich gratuliere Ihnen! Es ist ein Knabe!«

Verständnislos sah Moritz den Arzt an.

»Sie können jetzt für einen Augenblick herein.«

Das schöne, lange Gesicht der Frau war blaß, die Haut weiß wie frischer Schnee. Sie machte Anstrengungen zu lächeln. Er trat zu ihrem Bett, wollte etwas sagen, doch konnte nicht sprechen. Er kicherte nur und gluckste. Er hauchte ihr einen Kuß auf die Stirn und wollte ihre Hand ergreifen, die schlaff herabhing. Aber da sagte schon der kleine Mann: »Genug! Noch einen kurzen Blick auf den prächtigen Knaben und dann hinaus! Die Mutter braucht Ruhe!«

Nun hatte er also einen Sohn. Und Judith war gesund. Er konnte es nicht fassen. Ludwig sollte sein Sohn heißen, wie die Mutter es wünschte. Der Raum tanzte um Moritz, am liebsten hätte er mitgetanzt. Aber da stand der kleine Doktor wieder neben ihm.

»Alles ist gut, Moritz Ascher. Es war nicht ganz leicht, der junge Mann scheint recht eigenwillig zu sein.«

»Wie kann ich Ihnen danken, Doktor …«

»Ich werde Ihnen schon meine Rechnung schicken«, lächelte der Arzt. »Aber ich habe noch eine Bitte. Hier ist das Amulett, das Sie Ihrer Frau umhängten. Darf ich es hier vor Ihnen öffnen und sehen, was es enthält?«

»Ist es nicht Sünde? Kann das nicht schaden?« Moritz zögerte.

»Weder noch. Ich bürge dafür!« sagte der kleine Mann und öffnete das Amulett. Es enthielt einen kleinen Papierstreifen, auf dem in hebräischen Buchstaben etwas geschrieben stand. Mühsam entzifferte er:

O, Gott Israels, der DU in der Zierde DEINER Macht wohnst, sende durch ein Verdienst DEINES Knechtes Sabbatei Zewi Heilung für diese Frau, damit DEIN Name und der Name des Messias Sabbatei Zewi in der Welt geheiligt werde!

»Welch ein Schwindel!« rief der Arzt empört. »Und das ist ein Rabbiner! Schmach und Schande über den Abergläubischen! Sabbatei Zewi betet er an, dessen Schwindeleien schon vor fast hundert Jahren entlarvt worden sind! Und noch immer gibt es Narren, die an ihn glauben! Und diese Narren wollen unsere Rabbiner sein? Nun, Sie haben heute einen glücklichen Tag, und da will ich Sie nicht in Ihrer feierlichen Stimmung beeinträchtigen. Glauben Sie wirklich, daß dieses Amulett Ihre Frau gerettet hat?«

II.

Zum Feste der Beschneidung hatte sich auch Rafael, der Bruder Moritz Aschers, eingefunden. Rafael kam aus Wien. Auch er war gleich dem älteren Moritz von seinem Großvater früh ins Erwerbsleben eingeführt worden. Er war jetzt für das Bankhaus Eskeles in Wien tätig, hatte eine der Töchter des Hauses geheiratet und war ein reicher Mann geworden, angesehen und mächtig. Es hieß, daß sein Wort sogar bei der Kaiserin Maria Theresia Geltung habe. Er war nach Prag zur Familienfeier gekommen, befand sich aber – wie stets – in größter Eile. Nur mit Mühe gelang es Moritz, seinen Bruder noch zwei Tage in Prag zu halten. Auch in diesen beiden Tagen war Rafael nicht müßig. Eine Unterredung folgte der nächsten. Für das Geschäft seines Bruders zeigte er nur wenig Interesse, es war ihm zu unbedeutend. Am Abend vor seiner Abreise saßen die beiden Brüder beisammen, und Rafael sagte:

»Ich habe dem kleinen Ludwig kein Wiegengeschenk mitgebracht. Das hat seine Gründe, wie du dir denken kannst. Die hundert Dukaten, die ich ihm bestimmte, lasse ich lieber in meinem Geschäft in Wien. Sie dürften dort sicherer sein als hier.«

Moritz lächelte. Was konnte denn Böses kommen, nun, da Judith endgültig außer Gefahr war und der Junge so gut gedieh?

»Du lächelst?« fragte Rafael. »Ich fürchte, du wirst dir das Lachen bald abgewöhnen. Wenn du dir raten läßt, dann pack deine Siebensachen und komm mit nach Wien. Je früher desto besser. Hier kann es jeden Tag gegen die Juden losgehen!«

»Aber Rafael!« sagte Moritz langsam. »Du glaubst ernstlich an solch eine Möglichkeit? Warum denn auch!« Rafael lachte nun seinerseits laut. »Du bist komisch, Bruder! Man braucht nie Gründe, wenn man uns Juden massakrieren will. Und wenn man sie braucht, dann findet man sie auch. Und in eurem Fall sind sie sogar vorhanden. Euer Rabbiner Jonathan Eibeschütz war mit dem Feind im Einverständnis ...«

»Aber das ist doch dummes Geschwätz!« rief Moritz. »Er hat nichts anderes verbrochen, als sich vom Kommandanten einen Geleitbrief nach Metz ausstellen zu lassen, da er doch der künftige Rabbiner dieser Stadt sein wird. Man sagt ja dem Eibeschütz gar manches nach, und er mag sein, was immer er will, aber Verrat hat er bestimmt nicht begangen!«

»Mag sein, mag nicht sein! Als ob es darauf ankäme! Jedenfalls hat man seine Habe mit Beschlag belegt. Es wird behauptet, daß alle böhmischen und mährischen Juden mit ihm unter einer Decke gesteckt haben, und als ich von Wien wegfuhr, war es bereits so weit, daß man euch ausweisen wollte. Jeden Tag kann das Dekret unterzeichnet sein. Komm mit mir nach Wien, dort kann ich dich und die Deinen schützen!«

»Wie kann man denn nur so kleinmütig sein, Rafael? Es heißt doch, daß die Kaiserin fromm und gottesfürchtig ist. Wie kann eine fromme Frau so viel Unglück über Menschen bringen?«

»Gewiß ist Maria Theresia fromm, sie ist erzkatholisch. Eine Freundin der Juden war sie nie. Und was ihre Frömmigkeit anlangt, sie ist eine Frau, und du kennst die Macht der Pfaffen und Judenfeinde nicht, Bruder Moritz!«

»Und du siehst Gespenster, Rafael! Bedenke, wir sind in Prag mehr als 20.000 Juden. Man kann uns nicht mitten im Winter alle austreiben, das ist ganz und gar unmöglich!«

»Ich wünsche dir, dich nicht davon überzeugen zu müssen, daß nichts unmöglich ist. Gott erhalte dir deinen Glauben.« Der Jüngere gähnte. Es war spät, und er hatte am Morgen früh die Rückfahrt nach Wien anzutreten. Mit seinen Gedanken weilte er schon dort. Wem nicht zu raten ist, dem ist auch nicht zu helfen, dachte er. Er gähnte noch einmal und sagte: »Vielleicht hast du recht, mein Lieber. Jedenfalls habe ich dich gewarnt!«

III.

Oft in seinem späteren Leben dachte Moritz an dieses Gespräch, bedauerte, den Rat des Bruders nicht befolgt zu haben.

Wenige Tage nachdem Rafael Prag verlassen hatte, kam der Ausweisungsbefehl. Am Morgen zogen Soldaten durch die Straßen der Stadt, Hornisten an ihrer Spitze, und es wurde ausgerufen, daß alle Juden Prag zu verlassen hätten; wer nach dieser Frist noch angetroffen werde, würde mit »militärischer Hand« abgeschafft werden. Die Juden wollten eine Deputation zur Kaiserin nach Wien entsenden, aber man ließ ihre Abgesandten nicht hin, sie baten den Stadtkommandanten, die Frist zu erstrecken, ihre Bitte wurde kurzerhand abgewiesen. Moritz wollte mit den Seinen zum Bruder nach Wien flüchten, doch wurde bekanntgemacht, daß die Juden nicht nach Wien dürften und auch in keine andere Stadt. Die Juden sollten sich aufs Land begeben und trachten, das Reich der Kaiserin so bald wie möglich zu verlassen. Die Juden saßen beisammen und berieten. Wohin? Ins Land des Preußenkönigs? Es war nicht möglich, an der Grenze standen Soldaten und ließen keinen ein. Ins Land der Sachsen? Es war nicht möglich. An der Grenze standen Soldaten und ließen keinen ein. Wohin? Wohin? Sie suchten ihren Hausrat zu verkaufen, aber keiner fand sich, der ihn kaufen wollte. Sie schnürten ihre Bündel. Es waren schmale und dürftige Bündel.

Moritz machte sich, nachdem er den ersten Schrecken überwunden hatte, wenig Sorgen. Gott wollte es so – was blieb also anderes übrig, als sich seinem Willen zu unterwerfen? Er war praktisch, verlor seinen klaren Sinn nicht, packte, was zu packen war, machte zu Geld, was er nur konnte, und versteckte es in Gewändern und Kissen. Er beabsichtigte, mit den Seinen in ein kleines Dorf zu gehen, gleichgültig wohin, und dort wollte er abwarten. Man muß nur Geduld haben, sagte er sich, nur Geduld. So predigte er auch seinen unglücklichen Glaubensgenossen, die zu ihm kamen, um sich Rat zu holen. Er versuchte zu trösten, Mut zuzusprechen. »Wir müssen wieder einmal wandern«, sagte er, »es wird nicht das letzte Mal sein, wie es nicht das erste Mal ist. Vielleicht ist es ganz gut so. Wenn wir Geduld haben, wird auch diese Welle der Unvernunft vorübergehen an uns. Nichts dauert ewig. Ihr werdet sehen, sie werden uns wieder zurückrufen nach Prag! Sie werden uns sogar bitten, dorthin zurückzukehren. Wir müssen nur Geduld haben!«

Er hatte Glück, er durfte Prag als einer der letzten verlassen, man nahm Rücksicht auf das kleine Kind und dessen Mutter. Es war ein bitterkalter Tag, da sie aus Prag zogen. Er hatte Geld und man erlaubte ihm, einen Wagen zu mieten, da seine Frau noch schwach war. Er wollte in ein kleines Dorf, Vischehrad. Aber als er es erreichte, ließ man ihn nicht ein, es waren schon zu viele Juden dort. Er fuhr weiter nach Karlin, man ließ ihn nicht ein, das Dorf war voll von Prager Juden, er zog weiter nach Nusle, man ließ ihn nicht ein, das Dörfchen war voll. Es war eisig kalt im Reisewagen, der Kutscher kehrte in jede Herberge ein, um zu trinken, sie saßen inzwischen allein und frierend im Wagen, das Kind schrie und weinte, Judith biß die Lippen aufeinander und schwieg. Am frühen Nachmittag schon war der Kutscher so betrunken, daß er nicht weiter konnte. Mitleidige Bauern nahmen sie auf. Am nächsten Tag ging es weiter. Zmichow, Ziskow, alles vergeblich. So ging es Tag um Tag. Sie waren tief ins Böhmische gekommen, bis Policka, wo sie endlich Unterschlupf fanden. In einer Hütte außerhalb der Ortschaft ließ man sie hausen. Der Winter war kalt, tiefer Schnee lag ringsum, die Wege unbenützbar. Wollte Moritz nur das Nötigste besorgen, mußte er den Schnee ausschaufeln. In den Ort selbst durfte er nicht. Er mußte vor der Gemarkung stehen und warten, bis irgend jemand ihm für Geld und gute Worte das Nötigste besorgte. Weit und breit war niemand, mit dem er sprechen konnte, weit und breit war auch kein Jude. Niemand außer ihnen hatte sich in diese Gegend verirrt.

Merkwürdigerweise gedieh der kleine Ludwig prächtig. Anders war es mit Judith. Sie kränkelte und hustete, fror ständig. Weder ein starkes Holzfeuer noch dicke Decken halfen. Eines Tages blieb die Milch aus, der kleine Ludwig lächelte nicht mehr, er schrie und brüllte die ganze Nacht hindurch und ließ sich nicht beruhigen. Judith blieb im Bett, sie hustete immer ärger, stundenlang dauerte dieser Husten oft, ein heiserer und keuchender Husten, sie setzte sich dann im Bette auf und hustete, und nachher fiel sie kraftlos in die mageren Kissen zurück. Die Frau glühte im Fieber, das Kind weinte. Moritz schlich ängstlich umher, er wußte nicht, was er zuerst tun sollte, er war hilflos. Am nächsten Morgen aber entschloß er sich und ging nach Policka. Er ließ sich nicht aufhalten, ging in den Ort und fragte nach dem Hause des Doktors. Ein alter, großgewachsener Mann mit der kräftigen Statur eines Bauern öffnete ihm und fuhr ihn an. Ob er denn nicht wisse, daß es Juden verboten sei, den Ort zu betreten? Aber Moritz ließ sich nicht einschüchtern. Er sprach ein wenig Tschechisch, das Gesicht des Arztes klärte sich bald auf, und er folgte Moritz zu der Hütte. Unterwegs war der Mann recht redselig, schimpfte auf die militärischen Herren des Landes, wetterte gegen die Kaiserin in Wien. Sei es denn nicht viehisch, die Juden zu verjagen? Warum und weshalb und wofür? Ja, die Juden und die Tschechen würden in diesem Reiche verfolgt, beide trügen ein ähnliches Schicksal, sie müßten zusammenhalten, und wenn das tschechische Volk manchmal gegen Juden Stellung nehme, so geschehe das nur deshalb, weil es noch nicht wisse, daß man die Juden genau so schlecht behandle wie die

Tschechen. Und er bat Moritz um Entschuldigung, daß er ihn vorhin so unfreundlich angefahren hatte, aber er mußte es tun, weil es ja verboten wäre, die Juden in den Ort zu lassen.

Nun waren sie in der Hütte. Der Arzt war resolut und umsichtig. Wenige Stunden später war schon eine junge Bäuerin da, die sich um das Nötigste kümmerte und den kleinen Ludwig ohne weiteres an die eigene Brust nahm. Sie nährte daheim ihren eigenen Jungen, es war genug da. Ihrem Mann war es recht, weil sie dafür Geld von dem Juden bekam – und die Behörden? Was kümmerten sie die Behörden, es waren ohnedies nur deutsche Behörden … Jeden Tag kam der Arzt. Judith lag im Bett und sah mit merkwürdig verschleierten Augen, wie der kleine Ludwig wohlig an der Brust der Amme hing. Sie wollte aufstehen und ihr Tagewerk verrichten, doch der Arzt ließ es nicht zu. Sie hustete und hustete immer ärger. Im Herzen des Mannes brannte nun die Angst lichterloh, er getraute sich nicht, den Arzt zu befragen, er wußte die Antwort und fürchtete sie.

Eines Tages im Frühjahr starb Judith. Es war ein schwerer Tod, sie hatte tage- und nächtelang durchgehustet. Moritz wunderte sich, daß er noch die Kraft hatte, nach dem Rechten zu sehen. Er empfand nichts, sein Herz war leer, sein Hirn stumpf. Er hatte Judith verloren, er würde nicht mehr mit ihr sprechen, er würde sie nie mehr sehen können. Er konnte es nicht fassen. Er sehnte sich nach Tränen. Der Arzt stand ihm zur Seite und half, wo er konnte. Es war unmöglich, Judith nach der Sitte der Väter zu beerdigen. Weit und breit war kein jüdischer Friedhof, keine jüdische Gemeinde, kein Rabbiner. Abseits des christlichen Gottesackers gruben die beiden Männer mit ihren Händen eine Grube und betteten die Tote hinein. Dann schütteten sie Erde auf das Grab. Moritz sprach die jüdischen Gebete, und der Arzt stand daneben, stumm, mit dem Hut in der Hand. Er wunderte sich, warum Moritz den seinen auf dem Kopfe behielt.

Nun litt es Moritz nicht länger in der Gegend. Eines Tages schnürte er wieder das Bündel. Er nahm es auf den Rücken, den kleinen Jungen trug er in seinen Armen, und so wanderte er weiter. Er ging langsam, Schritt für Schritt, vorsichtig. Das Bündel war schwer, der Junge unruhig. Immer wieder sah er sich um. Wo war Judith? Folgte sie nicht, ging sie nicht langsam hinterher? Nein, sie folgte nicht, sie ging nicht hinterdrein. Moritz wollte nach Wien, zum Bruder Rafael. Aber schon unterwegs, in Prachatitz, erfuhr er, daß keiner der böhmischen und mährischen Juden die Landesgrenze Österreichs überschreiten dürfe. Wohin nun? Er nächtigte in Herbergen, tagsüber wanderte er. Planlos, ziellos. Jeden Tag wanderte er ein paar Stunden, am Rücken schmerzte das Bündel, die Arme, in denen er den Knaben trug, waren mit der Zeit völlig empfindungslos geworden. Irgendwo auf der Straße, nahe der ungarischen Grenze, traf er Juden. Sie kamen ihm entgegen, jeder ein Bündel auf dem Rücken, und hinter ihnen schlichen ihre Frauen und Kinder. Moritz blieb stehen und sprach sie an. Auch sie machten Rast, setzten ihre Bündel zur Erde und lagerten auf einer Wiese.

Moritz fragte: »Wohin kommt man, wenn man diese Straße weiter wandert?«

»Nach Ungarn.«

»Darf ein Jude nach Ungarn?«

»Kein Jude darf nach Ungarn!«

»Und darf man als Jude nach Polen?«

»O ja, aber ich würde es Euch nicht raten. Wir kommen aus Polen, dort kann man als Jude nicht mehr leben. Man schlägt uns dort und martert uns. Wir wollen nach Böhmen oder ins Mährische!«

»Ich komme von dort«, sagte Moritz. »Man hat uns aus dem Lande gewiesen.«

Die Männer schwiegen und sahen einander an.

»Aber die Kaiserin Maria Theresia ist doch eine fromme Frau«, sagte einer von ihnen.

»Jawohl, das ist sie!« sagte Moritz und schwieg. Er hielt den schlafenden Ludwig in seinen Armen.

Nach einer Weile fragte er: »Ist es so schlimm für uns in Polen?«

»Ja«, antwortete einer der Männer, ein sehr alter mit langem, schneeweißem Bart. »Ja, die Juden sind nämlich wieder einmal verrückt geworden. Habt Ihr von Jankjew Lejbowicz gehört, dem Jakob Frank ... Ein Verworfener ist er, ein Betrüger, ein Sünder.

Noch einmal versucht er, die Tage des Sabbatei Zewi heraufzubeschwören und die Juden in Sünde zu stürzen. Ihr wißt doch, wer Zewi war?«

»Ja. Mein Großvater Rafael Ascher hat ein Buch über Sabbatei geschrieben.«

»Rafael Ascher?« wiederholte der Alte. »Ich kenne den Namen. Er war ein großer Dichter!«

Moritz war seltsam zumute. Hier auf der Landstraße im unbekannten Land begegnete er einem fremden Mann, und der kannte den Namen des längst verstorbenen Großvaters und sprach ihn mit Verehrung und Bewunderung aus.

Der Alte war schon inmitten seiner Erzählung: »Alle Juden in Polen hat der neue Schwindler wieder einmal verrückt gemacht. In Rohatyn und Laskorun, in Busk und Nadworna, aber auch in Lemberg ist alles voll von Bewunderern des Messias, denn als solchen läßt sich Jakob Frank preisen, gleich dem Sabbatei. Mit ›Heiliger Herr‹ muß man ihn anreden, und viele der gelehrten Rabbis sind seine Knechte und seinen teuflischen Künsten erlegen. In Laskorun hat man ihn und seine Freunde bei einem heimlichen Konventikel überrascht. Man öffnete die Türe des Raumes, in den er sich und seine Freunde eingeschlossen hatte, und fand sie mit nackten Frauenzimmern tanzend. Als man ihn zur Rede stellte ob des schamlosen Unfugs, sagte er, es sei ein religiöser Ritus, um die Verbindung des Männlichen mit dem Weiblichen in der Gottheit symbolisch sichtbar zu machen. Die Polizei schritt ein, auch an anderen Orten, wo die Frankisten ihr Unwesen trieben, und sie fanden Unzucht, Ehebruch und sogar Blutschande. In allem und jedem strebt dieser Frank seinem unseligen Vorbild nach, er hat ein unsittliches Weib, das jeder, dem danach gelüstet, haben kann, er treibt großen Prunk, tritt meist in türkischer Gewandung auf, umgeben von dreißig und mehr Gardisten. Er behauptet, der wahre Messias zu sein, der Erlöser, in ihm lebe die Seele des Sabbatei Zewi weiter. Ihr könnt nicht ermessen, welches Unheil dieser Mann und seine Anhänger über uns gebracht haben. Jetzt hat man uns Juden aus einem Distrikt verjagt, bald wird man es auch in anderen Gebieten so mit uns machen.«

Der Alte schwieg. Der kleine Ludwig weinte. Moritz erhob sich und nahm sein Bündel wieder auf. Aber da entsann er sich, daß er weder nach Polen noch nach Ungarn durfte. Also ging er mit den anderen, die nun ebenfalls aufbrachen.

IV.

Sie zogen wieder durch böhmisches Land. Man ließ sie nicht in die Städte und nicht in die größeren Ortschaften. Nur in kleinen Dörfern oder auf Feldern und Wiesen durften sie nächtigen und Lager schlagen. Einmal wurden sie aus diesem, dann wieder aus jenem Gebiet gewiesen, wie es den Ortsgewaltigen beliebte. Man hetzte Hunde hinter den Wandernden her oder vergnügte sich daran, sie mit Steinen zu bewerfen. Sie zogen im Kreise und kamen nach Wochen wieder zu einem Ort, aus dem man sie schon einmal vertrieben hatte. Einmal, in der Nähe von Olmütz, wurden sie alle miteinander ins Gefängnis gesteckt, ohne daß sie wußten weshalb und warum. Als Moritz es mit dem Jungen verlassen durfte, waren seine Weggefährten bereits fort, er war wieder mit seinem Sohn allein. Aber auch sein Bündel war fort, es war ihm im Gefängnis abhanden gekommen, und er getraute sich nicht, den Aufseher danach zu fragen, zumal er an ihm eines seiner eigenen Wäschestücke wahrgenommen hatte. Nun erst war er so richtig arm und bloß, er besaß nichts weiter als das, was er und der Junge am Leibe trugen.

Damit sollte der Höhepunkt seiner Leidenszeit überschritten sein. Eines Tages begegnete ihm ein großer Zug von Juden. Moritz kannte die meisten, sie waren gleich ihm aus Prag. Sie berichteten ihm, daß die Kaiserin den Prager Juden gestattet habe zurückzukehren, da man ihr verständlich gemacht hatte, welch großer Schaden dem Lande durch ihren Abzug erwachsen sei. Aber nicht dieses Argument allein war es, das die Kaiserin zur Rücknahme des Befehls veranlaßt habe, sondern vielmehr dem englischen Gesandten in Wien sei dieser Erfolg zu verdanken, der in beredten Worten für die Sache der Juden beim Wiener Hof vorstellig geworden war. Es waren strenge Bedingungen, unter denen man die Juden wieder nach Prag zurückließ: Der Aufenthalt war nur auf zehn Jahre beschränkt, lediglich eine bestimmte Anzahl wurde zugelassen, in jeder Familie sollte es nur dem ältesten Sohn gestattet sein zu heiraten und eine Familie zu gründen, und alle Familianten hatten jährlich eine Summe von 200.000 Gulden an den kaiserlichen Ärar zu zahlen.

Während die anderen über ihr schweres Schicksal klagten, einander ihre traurigen Erlebnisse berichteten und sich bange fragten, ob sie zu den Auserwählten zählen würden, die nach Prag zurück dürften, wanderte Ascher mit dem Kind in den Armen von Gruppe zu Gruppe und sagte fröhlich:

»Klagt nicht und seid froh, daß wir heim dürfen, heim in unser schönes Prag. Wir werden wieder von neuem beginnen, wir werden wieder unsere Häuser bauen, und wir werden wieder arbeiten, und alles wird wieder gut werden. Auch die schlimmsten Zeiten vergehen, wenn man nur Geduld hat.«

Und er dachte an Judith und wußte, daß nicht alles gut werden könne, zumindest nicht für ihn.

Das fünfzehnte Intermezzo

Doktor Ascher hatte das unangenehme Gefühl, verfolgt zu werden. Er blickte um sich und gewahrte einen hochgewachsenen Mann, der hinter ihm herschritt. In seinen Gedanken spürte er bereits die Hand des Verfolgers auf der Schulter. Der Mann konnte nur ein Gestapo-Agent sein. Woher kenne ich nur dieses Gesicht?, dachte er und schritt aus. Aber schon hatte ihn der Verfolger eingeholt. »Sind Sie Doktor Ascher?« tönte die Stimme des Mannes an sein Ohr.

»Ja«, sagte der Doktor, in sein Schicksal ergeben. Nun empfand er so gut wie keine Angst mehr. »Erkennen Sie mich denn nicht mehr, Herr Doktor?«

Ascher horchte auf. Sollte es doch keine Verhaftung sein? Ließ das Schicksal noch einmal Gnade walten? Jetzt erkannte er den Mann. Es war der Gymnasialprofessor, mit dem er in den Umsturztagen gemeinsam inhaftiert gewesen war. Wann war das gewesen? Vor einer Woche oder vor einem Jahrhundert?

»Sie erkennen mich wohl nicht mehr?« fragte der Professor. »Es wäre ja kein Wunder, ich habe 15 Kilogramm meines Körpergewichtes eingebüßt.«

Doktor Ascher sah in das Gesicht des Sprechers. War dieses eingefallene, zerfurchte Gesicht nicht noch vor wenigen Monaten voll und glatt gewesen, hatten diese traurigen, in tiefen Höhlen liegenden Augen nicht noch vor kurzem frisch und munter in die Welt geblickt?

»Ich war fast fünf Monate im Konzentrationslager«, sprach der Professor flüsternd, als hätte er die Gedanken Aschers erraten.

»Wohin gehen Sie, lieber Freund?« fragte Doktor Ascher. »Darf ich Sie begleiten?«

»Wohin ich gehe?« wiederholte der Professor mit leiser, trauriger Stimme. »Ich weiß es nicht. Ich habe kein Ziel. Es ist mir alles ganz und gar gleichgültig. Natürlich dürfen Sie mich begleiten. Oder ich Sie. Es ist einerlei. Wohin können wir gehen?«

Doktor Ascher dachte angestrengt nach. In seine Wohnung? Ausgeschlossen! In ein Kaffeehaus? Unmöglich! Konnte man sich auf eine Bank in einer Gartenanlage setzen? Auch das war nicht gestattet.

»Lassen Sie uns nach Hütteldorf fahren. Ich weiß da eine einsame Bank, dort kann man ruhig miteinander sprechen!«

Eine Weile später saßen sie auf der Bank am Waldrand. Es war ein milder Oktobernachmittag. Der Professor zog seinen Hut tiefer in die Stirne und stellte den Kragen seines Mantels hoch.

»Ist Ihnen kalt? Wollen Sie lieber gehen?«

»Nein. Es ist so schön ruhig hier. Ich habe viel Böses hinter mir. Vielleicht auch noch vor mir.«

Er schwieg, zündete sich eine Zigarette an und starrte vor sich hin. Dann begann er mit kaum hörbarer Stimme zu sprechen, langsam und ruhig, als hielte er einen wissenschaftlichen Vortrag. Nur ab und zu blickte er während seiner Erzählung um sich, ob niemand Unerwünschter ihn belausche.

»Ich war fünf Monate im Konzentrationslager, das ist eine sehr lange Zeit. Mehr als einmal dachte ich, daß ich es nicht lebend verlassen würde. Daß ich jetzt neben Ihnen hier auf einer Bank sitze, daß mich niemand mehr schlägt, daß ich keine Quälereien mehr mitansehen muß, ich kann es noch immer nicht fassen ...«

Der Professor schwieg. Ascher saß neben ihm und sah ihn von der Seite her an. Wie kommt es, daß mir alle Menschen ihre Erlebnisse erzählen, von ihren Sorgen berichten? Er faßte sich und hörte zu:

»Man hat mich eingesperrt, weil ich eine arische Freundin hatte. Ich bin seit meinen Jugendtagen getauft. Sie können sich dieses Umstandes vielleicht noch aus den Tagen unserer Haft erinnern. Doktor Maschler pflegte mich stets mit besonderer Verachtung den ›Sudetendeutschen‹ zu nennen. Ich hatte ja wirklich nichts mehr mit dem Judentum gemeinsam, ich fühlte mich als Deutscher, war Lehrer der deutschen Sprache, in Hunderte Knabenherzen habe ich die Liebe zur deutschen Sprache, zur deutschen Erde, zur deutschen Geschichte, zur deutschen Seele gepflanzt. Wenn mir jemand gesagt hätte, ich sei Jude, hätte ich ihm ins Gesicht gelacht. Seit meinen Kindheitstagen habe ich keinen Tempel mehr von innen gesehen, ich kenne keines der jüdischen Gebete mehr.

Wenn ich einen Ostjuden in seinem Kaftan sah, so hatte ich ein Mißbehagen zu überwinden. Der simpelste Bauer in Tirol und der einfachste Schiffer in Friesland standen meinem Herzen näher als ein polnischer Jude oder ein Hebräer aus Palästina. Ja, ich muß offen gestehen, daß ich eine kaum zu unterdrückende Abneigung gegen alles betont Jüdische empfand. Ich fühlte mich als Deutscher durch und durch, überzeugt, das Judentum in mir überwunden zu haben. Ich hatte eine arische Freundin. Schon seit vielen Jahren. Es war nicht unsere Schuld, daß wir nicht heiraten konnten. Sie war geschieden, aber kirchlich getraut gewesen. Einige Tage, nachdem ich aus der Haft entlassen worden war, hat man mich von neuem eingesperrt, weil ich meine Freundin in ihrer Wohnung besuchte. Aus der Umarmung hat man uns gerissen, man hat uns blutig gepeitscht, alle beide.

Nun ja … Ich wurde in der gleichen Schule gefangengehalten, in der wir die ersten Tage nach dem Anschluß verbracht hatten. Aber ich blieb nicht lange dort, ich wurde mit der Bahn in ein Lager gebracht. Wir mußten 14 Stunden lang auf schmalen Holzbänken sitzen, den Kopf steif an die Rückwand gelehnt. Unsere Wächter vergnügten sich, indem sie mit ihren Revolvern auf die Bänke schossen, die Kugeln schlugen knapp über unseren Köpfen ins Holz ein, die Splitter flogen umher, aber wir durften uns nicht rühren. Und dann kamen wir ins Inferno … 14 Stunden und länger mußten wir im Steinbruch arbeiten, bis wir hinfielen, völlig erschöpft, wie leblos. Ich sah, wie man einen jungen Mann mit vorgehaltenem Revolver zwang, seinem eigenen Vater in den Mund zu pissen, ich sah, wie man Menschen nötigte, gegen den elektrisch geladenen Stacheldraht anzulaufen. Ich sah, wie junge Männer alten, kranken Männern mit Nagelschuhen ins Gesicht traten, ich sah, wie eine der jungen Bestien einem Mann aus reinem Übermut mit dem Bajonett die Hand zerfetzte, sodaß sie amputiert werden mußte. Ich sah …«

Der Professor machte eine Pause.

»Wir hatten zwei Abteilungen im Lager, eine für Arier und eine für Juden. Als wir eingeliefert wurden, setzte man uns zunächst umständlich und eindringlich auseinander, daß wir von jetzt an nichts anderes wären als jüdische Schweine. Das mußten wir einige Dutzend Male im Chor wiederholen. Als man annahm, daß wir es nun wüßten, prügelte man uns ausgiebig, um uns den Unterschied zwischen einem Gefängnis und einem deutschen Konzentrationslager deutlich vor Augen zu führen. Ich sah, wie man einem Herzkranken seine helfenden Nitroglyzerintabletten aus der Hand schlug und ihm höhnend zurief: ›Es ist ja nur dein Vorteil, Saujud, wenn du früher krepierst!‹ Es war überhaupt einer der Grundsätze im Lager: Der Jude hat nicht krank zu sein. Ließ sich aber ein Mutiger dennoch dem Arzt vorführen, ging die Tortur erst recht los. Diese akademisch gebildeten Halunken und Mörder, diese Strolche der Medizin erklärten jeden, der noch atmen konnte, für gesund. Der Bedauernswerte wurde danach dem Kommandanten vorgeführt und als Lügner und Simulant bestraft: 25 Peitschenhiebe auf den nackten Hintern oder zehn Stunden Anbinden an einen Baum. Der Delinquent wurde von einem der halbwüchsigen Wärter splitternackt auf einen Bock geschnallt, zwei der Henkersknechte entledigten sich ihrer Röcke, ergriffen die Leder- und oft auch die Drahtseilpeitschen und hieben drein, was sie nur konnten. Mehr als 25 Hiebe waren nicht erlaubt, aber einmal wurde uns verkündet, daß der Führer höchstpersönlich die Anzahl der Hiebe für Juden ausdrücklich auf sechzig erhöht habe. Wir faßten das als Anerkennung auf, weil er die Juden wahrscheinlich doch für widerstandsfähiger hält als seine Arier. Aber immerhin, Sie sehen, wofür der große Führer Zeit hat. Er bereitet die Versklavung Europas, den größten Krieg aller Zeiten vor, aber gleichzeitig kümmert er sich darum, mit wieviel Hieben die Juden zu bestrafen sind. Ich sah, wie man einen Mann so lange schlug, bis er blutete, und dann von neuem schlug, wobei man ihn anbrüllte: ›Ich werde dir geben, du Judensau, so unanständig zu bluten!‹ Ich sah, daß ein Mann so lange geschlagen wurde, bis er ohnmächtig hinfiel. Man ließ ihn die ganze Nacht für tot am Boden liegen. Als der Mann in der Früh Lebenszeichen von sich gab, stampften sie mit ihren schweren Stiefeln auf seinem Körper herum und schrien: ›Wie, das Judenschwein ist noch nicht tot? Wir werden dir geben, uns anzuschwindeln!‹ Dies alles habe ich gesehen, und noch viel, viel mehr könnte ich Ihnen erzählen, wenn ich nur erzählen wollte und dürfte. Aber ich darf nicht. Ich habe unterschreiben müssen, niemals ein Wort von dem zu verlautbaren, was ich erlebt habe. Dies alles geschah in Buchenwald, wenige Meilen nur von Goethes Weimar.«

Der Professor schwieg. Auch Doktor Ascher schwieg, es war ihm ganz und gar unmöglich, nur ein Wort hervorzubringen. Er hätte sich am liebsten übergeben.

Der Professor fuhr sich über die Stirne. »Mein Gott, was habe ich denn gesagt?« rief er wimmernd. »Sie dürfen nichts gehört haben! Ich habe unterschreiben müssen! Nicht wahr, Sie haben nichts gehört, gar nichts, nicht ein Sterbenswörtchen?«

Doktor Ascher suchte den Außersichgeratenen zu beruhigen, doch der schien keinem vernünftigen Worte zugänglich zu sein. Er stürzte vor Ascher auf die Knie, hob die Hände empor und flehte: »Ich habe nichts gesagt. Sie schwören mir bei Ihrer Seele Seligkeit, nichts gehört zu haben!«

Sechzehntes Kapitel
»Hep, hep – Jude verreck!«

I.

Ludwig Ascher und Universitätsprofessor Brendel unternahmen ihren allabendlichen Spaziergang vor die Tore der Stadt Würzburg. Es war ein großer Altersunterschied zwischen den beiden, der 76jährige Ascher war ein Vierteljahrhundert älter als der Professor, aber dies vermochte ihrer Verbundenheit nichts anzuhaben. Übrigens hätte niemand Ascher sein hohes Alter anmerken können. Seine geistige Beweglichkeit, seine Beredsamkeit und Gedankenfülle waren die eines reifen, in der Blüte seiner Jahre stehenden Mannes.

Ludwig vermochte sich genau zu erinnern, wie seine Beziehungen zu Brendel ihren Anfang genommen hatten. Er war damals ein noch fast junger Mann gewesen, sein Vater Moritz hatte gelebt und am Liebfrauenplatz sein Tuchgeschäft betrieben, das heute Ludwigs Schwiegersohn Karl Lachmann verwaltete. Er, Ludwig, hatte zu jener Zeit seinem Vater im Geschäft geholfen, obgleich seine Interessen ganz anderer Art waren. Schon als junger Bursche hatte er es geliebt, über Wesen und Werden der Welt zu sinnen, und er war glücklich, als ihm sein Vater gestattete zu studieren. So war er nach Königsberg gewandert, um die Vorlesungen Professor Kants zu hören und von dort nach Berlin, wo er zu Füßen Moses Mendelssohns gesessen war. Nach einiger Zeit wurde Ludwig klar, daß er dem Vater nicht ewig auf der Tasche liegen könne und sein Studium ihm kaum ermöglichen würde, sich je auch nur das Notwendigste zu verdienen. So war er wieder nach Würzburg zurückgekehrt, um dem alternden Vater im Geschäft zu helfen. Im übrigen stellte das Geschäft keine allzugroßen Anforderungen, weder an den Vater noch an den Sohn. Man konnte davon bequem leben. Man kaufte die Ballen Tuch auf der Messe und verkaufte sie dann mit einem kleinen Aufschlag im Geschäft am Liebfrauenplatz. So lebten beide still und zufrieden in der kleinen Stadt, und Ludwig hatte Zeit und Muße, sich seinen Liebhabereien und Studien hinzugeben. Er korrespondierte mit gelehrten Männern in allen Teilen Deutschlands und Frankreichs, ja er empfing sogar Briefe aus Holland und England, und oft waren berühmte Männer in seinem bescheidenen Wohnhäuschen in der Münchgasse zu Gast.

Damals schloß der neu an die Würzburger Universität berufene Brendel Freundschaft mit Ludwig Ascher. Einer der ersten Besuche des noch jungen Professors galt dem gelehrten Kaufmann, dessen Name ihm schon vorher bekannt gewesen war. Ludwig Aschers Frau war kurz vorher gestorben, und er hauste mit seinen beiden Kindern, Tochter Rosa und dem Söhnchen Hermann, allein in dem Haus in der Münchgasse. Es war eine lange und ergiebige Aussprache gewesen, der Gast konnte gar nicht genug hören von Kant und Mendelssohn und all den anderen, denen Ludwig in seinem reichen Leben begegnet war. Sie schieden als Freunde, und diese Freundschaft währte nun schon viele Jahre, und mit der Zeit war es beiden zur Gewohnheit geworden, einander tagtäglich zu sehen und zu sprechen. Der Professor hatte den Tod des alten Moritz Ascher genauso miterlebt wie Ludwigs Rückzug aus dem Tuchgeschäft nach der Heirat seiner Tochter Rosa. Brendel war Zeuge gewesen, wie der alternde Mann sich noch einmal verliebte. Das Mädchen war mehr als dreißig Jahre jünger, als er es ehelichte und mit ihr ein volles Jahr in eitel Glück und Wonne zusammenlebte, bis ihm die geliebte Frau bei der Geburt eines Knaben, der den Namen Gotthold erhielt, starb. Damals hatte der Professor um seinen Freund gefürchtet, aber Ludwig hatte seinen Schmerz ruhig getragen, obwohl der Professor nur zu gut wußte, wie sehr Ludwig an seiner jungen Frau gehangen war. Und noch einmal sollte Brendel Gelegenheit haben, die innere Gelassenheit seines Freundes zu bewundern. Vor wenigen Jahren erst hatte Ludwig seinen älteren Sohn Hermann in den Freiheitskämpfen der Deutschen gegen Napoleon verloren. Hermann war bei Waterloo gefallen. Ludwig hatte die gleiche erhabene Ruhe gezeigt wie beim Tod der geliebten Frau.

Schweigend schritten die beiden Männer nebeneinander her. Es war ein schöner, warmer Juniabend. Auf einer Bank vor der Residenz nahmen sie Platz. Ludwig fühlte sich müde, die laue Luft hatte ihn rasch matt gemacht. Der Professor brach das Schweigen. »Ach, war das heute ein garstiger Tag!«

Ludwig erkundigte sich, was denn so Böses vorgefallen sei, der Professor wollte erst nicht mit der Sprache heraus, doch dann berichtete er, daß an der Universität die judenfeindlichen Umtriebe immer stärker würden. Er selbst werde von einem Teil der Studentenschaft scheel angesehen, weil seine Vorliebe für Juden nur zu gut bekannt sei. »Ich würde nichts weiter sagen, wenn es lediglich von den unteren und ungebildeteren Klassen ausginge, aber ich kann es nicht verstehen, daß auch die Studentenschaft dieser Agitation erliegt. Vor wenigen Jahren erst hat diese Jugend noch Seite an Seite mit den Juden gegen Napoleon gekämpft. Viel jüdisches Blut ist geflossen, um die deutsche Freiheit zu erstreiten, und nun sind es die gleichen Studenten, die die Juden verunglimpfen und sie wieder einmal vertreiben wollen.«

»Es war immer so,« antwortete Ludwig ruhig und mit leiser Stimme. »Wir waren immer nur Gäste in dieser Landschaft, einmal mehr und einmal weniger geduldete Gäste. Meist unliebsame Gäste. Wie oft hat mir mein Vater erzählt, unter welchen Umständen ich zur Welt kam und wie meine ersten Lebensjahre verliefen. Wir wurden verjagt, meine Mutter starb auf der Wanderung, und mein Vater trug mich auf seinen Armen von Ort zu Ort ...«

Der Professor hatte diese Geschichte schon gehört.

»Fast müßte man an der Menschheit verzweifeln!« rief Brendel und peitschte mit seinem Spazierstock die Luft. »Hätte man nicht glauben dürfen, daß die Welt nach dem beispielhaften Leben eines Moses Mendelssohn ihr dummes Vorurteil gegen die Juden endgültig fallen lassen würde? Hätte man nicht nach dem Eintreten unseres Dichters Gotthold Ephraim Lessing für die Judenheit und für seinen geliebten Freund Mendelssohn die Hoffnung hegen dürfen, daß die Menschheit weiter gekommen sei?«

»Wie ungeduldig Sie doch sind, mein Freund!« lächelte Ludwig. »Nun ja, das ist das Vorrecht der Jugend, mein Lieber!«

»Fast würde ich Sie um Ihr Alter und Ihre Ruhe beneiden«, sagte Brendel. »Ich habe mir heute einen dieser jungen Studenten vorgenommen und versucht, mit ihm zu sprechen. Das ist's, was mich so sehr entsetzt! Was in diesen alten Kampfschriften gegen die Juden steht, was ein Bösewicht wie Eisenmenger, was ein Hohlkopf wie der Justiz-Kommissär Grattenauer zusammengeschrieben hat, all das spukt in den Köpfen der Jugend von heute. Ein Abgrund trenne die Christen von den Juden, so behauptete mein junger Student, und daher dürfe kein Christ mit einem Juden verkehren und deshalb sollten die Juden auch wieder ihr Judenabzeichen tragen müssen. Die Juden seien nur Tiere und man müßte sie mit allen Mitteln vertilgen. Und ganz ernsthaft erzählte er mir, daß die Studenten einen Haman-Bund gegründet hätten, deren Mitglieder verpflichtet seien, sich den Juden gegenüber genau so zu verhalten wie seinerzeit Haman.«

»Wir haben schon so viele Hamans über uns ergehen lassen müssen«, erwiderte Ludwig. »Als ich noch Student war in Königsberg, da trat einmal ein kleiner Mann in den Hörsaal. Er sah merkwürdig genug aus, hatte einen Höcker und trug einen kleinen Spitzbart. Sofort fing man ihn zu verspotten an und rief: ›Hep, hep, Jüdelein!‹ Der Mann beachtete es gar nicht. Der Lärm legte sich erst, als Professor Kant den Hörsaal betrat und mit seiner Vorlesung begann. Nachher umlagerten die Studenten das Podium. Der kleine Bucklige brach sich gewaltig Bahn, stürmte bis zu Kant vor und drückte ihm hingerissen die Hand. Kant erblickte den Verwachsenen und rief: ›O, mein teurer Freund Mendelssohn!‹ Er umarmte ihn innig und erwies ihm alle Ehre. Nun hätten Sie sehen sollen, wie die selben Studenten, die den Juden eben noch verhöhnt und beschimpft hatten, nun ehrfürchtig eine Gasse bildeten, durch die die beiden Weisen Arm in Arm abzogen ...«

Ludwig schwieg eine kleine Weile, ehe er fortsetzte: »Ich habe dann in Berlin studiert, und durch die Güte Mendelssohns fand ich rasch Eingang bei den reichen jüdischen Familien, den Itzigs, Meyers, Oppenheims, Levis, Ephraims, Wertheims. Ich sah, wie dort deutsche Diplomaten, preußische Offiziere und Adelige ein und aus gingen, und ich konnte beobachten, wie sie mit reichen Jüdinnen Verhältnisse eingingen und sie heirateten. Es schien, als wäre der Unterschied zwischen Jud und Christ in Deutschland tatsächlich geschwunden. Aber das konnte nur dem so scheinen, der nicht tiefer blicken wollte. Denn wer besser beobachtete, der wußte schon damals, daß diese zur Schau gestellte Gesittung nur sehr oberflächlicher Natur war. Damals war es eben Mode, den jüdischen Geist zu verehren und dem jüdischen Geldsack zu schmeicheln. Heute ist es Mode, die Juden zu verachten. Der Deutsche, mein Lieber, hat keine Überzeugung, und er wird jedem folgen, der ihn nur zu fangen vermag. Helfen da Worte der Anklage und des Zorns? Es ist so und nicht anders … Aber nun lassen Sie uns heimgehen, die Nacht wird kühl und die Nebel steigen.«

II.

Wie immer, wenn ein neuer Professor in feierlicher Weise eingeholt wurde, war nicht nur die Aula von den Studierenden dicht besetzt, sondern auch am Platz vor der Universität hatten sich zahlreiche Menschen eingefunden, um dem farbenprächtigen Schauspiel beizuwohnen. Die Feierlichkeiten waren in vollem Gange, als mit einem Male Lärm in der weiten Halle entstand. Der Lärm wurde immer heftiger. Der neue Professor mußte, da er sich nicht verständlich machen konnte, seine Ansprache abbrechen. Er tat es rasch und unvermittelt. Sogleich bemächtigte sich der jugendlichen Schar große Erregung, die sich noch steigerte, als immer neue Nachrichten hereindrangen: Man habe das Geschäft des Juden Hirsch geplündert, man habe einen Juden auf offener Straße geprügelt, die Juden setzten sich zur Wehr. Eine Botschaft jagte die andere. Studenten stürmten auf die Straße, Bürger in die Universität, bald waren alle Tore des weitläufigen Gebäudes aufgerissen, die Straße flutete in die Universität, die Universität auf die Straße. Mit einem Male wurde der Lärm noch gewaltiger, schrille Rufe und Pfiffe ertönten: »Dort kommt der Judenknecht Brendel!«

»Hep, hep – Jude verreck!«

Einige der jungen Burschen verfolgten Professor Brendel, man hatte ihm den Hut vom Kopf geschlagen, sein Gewand war schmutzig von dem Kot, mit dem man ihn beworfen hatte. Aber er hatte sich Bahn geschaffen und war auf die Steinbrüstung der Rampe gestiegen. Er rief mit kräftiger Stimme: »Hört mich an, Studenten!«

»Nieder mit dem Judenknecht! Nieder! Hep, hep – Jude verreck!«

Doch Professor Brendel ließ die Rufe an sich abprallen. Breit und wuchtig stand er da und übertönte die Schreier:

»Ich spreche nur zu meinen Schülern und nicht zu jenen, die hier nichts zu suchen haben! Wollt ihr euren Lehrer erschlagen? Wollt ihr ihn mundtot machen? Ist das die deutsche Freiheit, für die wir gekämpft haben?«

Und als der Lärm anschwoll: »Schande über alle Feiglinge, die nicht den Mut aufbringen, ihren Lehrer zu hören!«

Er hatte sich Ruhe verschafft und fuhr fort: »Seid ihr von Sinnen, deutsche Studenten? Seid ihr zu Mördern und Plünderern geworden? Wollt ihr euch gemein machen mit den Gemeinen? Ich komme aus der Stadt. Ich sah, wie man die Läden der Juden aufbrach, ihre Waren stahl oder auf die Straße warf, wie man Unschuldige mit Steinen bewarf und prügelte! Man hat das Geschäft meines greisen und verehrten Freundes Ludwig Ascher geplündert und ausgeraubt, eines Mannes, der ein geistiger Stolz dieser Stadt ist und dessen Sohn Hermann mit vielen anderen meiner Schüler im Kampf gegen Napoleon bei Waterloo gefallen ist. Ich sah …«

»Judenknecht! Judenfreund! Hep, hep – Jude verreck!«

»Schämt euch Studenten, solchen Unsinn zu singen und zu rufen!« schrie Professor Brendel mit aller Kraft. »Schämt euch! Handelt ihr so gegen die Juden, gegen die wehrlosen und friedlichen Mitbürger, die unser großer Dichter Lessing geehrt und geliebt hat?«

»Auch Lessing war ein Judenknecht! Eine bestochene Kreatur der jüdischen Bande! Hep, hep – Jude verreck!«

Plötzlich hatte der Professor Unterstützung gefunden. Neben ihm stand ein mittelgroßer, schlanker Mann, nicht mehr jung, seine Augen blitzten und sein schütteres Haar flatterte im Wind. Brendel kannte ihn vom Sehen, es war der Dichter Julius von Voss. Er stand neben ihm und rief:

»Verzeiht, wenn ich zu euch spreche, Studenten! Ich gehöre nicht zur Universität. Doch ich glaube, ihr solltet es einem deutschen Dichter gestatten, zur deutschen Jugend zu sprechen!«

»Hört Julius von Voss!« schrie jemand, und mehrere unterstützten: »Silentium für Voss!«

»Studenten! Wir schreiben das Jahr 1819 und nicht 1419! Wollt ihr euch um vierhundert Jahre gewaltsam zurückschrauben, deutsche Studenten? Wenn ihr die Plünderungen bei reichen Israeliten gutheißt, wird des Pöbels Abschaum bald auch anderes Eigentum rauben und von Zügellosigkeit zu Zügellosigkeit fallen, und nur Blutbad auf Blutbad wird die öffentliche Ordnung wiederherzustellen vermögen.«

»Auch Voss ist ein Judenknecht! Von Juden bestochen!«

»Deutsche Studenten! Soll das der Weg Deutschlands sein? Wollt ihr so eure junge Freiheit besudeln? Der Freie liebt Freie, und nur der Knecht wünscht Knechte.«

»Habt Ihr nicht selbst die Juden herabgesetzt in Euren Theaterstücken, Herr von Voss?«

»Leider tat ich das! Aber ich bereue jedes Wort, das ich gegen sie geschrieben habe. Ich habe in anderen Büchern gutzumachen versucht, was ich Böses tat. Ich habe also auch ein persönliches Recht, euch davor zu bewahren, wieder in den alten Fehler zu verfallen!«

»Wer hat denn Eure Schulden bezahlt, Herr von Voss? Wahrscheinlich die Juden! Und deshalb redet Ihr ihnen zum Gefallen!«

»Pfui, pfui! Ich schäme mich eurer, deutsche Studenten! Werdet ihr jetzt auch noch zu Verleumdern an euren Dichtern?«

Professor Brendel rief stimmgewaltig: »Studenten! Jugend! Schüler! Lasset ab! Ihr werdet vom Haß geleitet! Er muß euch und die gesamte deutsche Nation früher oder später in den Abgrund führen!«

»Schweig, Judenknecht!« brüllte einer der Studenten seinen Professor an.

»Brendel ist vom Juden bezahlt! Er ist gekauft! Er ist ein erbärmlicher Wicht!«

»Hütet euch, mich zu beleidigen, ihr jungen Menschen!« schrie der Professor. Aber da hatten sich schon einige der Studenten auf ihn gestürzt und rissen ihn herunter und traktierten ihn mit Püffen und Schlägen. Und es wäre ihm gar schlecht bekommen, wenn nicht gerade noch rechtzeitig Rufe ertönt wären: »Militär! Militär kommt!«

Im Nu war der große Platz wie ausgestorben. Die Tritte der marschierenden Soldaten dröhnten im Gleichschritt.

In einer Seitengasse trafen Professor Brendel und Julius von Voss einander wieder. Brendel versuchte, seine Toilette wenigstens einigermaßen in Ordnung zu bringen, der Rock hing in Fetzen von seinem Körper. Der Dichter war ihm behilflich.

III.

Als Brendel am nächsten Tag Ludwig Ascher in dem kleinen Häuschen in der Münchgasse besuchte, fand er das schöne Heim verwüstet. Truhen und Schränke waren aufgerissen, Wäschestücke lagen verstreut am Boden, Teppiche fehlten und die Glasluster waren zerbrochen. Er fand den alten Mann in der guten Stube in einem bequemen Ledersessel ruhen, bei ihm waren seine Tochter Rosa und sein Schwiegersohn Karl Lachmann. Ludwig erhob sich und ging seinem Gast entgegen.

»Schön von Ihnen, daß Sie kommen, um mir zum Abschied die Hand zu drücken, lieber junger Freund!«

»Zum Abschied?« fragte Brendel. »Sie werden Würzburg doch nicht verlassen wollen?«

»Ich muß es verlassen. Wir alle müssen Würzburg verlassen. Die Bürgerschaft hat gestern noch an die städtische Behörde die Aufforderung gerichtet, uns sogleich auszuweisen. Morgen müssen wir fort. Der Befehl wurde uns bereits übermittelt. Ja, ja, man arbeitet sehr prompt in Deutschland!«

Brendel ließ den Kopf sinken. »Wohin wollen Sie denn? Man kann Sie doch nicht auf die Straße jagen!«

»Man kann, mein lieber junger Freund! Man kann es sehr wohl, wie Sie sehen. Und wohin ich gehe, wohin wir alle ziehen werden – ich weiß es nicht. Was liegt übrigens an mir? Ich bin 76. Aber so viele Säuglinge und kleine Kinder müssen mit auf die Wanderung. Nun, ich habe es seinerzeit auch überstanden … Es wird schon alles gut werden, kränken Sie sich nicht, mein lieber Professor!«

Der Professor schüttelte den Kopf. »Ich verstehe mein Volk nicht, aber ich verstehe auch Sie nicht! Wie kann man so verzeihend sein? Ich würde jede Äußerung der Empörung, der Rache, der Wut begreifen können, aber nicht diese Duldsamkeit!«

»Hätten Sie so viel erlebt wie wir Juden, dann würde Ihnen die Duldung ebenso im Blut liegen wie uns. Aber nicht alle meine Brüder denken so milde wie ich, glauben Sie das ja nicht. Hier, blicken Sie auf meinen Schwiegersohn, er träumt sicher von Rache und Vergeltung, ist's nicht so, Karl?«

Der junge Mann war errötet. Er zog an seinem Schnurrbärtchen und sagte: »Natürlich, natürlich … Immer wurden wir geprügelt, immer werden wir es wieder. Das wird nicht anders und besser werden, bis sich alle Juden auf der ganzen Welt wieder zusammenschließen. Ich kann nicht gut ausdrücken, was ich denke, ich habe nicht viel gelernt. Wer mir aber meine Frau und meine Kinder anrührt, den erdrossle ich mit diesen meinen Händen!«

»Nun, da sehen Sie, Professor, er träumt sogar noch von größeren Dingen, als ich annahm. Beruhige dich, Karl, bewahre kaltes Blut …«

»Kann ich noch etwas für Sie tun?« fragte der Professor.

»Ja, doch. Ich habe zwei Bitten, mein Lieber. Kümmern Sie sich um das Grab meines Vaters. Und wenn mein Junge kommen sollte, Gotthold, und ich glaube, er wird aus Berlin herbeieilen, wenn er von dem Vorfall erfährt, dann geben Sie ihm bekannt, wo ich bin.«

»Wo wird das sein?«

»Das weiß ich nicht. Aber ich werde Ihnen Nachricht senden. Nun geben Sie mir noch einmal die Hand! Ich danke Ihnen für alles! Wir waren gute Freunde, und Sie haben mir viel gegeben in all den Jahren. Bitte, bitte, kränken Sie sich nicht … Ja, wirklich, ich habe Ihnen zu danken. Solche Menschen wie Sie, Professor, geben mir die Zuversicht, daß meine Kinder vielleicht doch wieder einmal in deutschen Landen werden leben können. Darf ich den jüdischen Segen über Sie sprechen, Professor? Es täte meinem Herzen wohl ... Gott segne dich, Gott behüte dich. Er wende dir dein Antlitz zu ...«

IV.

Die Juden waren nicht weit gezogen. Sie lagerten in kleinen Dörfern, hausten in Zelten, viele unter freiem Himmel. Sie mußten hören, daß es den Juden in Bamberg, Darmstadt, Meiningen und in vielen anderen Städten nicht besser ergangen war.

Zum Glück waren die Tage warm, es war ein schöner August. Ludwig wurde zum Mittelpunkt des Lagers. Er versammelte die Kinder um sich und erzählte ihnen Geschichten, am liebsten die vom Auszug der Juden aus Ägypten. Er tröstete die Mütter, betete mit den Männern. Eines Tages erhielten sie eine Mitteilung, die sie mit neuer Zuversicht erfüllte. An einem Ort, den man geheim hielt, sollten sich die Vertreter all der Judengemeinden einfinden, die durch die Ereignisse zu leiden gehabt hatten, um gemeinsam zu beraten. Die Juden anderer Länder wollten helfen, sogar aus England war Unterstützung zugesagt worden – so rasch hatten sich die üblen Dinge, die in Deutschland geschahen, herumgesprochen. Unter der Deputation der aus Würzburg Vertriebenen befand sich auch der alte Ascher. In einem kleinen Ort am Rhein trafen einander die Schicksalsgenossen. Aber es erwies sich, daß man noch wenig über Hilfe berichten konnte. Die Frankfurter Juden hatten sie angeregt, in ihren Händen sollten alle Fäden zusammenlaufen, aber ein Vertreter der Frankfurter Judengemeinde war nicht erschienen, denn inzwischen hatten die Unruhen auch auf Frankfurt übergegriffen, und die zur Hilfeleistung Bereiten benötigten nun selber Hilfe. So saß man beisammen und klagte einander sein Leid.

Ein alter Mann aus Darmstadt erzählte: »Bei uns und in Bayreuth ging es ganz plötzlich los. Bei uns lebten so wenig Juden, daß wir nie daran gedacht hätten, die Christen würden mit Gewalt auf uns losgehen. In unserer Gegend befinden sich nur wenige Geschäfte in jüdischen Händen. Mein Sohn wurde einmal bedroht, weil er in seinem Laden Eier und Butter billiger verkaufte als sein christlicher Konkurrent, und unser jüdischer Steinmetz wurde auf der Straße angespuckt, weil er einmal einen Grabstein für einen Christen angefertigt hatte. Aber sonst haben sie uns in Ruhe gelassen, manche von uns haben sie sogar mit besonderer Achtung behandelt. Und als es dann auch bei uns plötzlich losging und sie mit schweren Eisenstangen ausrückten, um unsere Türen aufzubrechen, als sie unsere Wohnungen plünderten, konnten wir uns nicht erklären, warum sie mit einem Mal so in Haß gegen uns verfallen waren, da sie uns doch noch tagsvorher wie ihresgleichen behandelt hatten?«

Ein anderer berichtete: »Ich bin aus Meiningen. Ich kann mich nicht erinnern, daß wir jemals mit dem Volk in Streit geraten wären. Ich kann auch nicht berichten, daß man uns geschlagen oder gemartert hätte. Eines Tages aber hieß es, wir seien ausgewiesen und müßten die Stadt binnen zweier Tage verlassen. Wir konnten mitnehmen, soviel wir tragen konnten. Das übrige mußten wir verkaufen oder zurücklassen. Sie haben sich an uns bereichert, doch sie rührten uns nicht an …«

Und ein dritter: »Bei uns in Karlsruhe fanden wir eines Morgens an unseren Haustoren und der Synagoge Zettel kleben mit den Worten: ›Tod und Verderben den Juden!‹ Das war das Signal. Und so war es auch. Zuerst ging es gegen die reichen Juden, am meisten hatte der Hofbankier Haber zu leiden. Ein einziges Wort hätte es den Herzog gekostet, seinen Hofbankier zu schützen. Aber er hat nicht den Finger gerührt. Es dürfte dieser hohen Blüte der deutschen Nation sogar recht gewesen sein, daß die wütende Menge die Kassen und die Kanzlei Habers plünderte, denn darin waren manche Schuldscheine des Herzogs aufbewahrt. Aber glaubt ja nicht, daß es nur die Reichen traf, die Menge ging auf die armen Juden mit gleicher Brutalität los.«

Und ein vierter: »Was sich in Würzburg begab, war nur ein Anfang. Was bei uns in Bayern und Baden geschah, würde euch erschrecken. Männer wie Rühs und Professor Fries treiben seit Jahren ungestraft ihr Unwesen bei uns. Diese Herren wollten uns Juden unter Fremdenrecht stellen und wieder eine Judensteuer einführen. Nur Kosmopoliten, nur Gebildete könnten für eine jüdische Emanzipation sein, schrieb dieser Fries, weil eben die Gebildeten schon Verbildete seien; aber das wirkliche deutsche Volk hasse die Juden wie eh und je ...«

Allmählich kam auch heraus, was in Frankfurt vor sich gegangen war. Einer der Deputierten hatte einen Brief aus Frankfurt bekommen, einer seiner Verwandten berichtete ihm:

»Wir haben erwartet, daß sich bei uns fortsetzen würde, was sich in einem großen Teil Deutschlands bereits ereignet hat. Wir haben damit gerechnet. Denn Frankfurt ist ein heißer Boden, wir Juden haben hier immer um unser Leben zu kämpfen gehabt, und ich weiß wirklich nicht, was uns an diese Stadt so fest bindet, daß wir um ihretwillen all das Leid auf uns genommen haben. Die Tage des Vinzenz Fettmilch sind in Frankfurt noch immer nicht vergessen, und es scheint, als wollten sich die Frankfurter zumindest einmal in jeder Generation ihres großen Landsmannes würdig erweisen. Es begann auch bei uns, indem das Gesindel die Fensterscheiben unserer Wohnungen einschlug. Dann vertrieben sie uns von der Promenade, lauerten uns in den Straßen auf und mißhandelten uns. Meinem kleinen Jungen haben sie die Zähne eingeschlagen, er liegt schwer krank zu Bette. Tagelang hörten wir's auf allen Straßen und jetzt noch klingt's in meinen Ohren: ›Hep, hep – Jude verreck!‹ Eines Tages begannen sie auch, unsere Häuser zu stürmen. Zuerst wollten sie natürlich unserem berühmten Glaubensgenossen an die Gurgel gehen, dem Amschel Rothschild. Aber das sollte gerade unsere Rettung bedeuten. Dieses Vorhaben war nämlich den in Frankfurt weilenden ausländischen Gesandten durchaus nicht gleichgültig. In Paris tanzten und speisten die Botschafter und Gesandten der großen Staaten im Hause Rothschilds, und hier in Deutschland sollte sein Haus gestürmt werden? Nein, das paßte ihnen ganz und gar nicht. Zudem waren bei Rothschild gerade namhafte Summen des deutschen Bundestages deponiert, um die man fürchtete. Also beorderte man Bundestruppen aus Mainz, denn der heimischen Polizei traute man nicht.

Für den Augenblick ist die Gefahr also beseitigt, doch die Feinhörigen unter uns spüren schon neue Tumulte heraufziehen. Viele unserer reichen Juden haben ihre Häuser in aller Stille verkauft und sind nach Frankreich oder England verzogen, und erst neulich habe ich gehört, daß auch die Rothschilds von Deutschland genug haben ...«

V.

Als Ludwig Ascher wieder auf dem Platz eintraf, wo seine Würzburger Schicksalsgenossen lagerten, stürzte ihm sein Sohn Gotthold entgegen. Ludwig schloß für einen Augenblick die Augen. Er liebte diesen Jüngling besonders. Sah er Gotthold, erinnerte der ihn an seine Mutter. Gotthold war hochgewachsen und schlank, sein schmales Gesicht war von zwei feurigen braunen Augen wie von innen erhellt. Das schwarzbraune Haar fiel ihm bis zu den Schultern und gab dem freien, heiteren Antlitz eine kühne Umrahmung.

Gotthold berichtete dem Vater von Berlin. Nur wenig sprach er von seinen Studien, die Universität schien ihn nicht sehr zu interessieren. Umso mehr aber berichtete er vom gesellschaftlichen, künstlerischen, politischen Leben der Stadt. Ludwig wollte wissen, ob es auch in Preußen zu Krawallen gekommen sei. Gottholds Stirne verdüsterte sich. Er blickte zu Boden, spielte mit einem Strohhalm und sagte:

»Nein. Dazu haben sie zu großen Respekt vor der Ordnung. Die Preußen werden niemals unruhig sein, es sei denn, man befiehlt es ihnen. Dann wären sie allerdings unruhig, und das gründlich. Aber die preußische Regierung befiehlt ihren Untertanen keine Unordnung, denn sie liebt die Ordnung. Deswegen macht man bei uns auch alles im geheimen. Jetzt ist unsere Regierung bereits so weit gegangen, allen jüdischen Teilnehmern an den Befreiungskriegen den Anspruch auf die feierlich zugesicherte Versorgung zu entziehen. Auch das macht man in Preußen korrekt, und so hat die Regierung dort dekretiert: ›Wenn auch der mosaische Glaubensgenosse durch die freiwillige Teilnahme an den Feldzügen 1813-1814 gleiche Ansprüche auf die Versorgung im Staatsdienste erworben hat, kann er jedoch solche des jüdischen Glaubens wegen nicht geltend machen.‹ Und so läßt man bei uns in Preußen jüdische Juristen nicht mehr zum Rechtsanwaltsberuf zu, jüdische Ärzte bekommen keine staatliche oder kommunale Anstellung, ja sogar die Verordnung, derzufolge wir Juden zum akademischen Lehrberuf zugelassen wurden, ist nun vom preußischen König inhibiert worden.«

Gotthold war erregt aufgesprungen und vor Ludwig hingetreten, den Kopf erhoben, stolz wie ein Kämpfer: »Ich muß dir etwas gestehen, Vater! Ich studiere nicht mehr! Ich kann nicht trockenes Zeug lernen, wenn mich das Leben ruft!«

»Wenn es weiter nichts ist, mein Junge!« sagte der Alte lächelnd.

»Du zürnst mir gar nicht?«

»Nein, mein Sohn. Warum sollte ich auch? Ich fürchtete fast, daß du mir eine ärgere Dummheit einzugestehen hättest.«

»Das sagt du, Vater, der du das Studium über alles liebst?«

»Aber ich bin nicht du, mein Junge. Jeder hat sein eigenes Leben. Darf ich dich daran hindern, das deinige zu leben, wie du es willst?«

»Ich danke dir, Vater!« sagte Gotthold, ergriff die Hand des Vaters und küßte sie.

»Und was willst du beginnen, Gotthold?« fragte Ludwig.

»O, Vater!« rief der Jüngling und war wieder aufgesprungen. »Es gibt so viel zu tun! Wir Juden müssen uns unsere Rechte erkämpfen. Erkämpfen müssen wir uns sie! Wir haben bisher immer die Hände in den Schoß gelegt und gewartet, bis uns ein gütiger Monarch bürgerliche Freiheit und Gleichstellung mit den anderen Bürgern des Staates als Geschenk bringt. Aber das Leben macht uns keine Geschenke. Wir Juden müssen darum kämpfen.«

»Und wie willst du darum kämpfen, mein Sohn?«

»Es gibt nur einen Weg für mich! Ich will Journalist werden. Wir haben bereits zwei große jüdische Zeitungen in Berlin. Ich und mein Vetter Saul haben große Pläne, wir wollen etwas schaffen, was es noch nie gegeben hat auf dem Gebiete des Kampfes um die Wahrheit …«

Der Jüngling wollte etwas … Was wollte er nur? Ludwig erfaßte es nicht. Er war sehr müde und konnte den Worten des Sohnes nicht mehr folgen. Aber war es denn wirklich so wichtig, was dieser und andere seiner Art wollten? War es nicht genug, daß sie überhaupt etwas wollten? Ja, er war müde, so müde. Lächelnd war Ludwig Ascher eingeschlafen.

Das sechzehnte Intermezzo

Doktor Ascher begleitete Eva zu dem alten Komponisten, den er mit ihr erst vor wenigen Wochen besucht hatte. Unterwegs berichtete Eva, daß es dem alten Herrn schlecht ginge, nur durch Zufall habe sie davon Kenntnis bekommen und wolle nun nach dem Rechten sehen. Langsam stiegen sie die Treppen hinauf, in den Gängen roch es wieder nach angebrannter Milch und faulem Obst. Sie läuteten und mußten lange warten, bis ihnen geöffnet wurde. Sie hörten ein Schlurfen nackter Füße, dann fragte jemand durch den Türspalt nach dem Begehr. Eva rief: »Ich bin's, Onkel!«

»Einen Augenblick, bitte!« Der Komponist ließ die Türe offen und war schon zurück in seinem Zimmer.

Ascher und Eva folgten langsam, und als sie den Raum betraten, lag der alte Mann bereits wieder in seinem Bett. Das Zimmer war noch schmutziger, als es Ascher in Erinnerung hatte. In einem schmalen eisernen Feldbett lag der Komponist, das rundliche Gesicht schien fahler geworden, und das weiße Haar hing noch länger über die Schulter. Eva zankte sogleich beim Eintritt: Warum er denn keinen Dienstboten habe, warum er selbst koche, ob denn niemand zu seiner Betreuung da sei, viele Fragen in einem Atemzug, auf die auch ein Gesunder nicht hätte antworten können. Der alte Mann lag da und lächelte. Dies alles wäre nicht so arg, meinte er, er bedürfe keiner weiteren Pflege, er habe sich niemals bedienen lassen, und was seine Gesundheit anlange, so sei es mit dieser nicht böse bestellt, eine kleine Verkühlung, nichts weiter. Und im gleichen Atemzuge erkundigte er sich, was ihr Vater mache, ob sie Nachricht habe, ob Amerika dem Meister bereits zu Füßen liege, warum Eva noch in Wien weile und diesem Lande nicht schon längst den Rücken gekehrt habe?

Eva berichtete kurz, und Doktor Ascher betrachtete den alten Mann im Bett. Die Blässe der Haut, die tief in den Höhlen liegenden Augen, die fiebrig glänzten, sprachen eine nur allzu deutliche Sprache. Eva, die im Zimmer ein klein wenig Ordnung zu machen versuchte, gab dem Alten eine Reihe energischer Belehrungen, er habe genug für fremde Leute gesorgt, und wenn er ihr nicht fest verspreche, sich künftighin zu schonen, würde sie dafür sorgen, daß er ins Spital käme. Der Kranke lächelte schwach. Nein, damit schrecke sie ihn gewiß nicht. Kein Spital außer dem jüdischen nähme heute alte Juden auf, und das jüdische Gemeindespital sei gewiß über- und übervoll. Vor kurzem erst habe er dort einen seiner Schützlinge besucht und feststellen können, welche ungeheure Not und Angst in der Judenschaft Wiens herrsche. Eva wollte dem Redefluß des Kranken Einhalt gebieten, doch Ascher gab ihr einen Wink, und sie ließ den Alten sprechen.

»Ich weiß gar nicht, wie das alles noch werden soll«, sagte der Komponist. »Ich habe den Eindruck, daß es so nicht mehr lange weitergehen kann. Ich weiß nicht, wovon die Wiener Juden ihr Leben fristen. Ich will Wien ja nicht verlassen, aber ich bin jedesmal froh und glücklich, wenn es einem anderen gelingt.«

Eva erkundigte sich nach den beiden Männern, die sie das letzte Mal hier angetroffen hatte.

»Der alte Süß ist in Paris, der junge kämpft irgendwo in Spanien. Ich weiß nicht, warum er das tut. Er ist kein Kommunist, erklärte mir aber, er müsse kämpfen aus Protest gegen das Unrecht, das ihnen angetan wurde. Ich verstehe das nicht recht, denn er kämpft doch auf einem anderen Boden und gegen andere Bedränger ...«

»Es sind die gleichen!« ließ Eva vernehmen.

Der alte Mann machte eine kleine Pause und fuhr fort: »Vielleicht werden bald andere Völker mehr leiden, vorläufig leidet am meisten die Judenschaft. Man sollte glauben, daß das Maß unserer Leiden längst voll sei. Und ist es nicht bewunderungswürdig, daß die Juden unter alldem noch nicht zusammengebrochen sind? Nur wenige von uns haben das Leben fortgeworfen. Da behauptet ein dahergelaufener Geselle, er wolle ein Volk zum Heroismus erziehen. Aber ich glaube, es gibt gar kein heroischeres, tapfereres Volk als uns.«

Der Kranke hustete, und Doktor Ascher wollte ihn am weiteren Sprechen hindern. Also begann er selber zu reden. Gern hätte er dem Gespräch eine andere Wendung gegeben, aber er verstand nur zu gut, daß der alte Mann von dem Thema nicht würde abgehen können. Also berichtete er zögernd von dem, was er in den Zeitungen gelesen hatte. Es schien ihm, so sagte er, als wolle man die Bevölkerung von neuem gegen die Juden aufhetzen. Die Zeitungen der letzten Tage seien voll von versteckten Anspielungen und Drohungen. Uralte Traktate gegen die Juden würden dazu herangezogen.«

»Ich glaube, Sie verstehen die Deutschen noch immer nicht«, meinte der Kranke nachdenklich. »Was wir heute in Deutschland erleben, ist nur eine folgerichtige Entwicklung. Ich weiß, Sie werden protestieren und sogleich auf Goethe und Kant und das gesittete Deutschland verweisen. Aber das war nur eine kurze Episode, das wahre Deutschland ist das von Rühs, Fries und Hitler!«

Doktor Ascher starrte vor sich hin. »Ich fürchte, es wird wieder etwas gegen uns zusammengebraut.«

»Leicht möglich, Herr Doktor. Die Sensation mit dem Sudetenland ist vorbei, man muß dem Volk Neues bieten. Nicht jeden Tag kann es eine Sensation auf politischem Gebiet geben, und um die Pausen auszufüllen, sind wir Juden immer gut!«

»Wenn man euch so zuhört«, rief Eva – sie hatte die Ärmel ihres Kleides in die Höhe geschlagen und reinigte das Geschirr –, »wenn man euch so zuhört, könnte man meinen, die Welt habe nur einen einzigen Mittelpunkt, nämlich die Juden. Seht ihr denn nicht, daß dieser Nationalsozialismus eine Weltgefahr ist und nicht bloß eine Katastrophe für das Judentum?«

»Mein liebes Kind«, hub der Komponist ruhig und bedächtig an, »mein liebes Kind, du irrst! Diese Neudeutschen sind so wenig eine wirkliche Gefahr für die Welt wie für uns Juden. Beide werden diese Narretei überleben. Gewiß, wie der Deutsche heute uns Juden martert, so wird er morgen die gesamte Menschheit drangsalieren. Aber am Ende wird er dadurch unwillkürlich Abscheu gegen überkommene Formen der Gewalt und Barbarei erwecken!«

»Sind Sie dessen so sicher?« fragte Ascher mit leiser Stimme und sah zu Boden. »Wie wär's, wenn er einstweilen noch Siege erränge, wenn er an Macht gewänne und das Böse sich verbreite über die Erde?«

»Sie sind verrückt!« Der Komponist richtete sich im Bett auf. »Glauben Sie auch nur eine Sekunde ernsthaft, daß die Barbarei über die Kultur siegen kann?«

Er schrie und hustete stark. Eva warf dem Doktor einen strafenden Blick zu, was sie aber selbst nicht hinderte, in die Debatte einzugreifen. »Wenn die Barbaren die besseren Waffen haben, werden sie eben siegen!«

»Glaubst du, die Welt hat geschlafen? Glaubst du auch nur einen Augenblick lang, daß große Länder wie England und Frankreich nicht gegen den Weltfeind gerüstet sind? Die Welt wird im richtigen Augenblick vereint zusammenstehen, um der Gefahr zu begegnen.«

Eva sah, daß Doktor Ascher bereit war, Zweifel zu äußern und warf ein: »Laßt uns lieber von Musik sprechen. Musik ist wichtiger als dieser Unsinn! Hast du etwas komponiert, Onkel?«

Der Alte schüttelte traurig das mächtige Haupt. »Nein. Seit dem 11. März habe ich nichts mehr gearbeitet. Nun, vielleicht ist das gut so. Wie oft hatte ich nicht schon vorher hören müssen, daß meine Zeit vorüber ist? Wer wagt denn heute noch von Kunst zu reden? Ist das nicht auch alles nebensächlich geworden, wenn man das ungeheure Leid der Menschheit vor Augen sieht?«

»Kunst ist niemals überflüssig!« rief Eva. »Denk doch an Vater! Er würde dich prügeln, wenn er dich so reden hörte! Für ihn ist Kunst wichtiger als alles andere.«

Es läutete. Die Abendzeitung wurde gebracht. Während Eva weiter aufzuräumen versuchte, las Ascher aus der Zeitung vor. Eine Nachricht nahm das Interesse der beiden Männer in Anspruch. In Paris war ein junger Jude, kaum dem Knabenalter entwachsen, in die Räume der deutschen Botschaft eingedrungen und hatte einen Schuß auf einen Beamten abgegeben. Was der Grund seiner Tat war, ging aus den Zeitungsmeldungen nicht klar hervor. Die Eltern des Attentäters Herschel Grynspan waren von den deutschen Behörden ausgewiesen und an die polnische Grenze gestellt worden. Polen ließ die Abgeschobenen nicht ein. Sie blieben irgendwo im Niemandsland. Offenkundig war es die Verzweiflung über das Schicksal der Eltern, die den Jüngling hatte zur Waffe greifen lassen. Dies ging aber aus der Darstellung der Zeitung nicht hervor, vielmehr wurde die Tat als ein feiger Mord der Juden dargestellt.

»Nun also! Es scheint loszugehen! Wieder einmal!« sagte Ascher und faltete das Blatt zusammen. »Ich habe so etwas schon während der letzten Tage befürchtet. Es lag in der Luft.«

»Sie werden doch nicht glauben, daß die Nazis diesen Mordanschlag inszeniert haben!« rief Eva.

»Das weiß ich nicht! Es wäre nicht der erste Reichstagsbrand! Aber daß der Mord ihnen sehr gelegen kommt, ist sicher«, sagte Ascher. »Und ich fürchte, daß die Ereignisse der nächsten Tage mir recht geben werden!«

»Ihr seid ja alle miteinander verrückt!« sagte Eva. »Völlig verrückt! Was können die Juden dafür, daß ein halbwüchsiger Junge aus Gott weiß was für Motiven geschossen hat?«

Als sie wieder auf der Straße waren, begegneten sie kleinen und größeren Trupps uniformierter Knaben und Jünglinge. Alle zogen sie von der Stadt her in die jüdischen Wohnviertel. »Juda verrecke!« tönte es hundertstimmig. »Juda verrecke!« Und von jugendlichen Stimmen gesungen, klang es in den abendlichen Himmel: »Wenn Judenblut vom Messer spritzt!«

Eva war blaß geworden und hatte sich in Aschers Arm gehängt. Sie hielt das nächste freie Taxi an, schob Ascher in den Wagen, stieg nach ihm ein und rief dem Chauffeur ihre Adresse zu.

Eva fand ihr Gleichgewicht wieder. Sie richtete ihre Haare und sagte mit Kommandostimme: »Sie werden heute bei uns nächtigen!«

»Aber Eva! Das geht doch nicht! Das ist unmöglich! Jetzt haben Sie es auf einmal mit der Angst bekommen, nicht wahr?«

»Angst? Nein. Aber bei wilden Tieren kann man nie wissen, wozu sie fähig sind, man muß sich rechtzeitig gegen sie schützen. Sie schlafen bei uns und basta!«

»Aber nehmen Sie doch Rücksicht auf Ihre Mutter! Bedenken Sie, was geschehen könnte, wenn man einen Juden in einer arischen Wohnung antrifft!«

»Ich bin keine Arierin!« schrie Eva.

»Aber Ihre Mutter!«

Eva senkte den Ton ihrer Stimme, ergriff die Hand Aschers und sagte leise: »Sie müssen mit mir kommen! Ich hätte keine ruhige Minute, wenn ich Sie allein wüßte!«

Ascher war erschrocken, zugleich ging ein Schauer durch seinen Körper. Niemals noch hatte er Eva so sanft erlebt.

Siebzehntes Kapitel
Der Mann in der Matratzengruft

Gotthold Ascher stieg die steilen Stufen zur Behausung des Dichters hinauf, die in der Avenue Matignon, hart an den Champs Elysées gelegen war. Nun stand er vor der Türe. Er klopfte. Eine Mulattin öffnete ihm und führte ihn in ein helles Gemach, in dem es aussah wie im Laden eines Trödlers. Allerlei Kram stand auf den Möbeln, lag auf dem Boden. Ehe sich der Besucher noch recht umsehen konnte, kam die Mulattin wieder und führte ihn in ein anderes Zimmer, aus dem jemand mit leiser Stimme rief: »Entrez!«

Gotthold trat ein und konnte sich im ersten Augenblick nicht zurechtfinden. Die Vorhänge in dem Zimmer waren heruntergelassen, und es drang kaum Licht herein. Von irgendwo tönte eine Stimme: »Treten Sie nur näher, Herr Ascher!«

Die Augen des Besuchers hatten sich inzwischen an die Dunkelheit gewöhnt, und Gotthold sah einen Mann, der im Bett saß. Ein kleines Gebirge von weißen, weichen Kissen im Rücken des Kranken ermöglichte diese merkwürdige Stellung.

»Hier muß irgendwo ein Sessel stehen, Herr Ascher. Ziehen Sie ihn an mein Bett. Sollten Bücher oder sonst etwas darauf liegen, dann geben Sie die Dinge gütigst auf den Fußboden, das macht so gut wie gar nichts – auf ein bißchen mehr oder weniger Unordnung kommt es hier nicht mehr an. Könnten Sie den Vorhang ein klein wenig hinaufziehen? – So, genug, danke! Ich will wenigstens einigermaßen Ihr Gesicht sehen.«

Der Dichter führte die feine, fast durchsichtige Hand ans rechte Auge, hob das Lid empor und sagte nach einer Weile: »Eine etwas umständliche Art des Schauens. Aber was will man machen? Die Sehkraft des anderen Auges ist schon völlig erloschen. Jetzt weiß ich, wie Sie aussehen, Herr Ascher! Aber bitte, schließen Sie wieder den Vorhang. Strenge Vorschrift des Arztes. Dieses Augenleiden ist so ein kleines Zusatzgeschenk des höchst gerechten und gütigen Himmels, da ich doch offenbar an meinem Knochenleiden nicht genug habe. Übrigens ist es noch lange nicht ausgemacht, daß es sich um ein Knochenleiden handelt. Aber genug von mir!

Sie kommen direkt aus dem Land der Cherusker und Teutonen in mein schönes Paris? Sie kennen die Stadt schon von früher?«

»Nur flüchtig! Ich war zweimal auf der Durchreise hier.«

»Wie beneide ich Sie! Wir herrlich muß es sein, Paris zum ersten Mal zu erleben! Sind Sie beruflich hier?«

»Ich beabsichtige, bei zwei reichen Glaubensgenossen einen kleinen Pumpversuch im Interesse unserer jüdischen Zeitung in Berlin zu unternehmen, bei Rothschild und Fould.«

»Ein höchst löbliches Ziel, Herr Ascher, und ich wünsche Ihnen Erfolg. Sie sollten sich zuerst an Baron Rothschild halten, dann wird der andere auch sein Scherflein beitragen ... Übrigens, Herr Ascher, Sie verdanken es nur Ihrer Wirksamkeit in der Tragödie von Damaskus, daß ich Sie empfange. Ich muß haushälterisch mit meiner Zeit umgehen. Ich leide viel Schmerzen, und wenn ich physisch nur halbwegs dazu in der Lage bin, muß ich arbeiten. Ich habe noch unendlich viel zu tun! Sie sind eine Ausnahme, Herr Ascher. Sie haben dort gute Arbeit geleistet. Ich habe alle Ihre Aufsätze und Berichte über diese ekelhafte Affäre gelesen.«

»Ich kann mich für diese schmeichelhaften Worte nur revanchieren, indem ich Ihnen sage, daß ich natürlich alles gelesen habe, was Sie über diesen Gegenstand in der ›Augsburger Allgemeinen Zeitung‹ drucken ließen. Daß ich einen Heine lese, ist nur selbstverständlich, doch daß ein Heine die Arbeiten eines jüdischen Journalisten in einer jüdischen Zeitung liest, ist schon etwas! Ich fühle mich geehrt!«

»Wir haben von verschiedenen Standpunkten aus geschrieben, Herr Ascher. Sie haben für die Juden in Damaskus gekämpft, es war ein tapferer Kampf. Ich habe jetzt heraussuchen lassen, was ich damals hierüber drucken ließ. Ich will einen neuen Band Prosaschriften zusammenstellen. Man kann nicht alles dem Herausgeber des Nachlasses überlassen. Manches sehe ich heute allerdings anders. Vielleicht können Sie mir in Ihren Worten schildern, wie Sie den Fall sehen.«

»In meinen Augen«, begann Gotthold Ascher, »stehen die Tatsachen fest. Im Februar 1840 wurde im syrischen Damaskus ein dort seit vielen Jahren ansässiger Kapuzinermönch, Pater Thomas, ermordet aufgefunden. Tags zuvor war er im Judenviertel gesehen worden. Ein Grund für den Mord konnte nicht entdeckt werden. Aber bald wurden Gerüchte laut, die Juden hätten den Pater erschlagen, weil sie Christenblut zur Herstellung ihrer Passahbrote benötigten. Das Gerücht wurde zuerst von katholischen Mönchen in Umlauf gesetzt. Der französische Konsul, Graf Ratti-Menton, war jedenfalls ein sehr gefügiges Werkzeug der Mönche. Im Einvernehmen mit dem türkischen Gouverneur wurden ein paar Juden festgenommen. Man verabreichte ihnen die Bastonade, schlug sie, bis sie umfielen. Sie gestanden nicht, weil sie nichts zu gestehen hatten. Darauf griff man zu probateren Mitteln. Man sperrte ihre Kinder ein, Knaben und Mädchen von drei bis zehn Jahren, ließ sie hungern, die Kinder schrien, die Gefangenen konnten das Schreien hören. Aber kein Geständnis folgte. Dann verschärfte man die Tortur noch weiter, es wurden richtige Folterwerkzeuge in Anwendung gebracht. Einer der gefangenen Juden starb im Verlauf des Verfahrens, ein anderer trat zum Islam über, die anderen gestanden. Der französische Konsul war zufrieden. Nun folgte ein Massaker auf das andere, in Rhodos, Smyrna, Beirut, überall ging es gegen die Juden los. So standen die Dinge, als ich davon erfuhr. Ich reiste sogleich nach Damaskus. Fragen Sie mich nicht, was für ungeheures Elend, welch entsetzlichen Jammer ich dort antraf. Ich tat, was ich konnte. Ich rief die Welt zum Protest auf. Ich hatte Erfolg. Der Londoner Rothschild half, Juden in Istanbul standen bei, das Gewissen erwachte, nicht nur das der Juden. Endlich gab der Sultan den Befehl, den Fall im Diwan zu untersuchen. Die Schuldlosigkeit der Juden wurde festgestellt. Was Ihr Freund, der Anwalt Adolphe Crémieux, was aber insbesondere die Engländer leisteten, das kann man nicht hoch genug preisen! Immerhin gelang es dem englischen Premierminister Palmerston, die türkischen Behörden zu veranlassen, ein aus den Konsuln Englands, Österreichs, Rußlands und Preußens bestehendes Sondergericht mit der Untersuchung des Falles zu betrauen. Aber die französische Regierung widersetzte sich. Thiers, der französische Ministerpräsident, glaubte seinen Konsul decken zu müssen. Da setzte eine grandiose Kampagne in der englischen Öffentlichkeit ein, Robert Peel stellte seine berühmte Anfrage im Unterhaus, es folgten große Protestkundgebungen in London und New York, und Königin Viktoria stellte Sir Moses Montefiore ihr Staatsschiff zur Verfügung, um mit anderen die Reise ins Morgenland anzutreten. Die eingekerkerten Juden wurden freigelassen. Sieben waren von den Folterqualen verstümmelt, vier waren gestorben, nur zwei waren ohne argen Schaden davongekommen. Was wir Juden in diesem Fall taten, war nur selbstverständlich. Wir standen für unsere unschuldigen Glaubensbrüder ein. Was aber die englische Öffentlichkeit getan hat, das erweckt in mir die Hoffnung, daß doch einmal eine bessere Welt kommen wird. Sie wird, Meister, ich bin davon durchdrungen, sie wird von England aus ihren Siegeszug antreten!«

»Vieles ist mir durch Ihre Worte wieder lebendig geworden«, sagte der Dichter. »Ich erinnere mich, man sagte damals den französischen Juden nach, für ihre unglücklichen Glaubensbrüder in Damaskus einen großen Eifer an den Tag zu legen und zur Ehrenrettung ihrer verleumdeten Religion kein Geldopfer zu scheuen. Aber in Wirklichkeit war dies leider nicht der Fall. Die Juden in Frankreich sind gerade ebensolche Franzosen wie die anderen, das heißt, sie haben Anwandlungen von Enthusiasmus, die 24 Stunden und bei Schönwetter sogar drei Tage andauern können. Die meisten Juden hier üben nur noch äußerlich den Ritus, ihnen ist, wie den anderen Franzosen, nur das Gold der Gott des Tages und die Industrie die herrschende Religion. Man überschätzt die Juden. Ihre Geldkräfte sind groß, aber ihr Geiz ist noch weit größer! Es ist eine klägliche, alte, immer noch nicht abgenutzte Erfindung, daß man demjenigen, der zur Verteidigung der Juden seine Stimme erhebt, unsaubere Geldmotive zuschreibt. Wer für einen Juden eintritt, ist in den Augen der Judenfeinde entweder von den Juden bestochen oder selbst ein Jude. Und so wurden damals die Konsuln Englands, Rußlands, aber merkwürdigerweise auch Preußens taxfrei zu Juden befördert. Viele dieser Märchen über uns Juden stammen witzigerweise von uns selber. Unter den getauften Juden sind viele, die aus feiger Hypokrisie über Israel noch ärgere Mißreden führen als dessen geborene Feinde.«

Gotthold lachte laut auf.

»Warum lachen Sie?« fragte der Dichter. »Sie denken wahrscheinlich daran, daß ich selbst die Taufe empfangen habe. Es täte mir leid, wenn Sie sich über die Gründe dieser Handlungsweise irgendeine Illusion machen sollten, oder wenn Ihnen gar mein Getauftsein in einem günstigeren Lichte erscheinen sollte.«

Wiederum lachte Gotthold.

»Warum lachen Sie, Herr Ascher?« fragte der Dichter.

»Weil ich glaube, daß Sie Heine nicht verstehen, Herr Heine!«

»Nun, Sie können es mir ja gelegentlich erklären … Doch ich meinte das vorhin gar nicht so witzig. Ich finde, die Motive, die mich zum Austritt aus dem Judentum bewogen haben, sind die einzig ehrlichen und gutzuheißenden. Ich wollte einen Nachteil für mich vermeiden. Ich habe mich getäuscht, ich erhielt die erwartete Anstellung nicht. Wer sich aber ohne triftigen Grund taufen läßt, ist entweder ein Narr oder ein Lump!«

»Ich glaube, Herr Heine, Sie waren nie ein so guter Jude wie nach ihrer Taufe!«

»Sie haben gar nicht so unrecht! Ich habe zwar auch nachher noch so manches über Juden geschrieben, was mir heute nicht ganz recht ist, aber niemals tat ich das aus Bosheit oder um des Witzes willen. Ich habe immer nur geschrieben, was ich für wahr hielt, auch daß das Judentum keine Religion, sondern ein Unglück ist. Aber keine Wahrheit auf Erden ist endgültig.«

Der Dichter biß sich auf die Unterlippe. Schmerz schien ihn überfallen zu haben. Aber er achtete nicht darauf.

»Ich glaube behaupten zu dürfen, daß mir der Charakter des Mose im Alten Testament einleuchtend aufgegangen ist. Welche Riesengestalt! Ich habe Mose früher nicht sonderlich geliebt, weil ich in meinem Sensualismus dem Gesetzgeber der Juden seinen Haß gegen alle Bildlichkeit nicht verzieh. Ich sah nicht, daß Mose trotz seiner Kunstfeindlichkeit selber ein großer Künstler war: Er baute Menschen-Pyramiden, meißelte Menschen-Obelisken, nahm einen armen Hirtenstamm und schuf daraus ein Volk … Wie über den Werkmeister habe ich auch über das Werk, die Juden, nicht immer mit hinlänglicher Ehrfurcht gesprochen. Aber Tat und Wesen der Juden sind der Welt nicht bekannt. Man glaubt sie zu kennen, weil man ihre Bärte gesehen hat, mehr kam ja für die Nichtjuden nie zum Vorschein.«

»Wir haben doch immerhin eine stattliche Literatur, und seit einiger Zeit kann man von uns beträchtlich mehr sehen als unsere Bärte!«

»Glauben Sie? Blicken Sie doch nur selbst in den Spiegel, oder betrachten Sie mich: Sie und ich, wir tragen die gleichen Bärte wie die anderen Menschen auf der Straße auch. Und wir können uns noch so sehr in unserer Literatur erklären wollen, den andern fehlt doch der Sinn für uns Juden. Wenn man uns verstünde, könnte man uns dann so maßlos hassen? Den Juden verdankt die Welt nicht nur ihren Gott, sondern auch dessen Wort, die Bibel. Von wem ist sie denn geschrieben, wenn nicht von Juden? Sie sehen, meine Vorliebe für Hellas hat abgenommen. Ich weiß jetzt: Die Griechen waren nur schöne Jünglinge, die Juden aber waren immer Männer, nicht bloß ehemals, sondern bis auf den heutigen Tag. Wenn nicht jeder Geburtsstolz bei einem alten Revolutionär und Demokraten ein närrischer Widerspruch wäre, würde ich stolz darauf sein, daß ich ein Abkömmling jener Märtyrer bin, die der Welt einen Gott und eine Moral gegeben und die auf allen Schlachtfeldern des Gedankens gekämpft und gelitten haben!«

Heine schwieg und fuhr nach einer Pause wieder fort: »Wir tragen nicht mehr einen richtigen Judenbart, wir tragen unsere Bärte so wie die anderen, wir haben auch nicht mehr die Kraft zu hassen und aus Haß zu dulden! Das ist das Motiv zu unserer Reformation. Man will dem Judentum neue Kulissen und Dekorationen geben oder gar ein evangelisches Christentümchen unter jüdischer Firma. Zum Glück wird dieses Haus nicht lange Kredit haben, seine Wechsel auf die Philosophie kommen mit Protest zurück. Es muß Bankrott machen! Man kann das Judentum nicht versüßen, man kann daraus keine Mehlspeise mit Schokoladentunke machen!«

Plötzlich verzerrte sich das Antlitz des Dichters wieder. Ascher reichte ihm Wasser, Heine wehrte ab. Der Besucher, dessen Herz sich bei diesem Anblick verkrampfte, rief um Hilfe. Die Mulattin kam, zeigte aber keinerlei Besorgnis, bettete den Kranken nur höher und verließ wieder den Raum.

Heine hatte sich erholt und sagte lächelnd: »Sie müssen entschuldigen, Doktor Ascher. Ich leide unaufhörliche Schmerzen. Selbst meine Träume sind nicht frei davon. Gestern hing ich als Johann von Leyden in einem Käfig in der Luft und meine Schmerzen saßen als wilde Traumbilder um mich herum. Die Krämpfe steigen immer höher hinan, und da liegt man und wartet, bis sie ans Herz kommen. Ich kann jetzt eigentlich nur mehr die Hände frei bewegen. Und all dies muß ich ohne Religion ertragen, mein Lieber. Aber freilich habe ich das Opium. Von der engen Verwandtschaft zwischen Religion und Opium wagen die meisten Menschen nicht zu träumen ... Wissen Sie, was jetzt die Parole meines Lebens ist? Die beiden schlichten Worte: ›Nicht mehr!‹ Ich werde nicht mehr spazieren gehen können durch mein geliebtes Paris, ich werde nicht mehr den Glanz der Sonne und den noch stärkeren schöner Frauen sehen. Es sind zwei erdrückende Worte. Ja, es geht mir sehr schlecht, mein Lieber. Sagen Sie das in Deutschland. Oder sagen Sie es lieber nicht, es würden sich zu viele vorzeitig freuen. Korrekterweise hätte ich schon in der vergangenen Woche sterben sollen. Aber da starb gerade der Kanarienvogel meiner Frau, an dem sie so hing, und Sie begreifen gewiß, daß ich ihr in dieser Woche nicht noch einen zweiten Schmerz zufügen konnte ... Übrigens habe ich noch einiges zu arbeiten, ehe ich sterben darf.«

»Sie arbeiten, Herr Heine?« entschlüpfte es Gotthold.

»Gewiß. Ich diktiere. Ich ordne die Gesamtausgabe meiner Werke. Ich habe es Campe, meinem Verleger, versprochen. Sie kennen ihn ja, früher läßt er mich doch nicht sterben! Aber sprechen wir von anderen Dingen. Lassen Sie uns von Deutschland reden!«

»Von Deutschland? Wird Sie das nicht zu sehr aufregen?«

»Natürlich wird es mich aufregen! Aber ich will mich aufregen! Ach, dieses Deutschland, dieses verfluchte und geliebte Deutschland! Wie möchte ich meine Franzosen und die ganze Welt vor diesem Deutschland warnen, wie laut möchte ich es der Welt in die Ohren brüllen, daß sie sich zu hüten hat vor diesen deutschen

Menschen, die sich für die schlechteste Sache schlagen, wenn sie einmal Handgeld empfangen haben. Sie schlagen sich mit seufzendem Herzen, schlagen sich gegen besseres Wissen. Sie können sich nicht entschließen, ihre Fahne zu verlassen, selbst wenn auf dieser Fahne nur Raub und Mord stehen und diese rot von unschuldig vergossenem Blute ist. In schlaflosen Nächten liege ich da und fürchte mich vor den deutschen Missetaten, die noch kommen werden ...«

Heine hatte die letzten Worte nur geflüstert. Er schien eingeschlummert zu sein. Ein schmerzhaftes, trauriges Lächeln spielte um seinen Mund.

Auf Zehenspitzen verließ Gotthold Ascher das Gemach und die Wohnung.

Das siebzehnte Intermezzo

I.

Der Tag, an dem bekannt wurde, daß der bei dem Pariser Attentat verletzte deutsche Beamte seinen Verwundungen erlegen war, verlief noch ruhig. Erst am Abend, zu einer bestimmten Stunde, setzte die Verfolgung ein. Doktor Ascher hatte den Tag planlos im Wald herumstreifend verbracht. Eva wollte nicht, daß er seine Wohnung aufsuche oder sich in der Stadt blicken lasse. Für den Abend hatten sie sich bei der einsamen Bank am Waldrand in Hütteldorf verabredet. Der Doktor mußte lange warten und war beunruhigt, denn Eva haßte jede Verspätung. Schon brach die Finsternis herein. Endlich erschien sie, außer Atem, das Haar hing ihr in die Stirn.

»Die Pessimisten haben immer recht!« begann sie statt einer Begrüßung. Sie ließ sich ermüdet auf die Bank fallen, zündete sich eine Zigarette an und berichtete:

In den späten Nachmittagsstunden sei das Unheil losgebrochen. Zu einer bestimmten Stunde, anscheinend von Berlin aus festgesetzt, habe die deutsche Volksseele befehlsgemäß zu kochen begonnen. Obwohl die Todesnachricht schon in den Morgenzeitungen zu lesen war, blieb vorerst alles ruhig. Erst gegen Abend zogen Gruppen junger Leute, antisemitische Hetzrufe ausstoßend, durch die Straßen, aber die Bevölkerung, an derartige Umzüge gewöhnt, habe sie kaum beachtet. Bald sprach sich aber herum, daß das Schauspiel, das nun geboten werden sollte, Bisheriges zu überbieten versprach. Eine ungeheure Verhaftungswelle hatte eingesetzt, man habe die Juden aus ihren Wohnungen geschleppt, in den Straßen verhaftet, viele Tausende, wahllos habe man sie zusammengefangen. Die Gefängnisse seien überfüllt, und alle würden, heiße es, in Konzentrationslager verschickt.

Ascher wunderte sich, daß ihn diese Schilderung so ruhig ließ. War denn schon alles in ihm erstorben? Er hatte das Unheil vorausgeahnt. Eva rauchte eine Zigarette nach der anderen. Jetzt berichtete sie weiter: Sie habe sich noch in den Abendstunden mit

Doktor K. ins Einvernehmen gesetzt; es wäre nicht einfach gewesen, ihn zu erreichen. Er habe ihr versprochen, die Papiere für den Freund noch im Laufe der Nacht zu beschaffen, und sie habe nicht locker gelassen, bis er zusagte, die Dokumente selbst in ihre Wohnung zu bringen. Noch in der Nacht oder spätestens am nächsten Morgen müsse Ascher das Land verlassen.

Der Doktor hörte lächelnd zu. Er wußte, daß jeder Widerstand gegen diese Anordnungen nutzlos war. Arm in Arm schlugen sie dann den Weg nach Hietzing ein, es war schon tiefe Nacht, als sie die Villa erreichten. Wie Diebe schlichen sie ins Haus. Eva bereitete Tee. Das warme Getränk tat Ascher wohl, langsam und mit Genuß trank er. Eva hatte einen kleinen Handkoffer herbeigeschafft und verpackte darin etwas Wäsche, die ihrem Vater gehörte.

»Sie können nicht ohne Gepäck fahren, es wäre zu auffallend!« sagte sie. »Ihr eigenes Gepäck wollen wir lieber nicht holen. Vielleicht sucht man Sie bereits in Ihrer Wohnung!«

Es erwies sich, daß sie an alles gedacht hatte, sogar Reiselektüre lag schon vorbereitet.

Lange nach Mitternacht ging das Telefon. Doktor K. meldete seine Ankunft. Eva erwartete ihn vor dem Haustor und geleitete ihn herein.

»Ich danke Ihnen, Sie haben Wort gehalten«, sagte Eva und streckte dem Mann die Hand entgegen. Doktor K. blieb im Mantel, den eleganten grauen Hut hielt er in der Hand.

»Was tut man nicht alles für alte Freunde!« sagte der Anwalt und überreichte Ascher Paß und Dokumente.

»Ich danke dir«, sagte Ascher und fühlte, daß seine Worte armselig und dürftig klangen. Aber schon diese auszusprechen, fiel ihm schwer genug.

»Ich freue mich, dir helfen zu können, obschon ich dabei meinen Kragen riskiere.«

»Großzügig also?« sagte Ascher und dehnte die Worte. »Großzügigkeit ist meist bedenklich. Wärest du anständig geblieben, dann müßtest du jetzt nicht großzügig sein!«

»Aber, aber!« rief Eva und lachte. »Müssen sich denn Männer immer wie kleine Buben betragen, die durchaus miteinander raufen wollen! Der Herr Doktor hat Ihretwegen viel riskiert, das sollten Sie doch anerkennen und alles andere begraben sein lassen, in der Stunde, in der ihr einander vielleicht zum letzten Male seht!«

»Gewiß, gewiß,« brummte Ascher, »aber ich kann nicht vergessen, was er und seinesgleichen mir und meinesgleichen angetan haben!«

»Beruhigen Sie sich, gnädiges Fräulein.« Doktor K. schlürfte behaglich den Tee, den Eva ihm vorgesetzt hatte. »Robert wird nie zwischen der Sache und der Person unterscheiden können, und ich verstehe das sehr gut. Im übrigen bin ich glücklich, auch Ihnen damit einen Dienst erweisen zu können, mein Fräulein, denn Sie müssen wissen, daß ich Ihren Vater sehr verehre. Robert kann bezeugen, wie oft ich mit hochgeröteten Wangen vom Stehparterre aus lauschte, wenn Ihr Vater dirigierte. Es waren Festabende.«

»Und dennoch dürften Sie heute die Wiederholung solcher Festabende in Ihrem geliebten Opernhaus nicht einmal mehr wünschen, da mein Vater Jude ist!«

»Es hat doch keinen Zweck zu wiederholen, was ich schon einmal gesagt habe! Wir befinden uns inmitten eines Reinigungsprozesses historischen Ausmaßes. Ich selbst halte den Antisemitismus für eine höchst überflüssige Belastung und empfinde menschliches Bedauern mit seinen Opfern. Aber vielleicht bin ich im Unrecht, und vielleicht hat unser Führer auch in diesem Punkte recht, wie er schon in anderen recht behielt gegen die Überzeugung und das Wissen so mancher Ganzgescheiter!«

»Es ist widerwärtig«, brauste Ascher auf, »mit einem Gebildeten diskutieren zu müssen, der sich dem Betrug verschrieben hat. Wie liebe ich da noch den einfachen Mob, der es nicht besser versteht und der mit Begeisterung bei der Sache ist, weil er die Juden ungestraft ausplündern und verprügeln darf und noch als Held geehrt, als Mitglied einer besonderen Rasse gefeiert wird! Ihr aber, die ihr dem Mord die Mauer macht, ihr, die ihr lachend die Menschheit wieder ins Massengrab führt, ihr seid das große Unglück dieser Zeit, das wahrhaft Böse ...«

»Könnt ihr einander kein gutes Wort zum Abschied sagen?« fragte Eva. »Freilich, es mag schwer sein für Sie, Doktor Ascher.

Aber hat sich Ihr Freund im großen und ganzen nicht doch als anständig erwiesen?«

»Persönlich sozusagen. Und dafür danke ich ihm auch. Doch gerade wegen seiner persönlichen Anständigkeit bleiben sein Handeln und seine Lebensführung doppelt und dreifach schlecht ... Na ja, Sie haben recht, Eva, wir wollen einander gesittet adieu sagen. Vielleicht darf ich das mit einem Gedicht Heines, den du einst so liebtest ...

Ein Jahrtausend und schon länger,
Dulden wir uns brüderlich,
Du, du duldest, daß ich atme,
Daß du rasest, dulde Ich.«

»Ich könnte dir ja zum Abschied in Erinnerung rufen, daß du nie viel für Heine übrig hattest, daß er dir, dem Juden, zu sentimental, zu spielerisch, zu feuilletonistisch war. Kannst du dich entsinnen? Waren es nicht schöne Zeiten, da wir nur derlei Sorgen hatten?«

»Es waren immerhin die Zeiten des letzten Weltkrieges, der ja wahrscheinlich doch nur eine Idylle war gegen den, den ihr nun anzuzetteln im Begriffe seid ...«

»Leb wohl, Ascher!« sagte K. Er war aufgestanden und reichte dem Freunde von einst die Hand. »Leb wohl, und wenn du mir überhaupt noch zu glauben vermagst, dann glaube mir, daß ich dir alles Gute wünsche. Ich bin froh, daß du hinauskommst.«

Sie reichten einander die Hände. Ascher fühlte einen starken Druck, und er wußte nicht, wie ihm geschah, aber auch er drückte die ihm dargebotene Hand kräftig.

Als Eva, die den Gast noch bis zum Tor geleitete, wieder ins Zimmer trat, dämmerte es draußen bereits. Sie bereitete Ascher ein Lager auf dem Diwan und fegte unbarmherzig alle Lieblingspuppen ihrer Mutter, das Dorchen, das Lieschen, Fiffi und Elschen, auf den Boden. Ascher aber wollte Eva an der Hand festhalten; sie machte sich energisch frei.

»Sie müssen ein paar Stunden schlafen!« sagte sie.

Aber er konnte nicht schlafen.

II.

Wenige Stunden später begleitete Eva den Doktor zum Bahnhof. Sie hatten den Nachmittagszug gewählt, es blieb noch Zeit bis dahin, sie beschlossen, ein Stück Weges zu Fuß zu gehen. Ascher war eigentümlich zumute. Bei jeder Straßenecke mußte er denken: Werde ich dies je wieder sehen? Hier lebte ich fast fünf Jahrzehnte, hier bin ich groß geworden, jeden Stein kenne und liebe ich. Eva ging schweigend neben ihm her.

Mit einem Mal, sie wußten selber nicht wie, gerieten sie in ein Menschengewühl. Menschen ballten sich auf der Straße, und noch immer drängten Neugierige hinzu. Nun erst erkannte Ascher die Situation. Die Leute standen vor einem jüdischen Tempel. War es nicht derselbe, in den er als Gymnasiast gehen mußte … Urplötzlich stand alles wieder vor ihm, der Tag seiner Bar Mizwa, er im schwarzen Anzug, zum ersten Mal in langen Hosen. Ein hoher, steifer Leinenkragen beengte ihn, und er hatte eine fertiggekaufte, breite Krawatte umgebunden, blau mit weißen Punkten. Er saß vorne in der ersten Bank neben dem Vater … Und nun, eben jetzt, wird er zur Thora gerufen. Das Herz schlägt ihm bis zum Hals. Der Vater zupft ihn am Ärmel, man macht ihm Platz, er verläßt die Bank. Wie im Traum steigt er die Stufen zum Podium hinauf. Er sieht Leute, den Vorbeter und den Rabbiner, der sein Religionslehrer ist. Irgendjemand zieht ihn nach vorne. Man hält ihm die Thorarolle entgegen, er soll sie küssen. Man flüstert es ihm zu. Und dann steht er vor dem Betpult und soll das Gebet aufsagen. Er hat es seit Wochen geübt, in der Nacht hat er es noch tadellos gekonnt. Aber nun kann er sich nicht erinnern, kein Wort fällt ihm ein, er möchte vor Schande vergehen. Was wird der Vater da unten sagen, was die Mutter, die auf der Galerie sitzt? Und dann hört er seine eigene Stimme, er erkennt sie nicht, es ist ihm, als bete ein anderer. Dann sitzt er wieder unten beim Vater, der ihm einen Kuß auf die Stirn haucht, nur flüchtig, denn er liebt keine öffentlich zur Schau gestellten Gefühlsregungen. Oben beginnt der Rabbiner mit der Predigt …

Ascher und Eva standen in der Menge eingekeilt. Niemand wußte, was da geschah, niemand sprach ein Wort, alle warteten schweigend. Plötzlich ertönte das gellende, lärmende Signal der Feuerwehr, und schon fuhren vier oder fünf große Löschwagen vor, die Mannschaft sprang von ihren Sitzen, der Offizier als erster. Sie schlossen die Schläuche an die Hydranten an. Aber wo brannte es? Der Offizier sprach mit den Schutzleuten. Sie zuckten mit den Achseln. Robert hörte einen der Wachleute sagen: »Wir wurden herkommandiert, ich weiß auch nicht, warum!« Einen Augenblick lang herrschte Verwirrung, der Offizier gab bereits den Befehl abzurücken, als sich ein junger SS-Mann vordrängte und dem Offizier zurief: »Gedulden Sie sich einen Augenblick! Nur eine kleine Verspätung!« Und richtig, im gleichen Augenblick stürmte von der anderen Seite eine Gruppe junger Uniformierter herbei, brennende Fackeln in den Händen. Sie schrien, stießen wilde Verwünschungen gegen die Juden aus, brachen die Tore des Tempels auf. Nach wenigen Minuten waren die Fenster in Scherben, Gebetbücher, Tempelkleinodien, die Thora, Gebetsmäntel flogen auf die Straße. Schon vernahm man das Prasseln der Flammen und sah den Rauch. Nun endlich durfte die Feuerwehr eingreifen, die Wache drängte die Zuschauer ab.

Endlich waren Eva und Ascher der Menschenmenge entkommen. Eva winkte einem Taxi und rief dem Chauffeur zu: »Franz-Josefs-Bahnhof!«

Der Lenker sprang heraus und öffnete devot den Wagenschlag. Dann sah er sich vorsichtig um und flüsterte den Einsteigenden zu: »Entschuldigen schon, ist der Herr vielleicht Jude – ein Israelite?«

»Ja«, sagte Ascher und sah den Mann fragend an.

»Und will der Herr vielleicht gar ins Ausland verreisen?«

»Was geht denn das Sie an?« fuhr Eva aufgeregt dazwischen.

»Nämlich am Bahnhof, da stehen die Burscherln von der SA und verhaften alle Herren Israeliten, die verreisen wollen ... Ich möchte entschiedenst abraten, entschiedenst, gnädiger Herr! Warten Sie vielleicht noch ein paar Tage, dann wird der Rummel bestimmt wieder aufhören!«

»Ich danke Ihnen!« sagte Doktor Ascher.

»Und wohin fahren die Herrschaften jetzt?«

»Wohin Sie wollen!« antwortete Ascher.

»Nach Hütteldorf!« rief Eva.

»Werden wir gleich haben, bitte sehr, bitte gleich!«

Im Wagen schwiegen beide, blaß und erschöpft.

»Was nun?« fragte Eva nach einer Weile. Sie dachte angestrengt nach. Doktor Ascher wollte sprechen, sie winkte ab. Und nach erstaunlich kurzer Zeit hatte sie wieder einen Plan. Kein Detail fehlte, alles war bedacht. Es bliebe Ascher nichts anderes übrig, als die nächsten Tage irgendwo im Wienerwald zu verbringen. Kein anderer Unterschlupf sei angesichts der gegenwärtigen Jagd auf die Juden sicher. Der Doktor habe jetzt von Hütteldorf zur Sophienalpe zu gehen. Die Wege müsse er meiden und mitten durch den Wald gehen, dort, wo er am tiefsten sei. Übernachten dürfe er in keiner Herberge, nur im Freien, an geschützten Stellen natürlich ... Man merkte ihr an, wie leid es ihr tat, nicht auch diese Stellen angeben zu können. Am nächsten Morgen möge der Doktor dann vorsichtig weitergehen und von der Sophienalpe den Weg nach Hochroterd einschlagen. Von dort aus könne er ruhig die markierten Wege benützen, so weit draußen werde man die Juden gewiß nicht mehr verfolgen. Auf diesem Wege würde er ihr morgen mittags begegnen, ein Verfehlen sei ganz und gar ausgeschlossen. Nichtsdestoweniger erteilte sie sogleich ihre Anordnungen für den Fall, daß sie einander doch nicht begegnen sollten.

Plötzlich ließ sie den Wagen halten. Und ehe sich der Doktor versah, fühlte er ihren Mund auf dem seinen. Es war ein heftiger, herber Kuß. Ascher suchte sie zu halten, aber sie war schon fort.

Achtzehntes Kapitel
Die Reise nach Mirlowitz

I.

Heinrich Ascher litt unsäglich unter der Kälte. Er schlang die Arme um seinen Oberkörper, es half nichts. Er versuchte, in dem engen Eisenbahnabteil ein paar Schritte zu machen, es war unmöglich. Welch eine Wahnsinnsidee war es gewesen, mitten im Winter eine Eisenbahnfahrt durch Rußland zu wagen! Heinrich sah auf die Uhr. Fünf lange Stunden hatte er noch zu fahren, um nach Kislowitz zu gelangen, und von dort waren es noch zwei Stunden mit dem Wagen bis Mirlowitz. Der Zug hielt. Heinrich wollte das Fenster öffnen und Tee verlangen, aber seine Furcht vor der Kälte draußen war so groß, daß er sein Vorhaben wieder aufgab. Er sank auf die Bank zurück und fügte sich apathisch in sein Schicksal. Was hatte er hier nur zu suchen? War die Reise nicht eine Wahnsinnsidee? Aber hatte er sich denn entziehen können, als seine Wiener Glaubensgenossen ihn in die Kommission wählten, die nach Rußland entsandt wurde, um den Opfern der furchtbaren Pogrome zu helfen? Wer hätte sich dieser Aufgabe unterziehen sollen, wenn nicht er, der seit zehn Jahren Witwer war und dessen einziger Sohn Rudolf knapp vor dem Doktor stand? Aber wer hatte ihn gezwungen, nun, nach Beendigung seiner Mission, die Reise nach Mirlowitz anzutreten? Warum all diese Strapazen? Nur weil die Familienchronik berichtet, daß in Mirlowitz ein Teil des russischen Zweiges der Ascherschen Familie beheimatet ist? Ob die Botschaft rechtzeitig angekommen war, die er seinem Vetter Mendel Ascher gesandt hatte? Ein Telegramm, das er von Minsk aus schicken wollte, hatte man nicht entgegengenommen, man hatte nur gelacht, man war stolz, daß man nach Minsk telegrafieren konnte, aber nach Mirlowitz … Mirlowitz und ein Telegraf – haha! Noch dröhnte das Lachen des Beamten in seinen Ohren.

Ascher war in Halbschlummer verfallen. Er träumte von seiner Wiener Wohnung. Wie herrlich wäre es jetzt in seinem Studierzimmer mit dem warmen Kachelofen! Nie hatte er ihn zu würdigen verstanden. War es nicht die selbstverständlichste Sache der Welt, einen Ofen zu besitzen? Was aber hatte er nicht alles in diesen vier Monaten Rußland gesehen, wieviel Kummer und Elend. Nein, er wollte sich jetzt nicht erinnern! Doch die wüsten Bilder standen wieder vor ihm, Menschen ohne Obdach, in deren Augen Angst und Entsetzen standen ... Und all das am Ausgang eines Jahrhunderts, das man stolz das Jahrhundert der Wissenschaft nannte? Er sah sich in Wien, seinen Bericht über die Reise abstattend, er sah die überheblichen, blasierten Gesichter, in denen zu lesen stand: »Das ist nur im zurückgebliebenen, absolutistisch regierten Rußland möglich, aber nicht bei uns, im Herzen des aufgeklärten Europa!«

Vor der kleinen armseligen Holzhütte der Station Kislowitz stand ein hünenhafter junger Mensch. Ein richtiger russischer Bauer, dachte Ascher.

»Sind Sie der Onkel Heinrich?« fragte ihn der junge Mann und zog seine schwarze Pelzmütze.

Dieser russische Bär ist Jude? Blut von meinem Blut?

»Ich bin Leiser, Eures Vetters Mendel Sohn. Steigt ein, Herr Onkel!«

Heinrich Ascher kletterte in den Schlitten, und der junge Bär packte ihn in Decken und Pelze.

Man fuhr durch den langgestreckten Ort.

»Eine schöne Stadt, nicht wahr, Herr Onkel?« fragte Leiser mit sichtlichem Stolz.

Heinrich sah um sich und erblickte eine Schar erbärmlicher Holzhütten und dazwischen ein paar kleine Gebäude aus rohen Ziegeln.

»Hier wohnt der Onkel David, der Rebbe«, meinte Leiser und zeigte auf eine der Hütten. »Aber Vater hat mir aufgetragen, nicht Rast zu machen, er will in den nächsten Tagen mit Euch den Onkel besuchen.«

Nun glitt man durch die weiße Landschaft. Weit und breit war nichts zu sehen als Schnee, alles schien unter seiner Decke vergraben. Von irgendwo tönten langgezogene Schreie.

»Der Bär!« rief Leiser und schwang seine Peitsche.

»Ihr habt noch Bären hier?« fragte Heinrich. Doch er war nicht weiter erstaunt, er hatte das Staunen in Rußland verlernt.

»Nur im Winter, Herr Onkel!«

Weiter unten am Fluß stießen sie auf eine Prozession. Frauen und Männer zogen langsam einher, ihnen voran wurden Heiligenbilder auf langen Stangen getragen. Es war ein farbenprächtiger Zug: die Männer in Bärenfellen mit bunten Gürteln, riesigen Filzstiefeln, die bis zur Hüfte reichten; die Frauen in rot und blau gestreiften Gewändern, über und über mit glänzenden Glassteinchen besetzt.

Bald hatte der Schlitten den Zug überholt. Leiser drehte sich um und sagte:

»Die Gojim brechen das Eis auf und werfen die Bilder ihrer Heiligen ins Wasser. So danken sie ihrem Gott dafür, daß er den Fluß hat zufrieren lassen.«

»Dafür danken sie Gott?«

»Natürlich! Solange die Mirla nicht zugefroren ist, treibt der Sturm das Wasser über unsere Getreidefelder.«

»Ihr steht hier gut mit den Christen?«

»Wir sind in Mirlowitz vierhundert Juden und neunzig Christen, wir haben mit ihnen kein Ja und kein Nein.«

»Da habt ihr wohl in dieser Gegend noch nichts von Pogromen gehört?«

»Gehört? O ja! Der Onkel David hat uns erzählt und Itzig, der Schuster, der in Jelisawetgrad war, und Escheles aus Kislowitz von Kiew … Gehört haben wir genug!«

Er zwang die Pferde zu einer schnelleren Gangart.

Vor einem kleinen Holzhaus hielt der Schlitten. Leiser wollte dem halberfrorenen Reisenden beim Aussteigen behilflich sein, aber da kam bereits sein Vater Mendel, ein kleingewachsener kräftiger Mann mit grauem Vollbart, herausgestürzt, gefolgt von der ganzen Familie.

»Gott segne deinen Eintritt, Vetter!« rief er und zog den Gast an beiden Händen ins Haus.

Mendel sprach den Segen über ihn. Heinrich verstand die alten Gebetsworte, es waren die, die er kannte. Es wurde ihm ein wenig wärmer.

Und dann saßen sie im warmen Zimmer, im Samowar brodelte der Tee, den man ohne Unterlaß trank. Neben dem Hausherrn saß seine Frau Breine, sie war mächtig breit und überragte ihren Mann um Haupteslänge. Ihr zur Seite saßen zwei der Söhne, Schloime und Wolf, blasse Jünglinge, die ihrem bärenhaften Bruder Leiser nicht ähnlich schienen. Aber für sie alle hatte der Gast keine Augen, er sah nur die Tochter des Hauses, die 19jährige Toibele, ein zartes, schmales Geschöpf. Hätte man Heinrich Ascher gefragt, was ihn bei ihrem Anblick so tief bewegte, er hätte nicht zu antworten gewußt. War es die süße Unberührtheit dieses jungen Gesichtes, waren es die dunklen Augen, die feucht schimmerten, war es die Überweiße der Haut, die Weichheit ihrer Bewegungen, die Verhaltenheit der tiefen Stimme? Es war ihm, als hätte er das Mädchen schon einmal gesehen. Er wußte, daß dies unmöglich war, und dennoch konnte er den Gedanken nicht ganz und gar verbannen: Bestimmt, irgendeinmal schon hatte er Toibele gesehen, gesprochen – er kannte sie! Er zwang sich wegzusehen.

Mendel sprach wenig, seine Söhne sprachen wenig, Toibele schwieg, einzig Frau Breine hielt das Gespräch mühsam in Gang. Sie erkundigte sich nach Wien, ob diese Stadt auch so groß wäre wie Minsk, Wilna oder gar Kiew, und als Ascher antwortete, daß Wien größer sei als Petersburg, lächelte sie mitleidig und sagte zu den ihrigen gewandt: »Ein zweiter Pinkas, sieh da!«

Der Gast verstand den Sinn des Ausrufes nicht, er nahm nur wahr, daß Mendel mißbilligend den Kopf schüttelte, Schloime lächelte und Röte in die Wangen Toibeles stieg. Später erst erfuhr er, daß Pinkas, der jüdische Hufschmied von Mirlowitz, als Aufschneider verschrien war und man weit und breit in der Umgebung zu sagen pflegte: »Er lügt wie Pinkas, der Schmied!«

Mendels Interesse war mehr darauf gerichtet, den Verwandtschaftsgrad des ins Haus geschneiten Vetters festzustellen. Wohl habe er von Vettern aus Berlin gehört, so sagte er, einer von ihnen solle sogar ein recht guter Jude gewesen sein und eine jüdische Zeitung in Berlin herausgegeben haben.

»Das war mein Vater!« rief Heinrich. »Er ist schon seit einem Vierteljahrhundert tot.«

»Er hat mir einmal einen Brief geschrieben – es ist schon recht lange her«, äußerte Mendel. »Ich konnte den Brief nicht lesen, aber David hat ihn mir übersetzt. Dein Vater wollte Verschiedenes von mir und meiner Familie wissen. Er arbeitete an einer Familiengeschichte, wie er mir schrieb. Andere Sorgen hat er nicht gehabt?«

Heinrich wußte nicht, was er antworten sollte. Konnte er diesen fremden Menschen hier einen Vortrag über Genealogie halten?

»Immerhin«, sagte er lächelnd, »habe ich auf diese Weise das Vergnügen gehabt, euch kennenzulernen.«

»In Rußland leben viele Ascher«, sagte Wolf, ein Jüngling von etwa 17 Jahren, mit schönen, edlen Gesichtszügen und großen, fragenden Augen. An wen erinnert mich der Jüngling nur?, dachte der Gast. An ein Jugendbildnis meines Vaters? Und sieht Toibele nicht ihrem Bruder ähnlich? Heinrich blickte das Mädchen an. Es errötete.

»Sind denn alle Ascher miteinander verwandt?« fragte sie.

»O nein, nicht alle ...«

»Alle Juden sind miteinander verwandt!« rief Schloime, ein blasser hochaufgeschossener Junge, der nur ein Jahr älter war als sein Bruder Wolf, aber viel reifer und erwachsener wirkte.

»Schloime lernt«, sagte Mendel und sah seinen Sohn zärtlich an.

»Und was treibst du?« fragte der Gast Wolf.

»Ich studiere!«

»Was ist denn für ein Unterschied zwischen lernen und studieren?«

»Ein gewaltiger!« rief Mendel eifrig. »Mein Sohn Schloime lernt. Er geht in die Jeschiwa, er ist ein Jeschiwa-Bacher. Mit zwölf Jahren hat er schon die Halacha und die Kommentare auswendig gekonnt. Und mein Sohn Wolf studiert am Gymnasium in Bala, das ist der Unterschied!«

»Und ich lerne und studiere nicht«, rief Leiser. »Ich fälle die Bäume und schätze die Wälder für den Grafen!«

»Dafür heiratet er aber bald!« sagte Toibele mit ihrer tiefen Stimme und beugte sich wieder über ihre Handarbeit.

Man war ein wenig vertrauter geworden, und Heinrich wurde mit Fragen überschüttet. Was er eigentlich in Rußland mache, wie ihm das Land gefalle und vieles andere mehr. Über Anregung der englischen Juden, berichtete Heinrich, sei eine internationale Kommission gebildet worden, die in Rußland die Lage der Pogromopfer untersuchen sollte. Er, Heinrich, sei Mitglied der österreichischen Delegation. Vier Monate fast habe er in Rußland verbracht, sei in den Schreckensgebieten gewesen …

»Und wozu soll die Kommission Eurer Meinung nach gut sein?« fragte Mendel.

»Wir wollen helfen!«

»Helfen?« Mendel wiegte seinen Kopf. »Ich weiß nicht, ob ihr nicht das Gegenteil erreichen werdet. Der Russe hat den Fremden nicht gern. Er liebt es nicht, wenn man sich in russische Angelegenheiten mischt. Man hat die Tätigkeit eurer Kommission so ausgelegt, als hätten wir Juden euch zur Hilfe gegen die Russen und unsere Regierung ins Land gerufen. Man sagt, dies sei der beste Beweis, daß wir keine Russen sind.«

»Wir sind Juden!« rief Wolf und seine Augen blitzten. »Die Russen behandeln uns wie Vieh und ärger.«

»Wir sind so gute Russen wie die anderen auch!« sagte Schloime und sah zu Boden. »Wie könnten wir Nur-Juden sein? Ja, unserer Religion nach, gewiß. Aber als Nation? Wo ist denn unser Land? Am Mond? Wir sind hier geboren, hier groß geworden – natürlich sind wir Russen, jüdische Russen!«

»Mmm«, ließ sich die mächtige Frau Breine vernehmen. »Frag doch die Gojim, was für ein Russe du bist. Sie werden dir die Antwort ins Gesicht schreiben!«

»Man spricht jetzt viel davon, ob wir Juden eine Nation sind oder nicht«, sann Mendel. »Es ist jetzt alles so kompliziert geworden. Als ich jung war, galt man einfach als russischer Jud. Aber jetzt spricht man von Nation und Volk und Gott weiß was für Dingen.«

»Und umso schwerer wird alles!« unterstützte Frau Breine ihren Mann. »Früher war ein Jud ein Jud, und damit war's genug. Seitdem wir unsere Kinder in den großen Städten studieren lassen, kommen sie mit neuen Worten nach Hause. Jeder will klüger sein als der andere, und der liebe Gott mag wissen, wohin das noch führen wird!«

»Je wütender wir verfolgt werden, umso rascher werden wir uns zusammenschließen und desto früher werden wir erkennen, daß wir zusammengehören und ein Volk sind!« rief Wolf.

»Und das lernst du in deinem Gymnasium? Schöner Blödsinn!« rief Frau Breine. »Volk! Volk! Mach Schabbes damit! Sag es den Gojim, wenn sie kommen, dich zu pätschen! Es wird dir nichts nützen!«

»Gott hat nicht gewollt, daß wir im eigenen Land bleiben«, sagte Schloime, »sonst hätte er uns doch nicht in alle Winde zerstreut! Glaubst du, Gott tut etwas ohne Sinn?«

»Aber er wird uns doch zurückführen nach Palästina! Hat er uns denn nicht feierlich den Messias verheißen?«

»Ja, aber wir müssen ruhig warten, bis der Messias kommt.«

»Genug, Schloime! Genug, Wolf!« rief der Vater. »So geht das die ganze Zeit, wenn von zwei Söhnen einer lernt und der andere studiert! Doch erzähl uns lieber, wie kamst du in die Kommission? Bist du zu Hause ein so mächtiger Mann?«

»Ich dachte, meinen Glaubensgenossen und euch allen helfen zu können.«

»Haha!« lachte Mendel laut. »Wie willst du uns helfen? Du kennst Rußland nicht! Niemand kann uns russischen Juden wirklich helfen.«

»Und zu Hause entgeht mir nichts«, fuhr Heinrich rasch fort, »ich habe kein Geschäft, ich bin Schriftsteller.«

»Und davon kannst du leben?« fragte Mendel und schüttelte den Kopf.

»Und Ihre Frau läßt Sie so in der Welt herumfahren, Herr Onkel?« fragte Toibele und wurde über und über rot.

»Meine Frau ist schon sehr, sehr lange tot«, sagte Heinrich. »Ich habe einen Sohn, der in wenigen Wochen sein Doktorat macht. Er will Rechtsanwalt werden. Mein Sohn würde dir gefallen, Toibele, er ist ein hübscher junger Mann, Rudolf heißt er!«

»Ich hätte nicht geglaubt, daß Sie schon einen erwachsenen Sohn haben, Onkel«, meinte Toibele und blickte nicht von ihrer Arbeit auf.

II.

Mendel fuhr mit seinem Gast im Schlitten nach Kislowitz, um den Rabbi David Ascher zu besuchen. Es war bitterkalt. Schwer lag der Schnee auf dem Land. Man sah nichts als Weiß. Das Auge war geblendet. Heinrich hatte das Gefühl, erstarrt zu sein. Immer wieder suchte er Mendel in ein Gespräch zu ziehen, die Stille um ihn war beängstigend, er wollte eine menschliche Stimme hören. Er bat Mendel, ihm doch über den Rabbi David zu erzählen.

»Rabbi! Rabbi! Eigentlich ist er gar kein Rabbi. Er ist Lehrer in einem Cheder und läßt sich Rabbi rufen. Einmal war er auch einer, in einer winzigkleinen Gemeinde, aber die Leute wollten ihn nicht. Er ist ein Chassid, mußt du wissen, und hier in der Gegend sind wir alle Misnagid, wir wollen die Schwärmer und Märchenerzähler nicht gern. Das Leben ist ernst und hat uns gelehrt, daß man mit Phantastereien nicht weiter kommt, das sind Schmonzes. David hat's im Anfang auch hier schwer genug gehabt, Schüler für seinen Cheder zu finden, aber man mag ihn gut leiden, den alten Narren!«

David erwartete sie vor dem Tor seines Häuschens. Er war ein imposant aussehender Mann mit schlohweißem, mächtigem Bart und starken, buschigen Augenbrauen. Heinrich glaubte, einem der Patriarchen aus dem Alten Testament gegenüberzustehen.

»Seid mir willkommen!« rief der alte Mann, reichte seinem Gast die Hand, zog ihn an seine Brust und küßte ihn schmatzend auf beide Wangen. Er segnete ihn, indem er ihn förmlich umtanzte, und Heinrich mußte fortwährend denken: Woher kenne ich diesen Alten bloß? Er schloß die Augen, um sich besser erinnern zu können. Hatte er nicht an der Hand des Alten einen langen Weg zurückgelegt? Ganz bestimmt war es so, ganz bestimmt war er ihm vertraut seit eh und je. Kannte er ihn aus Träumen? Natürlich konnte es nur so sein …

David führte seinen Gast ins Haus, in einen großen Raum, in dessen Mitte ein mächtiger Ofen stand. Ähnliche Räume hatte Heinrich in diesem Land schon oft gesehen, auch bei seinem Vetter Mendel sah es kaum anders aus. Dennoch schien ihm hier alles geheimnisvoller, unwirklicher.

Heinrich mußte erzählen. Er tat es stockend und zögernd, er hatte Angst vor dem Alten, der aber gutmütig lächelte und mit geschlossenen Augen dasaß, die er nur öffnete, wenn er die Teeschale zum Munde führte. Heinrich wußte nicht, ob David ihm zuhörte, und das machte ihn noch unsicherer.

»Wir sind hieher gesandt worden, um zu erforschen, welche die Gründe für die Pogrome in Rußland sind«, begann Heinrich, wurde aber sogleich unterbrochen. David schloß die Augen und fragte: »Sind die, die dich und die andern zu uns geschickt haben, Juden?«

»Gewiß!«

»Dann müssen sie aber sehr dumme Juden sein. Nach den Ereignissen der letzten paar tausend Jahre sollten die Juden doch schon allmählich wissen, daß sie gepätscht werden, weil sie Juden sind. Der Luschawitzer lehrt ...

»Der Luschawitzer Rebbe ist nämlich der Maggid«, suchte Mendel zu erklären.

»Der große Maggid ... Jedes Jahr einmal weile ich im Glanze seines Hofes. Jedes Jahr eine schöne Woche lang. Wenn ich ihm nämlich freiwillig mein Zehent darbringe.« Der Alte machte eine Pause, dann fuhr er fort: »Der Luschawitzer lehrt: Wenn du dich auch nur in Gedanken selber schmutzig machst, oder wenn du auch nur glaubst, daß du dich schmutzig machen könntest, dann kann dich niemand mehr reinwaschen!«

»Und ferner sind wir hierher geschickt worden, um euch nach Möglichkeit zu helfen. Die Kommission, der ich angehöre, hat das Land wieder verlassen. Ich bin hierher gekommen, um dich und Mendel kennenzulernen. Ich hörte von ihm, daß du Augenzeuge des schrecklichen Pogroms in Kiew warst.«

»Ich habe es schon so oft erzählt ... Es war nach den Pogromen in Jelisawetgrad und Cherson und Ananenjew, wo die Nachkommen der Haidamaken die Juden wieder einmal nach Herzenslust pätschen durften.«

Heinrich horchte auf. Haidamaken. Warum zuckte er bei diesem Wort zusammen? Er hatte nie einen Haidamaken gesehen, sehr wenig nur über diesen Stamm erfahren. Aber plötzlich war ihm, als hätte er schon einmal unter ihnen gelitten. Bunte, grelle

Bilder tauchten vor ihm auf und verschwanden sogleich. Von fern hörte er den alten Mann sprechen:

»Man hat damals die Lüge verbreitet, die Juden hätten Zar Alexander II. ermordet. Die Beamten selber verbreiteten das Gerücht in der Bevölkerung und gaben zu verstehen: Der neue Zar in Petersburg wünsche, daß man sich dafür an den Juden rächen möge … Zu den Juden von Kiew aber sandte die Behörde eine Nachricht: Am Sonntag, den 26. April, möge sich kein Jude auf die Straße wagen oder gar seinen Laden öffnen, die Bevölkerung plane Böses gegen die Juden. Natürlich folgten alle. Und richtig, am Sonntag um die Mittagsstunde brach es los. Zuerst im Podol, wo wir Juden wohnen. Ich werde es immer hören. Lärm, Gejohle, die Horden stürzten sich zuerst auf die Synagoge, rissen die Thora in Fetzen, stampften sie in den Schmutz und verwüsteten das Gotteshaus. Dann ging es gegen die jüdischen Wohnungen, bald standen viele Häuser in Flammen. Betrunkene stürmten Wohnungen, stießen Männer, Frauen, Kinder in die Flammen. Militär wurde gerufen, die Soldaten sahen dem Morden untätig zu. Zwei Tage ließ man die außer sich Geratenen wüten, dann endlich schritt man ein. In den Zeitungen las man nachher, daß bloß einige Juden verprügelt, aber 1.400 Unruhestifter hinter Schloß und Riegel gebracht worden seien. In Wirklichkeit aber hat man nur ein paar angehalten und bald wieder laufen lassen.«

Der Alte war aufgestanden und holte aus einem kleinen Kästchen eine hohe, bauchige Flasche hervor.

»Das ist ein guter Tropfen! Willst du trinken? Ich glaube, ihr Westjuden könnt gar nicht mehr trinken.«

Heinrich kostete das Getränk. Es war so scharf, daß er zu husten begann, was den Alten bis zu Tränen lachen machte. Heinrich glaubte, seine Gedärme seien in Brand gesetzt worden.

»Oi, oi, oi, was haben wir nicht alles an Pogromen mitgemacht! Odessa und Alexandrowsk, Nikolajew und Berdjansk … Gott hat das zugelassen, und ihr Juden aus dem Westen seid so vermessen anzunehmen, daß ihr uns helfen könnt, wenn Gott uns nicht helfen will?«

»Ihr seid aus vielen Städten ausgewiesen worden, in vielen Gouvernements dürft ihr nicht mehr hausen und müßt sie in kürzester Frist verlassen. Vielleicht könnt ihr mit unserer Hilfe in andere Länder ...«

»So? In andere Länder?« fragte singenden Tones der Alte. »Und in welche?«

»Ich weiß es nicht«, antwortete Heinrich gequält. »Aber das mächtige England steht hinter uns und will uns helfen. Vielleicht könnten wir einen Teil von euch nach Amerika bringen.«

»Ja, mein Wolf sagt immer, daß dies die einzige Rettung für die russischen Juden wäre. Er will nach Amerika«, ließ sich Mendel vernehmen.

»Und ihr glaubt, daß das helfen wird? Immer und überall hat man uns gepätscht, und man wird uns auch in Amerika pätschen. Da bleib ich lieber gleich hier und laß mich zu Hause pätschen!«

»Wie, du willst dem Unglück nicht widerstehen?«

»Kann ich mich denn wehren?« fragte der Alte, seine Stimme klang fast fröhlich. »In Balta haben die Juden eine Schutzwehr aufgestellt. Die ersten, die man totgeschlagen hat, waren die von der Schutzwehr. Die übrigen schleppte man vor Gericht, weil sie mit der Waffe in der Hand erwischt worden waren. Und die Richter haben sie ins Gefängnis oder nach Sibirien geschickt. Aus Letitschew flüchteten dreihundert Juden nach Balta. Kaum waren sie in Balta, brach dort das Morden los. Der Luschawitzer lehrt: Seinem Tod kann man nicht entlaufen. Und ihr wollt uns nach Amerika bringen? Wir werden drüben sein, und drüben wird der Pogrom beginnen!«

»Du irrst«, sagte Heinrich lächelnd. »In der westlichen Welt herrschen Gesetze. Bei uns sind alle Bürger vor dem Gesetz gleich. Dort haben wir nichts zu befürchten. Und erst in Amerika!«

»Nun, da sage ich euch, ihr solltet nicht so stolz sein. Wenn es bei euch noch keinen Pogrom gibt, so ist das nur ein Zufall. Ein einziger Schreier kann die Gojim zu Pogromen aufreizen, bei uns, bei euch und in Amerika!«

»Du redest, als wären wir Juden an den Pogromen selber schuld, als brächten wir die anderen durch unser Verhalten dazu, uns zu hassen, zu plündern und zu morden!«

»Wir sollen daran schuld sein?« fragte der andere erstaunt. »O nein! Der Pogrom wird überall dort sein, wo wir sind. Für alles sind wir die Sündenböcke. Wenn die Beamten nicht mehr weiter können – wer ist daran schuld? Wenn es eine Mißernte gibt und der Hunger kommt, muß jemand die Äcker unfruchtbar gemacht haben. Dafür sind wir sehr brauchbar, niemand nimmt uns in Schutz.«

»Ich verstehe euch nicht!« rief Heinrich entsetzt. Nein, das war keine Welt für ihn. Doch da sprach der Alte wieder, und es war Heinrich, als gehörte er doch zu diesem Alten und zu all den anderen.

»Der Luschawitzer lehrt, daß der Wind von selber aufhört, wenn er lang genug gestürmt hat. Wenn Gott die andern müde genug gemacht haben wird, werden sie aufhören, uns zu pätschen. Ihr seid nur alle viel zu ungeduldig, das ist das Unglück …«

III.

Heinrich ging mit Toibele längs des Flusses Mirla in der frühen Dämmerung spazieren. Sie sprachen nicht viel, das Mädchen war scheu und wortkarg. Von Zeit zu Zeit nur, wenn sie sich unbemerkt wähnte, sah sie ihn von der Seite her mit einem so seltsamen und tiefen Blick an, daß der Mann erschauerte. Oft hatte er sich in diesen Tagen gefragt, warum er seinen Aufenthalt in Mirlowitz nicht beende, nachdem er seine Verwandten nun kennengelernt hatte. Warum blieb er noch? Nur deshalb, weil David und Mendel davon gesprochen hatten, der Ausbruch der judenfeindlichen Bewegungen sei nun auch in Mirlowitz und Kislowitz zu erwarten? Was hielt ihn denn noch hier?

Er sah das Mädchen von der Seite an, fühlte sein Herz schneller schlagen, und wieder schien ihm, als hätte er dies alles schon einmal erlebt. Sah er denn wirklich Mendel und David, Schloime und Wolf zum ersten Mal in seinem Leben? Und dieses junge Mädchen? War er nicht schon einmal mit ihr am Ufer dieses Flusses gegangen?

»Du schreibst Bücher, Onkel?« fragte Toibele mit ihrer dunklen Stimme, die ihn erregte. Sie sprach ihn seit zwei Tagen verwandtschaftlich mit Du an. »Was sind das für Bücher?«

Heinrich schreckte aus seinen Träumereien auf: »Allerlei, Abhandlungen, Romane …«

»Es muß herrlich sein, in einer großen Stadt zu leben. Ich war einmal mit Vater in Wilna. Die Stadt ist so groß, daß man eine Pferdebahn benutzen muß, wenn man von einem Ende zum anderen kommen will. Auch ich möchte in einer Stadt leben! Ich hasse das Dorf!«

»Möchtest du mich in Wien besuchen? Ich will mit deinen Eltern reden.«

»Mutter wird es nie erlauben!«

Heinrich blickte Toibele an, aber es war eine andere Toibele, in einem dunklen, samtenen, tief ausgeschnittenen Kleid, überweiß die Haut ihrer Brust. Die wirkliche Toibele schritt neben ihm in ihrem schlichten, bis zum Halse hochgeschlossenen alten Mantel.

IV.

Heinrich Ascher wußte jetzt einigermaßen, was ihn hier festhielt. Er begann, Mitleid mit sich selber zu empfinden. Sollte er Toibele mit sich nehmen? Fünfzig fast und neunzehn – was gäbe das für einen Reim? Aber war er nicht ein Dichter, der es sich selbst nach Ansicht der Bürger leisten konnte, ein wenig verrückt zu sein? Wie lange würde dieses junge Wesen an der Seite des alternden Mannes ausharren? Und wenn es nur zwei Jahre wären oder gar nur eines – wäre dieses kurze Glück nicht jedes Opfer wert? Heinrich fühlte einen kleinen, nicht unangenehmen Schmerz bei dem Gedanken, daß er in einer Woche wieder an seinem Schreibtisch in Wien sitzen würde, umgeben von seinen Büchern, vergraben in seine Schriften. Wer weiß, vielleicht würde die kleine Toibele Auferstehung finden in einem Gedicht oder gar in einem Roman? Er lächelte schmerzlich.

Am Nachmittag dieses Tages aber ereignete sich etwas, das die Pläne Heinrichs durchkreuzte. Der alte David kam mit einem kleinen Schlitten aus Kislowitz vorgefahren. Mendel und die Seinen waren höchst erstaunt, ja fast erregt. Was mochte nur vorgefallen sein, daß der Alte die Strapazen der Reise auf sich nahm? Als David Heinrich sah, rief er aus:

»Was tust du noch immer hier? Mir wäre lieber, du wärest schon fort!«

»Es gefällt mir hier immer besser«, antwortete Ascher lächelnd. Er sah zu Toibele. Ein glückliches Lächeln stand um ihren schmalen Mund. Der Schmerz in der Herzgrube des Mannes wurde stechender.

»Wir werden sehen, wie es dir bei uns gefallen wird am Schabbes!«

»Was soll das Gerede! Sprich doch!« rief Frau Breine ungeduldig.

»Was soll viel los sein? In Ionkaschew und in Balita ist es wieder losgegangen!«

»Gerechter Gott!« rief Mendel. Toibele war zu ihrem Vater getreten und gab ihm einen Kuß auf die Stirne.

»Nun, willst du nicht reden?« fragte Frau Breine nochmals, der Ton ihrer Stimme klang drohend.

»Ich weiß nicht viel. Des Luschawitzers Enkelkind, der kleine Moische, hat mir die Botschaft gesandt. Am vergangenen Freitag ist es in Balita losgegangen. Gott der Gerechte! Gerechter Gott!«

Der Alte schwieg. Wolf brach das Schweigen und rief mit bebender Stimme: »Warum wehren wir uns nicht? Warum wehren wir uns nicht endlich einmal?

»Wer sagt dir denn, daß sie sich nicht gewehrt haben, die Juden von Balita, du naseweiser Junge?« fragte David. »Die Juden von Balita gingen am Freitag abend gegen die Unruhestifter vor. Sie hatten auch Erfolg. Das Gesindel mußte sich zurückziehen. Die Juden verständigten die Polizei. Als Polizei und Soldaten am Platz waren, getraute sich das Gesindel, das sich vor den Juden zurückgezogen hatte, wieder aus seinen Verstecken heraus. Alarm wurde geläutet und immer mehr der Banditen kamen herbeigestürzt. Die Soldaten sahen lachend zu und drängten schließlich die Juden ab. Die Bewaffneten umzingelten das Judenviertel, kein Jude durfte heraus, aber die Banditen durften hinein und tun, was sie wollten.«

Stille herrschte im Zimmer; Schloime bewegte lautlos betend die Lippen.

»In einem Tag ist dort alles zugrunde gerichtet worden. Alle jüdischen Häuser und Läden wurden ausgeraubt und dann niedergebrannt. 40 Juden sind getötet, 170 sind schwer verwundet, und viele davon werden noch sterben oder Krüppel bleiben. Viele Frauen sind vergewaltigt. 1.500 Juden haben alles verloren. Die Bewaffneten sind daneben gestanden und haben zugeschaut. Anstandshalber hat man ein Dutzend der Plünderer und Mörder verhaftet, sie aber bald wieder freigelassen. Hingegen hat man weit mehr Juden verhaftet, und die sitzen noch immer hinter Gittern, weil sie sich ihrer Haut zu wehren versuchten. Geschehen in Balita am geheiligten Schabbes!«

Der Alte trank Tee. Er schien erschöpft zu sein.

»Es würgt mich in der Kehle!« rief Wolf. »Warum kann man den Hunden nicht an den Hals?«

»Schweig!« rief Frau Breine, gleich darauf aber sagte sie: »Du hast schon recht, Wolfele, aber sagen darfst du das nicht!«

Und plötzlich rief sie laut und heftig: »Worauf warten wir denn? Worauf noch? Willst du warten, bis die Bestien auch hier anfangen? Willst du warten, bis man uns und die Kinder erwürgt und erschlägt?«

»Und wohin willst du?« fragte Mendel. »In die Fremde? Betteln? Nach Kislowitz? Und wann wird's in Kislowitz losgehen? Nach Ionkaschew? Dort ist es schon losgegangen, dort ist schon alles verwüstet. Wo willst du dich verstecken?«

»Laß uns nach Amerika gehen, Vater, nur nach Amerika! Das ist ein freies Land, dort werden wir leben können!« rief Wolf ungestüm.

»Und wie willst du hinkommen?«

»Laß uns alles verkaufen, es wird für die Überfahrt reichen!«

»Und wovon willst du dort leben? Die gebratenen Tauben werden dir drüben in den Mund fliegen, wie?«

»Aber leben werden wir, leben!« rief Wolf.

»Er hat recht!« rief Frau Breine. »Tausendmal recht! Plagen wir uns nicht auch hier den ganzen Tag, von früh bis in die Nacht, von deiner Arbeit wirst du auch drüben leben können!«

»Nach Jeruscholaim möchte ich mit euch gehen!« sagte der Alte sinnend.

»Narrischkeiten, lauter Narrischkeiten! Jetzt fängst auch du schon an, Breine? Seid ihr denn alle verrückt geworden. Warten werden sie auf uns in Amerika!«

»Am Samstag soll es hier losgehen, bei uns in der Gegend«, sagte David.

»Hier? Unmöglich!« rief Mendel, überlegen lächelnd. »Hier? Die paar Russen? Wir kennen doch jeden einzelnen von ihnen!«

»Das haben die Juden von Balita wahrscheinlich auch gesagt, als man sie gewarnt hat!« rief Frau Breine.

»Nein, Mutter, das glaube ich nicht!« widersprach Leiser. »Wer soll hier gegen uns sein? Die Bauern, die uns helfen, wo sie nur können, und die uns immer geholfen haben? Oder gar die Schreiber des Grafen, die von unserem Trinkgeld leben? Oder der Pope, der mit Vater und dir am Abend Karten spielt und der sich freut, wenn er hier unseren Schnaps trinkt und unsere guten jüdischen Speisen ißt?«

»Warum aber bleibst du noch länger hier?« fragte David und sah Heinrich an.

V.

Als Heinrich am nächsten Tag von einer Ausfahrt ins Haus seiner Verwandten heimkehrte, fand er die Familie in arger Aufregung vor. Nur mühsam konnte er in Erfahrung bringen, was sich in der Zwischenzeit ereignet hatte, alle sprachen durcheinander, jeder berichtete etwas anderes. Soviel er aus all den Erzählungen entnehmen konnte, waren ortsfremde Elemente in Mirlowitz aufgetaucht, furchteinflößende Gestalten, wilde Gesellen. Auch hätten einige der christlichen Arbeiter und Leibeigene des Grafen Mendel gewarnt, irgendetwas sei im Gange. Überdies habe der Pope Frau Breine auf der Straße angesprochen und ihr mitgeteilt, daß er nicht zur Kartenpartie kommen könne, weder heute noch morgen, weder in dieser Woche noch in der nächsten. Und Leiser berichtete: Ihm habe ein Bauer erzählt, fremde Agenten seien gekommen und hätten gepredigt, daß es Pflicht jedes guten Russen sei, sich an den bevorstehenden Pogromen in Mirlowitz und Kislowitz zu beteiligen, der Zar sei auf jeden seiner Untertanen böse, der sich dieser Pflicht entziehe. Einige der Bauern seien zum Dorfschulzen gerannt und hätten zitternd gefragt, was ihnen geschehe, wenn sie nicht die Juden mordeten, sie brächten es nicht übers Herz. Der Schulze hatte sie verlacht, nichts würde ihnen geschehen, gar nichts, wer nicht wolle, müsse am Pogrom nicht teilnehmen. Aber die eingeschüchterten Bauern hätten dem Schulzen nicht geglaubt und ihn um schriftliche Bestätigungen dafür gebeten.

Nun schien sich auch Mendel der Gefahr bewußt zu werden, er wurde weich und fügte sich dem Drängen der Seinen. Man kam überein, in zwei Tagen Mirlowitz zu verlassen, nur mitzunehmen, was des Mitnehmens wert war, und alles andere, Hausrat und Wäsche, Kleidung und Habseligkeiten einstweilen im Hause zu lassen. Aber wohin sollte man? Nirgendwo gab es Sicherheit. Da sagte der alte David:

»Ich bleib in meinem Haus, ich gehe zurück nach Kislowitz. Wenn Gott will, wird er meine Seele dort in Empfang nehmen. Ich bin zu alt für solche Narrischkeiten. Gott bekommt mich, wann er es will und nicht, wann ich es will, sonst möchte ich am Ende vielleicht überhaupt nicht fort. Aber wenn ihr weggeht, gebe ich euch einen Rat: Geht nach Balita!«

»Nach Balita? Bist du bei Sinnen? Du hast doch von dem Pogrom in Balita erzählt!« schrie Mendel.

»Gerade deshalb, du Närrchen! Dort war doch schon ein Pogrom, dort wird es jetzt für einige Zeit ruhig sein. Der Luschawitzer lehrt: Nach dem Rausch ist der Trinker versöhnlich, und nach dem Mord ist sogar der Mörder gut. Geht nach Balita, meine Lieben!«

Heinrich sah auf Toibele, die blaß und ernst in der Ecke der Leshanka kauerte. »Wie wär's, ihr gäbet mir Toibele mit nach Wien? Sie könnte in meinem Haus wohnen, bei mir und meinem Sohn Rudolf. Sie könnte lernen, was sie will, es würde mir nichts ausmachen, ich habe mehr, als ich brauche!«

Heinrich hörte sich reden und wunderte sich, seine Stimme klang ihm fremd, seine Hände begannen zu zittern.

Toibele hielt beide Hände an das Herz gepreßt und starrte ihn mit weit aufgerissenen Augen an.

Frau Breine war aufgestanden und zu ihrer Tochter getreten. Sie sah sie prüfend an, blickte dann zu Heinrich und von ihm wieder zu Toibele. Dann ging sie zum Samowar, goß sich Tee ins Glas, trank ruhig und sagte: »Wir wollen es überschlafen, nicht wahr, Mendel?«

»Wenn unser Vetter so gut ist ...«, fing dieser an.

»Wir wollen es überschlafen«, sagte Frau Breine noch einmal. Toibele war jetzt erst aus ihrer Verzauberung erwacht, ihre Wangen glühten. Sie sprang auf und lief aus dem Zimmer.

Heinrich hatte eine unruhige Nacht. Alles mögliche ging durch seinen Kopf. Im großen und ganzen aber war er froh, seine junge Verwandte eingeladen zu haben. Er tat doch ein gutes Werk.

Heinrich schlief bis in den Mittag. Nach dem Mahl ging er in seine Stube und packte seinen Koffer. Niemand hatte mit ihm gesprochen, er wußte nicht, ob man sein Angebot annehmen würde. Alles war mit Packen beschäftigt. Bündel, Säcke, Strohschachteln und schwarze Holzkoffer standen überall. Toibele hatte er weder beim Mittagessen noch später zu Gesicht bekommen. Er wurde unruhig, ging in die große Wohnstube und setzte sich zum Tisch. Mendel und Breine, Wolf und Schloime liefen hin und her, alle legten letzte Hand an das Gepäck, belanglose Worte wurden gewechselt, nur über Toibele sprach niemand mit ihm. Später ging er dann wieder spazieren, er wollte Abschied nehmen vom Fluß, vom Dorf. In der Dunkelheit begegneten ihm hin und wieder verdächtige Gestalten, er beachtete sie nicht. Plötzlich hörte er hinter sich leichte, schnelle Schritte. Er wandte sich erschrocken um. Vor ihm stand Toibele, nur ein Tuch um ihre Schultern. Heinrich spürte sein Herz bis zum Hals schlagen. Toibele schwankte. Heinrich öffnete seine Arme, und das junge Mädchen lag an seiner Brust. Er fühlte einen heißen Kuß auf seinen Lippen, ihre Tränen rannen über sein Gesicht. Mit einem Mal riß sie sich los und huschte davon, lautlos wie sie gekommen war. Er wollte ihr nach, aber die Dunkelheit hatte sie verschlungen ...

War es denkbar, daß er, der fast Fünfzigjährige, noch einmal das Glück hatte zu lieben und geliebt zu werden? War es nicht bloß

Dankbarkeit dafür, daß er sie retten wollte aus dürftigen Verhältnissen? Nein, der Kuß konnte nicht trügen. Er brannte.

Als er heimkehrte, war schon später Abend. Er wurde mit Vorwürfen empfangen. Wo er sich denn so spät herumtreibe, ob er denn nicht wisse, wie gefährlich es jetzt sei, in der Dunkelheit alleine auszugehen? Alle schienen ihm verändert, erregt, von Furcht gezeichnet. Er sah sich um. In der Ecke der Leshanka saß Toibele. Sie sah ihn lächelnd an, hob ihr Teeglas und trank ihm zu.

Plötzlich stürzte Leiser ins Zimmer. Er war außer Atem, sein Haar hing in die Stirne, er blutete, seine Kleider waren zerrissen.

»Rasch!« schrie er keuchend. »Rasch! Die Tore zu! Sie sind hinter mir her! Rasch!«

Alle waren aufgesprungen, auch Heinrich. Leiser, Mendel, Schloime und Wolf verriegelten das große, schwere Tor. Sie schleppten Schränke und Tische herbei und schoben sie gegen die Türe, die ins Zimmer führte, verbarrikadierten sich in Eile, während man schon die ersten Schläge gegen das Tor dröhnen hörte. Wieder im Zimmer, sah Heinrich zu Toibele. Sie saß noch immer in der Ecke der Leshanka, das Teeglas in der Hand. Sie schien erstarrt.

Frau Breine löschte das Licht. »Zu spät!« sagte sie. Es klang dumpf, wie aus einer anderen Welt.

Heinrich stand gegen die Wand gelehnt. Er wollte sich zur Leshanka vortasten und berührte eine mächtige, kalte, fleischige Hand. Es war die Breines. Sie hielt ihn fest und ließ ihn nicht weiter.

Nun hörte man das Tor krachen. Wüstes Gebrüll betrunkener Männer erschütterte die Luft.

»Laßt uns beten!« sagte Schloime und begann: »Schemah Israel … Schemah Elauhenu …«

»Schweig! Willst du, daß sie uns hören und gleich töten?« fuhr ihn Leiser an.

»Ist doch gleichgültig, ob sie uns hören oder nicht!« sagte irgendwo im Dunkeln der alte David. »Pätschen tun sie uns so oder so! Oder glaubst du, daß das Tor lang halten wird? Hihihi, nun hat uns Gott in seiner Hand. Der Luschawitzer sagt ...«

»Schweigt, schweigt!« rief Leiser. »Um Himmels willen, schweigt jetzt!«

Nun hatten sie das Tor gesprengt. Alle im Zimmer erstarrten. Heinrich hatte sich in der Gewalt. Frau Breine hielt noch immer seine Hand gepreßt. Blitzschnell kamen und gingen die Gedanken: Ist das das Ende? Ich muß doch über meine Reise berichten! Wird nicht meine Ermordung in einem Pogrom der knappste und treffendste Bericht sein? Was wird aus meinem neuen Roman? Den kann niemand vollenden! Aus ist's nun mit allem Wissen, aller Gelehrsamkeit, mit der Kunst und dem Schönen ... Aus mit meinem neuen, meinem letzten Traum ... Wo ist Toibele?

Gewaltsam riß er sich von der Hand Breines los. »Toibele!« rief er. »Kleine Toibele!«

Nun stürmten sie ins Zimmer, Fackeln in Händen. Heinrich sah in verzerrte Gesichter. Hier war keine Gnade zu erwarten.

Er sah, wie sich Leiser wehrte und zu Boden gerissen wurde, er sah, wie der junge Wolf fiel und die Rasenden den alten David in die Höhe hoben und durch das Fenster auf die Gasse warfen, hörte sie toben und lachen und jauchzen. Und er sah noch, wie sie Mendel beim Bart packten und aus dem Zimmer schleiften, sah, wie sich gierige, lüsterne Gesellen auf Toibele stürzten und sie zu Boden warfen. Sie schienen um ihren Besitz zu kämpfen, und Heinrich, der noch unangetastet geblieben war, erwachte aus der Erstarrung. Er ergriff ein Glasgefäß und warf es einem der Unholde an den Kopf. Der wandte sich um und ließ Toibele frei, aber andere hatten das Mädchen schon ergriffen. Heinrich sah noch, wie man ihr die Kleider vom Leibe zu reißen begann. Er schrie auf und wollte einem der Burschen an den Hals.

Aber da spürte er etwas Spitzes, Kühles seinen Körper durchdringen. Er hörte sich noch brüllen vor Schmerz. Doch dann verging dieses gräßliche Weh, ein süßes, wohliges Behagen stieg in ihm auf.

Das achtzehnte Intermezzo

Es war noch hell und Doktor Ascher schritt hastig aus; er hatte das Gefühl, gerettet zu sein, wenn er nur erst im Walde sei. Niemand begegnete ihm. Dennoch sah er sich von Zeit zu Zeit vorsichtig und ängstlich um. Endlich betrat er den Wald. Der Weg stieg jetzt steil an, der Mann keuchte. Er rastete einen Moment lang, an einen hohen, schlanken Baum gelehnt. Man wird doch schon alt, dachte er. Noch vor ein paar Jahren bin ich solche Wege ohne Anstrengung gegangen …

Die Stille bedrängte ihn, er schritt wieder aus, trat über erstorbene Blätter, das Geraschel erschreckte ihn, er glaubte bestimmt, daß jemand hinter ihm sei, aber wagte nicht, sich umzusehen. Dann lachte er laut. Dann wieder kam ihm eine Verszeile in den Sinn:

»… Und mein Fuß tritt erstorbene Blätter …«

Wie es weiter ging in dem Gedicht, wußte er nicht. War nicht er selbst der Dichter gewesen? In einem anderen Leben? Urplötzlich stand dieses andere Leben deutlich vor ihm. Er wußte noch genau, wann das Gedicht entstanden war. Nach einem Beisammensein mit Irmi. Wer war das nur? Ein blühendes schwarzhaariges Mädchen in einem Kleid aus grüner Seide. Ach nein, eine alte Frau war sie, deren Mann im Konzentrationslager erschlagen und deren Sohn man zum Krüppel gedroschen hatte. Ernesto, der junge, schöne Ernesto, dem er dereinst den Namen gegeben hatte im Gedenken an einen längst Dahingegangenen. Er sah zu Boden und Bilder stiegen auf: Er sah sich in alten Stichen, Zeichnungen, Porträts und Photographien kramen, er erkannte sich wieder im Bild seines bei einem Pogrom ermordeten Großvaters und in der Handschrift seines Urgroßvaters Gotthold, des Heineforschers. Heine? War nicht auch Doktor K. Heineverehrer? Doktor K., der Nazi, und Gotthold Ascher, der jüdische Journalist, beide liebten den Dichter, kannten seine Gedichte auswendig:

… und es welke
Meine rechte Hand, vergeß ich

Jemals dein, Jerusalem!

Nun war es ihm doch, als hörte er Schritte hinter sich. Er drehte sich um: zwei Männer, der eine mittelgroß und untersetzt, der andere etwas höher gewachsen und hager. Ascher erschrak. Er blieb stehen und wollte die beiden vorbeigehen lassen. Aber da erblickten die beiden auch ihn und verlangsamten ihre Schritte. Jetzt flüsterten sie miteinander. Der Hagere hatte ein Taschentuch hervorgezogen und wischte sich den Schweiß von der Stirn. Dann tuschelten sie wieder miteinander und gingen abermals ein paar Schritte. Nun konnte man die Gesichter deutlicher sehen. Es waren Juden ... Ascher war erleichtert. Auch die anderen schienen nun erkannt zu haben, wen sie vor sich hatten; sie lächelten. Der Hagere lüftete ein derangiertes, grünes Hütchen, blieb vor Ascher stehen und sagte: »Auch?«

Nichts weiter als dieses eine kleine Wörtchen. Ascher verbeugte sich leicht, lächelte seinerseits: »Ja. Auch.«

Der Hagere streckte die Hand vor und sprach artig: »Gestatten Sie, daß ich mich vorstelle, Doktor Gans!«

»Darf ich mich vorstellen? Ich heiße Fischel, Jakob Fischel«, sagte der Untersetzte und zog ebenfalls seinen Hut.

Doktor Ascher sagte lachend: »Wir tun ja so, als ob wir uns in einem Salon befänden.«

Doktor Gans lachte laut.

»Pst!« machte Jakob Fischel und sah sich ängstlich um.

»Mein Schwager ist ein wenig ängstlich, immer!« meinte Doktor Gans.

»Ich bin nur vorsichtig. Man ist nirgends sicher. Du kennst diese Leute noch nicht, Emil. Überall sind sie. Mich würde es gar nicht wundern, wenn sich dieser Baum mit einem Mal in einen SA-Mann verwandelte! Oder wenn dort aus dem Dickicht ein Gestapo-Agent hervorbräche.«

»Ich bitte sie«, rief Ascher beschwörend, »malen Sie den Teufel nicht an die Wand!«

»Man kann nicht vorsichtig genug sein! Ich wollte schon nicht mit meinem Schwager zusammen gehen, unter diesen Umständen ist jeder für sich allein am sichersten«, erwiderte Jakob Fischel.

»Aber ich bitte dich, so gescheit wie wir sind andere auch. Tausende Juden suchen heute Nacht im Wienerwald Unterschlupf.«

»Ja, nur vergißt du in deiner Klugheit, daß auch die Nazis so gescheit sind und uns daher bestimmt hier suchen werden.«

»Müssen wir denn immer streiten? Auch in solch einer Situation? Und noch dazu vor einem Fremden?« fragte Doktor Gans.

»O, das macht gar nichts! Bitte tun Sie sich keinerlei Zwang an!« sagte Doktor Ascher und fügte hinzu: »Es ist schon recht dunkel geworden, ich glaube, wir könnten es wagen, ein paar Schritte gemeinsam zu gehen. Nachher wollen wir dann wieder jeder unseren eigenen Weg einschlagen.«

Die drei Männer kamen, langsam ausschreitend, ins Gespräch. Sie sprachen flüsternd miteinander, als könnten sie in dem dichten Wald belauscht werden. Bald war Doktor Ascher über die äußeren Verhältnisse seiner Weggefährten einigermaßen instruiert. Doktor Gans war Ingenieur, Statiker seines Zeichens, er war in einer der bedeutendsten Flugzeugfabriken in leitender Position gewesen, eigentlich war er es noch immer. Die Nazis hatten ihn stillschweigend auf seinem Posten belassen und hätten es am liebsten weiter so gehalten. Er aber wollte ins Ausland, hatte gute Angebote. Doch die Nazis ließen ihn nicht ziehen, verweigerten ihm den Paß. Auch nach seiner schließlich doch erfolgten Entlassung sandten sie ihm Konstruktionspläne und Berechnungen nach Hause, wofür sie ihn generös entlohnten. Vor ein paar Tagen hatte sich das wohlwollende Verhalten seiner Vorgesetzten schlagartig verändert. Doktor Gans hatte es für zweckmäßig gefunden, sich für alle Fälle während der gefährlichsten Tage in Sicherheit zu bringen.

Doktor Gans war mit Jakob Fischel verschwägert, einem Mann, von dem nicht viel mehr zu sagen war, als daß er ein gut gehendes Wirkwarengeschäft im Stadtzentrum sein Eigen hatte nennen können. Er hielt sich für einen sehr tüchtigen Kaufmann, keiner in seiner Branche, so behauptete er oft, habe billiger eingekauft und ein feineres Gespür für den Geschmack und die Mode besessen denn er. Inzwischen war es dunkel geworden, und so entschlossen sich die drei Männer, ein Plätzchen zu suchen, wo sie nächtigen konnten. Aber sie waren so müde, und es war so dunkel, daß sie sich niederließen, wo sie gerade standen. Jakob Fischel, der Tüchtige, öffnete seinen Rucksack und entnahm ihm eine warme Decke. »Man muß an alles denken«, sagte er. Dann nahm er eine Tüte mit Äpfeln und bot sie seinen Kameraden an. »Ich verlasse niemals das Haus, ohne etwas zu essen bei mir zu haben. Man kann nie wissen.«

Ich kann sein Gesicht nicht sehen, dachte Ascher, aber ich bin überzeugt, daß es jetzt im Triumph leuchtet.

Dann streckten sie sich hin. Es war unbequem und hart, und so müde sie auch waren, sie konnten nicht schlafen. Doktor Ascher träumte vor sich hin. Er sah Eva, Koffer packend, er sah seine frühere Kanzlei, er sah sich über die Familiengeschichte gebeugt, er sah sich im Konzertsaal, Evas Vater dirigierte, er hörte ganz deutlich Beethovens Neunte, Ton für Ton. Und er hörte auch einen tiefen Seufzer, und der war von Jakob Fischel. Hörte die dunkle, singende Stimme des Doktor Gans, der vor sich hinsagte: »Ja, ja!« Und wieder nur: »Ja, ja!« Sonst nichts. Aber dennoch bewegten diese kleinen Worte das Herz Aschers mächtig.

»Kann ich Ihnen helfen?« fragte er.

»Können Sie sich selber helfen?« fragte Doktor Gans zurück.

Ascher schwieg.

»Ich bin verheiratet, zwei Kinder, Mädchen ...«

»Meine arme Schwester!« seufzte Jakob Fischel.

»Es scheint, als würden wir nie zur Ruhe kommen!« murmelte Doktor Gans. »Die Geschichte von Ahasver, dem ewigen Juden, dürfte die wahrste aller Legenden sein. Es war schon so hell gewesen, schon schien uns der Weg offen ...«

»Wie meinen Sie das?« fragte Ascher.

»Der Zionismus ... Nach zwei Jahrtausenden war er doch die erste positive, schöpferische Idee. Endlich hatte man eingesehen, daß den Juden nichts anderes helfen könnte als ein Judenstaat. Und jetzt? Man hat die Araber gegen uns aufgewiegelt, man will uns alles, was wir dort aufgebaut haben, wieder entreißen ... Denken Sie doch, um wieviel kleiner das Elend heute unter uns Juden wäre, wenn wir unseren eigenen Staat hätten, und wäre er auch nicht in Palästina, sondern irgendwo in der Welt. Irgendein Winkelchen in der Welt, das unser wäre und in dem man jetzt ruhig leben dürfte ...«

»Mein Schwager ist nämlich ein alter jüdischnationaler Couleurstudent«, erläuterte Jakob Fischel.

»So?« fragte Ascher eifrig. »Wie alt sind Sie, Doktor Gans?«

»38, warum? Sind Sie auch Zionist?«

»Nein, das heißt, ich weiß das nicht so genau. Mein Vater war ein Freund Theodor Herzls. Ich kann mich noch gut an ihn erinnern, er schenkte mir einmal einen Lederfußball, und Ansichtskarten schickte er mir, aus der ganzen Welt, aus London, Paris, Petersburg, Holland, Ägypten, auch aus Palästina ...«

»Warten Sie, sind Sie nicht ein Sohn Doktor Rudolf Aschers?«

»Ja, er starb vor über zwanzig Jahren.«

»Dann sind Sie der Ascher, der die Affäre mit dem deutschnationalen Couleurstudenten hatte, wie hieß der Kerl nur?«

»Er hieß Prieger. Heute wäre er ein strammer Nazi, aber er ist schon lange tot, soviel ich weiß. Aber wieso wissen Sie so gut Bescheid?«

»Na, hören Sie! Die Affäre hat doch damals größtes Aufsehen erregt! Sie waren unser aller Held!«

»Obwohl ich mich gar nicht duellierte?«

»Trotzdem!«

»Auch ich erinnere mich an die Sache«, ließ sich Jakob Fischel vernehmen.

»Kannten Sie einen gewissen Bäucherl?«

»Bäucherl ... Natürlich! Kohn! Alter Herr unserer Verbindung! Gewiß! Wir saßen bis vor kurzem zusammen im Konvent der Alten Herren.«

»Was ist aus ihm geworden?«

»Weiß nicht ... Was wissen wir heute schon voneinander?«

»Gute Nacht!« Fischel gab deutlich zu verstehen, daß er zu schlafen gedachte.

Doktor Ascher streckte sich aus und schloß die Augen. Er konnte nicht einschlafen. Er sah einen endlosen Zug geplagter Menschen mit Bündeln auf den Rücken, er erkannte viele vertraute Gesichter, dem seinen ähnlich: Jehuda ben Jehuda, Nathan ben

Jehuda, Serachja ben Nathan, Baruch, Salomo, Israel und Joseph und all die anderen, und dann erblickte er seine eigene Gestalt am Ende des Zuges. Er riß die Augen auf und wußte sich im Wald liegen, neben sich andere, die dem traurigen Zug angehörten.

Es war schon hell, als er die Augen öffnete. Die beiden Männer neben ihm hatten sich bereits zurecht gemacht und schüttelten die Erde und das Laub aus ihren Gewändern. Jakob Fischel hatte aus seinem Rucksack eine Thermosflasche mit warmem Tee hervorgezaubert. Er bot Ascher einen Schluck aus der Flasche, der fühlte sich angenehm erwärmt, lobte laut in beredten Worten die Tüchtigkeit des kleinen, wohlbeleibten Mannes, der das Lob gern vernahm.

Die Männer beschlossen, einzeln weiter zu wandern. Sie reichten einander die Hände und wünschten alles Gute. Bald danach war Ascher auf der Höhe angelangt. Von weitem erblickte er das schöne Hotel, aber er entsann sich der Weisung der energischen jungen Dame und schlug sich sogleich wieder in den Wald. Hier mußte wohl der Weg nach Hochroterd abzweigen. Nun würde es nicht mehr lange dauern, irgendwo würde ihn Eva erwarten. Sein Herz schlug höher, er lächelte. Er fühlte sich frei und wohl.

Ascher schritt weiter und bog, wie verabredet, in den grün markierten Weg ein. Er wartete auf Eva. Eine Stunde, zwei Stunden, sie kam nicht. Er wartete noch eine weitere halbe Stunde, dann wurde er unruhig. War er am Ende am falschen Ort? War ihr vielleicht etwas zugestoßen? Sein Herz fing wie rasend an zu schlagen. Sollte er hier warten? Was nun? Er entsann sich der Instruktionen. Sollten sie einander verfehlen, so möge er spätestens um acht Uhr abends wieder bei der Bank in Hütteldorf warten. Er sah auf die Uhr, er hatte noch vier Stunden Zeit, aber er schätzte den Weg auch bei raschestem Gehen für länger. Er hatte den ganzen Tag über nichts gegessen und verspürte Hunger. Wie gehetzt lief er durch den Wald. Noch vielen Leidensgenossen begegnete er, manche von ihnen lagen versteckt in Gebüschen unter dem Laub. Trotz des raschen Tempos fröstelte ihn plötzlich, es war doch schon fast Mitte November. Es war spät am Abend, als er endlich am Waldsaum anlangte. Von hier aus konnte es nicht mehr weit sein. Noch eine halbe Stunde.

»Halt!« wurde ihm da entgegengerufen, und sogleich wußte er: Dies ist ein Halt, nun gibt es kein Weiter mehr …

Und schon umringten ihn einige Gestalten, er erkannte ihre Uniformen. »Sind Sie Jude?« schrie ihn einer an.

»Ja«, antwortete Ascher.

»Aha! Wieder einer!« hörte er noch rufen. Dann hörte er nichts mehr. Einer der Uniformierten hatte ihm einen derben Schlag ins Gesicht versetzt, und eine wohltuende Ohnmacht hielt den müden Wanderer zunächst in ihrer Haft …

Neunzehntes Kapitel
Ein Abend mit dem ungekrönten König der Juden

I.

Monika Ascher erwartete ihren Mann Rudolf ungeduldig. Sie war bereits angezogen. Das schwarze Samtkleid mit dem spitzen Ausschnitt stand ihr vortrefflich. So oft sie auch in den Spiegel sah, sie war mit dem zurückgeworfenen Bild zufrieden. Das Kleid machte sie noch ein wenig größer, als sie ohnehin war, und ihre schmale Taille kam zur Geltung. Monika legte Wert darauf, eine schmale Taille zu besitzen, und an dem Tag, da sie erfuhr, daß sie die »Dame mit der Wespentaille« genannt wurde, war sie ordentlich stolz. Noch einmal prüfte sie ihr Spiegelbild im Detail und war zufrieden mit allem: mit dem schmalen, schöngeformten Gesicht, mit den großen schwarzen Augen, mit dem zierlichen Mund und der frech aufgeworfenen Unterlippe, mit der ein wenig zu lang geratenen Nase, von der dieser kecke Alfred Neumayer behauptete, daß sie ihr Gesicht ganz besonders interessant mache. Was wohl Alfred Neumayer zu dem Kleid sagen würde? Er, der ihr erst vor kurzem gesagt hatte, daß ihr Schwarz bezaubernd stünde? Wenn sie nun heute in dem schwarzen Samtkleid erschiene, würde das in den Augen dieses eingebildeten Mannes nicht als eine Avance erscheinen? Monika errötete, nein, sie war weit entfernt, diesem Mann Avancen zu machen. Bei ihr würde er jedenfalls kein Glück haben ... Bei einer Frau von bereits 34 Jahren, der Mutter eines Zwölfjährigen? Sie sah in den Spiegel. Wo nur Rudolf blieb? Es wird immer schwieriger mit ihm, immer unregelmäßiger kommt er nach Hause. Immer ist er bei den Leuten der Partei, bei Besprechungen, in dummen Versammlungen. Ich glaube, er vernachlässigt sogar sein Kaffeehaus. Immer nur Zionismus, Bewegung, Aktionsausschuß und Doktor Herzl ... Wie oft er nur in der letzten Zeit verreist war! London, Paris, Amsterdam, sogar in Konstantinopel war er gewesen. Und auf all diese Reisen hatte er sie nur ein einziges Mal mitgenommen, einmal hatte sie ihn nach Paris begleiten dürfen, aber sie war dort fast die ganze Zeit allein im Hotelzimmer gesessen, weil ihr Mann keine Zeit gefunden hatte, ihr die Stadt zu zeigen.

Ob Rudolf ihr auf Reisen wohl die Treue hielt? In der ersten Zeit hatte sie der bloße Gedanke, daß es anders sein könnte, mit Schrecken erfüllt. Dann aber wieder hatte die Vorstellung, daß Rudolf fremde Frauen umarme, in ihr Neugier erweckt. Manchmal hielt sie es für ganz und gar unmöglich, daß Rudolf sie betrügen könnte, manchmal aber war sie ihrer Sache gar nicht so sicher. »Politik verdirbt den besten Mann«, pflegte ihre geliebte Schwester Vera zu äußern, und Monika hatte in dieser Hinsicht das denkbar größte Vertrauen zu den Erfahrungen ihrer Schwester. Wie oft hatte Vera sie verlacht, weil sie sich noch keinen Liebhaber gefunden hatte. »Dein Gatte würde es gar nicht bemerken!« Erst neulich hatte sie ihr erklärt: »Nütz doch deine letzten paar Jahre aus! Bald bist du über der Grenze! Niemand wird dir es danken, wenn du es nicht tust! Dein Mann am wenigsten! In kurzer Zeit wird es ganz und gar gleichgültig sein, ob du eine treue Frau gewesen bist, aber niemand ersetzt dir das versäumte Glück oder meinetwegen auch nur das versäumte Vergnügen!« Nein, Vera hatte weder von der politischen Tätigkeit Rudolfs noch von der seines berühmten Freundes Doktor Herzl eine allzu hohe Meinung. Monika wußte, warum Vera nicht gut auf Doktor Herzl zu sprechen war. Ihre Schwester hatte sich für diesen bildhaft schönen und eleganten Mann, den gefeierten, verehrten Schriftsteller und geliebten Führer der zionistischen Bewegung einmal interessiert. Vera mußte es als eine der schwersten Niederlagen ihres Lebens empfunden haben, daß der Mann auf dieses augenfällige Interesse nicht einging. Monika hatte sie zu trösten versucht: Herzl gehe eben völlig in seiner Bewegung auf, er sei kein Liebhaber, er habe keine Zeit für derlei Dinge, sei ausgefüllt von seiner Idee. Aber das hatte Vera nicht zu verstehen vermocht: Ein so begehrenswerter Mann, bewundert, geliebt, umschwärmt, in notorisch schlechter Ehe lebend, sollte unzugänglich sein? Sie konnte es nicht fassen. Sie verdoppelte ihre Bemühungen – ohne Erfolg. Damals hatte sie den Satz geprägt: »Politik verdirbt den besten Mann!«

Wie war das aber mit Rudolf? Hatte auch der für andere Frauen nichts übrig? Trotz der 13jährigen Ehe war er ihr immer irgendwie fremd geblieben, seine Ruhe, seine Korrektheit, seine allen Situationen angemessene Würde – nein, nicht immer konnte sie ihren Mann verstehen, mitunter war er ihr wie ein Fremder, den sie hassen zu müssen glaubte. Freilich ließ sie einen solchen Gedanken gar nicht groß werden, wies ihn sogleich energisch ab. Rudolf war schließlich ihr Gatte und der Vater ihres Sohnes Robert, der schon anfing, ein junger Mann zu werden, seinem Vater in allem ähnlich. Monika wäre es lieber gewesen, Robert hätte mehr Ähnlichkeit mit ihrem Vater, ihren Brüdern gehabt – die taten sich alle viel leichter als die schwerblütigen Ascher.

Wo er nur blieb? Er hatte doch versprochen, diesmal pünktlich zu sein, damit sie nicht wieder verspätet zu dem Fest erschienen. War das überhaupt noch eine Ehe zu nennen? Alfred Neumayer hatte wunderbare Schwärmeraugen. Von ihm gestreichelt zu werden … Er ist so elegant. Wer weiß, vielleicht sollte sie Veras Rat folgen, ehe es zu spät war.

Es läutete. Doktor Rudolf Ascher betrat das Zimmer seiner Frau. »Verzeih, ich habe mich ein wenig verspätet.«

»Mach nur rasch!« sagte sie. Rudolf verschwand im Badezimmer und die Frau blickte ihm nach. Wie müde und alt er aussah! Die Falten in seinem Gesicht mehrten sich. Sein schönes schwarzes Haar wurde schütter, und die vielen grauen Haare in seinem Bart! Rudolf war doch nur um sieben Jahre älter als sie selbst. Sie eilte wieder zum Spiegel und prüfte ihr Gesicht genau und kritisch. Bis auf die winzigen, kaum sichtbaren Augenfältchen – nein, Fältchen waren sie kaum zu nennen! – nahm sie nichts wahr. Gewiß würde der verwöhnte Alfred Neumayer sich nicht um sie bemühen, wenn sie schon ältlich aussähe. Ob Alfred wirklich so viele Erfahrungen mit Frauen hatte?

Endlich war Rudolf bereit. Im Frack sieht er noch immer gut aus, dachte Monika, wenn er nur nicht so vorgebeugt ginge.

»Halte dich gerade, Rudolf, so wirst du keiner Frau gefallen!« sagte Monika lächelnd.

Rudolf nahm die Brille ab, putzte die Gläser und sah seine Frau erstaunt an.

»Das ist mir auch ziemlich gleichgültig!« sagte er. »Wie kommst du auf derlei Gedanken?«

»Ist Robert noch auf?« fragte Rudolf und trat, ohne die Antwort abzuwarten, ins Zimmer des Sohnes.

»Hallo Robert! Wie geht's?«

»Danke gut, Vater!« sagte der Knabe. Er war für sein Alter hochgewachsen, schmalbrüstig, sein nach unten spitz zulaufendes Gesicht wirkte klug, über den kurzsichtigen, schwarzen Augen trug er eine Brille. Er war auffallend adrett gekleidet, sein breiter weißer Umlegkragen war fleckenlos.

»Onkel Theodor hat mir einen herrlichen Fußball geschenkt – sieh einmal!«

Doktor Ascher hob den Ball und warf ihn seinem Sohn zu. Als seine Frau Monika das Zimmer betrat, war ein richtiges Ballspiel im Gange. »Aber Kinder!« rief sie lachend. »Ihr werdet noch alles ruinieren! Gebt doch acht!«

Gehorsam hörten beide sogleich auf.

»Was gibt's in der Schule?«

»Ich glaube, ich habe die Mathematikschularbeit verpatzt!«

»Na, es wird nicht so arg sein, mein Junge! Ich glaube, du bist in der Schule zu ehrgeizig, ich war es leider auch. Übertreibe nicht!«

»Wird Onkel Theodor heute auch auf dem Fest sein?«

»Natürlich, es wird ja ihm zu Ehren gegeben, wegen der großen Erfolge, die er in London errungen hat!«

»Ich laß mich schön für den Fußball bedanken!«

»Gut, ich will es ausrichten, Robert!«

»Viel Vergnügen! Mama, du bist so schön heute! Viel schöner noch als sonst!« sagte bewundernd der Knabe.

»Sieh an, der kleine Kavalier!« rief lachend der Vater. Auch er sah jetzt stolz auf seine Frau.

»O, du Schmeichler!« Monika war glücklich. Wenn der Junge es fand und sogar Rudolf beipflichtete, dann mußten andere es auch finden. Sie küßte den Jungen und hängte sich in den Arm ihres Gatten.

II.

Monika Ascher und Alfred Neumayer saßen eng beieinander in einer Ecke des großen Saales. Monika hatte ein wenig getrunken, ihre Wangen glühten, ihre Augen leuchteten. Sie verspürte ein eigenes Behagen, wenn die Hand des Mannes der ihren nahe kam, oder ein Fuß unter dem Tisch nach ihr suchte. In ihrer Aufregung hatte Monika den vielen Reden kaum gelauscht. Selbst als ihr Mann sprach, hörte sie seine Stimme nur wie von ferne und vermochte den Sinn seiner Worte kaum zu fassen.

Eine ältere, imposant aussehende Dame ging vorüber. Sie hatte das Auftreten einer Herzogin und führte gleich einer solchen ein großes Gefolge mit sich. Sie setzte ihr Lorgnon auf, erkannte Monika und trat rasch auf sie zu. Es war die Mutter Theodor Herzls.

»Guten Abend, mein Kind, wie geht es Ihnen? Sie sehen ja allerliebst aus, heute! Wo lassen Sie eigentlich arbeiten?«

Sie wartete die Antwort nicht ab und fragte weiter: »Was macht der kleine Robert? Ein aufgeweckter Knabe! Meine Enkelkinder haben ihn sehr gern! Hans liebt ihn, auch Trude mag ihn. Schicken Sie uns Ihren Robert doch wieder einmal! Ihr Mann hat ausgezeichnet gesprochen, schlicht und ohne Pathos. Er ist überhaupt ein sehr ordentlicher Mensch, verläßlich. Man muß es gut haben an seiner Seite, nicht wahr?«

Monika fühlte ein schlechtes Gewissen. Kam es ihr nur so vor, oder musterte die alte Dame Alfred Neumayer? Jedenfalls beeilte sich Monika zu sagen: »Natürlich, natürlich, gnädige Frau!«

»Behandeln Sie ihn gut! Er verdient es! Übrigens ist er einer der wirklichen Freunde meines Sohnes, und mein Sohn braucht ihn!«

»Ist der Herr Doktor noch immer nicht gekommen?«

»Nein, er ist so gehetzt, der Arme. Irgendein Minister wollte ihn dringend sprechen. Der arme Theodor! Er müßte sich einmal gründlich erholen von all den Kaisern und Königen, Großherzögen und Ministern. Er ist ein Opfer seiner Idee. Der Zionismus wird mir noch mein Kind rauben.«

»Nun also, Mutter, hast du wieder über mich zu klagen?« ertönte eine sonore, angenehm klingende Stimme. Die alte Dame wandte sich rasch um, sah mit leuchtenden Augen ihren Sohn an und reichte ihm wie eine Herrscherin die Hand zum Kusse. Wie schön er doch ist!, dachte Monika und verstand jetzt ihre Schwester Vera. Und sie erinnerte sich an die ersten Jahre ihrer Ehe, als Doktor Herzl noch Zeit hatte, manch schönen Abend in ihrem Hause zu verbringen. Hatte sie nicht damals selbst mehr als Bewunderung für diesen Mann empfunden? Und während sie ihn jetzt eingehender betrachtete, mußte sie denken: Wirklich, Rudolf hatte recht, als er Herzl einmal den ungekrönten König der Juden nannte! War nicht alles an seinem Wesen majestätisch, und war er nicht von all den vielen Menschen hier geliebt, wie nur jemals ein König von seinen Untertanen geliebt wurde? Er war wirklich ein schöner Mann, hochgewachsen, das längliche Gesicht von einer edel gewölbten Stirn gekrönt, einen Hauch müder Melancholie in den dunklen, brennenden Augen, ein den Spötter verratender kühn geschwungener Mund. All das, zusammen mit dem dichten schwarzen Haar und dem gepflegten Vollbart, machte das Antlitz hinreißend. Keiner konnte es ihm an Vornehmheit, Eleganz und Auftreten gleichtun!

Nun hatte auch Herzl Monika bemerkt, trat auf sie zu, küßte ihr die Hand und sagte: »Guten Abend, Frau Monika. Darf ich Ihnen sagen, daß Sie noch entzückender aussehen als sonst? Schade, daß ich zu spät kam. Ich hörte, daß Rudolf vortrefflich gesprochen hat. Und Robert?«

»Ja richtig, er läßt sich für den schönen Fußball bedanken. Er war begeistert.«

»Das gehört sich auch so für einen Zwölfjährigen.«

»Darf ich Sie mit Herrn Alfred Neumayer bekanntmachen?« Die beiden Herren reichten einander die Hand. Sie verglich sie: Mit Herzl kann sich Alfred nicht vergleichen, aber er ist so himmlisch frech. Er ist erreichbar, Herzl ist es nicht.

»Ich bin sehr glücklich, den berühmten Mann persönlich kennenzulernen«, sagte Neumayer und verbeugte sich weltmännisch.

»Sind Sie denn kein Zionist? Wie kommen Sie dann hieher?«

»Frau Ascher war so gütig, mich hier einzuführen. Nein, ich bin kein Zionist, noch nicht ...«

»Aha, verstehe. Sie hatten noch keine Zeit, sich mit den Problemen Ihres Volkes zu befassen. Kein Jude hat dazu Zeit, bis die Zeit ihn zwingt. Ich mache Ihnen keinen Vorwurf daraus … Hallo Rudolf! Servus!«

Herzl nahm Doktor Ascher beim Arm und zog ihn beiseite. Sogleich bildete sich eine Gasse, Herzl schritt hindurch, grüßte hier und grüßte dort … Wie ein König, dachte Monika, wie ein König. Jetzt bot ihr Alfred seinen Arm und flüsterte ihr eine zweideutige Bemerkung ins Ohr, sie errötete und schlug ihm mit dem Fächer auf die Hand. Sie lachte erregt.

»Ich glaube, du wirst reden müssen!« sagte Rudolf zu Herzl.

»Warum? Hier ist doch niemand, der noch zu überzeugen ist …«

»Trotzdem erwarten alle deine Rede, fast alle sind nur deinetwegen gekommen.«

»O nein! Die sind gekommen, um gut zu essen oder sich zu amüsieren. Nebenbei wollen sie mich auch noch hören, aber ich bin nur so eine Art Draufgabe, mein Lieber.«

»Ich glaube, du machst dir keine Vorstellung davon, was du diesen Menschen bedeutest.«

»Was denn? Den Armen vielleicht. Die brauchen mich. Für die ist Palästina eine Notwendigkeit und nicht ein Modewort, gerade gut genug, um in seinem Namen zu tafeln und zu tanzen. Je reicher hier einer ist, desto nebensächlicher ist ihm sein Judentum …«

»Vergiß nicht, daß wir sie auch brauchen!«

»Ich vergesse es nicht. Weder, daß wir sie brauchen, noch, daß das die Schicht ist, aus der wir kommen, und ich vergesse auch nicht, daß sie nur arme Juden sind – trotz ihres Geldes!«

»Nun komm, Theodor! Du mußt sprechen!«

Monika hatte Kopfschmerzen bekommen. Sie ließ sich von Alfred zum Büffet führen und trank zwei Schalen schwarzen Kaffee. Dann fühlte sie sich besser und nahm sich vor, nicht mehr zu trinken.

»Schön wäre es jetzt, wenn man unbemerkt verschwinden und ein bißchen bummeln könnte«, sagte Alfred.

»Sind Sie wahnsinnig?« Monika verspürte wieder jenes eigene Gefühl.

»Ich weiß nicht! Vielleicht!« flüsterte Alfred.

Da klangen die Worte des Redners an ihr Ohr. Sie sagte: »Herzl spricht. Ich will ihn hören!«

»Gerade jetzt wäre Gelegenheit, unbemerkt zu verschwinden. Die Leute sind alle trunken von seinen Worten, sie würden nichts bemerken, auch Ihr Mann nicht.«

»Sie sind verrückt!« Monika setzte sich auf einen freien Stuhl. Eben war aus dem Saal stürmischer Beifall zu vernehmen.

»Ich machte sowohl Herrn von Bülow, dem deutschen Reichsaußenminister«, hörten sie die Stimme Herzls, »wie auch dem Reichskanzler Prinz Hohenlohe vor Jahren einmal klar, daß es mir nichts ausmacht, wenn man mich für einen Phantasten hält. Nur mit phantastischen Dingen, die einfach sind, kann man die Menge gewinnen. Ich machte ihnen klar, daß uns Juden mit privater Wohltätigkeit nicht mehr zu helfen ist. Geld ist nicht alles. Für viele von Ihnen, meine Herrschaften, mag eine Fahne nichts anderes sein als eine Stange mit einem Fetzen Tuch daran. Aber eine Fahne ist weit mehr! Mit einer Fahne führt man Menschen, führt sie ins Gelobte Land! Für eine Fahne leben und sterben sie ...«

Herzl unterbrach sich, dachte: Was erzähle ich denn da? Das habe ich doch schon längst einmal ... Es langweilt mich. Er fuhr fort:

»Die Judenfrage ist eine nationale; um sie lösen zu können, müssen wir sie zu einer Weltfrage machen, die im Rate der Kulturvölker zu regeln ist. Wir müssen eine öffentlich-rechtliche Heimstätte für jene schaffen, die sich nicht assimilieren wollen und können. Seit zweitausend Jahren werden wir verfolgt und geschlagen, wir wandern von einem Pogrom, von einem Kischinew zum andern. Kischinew ist überall für uns.«

»Sehr interessant, Frau Monika«, flüsterte Alfred. »Doch wäre es nicht weit interessanter, jetzt Arm in Arm ...«

»Schweigen Sie!« zischte Frau Monika und schlug wieder mit dem Fächer nach ihm.

Und Herzl sprach: »Unter den Augen der russischen Behörden wird die jüdische Bevölkerung erschlagen, werden die Frauen vergewaltigt, ihre Häuser in Brand gesteckt, jeden Tag neue Blutorgien. Und da soll man nicht das Asyl annehmen, das sich einem bietet? Das jüdische Volk kann kein anderes Ziel haben als Palästina. Aber habe ich das Recht, ein Butterbrot abzulehnen, das man mir für die Armen spendet, weil ich persönlich noch Kuchen zu essen habe? Kischinew sollte uns eine Lehre sein. Retten wir die, die noch zu retten sind! Es ist höchste Zeit! Ich höre schon, wie man mir vorwirft, daß ich Palästina verraten habe. Aber: im eschkachecha jeruscholaijm tischkasch jemini: Wenn ich Dein vergesse, Jerusalem, verdorre meine Rechte …«

Der Beifall umspülte den Redner wie ein laues Bad. Er dachte: Mein Gott, ich habe mein Feuilleton für die »Neue Freie Presse« noch nicht geschrieben. Meine Sklavenhalter werden murren. Ich habe keine Ahnung, was ich schreiben soll.

»Ich erinnere mich der Zeiten, da ich meinen ›Judenstaat‹ schrieb, die Tage, die ich jetzt erlebe, ähneln denen von damals. Es wäre ein Geschenk Gottes, wenn er uns Juden noch einmal einen eigenen Staat gäbe. Wir sind ein Volk. Wir haben überall ehrlich versucht, in der uns umgebenden Völkergemeinschaft aufzugehen und dabei bloß den Glauben der Väter zu bewahren. Man läßt es nicht zu. Vergeblich wurden wir treue und manchmal sogar überschwengliche Patrioten, vergebens bringen wir die gleichen Opfer an Blut und Gut wie unsere Mitbürger, vergeblich bemühen wir uns, den Ruhm unserer Vaterländer in Künsten und Wissenschaften, ihren Reichtum durch Handel und Verkehr zu mehren. Wo wir schon seit Jahrhunderten leben, werden wir als Fremdlinge behandelt, oft von denen, die noch nicht im Lande waren, als unsere Väter schon dort seufzten. Wer der Fremde im Lande ist, das entscheidet bekanntlich die Mehrheit. Wir brauchen den Staat der Juden im Gelobten Land. Auch wenn wir es über einen Umweg erreichen müssen. Wo ist das Gelobte Land? Wo wir als freie Menschen auf eigener Scholle leben und in unserer Heimat in Frieden sterben dürfen – wo die Bezeichnung ›Jude‹ wieder zu einem Ehrenwort wird, wie Deutscher, Engländer, Franzose, wo unser Staat unser Volk erzieht für die Aufgaben der Zukunft. Gott hätte unser

Volk nicht so lange erhalten, wenn wir nicht noch eine Bestimmung in der Geschichte hätten.«

Er dachte: Ich rede wieder zu lange, ich muß zum Schluß kommen. Ich brauche ein wirkungsvolles Ende!

»Niemand denkt daran, das Gelobte Land dort zu suchen, wo es ist. Und doch liegt es so nahe! Es ist in uns selbst! Denn jeder trägt ein Stück vom Gelobten Land in sich und mit sich: der in seinem Kopf, der in seinen Händen, und der dritte in seinen Ersparnissen. Das Gelobte Land ist dort, wohin wir es tragen. Es wird ein Märchen bleiben, wenn die Juden es so wollen, und es wird Wirklichkeit, wenn die Juden es so wollen!«

»Er ist ein blendender Mann und ein glänzender Redner«, meinte Alfred Neumayer. »Ich lese auch seine Feuilletons sehr gern. Sie sind immer witzig, geistreich. Aber glauben Sie nicht, daß es schade um die Zeit war? Denken Sie doch, wie herrlich es gewesen wäre, wenn wir diese Stunde ganz für uns allein gehabt hätten ...«

Monika sah sich hilfesuchend um und erblickte ihren Mann, der auf dem Weg zu ihr war.

»Du bist sehr echauffiert, meine Liebe! Ist dir wohl? Ich muß noch mit Herzl, Schnirer und Doktor Schalit ins Kaffeehaus. Herzl hat eine Zusammenkunft mit einem amerikanischen Journalisten und will nachher noch mit mir sprechen. Willst du mitkommen oder ziehst du es vor, nach Hause zu gehen?«

»Ich könnte die gnädige Frau nach Hause bringen«, sagte Alfred Neumayer bereitwillig.

»Ich weiß nicht ...« Monika dachte an ihre Schwester Vera.

»Wenn dir nicht gut ist ...«

»Offen gestanden, möchte ich eigentlich lieber nach Hause ...«

»Dann adieu, meine Liebe! Ich bin sehr bald zu Hause, längstens in zwei oder drei Stunden. Warte, ich besorge dir einen Wagen.«

»Durchaus nicht nötig, Herr Doktor, mein Wagen wartet unten«, sagte Alfred Neumayer und reichte Ascher die Hand.

Das neunzehnte Intermezzo

Als Doktor Ascher wieder zur Besinnung kam, fand er sich auf dem Fußboden eines großen Saales liegend. Um ihn saßen, standen, kauerten, lagen viele Männer. Ihre Gesichter waren zerschunden. Unwillkürlich griff er sich an die Stirn und dann an den Hinterkopf. Sogleich zuckte er mit der Hand zurück, die berührte Stelle schmerzte, als ginge ein scharfes Messer durch den Schädel. Er wollte wieder in seine Ohnmacht fliehen, doch ein großer, breitschultriger Mann schrie ihn an. Er verstand ihn nicht. In welcher Sprache redete man mit ihm? Es war Berliner Dialekt, den der Anwalt nicht verstand. Er musterte den Schreier. Ein stiernackiger Magog, dachte Ascher. Der Riese war in eine feldgrüne Uniform mit rosa Passepoils gekleidet, so sahen auch die anderen Diensttuenden aus. In der Kenntnis der verschiedenartigen reichsdeutschen Parteiuniformen waren die armen Juden von 1938 gut bewandert. Doktor Ascher wußte gleich, daß der Riese zur SS-Verfügungstruppe gehörte.

»Aufstehen!« schrie der Riese und berührte Ascher mit der Spitze seiner schwarzglänzenden hohen Militärstiefel. Vielleicht wollte der Riese gar nicht derb zustoßen, vielleicht war es nur eine seinen Größenverhältnissen angepaßte Bewegung, aber Ascher schrie vor Schmerz auf und hielt seinen Unterleib.

»Mitkommen!« brüllte der Riese. Doktor Ascher wurde in einen kleinen Raum geführt, in dem ein Uniformierter hinter einem mächtigen Schreibtisch saß. Es war ein Mann mit Hornbrillen und klugem, ernstem Gesicht. Das muß doch ein besserer Mensch sein, dachte der Anwalt, warum gibt sich der zu so etwas her? Der Hornbebrillte sprach auch richtig deutsch und nicht berlinerisch. Er richtete ungezählte Fragen an Ascher, die dieser wie im Traum beantwortete. Fragen, die er bisher noch bei keinem Verhör hatte beantworten müssen, zum Beispiel, ob er homosexuell veranlagt sei, ob er intimen Verkehr mit arischen Frauen hatte, ob er jemals eine Frau dazu verhalten hatte, ihre Leibesfrucht abtreiben zu lassen, und dergleichen mehr. Ruhiger geworden, wunderte sich Ascher über die merkwürdigen Fragen. Er begann, am deutschen Organisationstalent zu zweifeln. Ein Mensch gäbe hier nur etwas zu, wenn er wegen eines dieser Delikte bereits vorbestraft wäre, und dann wäre es aus den vorliegenden Polizeiakten ohnehin zu ersehen. Ascher lächelte und glaubte, das gleiche Lächeln im Gesicht des Hornbebrillten zu erblicken. Es schien zu sagen: »Entschuldigen Sie, aber ich kann da leider nichts machen!«

Der Hornbebrillte nickte, das Verhör war beendet. Der Berliner Riese faßte ihn am Rockkragen, die Nähte knirschten. »Ab durch die Mitte!« schrie der Riese. Er schien ein heiterer Geselle zu sein. Ascher wurde über Stiegen und Gänge geführt und stand mit einem Male auf der Straße.

Vor dem Gebäude wartete mit offenen Türen ein großer Arrestantenwagen. Und vor ihm hatten sich die gutherzigen Wiener versammelt und schrien: »Nieder mit den Juden!«, »Recht geschieht der Judenbande!«, »Endlich zeigt man es der Judenbagasch!« Und der Berliner Riese riß den Anwalt mit einer Hand in die Höhe und stieß ihn wie ein Stück Ware in den Wagen. Ascher fiel nicht hart. Das Auto war angefüllt mit Schicksalsgenossen. Ein junger kräftiger Mensch hatte ihn aufgefangen, stellte ihn wieder auf die Beine und fragte in unverfälschtem Wiener Dialekt: »Haben Sie sich weh getan?« Ascher hörte nur das Johlen der Menge. »Gar nicht einmal beachten!« meinte der junge Mann und machte Ascher Platz, so gut es ging. Und dann stiegen der Riese und einige seiner Kameraden auch noch in den Wagen, aber für sie war genügend Platz. Das Auto setzte sich in Bewegung. Ein Bewacher wurde von seinem Sitz geschleudert, streifte mit seiner Schulter einen Häftling, holte aus und schlug dem Mann mit aller Wucht ins Gesicht: »Ich werde dir beibringen, einen Arier anzurühren, Saujude!« Ascher ballte die Fäuste in der Tasche und schwieg. Er konnte nicht feststellen, wohin die Fahrt ging. »Wir biegen jetzt in die Porzellangasse ein«, sagte der junge Mann. Er hieß Weintraub, war anscheinend ein recht einfacher Mensch, schien aber das Herz am rechten Fleck zu haben. Er sprach wienerisch wie ein Hernalser oder Ottakringer und sah nicht im mindesten jüdisch aus. »Ujegerl, wir werden in die Reiterkaserne der Polizei gebracht. Wir kommen in die Pramergasse!« Damit hatte er recht.

Die Türen des Autos wurden aufgerissen. »Abspringen und Laufschritt!«

Kaum hatte Ascher den Boden betreten, als er von einem Uniformierten einen derben Fußtritt erhielt. Er rannte mit den anderen ins Gebäude. Die weitläufige Reithalle wirkte leer, obwohl dort bereits mehr als hundert Häftlinge standen. Ununterbrochen kamen von allen Seiten die Gefangenenautos der Polizei und spien ihren Inhalt aus: Professoren und Gelehrte, Kaufleute und Beamte, Angestellte und Kleingewerbetreibende, Lehrer, Studenten und Arbeiter, Junge, Alte, Kranke, Gesunde, Kräftige, Gebrechliche. Bald war der ungeheure Raum so vollgestopft, daß alle dicht aneinander gepreßt standen. Es waren schon an die viertausend Menschen im Saal. Ascher gehörte zu den Glücklichen, die, früher eingeliefert, an eine Mauer gelehnt stehen konnten. Doch sah er einen kleinen alten Mann, dessen blasses Gesicht Spuren schlimmer Mißhandlungen zeigte. Mit ihm tauschte er Platz. Der junge Weintraub mißbilligte das: »Sie sind eine Wurzen, Doktor! Sie werden's bei den Nazis nicht leicht haben!«

Von Zeit zu Zeit betrat ein Uniformierter den Saal, brüllte und kommandierte herum. Die Häftlinge mußten Kniebeugen und andere Turnübungen machen. Wehe, wenn einer nicht mehr konnte. Zu essen gab es in dieser Nacht nichts. Einmal wurde Wasser in großen Blechgefäßen herumgereicht.

Nach Mitternacht hatten offenbar auch die Uniformierten eine Ruhepause nötig. Ascher sah sich um. Die Reithalle war hell erleuchtet. Ihm war, als wären ihm all diese gehetzten und unglücklichen Menschen von Anbeginn vertraut gewesen. In Wirklichkeit kannte er nur wenige. Er sah einen berühmten Gynäkologen, sah Doktor Gans, Jakob Fischel, seinen Gymnasialkollegen Felix, seinen Studienfreund Doktor Robinsohn und einen früheren Klienten, Generaldirektor von Samuel, der so stolz auf seinen Adel war und immer vorgab, sich nichts daraus zu machen. Und er sah Professor Porten, den vornehmen Dermatologen und Dirigenten des Ärzteorchesters, Doktor Marek, den kleinen, freundlichen Arzt, mit dem er schon einmal inhaftiert gewesen war, und den Journalisten, mit dem er in den Märztagen eine Zelle geteilt hatte.

»Entschuldigen Sie, sind Sie nicht Doktor Ascher?« Vor Ascher stand ein vornehm gekleideter Mann. »Sie kennen mich gewiß nicht mehr, mein Name ist Kassowitz, Doktor Wilhelm Kassowitz. Es ist lange Zeit her. Sie erinnern sich gewiß an die peinliche Affäre aus Ihrem letzten Studienjahr. Ich habe Ihnen damals die Hilfe meiner Verbindung angeboten.«

Rasch stiegen bunte Bilder vor den Augen des Anwaltes auf, und rasch verschwanden sie wieder. Was wohl aus Bäucherl geworden sein mag?

»Ja natürlich!« rief er aus und reichte dem eleganten Herrn die Hand.

»Sie haben damals die Hilfe der zionistischen Studenten vorgezogen«, sagte Doktor Kassowitz. Und nachdenklich fügte er hinzu: »Vielleicht wäre es besser gewesen, wenn wir uns damals alle der zionistischen Idee zugewandt hätten!«

»Ich weiß nicht. Ich glaube, wir wären heute genau so eingesperrt und gefangen ...«

Das Gespräch wurde jäh beendet. Einer der uniformierten Jünglinge betrat die Reithalle, eine Drahtpeitsche in der Hand. Wieder wurde exerziert, und bald spürte der Anwalt seinen Körper nicht mehr. Am liebsten hätte er sich einfach fallen lassen, aber er hütete sich und nahm alle Kräfte zusammen, denn er sah, daß andere so lange gepeitscht wurden, bis sie wieder aufstanden.

Erst als der neue Tag durch die Scheiben der großen Fenster dämmerte, wurde das Exerzieren eingestellt. Doktor Ascher sank erschöpft um. Er war so müde, daß er kaum einschlafen konnte. Plötzlich hörte er den jungen Weintraub neben sich sagen: »Ein guter Anfang, nicht wahr, Herr Doktor? Haben Sie nicht ein Stückchen Brot in der Tasche? Ich hab so schrecklichen Hunger!« Nun gab es keine Ruhe mehr, immer quälender wurde das Hungergefühl.

Niemand kümmerte sich mehr um die Häftlinge. Sehnsüchtig warteten alle auf eine Mahlzeit, man sprach nicht von der angetanen Schmach und dem Unrecht der Verhaftung, nicht von dem, was man fürchtete, man sprach nur vom Essen, ob man Kaffee oder Tee oder Suppe bekommen würde ... Ascher versuchte, sich an den Beginn der Neunten zu erinnern, wollte die ersten Töne vor sich hinsummen, aber seine Zunge klebte am Gaumen. Da erblickte er ein großes Plakat: Es verkündete die Aufführung der Neunten, der Meister sollte dirigieren. Und dann saß er im Musikvereinssaal. Nicht die bekannten Künstler des Philharmonischen Orchesters waren auf dem Podium, sondern viele Bauern saßen um einen hölzernen Tisch und aßen, sangen und priesen das Brot. Einmal war ihm, als hätte einer der uniformierten Henkersknechte die Reitschule betreten. Es war ein netter, wohlerzogener junger Mann. »Was wollen die Herren zum Mittagsmahl?« fragte er höflich. »Schnitzel mit Gurkensalat oder Schweinsbraten mit Kartoffeln oder vielleicht ein schönes englisches Roastbeef mit grünen Sprossen?« Ein Jude im Kaftan stand auf: »Verzeihung, Herr Offizier, aber wir essen nur koscher.«

»O, natürlich!« entgegnete sittsam der Jüngling. »Verzeihen Sie, daß ich hierauf vergaß. Natürlich, Sie werden streng rituelle Kost erhalten, selbstverständlich!« Dann war er wieder im Musikvereinssaal. Noch immer saßen die Bauern auf der Bühne, priesen singend das Brot und aßen. Einer von ihnen hielt eine mächtige Kalbskeule in der Hand und biß wollüstig ins Fleisch. Wie kann man nur so unmanierlich essen?, ärgerte sich Doktor Ascher.

Nun fühlte er, wie ihn jemand rüttelte. Der elegante Doktor Kassowitz sagte: »Warum essen Sie Ihr Brot nicht, Doktor Ascher? Sie müssen sich zusammennehmen, sonst sind Sie hier verloren. Ich habe Ihr Brot für Sie in Empfang genommen, Sie konnten nicht aufstehen.«

Doktor Ascher bedankte sich nicht. Er riß das Brot an sich und biß hinein. Es schmeckte nach Kleie und erinnerte ihn an das Maisbrot im letzten Krieg. Er würgte es hinunter, der Schmerz im Magen ließ ein wenig nach.

Plötzlich hieß es: »Auf, auf! Marsch!« Ehe sie sich versahen, wurden sie hinausgejagt und wieder in Polizeiautos verfrachtet. Ascher kam neben dem Dermatologen und dem jungen Weintraub zu stehen. Der Wagen rüttelte, die Häftlinge waren wieder so zusammengepfercht, daß sie sich nicht zu rühren vermochten. Auf einmal schrie Weintraub: »Teufel noch einmal! Wir kommen in die Kenyongasse!«

»Nicht doch!« sagte der Dermatologe. Einige begannen zu jammern: »In die Kenyongasse! In die Kenyongasse!«

Die Gasse war seit geraumer Zeit berüchtigt unter den Juden. Das alte Gebäude einer Klosterschule war dort zum Gefängnis umgewandelt worden.

»Fürchten Sie nichts«, sagte Doktor Ascher zu einem alten Juden, der vor sich hinwimmerte. »Fürchten Sie nichts. Es wird nicht gar so arg werden …«

Aber schon der Beginn war arg genug. Der Wagen hielt, die Türen wurden aufgerissen. Doktor Ascher wurde gleich mit einem Stoß empfangen. Er fiel der Länge nach hin, Gejohle umtoste ihn. Er richtete sich auf, sein Anzug war zerrissen, sein Hut fortgekollert, irgendjemand stieß ihn mit dem Fuß weiter weg. Ascher wollte dem Hut nacheilen, wurde aber von einem der uniformierten Jünglinge am Arm ergriffen. »Fluchtversuch! Wir werden dir geben!« Er packte ihn und schleppte ihn in ein kleines Gemach.

Der Uniformierte pflanzte sich vor ihm auf und schrie: »Wer bist du?«

»Schutzhäftling Doktor Robert Ascher.«

»Hier gibt's keine Doktoren! Du bist ein Saujud! Was bist du?«

»Ein Saujude«, antwortete Ascher und lächelte unmerklich.

»Abtreten!«

Der Doktor machte eine militärische Wendung und ging ein paar Schritte, als er hinter sich einen Schuß hörte. Die Kugel schlug in die Tür ein. Sogleich wußte er: Haltung bewahren! Nur nicht laufen! Das war das einzige, was er denken konnte. Nochmals wurde hinter ihm geschossen, und wieder ging die Kugel in die Holztür. Splitter sprangen und tanzten vor seinen Augen. Plötzlich fühlte er einen wahnsinnigen Schmerz im Hinterkopf. Der Uniformierte hatte ihm mit einer Drahtpeitsche auf den Schädel geschlagen. Ascher fiel hin. Der Uniformierte öffnete die Türe zu einem großen Saal und stieß den Bewußtlosen zu den anderen …

Ich bin der Diener eines englischen Majors, eines großen, hageren Menschen. Er sieht dem Filmschauspieler C.V. ähnlich. Der Major hat seine Frau vergiftet. Ich habe es gesehen. Aber nun will er mir die Schuld an dem Mord aufbürden. Ich habe kein Alibi. Ich kann nicht genügend Englisch. Ich hätte der Mutter folgen und lieber moderne Sprachen lernen sollen statt Latein und Griechisch. Ich würde jetzt die Kenntnis der modernen Sprachen dringend benötigen. Der Major schleppt mich schon zur Polizei. Der Polizeioffizier hält den Beweis in Händen, daß ich der Mörder der Majorsgattin bin. Er will mich zu einem Geständnis zwingen. Ich habe aber nichts zu gestehen. Er weist mir nach, daß ich die Frau geliebt habe. Er hebt die Reitpeitsche gegen mich, es ist ein dickes Drahtseil. O, o, o ... Was ist nun das? Ich reite durch die Wüste. Ich reite auf einem Kamel. Es schaukelt wie ein Schiff. Die Sonne brennt wie verrückt. Ich reiße mein Hemd vom Körper. Ich habe Durst, Durst ... Irgendjemand winkt mir. Ich sehe hin, es ist mein Urgroßvater. Er heißt Gotthold und hat ein Buch über Heinrich Heine veröffentlicht. Er sagt mir: Wir sind alle durch die Wüste gezogen, immer ziehen die Juden durch die Wüste, und am Ende der Wüste beginnt eine neue. Und ich höre mich fragen: »Was aber ist am Ende aller Wüsten, Urgroßvater?« Und mein Urgroßvater Gotthold antwortet: »Da mußt du meinen Urgroßvater fragen.« Der Urgroßvater Gotthold verschwindet, vor mir steht ein junger Mann mit melancholischen Augen. Ich will ihn fragen, wer er ist, erkenne aber: Das bin ich, ich selber bin das, ich stehe unter dem Verdacht, die Frau eines englischen Majors getötet zu haben.

»Ein Glas Wasser!« Doktor Ascher hörte seine eigene Stimme. Er schlug die Augen auf. Vor ihm standen der berühmte Dermatologe, der Gynäkologe, der Doktor Kassowitz, der Generaldirektor von Samuel und der junge Weintraub.

»Wieviel ist 14 mal 12?« Professor Porten beugte sich über Ascher.

»168«, antwortete der.

»Gott sei Dank!« sagte der Professor, wandte sich zu Doktor Kassowitz und meinte: »Es ist, gottlob, nichts passiert! Übrigens, Herr Generaldirektor, ist 14 mal 12 wirklich 168?«

»Beruhigen Sie sich, das stimmt!«

»Na ja, Anwälte sind gute Rechner!«

Weintraub hielt Ascher eine Schale mit Wasser an die Lippen und stützte ihn beim Trinken. Ascher trank in langen Zügen, das Wasser schmeckte köstlich.

»Haben Sie Schmerzen?« fragte der junge Mann fürsorglich.

»Nein. Warum sollte ich?« Ascher suchte sich zu erinnern. Er spürte ein starkes Brennen am Hinterkopf.

Er sah zu Boden, dann in die Gesichter seiner Schicksalsgenossen, aber auch die hatten ihre Blicke zu Boden gerichtet.

Später flüsterte der junge Weintraub dem Anwalt zu: »Am Tag ist's ganz gut. Da ist die Polizei hier, die ist halbwegs anständig. Aber am Abend kommt die SS. Sie müssen sich zusammennehmen, Doktor, die sind Bestien.«

Am Abend wurden sie in den Turnsaal getrieben. Sie mußten lange bewegungslos stehen, und Ascher schmerzten Beine und Hinterkopf, aber er dachte an die Ermahnung Weintraubs. In den Händen eines Uniformierten sah er die wohlbekannte Peitsche aus Eisendraht. Tränen traten ihm in die Augen. Aber er riß sich zusammen und folgte gehorsam den Befehlen: Auf, nieder, auf, nieder – es dauerte Ewigkeiten, viele Ewigkeiten.

Endlich, nach Mitternacht, schienen die Uniformierten müde zu werden. Sie ließen die Erschöpften ruhen. Ascher suchte sein Fleckchen Boden auf, aber da lag bereits ein anderer, ein hilfloses Bündel Fleisch. Als Ascher näher hinsah, erkannte er den berühmten Dermatologen, über und über mit Blut beschmiert. So müde Ascher war, er brachte dennoch Wasser herbei und reinigte den Professor mit Hilfe des jungen Weintraub. Die Peitsche hatte ihn übel zugerichtet. Zuerst hatte Ascher Doktor Kassowitz holen wollen, doch der war nicht aufzufinden gewesen, man berichtete nur, daß auch Doktor Kassowitz zur Pauke geschleift worden war und von dort nicht mehr zurückgekehrt sei.

Von überall her drangen nun Schmerzensschreie und Stöhnen an Aschers Ohr. Obwohl er selber jeden Knochen spürte, kroch er von einem der Wehklagenden zum andern. Hier lag der feine, blasse Doktor Robinsohn.

»Hast du arge Schmerzen?« fragte Ascher. Das längliche, ausdrucksvoll kluge Gesicht war schmerzverzerrt, die großen blauen

Augen waren tränennaß. »Noch mehr schmerzt mich, daß die Leute so unachtsam waren, meine Augengläser zu zerbrechen. Ich sehe fast nichts ohne Brille. Übrigens denke ich gerade darüber nach, ob Spinoza recht hat mit seiner Definition vom Schmerz, daß nämlich Schmerz der Übergang von einer größeren zu einer geringeren Vollkommenheit sei. Das mag auf den seelischen Schmerz zutreffen, keinesfalls aber auf den körperlichen. Nun ist aber Schmerz ein Begriff, der zunächst an das rein physische Moment denken läßt und dann erst an das psychische …« Doktor Ascher mußte mit dem Schmerzgequälten ein Gespräch über Spinoza führen. Doch das tat Doktor Robinsohn sichtlich wohl. Ascher war zufrieden und schleppte sich zum nächsten. Hier war es nicht leicht, Trost zu spenden. Es war ein alter Mann, der aus Mund und Nase blutete. Man hatte ihm einige Zähne eingeschlagen. Er kniete neben dem alten Manne nieder und sprach auf ihn ein, er wußte nicht, was er sagte. Plötzlich merkte er, daß er dem Alten eine Geschichte erzählte, eine griechische Sage, die von der Büchse der Pandora. Der Alte wurde ruhiger, und Doktor Ascher schlief beim Erzählen ein.

Er wurde durch ein schrilles Signal geweckt. Wieder wurden sie in den Turnsaal getrieben, und nach einiger Zeit erschien eine Menge Uniformierter, anscheinend hochrangige Offiziere. Ihre Uniformen waren mit goldenen Borten, Tressen, Abzeichen aller Art übersät. Ihr Anführer war ein mittelgroßer schlanker Mann von höchstens dreißig Jahren und einem Schnurrbärtchen gleich seinem Herrn und Meister. In der Rechten hielt er eine kleine Reitpeitsche mit Silbergriff.

»Ihr Juden«, so begann er mit sich überschlagender Stimme, »ihr Saujuden werdet nicht Ruhe geben, bis ihr nicht die ganze Welt gegen das brave und ordentliche Deutschland aufgehetzt haben werdet. Wir kennen eure Taktik. Ihr wollt England in einen Krieg mit uns verwickeln. Wenn dies geschieht, seid ihr unsere Geiseln. Ihr könnt euch nicht vorstellen, was euch dann erwartet. Ich könnte euch alle liquidieren. Ich habe die Vollmacht. Aber ich werde euch um euer Leben kämpfen lassen.«

Der Mann machte eine kleine Pause, lächelte breit und schlug mit der Reitpeitsche an seine hohen schwarzen Schaftstiefel. Ascher stand zwischen Professor Porten und Doktor Robinsohn. Er wagte es, zu seinen Nachbarn zu blicken und sah zwei aschfahle, aber beherrschte Gesichter.

»Je zwei von euch werden nun um ihr Leben kämpfen. Je zwei werden an diesen Turnstangen emporklettern. Wer zuerst das Ziel erreicht, ist Sieger, der andere stirbt … Nun, quick, quick!«

Er lachte, ließ sich einen Sessel bringen, nahm gemütlich Platz, zündete sich eine Zigarette an. Die anderen Uniformierten bildeten einen Halbkreis um ihn. Zuerst traten zwei jüngere Juden gegeneinander an. Sie kletterten gut und flink. Der Sieger lächelte triumphierend, der Verlierer knickte, als er den Boden wieder betrat, zusammen. Er wurde beiseite geführt. Von den beiden nächsten, die nun zum Kampf ums Leben antraten, war der eine ein etwa sechzigjähriger, gebeugt gehender Jude mit dem stoßweisen Atem des Herzkranken. Es war offensichtlich, daß er unterliegen würde. Nach ein paar Kletterbewegungen fiel er von der Stange und blieb am Boden liegen. Der Kommandant und seine Gesellen unterhielten sich vortrefflich. Der alte Mann wurde neben den Unterlegenen der ersten Runde gestellt. Zwei andere traten an. Der eine war klein und dick, vielleicht fünfzig, der andere, ein wenig jünger, wirkte kräftiger. Zur Überraschung aller gewann der Dicke. Der Verlierer schluchzte und schrie: »Ich bin verheiratet!«

»Ich auch!« rief der andere und wischte sich den Schweiß von der Stirn. Die Henkersknechte schlugen sich auf die Schenkel. Der Spaß war gut und wurde noch besser. Das nächste Paar waren zwei alte Juden in langen Kaftanen, grauhaarig, zittrig, unbeholfen. »Legt den Kaftan ab, ihr könnt sonst nicht klettern!« brüllte der Kommandant, doch die beiden sahen einander nur unverwandt an, ihre Lippen murmelten Unverständliches. Sie versuchten zu klettern, aber keiner kam vom Boden weg. Immer grölender wurde das Lachen. Nun war einer der Uniformierten hinter die alten Leute getreten und hieb auf sie ein. Einer schrie laut auf, und es gelang ihm, ein wenig an der Stange emporzuklettern. »Bravo, bravo, der Sieger!« rief der Kommandant. Seine Augen waren feucht, so sehr hatte er gelacht.

An der Reihe waren nun Professor Porten und Doktor Ascher. Ascher sah auf die Stange und dann in das Gesicht des Dermatologen, um dessen Mund ein Lächeln lag. Sein Körper war wundgeschlagen, er konnte nicht klettern und wußte es. Aschers Herz verkrampfte sich, sein Entschluß stand fest: Er wollte nicht kämpfen! Als das Kommando ertönte, blieben beide stehen.

»Was ist denn das?« fragte der Kommandant, erhob sich und trat näher. »Seid ihr Verwandte?« Er zündete sich eine neue Zigarette an.

Sie verneinten.

»Warum kämpft ihr dann nicht um euer Leben?«

Ascher und der Professor schwiegen.

»Los!« brüllte der Kommandant und hob seine kleine Reitpeitsche mit dem Silbergriff.

Ascher und der Professor sahen einander in die Augen. Sie blieben stehen, rührten sich nicht.

Der Kommandant pfiff durch die Zähne, warf seine Zigarette fort und hieb mit der Peitsche auf sie ein. Ascher biß die Lippen zusammen, kein Schmerzenslaut entfuhr ihm. Er hörte die ersten Takte der Neunten.

»Los!« brüllte der Kommandant noch einmal, wieder blieben beide unbeweglich stehen. Die Offiziere hatten sich erhoben, einige von ihnen hatten ihre Revolver gezogen und entsichert. Der Kommandant schien nachzudenken. Man hätte einen leisen Hauch im Turnsaal vernommen, wenn ihn jemand auszustoßen gewagt hätte.

»Ihr wollt hier wohl eine Komödie der Großmut und Freundschaft aufführen? Ihr wollt nicht um euer Leben kämpfen, ihr seid Freunde? Wir Nationalsozialisten wissen solche Tugenden zu schätzen. Es soll auf andere Weise entschieden werden, wer von euch am Leben bleibt!« Er flüsterte mit seinen Untergebenen. Vorbereitungen wurden getroffen, die Männer schossen hin und her. Dann trat der Kommandant wieder vor und sprach, die Zigarette im Mundwinkel:

»Hier sind zwei Gläser. In einem ist Gift. Wer davon trinkt, stirbt binnen zweier Stunden. Im andern ist Wasser. So, wähle jeder sein Glas!«

Ascher und der Professor lächelten, nahmen die Gläser und leerten sie in einem Zug.

Doktor Ascher war überzeugt, das Glas mit dem Gift gewählt zu haben, sein Kopf schmerzte, und nur mit Mühe hielt er sich aufrecht. Beide wurden sie zu jenen gestellt, die im Kletterkampf verloren hatten. Nur folgerichtig, dachte Ascher, daß man uns beide zu den Verlorenen stellt, vielleicht war auch in beiden Gläsern Gift. Merkwürdig, ich spüre schon jetzt den Schmerz im Unterleib. Es war ihm, als müsse er sich übergeben. Er sah zu dem Professor, dem es ähnlich zu gehen schien. Beide baten, austreten zu dürfen. Doch in diesem Augenblick übergaben sich beide. Der Kommandant und seine Gesellen brüllten vor Lachen, während die beiden Männer sich in Krämpfen wanden. Endlich hatten sie sich völlig entleert. Sie standen da, zitternd und frierend, über und über beschmutzt.

»Aufwischen, ihr Schweine!« schrie der Kommandant. Auf den Knieen rutschend, mußten sie den Boden aufwaschen.

Nun schien dem Kommandanten ein neuer Einfall gekommen zu sein. »Alle, die je mit arischen Mädchen zu tun hatten, vortreten!«

Etwa acht oder neun Männer traten vor.

»Nicht mehr?« brüllte der Kommandant.

»Haben auch die vorzutreten, die mit einer arischen Prostituierten zu tun hatten?« fragte ein blaß aussehender Mann mit zitternder Stimme.

Der Kommandant schien nachzudenken. »Selbstverständlich! Arierin ist Arierin!«

Wieder traten ein paar Männer vor.

»Ich bin überzeugt, ihr geilen Schweine schwindelt! Es müssen mehr unter euch sein, die sich an Arierinnen vergangen haben!«

Ein Kommando ertönte. Alle, die sich gemeldet hatten, mußten hinaus. Von draußen hörte man Schüsse in rascher Folge. Nach einer Weile betraten der Kommandant und die Offiziere den Saal wieder.

Der Kommandant musterte die in vier Reihen aufgestellten angsterstarrten Häftlinge. Vor Ascher und dem Professor blieb er stehen. »Seid ihr denn noch immer nicht tot? Ihr seid ja die beiden

Schweine, die vorhin gekotzt haben, nicht wahr? Wenn ihr euch wie Schweine benehmt, sollt ihr auch so behandelt werden! Ihr werdet jetzt auf allen Vieren durch den Saal kriechen und mit der Zunge den Boden auflecken!«

Ascher und der Professor taten unter Gejohle der Uniformierten, wie ihnen befohlen war. Der Kommandant war ihrer bald überdrüssig und hatte einen neuen Einfall.

»Seid ihr alle Juden?«

»Nein!« ließen sich vereinzelte Stimmen vernehmen.

»Arier hinaus!«

Knapp ein halbes Dutzend Männer verließen den Turnsaal. Der Kommandant fragte nochmals: »Sind jetzt nur noch Juden hier? Ich muß mich gewissenhaft davon überzeugen!« Er machte eine lange Pause und fuhr dann fort: »Nun bereitet euch auf eure letzte Stunde vor!«

Er wandte sich um und verließ mit seinen Spießgesellen raschen Schrittes den Saal. Von außen wurden dann die Türen abgesperrt. Die alleingelassenen jüdischen Gefangenen wußten nicht, was sie erwartete, zum großen Teil waren sie schon so erschöpft, daß sie hinfielen, wo sie gerade standen.

Schon nach wenigen Minuten verbreitete sich ein süßlicher, unangenehmer Geruch im Raum. Jemand rief: »Gas! Gas! Sie vergasen uns!«

Manche schrien, rüttelten an den Gitterstäben der Türen, aber von draußen war nur gräßliches Gelächter zu vernehmen. »Am besten machen sie ein schnelles Ende mit uns«, sagte ein alter Jude mit schlohweißem Haar und legte sich, in sein Schicksal ergeben, in eine Ecke. Viele beteten laut vor sich hin, Tempelgesänge, in einem Winkel des Saales predigte ein Rabbiner mit nach Osten gewandtem Gesicht.

»Das ist kein Giftgas«, sagte Doktor Robinsohn leise. Ascher horchte auf. Robinsohn war ja Fachmann, Chemiker und Physiker.

»Tatsächlich?« fragte Ascher vorsichtig.

»Ich bin meiner Sache sicher«, sagte der stille, blasse Mann. »Es war einer ihrer Scherze, nichts sonst. Deutscher Humor. Die Geschichte mit dem Wettklettern war auch nur so ein deutscher Spaß.

Es wurde auch noch nicht im Ernst geschossen. Das sind die kleinen, speziellen Privatvergnügungen unserer Wärter, ein wenig Abwechslung im Dienst … Doch wir werden bald feststellen können, wozu ein deutsches Hirn fähig ist.«

Zwanzigstes Kapitel
Eine Geschichte aus ruhigen Tagen

I.

An einem Samstagvormittag durchschritt der Student der Rechtswissenschaften Robert Ascher die Aula der Wiener Universität. Er geriet in den Bummel der farbentragenden Studentenverbindungen. Robert Ascher, der keiner Verbindung angehörte, wich solchen Ansammlungen gern aus. Er war die breite Treppe hinabgelaufen und befand sich schon auf der Straße, als ein großgewachsener junger Mann sich drohend vor ihm aufpflanzte und ihn anschrie: »Kannst du nicht aufpassen, Judenbengel?«

Robert Ascher sah in das wutverzerrte Antlitz eines Studenten, der ein schwarz-rot-goldenes Band um die Brust trug und dessen Studentenkappe in den gleichen Farben gehalten war.

Ascher zwang sich zur Ruhe. »Ich bitte mich nicht zu duzen. Warum schreien Sie mit mir? Geben Sie den Weg frei!«

»Ich werde dir ...!« brüllte der Student. Und er holte aus und schlug Robert mit aller Wucht ins Gesicht. Roberts Hut fiel zu Boden, er bückte sich automatisch, ihn aufzuheben. Um die beiden bildete sich ein Knäuel von Studenten, und es war bereits eine regelrechte Schlägerei im Gang, als endlich Polizei erschien und die Straße räumte.

Robert sah sich in einem Kreis von Studenten, die er an ihren blau-weißen Bändern als jüdischnationale und zionistische Studenten erkannte. Sie zogen ihn mit sich fort, in ein Haustor, und mit einem Mal befand er sich in einem mittelgroßen hellen Raum. Von der Wand herab grüßte ihn ein großes Bildnis Theodor Herzls. Ein ebensolches Bild hing zu Hause im Arbeitszimmer des Vaters.

»Wollen Sie Wasser?« fragte ihn einer der Studenten. »Etwas zu trinken? Schnaps?«

»Nein, danke!«

»Sie sind kein Couleurstudent?« fragte ein anderer.

»Nein.«

»Was gedenken Sie zu tun?« fragte der erste inquirierenden Tones. Er war schlank, rothaarig, mit einem von Sommersprossen übersäten Gesicht.

»Wie meinen Sie das?« fragte Robert.

»Bilden Sie sich ja nicht ein, daß Sie von diesem Feigling Genugtuung bekommen werden!« sagte der Rothaarige. »Das war ein Borusse. Die Borussen stehen auf dem Boden des Waidhofener Programms und geben Juden keine Satisfaktion. Sie müssen dennoch Genugtuung verlangen. Wir stellen uns Ihnen zur Verfügung!« Er verbeugte sich knapp und korrekt.

»Sehr liebenswürdig von Ihnen«, sagte Robert lächelnd. »Aber ich glaube nicht, daß ich Genugtuung verlangen werde. Ich bin Gegner des Duells.«

»Aha!« rief ein anderer, ein kleiner, wohlbeleibter Junge. Er war scheinbar irgendein Funktionär der Verbindung und wurde von seinen Freunden mit »Bäucherl« angesprochen. »Aha!« wiederholte er noch einmal. Es klang verächtlich. Bäucherl pflanzte sich vor Robert auf und musterte ihn von oben bis unten.

»Sie wollen ihn klagen? Sie wollen Ihre Ehre wohl vor einem Bezirksgericht reinwaschen?« Bäucherl wandte sich indigniert ab. Dann drehte er sich wieder um und schrie: »Sie müssen sich schlagen! Verstehen Sie! Sie müssen!«

Der Rothaarige drängte Bäucherl beiseite. »Hören Sie, mein Herr! So geht das wirklich nicht. Der Borusse wird Ihnen die Genugtuung verweigern, aber fordern müssen Sie ihn!«

»Was soll die Forderung dann für einen Zweck haben?« fragte Robert.

»Sie sind doch Jude, nicht wahr?«

»Gewiß!«

»Wollen Sie, daß man uns wieder einmal nachsagen darf, daß wir Juden uns aus Feigheit alles bieten lassen? Wollen Sie das?«

»Ich kann es nicht vermeiden.«

»Ich garantiere Ihnen, daß es zu keinem Duell kommt, wenn Sie den Antisemiten fordern!« rief Bäucherl. »Ich garantiere für die Erhaltung Ihres kostbaren Lebens!«

»Ich bin nicht so feig, wie Sie annehmen, ich verabscheue bloß das Duell, mit dem gar nichts bewiesen wird ...«

»Ich werde mit Ihnen nicht über den Wert des Duells streiten, mein Herr«, sagte Bäucherl. »Aber schlagen Sie sich! Gehören Sie am Ende der famosen Antiduell-Liga an? Dann treten Sie vorübergehend aus ihr aus und schlagen Sie sich! Durch Ihr Verhalten schädigen Sie die gesamte jüdische Studentenschaft. Wollen Sie das?«

Ehe Robert antworten konnte, meinte der Rothaarige: »Sie müssen ihn zunächst fordern. Lehnt er ab, dann können Sie andere Schritte ergreifen.«

»Welcher Art denn?« fragte Robert, noch immer lächelnd.

»Nun, ihn auf offener Straße züchtigen!«

»Um mich dabei selber ins Unrecht zu setzen?«

»Natürlich ist auch das Zurückschlagen nicht risikolos, wenn man Jude ist«, sagte der Rothaarige. »Für Juden ist nämlich gar nichts risikolos. Erinnern Sie sich vielleicht des Falles Lazarsfeld? Er wurde vor einigen Jahren von der Universität relegiert, weil er in der Aula einem deutschnationalen Studenten, der ihm die Genugtuung verweigerte, eine Ohrfeige zurückgab. Das hat viel Aufsehen erregt. Sogar Christen haben gegen die Relegierung Stellung genommen.«

»Sie erzählen das offenbar in der Absicht, mir das Duell schmackhaft zu machen statt der Ohrfeige?« fragte Ascher. »Beruhigen Sie sich, ich denke gar nicht an eine derartige Austragung der Angelegenheit!«

»Wie? Was? Sind Sie Tolstojaner oder gar Christ? Wollen Sie ihm die zweite Backe hinhalten, dem Antisemiten?« mischte sich wieder Bäucherl ein. Empört schrie er: »Herr, was sind Sie eigentlich? Wie heißen Sie?«

»Robert Ascher.«

»Ein Sohn des Doktor Rudolf Ascher?« erkundigte sich der Rothaarige.

»Wer ist denn das?« fragte Bäucherl. »Nie gehört! Kadimaner? Libanonier?«

»Doktor Ascher war ein Freund Herzls, ist aber schon lange nicht mehr in der Partei tätig. Er war ein Mitbegründer der Bewegung. Solltest du wissen!« meinte der Rothaarige belehrenden Tones zu Bäucherl.

»Sind Sie auch Zionist?« wandte er sich an Robert.

»Nein, ich bin es nicht.«

»Und warum nicht, wenn ich fragen darf?«

»Fragen dürfen Sie, aber meine Antwort würde zu lange Zeit in Anspruch nehmen. Es muß Ihnen genügen, daß ich zwar kein frommer, aber ein guter Jude bin.«

»Also Sozialdemokrat?«

»Nein, auch das nicht. Bloß einer, der sich die Freiheit nimmt, nichts zu sein! In einer Zeit, da alle etwas sind, darf ein einzelner vielleicht ausnahmsweise nichts sein.«

»Verstehe ich nicht! Zu hoch für mich!« schrie Bäucherl. »Herzl ist niemals feige daneben gestanden! Er hat unzählige Mensuren geschlagen! Er war wehrhaft! Aber wie immer, was wollen Sie tun?«

»Mein Vater ist ein guter Jurist. Ich will mich mit ihm beraten, wenn Sie gestatten.«

Bäucherl wandte sich ab und spuckte aus.

»Jedenfalls danke ich Ihnen für die angebotene Hilfe. Vielleicht darf ich mich mit einer Bitte an Sie wenden. Ich weiß nicht, wie mein Beleidiger heißt. Könnten Sie mir behilflich sein, seinen Namen zu eruieren?«

»Nur weil Sie der Sohn eines Herzl-Freundes sind!« rief Bäucherl mit seiner tiefen Baßstimme. »Ansonsten nämlich könnten Sie uns – vergeblich darum bitten! Für Juden, wie Sie einer sind, haben wir im allgemeinen nicht viel übrig! Habe die Ehre, Herr Ascher.«

Robert war wieder auf der Straße.

Zu Hause erfuhr Robert, daß sein Vater nicht zum Mittagessen komme, er sei beruflich verhindert. Robert aß also allein. Er war daran gewöhnt. Seit dem Tode der Mutter erschien der Vater immer häufiger nicht zu den Mahlzeiten. Sollte es wahr sein, was man im Kreis der alten Tanten über Vater sprach? Vater war doch jetzt schon über fünfzig … Robert aß ohne zu achten, was man ihm vorsetzte. Er las. Er stand knapp vor seiner letzten Staatsprüfung, er wollte fertig werden mit dem Stoff. Während der Mahlzeit wurde ihm Besuch gemeldet. Robert drehte die Visitenkarte in seiner Hand: Stud. med. Wilhelm Kassowitz. Er kannte den Namen nicht. Doch irgendwie brachte er ihn mit den Ereignissen des Vormittags in Verbindung, beendete die Mahlzeit rasch und ging in den Salon. Vor dem Bildnis Herzls stand ein junger Mann, etwa im gleichen Alter wie Robert, elegant gekleidet, sehr gepflegt.

»Sie werden entschuldigen, daß ich Sie störe, Herr Ascher, aber ich glaubte, keine Zeit verlieren zu dürfen. Ich war Zeuge des peinlichen Vorfalles heute vormittag. Von einem meiner Kommilitonen erfuhr ich Ihren Namen und Ihre Adresse und bin nun hier, um Ihnen die Hilfe meiner Verbindung, der deutschfreiheitlich-liberalen ›Fidelitas‹ anzubieten.«

»Sehr liebenswürdig, Herr Kassowitz, wirklich! Aber ich werde mich nicht duellieren.«

»Nicht?« Der junge Mann war verblüfft und dehnte das Wort.

»Nein. Ich wüßte nicht, was mit dem Duell bewiesen werden könnte.«

»Vor allem doch, daß wir Juden für unsere Ehre mit der Waffe in der Hand einzustehen wissen.«

»Das sagte man mir heute auch bei den zionistischen Studenten.«

»Es ist aber trotzdem wahr!« sagte Herr Kassowitz kämpferisch. »Ich wußte nicht, daß Sie Zionist sind, sonst hätte ich Sie nicht aufgesucht. Wir betreiben in unserer Verbindung keine Politik des Studentenfangs.« Der junge Mann wies wortlos auf das Bildnis Theodor Herzls.

»Er war ein Freund meines Vaters«, sagte Robert. »Ich bin nicht Zionist.«

»O, das freut mich!« rief der Besucher. Es klang ehrlich.

»Warum freut Sie das?«

»Weil ich den Zionismus für einen der ärgsten Feinde des Judentums halte.«

»Interessant! Wollen Sie mir das erklären?«

»Dazu bin ich eigentlich nicht hergekommen«, meinte der Besucher zögernd.

»Da Sie nun schon einmal hier sind ... Rauchen Sie?«

Kassowitz kam ins Reden. Ja, die Partei der Palästinenser dürfe auch keinen Boden haben in der deutschen Kultur. Gewiß, die deutschen Antisemiten, namentlich Treitschke, hätten es notwendig gemacht, daß die Juden, die sich aus vollem Herzen der Nation Kants zugewandt hätten, ihr Bekenntnis formulieren müssen. Die Juden hierzulande seien deutsch, man könne und dürfe sie nicht aus der Volksgemeinschaft ausschließen, sie seien nichts anderes als eine jüdische Minderheit des deutschen Volkes. Wir Juden sind keine eigene Nation, und wenn wir irgendwo geistig beheimatet sind, dann sind wir es in Deutschland, und auch hier, wo wir sind, ist deutsches Sprach- und Kulturgebiet.«

»Sie sind Assimilant?«

»Ganz bewußt. Ich bin, präziser ausgedrückt, deutsch-freiheitlich. Wir deutschen Juden gleichen uns von Jahr zu Jahr immer mehr unserer Umgebung an, ob das die Zionisten nun wollen oder nicht.«

»Warum bleiben Sie dann noch Jude? Wenn Sie sich als Deutscher fühlen, wozu dann diese Belastung?«

»Die jüdische Ethik stimmt mit Kants kategorischem Imperativ überein und ist nicht weit vom Lutherischen Protestantismus entfernt. Aber dennoch können und sollen wir unsere Religion nicht aufgeben, denn wir Juden haben die Mission, den reinen Monotheismus hochzuhalten und dem messianischen Ideal einer sittlich vollkommenen Menschheit treu zu bleiben. Das allein ist der Inhalt des Judentums, sonst gibt es für uns nichts maßgebenderes als die europäische Kultur, die in Deutschland ihre höchste Blüte erreicht hat.«

»Sie sind ja geradezu ein fanatischer Deutscher, Herr Kassowitz«, sagte Robert lächelnd. »Es ist nur jammerschade, daß die Deutschen ihrerseits dies nicht anerkennen.«

»Das ist doch ganz und gar gleichgültig! Ich lasse mir von niemandem mein Deutschtum absprechen, auch nicht von den Deutschnationalen oder Alldeutschen. Das sind nur vorübergehende Erscheinungen im deutschen Geistesleben ... Wir sind vom eigentlichen Zweck meines Besuches abgekommen. Ich wollte Ihnen bloß die Hilfe meiner Verbindung anbieten, falls Sie auf studentische Austragung Wert legen.«

»Ich bin Ihnen sehr verbunden, Herr Kassowitz, aber ich werde mich kaum dazu entschließen.«

»Verzeihen Sie also die Störung.« Herr Kassowitz erhob sich, reichte Robert die Hand, verbeugte sich höflich und empfahl sich.

Robert hatte den Wunsch, sich mit seinem Vater zu beraten und beschloß, ihn in seiner Kanzlei aufzusuchen. Fräulein Felicitas, eine der jungen Damen, die in der Kanzlei beschäftigt waren, lud ihn ein, in ihrem Zimmer Platz zu nehmen, während der Vater noch mit einem Klienten konferierte. Robert kannte sie von seinen gelegentlichen Besuchen in der väterlichen Kanzlei. Sie ließ sich durch den Besuch nicht weiter stören, setzte sich zur Schreibmaschine und fuhr in ihrer Arbeit fort. Hin und wieder richtete sie ein Wort an Robert, irgendeine belanglose Frage nach dem Studienfortgang, nach einem Konzert oder einem Buch. Robert antwortete einsilbig, wobei er es vermied, der jungen Dame ins Gesicht zu blicken. Er war ihr gegenüber befangen, seit er aus dem Geschwätz der alten Tanten vernommen hatte, daß diese junge Dame mit Vater in engeren Beziehungen stehen solle. Tante Vera hatte es neulich behauptet, aber Tante Vera konnte man ja nun wirklich nicht sehr ernst nehmen. Felicitas konnte höchstens 24 oder 25 Jahre alt sein, und Vater war bereits 53. Er konnte es nicht glauben. Zwar war ihm aufgefallen, daß Vater neuerdings wenig zu Hause war, erst spät nachts heimkehrte, sonntags fast immer aufs Land fuhr, doch hatte er das weiter nicht beachtet. Heimlich betrachtete er Felicitas, sah mit Wohlgefallen die langen, schlanken Beine. Dann wandte er sich schnell ab. Durfte ihm gefallen, was seinem Vater gefiel?

Endlich wurde er ins Zimmer des Vaters gerufen. Rudolf Ascher kam ihm entgegen, reichte ihm die Hand und rief: »Was gibt's denn, Robert? Du weißt, Samstagnachmittag ist bei mir immer Hochbetrieb!«

»Ja, Vater, aber es ist eine ernste Sache. Hast du eine halbe Stunde Zeit für mich?«

»Ich habe jetzt einen Klienten, er muß jeden Augenblick hier sein … Wichtige Sache.«

»Vielleicht abends, Vater?«

»Ich bin verabredet, Robert«, sagte der Anwalt und sah zu Boden. »Zu dumm, daß es gerade heute sein muß …«

Robert glaubte, eine gewisse Verlegenheit im Gesicht des Vaters wahrzunehmen. Also doch Felicitas.

»Gut, dann muß es bis morgen warten.«

»O, Morgen ist Sonntag. Du weißt ja … Nein, dann machen wir's doch lieber gleich, ich werde nur Auftrag geben, meinen Klienten zu verständigen, daß ich keine Zeit habe.«

Der Anwalt kam gleich wieder ins Zimmer, schob seinem Sohn eine Schachtel Zigaretten zu und sagte: »Nun, Robert, in ein paar Monaten hast du dein Doktorat, dann wirst du den Raum nebenan beziehen und mit mir arbeiten. Ich freue mich schon darauf. Manchmal wird's mir zuviel! Ich habe immer angestrengt gearbeitet. Denk doch, die vielen Jahre, die ich für die Partei tätig war, und nun die stets wachsende Kanzlei. Seit Jahren hatte ich keinen richtigen Urlaub. Und gerade die letzten paar Jahre, die einem noch bleiben, will man doch genießen. Also, was gibt's denn so Wichtiges?«

Robert berichtete kurz, Rudolf hatte sich vorgebeugt und aufmerksam der Erzählung gelauscht.

»Hm! Eine dumme Sache!« sagte er dann. »Ich habe es stets vermieden, irgendwie Aufsehen zu erregen, im Mittelpunkt öffentlicher Aufmerksamkeit zu stehen.«

»Ich wollte bestimmt nicht vor allen Leuten geschlagen werden, weiß aber nicht, wie ich es hätte vermeiden sollen«, erwiderte Robert.

»Gewiß, gewiß … Ich muß sagen, daß ich deinen Standpunkt, dich nicht zu duellieren, vollständig billige. Nicht nur als Vater bin ich glücklich hierüber, sondern auch als zivilisierter Mensch. Dieser Unfug des sinnlosen Duellierens muß doch endlich ein Ende nehmen! Aber …«

»Was aber?«

»Wie willst du die Sache aus der Welt schaffen?«

»Das eben wollte ich mit dir beraten, Vater!«

»Brav, mein lieber Robert! Ich bin stolz auf dein Vertrauen. Hm, laß mich nachdenken ... Du kannst den jungen Mann verklagen. Die Sache kommt dann vor das Bezirksgericht, der Bursche wird vermutlich zu zehn oder zwanzig Kronen Geldstrafe verurteilt werden. Juridisch hast du sonst keine Handhabe.«

»Und was könnte ich sonst tun?«

»Du könntest ihn deinerseits schlagen. Aber wenn du das tun willst, wär's schon besser, ihn vorher zu fordern. Er wird ablehnen, da er als deutschnationaler Couleurstudent Juden die Satisfaktion verweigert, und wenn du ihn nachher ohrfeigst, werden die Sympathien auf deiner Seite sein!«

»Ich will aber dieses Affentheater nicht mitmachen! Ich will ihn nicht fordern!«

»Dann bleibt dir noch ein Weg offen: den Burschen ohne Forderung öffentlich zu züchtigen.«

»Was würdest du tun, Vater?«

»Ich? Schwer zu sagen! Ich ließe mir die Ohrfeige nicht gefallen. Ich kann mich schwer in deine Situation versetzen. Vielleicht bin ich zu alt, abgesehen davon bin ich parteiisch, weil ich dein Vater bin.«

»Mit einem Wort: du bist zwar Duellgegner, freust dich, daß sich dein Sohn nicht duelliert, billigst mein Verhalten auch als Kulturmensch, aber du würdest dich schlagen oder zumindest deinen Beleidiger fordern.«

»Bedenke, Robert, daß ich in einer anderen Zeit aufgewachsen bin. Zu meinen Zeiten waren Christen und Juden in ein und derselben Verbindung. Man schlug sich damals nur aus ernsten Anlässen, wenn ich von den belanglosen Mensuren absehe. Wir standen immer mit der Waffe in der Hand für unsere Ehre ein. Wir mußten als Juden doppelt und dreifach darauf bedacht sein, bei unseren Kommilitonen nicht in den Ruf der Feigheit zu geraten.«

»Die Duelle sind einer der Gründe, warum ich mich den zionistischen Studenten nicht anschließen konnte. Ich halte es für blödsinnig, wegen eines jeden gekrümmten Haares zur Waffe zu greifen. Und diesen Unsinn machen die Zionisten mit, sie schlagen sich wie die Alldeutschen, besaufen sich sinnlos gleich ihnen, machen den faulen romantischen Zauber mit und wollen deutscher sein als die Deutschen.«

»Du hast noch nicht genug Böses mitgemacht, mein Sohn. Als ich so alt war wie du, wurde mein Vater in einem Pogrom in Rußland tierisch abgeschlachtet ... Du fühlst dich heute hier geborgen, von den Gesetzen geschützt. Ich fürchte, auch du wirst eines Tages erfahren, daß diese Gesetze nicht ganz so fest sind, wie sie scheinen.«

Robert hätte gern länger mit dem Vater gesprochen. Aber er fühlte die Nervosität Rudolfs. Er sagte kurz: »Du siehst also nur zwei Wege: die Bezirksgerichtsklage oder die Selbstwehr mit oder ohne Forderung.«

»So ist es!«

»Du würdest die Selbstwehr wählen?«

»Ich weiß nicht. Es liegt meinem Wesen nicht, jemanden zu schlagen. Wir Ascher sind nicht dazu geboren, aktiv im Mittelpunkt einer peinlichen Affäre zu stehen.«

»Wenn ich mich zur Klage entschlösse, wäre mir das Bezirksgericht peinlich. Ich möchte nicht, daß die Sache mit einer Verurteilung zu einer minimalen Geldstrafe beendet wird. So billig möchte ich den Burschen nicht laufen lassen! Ich möchte eine prinzipielle Sache daraus machen!«

»Gut ... Aber ich kann nicht sehen, wie du die Sache zu einer großen Sensationsaffäre aufbauschen könntest!«

»Indem ich damit vors Schwurgericht gehe. Ich will meinen Beleidiger in einer Zeitung – in einer jüdischen – so beleidigen, daß er seinerseits gezwungen ist, mich zu klagen. Da ich ihn in der Presse angreife, muß dieser Prozeß vor Geschworenen ausgetragen werden. Ich würde also den Burschen wegen der Ohrfeige vor dem Bezirksgericht klagen, er müßte mich aber vor die Geschworenen zitieren, und dort könnte man meinen Privatfall zu einem allgemeinen erheben.«

»Hm, hm ... Laß sehen! Rein juridisch betrachtet, ausgezeichnet, Robert! Das ganze liegt nicht auf meiner Linie, aber ich muß sagen, es hat Schmiß. Warum nicht? Wir wollen es einmal überschlafen ... Ich werde mich morgen freimachen, ich sehe ein, daß die Sache nicht viel Aufschub verträgt.«

»Bitte nicht morgen, Vater. Ich vergaß, auch ich habe eine Verabredung für morgen.«

Das entsprach zwar keineswegs der Wahrheit, aber Robert wollte das Opfer des Vaters nicht annehmen. Er schwieg.

Rudolf reichte seinem Sohn die Hand, drückte sie ein wenig und sagte dann: »Also gut, bis Montag. Ich werde zum Mittagstisch zu Hause sein.«

II.

Sonntag nachmittag, Robert war mit der Niederschrift der geplanten Erklärung beschäftigt, wurde ihm der Besuch eines Herrn Hans Kohn gemeldet. Mißmutig begab er sich in den Salon. In einem Fauteuil saß der kleingewachsene zionistische Student, den seine Kameraden mit »Bäucherl« angesprochen hatten.

»Sie sind Herr Hans Kohn?« fragte Robert und reichte dem Besucher die Hand.

»Jawohl. Aber es wäre mir lieber, Sie sagten mir Bäucherl!«

»Also, was verschafft mir die Ehre, Bäucherl?«

»Gleich. Haben Sie vielleicht Cognac oder etwas anderes Trinkbares? Sie wollten den Namen Ihres Beleidigers wissen. Er heißt Alexander Friedrich Prieger.«

»Ich danke Ihnen vielmals. Wie haben Sie denn das so rasch eruieren können?«

»Ganz einfach. Er hat übrigens schon seine Ohrfeige. Wenn mich nicht alles trügt und ich die Kraft meiner Hand richtig beurteile, wird er ein paar Tage mit bandagiertem Gesicht herumlaufen müssen, der Herr Alexander Friedrich Prieger.«

»Ja, Mensch! Was ist vorgefallen, Bäucherl?«

»Gleich! Der Martini ist herrlich! Darf ich noch? Mit dem Besitzer solcher Perlen müßte man eigentlich auf dem Dufuß stehen. Schließlich ist es doch auch stilwidrig ›Herr Bäucherl‹ zu sagen – nicht wahr? Also einen Vorschlag zur Güte: Wir sagen uns Du.«

Robert lachte, der kleine dicke Geselle wurde ihm immer sympathischer.

»Außerdem ist das, was ich dir zu sagen habe, leichter zu sagen, wenn ich dich mit Du ansprechen kann. Ich habe nämlich etwas ohne dein Wissen und deine Zustimmung getan, und das kann man nur mit einem Menschen machen, mit dem man befreundet ist.«

»Du machst mich neugierig, Bäucherl! Was hast du denn getan?«

»Nicht der Rede wert. Ich habe Alexander Friedrich Prieger in deinem Namen zum Duell gefordert!«

»Das ist aber doch ein starkes Stück!« sagte Robert. »Wie konntest du das tun, wo du doch genau weißt, daß ich unter allen Umständen ein Gegner des Duells bin!«

»Weiß ich, weiß ich. Aber wer spricht denn von einem Duell? Der Kerl hat wie erwartet reagiert. Er schlägt sich nicht mit Juden.«

»Wenn auch! Du hast in meinem Namen gefordert!«

»Nun ja, natürlich! Aber höre mich in Ruhe an: Ich konnte nicht zugeben, daß ein Jude an der Universität geohrfeigt wird, ohne sich ehrenhaft zu benehmen. Wärst du irgendein Dahergelaufener – meinetwegen! Aber du bist doch der Sohn eines der intimsten Freunde unseres Herzl – das verpflichtet, mein Lieber! Ich kann so etwas nicht auf uns sitzen lassen. Prost!«

»Das ist doch alles purer Unsinn, Bäucherl. Aber da du das Malheur schon einmal angerichtet hast, berichte mir wenigstens den Hergang.«

»Nicht viel zu erzählen! Ich erfuhr noch gestern Namen und Adresse des Burschen. Heute Punkt zwölf Uhr mittags waren unser Erstchargierter und ich bei dem Herrn Alexander Friedrich Prieger, überbrachten ihm deine Forderung und baten um Namhaftmachung seiner Sekundanten. Der Bursche mit den beiden Vornamen scheint übrigens reich zu sein. Prima Wohnung, geradezu feudal. Dienerschaft und so. Er erschien hochnäsig in einem prächtigen seidenen Schlafrock. Das ganze war ein Riesenspaß. Er erklärte, daß er Juden prinzipiell keine Satisfaktion gebe. Wir verbeugten uns formell. Dann spuckte ich aus, mitten ins vornehme Gemach. Natürlich entschuldigte ich mich, ich flüsterte ›Pardon!‹ Der Kerl wurde zornig, wie ich es mir gewünscht hatte. ›Jüdischen Schweinen gebe ich prinzipiell keine Satisfaktion!‹ deklamierte er arrogant. Ich tat schrecklich betreten, und mit Ängstlichkeit brachte ich hervor, indem ich dabei mit den Rändern meines Hutes idiotisch spielte: ›Welche Juden bezeichnen Sie als Schweine, mein Herr?‹ – ›Alle!‹ entgegnete er. ›Und keinem gebe ich Satisfaktion!‹ – ›Aber wer braucht denn deine Satisfaktion, feige Kanaille!‹ schrie ich und langte ihm eine. Sie klatschte wundervoll! Ich sage dir: Es war das reine Vergnügen! Und daß du mir dazu verholfen hast, danke ich dir. Prost, du sollst leben!«

Wider Willen mußte Robert lachen. »Und jetzt?«

»Ganz einfach. Nichts. Er wird mich nicht fordern. Er wird mich aber auch nicht klagen, weil's ihm nicht paßt, als Geohrfeigter im Gerichtssaal zu erscheinen. Er wird mich jetzt seinerseits, wenn er in Begleitung seiner Kumpane ist, zu ohrfeigen versuchen. Dagegen habe ich Vorkehrungen getroffen. In den nächsten drei Wochen gehe ich nur in Begleitung zweier strammer junger Füchse. Sie warten auch jetzt unten.«

»Hol sie doch herauf!«

»Nicht notwendig! Das Grünzeug kann ruhig warten! Und du, deinerseits, kannst nun Alexander Friedrich Prieger züchtigen, weil er deine Forderung abgelehnt hat. Ich habe bereits einen Plan ...«

»Danke herzlichst, aber ich möchte dich in der Sache nicht weiter bemühen, Bäucherl. Den Rest dieser Affäre möchte ich selber erledigen.«

Robert berichtete, Bäucherl trank, rauchte, pfiff durch die Zähne und rief aus: »Großartig! Alle Achtung! Natürlich muß die Verhandlung vor dem Schwurgericht groß aufgezogen werden. Die Verbände müssen hin. Dein Verteidiger muß Doktor Rosenfeld sein, eventuell Doktor Elbogen.«

»Wenn du nichts dagegen hast, möchte ich, daß mein Vater mich verteidigt.«

»Ist dein Alter energisch genug? Der Rosenfeld ist halt eine Klasse für sich!«

»Wichtiger wäre es mir, daß du mir eine Zeitung verschaffst, die meine Erklärung abdruckt!«

»Ganz leicht. Wird gemacht! Kann ich die Erklärung sehen?

»Nach dem, was du mir jetzt erzählt hast, muß sie geändert werden. Auch will ich sie vorher meinem Vater zeigen.«

Am Montag las Robert seinem Vater den Entwurf der Erklärung vor:

»Am vergangenen Samstag wurde ich auf der Ringstraße, vor der Universität, in aller Öffentlichkeit attackiert. Ein junger Mann mit den Abzeichen der studentischen Verbindung ›Borussia‹ trat auf mich zu und versetzte mir grundlos eine Ohrfeige, wobei er rief: ›Frecher Judenbengel!‹ Dabei fiel mein Hut zu Boden, ich bückte mich instinktiv danach. Als ich mich nach dem Täter umsah, war er bereits verschwunden. Mühsam nur konnte ich seinen Namen und seine Adresse erfahren. Er heißt Alexander Friedrich Prieger, wohnhaft im ersten Bezirk, Postsparkassenstraße 138. Zwei Studenten, Cand. Ing. Hans Kohn und Cand. Med. Kurt Tannenbaum, besuchten am folgenden Tag den Genannten, um ihn zu befragen, ob er bereit sei, mit der Waffe in der Hand für seine Tat einzustehen. Er lehnte dies mit der Begründung ab, daß er Juden keine Satisfaktion gebe. Bei dieser Gelegenheit ließ Alexander Friedrich Prieger eine unbedachte Äußerung fallen, wofür er auf der Stelle in gebührender Weise gezüchtigt wurde. Ich kann, da Prieger eine Genugtuung ablehnt, ihn wegen der erfolgten Beleidigung nur öffentlich klagen. Dies geschieht. Die Klage ist durch die Kanzlei meines Vaters, des Hof- und Gerichtsadvokaten Doktor Rudolf Ascher, beim zuständigen Bezirksgericht bereits eingereicht worden.

Aller Gepflogenheit nach dürfte Prieger mit einer kleinen Geldstrafe davonkommen. Prieger hat es leicht. Er ist reich, die zehn oder zwanzig Kronen wird er bezahlen, ohne den Verlust sonderlich zu verspüren. Er kann also, wenn er ein nobles Taschengeld hat, jeden Tag einen jüdischen Studenten verprügeln. Das ist ein Zustand, der eines Rechtsstaates unwürdig ist. Jeder Feigling kann, sich hinter dem Waidhofener Programm versteckend, Juden die Satisfaktion verweigern und sie in dem Wissen prügeln, daß nichts als eine unbedeutende Geldstrafe zu fürchten ist.

Ich will Alexander Friedrich Prieger sein Spiel erschweren. Ich nenne ihn hiermit öffentlich einen ganz und gar erbärmlichen, feigen Wicht.

Diese Erklärung wird jeden Samstag an dieser Stelle erscheinen, bis mich Prieger beim zuständigen Gericht verklagt. Wenn nötig, wird diese Erklärung auch in die Tageszeitungen eingeschaltet werden.

Wien, 3. Februar 1914

Cand. jur. Robert Ascher«

Der Anwalt nahm das Blatt an sich und las es noch einmal ruhig durch. »Ganz gut, wenngleich wir einiges werden ändern müssen. In dieser Fassung könnte deine Erklärung auch dazu führen, daß der Staatsanwalt gegen dich Anklage wegen Herausforderung zum Zweikampf erhebt ... Aber hast du auch bedacht, daß die Geschworenen in Wien meist antisemitische Kleingewerbetreibende sind? Du hast mit Strafe zu rechnen, mein Sohn.«

»Das habe ich bedacht.«

»Nun gut. Also dann los, in Gottes Namen! Und deinem Freund, dem Bäucherl, kannst du diese Flasche Martini in meinem Namen geben. Der Junge gefällt mir!«

III.

Die Schwurgerichtsverhandlung näherte sich ihrem Höhepunkt. Der Privatankläger, ein älterer, hochgewachsener Herr, wohlbeleibt, mit schütterem Haupthaar und glattrasiert, hatte sich zu seiner Anklagerede erhoben. Er sprach gemütlich, mitunter verfiel er sogar in Dialekt:

»Meine Herren Geschworenen, das ganze ist nichts mehr als eine harmlose Studentengeschichte. Mein Klient hat dem Angeklagten eine Ohrfeige versetzt, weil er wähnte, von ihm angerempelt worden zu sein. Daraufhin hat der Angeklagte meinen Klienten zum Duell gefordert. An und für sich ist das, so glaube ich, nicht ganz erlaubt, aber das soll unter Studenten vorkommen.«

Bei diesen Worten berührte der Anwalt eine Narbe in seinem Gesicht. Man lachte laut, selbst der Vorsitzende konnte ein Lächeln nicht unterdrücken. Der Ankläger fuhr fort:

»Mein Klient lehnte den ehrenwerten Antrag ab, weil er einer Verbindung angehört, die Israeliten grundsätzlich keine Satisfaktion gibt. Der Angeklagte glaubte seine Ehre dadurch reparieren zu müssen, daß er meinen Mandanten vor die Schranken des Bezirksgerichtes zitierte, von dem mein Klient auch pünktlich bestraft wurde. Schön und gut bisher. Nun hatte aber der Herr Angeklagte seiner, ich möchte sagen, alttestamentarischen Rachsucht damit noch nicht Genüge getan, er wollte aus der an sich harmlosen Studentenprügelei eine hochnotpeinliche Staatsaffäre machen, er warf meinem Klienten in der Presse Feigheit vor, und so hat sich jetzt das Schwurgericht mit dieser kindischen Sache zu befassen, sie kostet Ihre Zeit, meine Herren Geschworenen, und Ihr Geld, denn es ist schließlich Steuergeld, das hier vergeudet wird, also Ihre sauerverdienten Groschen.

Warum nun hat der Angeklagte meinen Mandanten einen feigen Wicht gescholten? Wieso feige? Wieso Wicht? Weil sich mein Mandant nicht mit einem Juden hinstellen wollte? Gar so gefürchtete Fechter sind die Herren Israeliten ja nicht. Wäre mein Klient zum Duell angetreten, hätte er jedoch einen Grundsatz der Verbindung verletzt, der er angehört.

Meine Herren Geschworenen! In Wirklichkeit dreht sich diese Verhandlung nicht darum, ob mein Mandant feige ist oder nicht, sondern es wird über jene Bestimmung zu Gericht gesessen, an die mein Klient sich gehalten hat.

Wir müssen uns also wohl vergegenwärtigen, wie es zu dieser Bestimmung gekommen ist. Da muß ich zuerst mit der Lüftung eines Geheimnisses beginnen, das dem Angeklagten bis zur Stunde unbekannt geblieben sein dürfte, nämlich, daß die Herren Israeliten hierzulande nicht sehr beliebt sind. Diese Unbeliebtheit datiert nicht erst seit gestern oder vorgestern, sie hat vielerlei Ursachen. Sie zu untersuchen, ist nicht meines Amtes. Wenn ich Ihnen alle Ansichten und Meinungen und Theorien wider das Judentum hier anführen sollte, ich brauchte etwa dreißig Jahre zu meinem Plädoyer. Aber ich halte es dennoch für meine Pflicht, Ihnen einige wenige Stimmen bedeutender Männer wiederzugeben. Der große Treitschke sagte:

›Das Judentum ist für Deutschland eine unmittelbare Gefahr. Über unsere Ostgrenze dringt Jahr für Jahr aus der unerschöpflichen polnischen Wiege eine Schar Hosen verkaufender Jünglinge, deren Kinder und Kindeskinder dereinst Deutschlands Börsen und Zeitungen beherrschen werden. Die Juden sind unser Unglück!‹

Der Herr Professor Eugen Dühring sagte – nur ein paar Sätze, ich will Sie nicht langweilen:

›Der jüdische Stamm ist der minderwertigste Zweig der semitischen Rasse. Dieser verachtungswürdige Menschenschlag hat der Welt nichts geschenkt und alles, was er sein eigen nennt, anderen Völkern entwendet. Sein Ziel ist die Weltherrschaft, die Ausbeutung fremder Völker.‹

Nur noch eine einzige Stimme aus der Fülle des mir zur Verfügung stehenden Materials, die des berühmten Professors Houston Stewart Chamberlain:

›Die Germanen sind die Elite der germanischen Rasse, während die Juden die schlimmste Ausgeburt des Semitismus darstellen. So muß also folgerichtig zwischen Deutschen und Juden unausrottbare Feindschaft bestehen.‹

Darf ich nur so nebenbei noch erwähnen, daß Seine Majestät, der deutsche Kaiser, dieses Buch den höheren Schulen angelegentlich empfohlen hat?

Wie Sie bemerken, war ich in der Auswahl meiner Zitate sehr zurückhaltend. Ich habe lediglich deutsche Universitätsprofessoren zitiert, also die Lehrer der deutschen Jugend. Vielleicht wird es Ihnen, meine Herren Geschworenen, jetzt leichter verständlich, warum die deutschen Studenten zu dem Beschluß gekommen sind, Juden keine Satisfaktion zu geben. Sie erfüllen mit diesem Beschluß nur die Gebote ihrer Lehrer, sie handeln nur im Geist und nach den Erkenntnissen ihrer Professoren. Und dafür soll man die Jugend nun bestrafen? Dafür soll es gestattet sein, die deutsche Jugend verächtlich zu machen, sie ungestraft feige nennen zu dürfen? Nein, meine Herren Geschworenen, an Ihnen liegt es, dieser Zumutung ein Ende zu bereiten und donnernd zu verkünden: Bis hierher und nicht weiter!«

Nun erhob sich Doktor Ascher. Er verbeugte sich vor dem Gerichtshof und den Geschworenen und begann:

»Es ist nicht einfach, den eigenen Sohn zu verteidigen. Diejenigen unter Ihnen, die Väter sind, werden das sehr gut verstehen. Ebenso wie der Arzt es meist ablehnen wird, seine nächsten Angehörigen zu operieren – weil er zu befangen wäre –, so hätte auch ich es abgelehnt, meinen Sohn zu verteidigen, wäre er der Angeklagte dieses Prozesses. Aber mein Sohn ist nur scheinbar der Angeklagte. Angeklagt ist in Wahrheit mein Volk. Ich bitte Sie also, meine Herren Geschworenen, mich zunächst als den Verteidiger meines Volkes zu betrachten.

Der Herr Privatankläger hat mir allerdings die Aufgabe erheblich erleichtert, und ich werde mich kurz fassen können. Er hat die Ansicht vertreten, daß die deutschnationale Jugend – denn durchaus kann man nicht von der deutschen Jugend schlechthin sprechen – den Juden mit moralischem und sittlichem Recht die Satisfaktion verweigere und daß sie hiebei in Übereinstimmung mit den Lehrern ihrer Universitäten handle. Der Herr Privatankläger hat zur Stützung seiner These eine Reihe von Zitaten vorgelesen. Ich glaube ihm gern, daß er weit mehr solcher Stimmen hätte verlesen können, denn zu allen Zeiten wurde eine Menge Unsinn produziert, auch von Universitätsprofessoren. Aber er möge mir glauben, daß ich ebenfalls eine Menge Zitate beibringen könnte, die gerade das Gegenteil besagen. Ich könnte mit dem großen deutschen Dichter Lessing beginnen, aber vermutlich würde ihn der Herr Privatankläger nicht gelten lassen, weil Lessing kein beamteter Lehrer der deutschen Jugend war. Und so will ich also auch nur die Stimme eines deutschen Universitätsprofessors der Gegenwart zitieren. Erschrecken Sie nicht, meine Herren Geschworenen, es ist nur ein einziges, kleines Zitat. Herr Professor Werner Sombart von der Berliner Universität sagt:

›Alle Bemühungen der Juden, in der Umwelt aufzugehen, haben nur zu dem entgegengesetzten Resultat geführt, wofür der Antisemitismus die krasseste Bestätigung ist. So bleibt dem Juden nichts anderes übrig, als auf historisch erprobtem Weg weiterzugehen und sich selber sowie seinem Volke die Treue zu bewahren. Der vergeblich nach dem Tode lechzende Ahasver muß sich eben entschließen, als ewiger Jude weiter zu leben. Brauche ich zu sagen, daß wir im Judentum eine der wertvollsten Arten vor uns sehen, die das Menschengeschlecht hervorgebracht hat? Welch gewaltige Lücke müßte entstehen, wenn die jüdische Art verschwände? Von allen Einzelheiten abgesehen, das Judenvolk ist es, das seit den Propheten den großen ethischen Ton in das Menschheitskonzert gebracht hat und durch seine großen Söhne auch heute immer wieder bringt.‹

Immerhin auch ein deutscher Universitätsprofessor, ein Lehrer der deutschen Jugend. Ein Teil der deutschen Jugend zieht es aber vor, nicht solchen Lehrern, sondern einem Herrn Dühring Gefolgschaft zu leisten. Herr Professor Dühring fragt, was die Juden der Welt geschenkt hätten? Nun, nicht sehr viel, ich muß es leider zugeben. Lediglich die Zehn Gebote und derlei Kleinigkeiten. Allerdings bedeutet dies dem Herrn Professor gar nichts, denn er erklärt, daß das sittliche Niveau der Bibel unter dem der altgermanischen Mythen stehe. Ich habe hier nicht die katholische Kirche zu verteidigen, der Sie, meine Herren Geschworenen, und die große Mehrzahl des österreichischen Volkes angehören. Dühring wendet sich gegen die Christen wie gegen uns Juden. Denn noch immer beruht das Christentum auf den Zehn Geboten, die Gott zuerst durch Moses dem Volk der Juden verkündet hat. Diese Alldeutschen wie Dühring verachten den Katholizismus genau so wie das Judentum, verachten alle Religionen, die auf der Güte, der Menschenliebe und der Barmherzigkeit beruhen. Ich wehre mich dagegen, soweit wir Juden betroffen werden. Sie werden in Ihrem Wahrspruch zum Ausdruck bringen müssen, was deutsche Christen über derlei altgermanische Lehren denken. Sie müssen Ihre eigenen Verteidiger sein, wie ich der meines Volkes und meines Sohnes bin.

Der Herr Privatankläger hätte sich mit Recht darauf berufen können, daß der Antisemitismus auch in anderen Ländern Europas siegreichen Einzug hält, etwa in Rußland. Und er hätte das

Verdienst daran deutschen Universitätsprofessoren vom Range eines Dühring zuschreiben können. Der Antisemitismus ist deutsche Exportware, die im Handelsvertrag der österreichisch-ungarischen Monarchie mit dem Deutschen Reich mit gutem Recht nicht angeführt ist.

Lassen wir uns von all dem, meine Herren Geschworenen, nicht vom Gegenstand der Verhandlung abbringen. Der Sachverhalt ist: Ein christlicher Student schlägt einem jüdischen Kollegen ins Gesicht und entfernt sich rasch. Er verweigert die unter Studenten übliche Form der Genugtuung und wird, vor Gericht zitiert, zu zehn Kronen Geldstrafe verurteilt. Der Herr Privatkläger ist reich. Für ihn sind auch tausend Kronen nicht viel. Für tausend Kronen kann er hundert jüdische Studenten à zehn Kronen ohrfeigen. Heute ohrfeigt er Juden, aber morgen, meine Herren Geschworenen, morgen ohrfeigt er auch Ihre Söhne, weil sie vielleicht einer anderen sozialen Schicht oder einer anderen politischen Partei angehören oder weil sie vielleicht nicht alldeutsch genug sind. Wollen Sie diesen Zustand tolerieren?

Was hat der Angeklagte getan? Er hat denjenigen einen Feigling genannt, der einen Wehrlosen überfällt, ohne mehr dabei zu riskieren als eine Geldstrafe von zehn Kronen. Wenn Sie dies mutig finden, dann verurteilen Sie meinen Sohn.

Hier steht, juridisch betrachtet, lediglich zur Debatte, ob mein Sohn recht oder unrecht hatte, den Privatkläger feige zu nennen. Hierüber haben Sie souverän zu entscheiden, und Sie haben ebenfalls zu entscheiden, ob mein Sohn in einer Art von Ehrennotwehr handelte oder nicht. Darüber hinaus aber haben Sie auch zu entscheiden, ob diejenigen recht handeln, die jüdischen Studenten die übliche Form der Genugtuung verweigern, weil diese Juden sind. Und vergessen Sie bei Ihrem Spruche nicht, daß Sie hierbei auch zu entscheiden haben, ob es einer kleinen Kaste weiterhin gestattet sein soll, die Ehre eines ganzen Volkes zu besudeln.«

Robert wäre am liebsten aufgesprungen, seinen Vater zu umarmen. Er wußte nicht recht, was um ihn herum vorging, bemerkte bloß, daß die Geschworenen nach einer kleinen Weile wieder im Saal erschienen und der Präsident seinen Freispruch verkündete.

Im Verteidigerzimmer drückte der Vater dem Sohn stumm die Hand. Beide waren tief gerührt. Es war gut, daß Bäucherl gerade jetzt störte.

»Ausgezeichnet, Alter Herr!« rief er anerkennend und klopfte dem Anwalt auf die Schulter, wobei er sich allerdings auf die Zehenspitzen stellen mußte. »Großer Tag! Man sollte ihn feiern! Kommen Sie mit auf die Kneipe, Alter Herr!«

IV.

Diese Schwurgerichtsverhandlung trug sich im Mai 1914 zu. Im Juni des Jahres promovierte Robert Ascher zum Doktor der Rechtswissenschaften, und obwohl er keiner der jüdischen Burschenschaften angehörte, waren alle jüdischen Verbände festlich geschmückt zur Feier ausgerückt. Vom Ausbruch des Krieges wurde Robert während eines Italienaufenthaltes überrascht. Er kehrte nach Hause zurück, meldete sich freiwillig, wurde im Hinterland ausgebildet und kam dann ins Feld. Seinen ersten Heimaturlaub erhielt er erst im zweiten Halbjahr des Jahres 1916. Er fand seinen Vater verändert. Rudolf war gealtert. Er ging vornübergebeugt, hatte Fett angesetzt, seine Hautfarbe war gelblich, die Augen lagen in faltenreichen Höhlen. In der freien Zeit, die ihm sein Beruf ließ – und er ließ ihm jetzt in Kriegszeiten mehr freie Zeit, als ihm lieb war – beschäftigte er sich mit der Familiengeschichte, an der er nächtelang schrieb. Nach einem Besuch bei Tante Vera wußte Robert um die Ursachen der Veränderung seines Vaters. Tante Vera war nun schon eine alte Dame, ihren Erzählungen war nicht immer zu glauben. Trotz Krieg und Trauer redete sie immer nur von Liebesaffären und Bettgeheimnissen. Ihr ganzes Leben schien sich nur darum zu drehen, es mutete Robert ebenso tragikomisch wie gespenstisch an. Felicitas, die Dame mit den schöngeformten schlanken Beinen, hatte geheiratet, nach einer tränenreichen Auseinandersetzung mit ihrem Chef. Robert suchte den Vater zu zerstreuen, ging mit ihm in Konzerte, ins Theater. Doch der Vater hätte es vorgezogen, zu Hause über der Familiengeschichte zu sitzen.

An seinem letzten Urlaubstag leistete Robert dem Vater bei dessen Arbeit Gesellschaft. Auch hier kam ihm mit einem Male alles gespenstisch vor. Was sollte diese Arbeit an der Vergangenheit, in einer Zeit, da sich die Menschen gegenseitig qualvoll ums Leben brachten?

»Verzeih, Vater«, sagte er, »wenn ich dich kränken sollte. Aber ganz ersichtlich ist mir der Zweck dieser Familienchronik nicht. Steckt da nicht ein wenig vom Ahnenstolz des Erbadels dahinter? Jeder Mensch, der heute lebt, muß doch vom ersten Menschen abstammen. Jeder könnte auf ungezählte Ahnen verweisen ...«

»Wenn wir die Geschichte unserer Familie verfolgen«, sagte Rudolf langsam, »so leitet uns nicht Ahnenkult. Es ist sehr nützlich zu wissen, wer und was unsere Ahnen waren, unter welchen Bedingungen sie gelebt haben, welche ihrer Eigenschaften auf uns übergegangen sind.«

Es folgte ein langer Vortrag über Genealogie. Robert hätte so manches einwenden können. Ob man Vererbung wirklich auf diese gänzlich unwissenschaftliche Weise nachweisen könne? Und was nütze es zu wissen, daß man diese Eigenschaft vom Großvater mütterlicherseits und jene vom Urgroßvater väterlicherseits habe?

An einem Punkt des Gespräches leistete Robert seinem Vater doch ein wenig Widerstand. Rudolf hatte von seinen Jugendjahren zu erzählen begonnen und von den Kämpfen, die er an der Seite seines großen Freundes Theodor Herzl auszufechten hatte, sprach über Antisemitismus und meinte, daß die Juden eines Tages gezwungen sein würden, ihre Vaterländer, für die sie heute verbluteten, zu verlassen.

»Ich glaube, du siehst viel zu schwarz, Vater! Ich weiß, ihr Zionisten denkt mehr oder minder alle gleich in diesem Punkt. Aber ich glaube nicht, daß ihr recht habt. Laß uns diesen fürchterlichen Krieg überwinden, und du wirst sehen, wie die Menschen besser werden! Sie haben unter Qualen gelernt. Sie werden gütiger werden, geduldiger und duldsamer! Wie immer dieser Krieg ausgehen wird, wir Juden haben in all unseren Vaterländern unsere Pflicht erfüllt. Man wird unsere Verdienste anerkennen müssen, welche Seite auch immer siegen sollte. Es wird jüdische Helden geben, die man ehren, jüdische Krüppel, die man versorgen wird wie die anderen, die für ihr Vaterland geblutet haben. Es kann für uns nur besser werden!«

»Wollte Gott, du hättest recht, mein Sohn! Wenn ich aber an unsere Ahnen denke, an Jehuda, Nathan, Serachja, Baruch, Salomo, Israel, Joseph …«

»Diego, Ernesto, Amschel, Rafael«, fuhr Robert fort. »Hilf mir, wer kommt jetzt?«

»Benjamin, Moritz, Ludwig, mein Großvater Gotthold und mein armer, erschlagener Vater Heinrich … Wenn ich an all die denke, dann fällt es mir schwer zu glauben, daß es einmal lichter werden könnte für uns Juden bis ans Ende der Tage, da uns Gott zurückführt in unsere Heimat, ins Land unserer Väter …«

Das zwanzigste Intermezzo

Als Doktor Robert Ascher etwa drei Tage in der ehemaligen Klosterschule in der Kenyongasse inhaftiert war, zog ihn Jakob Fischel zur Seite und flüsterte ihm zu: »Heute nacht haben sie einen erschossen!«

Es verging keine Stunde, in der nicht derartige Gerüchte umgingen. Sie waren leicht erklärlich: Ein Häftling, der schlecht exerzierte oder irgendeinem der Wachorgane nicht gefiel, wurde abgeführt. Bald nachher hörte man im Hofe schießen, und schon hieß es, der Mann sei erschossen worden. In der Regel tauchte der Totgesagte später wieder auf, übel zugerichtet, aber immerhin lebend. Allerdings wurden einige der in den Hof geschleppten Unglücklichen nicht mehr gesehen – so sah und hörte Doktor Ascher nichts mehr von dem eleganten Doktor Kassowitz. Verständlich, daß die Gerüchte nicht verstummen wollten. Doktor Ascher sagte daher nur:

»Ach, glauben Sie doch das nicht! Man will uns nur in ständiger Angst und dauerndem Schrecken halten!«

»Nein, Herr Doktor, diesmal ist es wahr!«

Die Augen Jakob Fischels, des tüchtigen, waren weit geöffnet, der Blick hatte etwas Beängstigendes: »Mein eigener Bruder ist es, Doktor! Mein eigener Bruder ist es, den sie erschossen haben!«

»Ist denn Ihr Bruder auch hier?« fragte Ascher beklommen.

»Nein – ich habe keinen Bruder! Wer spricht denn davon, daß ich einen Bruder habe? Wollt Ihr mich denn mit aller Gewalt verrückt machen? Erschossen haben sie ihn, von hinten erschossen!«

Ascher faßte Jakob Fischel unter den Arm. »Sie sollten ein bißchen ruhen, Herr Fischel …«

»Sprechen Sie mit mir den Kaddisch, Herr Doktor.«

»Gewiß, gern. Kommen Sie nur!«

Und er bereitete dem Unglücklichen ein Plätzchen in einer Ecke bei einem der Fenster und lief eilig fort, einen Arzt zu holen. Der Dermatologe, dem Ascher zuerst in die Arme lief, erklärte sich unzuständig, von Psychiatrie verstehe er noch weniger als von Dermatologie. Aber zum Glück sei ja der kleine Doktor Marek hier, ein richtiger praktischer Arzt, der von allen Branchen des Medizingeschäftes gleichmäßig wenig verstehe, mit einem Wort: der ideale Arzt! Bald fanden sie Doktor Marek. Ascher gab dem Dermatologen recht: Doktor Marek war der geborene Arzt. War man in seiner Nähe, so fühlte man sich bereits geschützt und geborgen. Doktor Marek untersuchte Fischel, sprach lange mit ihm, und sagte dann zu Ascher:

»Zweifellos eine Funktionsstörung. Der Patient könnte unter gewissen Umständen auch gemeingefährlich werden. Aber natürlich kann man eine einwandfreie Diagnose erst nach genauer Untersuchung und Beobachtung stellen. Der Ausbruch der Erkrankung ist nicht weiter verwunderlich. Im Gegenteil, man muß sich wundern, daß hier nicht mehr verrückt geworden sind. Wir sollten uns möglichst besonnen verhalten. Was ist fürs erste zu tun? Der Mann ist zu isolieren, natürlich. Wer will es den Wächtern sagen?«

Sowohl Doktor Ascher als Professor Porten erklärten sich bereit, aber Doktor Marek sagte einfach: »Soviel ich weiß, haben Sie beide schon einiges hinter sich. Sie wurden bereits geprügelt, ich noch nicht. Lassen Sie mich in die Gefahrenzone. Bekomme ich Prügel, stehen wir auf gleichem Fuß.«

Ascher sah sich Doktor Marek genau an. Wie würde dieser zarte Körper die Peitschenschläge aushalten? Das konnte Ascher nicht zulassen. Er wollte sich lieber selbst dem Zorn des Wachthabenden aussetzen. Es war streng verboten, jemanden krank zu melden. Der Erkrankte hatte dies selbst zu besorgen, und es waren schwere Strafen angedroht, wenn sich einer ungerechtfertigt krank melden sollte. Ascher wollte den Arzt zurückhalten, aber der hatte sich schon frei gemacht und war zur Tür gelaufen. Jetzt sprach er mit einem Riesenkerl von Wachthabendem.

Der Riese hatte sich herabgebeugt, um den kleinen Doktor zu verstehen. Dann sagte er: »Halt's Maul! Der Jude soll selber kommen!«

Doch Doktor Marek ließ sich nicht so leicht entmutigen.

»Der Jude ist aber verrückt, Herr ... Oberleutnant!« Es war mehr so aufs Geratewohl gesagt, denn aus den Erfahrungen des letzten Krieges wußte Doktor Marek, daß ein Oberleutnant eine gar mächtige Persönlichkeit war.

Der Riese holte aus und gab dem kleinen Mann eine Ohrfeige. Vielleicht hätte es nur ein leichter Backenstreich werden sollen, aber er genügte, um den kleinen Arzt taumeln zu machen.

»Ich bin kein Oberleutnant, und der Jud muß selber kommen!«

»Aber der Jud ist wirklich verrückt, ich versichere es Ihnen, Herr ..., meinetwegen hauen Sie mir noch eine Ohrfeige herunter, Herr Obersturmbannhauptführer oder was Sie sind, ich weiß es wirklich nicht, aber eines weiß ich bestimmt, nämlich daß der verrückte Jud nicht zu Ihnen kommen kann.«

»Bist du ein Doktor, Saujud?« fragte der Riese und beugte sich wieder zu Doktor Marek hinunter.

»Natürlich. Würde ich mich sonst trauen, zu Ihnen zu kommen? So verrückt könnte nicht einmal ein wirklich Verrückter sein!«

»Halt's Maul!« brüllte der Riese, ließ sich aber doch von dem Arzt zu dem am Boden liegenden Jakob Fischel führen.

»Aufstehen!« herrschte er ihn an, und Jakob Fischel sprang auf, am ganzen Körper zitternd.

»Der ist ja gar nicht verrückt, er folgt doch ganz anständig!« meinte der Uniformierte.

»Wer sagt, daß ich verrückt bin?« schrie Fischel. »Nein, das ist gar nicht wahr! Niemand hat meinen Bruder erschossen! Ich habe ja überhaupt keinen Bruder!«

»Maul halten!« überschrie der Riese Fischel mit größtem Stimmaufwand. Aber Jakob Fischel folgte nun nicht mehr so brav, er wimmerte vor sich hin: »Sperren Sie mich ein, töten Sie mich! Ich habe zu Unrecht Kaddisch gesagt, eine schwere Sünde!«

»Jetzt kenn ich mich gar nicht mehr aus! Ist der Bruder von dem Saujuden nun tot oder nicht?«

»Das ist ja der springende Punkt«, meinte Doktor Marek. »Er bildet sich ein, daß sein Bruder tot ist. In Wirklichkeit hat er keinen Bruder. Was bedeutet das? Was hat man jetzt zu tun?«

»Warum fragst du denn immer, Saujud?«

»Man muß einen Aufsichtsarzt rufen«, schloß Doktor Marek.

Der Riese stand einen Moment lang unschlüssig, dann wiederholte er seine Instruktion: »Wenn einer krank ist, hat er es selber zu melden. Basta!«

»Aber er kann es nicht selber melden, weil er verrückt ist und es nicht weiß ...«

»Jetzt halt aber endlich dein Maul, Saujud!« schrie der Riese und gab dem kleinen Arzt einen Stoß. Marek wäre hingefallen, hätte ihn Doktor Ascher nicht aufgefangen.

»Das ist ja noch glimpflich abgegangen! Mit manchen Menschen kann man eben nicht in Ruhe sprechen!« stellte Marek resigniert fest und suchte seinen heruntergefallenen Zwicker.

Der Riese aber hatte dennoch Meldung erstattet, bald nachher kamen zwei Polizeileute, die Jakob Fischel abführten. Sie hatten eine Zwangsjacke mitgebracht, aber der Erkrankte ließ alles willenlos mit sich geschehen.

Am Abend fühlte sich Doktor Ascher unwohl. Die Wunde am Hinterkopf verursachte heftige Beschwerden. Er wollte sich aber nicht krank melden. Er fühlte sich fiebrig. Er legte sich hin und ließ Doktor Marek zu sich bitten. Der kam erst nach einer Weile.

»Ein beschäftigter Arzt muß die Patienten warten lassen. Das sind so kleine Tricks aus der Praxis. Also, wo fehlt's?« Ascher konnte kaum sprechen. Der Arzt tat einen Blick auf die Wunde.

»Natürlich gehören Sie ins Bett! Die Wunde müßte gereinigt werden, dann würde ich Ihnen einen schönen Verband machen und Chinin verschreiben, vermengt mit ein wenig Opium, ein ausgezeichnetes Präparat, obschon es aus Deutschland stammt. Sie sollten sich krank melden, gewiß. Aber kann man sich das trauen? Ich würde sagen, man soll bis morgen zuwarten. Ich werde in Ihrer Nähe bleiben, damit ich da bin, wenn Sie mich brauchen.«

Doktor Ascher lag da, sein Körper glühte, er phantasierte. Er stand in einem Gang des Straflandesgerichtes. Zu ihm gesellte sich ein Mann mit buschigem, herabhängendem Schnurrbart. Obwohl er ihn jahrelang nicht gesehen hatte, erkannte er ihn gleich. Es war sein Jugendfreund Alfred Rosner, der berühmte sozialdemokratische Abgeordnete und Parteiführer, der auch schon einmal Minister gewesen war. Plötzlich aber veränderte sich die Szenerie. Sie befanden sich jetzt beide im »Galgenhof« des Gerichtsgebäudes. Das Gerüst war aufgeschlagen, der Henker, ganz in Schwarz gekleidet, wartete bereits. Aber es wurde nicht ein Delinquent hergar so arg werden. Lassen Sie uns unser Schicksal mit Anstand tragen, Doktor Gans!«

Bald standen sie wieder auf der Straße. Das gewohnte Bild: Polizeiautos, grinsende und höhnende SS-Gesellen, eine johlende, schimpfende Menge. Wieder wurden sie mit Püffen in den Wagen gestoßen, und wieder ging die Fahrt ins Unbekannte. Und wieder wurde geraten, in welche Richtung es ginge. Einer rief: »Es geht zum Franz-Josefs-Bahnhof!«

»Nach Dachau müßten wir doch mit der Westbahn fahren!«

»Vielleicht ist das unter Hitler auch anders geworden!«

Und richtig, es sollte nicht nach Dachau gehen. Das Auto hielt vor dem Polizeigefängnis auf der Elisabethpromenade. Schon machten sich die Häftlinge zum Aussteigen fertig, als es hieß: Irrtum, der Transport geht weiter. Hatten sie einen Augenblick lang die Hoffnung gehegt, daß ihnen durch eine glückliche Fügung das Konzentrationslager erspart bliebe, waren nun alle fest überzeugt, daß es direkt nach Dachau ginge. Sie saßen einander schweigend gegenüber, blickten zu Boden oder stierten stumpf vor sich hin.

Aber da hielt der Wagen vor einem Schulgebäude, keiner wußte, wo man sich befand. Scharfe Kommandorufe ertönten, die Häftlinge mußten durch ein Defilee von SS-Leuten über Treppen in einen großen Saal laufen. Sie wurden geschlagen und getreten. Wieder ein Turnsaal. Die Häftlinge mußten sich mit dem Gesicht zur Wand aufstellen. Es wurde ihnen verboten, sich umzudrehen. Bald hörte Ascher Schüsse und Geschrei hinter sich, er sah sich nicht um. Ab und zu wurde ein Name aufgerufen. Wenn sich der Gerufene nicht gleich meldete, wurde er zur »Bearbeitung« geführt. Ascher fürchtete, seinen Namen zu vergessen, immer wieder sprach er sich in Gedanken vor: Ich heiße Ascher, Ascher, Robert Ascher.

Schließlich wurde er gerufen. Verzweifelt rief er: »Hier! Zur Stelle!« Er lief einige Schritte in die Mitte des Saales, wo ein paar höherrangige SS-Jünglinge saßen.

»Was warst du in deinem früheren Beruf, Jude?«

»Rechtsanwalt!« Ascher stand stramm wie beim Militär.

»Und du?«

»Arzt.« Ascher sah auf. Neben ihm stand Doktor Marek.

»So? Zwei Akademiker also. Schön! Du stellst dich daher, Anwalt, und du dorthin, Arzt. So, und nun werdet ihr einander ins Gesicht schlagen. Abwatschen nennt man das bei euch in Wien – nicht wahr? Aber anständig hinschlagen!«

Ascher konnte sich nicht vorstellen, diesen guten, lieben Menschen zu schlagen. »Ich melde gehorsamst, wir beide waren Offiziere im letzten Krieg, haben das Vaterland verteidigt …«

»Maul halten und losschlagen!«

Ascher sah zu Doktor Marek, der ihm zublinzelte, als wollte er sagen: Lassen Sie den Leuten ihre Freude, mir wird's schon nicht weh tun!

Es war der kleine Doktor, der zuerst losschlug. Ascher spürte den Schlag nicht, nun mußte er zurückschlagen.

»Halt! So geht das nicht! Ihr seid zu zaghaft! Wir werden euch zeigen, wie man das macht!«

Einer der SS-Jünglinge nahm den Platz Doktor Mareks ein und hieb Ascher wuchtig ins Gesicht. Dann gab er an Aschers Stelle dem Arzt eine mächtige Ohrfeige.

»So müßt ihr das machen!«

Ascher dröhnte der Schädel, er schlug und wurde geschlagen. Nachdem sie einander sechsmal ins Gesicht geschlagen hatten, sagte einer der SS-Männer: »So, das könnt ihr jetzt einigermaßen!«

Wieder mußten sie sich zur Wand stellen und regungslos verharren. Wie lange er so stand, wußte Ascher nicht, es schien ein ganzes Leben zu sein. Dann wurden wieder Namen verlesen. Man sagte, daß es noch in der Nacht weiterginge, nach Dachau. Nur einige blieben zurück, darunter Doktor Ascher. Unter den Ausgeschiedenen war keiner von Aschers Freunden, nicht der kleine Doktor Marek, nicht der Dermatologe, nicht Doktor Gans, nicht der junge Weintraub.

Ascher und seine Genossen wurden wieder in ein Auto verladen, wieder ging die Fahrt ins Ungewisse. Alle waren erleichtert, als das Auto wieder vor dem Polizeigefangenenhaus hielt. Hier war der Machtbereich der wilden Parteihorden zu Ende, hier herrschte die Polizei. Die Gefangenen wurden in Zellen gebracht, in denen Strohsäcke lagen, bekamen schwarzen Kaffee und durften sich Essen kaufen, hin und wieder sah sie einer der älteren Wachleute freundlich-teilnehmend an. Es bekümmerte sie nur wenig, daß man ihnen die Schädel kahlschor, sie fürs Verbrecheralbum photographierte und ihnen die Fingerabdrücke abnahm. Nichts konnte ihre gute Stimmung jetzt beeinträchtigen. Denn sie wurden nur wie Verbrecher behandelt und nicht wie Juden, wurden nicht geschlagen. Sie konnten es kaum fassen. O, wie selig sie waren!

Es war eine schöne, stille Nacht. Doktor Ascher schlief tief und traumlos. Als er erwachte, durfte er sich reinigen. Dann gab es schwarzen Kaffee, eine große Schale voll, und eine warme Semmel. Er saß in einer kleinen, nicht überbelegten Zelle und hörte Gefangene in anderen Trakten des weitläufigen Gebäudes singen. Es klang gespenstisch. Doktor Ascher erfuhr aus den Gesprächen seiner Zellengenossen, daß sie alle hofften, aufgrund ihrer Krankheiten von Dachau befreit zu sein. Er hörte die Namen vieler Krankheiten. Furcht und Zaghaftigkeit ergriffen sein Herz: Bin ich nicht irrtümlich hier? Ich bin doch nicht krank! Doch da wurde er zum Verhör gerufen.

Ein freundlicher Polizeioffizier fragte ihn nach seinen Personalien. Ascher sah den Mann an. War das nicht der gleiche Kommissar, der ihn seinerzeit gewarnt hatte, den an ihm verübten Diebstahl zu Protokoll zu geben?

»Der Mann ist doch erst 48. Wie kommt der hierher?« Der Zivilbeamte, der neben dem Polizeioffizier saß, sprach Berliner Dialekt und trug eine Parteiauszeichnung. Doktor Ascher fühlte das Verhängnis nahen.

»Er ist krank«, sagte der Polizeioffizier höflich.

Aus, dachte Ascher, ich bin verloren! Er konnte keine Silbe hervorbringen.

»Der Mann ist krank!« wiederholte der Polizeioffizier, kramte im Akt und hielt seinem Kollegen einen Zettel hin. Der schien beruhigt.

»Sie verpflichten sich, innerhalb von 24 Stunden Großdeutschland zu verlassen! Ihre Papiere sind in Ordnung!« Der Zivilbeamte schrie es, und der Polizeioffizier fügte hinzu: »Sollten Sie einen Aufschub wünschen, dann müßten Sie es hier melden. Aber ich nehme an, Sie werden dem Befehl rechtzeitig Folge leisten können.«

»Ich hoffe es«, sagte Ascher. Er glaubte zu träumen. Sein Herz schlug so stark, daß er glaubte, es müsse ihm aus dem Leib springen.

»Sie müssen nur noch unterschreiben, daß Sie alle Ihre Erlebnisse für sich behalten werden und völlig gesund aus der Haft entlassen wurden ...«

»Aber ich bin doch krank«, wagte Ascher einzuwenden.

»Das ist ja bloß eine Formalität«, sagte der Polizeioffizier und lächelte freundlich. »Der Mann geht frei!« rief er dem Posten an der Tür zu.

eingeführt, sondern ungezählte, und alle waren Juden. Auch Ascher und sein Freund, der ehemalige Minister, sollten aufgehängt werden. Auf einmal hörte er Alfred Rosner sagen: »Nichts hat es mir genützt, daß ich mein ganzes Leben lang für die Sache der Arbeiterschaft gekämpft habe! Gar nichts! Heute erleide ich dennoch mein Schicksal als Jude! Wie mein Urgroßvater und dessen Ahnen! Nichts hat sich geändert!«

»Hihi!« kicherte da ein anderer, ein untersetzter, starkleibiger Mann, es war Ingenieur Hans Kohn, genannt Bäucherl. »Hihi! Recht geschieht Ihnen! Jetzt sehen Sie, wohin Sie Ihr Sozialismus geführt hat! Jud sind Sie, Jud müssen Sie bleiben! Und alle Ismen nützen nichts in der Stunde, da sich das Schicksal Serachjas und Salomos und Israels und Diegos und Heinrichs und all der anderen an uns erfüllen wird!«

»Ha! Und hat Ihnen Ihr Zionismus geholfen?« fragte Alfred Rosner. »Heute ist es vollkommen gleichgültig, ob ich das Heil im Sozialismus und Sie es im Zionismus gesucht haben! Heute müssen wir alle sterben, denn Sie und ich haben beide die Todsünde begangen, als Juden zur Welt zu kommen!«

»Sie Tölpel!« schrie Bäucherl wild. »Wäre noch Zeit, ich würde Sie zum Duell fordern! Sehen Sie doch nach Palästina! Hunderttausende haben dort Schutz gefunden! Sie arbeiten schwer und bauen ihr neues Vaterland. Wie glücklich wären wir und all die Unglücklichen in Hitlers Reich, wenn wir nur nach Palästina könnten!«

»Ich sehe dort nur die Kämpfe zwischen Juden und Arabern, Blut und Mord und Raub und Brand, und mir graut bei der Vorstellung, was sich dort noch alles ereignen kann! Gewiß, unser Sozialismus hat uns nicht retten können, aber das ist nicht seine Schuld, sondern die der Menschen. Wir müssen noch einmal von vorne beginnen, ganz von vorne! Wir müssen die Menschen besser und gütiger machen, wir müssen sie reifer machen für den Sozialismus! Es lebe der Sozialismus!«

»Es lebe der Zionismus!« rief Bäucherl. Sie schritten nun Hand in Hand dem schwarzgekleideten Henker entgegen. Ascher schrie auf.

Doktor Ascher merkte in seinen Halluzinationen nicht, was um ihn vorging. Später stellte er fest, daß er zwei Tage in seiner Ecke gelegen hatte. Er erfuhr, daß Doktor Marek Tag und Nacht viele Stunden bei ihm verbracht hatte.

Wieder zum Leben erweckt wurde Ascher durch einen ohrenbetäubenden Lärm: Er hörte Schreie, Wimmern, Schluchzen, glaubte sich, aus seinen Träumen gerissen, inmitten eines Blutsees. Er verstand bald, daß dies keine wüsten Traumbilder waren.

Wie er später erfuhr, war eine Kommission höherer Offiziere eingetroffen, hatte alle Gefangenen antreten lassen und ihnen verkündet, daß Beschwerden über schlechte Behandlung eingelangt seien. Die Kommission habe diese Beschwerden genauestens geprüft und deren absolute Unhaltbarkeit festgestellt. Man möge sich hüten, an der Verbreitung solcher Unwahrheiten mitzuwirken. Vor Augen der hohen Offiziere hatte man die Häftlinge zu Boden geschmissen, sie ins Gesicht getreten, blutig geschlagen.

Einige SS-Leute traten nun auf Ascher zu, zerrten ihn in die Höhe, Unverständliches auf ihn einbrüllend. Da trat ein Polizeimann dazwischen und rief: »Der Kerl fiebert ja seit zwei Tagen! Der hat schon genug!«

»Ob er genug hat, entscheiden wir von der SS!«

»Wir haben hier Befehle vom Polizeipräsidium«, sagte der Wachmann, ergriff den Arm Aschers und führte ihn über Stiegen in eine Häftlingszelle. In der Zelle lagen sechs ältere Männer, jämmerlich zugerichtet, blutbeschmiert. In der Mitte des Raumes stand ein SSler, der gerade seine Rede beendete:

»Diesmal seid ihr noch davongekommen. Wer sich von euch jemals trauen sollte, eine Beschwerde vorzubringen, wird den Ernst der Lage zu spüren bekommen!«

Damit machte er kehrt und verließ die Zelle. Sein Militärmantel war mit Blut bedeckt.

Doktor Ascher sah sich um. Neben ihm lag der Dermatologe, und auf der anderen Seite kauerte Doktor Gans. Professor Portens schönes Künstlergesicht war entstellt, blutende und schon verkrustete Wunden dicht nebeneinander. Man hatte ihm die Zähne eingeschlagen. Er wimmerte und schluchzte vor sich hin.

»Herr Professor!« rief Ascher. »Herr Professor!«

»Professor? Wer nennt mich so? Ich bin nur noch ein Tier ... Wie gut es ist, ein Tier zu sein!«

»Professor! Denken Sie an die Neunte!«

»Ja!« sagte der Dermatologe und sein Gesicht hellte sich für Sekundendauer auf. »Die Neunte stammt von einem Menschen, und dies alles stammt auch von einem Menschen. Die gleiche Gattung. Ist es zu fassen? Verzeihen Sie, daß ich mich so gehen ließ. Alle hier leiden doch gleichermaßen. Wozu haben wir unseren Witz, wenn er sich nicht hier als überlegen erwiese?«

»Zeit meines Lebens habe ich deutsch gedacht.« Doktor Gans sprach so vor sich hin, nicht zu den anderen. »Ich habe das Deutschtum auf bedrängtem Boden verteidigt ... Ist dies aber noch deutsch?«

»Heroische Weltanschauung, deutscher Mannesmut«, sagte Professor Porten und machte einen untauglichen Versuch zu lächeln. Nur die frische Zahnlücke trat blutig in Erscheinung.

»Goethe, Hölderlin ... Ist dies alles nur Traum?«

»Doktor Gans, kommen Sie zu sich! Dies hier ist Realität, und Goethe und der edle Schiller und der sanfte Hölderlin waren ein schöner Traum.«

Aus der Ecke fragte ein älterer, gräßlich zugerichteter Mann: »Wäre es nicht am besten, sich das Leben zu nehmen? Was werden wir noch alles zu erdulden haben?«

»Wie können Sie nur so sprechen?« antwortete Doktor Ascher. »Wir werden herauskommen, in ein freies Land gelangen und unser Leben neu beginnen. So lange man lebt, ist noch nichts verloren.«

»Ich habe genug! Ich habe übergenug! Was werden wir in einem fremden Lande beginnen können? Was denn? Und wird man uns dort nicht wieder einsperren?«

»Wie können Sie nur solches Zeug zusammen reden? Man wird uns Arbeit und Brot geben. Und nirgendwo wird man uns einsperren, ganz im Gegenteil! Man wird Achtung vor unserem Leid haben ...«

»So? Glauben Sie wirklich, Herr Doktor?« Der alte Mann sprach eintönig, ohne seine Stimme zu heben. »Sind Sie dessen so sicher? Woher wissen Sie, Herr Doktor, daß das Böse sich nicht über die ganze Welt verbreiten wird, daß diese Menschen hier nicht alle übrigen anstecken werden mit ihrem Wahn, daß dieser Haß nicht eines Tages die ganze Welt erobern wird?«

»Wie kann man nur so kleinmütig sein, weil man schlimmes Lehrgeld gezahlt hat? Nein, nie und nimmer wird es so weit kommen, im Gegenteil: Man wird uns reichlich entschädigen für alles erlittene Unrecht, und Sie werden sehen, daß man uns eines Tages, wenn der Spuk vorbei ist, in den menschlichen Adelsstand erheben wird, man wird Achtung haben vor der Summe des Leids, das wir zu ertragen hatten. Jeder anständige Mensch wird sich schämen und wird sein Knie beugen, wenn er einen Juden erblickt ...«

»Wie schön!« rief der Dermatologe und lächelte. »Stundenlang könnte man Ihnen lauschen, Sie sind ein grandioser Märchenerzähler!«

Aber auch der alte Mann lächelte nun, und Doktor Ascher war mit sich zufrieden.

Doktor Gans erklärte: »Daß dieses System, das wir jetzt im wahrsten Sinn des Wortes am eigenen Körper zu erdulden haben, nicht lange herrschen kann, ist klar. Aber es kann die Gequälten überleben und noch einige Zeit länger auf der Welt lasten. Es richtet sich jetzt gegen die Judenheit und kann sich später einmal gegen die ganze Welt kehren. Diese wird es überleben, viel leichter als jene. Und wenn der Spuk einmal vorüber ist, wird nicht etwas anderes sich gegen die Juden erheben?«

Da wurde die Türe aufgerissen, der Aufseher erschien und schrie: »Antreten! Fertigmachen! Es geht nach Dachau! Freut euch, Judenbande! Und eines rate ich euch, haltet euer Maul über alles, was ihr hier gesehen habt! Wenn euch einer fragt, woher ihr die Verletzungen habt, dann antwortet, daß ihr sie euch schon vor eurer Einlieferung zugezogen habt! Antreten!«

Nun fühlte auch Doktor Ascher, wie sein Herz sich zusammenballte. Dachau! Würde er jemals Eva wiedersehen? Er blickte sich um und sah in das bleiche Antlitz des Doktor Gans. Er flüsterte ihm zu: »Lassen Sie den Kopf nicht hängen! Es kann nicht sen kaufen, hin und wieder sah sie einer der älteren Wachleute freundlich-teilnehmend an. Es bekümmerte sie nur wenig, daß man ihnen die Schädel kahlschor, sie fürs Verbrecheralbum photographierte und ihnen die Fingerabdrücke abnahm. Nichts konnte ihre gute Stimmung jetzt beeinträchtigen. Denn sie wurden nur wie Verbrecher behandelt und nicht wie Juden, wurden nicht geschlagen. Sie konnten es kaum fassen. O, wie selig sie waren!

Es war eine schöne, stille Nacht. Doktor Ascher schlief tief und traumlos. Als er erwachte, durfte er sich reinigen. Dann gab es schwarzen Kaffee, eine große Schale voll, und eine warme Semmel. Er saß in einer kleinen, nicht überbelegten Zelle und hörte Gefangene in anderen Trakten des weitläufigen Gebäudes singen. Es klang gespenstisch. Doktor Ascher erfuhr aus den Gesprächen seiner Zellengenossen, daß sie alle hofften, aufgrund ihrer Krankheiten von Dachau befreit zu sein. Er hörte die Namen vieler Krankheiten. Furcht und Zaghaftigkeit ergriffen sein Herz: Bin ich nicht irrtümlich hier? Ich bin doch nicht krank! Doch da wurde er zum Verhör gerufen.

Ein freundlicher Polizeioffizier fragte ihn nach seinen Personalien. Ascher sah den Mann an. War das nicht der gleiche Kommissar, der ihn seinerzeit gewarnt hatte, den an ihm verübten Diebstahl zu Protokoll zu geben?

»Der Mann ist doch erst 48. Wie kommt der hierher?« Der Zivilbeamte, der neben dem Polizeioffizier saß, sprach Berliner Dialekt und trug eine Parteiauszeichnung. Doktor Ascher fühlte das Verhängnis nahen.

»Er ist krank«, sagte der Polizeioffizier höflich.

Aus, dachte Ascher, ich bin verloren! Er konnte keine Silbe hervorbringen.

»Der Mann ist krank!« wiederholte der Polizeioffizier, kramte im Akt und hielt seinem Kollegen einen Zettel hin. Der schien beruhigt.

»Sie verpflichten sich, innerhalb von 24 Stunden Großdeutschland zu verlassen! Ihre Papiere sind in Ordnung!« Der Zivilbeamte schrie es, und der Polizeioffizier fügte hinzu: »Sollten Sie einen Aufschub wünschen, dann müßten Sie es hier melden. Aber ich nehme an, Sie werden dem Befehl rechtzeitig Folge leisten können.«

»Ich hoffe es«, sagte Ascher. Er glaubte zu träumen. Sein Herz schlug so stark, daß er glaubte, es müsse ihm aus dem Leib springen.

»Sie müssen nur noch unterschreiben, daß Sie alle Ihre Erlebnisse für sich behalten werden und völlig gesund aus der Haft entlassen wurden ...«

»Aber ich bin doch krank«, wagte Ascher einzuwenden.

»Das ist ja bloß eine Formalität«, sagte der Polizeioffizier und lächelte freundlich. »Der Mann geht frei!« rief er dem Posten an der Tür zu.

Nachspiel als Vorspiel

Als Doktor Ascher das Gebäude des Polizeigefangenenhauses verließ und auf die Straße trat, wankte er ein wenig und mußte sich an die Mauer lehnen. Es war ein kühler, stürmischer Tag. Der Doktor war ohne Hut. Er fühlte sich unrein, unsäglich beschmutzt und sehnte sich nach einem glühendheißen Bad. Er wollte sich rasieren lassen und hatte schon die Klinke zu einem Friseurladen in der Hand, als ihm gerade noch rechtzeitig einfiel, daß man ihn in der Haft kahl geschoren hatte. Jedermann müßte glauben, er sei ein Verbrecher. Er schämte sich und wollte sich am liebsten in einem Hauseingang verstecken. Da hörte er seinen Namen rufen. Er drehte sich um.

Und vor ihm stand Eva, außer Atem, mit wirrem Haar.

»Robert!« rief sie und lag in seinen Armen.

Der Mann Ascher wußte nicht, wie ihm geschah. Alles schien ihm unwirklich, die vergangenen Tage der Hölle und dieser Augenblick nun. Doch schon hatte sich Eva aus der Umarmung gerissen.

»Wie ist's dir ergangen?« fragte sie und achtete der Menschen nicht, die nach den beiden blickten. Er konnte nicht sprechen, er war zu erfüllt von diesem Kuß.

»Laß uns gehen!« sagte sie, hängte sich in seinen Arm, den sie fest an sich drückte. Und dann sprach sie, rasch und eilig und hastend wie immer – wie ein Wasserfall, dachte der glückselige Doktor. Und Eva erzählte, daß man nur Doktor K. die rasche Entlassung aus der Haft zu danken habe, und berichtete weiter, daß alles für die Reise vorbereitet sei. Und sie entwickelte ihren Plan, schon für alle Fälle bis ins Detail ausgearbeitet. In wenigen Stunden würden sie die Grenzen dieses von Gott verdammten Landes hinter sich haben, die Flugzeugkarten lägen bereit, nach dem Mittagessen gehe es nach Paris, wohin sie die Mutter zu bringen habe, und dann weiter nach London, wo man warten müsse, bis man die Reise nach Amerika zum Vater fortsetzen könne. Alles sei vorbereitet. Um für den Rest seines Lebens wieder einmal alleine gelassen zu werden, habe er sich ja als zu ungeschickt erwiesen.

Und sie saßen dann im Flugzeug, vor ihnen die alte Kammersängerin mit ihren Puppen Fifi und Elschen, die sie in dicke Tücher gehüllt hatte, damit sie sich während der Reise nicht verkühlten. Und neben ihm saß Eva, in einen Fahrplan vertieft, denn sie wollte schon den Anschluß von Bourget nach Croyden feststellen.

»Warum bist du denn so schweigsam?« fragte sie, aber sie mußte die Frage wiederholen, denn das Geräusch der Propeller übertönte ihre Stimme.

Doktor Ascher schwieg, sah vor sich hin, fragte:

»Sag mir, Eva, ist es eine Sünde, in diesen Zeiten so glücklich zu sein?«

Doktor Ascher und seine Väter
Die Ahnenreihe

Jehuda	? - 1391	Erstes Kapitel
Nathan	1377 - 1414	Zweites Kapitel
Serachja	1396 - 1492	Drittes Kapitel
Baruch	1416 - 1494	Viertes Kapitel
Salomo	1456 - 1497	Viertes Kapitel
Israel	1487 - 1525	Fünftes Kapitel
Joseph	1507 - 1598	Achtes Kapitel
Diego	1526 - 1582	Sechstes Kapitel
Ernesto	1574 - 1640	Siebentes, Achtes und Neuntes Kapitel
Amschel	1608 - 1662	Zehntes und Zwölftes Kapitel
Manuelo	1630 - ?	Elftes und Zwölftes Kapitel
Rafael	1651 - 1698	Dreizehntes Kapitel
Benjamin	1672 - 1741	Vierzehntes Kapitel
Moritz	1698 - 1790	Fünfzehntes Kapitel
Ludwig	1743 - 1819	Sechzehntes Kapitel
Gotthold	1800 - 1860	Siebzehntes Kapitel
Heinrich	1836 - 1883	Achtzehntes Kapitel
Rudolf	1860 - 1916	Neunzehntes und Zwanzigstes Kapitel
Robert	1890	Vorspiel, Erstes bis Zwanzigstes Intermezzo, Zwanzigstes Kapitel, Nachspiel

Bemerkung des Autors

Die Aufzählung der Werke, die ich gelesen habe, um dieses Buch zu schreiben, würde viele Seiten füllen. Ich glaube darauf verzichten zu können, weil ein Roman ja keineswegs Anspruch darauf erhebt, wissenschaftlich gewertet zu werden.

Wenn ich zwei Werke namentlich erwähne, so nur deshalb, weil ich ihnen besonders viel verdanke: »Geschichte der Juden« von Heinrich Graetz und »Weltgeschichte des jüdischen Volkes« von Simon Dubnow.

Die zitierten Dokumente, Zeiturkunden etc. habe ich in der Mehrzahl dem ersten der beiden Werke entnommen, ebenso manche kurze Passage. Ich hätte diese Stellen unter Anführungszeichen setzen oder sonst durch veränderten Druck darauf verweisen können – doch dies hätte dem künstlerischen Charakter des Romans nicht entsprochen. So glaubte ich – übrigens in Übereinstimmung mit manch hohen Beispielen – darauf verzichten zu dürfen.

Ebenso hätte ich wohl bei manchen Stellen des Zwölften, des Siebzehnten, Neunzehnten und bei einem kleineren Teil des Achtzehnten Kapitels verfahren müssen: Die Baruch Spinoza, Heinrich Heine und Theodor Herzl in den Mund gelegten Sätze, präziser ausgedrückt, viele von ihnen, stammen aus den Werken dieser drei großen Männer. Soweit ich sie in ihrer eigenen Sprache und mit ihren eigenen Worten reden ließ, geschah dies aus guten Gründen, sowohl aus solchen der Ehrfurcht wie aus solchen des künstlerischen Gewissens. Ein spezieller Hinweis, welcher der Sätze von Spinoza, Heine, Herzl und welcher von mir ist, hätte die Lektüre erheblich erschwert. Möge der interessierte Leser selber an den Werken der drei bedeutenden Männer prüfen, was Dichtung und was Wahrheit ist.

Begonnen 1939 in Bacton on Sea, Norfolk, England.
Beendet 1941, Baldock, Hertfordshire, England.

Stefan Pollatschek

Gerda Hoffer
Mein Vater – der Schriftsteller

Hätte jemand 1929 Stefan Pollatschek um seine Identität befragt, würde er vermutlich geantwortet haben: »Also, in erster Linie bin ich Literat, dann Ehemann und Vater, dann Kriegsgegner und Sozialdemokrat, von Geburt Wiener. Na ja, und Jud bin ich natürlich auch.« Daß für ihn das Judentum an letzter Stelle kam, war erziehungsbedingt. Sein Vater, der Journalist Moritz Pollatschek, Sohn des böhmischen Landrabbiners Isack Pollatschek, war im Alter von 14 Jahren dem Elternhaus entflohen und hatte sich Zeit seines Lebens der Religion gegenüber ziemlich abweisend gezeigt. Daß Steffel, wie er gerufen wurde, und seine Geschwister überhaupt eine, wenn auch mangelhafte, jüdische Erziehung genossen, ist hauptsächlich dem Einfluß der Mutter zuzuschreiben.

Steffel bewunderte seinen Vater grenzenlos und versuchte im Alter von zwölf Jahren, in dessen Fußstapfen zu treten. Der Legende nach beschlossen er und der um einige Jahre ältere Berthold Viertel, gemeinsam nach Amerika durchzubrennen; sie kamen tatsächlich bis St. Pölten. Zu dieser Zeit besuchte Steffel das Gymnasium, ich bilde mir ein, es war das Schottengymnasium, jedenfalls lag es im ersten Bezirk. Von Anfang an war er von Latein, deutscher Grammatik und Literatur begeistert. Vierzig Jahre später führte er mit dem Dorfpfarrer von Bacton on Sea ein stundenlanges Gespräch in lateinischer Sprache und deklamierte zu Ostern 1939, ungeachtet der Umstände, Goethes Osterspaziergang fehlerlos. Das Theater war seine Leidenschaft und er verbrachte seine Abende beim »Bühnentürl«, um Autogramme zu ergattern. Übrigens erzählte er mir nie ein Märchen, dafür war ich im Alter von fünf Jahren bereits mit der Handlung der meisten klassischen Schauspiele vertraut.

Mit 18 maturierte er und hätte gern Medizin studiert. Dies war jedoch aus Geldmangel unmöglich, und so begann er seine Karriere als Reporter irgendeines Lokalblattes.

»Reporter, das ist doch kein anständiger Beruf«, erklärte Rudolf Lion, als ihm seine Tochter Ilka 1915 mitteilte, daß sie Unterleutnant Stefan Pollatschek, im Zivilberuf Reporter, zu heiraten gedenke. Da sie bereits 21 war, mußte der besorgte Papa sich dareinfinden. Sobald der Krieg zu Ende war, richtete er dem Schwiegersohn ein Büro in der Berggasse ein, von dem aus er, wenn ich mich richtig erinnere, den Großhandel mit Braunkohle betreiben sollte. Statt in seinem Büro Handel zu treiben, saß er täglich dort, schrieb Artikel, begann einen Roman und wurde wütend, wenn einer der Angestellten mit dummen Fragen nach Bankkrediten störte.

Es war ein Wunder, daß sich diese Firma einige Jahre hielt, bevor sie ihre Tore für immer schließen mußte. Aber die Familie gab noch nicht nach. Irgendein Onkel fand für Steffel eine äußerst unpassende Stelle als Vertreter einer Handschuhfirma in Prag. Meine Mutter und ich zogen zur Großmama nach Grinzing, und Steffel konnte nur alle sechs Wochen ein langes Wochenende mit uns verbringen. Auch diese Firma hielt seine Mitarbeit nicht lange aus und machte Ende der zwanziger Jahre Bankrott.

Jubilierend kehrte Steffel zu uns nach Grinzing zurück und begann sich nun ernstlich der Schriftstellerei zu widmen, während meine Mutter, um zum Lebensunterhalt etwas beizutragen, eine Bridgestube in einem Künstlercafé eröffnete. Dank ihres Charmes und ihrer gesellschaftlichen Talente wurde diese bald ein gewinnbringender Betrieb, und anfangs war sie es, die die Familie ernährte. 1931 erschien Steffels erster Roman »Dr. Berghof ordiniert von 2 bis 4 Uhr«. Da er in dem Buch die Geldsucht der Ärzte angriff, erregte es ein gewisses Aufsehen. Jedenfalls verkaufte der Wiener Saturnverlag genug Exemplare, um weitere Bücher meines Vaters herausbringen zu wollen. Nun verbrachte Steffel seine Abende seltener im Theater als im Café Central, in der Gesellschaft Viktor Matejkas, Rudolf Brunngrabers, Theodor Kramers, Ernst Waldingers, Bruno Brehms und anderer, an die ich mich nicht erinnere. Oft versammelten sich die Freunde bei uns auf der Veranda, lasen aus eigenen Werken vor, kritisierten, halfen einander mit Ideen und Ratschlägen. Dabei wurde viel gelacht und Politik möglichst ignoriert.

Trotzdem begann sich um 1933 die Weltauffassung meiner Eltern langsam zu ändern. Ich erinnere mich, daß Steffel nach dem

Reichstagsbrandprozeß sagte: »Ich bin noch immer Pazifist, aber Pazifist mit einem Maschinengewehr in der Hand, um die Prinzipien der Demokratie zu verteidigen.« Sein Interesse galt nun immer weniger den endlosen Debatten der österreichischen Sozialistenführer als den Versuchen, deutschen Flüchtlingen mit Rat und Tat beizustehen. Auf dem Sofa unseres Wohnzimmers übernachteten oft Leute, die ohne Papiere über die »grüne Grenze« nach Österreich entkommen waren, und so kam Steffel unwillkürlich mit jüdischen Problemen in Kontakt. Da hörte ich ihn zum ersten Mal Worte sagen, die er später Doktor Ascher in den Mund legte: »Meine erste Aufgabe ist es, meinen Schicksalsgenossen zu helfen. Alles andere ist unwichtig.«

Mir ist unverständlich, warum meine Eltern im März 1938 Österreich nicht verließen, um das Resultat der von Schuschnigg angeordneten Volksabstimmung in Bratislava oder Prag abzuwarten. War das ihr fast leichtsinniger Optimismus? Dachten sie: »Hier kann das nicht passieren?« Hielten zwei politisch so bewanderte Menschen einen Nazisieg wirklich für unmöglich? War es verfehlter Patriotismus? Gleich den meisten ihrer Kaffeehausbekannten vom Café Central, gleich Sigmund Freud und Baron Rothschild, nützten sie die letzte Chance, sich in Sicherheit zu bringen, nicht.

Was sich im Frühjahr 1938 in Wien abspielte, veränderte Steffels Weltbild vollkommen. Einer unserer Nachbarn wurde auf der Straße von SA-Leuten derart verdroschen, daß er nie wieder ohne Stock gehen konnte. Eine Bekannte wurde gezwungen, die Straße abzureiben, mußte dabei ihre Hände in einen Kübel scharfer Lauge tauchen, so daß ihr die Haut in Fetzen von den Fingern hing. Nach einem ähnlichen Erlebnis beging die Frau meines Onkels Arthur Lion Selbstmord. Mutters Cousin, Leo Koehler, wurde bei einer Straßenrazzia aufgegriffen und nie wieder gesehen. Derartige Dinge hatten wir nicht einmal aus Berlin gehört, und einige Bekannte flüchteten zu ihren Verwandten nach Berlin. Waren das Steffels geliebte Wiener? Bisher war er immer stolz gewesen, in Wien geboren zu sein. Die Enttäuschung über die Mitmenschen war fast so schwer zu ertragen wie die Ereignisse selber.

Freilich gab es auch rühmliche Ausnahmen. Während die meisten seiner Freunde in Dachau verschwanden, blieb Steffel wie durch ein Wunder unbehelligt. Im Juni 1938 klärte sich das Wunder auf. Eines Tages erhielt er einen Brief, der ihm in Form literarischer Zitate riet, sofort abzureisen. Statt einer Unterschrift endete das Schreiben mit den Worten: »Nicht weiter kann mein starker Arm Euch schützen.« Es ist mir nicht gelungen, den Schreiber zu eruieren und ihm zu danken.

Wieder half uns ein Wunder. Wir erhielten plötzlich die so lang ersehnte Erlaubnis, in die Tschechoslowakei zu fahren. Dank der Hilfe des Thomas Mann Committee konnten wir im Dezember 1938 weiter nach England reisen. In Prag und in England verbrachte Steffel so viel Zeit wie möglich mit Schicksalsgenossen, die gleich ihm Wien entflohen waren, und entnahm ihren Erzählungen, wie gütig das Schicksal mit ihm umgegangen war.

In England erhielt Steffel zuerst eine Einladung der Universität Manchester, wo meine Eltern bei einer streng religiösen jüdischen Familie untergebracht wurden. Durch deren Vermittlung lernte er Cecil Roth, Prof. Luis Maemir und andere Gelehrte kennen, die über jüdische, geschichtliche und religiöse Themen schrieben und Vorträge hielten, und kam so zum ersten Mal in seinem Leben mit jüdischer Philosophie in Berührung.

Nach kurzem Aufenthalt in Manchester verschlug uns das Schicksal nach Bacton on Sea, einem Dörflein an der Ostküste Englands. Nun fand Steffel endlich Muße, die Erlebnisse des letzten Jahres zu verarbeiten. Seine Bekannten aus Manchester verschafften ihm eine komplette Ausgabe von Graetz' »Geschichte der Juden«. Nur selten hatte Steffel Gelegenheit, Bibliotheken in Norwich oder London zu besuchen. Die Geschichte Doktor Aschers schien sich fast von selber zu schreiben. Trotz seines immer stärker werdenden Herzleidens, trotz dreimonatiger Internierung auf der Isle of Man gelang es ihm, das tausend Manuskriptseiten umfassende Werk in knapp zwei Jahren fertigzustellen, eine in meinen Augen fast unglaubliche Leistung. Wäre ich nicht dabei gewesen, hätte Steffel abends meiner Mutter und mir nicht das Geschriebene vorgelesen, würde ich abstreiten, daß es möglich ist, ein Werk, das so genaue Geschichtskenntnisse erfordert, in so kurzem Zeitraum zu beenden.

Allerdings war es nicht nur möglich, sondern auch dringend notwendig. Kurz nachdem er die letzten Seiten geschrieben hatte, erlag er am 17. November 1942 einem Herzanfall.

In seinem Namen möchte ich Konstantin Kaiser, Siglinde Bolbecher, Evelyn Adunka, Ulrike Oedl und den vielen anderen danken, die die Veröffentlichung dieses Buches nach so langer Zeit doch noch ermöglicht haben. Mein Bild der jüngeren Generation in Wien ist dadurch in ein freundlicheres Licht gerückt.

Antifaschistische Literatur und Exilliteratur – Studien und Texte 20
Herausgegeben vom Verein zur Förderung und Erforschung der antifaschistischen Literatur

Gefördert durch das Bundeskanzleramt, Sektion für Kunstangelegenheiten, und das Kulturamt der Stadt Wien

ISBN 3-85476-129-5

1. Auflage 2004

Lektorat & Satz: Inge Fasan
Umschlaggestaltung: Michael Baiculescu
Druck: Interpress, Budapest